Zucker für die Elfe

Seufzend tippe ich auf meinem Handy herum und versuche, den winzigen Link anzuklicken, hinter dem sich der Hörsaalplan der Fakultät befindet. Das WLAN hier ist unglaublich langsam oder es weigert sich einfach, mir dabei zu helfen, den richtigen Raum zu finden. Da ich gerade im Uni-Netz surfe, komme ich mir verarscht vor. Es würde mich nicht wundern, wenn gleich eine Seite aufklappt, auf der so etwas steht wie:

›Wenn Sie zu dumm sind, um Ihren Hörsaal zu finden, werden Sie der Vorlesung sowieso nicht folgen können. Geben Sie auf und exmatrikulieren Sie sich umgehend. Danke.‹

Ich bin nicht dumm, nur chaotisch, vor allem, wenn ich unter Stress stehe. Kaum beginnen meine Gedanken zu kreisen, vergesse ich Banalitäten wie Hörsaalnummern, oder in welchem Stock meine Wohnung liegt. Wenn ich mal wieder panisch an der Tür der Nachbarin rüttle und meinen Schlüssel anschreie, stehe ich kurz vor einer wichtigen Prüfung. Mein Kopf ist dann voll mit Paragraphen, Entscheidungstexten und Zukunftsängsten, die mir Bilder von mir hinter dem McDonalds-Tresen zeigen.

In letzter Zeit gefährden auch ordinäre Treppenstufen und gut geputzte Glastüren meine körperliche Unversehrtheit. Wenn man in Gedanken ständig restriktive Aufzählungen wiederholt, vergisst man schon mal den Fuß zu heben, oder zwei Zentimeter dickes Sicherheitsglas als Hindernis zu erkennen.

Schmerzhafte Erfahrungen, die mir immer wieder bewusstmachen, dass ich unter Stress nicht gut funktioniere. Daran muss ich arbeiten, das weiß ich schon seit der Grundschule.

Meine Mutter erzählt mir heute noch von dem Tag, an dem ich während der Ballettaufführung zwei andere Ballerinen von der Bühne geworfen habe, weil ich gestolpert bin. Die Mädchen haben sich erholt, aber aus mir ist keine tanzende Elfe geworden, nur eine gestresste Studentin, die gerade verwirrt auf den Hörsaalplan starrt und versucht, aus den vielen Rechtecken und Quadraten schlau zu werden.

Die Uni hat mir beigebracht, was eine Subsumtion ist und was dingliche Nutzungsrechte sind, aber nicht, mich in der Welt zurechtzufinden. Ich kann auch an die zwanzig Legaldefinitionen auswendig herunterbeten, beim Bezahlen meiner ersten Miete mit dem Zahlschein hat mir das aber wenig geholfen.

So viel akademisches Wissen man hier auch anhäuft, im Alltag bleibt man ein Idiot, wenn man nicht beschließt selbst etwas dagegen zu tun und sich möglichst viele Lifehack-Videos auf YouTube reinzieht.

Die Hörsaaländerung, die erst heute Morgen via Mail verkündet wurde, wirft meine ganze Tagesplanung über den Haufen. Meine Vorlesung wurde nicht nur in einen anderen Raum, sondern in eine vollkommen andere Fakultät verlegt. Das Unigelände ist so groß, dass ich bestimmt zu spät zu meinem anschließenden Kurs kommen werde.

Ich laufe gerade bei den Architekten herum und verstehe nicht, wie sie später mal Gebäude entwerfen können, es aber nicht schaffen, ihre Räume logisch zu beschriften. Mein Handy hat mir verraten, dass die Hörsaalnummer 2.12 ist. Ich stehe verständnislos vor Hörsaal A.

»Hast du dich endlich für ein vernünftiges Studium entschieden?«, höre ich eine Stimme sagen, die mir im ersten Moment fremd vorkommt. Als ich mich nach ihr umdrehe, frage ich mich sofort, ob er schon immer so melodisch und erwachsen geklungen hat. In meiner Erinnerung klingt er immer noch wie ein Kind.

»Simon«, spreche ich seinen Namen aus, als ob ich ihn daran erinnern müsste, wie er heißt. In Wirklichkeit muss ich mich selbst daran erinnern, weil ich noch immer überrascht bin, was aus dem kleinen, hageren Jungen, der mir mal in die Schultasche gekotzt hat, geworden ist.

»Lena«, erwidert er, im selben überraschten Tonfall wie ich, allerdings spielt er die Verwunderung nur, weil er mich nachmacht. »Willst du jetzt unter die Statiker gehen?«

Ich hänge an seinen Lippen, die irgendwie glänzen und wunderschön voll aussehen. Es ist nicht das erste Mal, dass wir uns seit den Tagen, in denen wir zusammen im Garten gespielt und in den BRAVO-Zeitschriften meines Stiefbruders geblättert haben, treffen. Wir sind uns in den letzten zwei Jahren, in denen ich studiere, öfter über den Weg gelaufen, aber ich bin trotzdem noch immer überrascht, wie gut er jetzt aussieht.

»Ähm … nein, keine Statik. Ich kann nicht mal ›das Haus vom Nikolaus‹ zeichnen. Ich suche hier einen Hörsaal, weil meine Vorlesung verlegt wurde.«

Er grinst. Die Grübchen sind mir nicht neu, die hatte er schon als Kind. Das markant schöne Gesicht und der Dreitagebart darin irritieren mich schon mehr.

»Wohin musst du denn?«

Ich frage mich, ob er weiß, wie gutaussehend er geworden ist. Vielleicht fällt es ihm gar nicht auf, weil er sich noch immer wie ein hageres Kind fühlt. Er schart zumindest keine willigen Erstsemester um sich, so wie die meisten älteren Studenten, die so aussehen wie er. Ich sehe ihn meistens alleine oder mit diesem Typen, der auch dem GQ-Magazin entsprungen sein könnte.

Ob Simon schwul ist? Oder bi? Oder er ist einfach der extrem nette, gut erzogene Junge, der so freundlich und glücklich ist, dass er sich nicht mit fünf Frauen gleichzeitig brüsten muss.

Wahrscheinlich ist er prüde. Nette Jungs sind immer prüde, oder? So gut kenne ich ihn nicht mehr.

Er neigt plötzlich den Kopf und lässt seine hellbraunen Augen groß werden. Mir will klarwerden, dass er aussieht, wie ein wunderschöner Unschuldsengel, aber mir fällt zum Glück wieder ein, dass er mich vor gefühlt zwei Minuten etwas gefragt hat, und ich ihn seither nur anstarre.

»Hörsaal 2.12!«, antworte ich endlich und viel zu enthusiastisch, so, als würde ich für die richtige Antwort einen Keks bekommen.

»Du bist im falschen Stockwerk. Komm mit.«

Er setzt sich in Bewegung und ich lasse meinen Blick kurz über seinen Körper schweifen. Nachdem er bei seinen Eltern ausgezogen ist, muss er sich in einem Fitnessstudio eingemietet haben. Die Muskeln an seinen Oberarmen sind beeindruckend. Nicht übertrieben aufgeblasen, aber schön definiert. Dass er dieses enge dunkelgraue T-Shirt trägt, war eine hervorragende Entscheidung von ihm! Nicht nur ich sehe Simon gerne an, auch die wenigen weiblichen Studentinnen, die uns begegnen, grinsen sich in eine Traumwelt.

»Wie lange dauert deine Vorlesung? Hast du Bock, hinterher auf einen Kaffee zu gehen? Ich habe den Nachmittag frei.«

Er hat den Nachmittag frei und ist trotzdem an der Uni? Vielleicht ist er ein Streber. Als Kind war er einer.

»Wir können auch ein Glas Wein trinken gehen«, schlägt er vor und zuckt dabei mit den breiten, geraden Schultern.

Oder er ist der Lustknabe einer Dozentin. Ich kann ihn überhaupt nicht einschätzen. Es ist seltsam, jemanden zu kennen, den man nicht kennt. Wir waren als Kinder befreundet und laufen uns jetzt zweimal im Semester über den Weg. Ich bin mir sicher, dass er nicht mal weiß, was ich studiere.

»Wie läuft das Jura-Studium?«

Anscheinend kann er Gedanken lesen. Oder er hört mir wirklich zu und merkt sich auch, was ich gesagt habe. Ein Mann der zuhört. Er ist bestimmt schwul.

»Gut. Langsam. Zermürbend.«

Er sieht zu mir rüber und neigt dabei den Kopf, weil ich so viel kleiner bin als er. In hohen Schuhen wäre unser Größenunterschied nicht mehr schlimm. Ich trage aber bestimmt seit zwei Monaten nur noch Sneakers.

Gott, bin ich langweilig.

»Das klingt, als ob du im Prüfungsstress wärst«, schlussfolgert er und mustert mich weiter. Ich bin es anscheinend nicht mehr gewohnt, dass mir ein Mann tatsächlich zuhört, abgesehen von den Dozenten, bei denen ich mündliche Prüfungen ablege. Max hat mich in den letzten paar Monaten unserer Beziehung nur so intensiv gemustert, wenn ich damit gedroht habe, seine Playstation aus dem Fenster zu werfen.

»Ja, ich schreibe übermorgen eine wichtige Prüfung – ZGV.«

Die Abkürzung, mit der ich um mich werfe, sagt ihm bestimmt nichts. ZGV heißt für ihn wahrscheinlich ›Ziemlich geistlose Verhandlungen‹ – die meisten, die selbst nicht Jura studieren, halten uns für karrieregeile Klugscheißer. Damit treffen sie auch bei neunzig Prozent von uns ins Schwarze. Klischees sind manchmal einfach unangenehme Wahrheiten.

»Klingt schwierig, aber du kriegst das bestimmt hin.«

Tatsächlich? Anfeuerungen von Strebern kann ich nicht gebrauchen. Nett ist es trotzdem. Ich könnte ihm erzählen, dass das mein zweiter Prüfungsantritt ist, aber er sieht mich gerade so an, als würde er mich für klug halten, deshalb lasse ich ihn in dem Glauben.

Ich könnte heulen, wenn ich mir bewusstmache, wie viele Fälle ich bis übermorgen noch lösen muss, um nicht ein zweites Mal durch die Prüfung zu rasseln.

»Bekomme ich eigentlich noch eine Antwort?«, fragt er, bevor ich in Gedanken weiter abdriften kann. Ich stammle ein paar Silben, wenig eloquent. Ja, aus mir soll tatsächlich mal eine Juristin werden.

»Ich wollte wissen, ob wir einen Kaffee zusammen trinken oder ein Glas Wein.«

Ja, ich hatte ihn das fragen hören, dann habe ich ihm gedanklich unterstellt, der Lustknabe einer Dozentin zu sein. Das Bild war einfach zu stark gewesen.

»Ich kann leider nicht. Mein nächster Kurs beginnt gleich im Anschluss, danach muss ich lernen.«

Er nickt und lächelt, so, als hätte ich ihm gerade nicht abgesagt. Wahrscheinlich ist es ihm egal, weil fünfzehn andere Mädchen in den Startlöchern stehen, um mit ihm etwas zu trinken. Selbstbewusst ist er auf alle Fälle. Und trotzdem lächelt er so unschuldig.

»Hörsaal 2.12«, sagt er und bleibt vor einer großen Tür stehen. Ich sehe mich verwirrt um und stelle fest, dass der Gang leer ist.

Nachdem ich einen Blick durch die Glasscheibe in der Tür geworfen habe, zücke ich fluchend mein Handy.

»Scheiße, das kann doch nicht sein!«

Simon beugt sich neugierig zu mir und mir steigt sein Parfum in die Nase. Er riecht unglaublich gut. Sandeln und irgendetwas Frisches, Fruchtiges. Ich würde tief Luft holen und verträumt grinsen, wenn ich nicht gerade meine Mails checken und die Zeilen meines diabolischen Dozenten lesen würde. Die Vorlesung fällt doch aus – die Nachricht kam vor ungefähr einer Stunde.

»Dieser Wixer!«, rutscht es mir heraus und Simon lacht.

»Ich wusste nicht, dass du so ausfallend werden kannst.«

Ich habe die Wahl: entschuldigend zu grinsen oder mit den Schultern zu zucken. Ich entscheide mich für Letzteres, weil er ruhig wissen kann, dass ich nicht mehr das brave, kleine Mädchen bin, das rot geworden ist, sobald es aus Versehen mal ›scheiße‹ gesagt hat. Heute braucht es schon einiges, um mich erröten zu lassen.

»Es ist wirklich mies von dem Idioten, dass er die Vorlesung zuerst verlegt und dann ausfallen lässt.«

»Vielleicht ist er krank geworden«, mutmaßt der braunhaarige Unschuldsengel mit dem göttlichen Körper.

»Er ist nicht krank. Ich habe ihn heute Vormittag in meiner Fakultät gesehen. Er ist nur frustriert, weil ihn die neue, nuttige Dozentin aus Finnland nicht mehr ranlässt und sich lieber von unseren Studenten vögeln lässt«, erkläre ich seufzend und rolle mit den Augen.

Simon starrt mich an, als hätte ich gerade etwas absolut Unfassbares gesagt. Es stimmt. Die finnische Austauschdozentin vögelte mit Studenten. Ich bin mir sicher, weil Max es mir ungeschickt subtil unter die Nase gerieben hat.

»Also Kaffee oder Wein?«

Der schockierte Ausdruck weicht gerade einem unglaublich netten Lächeln, das Unbehagen in mir weckt. Wahrscheinlich hätte ich nicht so locker und offen mit ihm sprechen sollen, er ist schließlich ein artiger Junge, der nicht flucht.

»Du hast ja jetzt mindestens eineinhalb Stunden Zeit, oder?«, meint Simon und deutet nochmal auf den leeren Hörsaal. Ich kann jetzt wirklich einen Kaffee gebrauchen. Wein würde mich nur noch mehr Dinge sagen lassen, die ihm unangenehm sind. Mich betrunken zu erleben, will ich ihm nicht antun.

»Kaffee. Mensa?«, spreche ich eine Feststellung und eine Frage im selben Atemzug aus.

Er nickt und tut etwas, das mir wieder fremd an ihm ist: zwinkern.

Wir bekommen nur mehr einen Tisch im Raucherbereich, dafür können wir neben der Fensterfront sitzen, die einen schönen Blick auf das weitläufige Unigelände freigibt. Ich liebe all das hier: die Grünanlagen, die geschichtsträchtigen Altbauten, die Atmosphäre. Im ersten Semester hat mein Herz immer angenehm schnell geschlagen, wenn ich hier gewesen bin. Heute stolpert es höchstens, wenn eine Mail mit den Prüfungsergebnissen kommt.

»Ich hätte schwören können, du zuckerst deinen Kaffee«, höre ich Simon sagen und auf meinen Becher deuten. Er sitzt mir gegenüber, lässig in den Stuhl gesunken, eine Hand auf den flachen Bauch, den bestimmt ein Sixpack ziert.

»Wie kommst du darauf?«

Er zuckt mit den Schultern und lässt seine Grübchen wieder markant zum Vorschein kommen während er grinst.

»Du hast früher immer die Orangenlimonade meiner Mutter gezuckert. Weißt du noch?«

In meiner Erinnerung flackern Bilder auf, in denen dieser muskulöse, sportliche Typ vor mir noch Zahnspange getragen und mir von den Kickers erzählt hat. Wir haben ungefähr ein Jahr lang sehr viel Zeit miteinander verbracht. Dann kam meiner Mutter mal wieder in den Sinn, dass sie gerne umzieht. Ich war zehn, Simon zwölf oder dreizehn. Ich weiß nicht mal, wie alt er genau ist, nur, dass ich mir damals immer gewünscht habe, dass er ein Mädchen wäre. Ich habe durch das ständige Umziehen nie viele Freunde gefunden und ein hageres Mädchen mit einer Vorliebe für Orangen wäre mir lieber gewesen als ein Junge. Ob er noch immer so gerne Orangen isst? Mir fällt gerade auf, dass ich froh bin, dass er einen Penis hat.

»Ich bin damals nur so sehr auf Zucker abgefahren, weil mir jemand in der Schule eingeredet hat, dass man davon schneller einen Busen bekommt.«

Simon lacht und ich stimme ein. Das fühlt sich seltsam vertraut an, irgendwie schön.

»Du bist weggezogen, bevor ich herausfinden konnte, wie schnell es funktioniert«, entgegnet er und räuspert sich, so, als hätte seine Stimme gerade eine Nuance zu dunkel geklungen.

»Es hat schnell funktioniert, allerdings an der falschen Stelle. Als mein Hintern Pferdeausmaße angenommen hat, habe ich mit den gezuckerten Getränken aufgehört«, erwidere ich. Ich hatte tatsächlich mal zehn Kilo zu viel. Heute bin ich zum Glück wieder schlank. Elfe bin ich aber noch immer keine, weil mein Hintern sich niemals von dem vielen Training beeindruckt gezeigt hat, das ich mir in der Pubertät angetan habe. Es war ihm egal, ob ich laufe, Rad fahre oder wochenlang Gemüseshakes trinke – er wollte kein Elfenarsch werden. Heute haben wir uns irgendwie miteinander arrangiert.

»Welchen Sport machst du? Du siehst fit aus«, stellt Mister Sporty-Sexy fest, und ich bin plötzlich richtig stolz auf mich, weil ich all diese Erinnerungen von mir habe, wie ich schwitzend und keuchend um den Block laufe. Wie lange das schon her ist, muss er nicht wissen.

»Ich jogge« *Noch zweimal im Semester, wenn ich zu viele Gummibärchen gegessen habe.*

»Und ich versuche, Bauchmuskeltraining zu machen, aber das schlägt irgendwie nicht an.« *Weil mein ›Bauchmuskeltraining‹ Sex war, den ich seit drei Monaten nicht mehr habe, weil Max jetzt Dozentinnen vögelt.*

»Wenn du Hilfe beim Training brauchst, sag Bescheid. Ich hatte mal eine wirklich gute Trainerin und mein Plan ist nicht zu zeitintensiv aber effektiv.«

Ich kann nicht anders, als mir Simon beim Sex mit einer Sport-Studentin vorzustellen. Wie er sie freundlich angrinst, während er sie rhythmisch vögelt, bis seine Bauchmuskeln brennen.

»Im Moment schwirren mir nur potenzielle Prüfungsfragen im Kopf herum. Wenn ich Sport machen würde, würde ich mich wohl selbst mit dem Stepper erwürgen.«

Simon lacht.

»Wie kann man sich denn mit einem Stepper erwürgen?«

»Naja, ich bin kreativ«, meine ich grinsend »und ungeschickt, wenn ich unter Stress stehe«, füge ich hinzu und mache mir wieder bewusst, dass ich nur noch zwei Tage habe, bevor sich meine furchtbaren Zukunftsfantasien, in denen ich Sätze sage wie: ›Wollen Sie Pommes zu Ihrem Burger?‹, bewahrheiten oder nicht. Bei dem Gedanken daran, schütte ich mich beinahe mit dem brühend heißen Kaffee voll.

Simon will einen Kommentar zu meiner ungeschickten Bewegung abgeben, aber er wirkt plötzlich abgelenkt. Als ich mich umdrehe, um nachzusehen, wohin er mit einem Mal starrt, erkenne ich das GQ-Model, mit dem er sonst immer herumläuft. Er ist groß, schlank, dunkelblond, sein Lächeln könnte einer Zahnpastawerbung entspringen und er kommt direkt auf uns zu.

»Na?«, ist die erste Silbe, die aus seinem Mund kommt, als er vor unserem Tisch stehenbleibt. Er trägt einen schwarzen, engen Cardigan und Jeans. In diesen Klamotten braucht man nicht viel Fantasie, um zu erahnen, dass er einen wirklich guten Körper hat. Was ist nur mit diesen Architektur-Studenten los? Besteht die Aufnahmeprüfung darin, oben ohne wie eine Masturbationsvorlage für Frauen auszusehen?

»Ist das ein privater Lernkreis oder kann ich mich anschließen?«, will er wissen oder auch nicht, denn er lässt sich neben mir nieder, ohne eine Antwort abzuwarten.

»Du sitzt ja schon, Alex«, stellt Simon mit hochgezogener Augenbraue fest und erntet ein Grinsen von dem blonden Schönling, der vielleicht oder vielleicht nicht sein Lover ist.

»Ich hab dich noch nie hier gesehen. Erstes Semester?«, fragt er und mir fällt auf, dass er dasselbe Parfum trägt wie Simon. Also doch ›enge‹ Freunde.

»Ich bin im fünften Semester, aber ich studiere Jura und bin meistens nur auf meiner Fakultät oder in der Bibliothek. Der Kaffee hier ist so teuer.«

Er mustert mich so genau, dass ich automatisch den Bauch einziehe und den Busen ein wenig rausstrecke. Um bei dem ganzen angespannten Posieren trotzdem lässig und gleichgültig zu wirken, will ich einen Schluck Kaffee nehmen, den ich mir beinahe wieder auf den Schoß schütte.

»Ich heiße Alex«, stellt er sich selbst vor und grinst dann schief. Gedanklich mache ich ein Foto von ihm in dieser Pose und notiere dazu:

›*Alex – sexy – poppt Simon.*‹

»Das ist Lena«, werde ich von meinem süßen Unschuldsengel vorgestellt, der gerade etwas genervt aussieht. Ich versuche, die beiden zu vergleichen. Wenn man außer Acht lässt, dass ich Simon schon mal mit dem BH seiner Mutter auf dem Kopf herumlaufen sehen habe, kann ich nicht sagen, wer von den beiden attraktiver ist. Alex wirkt koketter, erfahrener, verruchter. Ich bin mir sicher, dass er in den meisten Nächten hinter Simon steht, nicht umgekehrt. Auch wenn es vielleicht krank und pervers ist, würde ich den beiden gerne dabei zusehen. Zwei so schöne muskulöse Körper, die sich berühren, zwei so hübsche Gesichter, in denen sich Lust aufeinander spiegelt …

Oh mein Gott, mir war nicht bewusst, wie dringend ich mal wieder Sex brauche. Meine Fantasien sind ganz schön absurd!

»Und du studierst Jura? Seid ihr tatsächlich alle so prüde, wie man sagt?«, will Alex wissen und bekommt zum Glück nicht mit, dass ich gerade noch so verhindern konnte, scharf zu werden, nur weil ich ihn mir mit Simon beim Sex vorgestellt habe. Prüde ist das bestimmt nicht!

»Bei uns wird genauso viel gedatet, Spaß gehabt und betrogen wie in jeder Studienrichtung. Vielleicht wird sich öfter mal ein Gesetzestext nachgeworfen, aber man lernt die Dicke dieses

Schmökers zu schätzen, wenn man seinen Freund beim Vögeln einer anderen im Computerraum erwischt.«

Alex lacht laut und ich merke sofort, dass er meinem Humor viel abgewinnen kann. Simon grinst auch kurz, sieht dann aber wieder ernst aus und versucht hartnäckig, Blickkontakt mit Alex zu bekommen. Der blonde Schönling ignoriert den braunhaarigen Schönling aber.

»Sind alle Juristinnen so locker drauf wie du? Ich sollte mich mal auf eure Fakultät verlaufen.«

»Ich habe mich heute auf eurer verlaufen. Ohne Simon würde ich wahrscheinlich noch immer dort herumirren.«

Alex und seine dunkelgrünen Augen gewähren Simons Karamellaugen endlich den Blickkontakt, nach dem er schon eine ganze Weile hascht.

»Ja. Wenn Simon ein Mädchen in Nöten sieht, mutiert er sofort zu diesem Vampir aus Twilight mit der seltsamen Zahnstellung. Ich sage ihm seit Jahren, er soll der Werwolf sein.«

Dass ich lache, ist mir gleich unangenehm, weil Simon schon wieder die schön geschwungenen Augenbrauen nach oben zieht und irgendwie genervt aussieht. Er funkelt aber Alex an, nicht mich. Vielleicht sind die beiden doch nicht schwul. Der perverse, ziemlich dämliche Teil in mir findet das plötzlich schade, dann fällt mir ein, dass ich mich doch lieber freuen sollte.

»Ich muss los. Ich will noch in die Bibliothek. Ich muss mir ein Buch für meine Prüfung ausleihen.«

Mir fällt erst auf, dass das wie eine dumme Ausrede klingt, als ich es gesagt habe. Mir ist wirklich gerade eingefallen, dass ich noch ein Buch besorgen wollte – schon vor einer Woche. Die beiden wissen aber nicht, dass ich der zerstreuteste Mensch auf der Welt bin und sehen mich an, als ob ich vor ihnen fliehen will. Keine Frau auf der Welt würde vor diesen beiden Männern die Flucht ergreifen, es sei denn, sie hat Angst, dass sie ihre berufliche Zukunft in einer Fastfoodkette verbringt, wenn sie nicht sofort in die Bibliothek läuft und panisch ein Buch wälzt.

»Vielleicht habt ihr Lust, nächste Woche wieder auf einen Kaffee zu gehen?«, schlage ich vor, damit, vor allem Simon, versteht, dass ich nicht gehe, weil ich keine Lust auf seine Gesellschaft habe. »Nachdem meine Prüfung vorbei ist, habe ich wieder Zeit und den Kopf frei«, versichere ich und sehe den Unschuldsengel nicken und mich freundlich anlächeln. Ich würde ihn nicht sitzen lassen, wenn wir noch alleine wären, aber er hat seinen berauschend schönen Alex hier und die beiden können sich alleine besser darüber unterhalten, wer den schärferen Körper hat – auch wenn ich gerne mitvoten würde.

»Hat Simon deine Nummer?«, will Alex wissen, während ich meine schwere Tasche hochhebe. Seine Frage zaubert einen verlegenen Ausdruck auf mein Gesicht, den ich auch bei Simon sehe.

»Ich weiß nicht … hast du meine Nummer?«

Er schüttelt den Kopf und zückt sein Handy. Ich diktiere ihm die Zahlen und weiß dann nicht, wie ich mich verabschieden soll. Simon sieht mich kurz so an, als würden wir uns nahe genug stehen, um uns einen unschuldigen Kuss aufzuhauchen, aber ich stehe schon und meine Tasche ist so schwer, dass ich ihn wahrscheinlich damit erschlagen würde, wenn ich mich zu ihm runterbeuge.

»Macht's gut«, sage ich kurz und knapp und gehe zu der Glastür, die den Raucherbereich vom Rest der Mensa abtrennt. Ich sehe nur durch Zufall in den Spiegel an der Wand und erkenne, dass die beiden Jungs mir nachschauen. Ein breites Lächeln will sich auf meine Lippen legen, aber ich bin mir nicht sicher, ob mein Hintern nicht nur Blicke auf sich zieht, weil er doch sehr prall ist. Als ich sehe, dass Alex sich auf der Unterlippe herumbeißt, steht fest, dass er meinem Arsch etwas abgewinnen kann. Manchmal mag ich dieses elfenunähnliche Ding sehr!

Architektur-studenten verstehen

Als ich den großen Hörsaal verlasse, habe ich drei Bleistifte zerkaut und einen Kugelschreiber leergeschrieben. Die letzten fünf Stunden war ich im Prüfungsdelirium, was sich hinterher ungefähr so anfühlt, als würde man nach einer durchzechten Nacht aufwachen.

Ich habe Kopfschmerzen, mir ist irgendwie flau im Magen und ich beginne, mich zu fragen, was ich alles falsch gemacht habe. Bei mindestens einem Fallbeispiel habe ich geraten, aber ich versuche mir einzureden, dass ich trotzdem bestanden habe. Bevor ich in Tränen ausbreche, weil mir der Stress der letzten Tage zugesetzt hat und ich mir nicht mal mehr sicher bin, ob ich meine Matrikelnummer auf den Testbogen geschrieben habe, drücke ich mir eine Flasche Mineralwasser aus dem Automaten und setze mich an den Tisch daneben, um ein wenig runterzukommen.

Ich schalte mein Handy wieder ein, das ich erst mit Verlassen des Hörsaals wiederbekommen habe. Sie nehmen einem vor Prüfungen alles weg: Handys, Taschen, Jacken. Ich warte auf den Tag, an dem sie uns vor der Prüfung nackt an die Wand stellen und uns mit einem Schlauch abspritzen, um sicher zu gehen, dass wir uns keine Spicknotizen auf den Körper geschrieben haben.

Mein Handy erwacht langsam aus dem Schlaf und versucht sofort, sich mit dem WLAN zu verbinden, weil es mich liebt und mich mit Katzenfotos und stupiden Posts von Kommilitonen wieder aufheitern will. Ich schmunzle über meinen Hang, leblosen Dingen Gefühlen zuzuschreiben. Manchmal lächle ich sogar meinen Toaster an, wenn er das Brot goldbraun und nicht schwarz röstet. Mit Max war ich übrigens auch nur zusammen, weil ich leblose Dinge lieben kann.

Ich wische etwas unsicher zwischen den Apps hin und her, weil ich sehe, dass ich eine Facebook-Nachricht und zwei WhatsApp-Nachrichten bekommen habe. Grün gewinnt über Blau und ich überfliege die Zeilen, die von einer fremden Nummer kommen.

> Hey, hier ist Alex (blond, groß, gutaussehend, Simons Kommilitone :)) Wie war deine Prüfung? Du hast in der Mensa so gestresst gewirkt. Wenn du Bock hast, mal etwas vom Unistress abzuschalten, ich schmeiße heute Abend eine Party in meiner Wohnung. 21:00 Uhr. Ich bin mir sicher, das ist was für dich. ;)

Anbei steht noch eine Adresse, ganz in Uninähe. Ich schmunzle mein Handy an, weil ich mich freue, dass ich bleibenden Eindruck hinterlassen habe.

Dann wundere ich mich darüber, dass er meine Nummer hat, weil ich mir sicher bin, dass nur Simon sie eingetippt hat. Die nächste Nachricht ist auch von jemandem, der noch nicht in meinen Kontakten gespeichert ist.

Hey, hier ist Simon …

Er kommt ohne Klammer aus, in der er mir erklärt, wer er ist. In Gedanken schreibe ich aber eine, in der *›der sexy Unschuldsengel‹* steht.

Ich weiß nicht, ob Alex dir wirklich geschrieben hat, aber falls ja, ignorier ihn. Sorry, er hat deine Nummer aus meinem Handy geklaut.

Ich spitze die Lippen und versuche, aus dieser Nachricht schlau zu werden. Bevor ich irgendwelche Mutmaßungen anstelle, schreibe ich Simon zurück.

Wieso sollte ich ihn ignorieren? Er hat mich nur zu seiner Party eingeladen. Du kommst auch, oder? ;)

Ich speichere die Namen in meinen Kontakten. Als ich die App wieder öffne, sehe ich, dass Simon bereits zurückschreibt.

Das habe ich mir gedacht.
Nein. Ich bin nicht eingela-
den. Seine Partys sind lahm.

Lahm? Alex kommt mir nicht wie jemand vor, der lahme Partys schmeißt. Aber ich glaube gerade zu merken, dass Unschuldsengel eifersüchtig sein können. Ich finde das süß und weiß nicht gleich, was ich zurückschreiben soll. Es ist irgendwie gemein von Alex, dass er mich einlädt und Simon nicht. Ich wäre an seiner Stelle auch sauer.

Wenn du nicht eingeladen
bist, will ich da sowieso nicht
hin. :)

Er tippt wieder sofort eine Antwort. Dann löscht er seine Zeilen und beginnt von Neuem. Diese Funktion auf WhatsApp ist furchtbar und hat bestimmt schon Freundschaften zerstört, aber kein Mensch stellt sie ab.

Danke, Süße. Du hast was gut
bei mir. ;)

Ich grinse und gluckse sogar einmal leise vor mich hin. Natürlich sehe ich mich sofort um, um sicherzugehen, dass niemand gesehen hat, dass ich mich wie eine überreizte Dreizehnjährige verhalte.

Simon ist beim Schreiben viel offensiver als beim Sprechen. Ich mag das. Am liebsten würde ich diesen schönen braunhaarigen Unschuldsengel an mein Bett fesseln und es mit ihm machen bis sein freundliches Lächeln von lautem Stöhnen weggewischt wird.

Weil ich niemand bin, der Nachrichten überhaupt nicht beantwortet, tippe ich auch Alex schnell ein paar Zeilen.

Hey. Lieb von dir, dass du an mich denkst! :) Da ich aber leider keinen deiner Freunde kenne, und du Simon nicht eingeladen hast, komme ich wohl nicht.

Freundlich und subtil vorwurfsvoll. Alle Frauen können solche Nachrichten schreiben und ich bin einmal mehr sehr stolz auf mein Geschlecht. Ich will gerade die App schließen, als ich sehe, dass Alex auch schon zurückschreibt. Architektur muss ein klasse Studium sein. Sie haben alle sofort Zeit, auf Nachrichten zu antworten.

Simon kommt auf die Party. Hat er dir etwas anderes erzählt? :D

Ich starre auf die Nachricht und weiß nicht, wem von den beiden ich jetzt schreiben oder glauben soll. Ich verstehe gerade nicht, was hier abgeht. Warum Simon nicht will, dass ich auch auf die Party komme, obwohl er selbst eingeladen ist, ist mir ein Rätsel. Meine Nachricht geht an Alex:

Sieht so aus, als wollte er nicht, dass ich komme.

Ich bin gerade wütend, also schreibe ich auch Simon.

Kann es sein, dass du mich verarschst? >:/

Alex schreibt zuerst zurück.

Doch, er will, dass du kommst! Er ist nur zu schüchtern, um dich selbst zu fragen. ;)

Das macht für mich gerade null Sinn. Zu schüchtern, um mir zu sagen, dass er auch auf eine Party geht, auf die ich eingeladen bin? Ich glaube, die Architekten rauchen zu viel Gras!

Simon schreibt zurück und ich wundere mich sofort darüber, dass er so schnell so viele Wörter ins Handy tippen kann.

Hat Alex dir gesagt, dass ich auch komme? Du verstehst das nicht. Ich wollte dich nicht verarschen, ehrlich. Sei mir nicht böse, du kannst natürlich kommen, wenn du möchtest. Es war blöd von mir zu lügen, aber ich bin mir wirklich nicht sicher, ob dir

seine Partys Spaß machen.
Entschuldige …

Ich schaffe es irgendwie nicht, ihm böse zu sein, weil ich ihn das ›Entschuldige‹ regelrecht hauchen sehe, mit einem schuldbewussten Blick aus diesen schönen braunen Augen. Dass er mich nicht dabeihaben wollte, merke ich mir trotzdem. Darauf werde ich noch herumreiten, schließlich bin ich nachtragend.

Gerade, als ich ihm antworten will, schreibt Alex wieder.

Wenn du meine Party ›lahm‹ findest, kannst du ja gleich wieder abhauen. ;)

Ich wundere mich darüber, dass er dasselbe Adjektiv benutzt wie Simon: lahm. Er stellt es sogar unter Anführungszeichen. Verarschen mich die beiden? Sitzen sie gerade nebeneinander? Ist mein Hirn von der Prüfung noch so benebelt, dass ich dieses Tamtam gerade nicht verstehe?

Du kannst mir heute Abend einen Cocktail ausgeben, wenn du dich entschuldigen möchtest, Simon. Oder vier, weil du mir gerade wie ein Arschloch vorkommst! Mich vom Gegenteil zu überzeugen, gestatte ich dir aber, weil du bestimmt noch das Foto von mir hast, auf dem ich das

Sailor-Moon-Kostüm trage
und ich nicht will, dass es auf
Facebook landet. ;)

Dieser Smiley am Schluss ist wie ein unterschwelliges Friedensangebot. Ich hoffe, er weiß es zu schätzen. Natürlich schreibt er sofort zurück und tippt sehr, sehr schnell.

Cocktails bekommst du! Und
wahrscheinlich auch ein falsches Bild von mir, aber ich
werde einfach Alex' die
Schuld für alles in die Schuhe
schieben. Denk daran, ER hat
dich eingeladen!
Und ja, das Foto habe ich
noch. Ich würde es aber gerne
gegen ein aktuelles tauschen.
Du bist heute bestimmt eine
unglaublich heiße Sailor
Moon. ;)

Mein dummes, überarbeitetes Ich, das schon seit drei Monaten nicht mehr gevögelt wurde, freut sich über den anzüglichen Teil dieser Nachricht. Mein Unschuldsengel hat liebenswerte und dezent schmutzige Fantasien – das gefällt mir! Der rationale, berechnende Teil in mir, der gerade noch von der Prüfung verkatert ist, versucht darüber nachzudenken, wofür Simon Alex die Schuld in die Schuhe schieben will.

Ich trinke mein Mineralwasser aus und schultere meine fast zehn Kilo schwere Tasche. Heute Nachmittag werde ich aus den komischen Nachrichten der beiden bestimmt nicht mehr schlau, also gehe ich nach Hause und lege mich ein paar Stunden schlafen. Ab 21:00 Uhr habe ich dann genügend Zeit, um herauszufinden, was Sexy und Sexier vor mir verheimlichen.

Schneewittchens Versprechen

Mein Spiegel beschlägt immer wieder, weil die Luft im Badezimmer noch immer voller Dampf ist. Ich habe so lange geduscht, bis das warme Wasser alle war. Dass ich mich nach der Prüfung nochmal hingelegt habe, war ein Fehler. Jetzt fühle ich mich geschaffter und verschlafener als heute Nachmittag. Ich spiele sogar mit dem Gedanken, die Wohnung heute nicht mehr zu verlassen, aber dann fällt mir ein, dass ich nur Eis in mich reinstopfen und Bridget Jones auf Amazon Prime streamen würde. Ich bin einundzwanzig und habe die letzten Wochen damit verbracht, zu lernen und zu heulen, weil ich zu wenig gelernt habe. Ich muss mal wieder unter Leute!

Ich schminke mich zuerst dezent und lege dann nach, weil ich glaube, zu jung auszusehen, wenn ich keinen Lidstrich trage. Dieses Problem wird sich in den nächsten Jahren wohl schleichend umdrehen, aber im Moment sitzt mir der Schock noch in den Knochen, dass Max tatsächlich eine vierzigjährige Dozentin gevögelt hat und ihm die ganze Fakultät dafür auch noch auf die Schulter klopft!

Weil ich ein Mädchen bin, weiß ich nicht, was ich anziehen soll. Oder weil das meine erste Party seit der Trennung von Max ist. Ich wähle zweiteres, weil mir meine Mutter beigebracht hat, dass Geschlechterklischees etwas Schlechtes sind. Meine Talk-Shows schauende, mit Lockenwicklern im Haar bügelnde, bei Titanic immer heulende, McDreamy anhimmelnde Mutter. Sie mag den Erziehungsspruch: ›Tu, was ich sage, nicht, was ich tue‹, grundsätzlich gerne.

Ich trage schwarze Leggins und ein schulterfreies, dunkelgraues Shirt. Jetzt noch meine Büchertasche und ich laufe zur Uni und nicht zu Alex' Party.

Wann ist mein Klamottengeschmack so langweilig geworden? Wahrscheinlich zur selben Zeit, als Max angefangen hat, lieber auf der Playstation herumzudrücken als an mir.

Ich ziehe mich wieder aus und werfe alles auf mein Bett, auf dem mein Handy plötzlich aufleuchtet. Bevor ich danach greife, mustere ich mich im Spiegel und freue mich, dass ich mir gefalle, ohne Alkohol getrunken zu haben.

Die schwarze Unterwäsche trage ich zum ersten Mal, aber ich habe sie schon vor vier Monaten gekauft. Die Verkäuferin hat mir eingeredet, dass mein Freund dahinschmelzen würde, aber solange man nicht *World of Warcraft* darauf spielen kann, schmilzt Max nicht dahin, egal, wie durchsichtig die Spitze und wie knapp der Tanga ist.

Ob diese Dozentin mit ihm *Diablo* zockt? Ob sie überhaupt weiß, was ein Controller ist? Gab es im 18. Jahrhundert schon Spielkonsolen? Playstation Cesa?

Gott, kann ich biestig sein! Obwohl mir Max eigentlich egal ist. Mein Ego ist trotzdem verletzt.

Ich tippe auf meinem Handy herum und lese die eingegangene Nachricht von Simon.

Treffen wir uns um neun vor Alex' Haus? Ich würde gerne nochmal mit dir reden.

Ich hätte vor lauter schlafen und zicken beinahe vergessen, dass sich Simon und Alex so seltsam aufführen. Während ich überlege, ob ich überhaupt antworte oder einfach auf der Party auftauche, durchforste ich meinen Schrank. Als ich das schwarze, kurze Kleid mit dem tollen Dekolletee finde, quieke ich vor Freude. Ich hatte ganz vergessen, dass ich es habe, weil ich es das letzte Mal zur Erstsemesterparty getragen habe. Damals bin ich mit Max zusammengekommen und er hat mir später erzählt, dass ich in dem Kleid so unverschämt gut ausgesehen habe, dass er mich am liebsten noch auf der Party gevögelt hätte. Gewollt zu werden, ist ein großartiges Gefühl, das mir irgendwie im Prüfungs- und Trennungsstress abhandengekommen ist.

Ich freue mich plötzlich so sehr auf die Party, dass ich beginne, bei den Liedern im Radio mitzusingen. Als ich Parfum auftrage, landet ein Spritzer des frischen Dufts auf der Innenseite meiner Oberschenkel. Spätestens jetzt schnalle auch ich, dass ich heute flachgelegt werden möchte.

Mit einem Grinsen auf den Lippen tippe ich eine Nachricht an Simon.

> Willst du sichergehen, ob ich gut genug für die Party aussehe?

Ich lasse das Zwinker-Smiley weg, weil mir noch danach ist, ihn schmoren zu lassen. Zu meiner Überraschung schreibt er nicht sofort zurück. Wahrscheinlich macht er sich selbst gerade fertig und steht unter der Dusche. Die Vorstellung gefällt mir. Seine Haut hat einen wirklich schönen, dezent gebräunten Ton und sieht nass bestimmt toll aus. Ich würde gerne sehen, wie sich die Wassertropfen ihren Weg über seinen harten, definierten Körper bahnen.

Während ich mir bewusstmache, dass ich dabei bin, zu einem sexhungrigen Monster zu mutieren, schlüpfe ich in meine schwarzen Pumps und gehe los.

Meine Wohnung liegt etwa zwanzig Minuten von der Uni entfernt. Normalerweise laufe ich, aber normalerweise trage ich auch Sneakers und keine zehn Zentimeter hohen Absätze. Meine Güte, fühle ich mich in diesen hohen Schuhen gut! Auch wenn ich deshalb gezwungen bin, mit dem Bus zu fahren.

Das letzte Stück muss ich zu Fuß zurücklegen, durch eine wirklich schöne Gegend. Die Wohnungen hier sind sündhaft teuer, deshalb wohnen ironischerweise auch kaum Studenten in der Nähe der Uni. Alex' Familie muss haufenweise Geld haben. Manche Leute haben wirklich alles: Gutes Aussehen, Erfolg, Spaß und einen Tresor voller Sparbücher, die sie leerfeiern dürfen.

Ich hoffe, dass ich mit meiner Vermutung richtig liege und ich für die Getränke nichts bezahlen muss. Weil ich meinen letzten Job im Kino gekündigt habe, komme ich jetzt kaum über die Runden. Eigentlich bin ich froh, weil der Job mies und unterbezahlt war. Außerdem habe ich nur gekündigt, weil ich eine Stelle an der Wirtschaftsrecht-Fakultät in Aussicht habe. Das Vorstellungsgespräch ist übrigens morgen, aber erst um halb zwei Uhr Nachmittag, da sollte selbst der letzte Tropfen Wein meinen Körper wieder verlassen haben.

An der Universität angestellt zu werden, wäre der Jackpot. Ich will später mal als Dozentin arbeiten und das sage ich nicht nur, weil Max diese Damen gerne vögelt.

Ich sehe jemanden vor einem der Wohnhäuser stehen und weiß, dass es Simon ist, obwohl er mir den Rücken zugedreht hat. Diese Schultern habe ich mir eingeprägt, weil sie wie die eines Bogenschützen aussehen. Als er das Geräusch meiner Stöckelschuhe vernimmt, dreht er sich nach mir um.

Er lächelt so freundlich, dass ich sofort ein schlechtes Gewissen bekomme, weil ich ihm eigentlich böse sein wollte. Außerdem kommt es mir gerade unwirklich vor, dass er mit mir in den Nachrichten geflirtet hat. Dieser hübsche, brave, sexy Unschuldsengel mit den Grübchen würde mir nie schreiben, dass ich in einem Sailor Moon Kostüm bestimmt heiß aussehe. Oder?

»Hey.«

Er hat die Hände in den Jeanstaschen vergraben und verlagert sein Gewicht von einem Bein aufs andere. Ist er nervös? Bekommt er einen Begrüßungskuss von mir? Merkt er, dass ich ihn anstarre, weil ich glaube, dass sich seine Bauchmuskeln durch das enge, dunkelblaue Shirt abzeichnen?

»Du siehst hammermäßig aus«, sagt er, während sich sein Blick an meinen Beinen verfängt. Mein Kleid ist kurz und gefällt ihm offensichtlich, weil aus seinem freundlichen Lächeln kurz ein Grinsen wird. Damit hätte ich schon mal nicht gerechnet, aber ich war sowieso darauf eingestellt, mich heute Abend überraschen zu lassen.

»Nimmst du mich so auf Alex' Party mit? Oder schämst du dich für mich?«

Meine Frage bringt ihn zum Seufzen.

»Tu bitte nicht so, als wäre ich so dumm und würde nicht mit dir gesehen werden wollen.«

Ich verschränke die Arme, nicht nur, weil ich bockig aussehen will, sondern weil der kühle Sommerwind mich frösteln lässt.

Mit den hohen Absätzen bin ich nicht mehr ganz so klein, auch wenn ich Simon noch immer nur bis zur Nasenspitze reiche.

»Entschuldige. Es hört sich für mich irgendwie so an, als würdest du dich für mich schämen, wenn du mir verbieten möchtest, auf eine Party zu gehen, auf die du auch gehst.«

Er schüttelt den Kopf und zuckt im nächsten Moment mit den Schultern, bevor er wieder anfängt, sein Gewicht zu verlagern.

»Alex' Partys sind etwas speziell«, meint er schließlich und sieht regelrecht erleichtert aus, als er es herausgebracht hat. Ich neige fragend den Kopf, weil ich etwas mehr Kontext brauche.

»Weil sie lahm sind?«, will ich wissen. Simon und Alex haben beide dieses Wort benutzt, irgendetwas muss es damit auf sich haben. Er grinst kurz, so, als ob ich etwas Abwegiges gesagt hätte, aber ich zitiere ihn nur.

»Lahm … nein. Das war gelogen.«

Ich verfinstere meinen Blick, weil das schon die zweite Lüge von Simon war. Unschuldsengel lügen nicht!

Vielleicht sollte ich dich mal übers Knie legen …

»Sieh mich bitte nicht so vorwurfsvoll an, Lena! Es ist schwer, das zu erklären, weil es so speziell und irgendwie … irgendwie …«

Simons Blick wandert auf mein Dekolletee, anscheinend sucht er dort nach dem verlorenen Adjektiv.

»Gott, siehst du heiß aus …«, platzt es plötzlich aus ihm heraus und ich weiß nicht, ob ich verwundert sein soll über seine plötzliche Offenheit oder ob ich stolz vor mich hin grinsen möchte. Ich will mich eigentlich für Letzteres entscheiden, drehe mich aber um, weil ich Stöckelschuhe hinter mir höre. Als ich mich umdrehe, kommt ein Mädchen mit kinnlangen schwarzen Haaren auf uns zu. Sie trägt enge Röhrenjeans und ein wirklich hübsches beiges Top mit Rüschen am Dekolletee.

»Na ihr?«, sagt sie und lächelt. Sie hat ein liebliches Gesicht, große dunkle Augen und blutrote Lippen. Irgendwie sieht sie aus wie ein modernes Schneewittchen in halsbrecherisch hohen Stilettos, um die ich sie beneide.

Sie läuft an mir vorbei, auf Simon zu und zieht ihn sofort zu sich hinunter, um ihm einen Kuss auf die Lippen zu drücken.

»Hey Süßer«, sagt sie und ich sehe Unbehagen in Simons Augen funkeln, nachdem er sie so freundlich angelächelt hat, wie er es auch bei mir tut. Wahrscheinlich hofft er, dass sie nicht gehört hat, was er vorhin zu mir gesagt hat.

Mein Unschuldsengel wird gerade zu einem ganz gewöhnlichen Arschloch, das eine Freundin hat und trotzdem gerade eben noch auf meine Brüste geglotzt hat.

Als sie sich nach mir umdreht, rechne ich eigentlich mit giftigen Blicken, weil ich weiß, wie dieses Spiel läuft. Ich spiele es nicht gerne, weil ich es dumm und anstrengend finde, aber ich stehe hier draußen mit ihrem Freund und sie kennt mich nicht.

»Hi. Ich bin Bianca.«

Ich starre sie überrascht an. Nicht, weil ich ihren Namen seltsam finde, sondern weil sie so durch und durch freundlich klingt, als ob ich keine potenzielle Konkurrenz für sie wäre.

Ob sie blind ist? Ob sie mich hässlich findet? Sehe ich so furchtbar aus, dass sie nicht den Hauch von Angst verspürt, dass ihr Freund mich auch nur annähernd attraktiv finden könnte?

Als sie auf mich zukommt und mir zwei Küsschen auf die Wange haucht, fühle ich mich so unsagbar unattraktiv, dass ich mit dem Gedanken spiele, einfach wieder nach Hause zu gehen und doch Bridget Jones zu streamen.

»Ich bin Lena«, verrate ich ihr und klinge dabei wahrscheinlich wie eine unsichere, dickliche Zwölfjährige. Sie strahlt mich an, als wäre ich prominent und ich habe keine Ahnung, was hier gerade passiert.

»Klasse, dass du da bist! Wir können Verstärkung gut gebrauchen!«

Ist sie auf Drogen? Bin ich auf Drogen? Was ist denn hier los?!

Sie geht auf die Tür des Wohnhauses zu und drückt eine der Klingeln. Der Summer ertönt sofort, aber bevor sie eintritt, zwinkert sie Simon zu und sagt etwas, das mein Kinn hinunterklappen lässt.

»Ich schulde dir und Alex noch einen Blowjob. Ich hab´s nicht vergessen!«

Die schwere Tür fällt in die Angeln und ich starre auf das milchige Sicherheitsglas. Okay, vielleicht hat sie nicht ›Blowjob‹ gesagt, sondern ›Bowjob‹ – was absolut keinen Sinn ergeben würde …

Ich kann mich nicht überwinden, zu Simon zu schauen, weil ich glaube, dann wie ein schockiertes kleines Mädchen auszusehen. Ich bin weder prüde noch unerfahren, aber ich habe noch nie ein Mädchen getroffen, das so offen ankündigt, dass sie gleich zwei Typen einen blasen wird. Außerdem ist sie super freundlich. Ich bin verwirrt!

»Ich kann dir ein Taxi rufen, wenn du nach Hause möchtest. Ich bezahle auch.«

Als er das Angebot ausspricht, sehe ich doch wieder zu ihm. Da steht mein Unschuldsengel und die Federn an seinen Flügeln gehen ihm gerade aus. Er sieht mich so entschuldigend an, wie er es auch als Kind getan hat, wenn er etwas ausgefressen hatte. Damals ging es um meine kaputte Disney-VHS-

Sammlung, heute darum, dass Schneewittchen ihm da oben einen blasen möchte. Wie sich die Zeiten ändern.

»Ist sie deine Freundin?«, will ich wissen, um endlich etwas Licht in die Sache zu bringen.

»Nein.« Dieses ›nein‹ kommt so emotionslos und schnell, dass ich mir nicht sicher bin, ob hinter ihm nicht ein Roboter steht.

»Ist sie Alex' Freundin?«, frage ich als nächstes, weil eines der beiden Dinge zutreffen muss. Oder nicht? Wohl eher nicht, denn Simon schüttelt den Kopf.

»Keiner dort oben hat eine Beziehung, wir sind alle Single.«

Ich nicke mechanisch und werde plötzlich auch zum Roboter, weil es so leichter ist, meine Eindrücke für mich zu behalten und nicht mein Gesicht zeichnen zu lassen. Er soll nicht sehen, dass ich überrascht bin. Ich habe mich bis gerade eben für den weitaus abgebrühteren Menschen von uns beiden gehalten. So sehr kann man sich irren!

»Und was macht ihr da oben, außer Oralsex?«

Ich bin stolz auf mich, weil ich es sagen kann, ohne dass sich meine Stimme überschlägt. Simon wirkt plötzlich weniger nervös als zu Beginn unseres Gesprächs. Jetzt ist die Katze aus dem Sack, ich weiß nur noch nicht, ob es ein Stubentiger oder ein Löwe ist.

»Alles, was uns Spaß macht. Unsere Vorlieben sind verschieden und niemand tut etwas, das er nicht will.«

Er sagt das so eindringlich, als ob er mich davon überzeugen müsste, dass dort oben nichts Illegales vor sich geht. Mit Vergewaltigungen und K.O.-Tropfen habe ich aber auch nicht gerechnet. Mein Unschuldsengel ist vielleicht nicht ganz so unschuldig, aber ein Engel ist er trotzdem.

»Wie viele Leute kommen zu Alex' Party?«

In meiner Vorstellung rekeln sich dort oben gerade fünfzig nackte Körper. Ab wann ist es eigentlich ein Gang-Bang und ab wann eine Orgie? Kann ich das jetzt noch googeln, ohne dass es auffällt?

»Wir sind meistens zwischen vier und acht Leuten. Das variiert, weil nicht jeder immer Zeit und Lust hat.«

Gut, meine nächste Frage erübrigt sich. Sie feiern solche ›Partys‹ öfter.

»Macht ihr alle, ich meine … gleichzeitig?«

Oh mein Gott, ja, ich habe diese Frage so peinlich und unvollständig gestellt. Simon schüttelt den Kopf und unterdrückt das Grinsen, weil er mich anscheinend nicht auslachen möchte. Meine Fantasie geht wohl gerade mit mir durch.

»Du stellst dir das, denke ich, falsch vor. Das dort oben ist keine einzige, große Orgie. Es ist eine Party. Wir trinken, wir feiern, wir haben Sex miteinander. Meistens nur zu zweit.«

Dieses meistens klingt sehr, sehr halbherzig! Aber die Vorstellung einer vögelnden Kommune verschwindet zum Glück aus meinem Kopf.

»Aber ihr wechselt die Partner«, stelle ich fest und glaube langsam zu verstehen, was dort oben vor sich geht.

»Ja. Jeder schläft mit wem er will. Das kann auch im Laufe der Nacht wechseln. Nur Spaß, keine Verpflichtungen, keine Beziehungen, keine Gefühle. Wer sich verliebt, fliegt.«

Sein letzter Satz klingt wie aus einer Castingshow. Wer nicht mehr tanzt, singt oder schön über den Laufsteg stöckelt, fliegt raus.

Heidi, ich habe heute leider kein Foto für dich, weil du dich während des letzten Blowjobs in mich verliebt hast.

»Wie viele Männer, wie viele Frauen?«

Diese Frage überrascht ihn, obwohl sie eigentlich auf der Hand liegt. Wahrscheinlich wundert er sich, dass ich noch nicht davongerannt bin. Man kann mich vielleicht überraschen, aber nur sehr, sehr schwer schockieren, das weiß Simon aber anscheinend noch nicht über mich.

»Ähm, im Moment … vier Frauen, sechs Männer.«

Er zuckt mit den Schultern, so, als ob er sich für diese Verteilung entschuldigen wollte. Mir war aber klar, dass sich mehr Männer als Frauen für ungezwungenen, zwanglosen Sex finden lassen.

»Soviel ich weiß, sind von den Frauen heute aber nur Bianca und Jula hier.«

»Und wie viele Männer?«

Er schweigt. Entweder will er es mir nicht verraten oder er weiß es nicht.

»Hör zu Lena, eigentlich will ich dir nicht zu viel verraten, wenn du wieder verschwindest.«

Wow, will er mich gerade neugierig machen? Das gelingt ihm nicht, weil sich meine Neugier gar nicht mehr steigern lässt.

»Heißt das, ich muss mit raufkommen, wenn ich wissen will, was mich erwartet?«

»Du musst gar nichts«, stellt er klar und seufzt, weil ich ihn anscheinend falsch verstanden habe.

»Was wir hier machen, soll unter uns bleiben. Wir erzählen niemandem davon, weil … naja, es liegt auf der Hand, oder? Wir sind nicht krank oder irgendwie gestört, wir haben nur alle gerne Sex und können das hier ausleben. Für uns ist es aufregend, spannend und scharf, aber manche würden in uns wohl nur einen Haufen Perverser sehen. Wir studieren alle, wir wollen alle später mal Jobs haben, in denen wir ernst genommen werden und damit wir nicht für unsere Vorlieben verurteilt werden, erzählen wir niemandem hiervon. Wir sprechen über nichts, was in dieser Wohnung passiert, mit Außenstehenden – nie.«

Das mit der Verschwiegenheit scheinen sie sehr ernst zu nehmen, weil Simon gerade wie ein Jurist klingt. Das verschafft ihnen bestimmt ein Gefühl von Sicherheit, was absolut notwendig ist, um sich auf so etwas einzulassen. Ich verstehe das. Ich würde auch nicht wollen, dass irgendjemand erfährt, dass ich zu Alex gehe, um dort mit zwei oder drei Männern pro Nacht zu schlafen. Der Gedanke macht mich nervös und ich kann es nicht leugnen: scharf.

»Soll ich dir ein Taxi rufen?«, fragt er zum zweiten Mal und es kommt mir so vor, als wäre er erleichtert, wenn ich einfach ja sagen würde. Das kränkt mich in vielerlei Hinsicht. Er will wahrscheinlich nicht, dass ich sehe, wie Schneewittchen ihm einen bläst. Außerdem hält er mich wahrscheinlich für zu unschuldig und zu unerfahren, um mich darauf einzulassen. Am liebsten würde ich ihn jetzt fragen, ob er Flügel an meinem Rücken sieht. Vielleicht bin *ich* ja sein Unschuldsengel.

Honey, ich bin alles, nur kein Engel – denke ich, sage aber etwas vollkommen anderes.

»Lass uns raufgehen, Simon.«

Nutella-Brötchen

Simon bietet mir dreimal an ein Taxi für mich zu rufen, und mustert mich dabei so genau, als ob er herausfinden will, ob ich betrunken bin. Nein, ich bin gerade nicht unzurechnungsfähig, nur so spontan und neugierig, dass mir flau im Magen wird.

»Du kannst trotzdem immer gehen, wenn du möchtest. Außerdem musst du mit niemandem schlafen. Du kannst auch einfach mit uns abhängen.«

Ich bleibe stehen, um ihn sehen zu lassen, dass ich mit den Augen rolle. »Kommt es dir so vor, als hätte ich Angst? Ich bin erwachsen. Ich weiß, was ich tue.« Ich habe keine Ahnung, was ich tue, aber von Angst sind meine Gefühle weit entfernt und ich muss nicht wie eine sechzehnjährige Klosterschülerin behandelt werden.

Er hebt entschuldigend die Hände vor den Oberkörper und bleibt vor einer großen weißen Flügeltür stehen.

Das Wohnhaus ist schön. Uralt aber frisch renoviert. Die Decke ist mit Stuck verziert und die halbrunden Fenster wirken wie aus einer anderen Epoche.

Simon klopft so unrhythmisch, dass es so etwas wie ein Geheimzeichen sein muss, damit Eingeweihte wissen, dass einer von ihnen vor der Tür steht und nicht die Polizei, ein wütender Nachbar oder die katholische Kirche. Diesmal bin ich es, die ihr Gewicht nervös von einem Bein aufs andere verlagert, weil die Neugier mich beinahe auffrisst. In meinem Kopf spielen sich gerade so viele verschiedene Szenarien ab, dass ich eine Pornoreihe damit füllen könnte.

Vielleicht überschätze ich mich gerade selbst. Vielleicht ist mir unangenehm, was ich gleich sehen werde. Am liebsten würde ich Simon noch mehr Fragen stellen, aber dafür ist es jetzt erstens zu spät und zweitens würde er nur wieder mit dem Satz antworten ›Ich rufe dir ein Taxi.‹

Es dauert eine Weile, bis uns geöffnet wird, und ich starre die ganze Zeit stur gegen das weiße Holz der Tür, weil ich nicht weiß, wie ich Simon ansehen soll. Ich verstecke meine Unsicherheit gerade so vehement, dass ich bestimmt finster aussehe. Das ist mein Prüfungsgesicht und ich würde wohl keinen Sympathiepreis damit gewinnen.

Die Tür geht schwungvoll auf und ich zucke erschrocken zusammen, weil mein Körper von der ganzen Nervosität in Alarmbereitschaft versetzt ist.

Alex steht vor uns und ich wundere mich darüber, dass er nicht nackt ist. Er trägt Jeans und ein leichtes weißes Sommerhemd, das er an den Ärmeln hochgekrempelt hat, damit man die hart erarbeiteten Muskeln auch sehen kann. Sein Grinsen ist süß, aber ich sehe auch etwas Verruchtes darin, vielleicht weil mir noch immer so viele perverse Bilder durch den Kopf schwirren.

»Ich habe ja schon oft gehört, dass Simon immer spät kommt, aber du auch? Gut zu wissen …«

Die Anzüglichkeit seines Kommentars fällt mir natürlich auf. Was erwidert man auf so eine Begrüßung, die eigentlich keine war?

Danke, ich komme heute aber bestimmt schnell, weil ich seit drei Monaten nicht zum Stöhnen gebracht wurde und mein Vibrator keine Batterien mehr hat?

»Haha, sehr witzig. Bist du jetzt schon betrunken?«, begrüßt ihn Simon auch eher untypisch und betritt die Wohnung. Ich will ihm folgen, werde aber an der Türschwelle abgefangen, weil sich Alex zu mir beugt und mir einen Kuss auf die Lippen drückt.

»Klasse, dass du hier bist, Lena«, meint er und ich erstarre leider, weil seine weichen Lippen so lange auf meinen gelegen haben, dass es sich nicht mehr wie ein einfacher Begrüßungskuss anfühlt.

Reiß dich zusammen! Wenn ich jetzt schon dahinschmelze und verlegen wirke, zerrt mich Simon wirklich ins nächste Taxi, weil er glaubt, dass hier wäre zu viel für mich.

Cool aussehen! Verwegen grinsen!

»Du hättest ruhig schon auf WhatsApp erwähnen können, wie exklusiv deine Partys sind. Danke für die Einladung.«

Alex grinst und Simon dreht sich plötzlich nach uns um, so, als wüsste er, was ich gleich zu hören bekomme.

»Du kannst dich gerne später noch bei mir bedanken, aber wir essen zuerst noch, ja?«

Die finsteren Blicke, die Alex treffen, kommen nicht aus meinen Augen. Simon sieht ihn an, als hätte er gerade selbst vergessen, dass wir hier sind, weil wir alle Sex mit irgendjemanden haben wollen. Alex' Spruch war mehr als harmlos, sogar, wenn wir hier heute nicht alle miteinander ins Bett wollen würden.

»Wieso siehst du mich schon wieder an, als hätte ich dir das letzte Kondom geklaut?«, meint Alex und macht eine Grimasse, um Simon klarzumachen, dass ihm die strengen Blicke egal sind.

»Das geht schon eine Woche so mit ihm«, erklärt er mir und legt seinen Arm um mich. Ich glaube, dass er Simon gleich unterstellt, dass er eifersüchtig ist, aber mein Ego wird leider nicht gestreichelt.

»Liegt daran, dass er die letzte Party verpasst hat. Wenn er unter Strom steht, ist er furchtbar.«

»*Er* bin ich! Und *ich* kann dich hören!«, meint Simon und klingt genervt.

»Ich weiß. Also geht *er* bitte endlich ins Wohnzimmer?«

Simon setzt sich in Bewegung und wir folgen ihm. Alex' Arm auf meiner Schulter fühlt sich gut an, auch wenn mir dadurch noch wärmer wird, als mir ohnehin schon ist. Er riecht unheimlich gut. Wenn Düfte Menschen wären, würde seiner mindestens genauso gut aussehen wie er selbst.

Diese Wohnung muss riesig sein, weil schon allein im Flur fünf Türen zu sehen sind. Als wir im Wohnzimmer ankommen, zähle ich vier Personen. Sie sitzen in einem großen, ziemlich cool eingerichtete Raum an einem Tisch, auf dem Sushi steht, das so köstlich aussieht, als würde es gleich für eine Restaurantwerbung fotografiert werden. Ich muss mich wundern, weil das alles hier so normal wirkt. Die Musik läuft, alle unterhalten sich, essen, trinken Bier und Wein, ganz ohne dabei aneinander herumzuspielen. Ich denke wirklich kurz darüber nach, ob Alex und Simon mich einfach verarscht haben.

»Okay …«, setzt Alex an und bleibt mit mir vor dem Tisch stehen, ohne den Arm von meiner Schulter zu nehmen. Alle Blicke sind auf uns gerichtet beziehungsweise auf mich. Es fühlt sich nicht komisch an, als Neuankömmling auf einer Party gemustert zu werden, das ist normal.

»Leute, das ist Lena. Lena, das sind … Leute«, scherzt er und beginnt dann doch seine Vorstellung, indem er auf das Mädchen zeigt, neben das sich Simon gerade gesetzt hat. Sie grinst mich freundlich an, nachdem sie sich ein Stück Sashimi in den Mund gesteckt hat.

»Das ist Bianca.« Ich kenne das verruchte, freundliche Schneewittchen schon und weiß, was sie heute außer Sashimi noch in den Mund nehmen will.

»Das ist Benji.« Alex zeigt auf einen schwarzhaarigen Typen mit auffallend hellblauen Augen. Ich frage mich sofort, ob er Kontaktlinsen trägt. Als er mich angrinst, fällt mir die kleine Narbe auf seiner Wange auf, die ich zuerst für ein Grübchen gehalten habe.

»Das ist Jula.«

Jula ist eine unaufgedonnerte Barbie. Sie hat, so wie ich, blonde Haare, aber sie sind länger als meine und glänzen so abartig seidig, wie in diesen Shampoo-Werbungen, die ich immer für Photoshop-Schwachsinn gehalten habe. Ihr Gesicht ist lieblich, aber nicht kindlich, und obwohl sie sitzt, sehe ich, dass sie groß und sehr, sehr schlank ist. Sie trägt ein H&M-Kleid, das ich auch im Schrank habe, aber an mir sieht das Blumenmuster kitschig aus – an ihr großartig. Sie lächelt nur kurz und unterhält sich dann weiter mit Benji, der den Blick gerade erst von mir gelöst hat. Meiner schweift weiter zu dem letzten Unbekannten, den Alex mir gleich vorstellen wird.

Egal wie er heißt, ich weiß jetzt schon, dass ich ihn unglaublich finde, und das obwohl diese Wohnung voller schöner Menschen ist. Alex scheint sich seine Partygäste nach strengen Schönheitskriterien auszusuchen. Ich würde mich geschmeichelt fühlen überhaupt hier sein zu dürfen, aber ich bin damit beschäftigt, nicht wie ein dreizehnjähriges Mädchen zu starren, das sich gerade in den Schulhofschwarm verliebt hat.

»Ich bin Theo«, stellt er sich selbst vor, weil Alex abgelenkt ist und den Arm von mir nimmt, weil Bianca irgendeinen anzüglichen Scherz über das Sushi gemacht hat und ihm gerade ein Stück Maki mit den Stäbchen vor den Mund hält.

Theo zeigt mir sein Lächeln und ich habe Angst, dass ich gerade rot werde, weil er mich so genau mustert und ich mich am liebsten für ihn im Kreis drehen würde. Natürlich mache ich mich nicht lächerlich und spiele verliebt grinsenden Brummkreisel. Ich bleibe stehen und schmunzle kurz wie die verdammt abgebrühte, sexy Jura-Studentin, die ich gerne wäre.

Theo ist dunkelblond, mit Dreitagebart und grünen Augen. Diese Beschreibung wird ihm aber viel zu wenig gerecht. Für mich sieht er wie ein Nutella-Brötchen aus, nachdem man zwei Monate lang auf Gemüsediät war. Um ihn herum liegen zwar ein Cookie, Gummibärchen und ein Croissant, aber ich liebe verdammt nochmal Nutella!

»Setz dich einfach und greif zu«, sagt das Croissant … ähm … Alex und ich bin feige und setze mich nicht auf den freien Stuhl neben Theo, sondern zu Benji. Ich habe gedacht, dass es zu auffällig wäre, wenn ich mich neben das Nutella-Brötchen setze, aber ich kenne das Gummibärchen genauso wenig, also hätte es eigentlich absolut keinen Unterschied gemacht. Bin ich wirklich klug? Es fühlt sich gerade nicht so an.

»Was studierst du, Lena?«, will Bianca wissen und kichert, weil Alex sie plötzlich hochhebt, um sich selbst auf ihren Platz zu setzen und sie auf seinen Schoß zu ziehen. Irgendwie verstummen gerade alle und wollen meine Antwort hören. Ich könnte jetzt nervös werden, weil mir diese vielen schönen Menschen an den Lippen hängen, aber ich entscheide mich dafür herauszufinden, wie sie alle aussehen, wenn ihnen die Kinnlade runterklappt.

»Ich bin nicht an der Uni. Ich gehe noch zur Schule, ich bin erst sechzehn.«

Meine Gesichtsmuskulatur unter Kontrolle zu halten und nicht breit zu grinsen, fällt mir schwer, weil sie alle so schockiert aussehen und dann zu Alex schauen, der natürlich genauso wie Simon weiß, wie alt ich wirklich bin. Sie sehen ihren Gastgeber an, als wäre er ein pädophiler Irrer und Alex spielt mit und zuckt gleichgültig mit den Schultern. »Ich dachte, ein Schulmädchen zu verführen, würden manche von euch heiß finden.«

Ich kann nicht mehr und muss lachen. Die Mädchen verstehen den Scherz als erste, die Jungs brauchen eine Sekunde länger, weil sie das Bild mit dem Schulmädchen loswerden müssen, von dem sie bestimmt nicht zugeben würden, dass es sie heiß gemacht hat. Sie lachen dann aber auch. Ich bin froh, dass sie meinen Humor verstehen, das ist nicht bei allen Leuten der Fall.

»Ich studiere Jura, fünftes Semester«, verrate ich schließlich und nehme die Stäbchen an, die Benji mir reicht. Mein Blick will an der Narbe auf seiner Wange kleben bleiben, aber das wäre unhöflich, also wende ich mich dem leckeren Sushi zu und stelle auch eine Frage. »Was studiert ihr?«

Sie sehen alle nicht älter aus als fünfundzwanzig.

»Ich studiere Geschichte und Englisch auf Lehramt«, verrät Bianca und deutet zu Benji, der sich auch gleich zu Wort meldet. »Sport und Deutsch«, meint er und nickt, als ich ihn frage, ob er auch auf Lehramt studiert. Offenherzige, zukünftige Professoren, wieso nicht? Meine Lehrer waren beinahe alle verklemmte Idioten, denen ein wenig sexuelle Freizügigkeit im Privatleben definitiv gut getan hätte.

»Ich studiere Medizin«, meint Jula und ich nicke, obwohl ich mich eigentlich wundere, wieso sie dann nicht zu Hause hinter einem Turm von Büchern sitzt und an Aufputschmitteln lutscht. Ich kenne keine Medizinstudenten, aber das tut niemand an der Uni, weil man sie kaum zu Gesicht bekommt. Die Menge an Lernstoff, die sie abarbeiten müssen, ist abartig und ich habe einmal die Theorie aufgestellt, dass alle zukünftigen Ärzte blasse, engagierte, übermotivierte Lernzombies sind, die ihren Kopf erst aus ihrer Höhle stecken, wenn sie ihr Diplom bekommen, dann aber vor lauter Überempfindlichkeit in der Sonne zerbröseln.

Jula ist aber hier, feiert frivole Partys, wiegt fünfzig Kilo, sieht großartig aus und wird mal Ärztin. Manche Menschen sind einfach perfekt.

»Und du?« Ja, ich traue mich, Theo direkt anzusprechen, klinge dabei aber sehr unterkühlt, weil ich krampfhaft überkompensiere, dass ich ihn toll finde. Er sitzt auf derselben Seite des Tisches wie ich, also muss ich mich ein wenig vorbeugen, um an Benji vorbeizuschauen.

»Chemie.«

Ich habe mir gewünscht, dass er BWL oder Volkswirtschaft sagt. Von mir aus auch Politik oder sogar Ernährungswissenschaften, aber von Chemie habe ich sowas von keine Ahnung. Periodensysteme, Elemente, seltsame Formeln – ich kann das alles kaum von Physik unterscheiden, von der ich übrigens auch keinen blassen Schimmer habe. Ich habe mein Abi mit Wirtschaftsschwerpunkt gemacht und bin an der Uni zum Fachidioten gemacht worden. Wenn er irgendwann mit mir über Säuren und Basen sprechen möchte, findet er heraus, dass ich ein Idiot bin.

Mir fällt gerade auf, dass Alex' Blick an meinem Busen klebt, den ich auf die Tischkante gedrückt habe, um zu Theo zu schauen. Ich lehne mich langsam wieder zurück in den Stuhl und als Alex mir in die Augen schaut, fühlt er sich nicht ertappt, sondern grinst mich kurz an.

»Wie bist du eigentlich zu uns gestoßen?«, will Benji wissen und lässt auch seinen Blick nochmal auf- und abwandern. Okay, das Mustern hier ist vielleicht doch nicht ganz so harmlos wie auf gewöhnlichen Partys, aber ich finde Gefallen daran, weil noch niemand von den Jungs angewidert das Gesicht verzogen hat. Wer würde sich schon schlecht fühlen, wenn ein Haufen potenzieller Unterwäschemodels einen gerne ansieht?

»Hat Alex wieder Flyer auf das schwarze Brett gepinnt, auf denen er hübsche, diskrete Studentinnen bittet, sich für Nachhilfestunden bei ihm zu melden«, scherzt Theo und ich lache mit den anderen, obwohl wir uns alle einig sind, dass Alex das nicht nötig hat. Die hübschen Studentinnen rennen ihm bestimmt auch so hinterher. Als mir das bewusst wird, macht es mich irgendwie stolz, hier zu sein.

Unser Gastgeber zieht eine Augenbraue in die Höhe und stützt sein Kinn an Biancas Schulter ab.

»Eigentlich hat Simon mir Lena vorgestellt. Aber für Nachhilfestunden bin ich natürlich trotzdem frei.«

Der zweite Satz ging an mich und kommt mit einem Zwinkern daher. Es ist schon irgendwie seltsam, wenn einem jemand anzügliche Angebote macht, während er den Arm um ein anderes Mädchen geschlungen hat. Seine Hand liegt zwar auf ihrem Bauch, aber seine Finger streifen immer mal wieder ihren Busen. Ist es komisch, dass ich das heiß finde? Oder sagt mir das nur, dass ich hier richtig bin?

»Alex hat sich selbst bei Lena vorgestellt«, korrigiert Simon die Geschichte unseres Kennenlernens. Das stimmt soweit und ich glaube zu wissen, dass er damit klarstellen will, dass Alex mich eingeladen hat und nicht er.

»Und woher kennt ihr euch?«, fragt Bianca Simon und rutscht etwas unruhig auf Alex' Schoß hin und her. Wahrscheinlich machen sie seine Finger so nervös. Ich sehe zumindest, wie sich ihre Brustwarzen immer stärker unter dem dünnen Stoff ihres Tops abzeichnen.

»Lena hat im Haus nebenan gewohnt, als wir noch Kinder waren. Wir haben uns eine Weile aus den Augen verloren, bis wir uns dann auf der Uni wieder begegnet sind.«

Simon lächelt mich an. Er erzählt das wirklich süß und ich höre Bianca auch schon ergriffen Seufzen. »Eine süße Geschichte!«, spricht sie aus, was ich denke. Als sich Benji zu Wort meldet, klingt er auch amüsiert, aber auf eine andere Weise. »Ah, du willst das Nachbarsmädchen vögeln!«, unterstellt er Simon.

Ich muss aufpassen, dass ich nicht überrascht aussehe, weil ich darüber noch gar nicht nachgedacht habe. Will er mich …? Vorhin wollte er mich noch unbedingt in ein Taxi setzen.

»Ihr hattet doch sicher schon mal Sex«, meint Theo und sieht Simon wissend an. Er täuscht sich, aber das erfährt er gleich von meinem Engel.

»Unsere Doktorspielchen würden wir gerne für uns behalten.«

Aha? Oder er lügt ihn einfach an. Ich verstehe Simons Entscheidung zuerst nicht, erst als er mich anschaut und mir diesen gespielt verruchten Blick schenkt, grinse ich verwegen zurück.

Die anderen lachen und konzentrieren sich dann auf die neue Flasche Wein, die Benji gerade öffnet. Ich bin ihm plötzlich dankbar für die Lüge. Mir kommt es so vor, als hätte er einen gewissen Erwartungsdruck von uns genommen.

Theo sieht Simon wieder an und zieht eine seiner schön geschwungenen Augenbrauen nach oben. Fällt ihm gerade auf, dass das mit den Doktorspielen Blödsinn war?

»Ich will übrigens eine Revanche für vorletzten Donnerstag«, sagt er und trinkt sein Weinglas leer.

Macht nur mich dieser Satz so neugierig? Nein. Jula und Bianca werfen sich wissende Blicke zu und grinsen. Alex seufzt. »Wenn du wieder hinter Simon landest, bist du den ganzen Abend schlecht gelaunt und die Mädels können es dann ausbaden.«

Theo zuckt auf diese Anschuldigung hin nur schmunzelnd mit den Schultern und lässt sich von Benji Wein nachschenken.

Okay, mir war nicht klar, dass die Jungs *so* offenherzig sind. Ich habe absolut nichts dagegen, ich kann mir die beiden nur kaum zusammen vorstellen. Ob ich zusehen darf? Ich traue mich bestimmt nicht zu fragen.

»Bevor der Abend hier in euren kindischen Rivalitäten ausartet …«, meint Alex und gestikuliert dabei Benji – mit der Hand, die nicht beinahe auf Biancas Busen liegt – aufzustehen.

»Hol mal das Glas aus der Küche, ich kann gerade nicht aufstehen«, bittet er und beißt dem Schneewittchen ins Ohrläppchen, die daraufhin ein halb erschrockenes, halb genießerisches Piepsen von sich gibt. Sie hat diese Disney-Prinzessinnen-Nummer wirklich gut drauf. Sogar ich finde sie süß.

Benji erhebt sich und seufzt. »Wir haben gerade mal gegessen und Alex hat schon einen Ständer, es ist jede Woche dasselbe

…«, scherzt er und geht in den Nebenraum. Ich mag den Humor und die Stimmung hier sehr. Es liegt vielleicht auch am Wein, aber ich fühle mich so gut wie schon seit Ewigkeiten nicht mehr. Es macht Spaß, neue Leute kennenzulernen, mal über etwas anderes zu reden als Prüfungen oder Vorlesungen, und im Hinterkopf zu haben, dass hier wahrscheinlich alle heute Nacht Sex haben werden, euphorisiert mich.

Als Benji wieder kommt hat er eine große Karaffe in der Hand, die allerdings nicht mit einem Getränk gefüllt ist, sondern mit kleinen, gelben, zusammengefalteten Post-its.

Er setzt sich wieder zu mir und stellt das Glasgefäß direkt vor mir ab. »Zieh einen und hoff, dass du mehr Glück hast als ich.«

Ich lasse meinen Blick fragend schweifen. Alle sehen mich erwartungsvoll an, aber niemand sagt etwas. Sie grinsen nur wissend. Was steht auf diesen Zetteln? Was ich ausziehen muss? Mit wem ich als Erstes schlafen werde? Ich dachte, das würde hier spontan ablaufen.

Weil ich ihnen ansehe, dass sie mir sowieso nicht verraten, was ich gerade der Glücksfee überlasse, ziehe ich einfach einen Zettel. Ich falte ihn auseinander und lese vor, was jemand darauf notiert hat – eindeutig eine Männerhandschrift.

»Lapislazuli«, lese ich vor und habe keine Ahnung, was das zu bedeuten hat. Blaues Gestein, so viel weiß ich schon, aber was das mit dieser Party zu tun hat, ist mir ein Rätsel.

»Das klingt doch nach einem guten Treffer!«, meint Bianca und sieht fragend in die Runde. »Wer hat das geschrieben?« Alle schweigen und zucken unschuldig mit den Schultern. Anscheinend haben sie irgendwann Zettel in die Karaffe geworfen.

Benji legt den Arm um mich und drückt mich kurz. »Na, ob du das nach ein paar Gläsern Wein noch rausbekommst, ist aber fraglich.«

Simon meldet sich zu Wort und ich hoffe, dass er mich endlich aufklärt. »Im Grunde sollte sie es gar nicht sagen müssen«, meint er und sieht dabei etwas ernst aus. Bianca ist entzückt von seinem Satz und beugt sich von Alex' Schoß runter, um Simon einen Kuss auf die Wange zu drücken. »Aww … du bist so süß! Dafür könnte ich dich die ganze Nacht verwöhnen«, spricht sie ein Angebot aus, das ein schiefes Grinsen auf die Lippen meines Engels zaubert.

Alex zieht Bianca wieder auf seinen Schoß und hält sie fest. »Du gehörst jetzt erstmal mir. Simon kann dir später noch Liebesgedichte ins Ohr flüstern.«

Die Jungs lachen alle, außer Simon, der nimmt einen Schluck Wein. Alex' Sticheleien scheinen ihm wenig auszumachen. Er ist eben noch immer mein Unschuldsengel, und er ist zurecht stolz darauf. Mann muss nicht immer ein Macho sein, um von den Frauen gewollt zu werden.

»Das ist übrigens dein Safeword«, klärt mich Benji endlich auf, weil er gemerkt hat, dass ich noch immer irritiert aussehe. Ich muss grinsen, weil ich die Idee mit der Karaffe und den spontan aufgeschriebenen Wörtern sehr, sehr witzig finde. Wahrscheinlich hätte ich alles Mögliche ziehen können.

»Was ist dein Safeword?«, will ich von Benji wissen, weil er vorher erwähnt hat, dass er kein Glück beim Ziehen hatte. Sein Arm liegt noch immer auf meiner Schulter und es fühlt sich gut an, weil mir sein Parfum dabei in die Nase steigt. Als sein Gesicht näher kommt, fällt mir auf, wie markant es ist. Ich mag diese Linien sehr, sein Kinn, die Wangenknochen, die gerade Nase. Er kommt mit den Lippen sehr nahe an mein Ohr. »Das verrate ich dir, sobald wir mal alleine sind …«

Mein Körper reagiert so stark auf diese verführerisch gehauchten Worte, dass es mir beinahe unangenehm ist. Ich überschlage die Beine, um das Kribbeln vorüberziehen zu lassen. Er nimmt den Arm von meiner Schulter, legt aber die Hand auf meinen Oberschenkel.

Sieht das nach Smalltalk aus?!

»So, jetzt bist du aber fällig!«, sagt Theo plötzlich, zeigt auf Simon und steht auf. Ich hätte beinahe vergessen, dass er seine *Revanche* einfordern möchte. Gehen sie jetzt in eines der Zimmer? Wenn Theo schwul und nicht bi ist, muss ich heulen. Simon steht auch auf. »Schalt mal den Fernseher ein, ich komme gleich.«

Er verschwindet in die Küche und Theo geht auf das große graue Sofa zu.

Ziehen die sich Pornos rein, während sie …?

»Wartet, ich mache mit«, sagt Benji und seine Hand verschwindet von meinem Oberschenkel. Ich habe keine Zeit, enttäuscht zu sein, weil mein Kopfkino mir gerade Bilder zeigt. Drei unglaublich schöne Männer, die gleich übereinander herfallen. Ich hoffe, die beiden sind sanft zu Simon, obwohl ich meinen Unschuldsengel auch gerne ein wenig lustvoll leiden sehen würde.

Jetzt ist es übrigens offiziell, ich bin pervers!

»Kindsköpfe«, höre ich Jula sagen, die die Augen überdreht. Als mein Blick wieder zu dem großen Fernseher schweift und ich Theo nach den Wii-Controllern greifen sehe, schnalle ich endlich, was sie vorhaben.

Die Erkenntnis entlockt mir ein Seufzen, weil meine Gedanken zuvor so verrückt waren. Sie spielen Wii und nicht aneinander herum.

Lena, du bist ein Freak mit absurd perversen Gedanken – schnapp dir mal einen Psychologie-Studenten und lass das analysieren!

Ich stehe auch auf und gehe in Richtung Sofa, weil Alex' Hände mittlerweile so weit in Biancas Jeans gerutscht sind, dass ich sie anstarren müsste, wenn ich hier bleibe. Vielleicht hätten sie nicht mal was dagegen, aber Jula steht auch auf und geht zu den Jungs.

Sie spielen *Mario Kart* und ich bin erleichtert, dass es zumindest kein Ego-Shooter oder irgendein Scheiß ist, den Max immer gezockt hat.

Simon kommt aus der Küche und hat ein großes Glas in der Hand, in dem ein Strohhalm steckt. Er reicht es mir.

»Der versprochene Cocktail«, sagt er und zwinkert. Ich erinnere mich an unsere WhatsApp-Nachrichten und daran, dass ich eigentlich sauer auf ihn bin, weil er mich von dieser Wohnung fernhalten wollte.

»Danke, aber so leicht lasse ich dich nicht davonkommen.« Ja, ich kann auch verwegen zwinkern und zweideutige Drohungen aussprechen. Simon will etwas erwidern, aber Benji hält ihm den Controller vor die Nase. »Ihr könnt auch später noch vögeln, zuerst schlucken du und Theo aber meinen Staub.«

»Also ich will gar nichts von dir schlucken«, entgegnet Simon lachend und setzt sich auf das Sofa.

Der Cocktail schmeckt klasse. Pina Colada mit viel Colada und wenig Pina. Knallt.

Jula hat sich neben Benji gesetzt und ich platziere mich zwischen Simon und Theo, weil mich der Alkohol mutig gemacht hat. Dieses Sofa ist unglaublich bequem und der Fernseher riesig. Die ganze Wohnung ist ein absoluter Traum. Hier zu leben, muss ein Vermögen kosten. Ich nehme mir vor, Alex zu fragen, was seine Eltern beruflich machen, aber im Moment ist er beschäftigt.

Sie fahren die Regenbogenstrecke und ich weiß, wie frustrierend das sein kann, weil ich oft mit Dan *Mario Kart* spiele, wenn wir mal beide bei Mama sind. Seit er in London studiert kommt das aber selten vor. Ich hätte nie gedacht, dass ich meinen dummen Stiefbruder irgendwann tatsächlich vermisse.

»Ich kann mich nicht konzentrieren!«, faucht Benji und sieht rüber zum Tisch. »Könntest du etwas leiser stöhnen oder endlich kommen? Ich übersehe ständig diese verfluchten Kettenhunde!«

Mir ist Biancas Stöhnen durch die Musik und den Fernseher nicht aufgefallen – bis jetzt. Ich sehe auch rüber zu ihr und Alex. Sie krallt sich am Tisch fest, während er mit der Hand noch immer in ihrer Jeans steckt. Ich beneide sie gerade ein wenig, obwohl ich vor Scham wahrscheinlich verglühen würde, wenn es mir hier jemand vor allen anderen besorgen würde. Spannend ist es trotzdem und definitiv erregend.

Ich versuche, mich wieder auf Yoschi, Mario und Bowser zu konzentrieren, weil ich sonst feucht werde ohne überhaupt von jemandem angefasst worden zu sein.

»Scheiße!«, flucht Benji und lässt den Controller fallen, weil er Letzter geworden ist. Er sieht zu Jula und seufzt. »Tröstest du mich?«

Sie wirkt genervt. »Weil du bei einem Spiel verloren hast, das für Zehnjährige konzipiert wurde?«

»Ist das kein Grund für Sex?«

Jula schüttelt den Kopf, zieht aber eine Augenbraue nach oben, so, als würde sie sich mehr Hartnäckigkeit von Benji erwarten. Die bekommt sie auch gleich zu hören.

»Und wenn ich dir verspreche, dass wir das machen, was du liebst und ich hasse?«, bietet er an, und macht mich natürlich neugierig. Jula grinst und steht auf. Ich schaue ihr auf den Hintern. Neben ihr fühle ich mich wie ein Brauereipferd. Ich mache mir in Gedanken eine Notiz, dass ich niemals neben ihr einen Raum verlassen darf!

»Na gut. Aber nur, weil es so witzig ist, wenn du dein Safeword rufst.«

Benji zwinkert mir zu und verschwindet dann mit Jula im Gang. Ich habe kurz gedacht, dass sie vielleicht hier bleiben, und bin etwas enttäuscht, dass ich wohl nicht herausfinden werde, was Benji nicht mag, und wie sein Safeword lautet.

»Kannst du spielen?«, will Simon wissen und hält mir den freigewordenen Controller hin.

»Ja, aber schlucken müsst dann ihr beide«, entgegne ich grinsend und stelle meinen Cocktail auf dem Couchtisch ab. Während ich mich nach vorne beuge, spüre ich Theos und Simons Blicke förmlich an meinem Hintern kleben.

»Dagegen habe ich nichts«, meint der dunkelblonde Schönling, in dessen Blick ich mich kurz verfange. Er gefällt mir wirklich unheimlich gut. Ich kann noch nicht mal sagen, was genau es ist, aber er hat es definitiv.

»Such dir eine Strecke aus«, fordert mich Simon auf und verhindert, dass ich Theo weiterhin anstarre, als wäre er die Mona Lisa und ich jemand, der sich an Kunstwerken aufgeilt.

Wir fahren denselben Kurs, den ich auch mit Dan schon fünfzig Mal gefahren bin.

Ich werde euch sowas von fertigmachen!

Wenn ich ein wenig mutiger wäre, würde ich jetzt eine Wette mit den beiden abschließen, bei der sie etwas für mich tun müssen, wenn sie verlieren. Beim nächsten Mal …

»Du bist verdammt gut«, meint Theo und ich grinse, weil ich mir wünsche, dass er mir das bei unserem ersten gemeinsamen Mal ins Ohr flüstert.

Gott, dieser Cocktail knallt!

Ich führe, zumindest solange bis Simon mich hinterrücks mit einem roten Schild abknallt und ich mit meinem kleinen, schnittigen Kart im Wasser lande.

»Du Arschloch!«, fauche ich ihn an und er lacht. »Nana, nicht fluchen Lena, sonst petze ich das deiner Mutter.«

Wie früher! Der guterzogene, immer lächelnde Klassensprecher und die tollpatschige, fluchende Ballerina. »Dann erzähle ich deiner Mutter, dass du gerne wild und ohne Verpflichtungen durch die Gegend vögelst«, kontere ich, während ich bemüht bin, ihn wieder einzuholen.

»Du sitzt im selben Boot wie ich«, erinnert er mich.

»Ja, aber meine Mutter ist ein verdammter Hippie und ich denke, sie wäre stolz auf ihre spießige Juristen-Tochter.«

Theo lacht laut, weil er meine Mutter nicht kennt und denkt, dass ich nur einen Scherz mache. Dass sie mal ein Gespräch mit meinem ersten richtigen Freund und mir geführt hat, in dem sie ihm erklärt hat, dass es wichtig ist, dass die Frau im Bett nicht zu kurz kommt, kann er nicht wissen. Markus ist übrigens nach Kanada gezogen und ich denke auch heute noch, dass er seine Eltern dazu überredet hat, weil er Angst hatte, jemals wieder mit mir zu schlafen. Vielleicht bin ich deshalb ein wenig spießig geworden. Kann man es mir verübeln? Aber ich arbeite daran, lockerer zu werden und ich hätte mir wahrscheinlich keinen besseren Ort aussuchen können.

»Letzte Runde! Der Gewinner hat einen Wunsch frei!«, tönt Simon großspurig meinen Gedanken von vorhin aus. Ich würde ihn wirklich gerne überholen, aber ich bin so weit hinten, dass ich ein Wunder brauche, um ihn einzuholen.

»Brauchst du Unterstützung, Lena?«

Ich höre Biancas Stimme, aber ich kann nicht zu ihr aufschauen, weil ich sonst gegen eine Kuh knalle. Anscheinend hat Alex seine Arbeit gut gemacht, ich höre sie nämlich ausgelassen kichern. Wie sie mir helfen will, weiß ich nicht, aber ich wäre für Unterstützung wirklich dankbar.

»Ja, Hilfe kann ich gebrauchen!«

Ich konzentriere mich auf die Strecke und merke erst, dass Bianca auf dem Teppich kniet als Simon neben mir zu protestieren beginnt. »Nicht! Das ist … unfair!«

Er bringt die Worte nicht heraus, ohne atemlos zu klingen. Als ich kurz zur Seite schaue, verstehe ich auch wieso. Ich wende den Blick sofort wieder zurück auf den Fernseher, weil ich nicht damit gerechnet habe, sein bestes Stück zu sehen.

Yoschi fährt das kleine Kart plötzlich, als hätte der süße Dino einen Vollrausch. In Wirklichkeit bekommt der Typ, der den Controller bedient, aber gerade einen Blowjob.

Simons Stöhnen und die Gewissheit, was hier gerade einen halben Meter neben mir passiert, macht mich unruhig. Es ist keine unangenehme Unruhe, eher eine lustvolle Anspannung, die daher rührt, dass ich selbst ziemlich scharf werde. Mein Engel stöhnt betont leise, aber melodisch. Er reißt sich wirklich zusammen, aber Yoschi rammt eine Kuh, schlittert gegen einen

Baum und fährt dann sogar in die falsche Richtung. Ich hole zwar auf, aber ich werde nur zweite.

Während Bowser auf dem Bildschirm seinen Sieg feiert, schaue ich zu Theo, der triumphierend grinst. »Entschuldige Baby, ich hätte dir gerne einen Wunsch erfüllt.«

Ich hänge an seinen schönen Lippen, zumindest solange, bis Simon neben mir ein lustvolles Knurren ertönen lässt. Mein Blick schweift zu ihm, in sein Gesicht, das unglaublich schön aussieht, wenn es von dieser Mischung aus Anspannung und Erregung gezeichnet wird. Er hat die Augen geschlossen und krallt sich mit der linken Hand in die Sofalehne. Bianca scheint zu wissen was sie tut. Sie zwinkert mir zu, während ihre Zunge über den harten, geraden Penis gleitet, der locker der Hauptdarsteller eines Pornos sein könnte. Ich wusste nicht, dass Simon so gut bestückt ist, aber es wundert mich nicht. Engel haben schöne, gerade, große Penisse!

Als Simon die Augen aufmacht und mich ansieht, habe ich kurz die lächerliche Sorge, dass er die Erregung an meiner Mimik ablesen kann, aber seine Augen glänzen selbst so lustvoll, dass sie richtig leuchten. Er wirft den Kopf weit in den Nacken und beißt sich auf die Unterlippe. Sein Blick hält mich gefangen, während er kommt, und ich würde mir gerne ansehen, wie sich sein Gesicht wieder entspannt, aber ich spüre plötzlich eine Hand auf meiner Schulter, die mich von dem erotischen Spiel wegdreht.

»Ich habe einen Wunsch frei, oder?«, meint Theo und grinst schief. Ich bin wie paralysiert, weil sich dieses leichte, angenehme Ziehen in meinem Unterleib mit meiner Faszination für ihn und dem Bild von meinem zum Höhepunkt kommenden Engel mischt.

Theos Lippen kommen näher und ich schließe die Augen, während dieses unglaublichen Kusses, der mich beinahe verglühen lässt. Eine seiner Hände legt sich auf meine Wange. Als ich seinen Daumen auf meinem Kinn spüre, drückt er es auch schon ein wenig nach unten, und ich fühle seine Zunge. Theo schmeckt nach fruchtigem Rotwein und riecht nach Zedern. Ich weiß nicht, ob mich schon jemals ein Kuss so scharf gemacht hat. Doch, ich weiß es – nein.

Er zieht mich näher zu sich. Mein Körper drückt sich gegen seinen. Als ich seine Hand auf meinem Oberschenkel spüre, gebe ich seinem Impuls nach, mich auf ihn zu setzen. Ich greife nach meinem Kleid und will sichergehen, dass der Stoff noch meinen Hintern bedeckt, aber Theo schnappt sich meine Handgelenke und legt sie hinter seinem Hals übereinander.

Mein Gesicht kommt seinem wieder so nahe, dass unser Kuss in die zweite Runde geht. Während sich unsere Zungen streicheln, krallen sich meine Finger in seinen Haaren fest. Seine Hände gleiten meine Seite entlang bis zu meinen Hüften, dort wandern sie nach hinten und schieben sich unter mein Kleid. Als ich den festen Druck seiner Fingerspitzen auf meinem Hintern fühle, stöhne ich ihm in den Mund.

Theos Kehle entweicht ein kurzes, verruchtes Lachen, weil ihm meine, doch sehr heftige, Reaktion auf diese verhältnismäßig harmlose Berührung zu gefallen scheint. Er beendet den Kuss und seine Lippen berühren mein Ohr.

»Wie lange hattest du schon keinen Sex mehr?«, flüstert er amüsiert und verfestigt wieder den Druck seiner Fingerspitzen. Ich kann mir das leise Keuchen nicht verkneifen, weil ich ihn so unbedingt will. Es ist mir peinlich, dass es so offensichtlich ist, wie gerne ich genommen werden möchte, also antworte ich ihm nicht, sondern beginne seinen Hals zu küssen. Seine Haut schmeckt gut. Ich fahre mit der Zungenspitze kurz über seine Halsschlagader.

»So lange? Dann kommst du heute laut und oft für mich, oder?«

Seine geflüsterten Worte jagen einen wohligen Schauer durch meinen Körper. Ich spüre seine Erregung zwischen meinen Beinen und muss mich zusammenreißen, ihn nicht darum zu bitten, mich sofort und so hart er will zu nehmen. Ich vergesse sogar, dass wir hier mitten in Alex' Wohnzimmer sitzen, zumindest bis ich plötzlich eine Stimme hinter mir höre und mir jemand mit dem Finger auf die Schulter klopft.

»Kommst du mal kurz mit auf den Balkon, Lena?«

Der lusterfüllte Tunnelblick, den ich gerade eben noch hatte, verschwindet, und ich drehe den Kopf, um Simon verständnislos anzustarren.

Siehst du nicht, was wir hier machen?! Sieht das nach Smalltalk aus?!

Nur weil er sich die Hose wieder hochgezogen hat, und Bianca mit ihm fertig ist, muss er nicht in unser Vorspiel platzen!

»Du störst gerade, falls es dir nicht auffällt!«, verbalisiert Theo den Satz, den ich nicht hinausbringe, obwohl meine Libido gerade wutentbrannte Flüche in meinem Inneren ertönen lässt, weil sie weitermachen möchte. Simon zeigt sich unbeeindruckt von Theos finsteren Blicken und macht eine auffordernde Geste mit dem Kopf. »Kommst du?«

Nein! Dank dir komme ich wohl nicht so bald!

Ich stehe auf, weil Simon nicht aussieht, als würde er lockerlassen. Anscheinend ist es ihm wirklich wichtig, dass ich gerade *jetzt* mit ihm auf den Balkon gehe. Vielleicht will er mir etwas sagen oder mich selbst haben. Auf alle Fälle bringe ich es nicht übers Herz, meinen Engel zu ignorieren, und das obwohl meine Libido sich am liebsten personifizieren würde, um sich an Theo festzukrallen. Er knurrt genervt und ich kann es ihm nicht verübeln.

»Ich bin gleich wieder hier«, versuche ich ihn zu beschwichtigen, aber er funkelt Simon noch immer wütend an, der mich an der Hand nimmt und mit mir auf die Glastür zusteuert.

Draußen ist es kühl, aber vielleicht bilde ich mir das auch ein, weil mein Körper so erhitzt ist. Ich bin verdammt feucht, das bilde ich mir nicht ein, da bin ich mir sicher.

»Was ist?«, frage ich Simon, als er sich gegen das Geländer lehnt. Ich kann nicht unterdrücken, dass ich genervt klinge, da spricht noch immer meine wütende Libido aus mir. Er greift in die hintere Tasche seiner Jeans und zieht ein Päckchen Zigaretten heraus.

»Willst du eine?«

Ich schüttle verwirrt den Kopf. »Nein, ich rauche nicht. Ich dachte, du auch nicht.«

Er zuckt mit den Schultern, während er sich die Zigarette ansteckt. »Tue ich auch nicht. Zumindest nicht oft. Meistens nur nach dem Sex und wenn ich betrunken bin.«

»Also zu oft«, erwidere ich patzig und verschränke die Arme vor der Brust.

»Kommst du mit all dem hier klar?«, will er wissen und stößt den Rauch zwischen seinen Lippen in die kühle Nachtluft. Fragt er das gerade tatsächlich?! Was denkt er, dass ich mit Theo machen wollte? Ich dachte zumindest nicht, dass sein Penis der einzige Fluchtweg ist!

»Du meinst, weil ich gesehen habe, wie dir Bianca einen bläst?«, frage ich gewollt provokativ, weil ich das Bedürfnis habe, mich für die Unterbrechung zu rächen. Simons Blick schweift tatsächlich an mir vorbei, weil es ihm unangenehm ist, dass ich es so direkt angesprochen habe.

»Entschuldige, das war wahrscheinlich etwas krass für den Anfang«, meint er und klingt schuldbewusst.

Ach, weil du gekommen bist, während du mich angesehen hast? Ich beiße mir auf die Zunge, damit dieser Satz nur durch meine Gedanken schweift und nicht über meine Lippen kommt.

»Ich komme klar, Simon! Wirke ich auf dich irgendwie überfordert?«

Mein genervter Tonfall soll ihm noch deutlicher machen, dass ich kein Problem mit dieser Party habe. Er schüttelt den Kopf. »Nein, so wirkst du nicht«, gibt er zu und klingt irgendwie enttäuscht. Was hätte er gerne gesehen? Dass ich nervös in einer Ecke sitze und davonlaufe, sobald ich den ersten Penis entdecke?

»Sorry, es ist nur seltsam, dich hier zu sehen«, gesteht er und zieht wieder an seiner Zigarette. Jetzt muss ich schmunzeln. »Frag mich mal. Ich dachte, du wärst der nette, höfliche Nachbarsjunge, der Blümchensex mit vier bis fünf Mädchen in seinem Leben hatte. Jetzt kommt es mir so vor, als würde ich dich gar nicht kennen.«

Simon lächelt sein bestechend liebenswertes Lächeln. »Doch, du kennst mich, Lena. Streich nur den Blümchensex und addiere ein paar Frauen dazu. Abgesehen davon bin ich noch immer ich. Ich fluche nicht und ich versuche, zu jedem nett zu sein.«

»Das gelingt dir aber nicht immer. Ich glaube, Theo ist gerade ziemlich sauer auf dich.«

Er grinst und zuckt mit den Schultern. »Allen kann und will ich es nicht recht machen. Außerdem ist das nicht das erste Mal, dass wir aneinander geraten.«

Ich will mehr zu diesem Thema hören, aber die Balkontür geht plötzlich auf und Alex stellt sich zu uns.

»Kaum kommt er, muss er sich eine Zigarette reinziehen. Aber den Rest der Woche den Sport- und Ernährungsfanatiker spielen!«, tadelt er Simon und nimmt ihm den Glimmstängel aus den Fingern, um selbst daran zu ziehen.

»Alles klar, Lena?«

Na toll. Der nächste der wissen will, ob ich Angst vor Penissen habe.

»Abgesehen davon, dass es hier draußen kalt ist, und ihr jetzt wie Aschenbecher riecht, ja.«

Alex gibt Simon die Zigarette wieder und tauscht seltsame Blicke mit ihm aus. Das letzte Mal habe ich sie auf der Uni ihren Gedankenübertragungsmodus einschalten sehen. Anscheinend können sich die beiden so unterhalten, was gewaltig nervt, weil ich kein Jedi bin und nicht mithören kann.

»Du hast den Rest der Wohnung noch gar nicht gesehen, oder? Soll ich ihn dir zeigen?«, fragt Alex und lächelt mich an. Ich bin wirklich neugierig auf die anderen Räume und muss sowieso dringend mal ins Badezimmer. Bevor wir reingehen, nickt Alex Simon nochmal zu und ich komme mir vor, als hätte ich etwas verpasst. Außerdem merke ich, dass die zwei Gläser Wein und der Cocktail dabei sind, sich an die Steuerkonsolen in meinem Hirn zu setzen.

Schau mich an!

Theo ist verschwunden. Das Wohnzimmer ist leer und ich frage mich, ob er mit Bianca zusammen ist.

Danke Simon, dass ich dir beim Rauchen zusehen durfte und mein Traummann jetzt Schneewittchen zum Stöhnen bringt und nicht mich!

»Die Küche ist dort drüben. Du kannst dir aus dem Kühlschrank nehmen, was du möchtest. Wenn du ein bestimmtes Getränk bevorzugst, sag mir Bescheid, dann ist es das nächste Mal hier.«

Alex lässt mich einen kurzen Blick auf die kleine, aber wirklich hübsche Küchenzeile werfen. Der Kühlschrank ist dafür riesig. Seine Großzügigkeit ist alles andere als selbstverständlich. Ich war noch nie irgendwo eingeladen, wo es Sushi, teuren Wein und Cocktails gratis gab. Als Student ist man daran gewöhnt, aus Plastikbechern zu trinken – Bier im Sommer, billigen Glühwein im Winter.

»Danke Alex, das ist wirklich …«, bevor ich ›nett‹ sagen kann, winkt er ab. »Schon gut, kein Ding.«

Er sagt das so abwürgend, als hätte ich mich zu übertrieben für einen einfachen Kaugummi bedankt. Alex geht weiter und es kommt mir so vor, als wäre er jemand, der nicht gerne ein ›Danke‹ hört. Es gibt solche Menschen, aber die tragen meistens ziemlich viel emotionalen Ballast mit sich herum. Unser sexy, schlagfertiger, anscheinend sehr reiche Gastgeber wirkt auf mich aber nicht wie jemand, der Probleme hat.

Wir gehen in den Gang und Alex öffnet eine der Türen. »Das ist das Frauenbadezimmer.«

Er hat ein extra Frauenbadezimmer? Was ist der Unterschied zum Männerbadezimmer? Ich werde es gleich herausfinden, weil ich sowieso aufs Klo muss.

»Kann ich da kurz rein?«

»Ja, sicher.«

Weiße Wandfliesen, ein weicher türkiser Teppich und eine wirklich coole Regendusche mit Glaswänden. Die Metallstange an der Innenseite der Dusche ist entweder dafür gedacht, dass auch alte, klapprige Leute hier duschen können oder um Halt zu finden, während man sich zu zweit hier vergnügt. Dass diese Wohnung kleine Geheimnisse birgt, die erst bei genauerer Betrachtung die Fantasie beflügeln, gefällt mir. Freie Liebe trifft Snobismus. Wieso nicht?

Eine Reihe der Deckenspots leuchtet in türkis und taucht alles hier in ein warmes, stimmungsvolles Licht. Mein Badezimmer würde Komplexe bekommen, wenn es das hier sehen würde. Sogar die Toilette kommt mir komfortabler vor als meine.

Ich stehe vor dem Waschbecken und öffne den Spiegelschrank. Jetzt verstehe ich das mit dem Frauenbadezimmer. Damenparfums, Erfrischungs- und Feuchttücher und sogar eine Reihe noch verpackter Zahnbürsten. Ich trage einen Spritzer von dem Tommy-Hilfiger-Duft auf, den ich liebe, mir aber nicht leisten kann, seit ich meinen Job gekündigt habe. Dan schenkt ihn mir immer zu Weihnachten, aber das kleine Fläschchen ist meistens schnell aufgebraucht.

Aus Neugier öffne ich auch noch die Schubladen. In der ersten sind nur Handtücher, in der zweiten leuchtet mir quietschbuntes Spielzeug entgegen. Ich muss schmunzeln, als ich mir die Vibratoren ansehe. Sie sind alle klein und irgendwie süß. Ich greife mir die gelbe Ente, die aussieht wie ein gewöhnliches Quietsche-Entchen. Als ich ihr auf den Schnabel drücke, fängt sie so stark zu vibrieren an, dass ich sie beinahe fallen lasse. Ich drücke hektisch an dem Spielzeug herum, weil ich nicht will, dass Alex denkt, dass ich es mir hier drin mit der Ente selbst besorge.

Das brummende Geräusch verstummt und ich lege wieder alles dorthin zurück, wo es hingehört. Nach einem prüfenden Blick in den Spiegel verlasse ich das Bad wieder.

Alex lehnt an der Wand neben der Tür und grinst mich an, als wüsste er, dass ich gerade seine Spielzeugsammlung bewundert habe. Er greift sich mein Handgelenk und zieht mich zu sich. Sein Gesicht vergräbt sich in meiner Halsbeuge, und ich höre ihn tief einatmen. »Tommy Hilfiger. Mein Lieblingsfrauenduft«, verrät er und ich bekomme Gänsehaut, weil ich seinen warmen Atem an meiner Haut fühle. Sein Gesicht kommt meinem langsam näher und ich bin kurz davor, die Augen zu schließen, weil ich denke, dass er mich küssen will, aber er lässt mich los und setzt sich wieder in Bewegung. »Komm, die Führung geht weiter.«

Ich fühle mich irgendwie stehengelassen, aber ich folge Alex natürlich und lasse mir nichts anmerken.

»Das ist das andere Badezimmer.« Er öffnet kurz die Tür, damit ich hineinsehen kann. »In die Eckbadewanne passen vier Leute«, meint er und lässt ein verruchtes Grinsen über seine Lippen gleiten. Er spricht aus Erfahrung, das sieht man ihm an. Ich bin mir sicher, dort drin gibt es auch ein Entchen.

»Das sind Schlafzimmer.« Er deutet auf die drei Türen, die noch im langen Flur zu sehen sind. An zwei der Schnallen hängen Schilder, wie im Hotel. Ich weiß warum, aber er erklärt es sicherheitshalber trotzdem. Vielleicht bin ich ja schwer von Begriff und habe in den letzten Jahren in einer amerikanischen Familiensitcom gelebt.

»Wenn jemand ungestört sein will, hängt er das Schild an die Klinke. Du kannst die Tür aber auch offen lassen, wenn du es geiler findest«, meint er und zeigt mir wieder, wie verrucht er grinsen kann.

»Schlüssel gibt es keine. Hier werden keine Türen abgesperrt.«

Dieser Satz klingt verhältnismäßig ernst. Ich verstehe warum. Er kennt natürlich nicht jeden sofort, vor allem, wenn er zum ersten Mal bei ihm ist. Alex weiß auch nicht, ob ich vielleicht eine verrückte Psychopatin bin. Wenn jemand aus der Reihe fällt und Safewords ignoriert, kann man noch immer um Hilfe schreien und das Schlafzimmer stürmen lassen. Der Gedanke ist irgendwie beklemmend, auch wenn es abwegig ist, dass es tatsächlich so weit kommt.

»Im Wohnzimmer habe ich noch eine Tür gesehen. Ist das auch ein Schlafzimmer?«, will ich wissen und ernte überraschte Blicke. »Nein, das heißt, ja …«, korrigiert er sich. »Dieser Raum ist abgeschlossen«, meint er und schmunzelt, weil er mir vor zehn Sekunden erklärt hat, dass hier keine Tür abgeschlossen wird. Er zuckt mit den Schultern. »Das ist mein privates Schlafzimmer. Dort hat niemand etwas verloren, zumal er sonst von meinem Chaos erschlagen werden würde«, scherzt er und ich nicke, weil ich verstanden habe, dass er sich ein Stückchen Privatsphäre bewahren möchte.

»Du lebst alleine hier«, stelle ich fest, nachdem es keine weiteren Zimmer mehr gibt.

»Ja.«

»Ganz schön … geräumig.«

»Das war mal die Praxis meines Großvaters. Meine Eltern haben die Räume renovieren lassen, als ich zu studieren begonnen habe.«

»Was machen deine Eltern beruflich?«

»Mein Vater ist Pianist und meine Mutter treibt es hauptberuflich mit ihrem Yoga-Lehrer, weil mein Vater in der Weltgeschichte herumreist.«

Er klingt sehr, sehr unterkühlt, wenn er das erzählt. Oha, da hat jemand ernste Probleme mit seinem Elternhaus!

»Fährst du oft nach Hause?«

»Nein.«

»Hast du Geschwister?«

»Wenn das ein Verhör wird, möchte ich vorher mit meinem Anwalt sprechen«, antwortet er und gibt mir damit scherzhaft zu verstehen, dass er keine weiteren privaten Fragen beantworten will. Es ist mir kurz unangenehm, dass ich ihn überhaupt ausgefragt habe. Ich bin normalerweise niemand, von dem Leute Sätze hören wie ›Erzähl mir alles über dich und lass ja keine Details über deine frühkindliche Phase aus‹, aber Alex ist irgendwie spannend und ich habe mich hinreißen lassen. Man trifft nicht alle Tage einen Studenten, der seine zweihundert Quadratmeter große Wohnung für Sexpartys zur Verfügung stellt.

»Wenn du eine Anwältin brauchst, ich lasse mich auch in Naturalien bezahlen«, scherze ich und lehne mich mit der Schulter gegen die Wand. Ich schaue zu Alex auf und beiße mir auf die Unterlippe. Hoffentlich sehe ich gerade verführerisch genug aus, um ihn vergessen zu lassen, dass ich seinen Lebenslauf analysieren wollte.

»Willst du mal eines der Zimmer sehen?«, fragt er und schmunzelt, während er seinen Blick über meinen Körper schweifen lässt. Ich nicke und folge ihm zu der Tür ohne Schild. Mein Herz beginnt etwas schneller zu schlagen, weil meine Libido sich wieder zu Wort meldet und mich fragt, ob wir denn nun endlich glücklich gemacht werden. Ich zische sie an, um sie ruhig zu halten, weil es natürlich sein könnte, dass das hier nur zu Alex' Wohnungsführung gehört und er sich im Anschluss lieber mit Jula oder Bianca vergnügt. Hatte er heute schon Sex mit jemandem oder hat er nur Schneewittchen zum Stöhnen gebracht?

Das Schlafzimmer ist klasse. Ein Boxspringbett mit glänzend dunkelroter Bettwäsche, die verdächtig nach Satin aussieht. Die Front des Kleiderschranks ist komplett verspiegelt. Eine große weiße Stehlampe taucht den Raum in stimmungsvolles Licht. Die Wände sind in einem hellen Orangeton gestrichen.

»Gefällt es dir?«, will Alex wissen, lehnt aber noch immer im Türrahmen. Ich nicke, sehe mich nochmal kurz um und stelle fest, dass es hier nach Lavendelduftkerzen riecht. Als ich das Zimmer wieder verlassen will, macht er mir keinen Platz. »Das ist mein Lieblingsschlafzimmer. Willst du wissen wieso?«

»Weil du hier drinnen deinen ersten Dreier hattest?«, spekuliere ich grinsend.

»Meinen ersten Dreier hatte ich in der Oberstufe in der Mädchenumkleide«, entgegnet er und zuckt mit den Schultern, weil er anscheinend weiß, wie ungewöhnlich das ist. In was für einer Schule war er denn bitte? Dem Porno-Internat? Eigentlich habe ich diese Erotikfilmchen immer für abwegigen Scheiß gehalten, aber anscheinend gibt es wirklich Jungs, die aus Versehen in der Mädchenumkleide landen und dann auf zwei willige Turnerinnen treffen, die unbedingt von ihm gevögelt werden wollen. Einer von denen steht gerade vor mir.

»Rate nochmal, das macht Spaß«, fordert mich Alex auf und will anscheinend noch eine Schweinerei von mir hören, von der er mir erzählen kann, dass er sie schon mit dreizehn mit seinem Hausmädchen gemacht hat.

Ich setze aber woanders an und finde meine Frage jetzt schon großartig.

»Du magst das Schlafzimmer am liebsten, weil du hier drinnen das erste Mal Simon gevögelt hast?«

Alex kneift die Augen kurz zusammen, so, als hätte ich einen wunden Punkt getroffen.

»Sehr nahe dran mit deiner Spekulation!«, verrät er, ergänzt aber noch. »Simon habe ich das erste Mal in einem leeren Hörsaal genommen. Wir wären beinahe erwischt worden, weil er so laut gejammert hat. Kann ohne Gleitgel verdammt weh tun.«

In der ersten Sekunde grinse ich, dann glaube ich, keinen Sarkasmus herauszuhören. Meint er das ernst? Ist das ein Scherz? Ich weiß nicht! Man kann Alex so verdammt schwer einschätzen, vor allem, wenn er so gottgleich im Türrahmen lehnt. Meine Libido summt schon die ganze Zeit ›He's bringing sexy back‹.

»Aber um zu deiner Spekulation zurückzukommen«, setzt er an und stellt sich gerade hin. Er kommt auf mich zu und bleibt so dicht vor mir stehen, dass sich unsere Körper berühren, sobald einer von uns den Brustkorb zum Einatmen hebt.

»Das Schlafzimmer ist mein liebstes, weil ich dich dort das erste Mal genommen haben werde.«

Alex hebt seine Hand und legt sie seitlich an meinen Hals. Sein Daumen fährt die Konturen meines Kinns nach und ich sehe fragend zu ihm auf.

»›Genommen haben werde?‹ Ist das grammatikalisch korrekt?« will ich wissen und versuche ihn nicht merken zu lassen, wie bereit mein Körper für ihn ist. Ich grinse ihn an und der Alkohol lässt mich etwas aussprechen, das eigentlich nur witzig sein soll. »Wir sollten Benji dazu holen, der studiert doch Germanistik, oder?«

Oh mein Gott, habe ich das gerade wirklich gesagt?! Ich wollte nur abgebrüht und taff klingen, weil Alex mich mit seiner Pornovergangenheit beeindruckt hat. Zwei Männer würden mich im Moment schwer überfordern! Ich habe seit Monaten nur Kontakt mit meinem Vibrator und der stellt keinerlei Ansprüche an mich.

Alex packt mich plötzlich an der Hüfte und drückt mich so schwungvoll gegen die Kommode, dass ich erschrocken in seinen Mund stöhne, weil er mich so überraschend und fordernd küsst. Sein Mund schließt sich schnell wieder und er drückt mir seine Lippen ans Ohr.

»Ich teile dich erstmal mit niemandem«, flüstert er bestimmend. »Für den Moment gehörst du nur mir. Einwände?«

Will er jetzt tatsächlich etwas von mir hören? Ich kann gerade nur an seinen Körper denken, an seine Hand, die sich auf meinen Busen legt und die Erektion, die ich unter seiner Jeans spüre, weil er sein Becken gegen meines drückt.

»Ähm … nein, alles okay.«

Ähm … nein, alles okay?! Habe ich das echt gesagt?! Vorhin mache ich noch einen schmutzigen Witz über einen Dreier und jetzt klinge ich wie ein geiler, verunsicherter Teletubbie?!

Alex raunt ein dunkles Lachen. Natürlich lacht er über mich, ich bin ja auch ein Idiot. Er lässt von mir ab und mustert mich mit hochgezogenen Augenbrauen. Ist sein Blick ernst? Verrucht? Schockiert? Nein, er sieht irgendwie ... amüsiert aus.

»Du darfst ruhig nervös sein, das ist das erste Mal für dich, oder?«

Fragt er mich gerade, ob ich noch Jungfrau bin? Steht er unter Drogen?

»Ich meine, Sex ohne Beziehung«, präzisiert er, bevor ich ihn noch irritierter ansehen kann.

In meinen Gedanken spule ich gerade all meine sexuellen Erfahrungen ab. Markus ist zwar nach Kanada geflüchtet, aber wir waren zusammen, bevor er Angst vor meiner Hippie-Mutter und ihren Orgasmus-Predigten bekommen hat. In der Oberstufe war ich drei Monate mit unserem Schulsprecher zusammen und wir hatten mal Sex während einer Freistunde. Nicht ganz pornoreif, aber immerhin. An der Uni habe ich gleich Max kennengelernt. Wir hatten zwar schon am ersten Abend Sex, aber danach folgte eine eineinhalbjährige, verstörend einschläfernde Dreiecksbeziehung mit ihm und seiner Playstation.

»Nein, das ist nicht mein erstes Mal!« Das platzt förmlich aus mir heraus, weil ich so stolz auf mich bin und das, obwohl ich diese sexuelle Erfahrung beinahe vergessen hätte. Warum eigentlich? Es war heiß, verboten und richtig, richtig großartig! Zumindest habe ich es damals so empfunden.

»Ich hatte mal einen One-Night-Stand mit dem besten Freund meines Stiefbruders, kurz bevor er weggezogen ist«, sage ich und denke darüber nach, ob es einen Zusammenhang zwischen meinen Fähigkeiten als Liebesgespielin und der Tatsache gibt, dass Männer in fremde Länder ziehen.

Alex lacht und legt mir die Hand auf die Wange um darüberzustreichen.

»Süße, du hättest mich jetzt nur beeindrucken können, wenn du mir erzählt hättest, dass du mit deinem Stiefbruder gevögelt hast.«

Ich sehe ihn schockiert an.

Ja, Alex, dein Leben ist ein scharfer Porno in Luxusimmobilien und perversen Schulen – meines nicht!

Er küsst mich, ganz sanft und liebevoll. Ich will enttäuscht darüber sein, dass er gerade so vorsichtig mit mir ist, als wäre ich eine zerbrechliche Puppe, aber seine Hand landet plötzlich an meinem Hintern und drückt so fest zu, dass ich aufstöhne.

»Ich wollte diesen Arsch schon in der Mensa unbedingt sehen«, verrät er, packt meinen Oberarm und dreht mich so schwungvoll herum, dass ich mich intuitiv an der Kommode festhalte. Er hat ›diesen‹ Arsch und nicht ›deinen‹ Arsch gesagt. Ja, mein Hintern bekommt eine eigene Persönlichkeit zugesprochen, weil er so auffällig ist. Alex scheint das aber eindeutig zu gefallen, weil seine Hände auf meinem Po landen und er sich dann mit dem Becken kurz dagegen drückt.

Ich stöhne leise auf. Alleine die Vorstellung, was hier gleich passieren wird, macht mich unheimlich scharf. Er greift nach dem Reißverschluss meines Kleides und zieht ihn hinunter. Ich spanne meinen Körper an, weil ich natürlich gut aussehen will, wenn er den ersten Blick auf meine nackte Haut wirft. Mein Rücken bäumt sich etwas durch, damit ich meinen Hintern gebührend in Szene setzen kann. Ich sehe hinter mich, um Alex' Reaktion mitzubekommen, nachdem mein Kleid auf den Boden gefallen ist, aber er fasst in meine Haare und krallt sie zu einem festen Zopf zusammen. Ich schaue wieder gegen die Wand, weil er das so bestimmt hat. Als ich spüre, wie sich sein Körper über meinen beugt, und seine Lippen wieder nahe an mein Ohr kommen, beiße ich mir auf die Unterlippe, um mein Verlangen zu zügeln.

»Very nice …«, tönt er und leckt über mein Ohr. Das Kribbeln will sich in meinem ganzen Körper ausbreiten, aber ich zucke zusammen. Alex' Hand landet auf meinem Hintern: fest, schnell und mit hörbarem Aufschlag. Ich stöhne erschrocken, weil ich nicht damit gerechnet hatte. Max hat gegen Ende so viel Dominanz in unser Liebesspiel gesteckt wie ein achtzehn Jahre alter, blinder Stubentiger.

»Zu fest?«, will Alex wissen, wahrscheinlich, weil ich so erschrocken aufgestöhnt habe. Ich schüttle den Kopf.

»Zu locker?«, raunt er und ich weiß, dass er grinst, auch wenn ich noch immer gegen die blassorange Wand schaue.

Ich fühle, wie sich seine Hand an meinem BH zu schaffen macht und den Verschluss öffnet. Er streift ihn ab und dreht mich um, weil er mich von vorne sehen möchte. Ihm wieder in die Augen zu schauen ist großartig. Sie glänzen lustvoll und mir fällt wieder auf, wie unglaublich gut er aussieht. Sein Blick verfängt sich an meinem Busen.

»Ist er gemacht?«, will er wissen und legt tatsächlich fragend den Kopf schief. Ich denke zuerst er scherzt, aber anscheinend ist es ihm ernst.

»Nein«, antworte ich unsicher, weil er mich noch immer so prüfend mustert. Als er die Hand hebt, seine Finger sich auf meinen Busen legen und er sanft zudrückt, muss ich mir wieder auf die Unterlippe beißen.

»Bist du dir sicher? Das wären die perfektesten natürlichen Brüste, die ich je gesehen habe. Und ich habe durchaus Vergleichswerte.«

»Ja, ich bin mir sicher, dass ich keine OP hatte«, meine ich und ziehe die Brauen nach oben. Alex kann sehr seltsame Komplimente machen, geschmeichelt fühle ich mich trotzdem.

»Du bist wirklich, wirklich scharf, Lena«, sagt er und sieht mich mit festem, selbstbewussten Blick an. Ich könnte ihn für diese Worte küssen! Eigentlich spricht nichts dagegen, also stelle ich mich auf die Zehenspitzen, weil er um einiges größer ist als ich. Seine Zunge spielt sofort mit meiner und seine Finger tasten wieder nach meinem Busen. Als er meine Brustwarzen berührt, jagen sanfte Stromschläge durch meinen Körper. Ich bin enttäuscht, dass er gleich wieder damit aufhört.

Er hebt mich hoch und setzt mich auf der Kommode ab. Alex drängt sich zwischen meine Beine und ich fühle seine Erektion direkt an einer meiner empfindlichsten Stellen. Sein Kopf neigt sich und er bedeckt meinen Hals mit Küssen, während er meinen Oberkörper ein wenig nach hinten drückt, sodass ich mit den Schultern an der Wand anstoße. Mit der Neigung meines Körpers, rutscht auch Alex' Kopf nach unten und seine Lippen landen auf meinen Brüsten.

Ich schließe die Augen, aber nur kurz, weil ich sonst noch schneller verglühe. Ich stöhne leise auf, als er mit der Zunge über meine Brustwarzen fährt. Er macht das aber auch verdammt gut, fest und rhythmisch. Mein Unterleib pocht und ich darf mich keinen Zentimeter bewegen, weil ich bei jeder Reibung an seiner Härte noch schärfer werde. Es wäre mir peinlich, nach einem so kurzen und harmlosen Vorspiel schon zu kommen, aber ich bin unglaublich leicht reizbar, wenn meine Gedanken so verrückt spielen, und dass ich schon so lange keinen Sex mehr hatte, tut auch sein Übriges. Außerdem ist Alex mit Sicherheit der erfahrenste Mann, der mich jemals angefasst hat. Er und seine Zunge wissen definitiv, was sie tun!

Ich sehe seinen Händen dabei zu, wie sie zu seiner Jeans wandern und den Gürtel öffnen. Von meinen Brustwarzen trennt sich seine Zunge dabei nicht und das Ziehen vermischt sich mit dem Pochen in meinem Unterleib. Er öffnet seine Hose und ich überlege, ob es nicht doch besser wäre, die Augen zu schließen, weil ich es so erregend finde, ihm zuzusehen, wie er sich auszieht. Während Alex sein Becken kurz von mir wegdrückt, um sich die Hose runterzustreifen, neige ich den Kopf zur Seite und sehe durch Zufall zur Tür. Sie steht einen ganzen Spalt weit offen. Ich verkrampfe mich und als ich wieder zu Alex schaue, ist er schon meinem Blick gefolgt.

»Ich mache sie zu«, kündigt er an und lächelt dabei schief. Mir ist klar, dass er kein Problem damit hätte, wenn uns jemand zusehen würde, aber ich bin froh, dass er Rücksicht auf mich und meine sowieso schon zitternd tanzende Libido nimmt.

Während er das Schild an die Klinke hängt und die Tür schließt, rutsche ich von der Kommode, weil ich hoffe in einer anderen Position mehr Kontrolle über meine körperlichen Reaktionen zu bekommen. Bevor er sich wieder zu mir umdreht, streift er sich das T-Shirt über den Kopf und wirft es auf den Boden. Dieser Rücken ist der Wahnsinn! Nein, dieser Oberkörper ist der Wahnsinn! Alex kommt auf mich zu und mein Blick verfängt sich an seinem Sixpack.

»Du siehst aus, als hätte dich jemand gezeichnet«, muss ich ihm sagen, weil es wahr ist und er dieses Kompliment mehr als verdient hat. Alex lächelt kurz, weil er das bestimmt schon oft gehört hat. Er trägt schwarze Pants, durch die sich ziemlich viel abzeichnet. Eigentlich will ich, dass er sie auszieht, aber er behält sie an und schlingt einen Arm um meine Mitte und legt die andere Hand auf meinen Hintern. Während er mich küsst, drängt er mich ein paar Schritte nach hinten, solange bis ich den Rand des hohen Bettes hinter mir fühle. Ein kleiner Schubs und die Tatsache, dass er mich loslässt reichen, und ich falle auf die weiche Bettwäsche, die überraschend kühl ist.

Ich bekomme Gänsehaut und es schüttelt mich einmal. Diese Reaktion ist wohl eher meiner Erregtheit als dem kalten Satin geschuldet.

Als Alex über mir auftaucht, entweicht mir ein gequältes Seufzen. Ich weiß, dass ich gleich wieder dagegen ankämpfen muss, nicht unter seinen Berührungen zu verbrennen. Das ist ein lustvoller, absolut großartiger Kampf, den ich gerne stundenlang kämpfen würde, aber so lange werde ich wohl kaum durchhalten.

Alex' Fingerspitzen drücken sich gegen meinen String, genau dorthin, wo sich die empfindlichen Stellen befinden, von denen das sanfte Pochen ausgeht. Ich will nicht zu laut stöhnen, also verpacke ich meine Erregung in ein Wölben meines Körpers. Seine Finger streifen meinen String zur Seite und ich fühle ihn plötzlich in mir. Ich weiß nicht, ob er mit einem oder zwei Fingern in mich eingetaucht ist, aber als er sich in mir bewegt, muss ich doch wieder aufstöhnen. Dass sein Gesicht genau über meinem ist und er meine Reaktionen so genau mustert, macht es mir nicht leichter, mich zusammenzureißen.

»So feucht, Süße?«, flüstert er und schafft es mit dieser Frage, noch stärkere Wollust und Scham in mir wachsen zu lassen. *Ja, du machst mich so scharf, Alex. Aber würde ich dir das sagen, würde ich noch schneller verglühen.*

Ich schließe die Augen, um nicht mehr mitzubekommen, wie sehr es ihn erregt, mich zu mustern. Das macht nämlich wiederum mich scharf. Ein wahrer Teufelskreis!

Seine Lippen drücken sich auf meine, aber er küsst mich nicht wirklich, zumindest nicht auf den Mund. Ich schlage die Augen wieder auf, als ich Alex' verflucht geschickte Zunge zwischen meinen Beinen fühle.

Das kannst du mir nicht antun! Ich halte nicht mehr lange durch, wenn du …

»Verdammt …«, fluche ich leise und bekomme nicht mal richtig mit, dass ich das laut sage, weil ich damit beschäftigt bin, das Feuer in mir zu zügeln.

»Nana, nicht fluchen, sonst muss ich dich versohlen«, raunt er, aber ich kann mich kaum darauf konzentrieren, weil er mit den Fingern weitermacht, während er seine Zunge zum Sprechen braucht. Ich kann es mir nicht mal selbst so gut machen.

Alex hat sein Porno-Internat mit Auszeichnung absolviert!

»Ich … kann gleich nicht mehr …«, verrate ich atemlos, weil es in ein paar Sekunden sowieso sinnlos ist, ihm weiterhin glauben machen zu wollen, dass ich abgebrüht und beherrscht bin. Ich werde mich mit Zittern und Keuchen selbst verraten – wahrscheinlich auch noch ziemlich laut.

Alex hört auf und sein Gesicht taucht wieder über meinem auf. Sein Grinsen sieht noch verruchter aus als sonst, weil seine Lippen so glänzen.

»Du kannst gerne kommen, aber ich will dich sehen«, sagt er und fängt im selben Moment wieder an, seine Finger kreisen zu lassen. Ich möchte meine Augen schließen, weil das Pulsieren so stark wird, aber Alex' Stimme hält mich davon ab.

»Schau mich an«, verlangt er und ich suche seinen Blick, obwohl ich mir seltsam ausgeliefert vorkomme, wenn er mich mustert, während ich immer weniger Kontrolle über meine Reaktionen habe.

Er reibt jetzt fester über die warme Stelle, die diese wohltuende Anspannung durch meinen Körper schickt. Als ich plötzlich auch noch einen von Alex' Fingern in mir fühle, kann ich kaum noch klar denken. Er stimuliert Punkte an mir, die Männer sonst eigentlich nur durch Zufall finden. Der Orgasmus kündigt sich so intensiv an, dass selbst dieses Gefühl mich lustvoll seufzen lässt. Ich vergehe in endlos wohltuenden Wellen, während mich die grünen Augen fixieren. Ich bin mir sicher, dass mich gerade alle bis ins Wohnzimmer kommen hören. Kaum habe ich wieder ein wenig Kontrolle über meine Reaktionen, beiße ich mir beschämt auf die Lippen.

»Braves Mädchen«, raunt Alex und haucht mir einen Kuss auf die Wange. Lobt er mich, weil ich so laut war, oder weil ich ihn die ganze Zeit über angesehen habe? Egal, er sieht göttlich aus, wenn er so erregt ist.

Während sich mein Körper langsam von der heftigen, wohltuenden Anstrengung erholt, greift er in die Nachtkästchenschublade. Ich höre es rascheln und blicke zur Seite. Alex greift sich ein Kondom. Meine Gedanken beginnen wieder verrücktzuspielen. Obwohl ich gerade gekommen bin, pulsiert mein Unterleib, weil ich beginne mir auszumalen, wie er sich anfühlen wird.

Er reißt das Päckchen vorsichtig mit den Zähnen auf und streift sich die Pants hinunter. Es wäre irgendwie nur gerecht, wenn Alex zumindest einen kleinen oder krummen Penis hätte, aber er ist auch an dieser Stelle reich vom Universum beschenkt worden.

Mir fällt sofort auf, dass er komplett rasiert ist, was im ersten Moment etwas ungewohnt aussieht. Vielleicht wirkt sein bestes Stück deshalb so groß.

Ich schaue ihm dabei zu, wie er sich das Kondom überrollt und er scheint Gefallen an meinen Blicken zu finden. Wenn ich Alex wäre, würde ich es aber auch klasse finden, gemustert zu werden, weil ich stolz auf meinen Photoshop-Körper wäre.

»Dreh dich für mich um, Süße«, verlangt er und streift noch immer mit der Hand über seine Männlichkeit. Ich tue ihm den Gefallen, aber nicht ohne ein wenig zu protestieren. »Dann sehe ich dich aber nicht mehr …«, mache ich ihm klar, weil ich zu wissen glaube, wie sehr er auf Augenkontakt beim Sex steht.

Er greift sich mein Becken und zieht es hoch, sodass ich vor ihm knie. Meine Hände fassen nach der Stange des Bettgestells, die praktischerweise und bestimmt nicht zufällig in der passenden Höhe ist.

»Schau nach links«, antwortet Alex auf meinen kleinen Protest und ich blicke in den großen Spiegel des Kleiderschranks.

Unsere Spiegelbilder schauen mich an und ich sehe sogar das verruchte Grinsen auf seinen Lippen. Ich bin überrascht, wie gut wir zusammen aussehen. Nicht weil mich Alex' perfekter Körper verblüfft, sondern weil mich mein eigener auch nicht verlegen macht.

Kniend sehe ich gar nicht schlecht aus! Zumindest von der Seitenansicht, alles andere kann ich nicht beurteilen. Ich stöhne auf, als ich etwas Hartes fühle, das sich zwischen meine Beine drängt. Alex fackelt nicht lange, sondern dringt in mich ein.

Obwohl ich feucht genug für eine ganze Orgie wäre, tut es weh, so sehr, dass ich mich verkrampfe und keuche. Er ist erst halb in mir und stoppt plötzlich.

»Du hattest schon länger keinen Sex mehr, oder?« Seine Feststellung lässt Scham in mir hochsteigen. Mir war nicht klar, dass es sich anfühlt, als würde man entjungfert werden, wenn man ein paar Monate Pause gemacht hat.

»Ich bin vorsichtig«, verspricht er und dringt ganz langsam weiter in mich ein. Es ist mir unangenehm, weil ich glaube zu wissen, dass er gerne viel fester zugestoßen hätte. Als er ganz in mir ist, fühlt es sich unglaublich gut an, schmerzt aber noch immer.

»Entspann dich, Lena«, sagt er und streicht mir sanft über den Rücken. Alex beginnt sich langsam in mir zu bewegen und meine Muskeln werden lockerer.

»Gut so, Baby«, lobt er mich raunend.

Seine Stimme klingt fremd: rau und etwas atemlos. Ich höre die Erregung ganz deutlich heraus. Als er beginnt, vorsichtig zuzustoßen, besiegen die Lust und das stimulierende Gefühl endlich die Schmerzen und sie verschwinden.

Mein Stöhnen wird klarer, lustvoller und ich drücke Alex mein Becken entgegen, damit er merkt, dass er mir nicht wehtut, sondern mir guttut. Er reagiert sofort mit schnelleren, festeren Stößen, die schon mehr nach seinem Geschmack sind. Ich höre ihn schwer atmen. Sein Stöhnen ist Musik in meinen Ohren – aphrodisierende Musik.

Er fühlt sich großartig an und ich schließe die Augen, um ihn in vollen Zügen zu genießen. Seine Hände sind bis jetzt auf meinem Hintern gelegen, aber eine Hand verschwindet plötzlich und ich fühle wie seine Finger beginnen mich zu stimulieren. Bis gerade eben konnte ich das Feuer in mir noch beherrschen, jetzt lodern die Flammen wieder lichterloh. Mein Stöhnen wird lauter und meine Finger umklammern die Stange immer fester.

Ich liebe es, so zu kommen! Die wenigsten Männer schaffen es, einen während dem Sex zum Höhepunkt zu bringen. Ich habe aber das Gefühl, dass das in dieser Wohnung oft passiert.

Mir wird wieder bewusst, wo ich bin und dass Alex und ich wahrscheinlich nicht die einzigen sind, die auf einen Orgasmus zusteuern. Der Gedanke erregt mich noch mehr und ich fühle die Muskeln in meinem Unterleib zucken.

»Gott … Lena … du machst mich fertig!«, stöhnt er, während er immer härter in mich eindringt.

Ich mache dich fertig? Du vögelst mich gerade in Ekstase!

Meine Muskeln zucken wieder und es fühlt sich so an, als würde ich gleich kommen. Er trifft immer wieder diesen Punkt in mir, der das Feuer in eine Explosion verwandeln kann. Außerdem machen mich seine Finger beinahe wahnsinnig, weil sie sich so gut anfühlen.

»Du bist … verdammt … eng«, stöhnt er laut und mit rauer Stimme. Seine Worte intensivieren die Hitze, weil es absolut scharf ist zu hören, wie gut es ihm tut, mich zu nehmen. Wieder eines von Alex' komischen Komplimenten, aber er meint es ehrlich, weil ich fühle, wie seine Männlichkeit in mir zu pulsieren beginnt und noch härter wird.

Ich drehe meinen Kopf nach links zu den Spiegeln. Ihm dabei zuzusehen, wie er mich nimmt und dabei stimuliert, lässt einen Schwall aus Erregung durch mich gleiten, der mich kommen lässt. Dieser Orgasmus fühlt sich sogar noch besser an als der erste, weil ich Alex in mir spüre, während ich mich den intensiven Wellen hingebe.

Das Zucken meiner Muskeln und mein lautes Stöhnen lassen ihn nur noch dreimal fest zustoßen, bevor er sich ergießt und dabei knurrend den Kopf in den Nacken wirft.

Bull´s-Eye

Ich atme die Erregung langsam weg. Mit jedem Mal Luftholen entspannt sich mein Körper mehr und meine Finger hören auf, die Stange zu umklammern, als würde ich an einer Klippe hängen.

Alex zieht sich aus mir zurück und ich höre das Geräusch des Kondoms, das gerade abgezogen wird. Abgesehen von dem Safer-Sex-Aspekt, finde ich es gut, ein Kondom zu benutzen, weil ich nicht sofort auf die Toilette sprinten muss, um nicht auf der teuren Bettwäsche auszulaufen.

Ich drehe mich um und lasse mich in die Pölster fallen, um für eine Sekunde die Augen zu schließen und die vergangenen Momente gebührend mit einem breiten Grinsen zu würdigen.

»Alles klar, Süße?«, höre ich Alex fragen und stelle fest, dass er amüsiert klingt. Natürlich ist alles klar. Das sieht er aber auch, weil ich grinse, als wäre ich bekifft. Er will hören, dass er gut war, weil er trotz all der Erfahrung eben auch nur ein Mann ist.

»Du warst klasse«, meine ich und wundere mich darüber, dass er schon wieder in seine Jeans steigt.

Du kannst dich ja abartig schnell anziehen!

Ich stehe auch auf, damit es nicht so aussieht, als würde ich darauf warten, dass wir noch kuscheln.

»Danke, aber das nächste Mal wird definitiv spannender, das verspreche ich dir.« Alex zwinkert verschwörerisch und ich sehe ihn irritiert an, weil er so selbstkritisch ist. Er hilft mir, meinen BH zu schließen und beißt mir dann neckisch in den Nacken. Ich muss kichern und drehe mich nach ihm um.

»Wenn du das noch besser kannst, will ich es vielleicht gar nicht wissen«, scherze ich und möchte ihn küssen, mache dann aber doch einen Rückzieher, weil ich nicht weiß, ob das nach zwanglosem Sex zu aufdringlich wirkt. Vielleicht sollte ich ihm einfach nur die Hand schütteln oder ihm ein High Five geben?

»Doch, du wirst es hoffentlich wissen wollen. Nächstes Mal kann mir Simon den Buckel runterrutschen«, sagt er und dreht sich von mir weg, um sein Shirt aufzuheben. Ich sehe ihm entgeistert dabei zu, wie er es sich überstreift und danach auf den Spiegel zugeht, um prüfend durch seine Haare zu fahren.

»Soll ich dir einen Cocktail mixen?«, fragt er, während er sein Spiegelbild mustert.

Kommando zurück! Wie war das mit Simon?

»Was hat er denn zu dir gesagt?«, will ich wissen und werde plötzlich gespielt ahnungslos angestarrt. Er weiß aber, wovon ich rede.

»Nichts. Vergiss es. Er hat sich nur Sorgen gemacht, dass ich zu stürmisch über dich herfallen könnte.«

Ich verfinstere meinen Blick, obwohl Alex eigentlich nichts dafür kann.

»Unglaublich!«, murre ich, während ich in mein Kleid schlüpfe und mich gedanklich weiter über Simon aufrege. Er kann doch nicht hier herumlaufen und jedem erzählen, dass er vorsichtig mit mir sein muss und ich eine Blümchen-Sex-Sonderbehandlung brauche! Er kennt mich doch gar nicht! Vielleicht bin ich eine verdammte Domina, die Alex auspeitscht, bis er sein Safeword ruft! Er hat sich übrigens nicht mal die Mühe gemacht, es mir zu verraten. Nein, ich bin keine Domina und das ist wahrscheinlich ziemlich offensichtlich.

»Sei ihm nicht böse, er hat diesen ausgeprägten Beschützerinstinkt bei Frauen, aber nur bei anderen Männern. Selbst würde er dich gerne ans Bett fesseln und dich so lange hart rannehmen, bis du deinen Namen vergisst.«

Das Bild, das Alex mit diesen Worten in meine Gedanken gezaubert hat, ist gerade einfach zu stark. Mein Blick verliert das verärgerte Funkeln und ich kann gerade noch so verhindern, dass ich verträumt grinse und rot werde.

Ich hätte Simon absolut nicht so eingeschätzt, aber die Vorstellung gefällt mir. Nach außen hin der brave, höfliche Junge und im Bett … Moment, nimmt mich Alex auf den Arm? Er sieht mich gerade schmunzelnd an und zwinkert auch noch. Ist das ein verschwörerisches Zwinkern oder ein ›Ich habe dich mit Sexfantasien, die abwegig sind, aus dem Konzept gebracht, weil ich nicht mehr mit dir darüber reden will‹- Zwinkern? Ich weiß nie, ob er nur Scherze macht oder es ernst meint!

Als er die Tür aufmacht und ich Bianca im Gang vorbeigehen sehe, wird mir wieder bewusst, dass ich gleich da raus muss und alle wissen werden, dass Alex mir meine ›Sex-Party-Jungfräulichkeit‹ genommen hat. Möglicherweise lenkt das schöne Schneewittchen sie aber zu Genüge ab, weil sie nur Unterwäsche trägt. Selbst ich muss Bianca hinterher schauen, weil ihr Körper ziemlich perfekt ist. Ein heller Teint, aber nicht blass, lange Beine und diese Disney-Prinzessinnen-Taille. Die Unterwäsche, die sie trägt, ist pfirsichfarben und etwas durchsichtig.

»Hast du deine Klamotten verloren? Soll ich dir suchen helfen?«, ruft Alex ihr hinterher und raunt dabei verführerisch.

Hut ab vor dieser Potenz! Wenn er jetzt schon wieder kann, bin ich beeindruckt.

Mir fällt auf, dass ich schmunzle und ich bin froh darüber. Es macht mir nichts aus, dass er einer anderen anzügliche Dinge sagt, obwohl er mich vor fünf Minuten noch um den Verstand gebracht hat. Das überrascht mich selbst, aber anscheinend fühle ich mich hier sehr wohl. Da von Anfang an klar war, dass es nur um Spaß geht und damit keine Verpflichtungen einhergehen, kommt so etwas wie Eifersucht gar nicht erst in mir hoch.

»Theo gibt mir meine Klamotten nicht wieder«, meint sie gespielt beleidigt und zuckt im nächsten Moment mit den Schultern. Oha, da ist plötzlich doch so etwas wie Eifersucht, weil sie gerade den Sex hatte, den ich hätte haben können, wenn Simon nicht dazwischengefunkt hätte. Alex war großartig, aber ich hätte gerne dieser naiven Schulmädchen-Verschlossenheit nachgegeben und mich von Theo nehmen lassen.

Ich gehe Alex und Bianca hinterher ins Wohnzimmer und mein Blick fällt auf den wohlgeformten Hintern, den uns Schneewittchen – zurecht – selbstbewusst präsentiert. Er ist ziemlich gerötet oder bilde ich mir das nur ein? Ich will darüber nachdenken, aber jemand schließt plötzlich von hinten zu mir auf und legt seinen Arm um mich.

»Na? Wie war Alex? Ich hoffe, du bist auch auf deine Kosten gekommen, mir ist zu Ohren gekommen, dass er manchmal egoistisch ist.« Ich blicke zur Seite hoch und sehe Benji grinsen. Seine Narbe wird dabei zu einem Grübchen.

»Ich kann dich hören, du Arschloch!«, antwortet Alex selbst und gespielt beleidigt. Er dreht sich nicht nach uns um, sondern legt seinen Arm um Bianca.

»Sorry, ich wollte nur wissen, ob Lena vielleicht noch Nachholbedarf hat«, ruft er Alex zu und bekommt auch prompt eine Antwort serviert.

»Sie ist allergisch gegen Titan. Wenn du ihr mit deinem Masochistenschmuck zu nahe kommst, bekommt sie am Ende noch Erstickungsanfälle!«

Benji lacht und Alex kann es sich auch nicht verkneifen. Sie scheinen sich gerne aufzuziehen, eine Art von Humor, der ich viel abgewinnen kann. Niemand nimmt sich selbst zu ernst – mit solchen Menschen kann ich besonders gut. Aber wie war das mit dem Schmuck aus Titan? Hat Benji ein Intimpiercing?

Wieder werden meine Gedankengänge unterbrochen, weil im Wohnzimmer etwas passiert, mit dem ich nicht gerechnet hätte. Theo, Simon und Jula spielen Darts. Die Scheibe an der Wand neben der Tür zu Alex privaten Schlafzimmer ist mir vorhin gar nicht aufgefallen.

Anscheinend sind alle in der Zwischenzeit auf ihre Kosten gekommen und werfen gerade wieder den ›normale Party-Modus‹ an. Mir gefällt dieser Übergang und die Mischung aus ganz gewöhnlichem Abhängen und zwanglosem Sex unheimlich gut. Alle haben hier auf so viele Weisen Spaß, dass ich kurz überlege, ob ich mich schon mal irgendwo so wohl und elektrisiert gefühlt habe. Definitiv nein, obwohl mein Leben bisher auch alles andere als eintönig war.

Theos Blick fällt auf mich. Er schenkt mir ein schiefes Lächeln und mustert mich kurz.

Gott, er ist mein personifizierter Traummann, zumindest was die Optik betrifft.

Ich würde ihn gerne ein wenig besser kennenlernen. Als mein Blick den von Simon trifft, und er mich auch mustert, und das sogar noch ziemlich eindringlich, bekomme ich kurz Panik, dass ich vergessen haben könnte, mein Kleid anzuziehen. Habe ich natürlich nicht und selbst wenn, Bianca läuft hier auch in Unterwäsche herum, *also warum starrst du mich so an, Simon?*

Ich schenke ihm einen finsteren Blick, weil ich nicht vergessen habe, dass er mit Alex hinter meinem Rücken über mich gesprochen hat und sie irgendwelche Abmachungen getroffen haben. Als er mich anlächelt, verkneife ich mir, laut zu fluchen und mache es nur in Gedanken.

Verdammt! Warum kann ich dir nicht böse sein, wenn du mich so ansiehst?

Vielleicht, weil wir früher so gut befreundet waren und ich noch immer den hageren netten Jungen in ihm sehe, der mir über das Umzugstief hinweggeholfen hat. Ja, Simon hat definitiv gewisse Freiheiten bei mir, die ich anderen nicht durchgehen lassen würde. Im Grunde finde ich es auch irgendwie süß, dass er auf mich aufpassen will. Ich bin nicht so dumm, dass ich das nicht verstanden habe. Aber wenn er sichergehen wollte, dass mich niemand beim ›ersten Mal‹ zu ›hart‹ rannimmt, wieso hat er dann nicht selbst mit mir geschlafen?

»Wein?«, höre ich Benji neben mir fragen, der sich von mir löst und mein Glas füllt, das noch auf dem Tisch steht. Ich nicke dankend und setze mich, um den Dreien beim Dartspielen zuzusehen. Bianca tut es mir gleich und Alex ist in der Küche verschwunden.

»Das ist absolut nicht mein Spiel!«, knurrt Jula schon bevor sie den Pfeil wirft, der an der Wand neben der Scheibe abprallt. Ich fühle mit ihr mit, weil ich wahrscheinlich jemandem mit dem spitzen Ding ins Auge schießen würde.

»Beim nächsten Mal spielen wir etwas, das ich besser kann!«, meint sie und bückt sich nach ihrem Pfeil. Die Jungs lachen und Benji gibt gleich einen Kommentar dazu ab.

»Alex? Hast du ›Doktor Bibber‹ da? Jula möchte gerne etwas spielen, das sie kann!«, ruft er in die Küche und steuert auf die angehende Ärztin zu, die beleidigt den Mund verzieht. »Mach es besser!«, verlangt sie und drückt ihm ihre Pfeile in die Hand.

»Spiel weiter. Ich sehe dir gerne zu, wenn du dich bückst«, meint Theo, und ich habe die Befürchtung, dass er meinen Hintern nicht so toll finden wird, wenn er von Julas begeistert ist. Entweder steht man auf kleine Marillen oder pralle Pfirsiche, oder? Ich esse aber beides gerne, also ist meine Theorie vielleicht Schwachsinn. Vielleicht ist auch dieser ganze Gedankengang Schwachsinn. Gegen meinen Durst hätte ich mal lieber ein Glas Wasser getrunken und nicht das Glas Wein hinuntergeschüttet.

»Du kannst dir meinen Hintern ansehen, ist das nichts?«, meint Benji scherzhaft und zieht eine Augenbraue in die Höhe. Theo murrt und schießt auf die Scheibe. Er trifft mühelos, sogar eines dieser kleinen Spezialfelder, für die man die doppelten Punkte angerechnet bekommt. Ja, ich habe keine Ahnung von Darts.

»Um was wollt ihr spielen«, will Simon wissen und stellt sich leicht schrägt zur Scheibe, weil er an der Reihe ist. Auch sein Pfeil landet wahrscheinlich dort, wo er ihn haben wollte, davon gehe ich zumindest aus, weil die Zwanzig die höchste Zahl auf der Scheibe ist.

»Die Klamotten der Mädchen?«, schlägt Benji vor und sieht zu uns rüber. Jula hat sich auch zu mir und Bianca an den Tisch gesetzt und schenkt sich ein Glas Wein ein.

»Das ist unfair!«, protestiert das bereits halbnackte Schneewittchen. »Zuerst muss mir Theo meine Klamotten wiedergeben!«

Er lacht nur finster und schüttelt den Kopf. »Die hast du dir absolut nicht verdient, Süße«, meint er und zaubert damit einen Schmollmund auf die roten Märchenlippen.

»Du bist das Böse!«, entgegnet Bianca und grinst Theo wissend und verwegen an. Ist er das Böse? Ich würde die größte Lüge des Jahrhunderts aussprechen, wenn ich behaupten würde, dass ihn das nicht gerade noch spannender für mich gemacht hat.

Alex kommt zurück und stellt einen Cocktail vor mir ab.

»Lass ihn dir schmecken«, meint er und geht dann zu den Jungs. »Ich spiele mit, sonst bekommt ihr die Mädels ja nie aus ihren Klamotten! Wer ein Bull's-Eye oder ein Triple schießt, darf sich aussuchen, wer ein Kleidungsstück auszieht?«, schlägt er vor und alle scheinen einverstanden zu sein.

Mir wird bewusst, dass ich vielleicht bald nackt hier am Tisch sitzen werde. Ich nehme einen großen Schluck von dem orangen, fruchtigen Cocktail und grinse im nächsten Moment in mich hinein. Mir fällt das Kompliment wieder ein, dass mir Alex vorhin zu meinen Brüsten gemacht hat. Ich muss mich für meinen Körper definitiv nicht schämen und dass ich betrunken bin, hilft auch gegen das Schamgefühl. Außerdem sitzen noch zwei andere Frauen am Tisch. Ich bin mir sicher, die Jungs konzentrieren sich zuerst auf Bianca, weil es nur noch zwei Kleidungsstücke braucht, um sie ganz auszuziehen. Na gut, bei mir und Jula sind es drei. Verdammtes Kleid.

Ich verstehe, was ein Triple ist, als Alex das erste schießt. Er sucht sich Jula aus, aber ich bin ihm nicht böse, schließlich hat er mich gerade nackt gesehen. Als die hübsche, schlanke Blondine aufsteht und nach ihrem Reißverschluss greift, hat unser Gastgeber Einwände.

»Nein, nein!«, ruft er und ich habe keine Ahnung warum, weil Jula ihren Strip betont langsam und verführerisch machen wollte und den Jungs das eigentlich gefallen müsste. Alex geht auf sie zu und zieht sie zu sich.

»Wir dürfen euch ausziehen, das steht so in den Regeln«, stellt er klar und dreht Jula um, die eine Augenbraue in die Höhe zieht.

»Das steht in den Regeln?«, wiederholt sie ungläubig. »In welchen denn? In denen aus deinem Kopf?«

»Ganz schön frech.« Alex lässt ein teuflisches Grinsen seine Lippen zieren und holt im nächsten Moment aus. Er gibt Jula einen Klaps auf den Hintern, die nicht mal erschrocken zusammenzuckt, sondern den Rücken durchdrückt und verführerisch über ihre Schulter schaut. Diesen Blick möchte ich auch draufhaben! Ich bin wirklich ein wenig neidisch auf dieses Selbstbewusstsein. Auch Bianca sitzt in Unterwäschemodel-Manier auf dem Stuhl, die Beine überschlagen und ein schwaches Grinsen auf den Lippen.

Während Alex den Reißverschluss von Julas Kleid nach unten zieht, schlürfe ich an meinem Cocktail. Er enthüllt ihre nackte Haut ganz langsam, streift die Träger hinunter und küsst dann ihren Nacken. Das ist ein wirklich, wirklich anregendes Schauspiel. Ich fühle plötzlich ein leichtes Prickeln in Gegenden, die eigentlich zufriedengestellt sein müssten.

Als das Kleid auf den Boden fällt, löst sich Jula von Alex und setzt sich wieder. Sie trägt dunkelrote Spitzenunterwäsche. Der BH ist eindeutig gepuscht. Sie hat bestimmt ziemlich kleine

Brüste, aber das passt zu ihrer Statur. Ich habe mir früher auch immer gewünscht, so gertenschlank zu sein. Gerade bin ich mit meinen Kurven aber ganz zufrieden, was nicht zuletzt Alex zu verdanken ist, der meinen Körper in den Himmel gelobt hat.

Ich stehe auf, weil ich mir ein Glas Wasser holen will, um zu verhindern, dass mich der Cocktail am Ende noch zu mutig macht. Die ersten Warnzeichen sind schon da. Ich schwanke und kichere darüber auch noch in mich hinein. Langsam aber sicher muss ich anfangen mich zusammenzureißen, sonst sehe ich morgen während meines Vorstellungsgesprächs wie ein Zombie aus.

»Halt, halt, stehen geblieben!«

Ich drehe mich etwas zu schwungvoll um und sehe plötzlich Theo vor mir stehen. Dieser schöne Anblick kommt so überraschend, dass ich ihn ansehe, als wäre er das Christkind und ich wieder sieben Jahre alt.

Heiliges Jesuskind, siehst du gut aus!

»Abhauen gilt nicht«, meint er und legt die Hand um meine Hüfte, um mich näher zu ziehen. Mein Körper drückt sich gegen seinen und mir steigt sein Parfum in die Nase. Ich grinse noch betrunkener, was nicht gut ist, weil ich dabei bin zu vergessen, dass alle Blicke auf uns gerichtet sind.

»Drehst du dich für mich um?«

Als er mir diese Frage ins Ohr raunt, sehe ich an ihm vorbei zu den Jungs, die erwartungsvoll vor der Dartsscheibe stehen und zu uns rüber sehen. Simons Blick ist als einziger irgendwie finster, die anderen beiden grinsen. Als ich verstehe, dass Theo anscheinend ins Bull's-Eye getroffen hat, während ich in Gedanken über Julas Brüste philosophiert habe, ergibt das hier plötzlich Sinn. Er will mich ausziehen. *Frohe Weihnachten!*

»Ich ähm … Wasser.«

Ein Personalpronomen, ein Stotterwort und ein Nomen. Das war zweifelsohne ein beschissener Satz, der Theo eigentlich sagen hätte sollen, dass ich nur aufgestanden bin, um mir ein Glas Wasser zu holen und nicht auf der Flucht vor ihm bin. Er grinst und sieht dabei unheimlich scharf aus. »Ich hole dir gleich ein Glas Wasser. Aber vorher will ich deinen Körper sehen.«

Wow, er hat mein Gestammel tatsächlich verstanden. Und er holt mir sogar Wasser, wenn ich mich vorher für ihn ausziehe. Theo ist mein Traummann! Das klingt jetzt nur so abartig, weil wir Stripdarts spielen …

Ich drehe mich um und fühle, wie er eine Hand auf meinen Nacken legt. Die Stelle prickelt sofort, weil er eine elektrisierende Wirkung auf mich hat. Als er den Reißverschluss hinunterzieht und mir das Kleid vom Körper rutscht, fröstle ich kurz. Theo schlingt die Arme von hinten um mich und mir wird sofort warm. Er küsst meinen Hals und ich spanne mich an, weil ich die Wollust so leichter ertrage. Als ich seine Hand auf meinem Hintern fühle, drücke ich mich seinem Becken entgegen.

Verdammt, ich will ihn! Jetzt sofort!

»Hey! Ausziehen! Kein Vorspiel!«, ruft Alex plötzlich und ich lande wieder in der Realität, in der uns noch immer alle anstarren und mir bewusst wird, dass ich zwar betrunken, aber bei Weitem nicht mutig genug bin, um mir weiterhin zu wünschen, von Theo hier und sofort genommen zu werden.

Ich mache einen Schritt nach vorne, löse mich dabei von ihm und drehe mich um. Seine Augen funkeln wunderschön, aber ich kann sie mir nicht lange ansehen, weil mein Blick an ihm vorbei auf die anderen Jungs schweift. Sie mustern mich und mir wird klar, dass ich hier nur noch in Unterwäsche stehe.

»Ich hole dir dein Wasser«, verkündet Theo und ich versuche, das Schamgefühl hinunterzuschlucken. So elegant wie ich kann, gehe ich zurück zum Tisch und setze mich. Der Stuhl ist auf einmal unsagbar unbequem, was bestimmt daran liegt, dass ich versuche, nicht mehr zu atmen, aus Angst, ich könnte sonst fett aussehen.

Die Jungs schießen weiter, treffen aber nicht das, was sie wollen und fluchen deshalb ausgiebig, weil es jetzt natürlich spannend für sie wird. Simon knurrt ganz ohne Fäkalausdrücke.

»Der nächste Schuss gehört mir, du kannst schon wieder aufstehen, Süße.« Theo raunt mir ins Ohr und stellt das Glas Wasser neben mir ab.

Seine Ankündigung will mir gefallen, aber ich checke schnell genug, dass das auch bedeuten würde, dass ich hier gleich oben ohne herumlaufen muss. Gott, ich grinse trotzdem, weil ich betrunken und scharf auf ihn bin.

Alex muss die Luft in dieser Wohnung mit irgendeinem seltsamen Hormon anreichern – Sexnephrin oder Ähnliches.

»Du triffst nie und nimmer …«, sagt Simon, als Theo sich an die gelbe Klebebandlinie stellt und den Pfeil zwischen den Fingern dreht. Er funkelt meinen Unschuldsengel wütend an, der daraufhin nur mit den Schultern zuckt und sein Weinglas leertrinkt. Wahrscheinlich liegt es daran, dass er wütend ist oder es zu sehr will, aber Theo donnert auf die Scheibe und der Pfeil bleibt nicht mal stecken, sondern fällt auf den Boden.

»Keine Brüste für dich«, stellt Benji amüsiert fest und sieht Simon erwartungsvoll an, der sich gerade vor die Linie gestellt hat. Ob er trifft?

»Nicht verwackeln!«, warnt Theo und stößt Simon, der gerade den Pfeil loslässt, an der Schulter an. Dass er trotzdem das Triple-Eins-Feld trifft, ist purer Zufall. Fortuna scheint mehr auf Engel als auf Bad Boys zu stehen.

Simon ist selbst überrascht und grinst ein triumphierendes, aber unglaublich süßes Lächeln. Niemand lacht so hübsch wie mein Unschuldsengel. Er sieht mich an und ich muss ihm die freundliche Mimik einfach nachmachen. Als er plötzlich diese auffordernde Handbewegung macht, wird mein Blick fragend.

Was willst du? Zwei Daumen nach oben für unverschämtes Glück?

»Lena?« Schneewittchen stößt mich von der Seite an und ich sehe sie genauso fragend an wie Simon vorhin. Sie kichert. »Ich denke der Junge von Nebenan möchte gerne das Mädchen von nebenan vor seinen Freunden ausziehen.«

Es dauert ein paar Sekunden. Ihr Satz löst zuerst Fantasien in mir aus, von mir und Simon, als wir noch jünger waren und die Doktorspiele spielten, die er uns zu Beginn des Abends angedichtet hat. Dann begreife ich endlich, dass er mich wirklich ausziehen will. Mein Blick schnellt wieder zu ihm und ich kann gerade noch so verhindern, dass mir der Mund offensteht und ich den Kopf schüttle.

Wirklich? Du willst mich hier vor all deinen Freunden ausziehen, obwohl wir uns seit Jahren kennen und uns nie nähergekommen sind, als eine flüchtige Umarmung?

»Ich denke, sie will nicht«, schlussfolgert Theo und funkelt Simon an. Will ich?! Will ich nicht?! Ich habe keine Ahnung! Diese Entscheidung überfordert mich gerade. Mein Körper scheint diesen Zwiespalt noch nicht mitbekommen zu haben und steht einfach auf. Als ich mich in Bewegung setze, bin ich dankbar dafür. Wenn ich Simon abgewiesen hätte, wäre das unglaublich unangenehm gewesen, für ihn und mich. Zwischen uns gibt es keine Anspannung, nichts, was mich daran hindern würde, dieses harmlose Strip-Spiel mit ihm zu spielen. Wie viele Leute haben schon Strip-Poker mit ihren Freunden gespielt? Unzählige! Es ist nicht seltsam, sich von seinem Kindheitsfreund den BH ausziehen zu lassen, während einem andere dabei zusehen. Nein, das ist es nicht. *Geh weiter, Lena! Ignorier, dass dir das Herz bis zum Hals schlägt!*

Ich bleibe vor Simon stehen, dessen Blick mir absolut fremd ist. Er sieht nicht annähernd nervös aus, eher verwegen, selbstbewusst und unheimlich … wie heißt das noch gleich? Sexy?! Können Unschuldsengel verrucht aussehen? Ja, definitiv!

Ich drehe mich um und streife meine Haare nach vorne. Der Körper, der sich plötzlich so dicht an meinen Rücken drängt, fühlt sich gut an, aber ich werde trotzdem noch nervöser. Simons Hand legt sich um meine Taille und zieht mich näher. Zum Glück muss ich ihm nicht in die Augen sehen, sonst würde ich knallrot werden. Mein Hintern drückt noch immer gegen sein Becken, während er meinen Rücken etwas nach vorne beugt, um an den Verschluss meines BHs zu kommen. Als ich fühle, dass das stützende Stück Stoff locker wird, halte ich mir intuitiv die Hände vor den Busen.

Ich schaue direkt in die Richtung der anderen Jungs, deren Blicke mir bewusstmachen, dass ich vielleicht noch zu verklemmt dafür bin, um ihnen allen meine Brüste zu zeigen.

Ich versteife mich und will so etwas wie ein durch und durch verschüchtertes ›Nein‹ piepsen, aber Simons Hand drückt meine plötzlich weg. Er tut das so bestimmt, dass ich mich nicht dagegen wehren kann und damit rechne, dass er mir keine Wahl lässt, aber meine Brüste bleiben bedeckt.

»Hey! Das ist aber nicht dein Ernst!«, protestiert Benji und sieht Simon auffordernd an. Seine Hand und sein Unterarm liegen auf meinem nackten Busen und geben rein gar nichts den Augen der anderen preis.

»Mir ist irgendwie nach Kuscheln …«, scherzt Simon und drückt mich an seinen Körper. Seine Berührung fühlt sich nicht seltsam an, was mich ziemlich verwirrt, weil er meine nackten Brüste berührt. Wow, Unschuldsengel können einen begrabschen, ohne einem das Gefühl zu geben, begrabscht zu werden! Engel-Power …

»Das ist doch scheiße!«, kommentiert Theo und sieht dabei ziemlich angepisst aus. Es schmeichelt mir, dass er mich so unbedingt nackt sehen will, aber ich bin Simon dankbar, dass er mich nicht loslässt. Jetzt glaube ich auch zu verstehen, warum er mir den BH ausziehen wollte.

Gott, der Kerl hat einen gewaltigen Beschützerkomplex!

Ich liebe es! Nein, ich hasse es! Doch, ich liebe es!

Vielleicht könnte ich mich besser entscheiden, wenn ich aufhören würde zu kichern. Wie viele Gläser Wein hatte ich jetzt? Vier? Plus drei Cocktails? Oder zwei? Ich bin so furchtbar schlecht in Mathe.

Simon dreht sich mit mir so schwungvoll um, das mir kurz übel wird. Er greift mit der freien Hand, die nicht auf meinen Brüsten liegt, nach seinem Glas. Ich glaube, mir ist die intime Berührung noch nicht mal richtig bewusst geworden, weil seine Hand dort ganz ruhig und artig liegt.

»Gib mir mal einen Schluck«, bitte ich ihn, weil sich mein Mund so trocken anfühlt. Während ich mir die klare Flüssigkeit, die ich für Wasser halte – ja, ich bin so dumm – die Kehle hinunterlaufen lasse, geht meine Speiseröhre in Flammen auf.

»Gott, was ist das denn?!«

»Absinth«, entgegnet Simon lachend.

»Ich dachte, der wäre grün!«

»Nicht immer. Hast du echt alles davon geschluckt? Das Zeug ist stark, Lena!«

Es schmeckt, wie Rohrreiniger riecht. Ich muss husten.

»So, ich würde sagen, der Nächste, der trifft, darf sich eines der Mädchen aussuchen«, modifiziert Alex seine Spielregeln, weil ich glaube, dass er ungeduldig wird. Theo ist von der Idee sofort Feuer und Flamme und stellt sich wieder an die Linie.

»Der Absinth wird sich spätestens in zehn Minuten böse an dir rächen«, flüstert mir Simon amüsiert ins Ohr. Er rächt sich schon jetzt, mir ist so heiß, dass ich ihn darum bitten will, mich loszulassen, weil sein Körper so warm ist, aber dann würde er mich loslassen. Gut, mein Verstand hat schon mal hilfreichere logischere Schlüsse gezogen. Ich sollte heute keine Diskussion mehr beginnen, weil meine Argumente so inhaltsarm wären, wie die Titellieder von Kinderserien aus den 90ern.

Während Bianca und Jula aufstehen und sich zu Alex und Benji stellen, schießt Theo auf die Scheibe, aber ich bin damit beschäftigt, das Intro der Glücksbärchis zu summen.

»Vergiss es«, höre ich Simon plötzlich sagen. Er klingt irgendwie wütend. Mag er die Glücksbärchis nicht? Ich hätte schwören können, das trifft seinen Geschmack! Theo steht jetzt vor mir und sieht auch irgendwie sauer aus.

Okay, ich höre ja schon auf zu summen, ihr Kunstbanausen!

»Wenn du Probleme damit hast, solltest du dir eine Freundin suchen und ihr deinen Namen tätowieren lassen, du besitzergreifender Spinner!«, ruft Theo wütend und ich bin mir nicht mehr ganz so sicher, ob er wegen meines kleinen Liedes so aus der Haut fährt. Ein Indiz dafür wäre, dass er Simon anfunkelt und nicht mich.

»Hey, ganz ruhig. Kommt runter.« Alex stellt sich auch zu uns und macht beschwichtigende Gesten.

»Nein! Ehrlich! Wenn er das nicht will, sollte er nicht hier sein!«, meint das hübsche Gesicht, in das ich verknallt bin, obwohl ich ihn eigentlich gar nicht kenne. Selbst wütend sieht Theo gut aus. Als Simon sich wieder zu Wort meldet, verfestigt er unbewusst seinen Griff um mich.

»Wenn du darauf stehst, über wehrlose, unzurechnungsfähige Frauen herzufallen, bist *du* hier falsch!«, wirft er Theo vor und ich beginne mich umzusehen, weil ich gerade glaube, dass irgendwo hier eine desorientierte, verpeilte Frau liegt, die er gerne vögeln würde.

»Ich lege sie dir in diesem Zustand sicher nicht ins nächste Schlafzimmer! Ich bringe sie nach Hause!«

Simon will die hilfsbedürftige, verwirrte Frau nach Hause bringen? Das ist so nett von ihm! Er ist ein Vorzeige-Glücksbärchi! Aber ich verliere dann bestimmt meinen menschlichen BH.

»Er hat recht, Theo. Bei der nächsten Party kannst du Lena ja nochmal fragen.«

Als Alex meinen Namen sagt, grinse ich ihn an, weil er ihn so süß ausspricht. Er zwinkert mir zu und kommt dann sogar her und haucht mir einen Kuss auf die Wange.

»Mach´s gut, Süße. Danke, dass du hier warst.«

»Bitte«, entgegne ich, weil mir meine Mutter eingetrichtert hat, immer mit einem ›Bitte‹ auf ein ›Danke‹ zu antworten. Was er eigentlich gesagt hat, geht aber an mir vorbei. Alles geht irgendwie an mir vorbei, weil ich mich ziemlich seltsam fühle.

Der Zustand ist nicht unangenehm, eher wie in Watte gepackt und unwirklich.

Simon hebt mich hoch, trägt mich ein Stück, was Spaß macht, weil es wie Schweben ist. Als er sich mit mir bückt, wird mir schlecht und ich beginne zu protestieren.

»Kannst du kurz alleine stehen?«, will er von mir wissen. Was für eine selten dumme Frage! Ich habe mit eineinhalb gelernt, alleine zu stehen! Die meisten Kinder konnten das schon mit elf Monaten, aber ich war immer eher der bewegungsbeschränkte Typ.

Simon lässt mich los und ich frage mich, wie er uns in den Flur teleportiert hat. Er streift mir mein Kleid über. Als er den Reißverschluss schließt, wird der Boden unter meinen Füßen plötzlich weich. Ich würde auf die Nase knallen, weil Alex hier anscheinend Lebkuchen statt Parkett verlegt hat, aber ich werde wieder festgehalten. Simon drückt sich gegen mich und die Wand und ich grinse ihn an, weil er so gut riecht.

»Ich passe auf sie auf, du kannst eure Sachen holen.«

Seit wann klingt Simon denn wie eine Frau? Eigentlich hat er die Lippen aber gar nicht bewegt. Als er aus meinem Blickfeld verschwindet, taucht dort plötzlich eine Barbie auf. Wie kann man nur so gut aussehen, obwohl man heute schon mindestens zweimal gevögelt wurde? Jula sieht überhaupt nicht zerbumst aus. Ist zerbumst ein Wort? Es sollte eines sein!

»Den Absinth wirst du morgen noch bereuen, Lena«, sagt sie und drückt sich an mich. Wenn das ein Annäherungsversuch sein soll, ist er ziemlich überstürzt. Ihr Körper fühlt sich aber angenehm auf meinem an, wie eine Stütze aus perfektem, dünnem, ebenmäßigem Barbie-Plastik. Jula riecht auch gut, sehr sogar.

»Ich habe dir eine Paracetamol-Koffein-Tablette in die Tasche gesteckt. Nimm sie morgen, wenn du aus dem Bett kommen willst.«

Sie erwidert mein Grinsen nicht, sie sieht ernst aus, eigentlich schon den ganzen Abend. Ich glaube, sie ist ein ziemlich ernster Mensch, der nicht so offenherzig mit Zuneigung und Lächeln um sich wirft, erst recht nicht, wenn sie jemanden gerade erst kennengelernt hat. Wahrscheinlich mag sie mich nicht. Dafür steht sie aber verdammt nahe.

»Du bist da in einen ziemlich strapazierenden Konkurrenzkampf geraten zwischen Simon und Theo«, sagt sie. Sie haucht mir die Worte zwangsläufig ins Gesicht.

»Sei vorsichtig mit Theo. Er ist speziell ...«

Ich kann einfach nicht aufhören zu grinsen, obwohl ich glaube, dass es passender wäre, wenn ich ernst aussehen und nicken würde. Nicken funktioniert, aber das Grinsen kann ich nicht abstellen.

Jula seufzt. »Du hast kein Wort von dem verstanden, was ich dir gerade gesagt habe«, behauptet sie. Natürlich habe ich sie verstanden! Ich bin in einen strapazierenden Striptease-Wettkampf zwischen Simon und Theo geraten. Und Theo ist Colin Farrell, was gibt es da nicht zu verstehen?

»Danke, Jula. Ich übernehme wieder.«

Simon taucht auf und der Barbie-Körper verschwindet. Irgendwie ist das schade, weil ich gerade herausgefunden habe, dass sich Frauenkörper viel weicher anfühlen als Männerkörper. Bin ich jetzt lesbisch?

»Sieh zu, dass sie auf der Seite und nicht auf dem Rücken schläft«, sagt Doktor Barbie.

»Ja, mach ich. Bis nächstes Mal.«

Wir verlassen die Wohnung, der ich unbedingt noch sagen muss, wie großartig sie ist und dass ich in ihr so viel Spaß hatte, wie selten in meinem Leben. Meine Dankesrede ist aber eher ein stotterndes Blabla, weil ich auf- und abgeschüttelt werde, während Simon mich die Treppen runterträgt.

Weiß er eigentlich, dass er die hilfsbedürftige, verwirrte Frau, die er nach Hause bringen wollte, oben vergessen hat?

Wo bin ich?

Ich wache auf und glaube, in meinem Mund ist ein Tier gestorben. Keines von der leckeren Sorte, ein Skorpion oder eine Schnecke. Eigentlich sollte mich der Gedanke anwidern, aber ich bin nur neidisch auf das ekelhafte Ding, weil es in der wohligen Wärme meines Mundes verenden konnte und ich noch am Leben bin und gerade Schmerzen leide, die mich darüber nachdenken lassen, ob mich gestern vielleicht ein Zug erwischt hat oder ich Streit mit dem unglaublichen Hulk angezettelt habe. Mein Kopf pulsiert, als würde er gleich eine Supernova nachahmen wollen.

Kaum mache ich die Augen auf, bin ich mir sicher, dass sie in Flammen stehen. Irgendjemand hat sie angezündet – ich bin in einem verdammten SAW-Film gelandet! Jetzt ergibt mein Zustand Sinn!

Das Stöhnen aus meiner Kehle erinnert mich an das Geräusch der rolligen Katze, die früher immer vor meinem Zimmerfenster nach Bumspartnern geschrien hat. Sie war launisch, zerzaust und klang immer verzweifelt – meine Imitation war fehlerfrei!

Ich starre auf die weiße Decke und beginne mich zu fragen, ob jemand bei mir eingebrochen und meinen IKEA-Plastikluster geklaut hat. Da hängen jetzt Spots. Der Einbrecher hat nicht nur neue Lampen dagelassen, er hat auch gleich einen Deckenventilator montiert.

Was ist nur mit den Verbrechern heutzutage los?

Wenn er auch noch Ordnung in mein Klamottenchaos gebracht hat, muss ich ihn am Ende auch noch bezahlen.

Den Kopf heben funktioniert nicht, also rolle ich mich auf die Seite und knalle aus dem verdammt hohen Bett, direkt auf einen schwarzen, leeren Plastikeimer.

Gott, hat das weh getan!!

Ich stöhne den Boden an, gefühlt zehn Minuten lang, dann versuche ich mich hochzuraffen. Auf die Beine kommen klappt, was mich nur so lange positiv überrascht, bis ich fünf Ausfallschritte nach links machen muss, weil mein Hirn beschließt, dass es heute mal einen kompletten Fahranfänger meine Beine steuern lässt.

Als ich gegen die graue Kommode krache und mich daran festkralle, frage ich mich, ob ich sie gestern erst gekauft habe, weil ich sie noch nie gesehen habe.

Wie wahrscheinlich ist es, dass ich gestern noch eine Kommode gekauft, in meine Wohnung getragen und aufgebaut habe, bevor ich ins Suffkoma gefallen bin?

Genauso wahrscheinlich wie das Szenario, in dem ich mein gesamtes Schlafzimmer marinegrün gestrichen und das Fenster und die Tür versetzt habe. Okay, langsam dämmert mir, dass ich nicht in meiner Wohnung aufgewacht bin.

Ich kucke an mir selbst herunter, um sicherzugehen, dass das hier keine real gewordene Szene aus ›Freaky Friday‹ ist, oder mir vielleicht jemand im Schlaf die Organe entnommen hat. Das würde meinen Zustand zumindest ansatzweise rechtfertigen.

Ich bin noch immer ich und meine Leber ist auch noch da, sie weint nur gerade, weil sie erst verarbeiten muss, dass ich sie gestern vergiften wollte.

Mir fällt auf, dass ich ein Star-Wars-T-Shirt mit Yoda darauf trage. Unerklärlich das ist. Aber ich stolz bin, nicht vollgekotzt zu haben das schrumpelige grüne Männchen.

Ich spiele mit dem Gedanken, die Kommode zu bitten, mich zu begleitet, weil sie mir Sicherheit und Standfestigkeit gibt, aber ich sehe ein, dass ich wohl auf mich alleine gestellt bin, wenn ich herausfinden will, wo ich bin und was hinter dieser Zimmertür liegt. Eigentlich will ich vorsichtig und leise lostappsen, ich stampfe aber wankend wie ein betrunkener Hafenarbeiter durch den Raum auf die Türschnalle zu, zu der ich schnell dieselbe Beziehung aufbaue wie zu der Kommode. Ich kann mich an ihr festhalten und sie begleitet mich sogar drei Schritte lang, weil die Tür dabei aufgeht.

Ahnungslos und desorientiert stehe ich in einem Flur. An den weinroten Wänden kleben Poster. Metallica, Albert Einstein, eine Katze in einer Kaffeetasse. Großartig, ich bin in der Wohnung eines bipolaren Heavy-Metal-Fans!

»Hallo?«, krächze ich leise, weil es hier so still ist, wie am Beginn eines Seuchen-Films. Wahrscheinlich bin ich die einzige Überlebende und finde gleich einen Zeitungsartikel über den Ausbruch des Virus. Der Gedanke ist natürlich absolut lächerlich – niemand hat heutzutage noch eine Zeitung herumliegen, ich müsste schon ein iPad finden.

Niemand antwortet. Vielleicht versteckt sich der Bewohner auch vor mir, weil ich wie einer von den Zombies klinge und mich auch so bewege.

Ich wanke auf eine weitere Tür zu, die nicht geschlossen, sondern nur angelehnt ist. Als ich sie aufdrücke, ist da ein Badezimmer. Egal, wo und bei wem ich bin, ich muss pinkeln.

Ich sitze auf einem fremden Klo, in einer fremden Wohnung und halte mir den Kopf. Ich könnte schwören, dass mir über Nacht ein zweiter gewachsen ist, weil einer alleine nicht so abartig schmerzen kann.

Als ich die Spülung betätige und vor den Spiegel wanke, steht da Marylin Manson nach einer Geschlechtsumwandlung und glotzt mich an. Es sieht so aus, als hätte das Mädchen aus ›The Ring‹ mein Make-Up gemacht. Meine Augen sind schwarz vom verwischten Kajal und der Wimperntusche. Der Lippenstift hat überraschend gut gehalten, aber die kräftige Farbe steht im absoluten Kontrast zu meiner momentanen Blässe. Ich könnte glatt als Geist durchgehen, als geschminkter Transvestiten-Geist, aber hey, fließende Geschlechtsmerkmale liegen gerade total im Trend.

Dass meine Haare aussehen, als hätte sie jemand toupiert, der noch nie toupiert hat, überrascht mich herzlich wenig. Hangover-Optik ist leider kein Klischee, sondern eine – im wahrsten Sinn des Wortes – *unschöne* Wahrheit.

Ich verlasse das Badezimmer und stehe wieder planlos im Flur. Während ich zombiemäßig leicht hin und her schwanke, springt eine der Türen plötzlich auf und ich mache eine viel zu schnelle, schreckbedingte Bewegung, die in meinem Zustand dazu führt, dass ich mich beinahe übergebe.

»Hey! Kannst du die Tür wieder zumachen?«, fragt er, während er an mir vorbeiläuft. Mein Hirn nutzt die ersten fünf Sekunden dazu, meinem Körper klarzumachen, dass er bitte nicht kotzen soll. Als sich mein Magen überzeugt zeigt, beginne ich darüber nachzudenken, ob ich den Typen mit dem Wäschekorb in der Hand, der bereits wieder in eines der Zimmer verschwunden ist, schon mal gesehen habe. Ich kenne seinen Namen nicht, das ist schon mal ein Indiz dafür, dass wir uns ziemlich fremd sein müssen.

Ich starre auf die offene Haustür, durch die er gekommen ist und wanke durch, um herauszufinden, ob mir zumindest der Hausflur bekannt vorkommt. Tut er nicht.

Drei Sekunden denke ich darüber nach, ob ich einfach nach Hause laufen soll, dann fällt mir ein, dass ich keine Hose trage. Noch im Flur sehe ich nach, ob ich überhaupt Unterwäsche anhabe. Slip, ja. BH, nein. Hoffentlich hat mich niemand gesehen, wie ich mich gerade prüfend selbst begrabscht habe.

Ich gehe zurück in die Wohnung und schließe die Haustür, so wie der Wäschetyp verlangt hat. Aus Mangel an weiteren Anweisungen will ich eigentlich wieder stehenbleiben, aber mir fällt ein, dass es schlau wäre, ein Gespräch zu suchen.

Der Raum, in den er verschwunden ist, ist ein Wohnzimmer. Nicht groß, auch dunkelrot gestrichen mit hohen Altbaufenstern. Er steht vor einem Wäscheständer und hängt nasse Klamotten auf. Egal, wie verkatert mein Hirn ist, es stellt sofort fest, dass der Wäsche-Typ süß ist. Ich denke, dass ich selbst im Wachkoma noch beurteilen könnte, ob der Arzt, der sich über mich beugt, sexy ist oder nicht.

Er hat dunkelblonde, verwuschelte Haare und einen guten, wenn auch ein wenig schmalen, Körperbau – der Wäsche-Typ natürlich, nicht der imaginäre Arzt aus meinem erfundenen Komaszenario.

Als er mich entdeckt und ansieht, fällt mir auf, dass er sehr, sehr jung aussieht. Ist er überhaupt volljährig? Dieses kindliche Gesicht ist hübsch, aber, wenn ich verdorbene Dinge mit ihm getrieben habe, bevor ich bewusstlos ins Bett gefallen bin, wäre das furchtbar! Würde mein betrunkenes Ich über den siebzehnjährigen Wäsche-Jungen herfallen? Mein Gewissen ruft ein weinerliches ›Ja!‹ in meine Gedanken.

»Sieht aus, als hättest du verdammt schlecht geschlafen«, setzt er an und klingt zum Glück erwachsen. Kein Stimmbruch, eine tiefe ziemlich melodische Stimme. »Wenn du Duschen willst, kannst du das gerne. Wir haben auch Mineralwasser hier, du solltest etwas trinken, du siehst dehydriert aus. Das letzte Mal, als ich mich abgeschossen habe, bin ich auf dem Sofa eingeschlafen und hatte den Abdruck dieser verdammten Kreuznaht auf der Stirn. Mach das bloß nie! Für den Rest des Tages haben mich alle ›Jesus‹ gerufen, weil ich aussah, als hätte ich eine Dornenkrone getragen. Ich bin nicht mal Christ. Meine Eltern sind Hippie-Atheisten. Wenn sie wüssten, dass ihr Sohn ›Jesus‹ gerufen würde, würden sie glatt vor Schreck ihre Joints auf die Yogamatten fallen lassen.«

Ungefähr bis zur Hälfte seiner Lebensgeschichte habe ich ihn nur mit großen leeren Augen angestarrt. Seit der Jesus-Sache hänge ich aber auch Wäsche auf, weil er mir einfach ein nasses T-Shirt in die Hand gedrückt hat.

Ich würde ihn wirklich gerne fragen, wer er ist und wieso ich hier mit ihm Wäsche aufhänge, aber er hört einfach nicht auf zu reden.

»Eigentlich sind meine Eltern aber cool, ich bin froh, dass sie keine Kleinstadtspießer sind, sonst wäre meine Pubertät wohl noch schwieriger gewesen. Obwohl schwierig eigentlich das falsche Wort ist. Vielleicht eher verwirrend? Anstrengend?«

Er grinst mich an und neigt fragend den Kopf. Ich starre eine Weile auf die nassen schwarzen Männerpants in meiner Hand und er merkt, dass er gerade nicht Adjektive-raten mit mir spielen kann.

»Entschuldige, du bist noch verkatert. Soll ich dir nachher Eier in die Pfanne werfen? Ich mache total leckeres Rührei!«

Ich nicke mechanisch. Mir fällt auf, dass er ziemlich klein ist, nicht größer als ich. Und er ist nett, aber er hat keinen Abschaltknopf. Muss ich erst die Batterien rausnehmen?

»Ich koche eigentlich gerne, weil ich mir früher immer ›Jamie Oliver‹ angesehen habe. Aber ich hasse Speck und die Engländer sind anscheinend verrückt danach. Eier mit Speck, Auflauf mit Speck, Suppe mit Speck. Ich wette, sie würden auch Schokolade daraus machen, wenn sie könnten.«

Während sich in meinen Gedanken das Wort ›Speck‹ an die tausendmal wiederholt, höre ich wieder eine Tür. Ich starre in den Flur, in dem auf einmal ein Gesicht auftaucht, das ich kenne.

»Du bist schon wach?« Simon klingt atemlos, so, als wäre er gerannt. Er hat eine Tüte in der Hand und schenkt mir ein etwas verunsichertes Lächeln. Die Bilder, die in meinen Gedanken plötzlich aufflackern, gefallen mir nicht.

»Hey! Warst du einkaufen? Hast du Essen besorgt?«, will der Wäschejunge wissen und holt schon Luft für seine nächste Rede, aber er wird unterbrochen.

»Ja. Hier. Ich habe dir das abartig widerliche Fruchtgummi mitgebracht, das du so gerne isst«, meint Simon und drückt ihm die Tüte in die Hand. Der Kleinere grinst und verschwindet dann kommentarlos aus dem Wohnzimmer. Aha, da ist doch ein Abschaltmechanismus, in den man Fruchtgummi stecken muss!

»Ähm … du musst meine Wäsche nicht aufhängen«, meint Simon und nimmt mir die schwarzen Pants ab, die ich noch immer in der Hand halte. Gut zu wissen, dass es seine Unterhosen waren. Gut zu wissen, dass das anscheinend seine Wohnung ist. Schlecht zu wissen, dass ich hier mit einem Filmriss aufgewacht bin.

»Komm. Wir gehen in mein Zimmer. Du siehst aus, als würdest du dich gerne setzen und deine Sachen sind auch noch dort.«

Ich nicke mechanisch und folge Simon in den Raum, aus dem ich vorhin gewankt bin. Jetzt, da ich weiß, dass es sein Zimmer ist, beginne ich mich bewusst umzusehen. Es ist ziemlich cool hier und es wäre einfach gewesen herauszufinden, wer hier schläft, wenn ich nicht strohdumm, blind und bewegungsbehindert aufgewacht wäre.

Auf dem weißen Schreibtisch mit dem Zeichenbrett liegen Uni-Unterlagen auf denen ›Simon Kirschbaum‹ steht. Auf dem Regal neben der Kommode, die ich liebgewonnen habe, glänzen fünf Sportpokale mit seinem Namen darauf, und als wäre all das noch nicht genug, hängt über dem Boxspringbett ein Trikot, auf dem in Großbuchstaben der Name ›SIMON‹ prangt.

Es hätte nur noch offensichtlicher sein können, wenn er ein Poster von sich selbst an die Wand gepinnt und ›Willkommen in meinem Zimmer‹ darunter geschrieben hätte.

Er setzt sich auf den Schreibtischstuhl und mein Blick streift wirklich ein Foto von ihm. Er hat darauf ein Mädchen im Arm, aber ich kann nicht mehr hinstarren, weil er ein Stück nach links rutscht und mir den Blick unwissentlich versperrt.

»Und? Wie fühlst du dich?«, will er wissen und mustert mich halb amüsiert, halb besorgt.

»Zombiemäßig«, gebe ich zur Antwort und erschrecke vor meiner eigenen Stimme. Ich wusste nicht, dass ich wie ein Mann klingen kann. Simon lacht.

»Ja. Der Absinth ist nur in ziemlich geringen Dosen ein guter Spielgefährte. Danach wird er launisch und schlägt einen auch mal k.o.«

Ich setze mich auf das Bett, in dem ich ganz augenscheinlich eine Nacht verbracht habe. Das letzte, das ich noch weiß, ist, dass ich mit Alex geschlafen habe. Danach herrscht Dunkelheit. Während mich mein Schamgefühl dazu zwingt, mir die Hände aufs Gesicht zu legen, wächst der Drang, mich in einem Erdloch zu verkriechen oder zumindest die Uni zu wechseln.

»Gott, wie dämlich kann man eigentlich sein?«, will ich von mir selbst wissen. Wer auch immer sich in der elitärsten Wohnung der Welt zwischen den schönsten Leuten der Welt so dermaßen die Kante gibt, muss verrückt sein. Das ganze Lernen hat mich wohl sozial unzurechnungsfähig gemacht. Ich war nervös, aufgekratzt, geflasht von all den Eindrücken und habe es mit dem Mut antrinken definitiv übertrieben.

»Von einer Skala von eins bis zehn …«, frage ich vorsichtig. »Wie peinlich habe ich mich bei Alex verhalten?«

Ich schaue ihn finster an, um ihm zu verstehen zu geben, dass er ruhig ehrlich sein kann. Simon grinst.

»Keine Sorge, du hast absolut nichts Dummes gesagt oder getan – zumindest nicht in Alex' Wohnung. Dass du im Taxi einen Vortrag über die Glücksbärchis gehalten hast und darüber spekuliert hast, ob sie auch Sexpartys feiern, hat niemand mitbekommen – ich und der Taxifahrer ausgenommen.«

»Es tut mir leid«, gestehe ich, ernte aber nur ein Schulterzucken und dieses Engelslächeln, das er so gut draufhat. Simon sieht frisch aus, fit, wach, sexy. Er trägt dunkelblaue Hosen und ein weißes ›Rockstars & Angels‹-T-Shirt, das so gut zu ihm passt, wie der Hangover zum Absinth.

»Das braucht dir nicht leid zu tun. Ich garantiere dir, dass zumindest Alex und Bianca heute Morgen auch mit Gedächtnislücken aufgewacht sind. Alle waren betrunken, mich eingeschlossen«, versucht er meinen Absturz herunterzuspielen. Simon geht betrunken schlafen und wacht wie ein verdammter Rockstar-Engel auf – ich bin betrunken und erwache als Marylin Mansons verpeilte Zwillingsschwester. Das Leben ist so unfair!

»Entschuldige übrigens, dass du alleine aufgewacht bist. Ich dachte, du schläfst bestimmt noch länger, deshalb bin ich einkaufen gefahren. Du hast Hunger, oder?«

Meine Antwort bleibt aus, weil ich beginne mir vorzustellen, wie es gewesen wäre, neben Simon aufzuwachen. Meine Wangen werden rot, weil es sich seltsam anfühlt. Vor gar nicht allzu langer Zeit hätte ich noch jeden mit ungläubigen Blicken gestraft, der mir prophezeit hätte, dass ich bald neben dem Jungen aufwache, den ich vor zehn Jahren mit dem Gartenschlauch durch den Hof gejagt habe. Ich hätte aber auch jeden doof angesehen, der mir prophezeit hätte, dass ich bald Sex-Partys mit gutaussehenden, diskreten Studenten für mich entdecke. Manchmal stolpert man im Leben in einen Haufen Glitter und darf sich ruhig darüber freuen.

»Haben wir …«, will ich von Simon wissen und weiß nicht, welche Antwort ich lieber hören würde. Es wäre unangenehm, wenn ich vergessen hätte, dass wir Sex hatten, aber ich würde gerade richtig gerne behaupten, dass ich mit diesem charismatischen Rockstar-Engel, der dort auf dem Schreibtischstuhl sitzt, geschlafen habe.

Er schmunzelt. »Nein. Ich halte nichts von Sex mit komatösen Frauen. Du hättest gar nichts mehr mitbekommen. Ich würde es gut finden, wenn du dich daran erinnerst, wie ich dich genommen habe.«

Ich hasse mein perverses, verkatertes Hirn! Wenn Simon so offen und dezent versaut daherredet, macht mich das scharf. Bevor ich mir zu lange vorstelle, wie er mich auf sein Bett drückt und mir sein Star Wars-T-Shirt – für das ich ihn noch aufziehen werde! – auszieht, wechsle ich das Thema.

»War das vorhin dein Mitbewohner?«

Er nickt. Ich wusste nicht, dass Simon in einer WG lebt, aber es liegt irgendwie nahe. Entweder gehört man zu dem einen Prozent, das Eltern wie Alex hat, und wohnt alleine auf zweihundert Quadratmetern oder man hat eben Mitbewohner. Ich lebe nur alleine, weil die dreißig Quadratmeter Wohnung ein billiger Glücksgriff war. Ein Glücksgriff mit kaputten Fenstern, maroden Dielen und nur sporadisch funktionierendem Warmwasserboiler, aber wenn das Leben einem Tetrapackwein schenkt, trinkt man ihn trotzdem.

»Ja. Das war Jonas. Wir teilen uns die Wohnung schon seit dem ersten Semester. Hat er dich zu Wort kommen lassen, oder hatte er den Monolog-Modus an?«, fragt Simon und grinst wissend.

»Kann es sein, dass er gerne redet?«, stelle ich eine überflüssige Gegenfrage, die uns beide zum Lachen bringt.

»Nein. Wie kommst du darauf? Jonas ist still und diskret wie eine Klosterschwester.«

»Ach. Ich dachte nur, weil er mir zwar nicht seinen Namen verraten hat, ich aber jetzt weiß, dass er Speck hasst, kein Katholik ist und seine Eltern anscheinend Kiffer sind.«

Simon zuckt schmunzelnd mit den Schultern. »Entschuldige. Er ist ein wenig anstrengend, aber nett. Wenn du dich erstmal an den Tinnitus gewöhnt hast und weißt, mit welchen Süßigkeiten du ihn bestechen musst, um ihn ruhig zu bekommen, ist er ein klasse Mitbewohner. Ich bitte ihn nie, meine Wäsche zu waschen, aber er tut es trotzdem. Da sehe ich auch gerne mal drüber hinweg, wenn ich nicht schlafen kann, weil er irgendeinen Typen zuquatscht, während er einen geblasen bekommt. Die Wände sind leider dünn.«

»Jonas ist schwul?«

Auch wenn mein Hirn gerade langsam arbeitet, habe ich das herausgehört.

»Wenn nicht, hat er eindeutig zu oft Sex mit Männern«, entgegnet Simon lachend.

Ich finde es süß, dass er einen schwulen Mitbewohner hat. Nicht jeder Heteromann würde sich vorwurfslos das Sexgestöhne anhören und seinem kleinen, sprechbegeisterten Mitbewohner trotzdem Fruchtgummi kaufen. Das spricht aber für Simons menschenfreundliche Art. Er ist zu jedem nett und verurteilt niemanden. Vielleicht auch, weil er selbst auf Sex-Partys geht und so offenherzig ist. Er ist wohl der verruchteste Unschuldsengel der Welt!

Ich lasse meinen Blick kurz schweifen und entdecke mein Kleid auf dem Boden. Simon muss es mir ausgezogen haben, ich bin mir sicher, dass ich das alleine nicht geschafft hätte.

»Zumindest habe ich nicht gekotzt«, sage ich und deute auf den leeren Eimer neben dem Bett. Mein Gastgeber zieht die Brauen nach oben.

»Du hast drei Mal gekotzt. Ich habe den Eimer nur immer wieder ausgeleert und gewaschen, weil es hier sonst ziemlich schlimm riechen würde.«

Das Schamgefühl dreht wieder an meiner inneren Temperaturregelung und meine Wangen beginnen zu glühen. Der einzige Mann, vor dem ich jemals gekotzt habe, war Dan. Er ist auch irgendwie ein Engel, ein lauter, nervender, sturer Engel, aber mein Leben wäre ohne ihn wohl nicht nur langweiliger, sondern auch einsamer gewesen.

»Du kannst gerne hier duschen, wenn du möchtest«, bietet Simon an, möglicherweise, weil ihm auch aufgefallen ist, dass ich aussehe, als hätte ich drei Tage auf einem Festival durchgemacht.

»Aber schließ ab. Jonas meint es nicht böse, aber er kann Privatsphäre nicht mal buchstabieren. Kann sein, dass er sich die Zähne putzen will, während du unter der Dusche stehst und er dir dann nuschelnd erzählt, warum Ryan Gosling so ein guter Schauspieler ist.«

Ich nicke und beiße mir auf die Unterlippe, weil ich Simon fragen möchte, ob er nicht mit mir zusammen unter die Dusche steigen will. Dazu fehlt mir aber der Mut und das, obwohl ich weiß, dass er gerne und oft Sex hat. Wenn er mich abweist, wäre das umso schlimmer. Gestern bei Alex wollte er auch nicht mit mir schlafen. Oder hatten wir nur keine Gelegenheit dazu?

Während ich im Badezimmer verschwinde und das heiße Wasser ein paar meiner Lebensgeister aufweckt, denke ich über alles von gestern Abend nach, an das ich mich noch erinnere. Der Sex mit Alex war großartig! Vielleicht der beste, den ich je hatte. Ich streiche das ›vielleicht‹.

Als Nächstes kommt mir Theo in den Sinn. Es kommt mir so vor, als könnte ich mich daran erinnern, dass er unbedingt mit mir schlafen wollte, vielleicht ist das aber auch nur Wunschdenken. Ich hoffe, dass er zur nächsten Party kommt. Mir wird gerade bewusst, dass ich nicht mal weiß, ob Alex mich nochmal einlädt. Wenn er mich für eine langweilige Saufziege hält, streicht er mich wohl von der Gästeliste.

Als ich aus der Dusche steige, schlinge ich mir eines der großen Handtücher um den Körper und gehe zurück in Simons Zimmer. Ich habe mein Kleid vergessen und Yoda ist schon im Wäschekorb gelandet.

Er sitzt noch immer an seinem Schreibtisch und scheint seine Skizze zu studieren. Neben dem Zeichenbrett entdecke ich mein Handy. Er hat es an sein Ladegerät angeschlossen, weil es wahrscheinlich wieder mal fast leer war. Wirklich nett von ihm.

Simon registriert nicht gleich, dass ich neben ihm stehe, also kann ich mir das Foto von vorhin ansehen. Es steckt in einem schwarzen Bilderrahmen und steht direkt neben dem Zeichenbrett. Wenn ich nicht wüsste, dass er keine Freundin hat, wäre ich mir sicher, dass die Blondine mit den lockigen Haaren, die er ihm Arm hält, mit ihm zusammen ist. Natürlich ist sie hübsch, schlank und sieht auch noch sportlich aus – was vielleicht daran liegt, dass sie ein weißes Trikot trägt.

»Du kannst dich aber verdammt gut anschleichen«, höre ich Simon sagen, der mich gerade bemerkt hat und den Stift zurück auf den Schreibtisch legt. Er hat mitbekommen, dass ich mir das Foto angesehen habe und ich glaube, ihn leise Seufzen zu hören.

»Ich dachte, du hättest keine Freundin«, sage ich und versuche nur neugierig und nicht vorwurfsvoll zu klingen. Es kommt mir so vor, als wäre es ihm unangenehm, weil er mit einem Mal so finster aussieht.

»Habe ich auch nicht«, sagt er ernst und steht auf. Mir scheint, als wolle er mich von seinem Schreibtisch wegschieben, damit ich mir das Bild nicht länger ansehe, aber er bleibt dann doch dicht neben mir stehen.

»Sie ist nur eine Freundin.«

Wow, kann Simon streng klingen. Ich schlucke, so, als könnte ich das aufkommende Verlangen in mir damit beeindrucken und verscheuchen. Er steht so nahe, dass ich nicht anders kann, als die Erinnerungen an die gestrige Party mit erfundenen Bildern auszuschmücken. Wir beide und das Quietscheentchen. Als ich beginne zu registrieren, dass ich mir gerade auf der Unterlippe herumbeiße, grinst Simon plötzlich. Es ist keines seiner berühmten Unschuldsgrinsen, diesen Gesichtsausdruck hat er sich definitiv von Alex abgekuckt.

»Was denkst du gerade?«, will er wissen. Wahrscheinlich ist er der erste Mann der Welt, der einer Frau diese Frage stellt, deshalb weiß ich auch nicht, was ich antworten soll.

»Ich denke über Alex' Quietscheentchen nach«, entgegne ich wahrheitsgemäß, lasse das Szenarium drumherum aber weg.

»Er hat einen eigenwilligen Sex-Toy-Geschmack«, meint Simon und treibt mir damit schon wieder die Schamesröte ins Gesicht. Mir war nicht klar, dass er weiß, von welchem Entchen ich überhaupt spreche.

»Außerdem ist das wie schummeln bei einer Prüfung«, erklärt er und ich könnte schwören, dass ihm gerade jemand Glitter in die Augen gepustet hat. Dass Simon bei Prüfungen nicht spickt oder betrügt, war mir natürlich klar, dass er daraus eine Sex-Toy-Metapher machen kann, nicht.

»Wenn man es ohne ›unlautere‹ Hilfsmittel nicht hinbekommt, zählt das Ergebnis auch nicht.«

Ich muss grinsen, das pochende Gefühl in mir wird deshalb aber trotzdem nicht schwächer.

»Was?«, will Simon wissen, weil ich ihn so durchdringend mustere. Nicht nur die fehlende Distanz zwischen uns lässt es knistern. Da ist etwas, das ich nicht beschreiben kann und vielleicht auch gar nicht muss.

»Du bist wahrscheinlich der größte Streber der Welt«, werfe ich ihm vor. Jetzt ist da wieder das Engelsgrinsen. Er zuckt mit den geraden, breiten Schultern. »Kann sein, aber das denkst du doch sowieso schon lange von mir, oder?«

Ich nicke und spiele mit dem Gedanken, den Vorzeigestudenten einfach zu küssen. Hinter dem braven, artigen Simon versteckt sich etwas anderes. Einen kleinen Einblick hat er mir ab und an schon gestattet, aber ich kann noch immer nicht abschätzen, wie viel Bad Boy tatsächlich in dem Jungen von nebenan steckt. Der Unschuldsengel ist keine Fassade, sondern ebenso in seinem Charakter verankert wie das, was hinter dem spannenden Funkeln in seinen Augen steckt. Welcher Teil in ihm gleich das Feuer in mir ablöscht oder anstachelt, kann ich nicht sagen.

»Lena …«, raunt er meinen Namen vorwurfsvoll, so als hätte ich etwas angestellt.

Ich stehe nur hier und starre dich an, ich bin ganz artig Simon …

Seine Hand hebt sich und greift nach der Stelle, an der ich das Handtuch eingeklemmt habe. In meinem Inneren beginnt ein fangirlartiges Kreischkonzert. Mir war nicht bewusst, wie unbedingt ich mit ihm schlafen will. Ich presse die Beine zusammen, weil ich glaube, die Hitze in mir damit unter Kontrolle halten zu können, aber ich stehe bereits in Flammen, obwohl seine Hand noch immer nur den Rand des Handtuchs hält.

Wieso eigentlich? Er bewegt sie seit gut zehn Sekunden nicht, das ist auffällig lange. Was hält ihn ab? Wieso starrt er mich so durchdringend an?

»Simon? Hallo?« Ich muss ihn tatsächlich erst ansprechen, um ihn zu einer Reaktion zu bewegen. Als er die Hand von mir wegnimmt, fährt sie durch seine braunen Haare und krallt sich dort fest, während er ausgiebig seufzt.

»Entschuldige!«, sagt er und dreht sich von mir weg.

Echt jetzt?! Du machst einen Rückzieher?!

Ich versuche, die Wollust in mir zu Wut werden zu lassen. Am liebsten würde ich ihn an den Schultern packen, schütteln und ihm ›WIESO NICHT?!«, ins Gesicht brüllen, aber das könnte möglicherweise verzweifelt anmuten.

Ich nehme mir mein Kleid, weil ich mich im Bad anziehen werde. Simon wird mich nicht nackt sehen, niemals – das habe ich gerade beschlossen!

Ich bin irgendetwas zwischen beleidigt, gekränkt und frustriert, als ich nach der Türklinke greife und plötzlich so schnelle Schritte hinter mir höre, dass ich kurz glaube, es brennt und er möchte flüchten. Da ist kein Feuer, zumindest nicht im Zimmer – Simon packt mich von hinten und murmelt irgendetwas von wegen »Scheiß drauf«, bevor er mir die Lippen auf den Nacken drückt und ziemlich stürmisch zubeißt. Ich stöhne auf, weil sich der sanfte, ziehende Schmerz mit Lust und Überraschung vermischt.

Da sind jetzt zu viele intensive Gefühle auf einmal, ich kann mich nicht mal darüber beschweren, dass er zuerst gezögert hat. Er steht hinter mir, hält einen Arm fest um mich geschlungen, während seine andere Hand in meine Haare greift und mich so zwingt, den Kopf in den Nacken zu legen. Seine Zunge gleitet meinen Hals hinauf. Mir wird klar, dass ich mich nicht rühren kann, weil meine Arme an den Körper gepresst sind und Simon meinen Kopf noch immer nach hinten drückt. Das Gefühl ist … schlichtweg großartig, weil ich mich innerlich vollkommen fallenlassen kann. Ich muss nichts tun, mich nur auf das Fühlen seiner Lippen und das Verlangen in mir konzentrieren.

Die Kontrolle abzugeben macht mir nichts aus, weil es Simon ist und er alles mit mir machen darf, was er möchte, zumal ich gespannt darauf bin, was seine Vorlieben sind.

Er ist definitiv nicht zimperlich oder zaghaft. Er hält mich so fest, als würde ich weglaufen wollen, was nicht mal dann der Fall wäre, wenn sich sein Schreibtisch spontan selbst entzünden würde. Er könnte ruhig neben uns abfackeln, ich könnte das problemlos ignorieren.

Seine Zunge gleitet über mein Ohr und das Stöhnen aus meiner Kehle vermischt sich mit seinem Raunen. Mir fällt auf, wie gut sich sein harter, warmer Körper an meinem anfühlt, dann hebt er mich plötzlich hoch und dreht sich mit mir so schwungvoll, dass mir kurz schwindelig wird. Ich denke, er will mich zum Bett tragen, aber er trägt mich nur ein paar Schritte zu dem Schreibtisch, den ich gedanklich vorhin in Flammen habe aufgehen lassen.

Plötzlich scheint er ungeduldig, so, als hätte er schon viel zu lange auf das hier warten müssen, was nicht stimmt, schließlich war es seine Entscheidung, gestern jemand anderem den Vortritt zu lassen.

Als sich Simon erneut das Handtuch greift, landet es so schnell auf dem Boden, dass ich kurz fröstle und mir aus einem Reflex die Hände vor den Busen halte. Er will mir unseren ersten wirklichen Kuss geben, mustert mich dann aber und atmet plötzlich ruhiger. Seine Augen verlieren ein Stück weit den Glitter-Effekt und seine Miene wird weich.

»Alles in Ordnung? Ist dir das zu stürmisch?« Er legt seine Hände auf meine Oberarme und streicht einmal darüber. Mir wird klar, dass er meine unbedachte ›Mir ist plötzlich kalt geworden‹-Geste als ›Ich fühle mich unwohl‹-Geste auslegt, also lasse ich die Hände sinken. Da ist es wieder, das Glitzern in seinen Augen. Aber er beißt sich nur kurz auf die Unterlippe und hebt den Blick von meinen Brüsten zurück in meine Augen.

Simon wird gerade wieder zu meinem Unschuldsengel, was meine Fantasie beflügelt. Ich denke an meine erste Sexfantasie mit ihm, nach seiner WhatsApp-Nachricht. Jetzt würde ich ihn gerne ein paar Schritte nach hinten drängen, auf sein Bett werfen und ihn zum Stöhnen bringen, während er mich so verlegen unsicher mustert. Ich schmunzle verträumt, weil die Bilder einfach zu stark und aphrodisierend sind. Was ich gleich sage, ist absolut wahr, deshalb bin ich auch mutig genug, es auszusprechen.

»Du bist ein Engel, weißt du das? Du kannst gar nicht zu stürmisch sein. Du darfst alles mit mir machen, was du willst.«

Mein Satz führt dazu, dass seine schönen braunen Augen groß und fragend werden, dann verengen sie sich, und er beginnt den Kopf zu schütteln. Seine Antwort kommt mit einem schiefen Grinsen. »Wow, das hättest du mal besser nicht gesagt, Lena. Jetzt will ich …« Seine Lippen streifen mein Ohr, während er den Satz zu Ende flüstert. » … ziemlich schlimme Dinge mit dir tun.«

Die Gänsehaut kommt nicht von einem Kältegefühl, mir ist nämlich jetzt heiß – sehr heiß!

Seine Worte jagen eine Art von Vorfreude durch meinen Körper, die mich wohlig schaudern lassen würde, würde Simon sich an mich drücken. Seine Lippen treffen auf meine, während er mich so weit nach hinten drängt, bis mich die Tischplatte dazu zwingt, mich zu setzen. Anscheinend stört es ihn nicht, dass ich auf seinem Zeichenbrett sitze.

Simon zu küssen fühlt sich an, als wäre es seit zehn Jahren überfällig. Wobei es damals definitiv anders gewesen wäre. Mit zwölf hätten wir Schmetterlinge im Bauch gehabt, die etwas von ›Verliebt sein‹ gesummt hätten – heute sind da wollüstige Tiger, die ›nimm mich!‹, brüllen.

Er beendet den Kuss und ich wäre beinahe vorne übergekippt, weil ich seinen Lippen folgen will. Er lässt seinen Blick über meinen Körper schweifen und ich atme tief ein, damit sich mein Busen noch ein Stück höher hebt. Ich will seine Hände darauf spüren, aber er lässt mich warten.

»Schließ die Augen, zehn Sekunden lang«, verlangt er und drückt mein Kinn ein Stück nach oben, während er mich ansieht, als hätte er gerade ziemlich verdorbene Gedanken. Er kann seine Stimme sogar fremd und dunkel klingen lassen.

Ich will wissen, was Simon vorhat und nicke, bevor ich die Augen schließe und in Gedanken zu zählen beginne. Als ich bei drei angekommen bin, höre ich die Schreibtischschublade neben mir aufgehen. Ich will kurz in Richtung des Geräusches schielen, aber in ein paar Sekunden sehe ich sowieso, was er herausgeholt hat.

Bevor mein innerer Countdown abgelaufen ist, beugt er sich so weit gegen mich, dass ich den Oberkörper ein wenig nach hinten drücken muss. Ich öffne meine Augen, als er meine Hände packt und sich kühles Metall um meine Gelenke legt. Es klickt zweimal. Simon grinst süffisant, während er einen Schritt von mir wegmacht und ich ihn fragend anstarre. Ich will auch wieder nach vorne rutschen, aber Überraschung, ich hänge fest!

Ich drehe den Kopf so weit nach hinten, wie es geht, und sehe die schwarzen Handschellen. Die Glieder verschwinden unter der Schreibtischkante. Dort verläuft vermutlich eine Stange, an der er mich festgekettet hat. Ich rüttle ein wenig daran, aber ich bin mir sicher, dass ich so lange hier auf seinem Zeichenbrett sitze, wie Simon es möchte.

Wer hat eigentlich Handschellen in seiner Schreibtischschublade? In meiner sind nur Stifte und medizinisch bedenklich alte Gummibärchen.

Als ich den Kopf wieder zu ihm drehe, hat er sich gerade das T-Shirt über den Kopf gezogen.

Das ist ein unglaublich toller Oberkörper! Und obwohl ich ihn wirklich gerne anfassen möchte, finde ich es reizvoll, dass ich es nicht kann. Simon weicht meinem neugierigen, von Spannung gezeichnetem Blick keine Sekunde aus. Er sieht mir in die Augen, während seine Hände zu seinem Gürtel wandern. Der Unschuldsengel in ihm fällt gerade ins Koma, er hat nämlich das schwache Schmunzeln eines Dämons auf den Lippen.

Vor mir steht ein vollkommen fremder Typ mit schwarzen Flügeln und glitzernden Augen und ich bin hin und weg von ihm!

Vor nicht mal einer Woche habe ich Simon für den prüden, braven, netten Jungen von nebenan gehalten, der in den letzten Jahren zufällig sexy geworden ist, aber dieser Junge öffnet gerade den Reißverschluss seiner Jeans und sieht mich dabei an, als würde er mich in Gedanken längst vögeln.

Ich werde unruhig, weil mich die Vorfreude auffrisst. Das leise Rasseln der Ketten scheint Simon zu gefallen und mir gefällt wiederum seine Reaktion. Als er auf mich zukommt, trägt er nur noch weiße Boxershorts, unter denen sich sein Verlangen sichtbar abzeichnet. Mein Atem wird automatisch schneller, weil ich endlich berührt werden möchte. Am liebsten würde ich ihn darum bitten, aber ich bringe es nicht über die Lippen, weil sich mein innerer ›Verrucht‹-Modus noch an meiner Scham stößt.

Er legt mir die Hände auf die Knie und will sie auseinanderdrücken. Ich spanne mich an, weil ich mit einem Mal verlegen werde. Im Zimmer ist es taghell, was ungewohnt für mich ist. Ich bin dabei noch nie so direkt von den Sonnenstrahlen beleuchtet worden. Das leise, unsicher klingende Stöhnen aus meinem Mund, ich denke, es führt dazu, dass Simons Blick wieder weich wird und er mich fragt, ob alles in Ordnung ist, aber da liege ich falsch.

Er drückt meine Beine auseinander und ich flüstere ein heiseres ›Nicht …‹, das ihn zu mir aufsehen lässt. Der Unschuldsengel ist noch immer komatös. Simon funkelt mich voll Verlangen an und kommt mit seinem Mund wieder an mein Ohr. »Du hast gesagt, ich darf mit dir machen, was ich will«, erinnert er mich und schickt mit seinen Worten den nächsten Schwall aus Lust durch meinen Körper, der mein Schamgefühl in die Knie zwingt.

Irgendwie ist mir diese wehrlose, offenherzige Position, in die er mich gebracht hat, unangenehm, aber das Unbehagen lässt das Verlangen noch größer werden.

Macht das Sinn? In meiner Gefühlswelt schon.

Ich vertraue ihm, ich will ihn und das hier ist so spannend, dass sich in mir schnell mehr Erwartungsfreude und Lust aufbauen als Scham. Mir wird klar, dass es sich wohl so anfühlt, wenn man sich vollkommen hingibt. Das hat Suchtpotenzial.

Abgesehen von Alex gestern war mein Sexleben bisher wirklich katastrophal langweilig.

Simon kniet sich hin und obwohl ich weiter in seine lustvoll glänzenden Augen schauen will, hebe ich den Kopf und blicke zur Decke.

Er ist der erste Mann, dem ich erlaube, mich so genau und intensiv zu mustern und das dunkle Knurren aus seinem Mund lässt wieder ein großes Stück meiner Scham in Verlangen vergehen.

Ich beiße mir auf die Unterlippe während seine Hände meine Oberschenkel packen und meine Beine noch ein Stück weiter auseinanderdrücken. Ich sitze an der Kante des Tisches, aber noch immer auf seinem Zeichenbrett. Dass er die Skizze noch verwenden kann, bezweifle ich stark.

Als es plötzlich kühl an meiner empfindlichsten Stelle wird, senke ich den Kopf, um herauszufinden, wieso. Simon sieht zu mir hoch und pustet nochmal sanft zwischen meine Beine, die ich unbedingt schließen will, weil mir sein kühler Atem bewusst macht, wie feucht ich schon bin.

Er lässt meine Schenkel nicht los. Ich beginne atemlos und leise zu protestieren und an meinen Fesseln zu rütteln. Meine eigene Stimme und Simons Reaktion darauf machen mir zum ersten Mal den Reiz des sich Zierens und die Notwendigkeit von Safewords bewusst.

Es macht ihn sichtlich an, wenn er Dinge mit mir tut, die mich ein wenig verunsichern und trotzdem ein so deutlich körperliches Verlangen bei mir auslösen. Mich macht es auch scharf, aber das zuzugeben ist irgendwie unangenehm, deshalb protestiere ich so kleinlaut. Ein einziges Wort reicht trotzdem aus, um alles zu beenden, aber ich will nicht mal darüber nachdenken, wie es lautet!

Als seine Zunge zum ersten Mal über mich gleitet, stöhne ich viel zu laut auf. Ich presse die Zähne aufeinander, damit mir das nicht nochmal passiert, aber es wird irgendwie von Sekunde zu Sekunde schwerer, meiner Lust keinen Ausdruck zu verleihen. Simon leckt mich so rhythmisch und fest, dass ich bald kommen werde und das will ich eigentlich noch gar nicht. Ich will dieses Prickeln genießen, das Pulsieren, das ihm ausgeliefert sein.

Kann jemand zu gut im Oralsex sein? Ja!

»Hör bitte auf!«, japse ich halbwegs eindringlich und er sieht neckisch zu mir auf, ohne dabei aufzuhören seine Zunge kreisen zu lassen. »Simon, bitte!«

Als ich seinen Namen sage, stoppt er wirklich, aber nur für fünf Sekunden, um sich lasziv auf die Unterlippe zu beißen und verrucht zu grinsen. Ich würde unglaublich gerne kommen, während ich ihn in mir spüre.

Flehen stachelt Simon nur weiter an, mich mit seiner Zunge zur Ekstase zu bringen, also wechsle ich die Taktik, wofür ich mein Schamgefühl endgültig über Bord werfen muss.

»Ich will, dass du mich …« Nein, ich kann es doch nicht sagen! Verdammt! Natürlich hat er meinen unvollständigen Satz gehört und unterbricht die rhythmischen Kreisbewegungen. Zumindest das habe ich geschafft, jetzt habe ich aber andere Probleme.

»Was soll ich?«, will er wissen und richtet sich plötzlich auf. Ich starre ihn nur mit glänzenden, flehenden Augen an, während er sich zwischen meine Beine drängt und ich seine Härte an der Stelle spüre, die noch wie verrückt pocht, weil seine Zunge mich so scharf gemacht hat.

Simon trägt noch diese verdammten Boxershorts, die ich gerne in der Luft zerreißen würde, wenn ich nicht gefesselt wäre. Wenn ich wiedermal mit Jonas seine Unterwäsche aufhängen soll, schmeiße ich sie lieber aus dem Fenster!

»Sag es …«, raunt er und zwingt mich, ihm in die Augen zu schauen, weil er mein Kinn festhält. Wenn er mich so ansieht, kann ich es erst recht nicht mehr sagen, meine Wangen sind bestimmt knallrot.

»Ich bleibe einfach hier stehen, bis du mir sagst, was ich mit dir machen soll, Lena«, prophezeit er irgendwie drohend.

Wouh! Kommando zurück! Das war nicht meine Absicht! Ich kann doch nicht wirklich sagen, was ich mir von dir wünsche! Ich wollte doch nur, dass … nagut, es gibt eine softere Beschreibung dafür, die ich vielleicht herausbringe.

»Nimm mich bitte«, flüstere ich und seufze erwartungsvoll, weil ich denke, dass er sich endlich diese verdammten Boxershorts von der Hüfte streift. Tut er nicht.

»Das wolltest du aber vorhin nicht so sagen«, stellt Simon wissend fest und grinst mich an. Er weiß, was ich will! Er lässt mich nur zappeln! War es nicht genau das, was ich wollte? Gott, er ist guuuut!

»Du magst es nicht mal, wenn ich fluche«, werfe ich ihm vor und ziehe sogar eine Augenbraue in die Höhe, weil ich meine Lust wieder annähernd unter Kontrolle habe. Ich fühle mich aber trotzdem nicht so überlegen, wie ich ihm gerne vorspielen würde, weil die Handschellen metallisch klirren, sobald ich ungeduldig daran ziehe.

»Jetzt darfst du schlimme Dinge sagen. Du hast meine Erlaubnis.«

Wo hat Simon nur gelernt, seine Stimme so melodisch düster klingen zu lassen? Und warum macht es mich so an, dass er will, dass ich es ausspreche? Ich will etwas Trotziges erwidern, aber er beginnt plötzlich, sein Becken sanft zu bewegen und schürt wieder das ungezügelte Verlangen in mir.

»Weißt du, wie heiß du aussiehst, wenn du an meinem Schreibtisch gefesselt bist?«, flüstert er. »Ich will dich so sehr, sag es endlich, Lena.«

Er lässt seine Daumen an seinen Hüftknochen in den Shorts verschwinden und beginnt, sie quälend langsam hinunterzustreifen. Ich wollte noch nie so sehr eine Männlichkeit sehen wie seine! Nagut! Dann sage ich es eben! Ich schließe die Augen und drücke mich ihm, so weit es meine Fesseln zulassen, entgegen.

»Bitte fi…«

Mein verdammtes Handy klingelt!!!

Simon und ich sehen beide zu dem leuchtenden Smartphone, das er neben das Zeichenbrett gelegt hat, um es aufzuladen. Ich will es eigentlich sofort ignorieren, aber die Nummer löst eine Erinnerung aus, die mich panisch werden lässt.

»Verdammte Scheiße, wie spät ist es?!«, fluche ich und ziehe so fest ich kann an den Fesseln, die wirklich kein Stück nachgeben und sich nur schmerzhaft in mein Handgelenk drücken.

»Ich muss rangehen! Gib mir das Telefon!«, verlange ich von Simon, der mich anstarrt, als hätte ich ihn darum gebeten, sich kastrieren zu lassen.

Er greift sich mein Handy, wischt über das Display, um den Anruf entgegenzunehmen und drückt es mir dann ans Ohr. Ich muss mir auf die Zunge beißen, um nicht statt ›Hallo‹ ›Bitte fick mich‹ zu sagen, weil dieser Satz noch immer ständig meine Gedanken kreuzt.

»Spricht dort Lena Relisch?«, tönt es am anderen Ende der Leitung fragend von einer tiefen Stimme. Eine männliche Sekretärin ist mal etwas Neues, aber wahrscheinlich ist er selbst ein Studienassistent.

»Ja! Ja, ich bin dran!« Ich kann nicht verhindern, atemlos zu klingen, weil diese Situation gerade furchtbar ist. Ich habe das verdammte Vorstellungsgespräch an der Uni vergessen, das ich eigentlich vor einer halben Stunde hätte führen sollen. Stattdessen sitze ich nackt auf dem Zeichenbrett eines Architekturstudenten, der mich an seinen Schreibtisch gefesselt hat! Wenn ich diesen Job nicht bekomme, weil ich mich mit Absinth ins Saufkoma getrunken habe, und seither nur noch an Sex denke, werde ich mich ewig hassen!

»Sie hatten vor einer halben Stunde einen Termin bezüglich der offenen Stelle als Studienassistentin«, erklärt er mir und klingt etwas genervt. »Darf ich davon ausgehen, dass Sie kein Interesse mehr an dem Job haben?«

»Nein! Ich meine doch!«

Es klickt, weil Simon eine der Handschellen gelöst hat und ich greife sofort zu meinem Telefon, leider mit der Hand, an der noch die schwarze Kette baumelt, die ziemlich laut rasselt.

»Entschuldigen Sie die Verspätung, aber ich hatte gerade …« *ein kleines Bondage-Spielchen mit meinem Sandkastenfreund laufen* …. »… einen Auffahrunfall auf dem Weg zur Uni.« Mir fällt keine bessere Lüge ein. Simon sieht mich verwirrt und vorwurfsvoll an.

Klar! Jetzt bist du wieder der brave, nie lügende oder fluchende Vorzeigestudent! Du wolltest vor einer Minute noch, dass ich dir irgendwelche Schweinereien sage!

»Ich könnte in 15 Minuten da sein.«

Könnte ich das? Ich habe keine Ahnung, wo Simons Wohnung liegt, aber ich will diesen Job so unbedingt, dass ich ein Auto klaue, wenn es notwendig ist. Mir werden die klirrenden Fesseln endlich abgenommen. Auf der anderen Leitung ist es viel zu lange still. Er fragt wahrscheinlich gerade nach, ob er mir absagen soll. Ich hoffe nur, die Professorin, bei der ich das Vorstellungsgespräch habe, ist nicht zu sauer.

»Na gut. Wenn Sie es innerhalb der nächsten 30 Minuten schaffen, dann …«

»Tue ich! Ich bin sofort da! Vielen Dank!«

»Auf Wiederhören.«

Ich rutsche von der Tischkante und steige sofort in mein Kleid. Dass es ziemlich kurz ist, ist zwar unpassend, aber ich erscheine dort lieber etwas zu leicht bekleidet als gar nicht. Ich habe keine Zeit mehr, um nach Hause zu fahren und mich umzuziehen. Zum Glück konnte ich bei Simon duschen, sonst hätte die Professorin, die mit mir das Vorstellungsgespräch führt, wohl einen Exorzisten gerufen. Mir fällt ihr Name einfach nicht mehr ein. Er stand in der eMail mit der Zusage für das Bewerbungsgespräch. Andrea irgendwie …

»Wie lange brauche ich von hier zur Uni?«, will ich wissen, während ich hektisch nach meiner Tasche suche.

»30 Minuten mit dem Bus. Aber du kannst mein Rad nehmen und wenn du schnell fährst, dann schaffst du es in 15.«

Die Worte ›Rad‹ und ›schnell fahren‹ bereiten mir jetzt schon Seitenstechen, aber zumindest muss ich kein Auto klauen. Während ich auf meinem Handy herumtippe, um das Navigationssystem anzuschalten, knalle ich beinahe gegen die Kommode, die ich nach dem Aufwachen so lieb gehabt habe. Simon hält mich davon ab.

»Beim Fahren behältst du die Augen aber auf der Straße! Sonst hast du am Ende wirklich noch den Unfall, den du gerade erfunden hast.«

»Irgendetwas musste ich sagen. Ich wusste nicht, dass es schon so spät ist! Ich will diese Assistenzstelle unbedingt! Gott, ich bin so dämlich …«

Bevor ich damit weitermache, mich zu beschimpfen, reiße ich mich zusammen und stürme aus dem Zimmer.

Simon folgt mir in den Flur und mir wird bewusst, wie ich ihn gleich stehenlassen werde. Noch schlimmer als damals in der Mensa, als ich vergessen hatte, dass ich noch in die Bibliothek muss. Mein chaotisches Hirn ist furchtbar! Ich muss mir eine Agenda kaufen und anfangen, meine Termine einzutragen.

Donnerstag, 22:00 Uhr:	**Sex-Party bei Alex**
Freitag, 12:30 Uhr:	**desorientiert aufwachen**
Freitag, 13:00 Uhr:	~~**Mich an einen Schreibtisch fesseln lassen**~~ **VORSTELLUNGSGESPRÄCH UNI!**
Freitag 15:00Uhr:	**Kopf gegen die Wand schlagen (eventuell kotzen …?)**

Simon steht vor mir mit diesem gottgleichen, dezent gebräunten Körper in diesen hautengen Boxershorts und dreht einen kleinen Schlüssel von dem Ring an seinem Bund.

»Das giftgrüne Carbon-Rad, gleich rechts neben der Eingangstür«, erklärt er mir und lächelt das halbherzigste Engelslächeln, das er je gelächelt hat.

Das mit uns hätte nur dann beschissener enden können, wenn wir von meiner beschwipsten Mutter unterbrochen worden wären, die einen Stock tiefer eine Überraschungsparty mit all meinen Verwandten zu meinem Schulabschluss organisiert hat. Wieso hat der Absinth mich DAS nicht vergessen lassen?!

»Es tut mir so leid! Ich …«

»Schon gut.« Simon winkt ab. »So etwas hat Vorrang, ich verstehe das. Wir können das mit uns nachholen, wenn du irgendwann Lust hast.«

Ich nicke, obwohl ich ihm eigentlich sagen will, dass ich nichts lieber tun würde, als das mit uns möglichst bald nachzuholen. In meiner gedanklichen Agenda steht SIMON in Großbuchstaben über jeder Seite. Ich bin mir sicher, wir finden bald Zeit, um den Unschuldsengel in ihm wieder ins Koma zu schicken.

»Danke für alles! Echt! Du hast was gut bei mir, Simon.«

Er grinst. Mir war nicht klar, dass er das Dämonen-Lächeln auch im Engels-Modus zeigen kann.

»Ja, dich mindestens einmal Kommen zu sehen, das habe ich gut.«

Ich will verlegen den Blick abwenden und mir erwartungsvoll auf die Lippen beißen, aber mir fällt wieder ein, dass ich keine Zeit für laszives Posen habe, sondern in die Pedale treten muss. Zum Glück schlüpfe ich gerade in Sportschuhe, die nur Porno-Darstellerinnen in Erotikfilmen zum Radfahren tragen würden.

Mit zehn Zentimeter Absätzen fährt es sich sicher hervorragend!

»Warte kurz.«

Ich sehe Simon an und will ihm sagen, dass ich es verdammt eilig habe, aber er öffnet mit einer schnellen Bewegung den Schuhschrank und wirft mir ein paar dunkelgraue Converse-Sneakers vor die Füße.

»Die müssten dir passen«, sagt er, aber ich bin nicht der Meinung, dass ich Männerfüße habe. Als mir auffällt wie klein die Schuhe sind und dass sie bestimmt nicht Simon gehören, sehe ich fragend zu ihm auf.

Er zuckt mit den Schultern. »Mit den Stöckelschuhen bringst du dich sicher mit meinem Rad um.«

Damit könnte er recht haben. Die Frage lautet aber jetzt, ob ich mir lieber bei einem blutigen Verkehrsunfall den Schädel aufschlage oder in die Schuhe von irgendeiner seiner Ex-Freundinnen schlüpfe. Wahrscheinlich gehören sie der Blondine auf dem Foto.

»Komm schon, Lena. Das sind nur Schuhe.«

Das stimmt nicht, diese Schuhe erzählen eine Geschichte die ich nicht hören will, aber dann halte ich mir beim Fahren eben die Ohren zu! Ich muss zur Uni, möglichst schnell und möglichst unblutig – alles andere spielt im Moment keine Rolle.

»Danke«, sage ich und schlüpfe in die Sneakers, die wirklich wie angegossen passen. Simon lächelt und ich bin ihm wirklich dankbar für alles, weil er es nur gut meint.

Ich laufe aus der Wohnung, in der ich meinen ersten Absinth-Hangover und Beinahe-Sex mit einem Engel gehabt habe.

Für Sie: Doktor DeLuca

Memo an mich selbst: eine Dusche und intensives Rummachen vertreiben einen Kater nur temporär. Ich übergebe mich beinahe, als ich Simons federleichtes, ultramodernes Carbon-Geschoss in den Fahrradständer schiebe.

Auf dem Weg in die Fakultät versuche ich, irgendwie wieder zu Atem zu kommen und flehe meinen Körper an, in den nächsten dreißig Minuten weder zu würgen noch den Schwindel-Modus anzuwerfen. Ich verspreche ihm dafür, dass ich nie wieder Hochprozentiges in ihn reinschütte. Die Reaktion auf meine Lüge ist ein so lautes Magengrummeln, dass mich der langweilige Strafrecht-Professor, der gerade meinen Weg kreuzt, ansieht, als hätte ich ihn angeknurrt.

Auch wenn es schon spät ist, ich muss einfach kurz vor der großen Glastür verschnaufen, hinter der sich die Büros der Wirtschaftsrecht-Fakultät befinden. Ich habe das Gefühl, dass das gleich das beschissenste Vorstellungsgespräch meines Lebens wird. Morgen, wenn ich mich bei irgendeiner Fast-Food-Kette bewerben muss, weil ich sonst kein Geld mehr für meine Miete habe, läuft es aber bestimmt besser. Da kann ich mich dann in meinen besten Bleistiftrock zwängen und erzählen, dass es schon immer mein Traum war, Pommes zu salzen.

Das Büro, zu dem ich laut der Email von vor zwei Tagen muss, liegt irgendwo im hintersten Winkel eines Ganges.

›Dr. Andrea DeLuca‹ steht auf dem Schild.

Genau, so hieß sie!

Ich kenne sie aus keiner meiner Vorlesungen, wahrscheinlich ist sie neu, ich habe auf der Fakultätshomepage nicht mal ein Foto von ihr gefunden. Im Grunde ist es aber egal, wie sie aussieht, anscheinend sucht sie Hilfe beim Kopieren und Noten in Listen Eintragen, und ich drücke gerne Knöpfe und tippe Zahlen.

Bevor ich eintrete, versuche ich, mein Kleid irgendwie länger zu ziehen, was nur dazu führt, dass meine Brüste beinahe raushüpfen. Ein Königreich für einen Blazer. Und für eine Kochsalzlösungsinfusion.

Ich atme nochmal durch und will es eigentlich nur noch hinter mich bringen. Nachdem ich geklopft habe, vernehme ich ein »Herein.«

In dem mittelgroßen Raum steht ein Schreibtisch, auf dem sich Lehrbücher und Unterlagen türmen. Irgendwie riecht es nach Red Bull und mein Blick schweift auf die Karaffe mit der gelblichen Flüssigkeit. Anscheinend steht die gute Frau Doktor auf Energiedrinks, was mich schmunzeln lässt, weil ich jetzt auch gerne einen hätte. Entdecken kann ich meine potenzielle zukünftige Vorgesetzte aber nicht.

»Hallo?«

Die Tür auf der anderen Seite des Raums geht auf und der Besitzer der männlichen Stimme, die mich hereingebeten hat, erscheint. Er ist ziemlich groß und ziemlich jung, zumindest gemessen am Rest des Unipersonals. Wahrscheinlich ist er der Studienassistent, der mich angerufen hat. Habe ich ihn schon mal Akten durch die Gegend schleppen sehen? Nein. An einen eins neunzig großen Typen mit dunkelrot gefärbten, etwas längeren Haaren und so auffallend schönen Lippen könnte ich mich erinnern.

»Guten Tag«, sagt er geschäftlich und legt den Kodex, den er in der Hand hat, auf dem Schreibtisch ab.

»Hallo. Ich bin auf der Suche nach Frau Doktor DeLuca. Das ist doch ihr Büro, oder?«

Er neigt den Kopf und sieht dabei ziemlich spaßbefreit aus. Ein typischer Jurist, darüber täuschen die ungewöhnliche Haarfarbe und das braune Nietenarmband, das er zu seinem weißen Hemd trägt, auch nicht hinweg.

»Das ist mein Büro«, antwortet er und setzt sich auf den schwarzen Ledersessel. Er rollt ein Stück nach hinten und dreht sich zu mir.

»Okay, dann bin ich hier wohl falsch. Da draußen steht Andrea DeLuca. Kannst du mir sagen, wo ich sie finde?«

Er schmunzelt, wobei er ziemlich arrogant aussieht, vielleicht gerade wegen der schönen Lippen. Jetzt kommt bestimmt irgendein dummer Spruch. Klasse, wenn man seinen potenziellen Arbeitskollegen schon beim Vorstellungsgespräch nicht leiden kann. Der Typ kommt mir vor, als würde er einem beim Sprint das Bein stellen, obwohl er selbst schon durchs Ziel gelaufen ist.

»Sie haben mich schon gefunden. Und ich würde es begrüßen, wenn Sie das weibliche Personalpronomen nochmal überdenken. Ich bin mir ziemlich sicher, dass meine Mutter vor achtundzwanzig Jahren einen Jungen zur Welt gebracht hat. Und seien wir uns ehrlich, ich wäre eine ziemlich unansehnliche Vertretung Ihres Geschlechts.«

Ich spüre, wie mein Kinn leicht nach unten klappt und mein Kopf ein Stück nach vorne sinkt.

Ach du Scheiße.

Er ist der Doktor? Wieso ist er keine Sie? Wieso ist er nicht alt? Wieso habe ich ihn bloß geduzt?

»Setzen Sie sich«, sagt er und deutet auf den Stuhl, der neben mir an der Wand steht. Ich muss nochmal nachfragen, für den Fall, dass er einfach nur ein riesen Arschloch ist, das mich verarscht.

»Sie sind Andrea DeLuca?«

Er nickt und grinst triumphierend, wahrscheinlich, weil ich ihn plötzlich sieze.

»Wenn es Ihnen die Verlegenheit, die gerade in Ihnen hochsteigt, ein Stück weit nimmt: Sie sind nicht die Erste, die mein Vorname verwirrt hat. In Italien ist ›Andrea‹ ein Männername. Meine Familie ist vor fünfundzwanzig Jahren ausgewandert und ja, meine Schulzeit war eine endlose Aneinanderreihung an Mädchenwitzen. Das hat sich auf der Universität zum Glück gelegt, zumindest werden in akademischen Kreisen nur hinter vorgehaltener Hand sexistische Witze zum Besten gegeben. Um niemanden einen Anreiz für schlechte Scherze zu geben, nennen mich Freunde und Kollegen aber Luca.«

Ich nicke monoton und fasse seine lange, ausschweifende Rede zusammen. »Luca also …«, sage ich und ernte einen strengen Blick aus grünen Augen. Seine Stimme klingt trotzdem amüsiert, was den Inhalt seines Satzes ziemlich hochnäsig klingen lässt.

»Doktor DeLuca, für studentische Kolleginnen«, stellt er vorbildlich gegendert klar und deutet nochmal auf den Stuhl. Ich beiße mir auf die Zunge, weil ich nie gedacht hätte, ausgerechnet in das Fettnäpfchen zu treten, meinen Vorgesetzten nicht mit akademischem Titel anzusprechen und zu siezen. Ich weiß, dass das hier auf der Universität so läuft, aber ich war einfach viel zu überrascht von diesem Typen. Er zeigt wieder auf den freien Stuhl.

»Hatte Ihr Auffahrunfall zur Konsequenz, dass Sie nicht mehr sitzen können, Frau Relisch? Brauchen Sie medizinische Hilfe oder nur jemanden, der meine einfache Anweisung für Sie in kinderfreundliche Zeichensprache übersetzt?«

Hat er das gerade wirklich gesagt?! Die liebe Andrea hört sich wohl ziemlich gerne selbst reden und hält sich für witzig! Den Job gibt mir dieser arrogante Kirschlippenheini sowieso nicht, also kann ich auch auf Gegenangriff schalten.

»Entschuldigen Sie Herr Doktor. Ich bin nur etwas irritiert, weil ich dachte, die Fakultät sucht eine Assistentin für einen Professor. Sie sind augenscheinlich keiner, deshalb die Verwirrung.«

Er beißt sich kurz mit einem schneeweißen Eckzahn auf die Unterlippe.

Aha! Ich wusste, dass das dein wunder Punkt ist, du karrieregeiler Angeber! Du hast vielleicht in Lichtgeschwindigkeit deinen Doktor in Jura gemacht, aber niemand ist mit achtundzwanzig schon Professor!

Wahrscheinlich hat er die Uni gerade beendet und muss jetzt zehn Jahre für alle hier an der Fakultät die Drecksarbeit machen, um den Titel verliehen zu bekommen.

»Da haben Sie recht, ich habe offiziell noch keine Professur inne. Das ändert aber nichts an meinem Bedarf einer studentischen Assistenzkraft.«

»Und welche Anforderungen knüpfen Sie an diese Stelle?«

Er neigt wieder gespielt fragend den Kopf. »Interviewen Sie mich oder ich Sie?«

Dominanter Lackaffe! Ich überlege gerade, ob ich das laut aussprechen kann. Vielleicht, wenn ich es hochtrabender verpacke? Auf Latein? Cucurbitae caput – was frei von der Leber weg übersetzt so viel heißt wie ›Kürbiskopf‹.

Während ich noch abwäge, ob ich einfach auf dem Absatz kehrtmachen und gehen soll oder nicht, verliert er plötzlich die arrogante Lässigkeit und wirkt etwas ungeduldiger.

»Wollen Sie den Job oder nicht?«

Ich mustere ihn überrascht, weil ich mir eigentlich sicher war, dass er mich nach diesem Start wieder bittet zu gehen.

»Ja, ich will den Job. Unbedingt sogar«, sage ich und versuche, nicht zu verzweifelt zu klingen. Eigentlich steht hier ein Teil meiner beruflichen Zukunft auf dem Spiel. Ich will später mal genau dasselbe machen wie Doktor Arrogant, aber nicht für den Preis, mich dafür verarschen lassen zu müssen.

»Dann setzen Sie sich endlich!«, fordert er fast schon forsch und rollt mit dem Stuhl wieder zurück zu seinem Schreibtisch. Ich tue, was er sagt, weil ich plötzlich glaube, dass er zwar menschlich ein Arschloch, aber beruflich ziemlich professionell ist. Er will mir wohl wirklich eine Chance geben, also nehme ich mir den Stuhl und stelle ihn vor der anderen Seite seines Schreibtisches ab, um mich zu setzen.

Hier ist es ziemlich unordentlich. Wahrscheinlich braucht er eine Assistentin, die Ordnung in sein Chaos bringt. Ich bin selbst das Chaos, aber das verrate ich ihm natürlich nicht.

»Sie sind im fünften Semester …«, beginnt er, mir meinen Lebenslauf vorzulesen, den er vor sich liegen hat.

»Mittelmäßige Zensuren, aber ich habe mir Ihre letzte Unternehmensrecht-Klausur angesehen und Sie haben ein ausgeprägtes, ungewöhnlich gutes Verständnis für die praktischen Fälle.«

»Danke.«

»Das war kein Kompliment, sondern eine Feststellung«, macht er den ersten Funken von Sympathie von mir für ihn zunichte und sieht mich über den Rand des Zettels in seiner Hand streng an. Ich hasse diesen dummen Teil in mir, der gerade feststellt, dass er wirklich schöne Augen hat. Sein ganzes Gesicht ist hübsch. Ziemlich markant – hohe Wangenknochen, eine gerade, nicht zu kleine Nase und eher blasse Haut. Irgendwie hat er was von einem aristokratischen Vampir. Ist er sich sicher, dass er Italiener ist? Seine Haut hat das auf alle Fälle nicht mitbekommen.

»Haben Sie Berufserfahrung, die Sie hier nicht angeführt haben?«, will er wissen, und ich beginne, unruhig auf dem Stuhl herumzurutschen. Mein Körper verschwört sich gerade gegen mich. Mir wird ein wenig übel.

»Ich habe ein paar unbezahlte Praktika an der Fachhochschule gemacht. Ich bin mir sicher, ich könnte alles, was Sie sich von einer Assistentin erwarten, zu Ihrer Zufriedenheit erfüllen. Ich will diesen Job wirklich und …«

Gott ist mir plötzlich schlecht! Ich muss einen Schluck Wasser trinken, sonst kotze ich Doktor Arrogant noch auf den Schreibtisch. In meiner Tasche ist immer eine Flasche Wasser, also greife ich danach. Als ich sie rausziehe, ist sie leer, aber eine kleine Tablettenverpackung fällt mir auf den Schoß. Was es auch ist, ich will es schlucken, weil es so aussieht, als könnte es mir helfen.

Irgendwo in meinem Unterbewusstsein taucht plötzlich Jula auf. Hat sie mir die Tablette in die Tasche gesteckt?

Weil Doktor Vampir gerade so abgelenkt meine Empfehlungsschreiben überfliegt, drücke ich mir die Tablette schnell aus der Verpackung und stecke sie mir zwischen die Lippen. Das Ding ist größer als ich gedacht habe und ich kann es nicht schlucken, weil mein Mund zu trocken ist. Er sieht für eine Sekunde von den Zeilen auf und greift nach dem Glas neben sich, um es mir hinzustrecken. Anscheinend hat er mitbekommen, dass ich gerade versuche, etwas hinunterzuwürgen.

»Hier, bevor Sie noch ersticken.«

Peinlich berührt greife ich mir das Glas und trinke einen Schluck, weil ich sonst wirklich husten müsste. Ich registriere, dass ich Red Bull trinke und mir fällt auch auf, dass er mir sein Glas gegeben hat. Ich stelle es vorsichtig zurück auf den Schreibtisch und vermeide vorerst Augenkontakt.

»Wenn Sie den Job wirklich so sehr wollen, dass Sie sich in Ihrem Zustand in mein Büro schleppen und so tun, als wären Sie nicht total verkatert, kann ich wohl großes Engagement von Ihnen erwarten.«

Sein Satz lässt Unbehagen in mir wachsen, obwohl er so klingt, als wollte er mir die Stelle geben. Er kauft mir die Ausrede mit dem Auffahrunfall wohl nicht ab. Als ich wieder in die grünen Augen schaue, sieht er zum ersten Mal weder arrogant noch gemein aus, sondern amüsiert.

»Ich … gestern war …«, versuche ich meinen Zustand zu erklären, aber er unterbricht mich.

»Schon gut. Wenn Sie mir erlauben, Ihnen als Assistentin so viel abzuverlangen, wie die fordernden Begegnungen, die Sie gestern augenscheinlich hatten, lassen Sie es uns versuchen.«

Fordernde Begegnung? Wovon spricht er denn? Mein Blick wird fragend, weil ich seinen Satz nicht wirklich verstanden habe. »Ich weiß nicht, was Sie …«

»Schon gut«, unterbricht er mich, winkt ab und steht plötzlich auf. »Der Hauptkern meines Satzes war, dass Sie ab nächster Woche für mich ein Monat auf Probe arbeiten. Ich schicke Ihnen die nötigen Informationen per Email.«

»Im Ernst?!«

In mir breitet sich gerade eine Euphorie aus, die sich in einem breiten Grinsen äußert. Vielleicht auch, weil die Tablette so schnell Wirkung zeigt und richtig reinhaut.

Habe ich den Job? Will er mich wirklich an der Uni arbeiten lassen? Ich könnte diesen arroganten Idioten gerade umarmen.

»Vielen Dank! Das bereuen Sie bestimmt nicht!«

Ich stehe auch auf.

»Das hoffe ich. Jetzt muss ich aber los, ich halte gleich eine Vorlesung – schließlich sind Sie ja zu spät gekommen.«

»Ich komme nie wieder zu spät! Eher zu früh!«

Er grinst und geht zur Tür, um sie mir zu öffnen.

»Bis nächste Woche, Frau Relisch.«

Ich reiche ihm die Hand und er packt so fest zu, als wollte er mit mir armdrücken.

»Ach, und wenn Sie meinen Satz von vorhin zur Gänze verstehen wollen, werfen Sie doch einen schnellen Blick in den Spiegel am Ende des Flurs.«

Hä? Ich will ihn fragend anstarren, aber er wirft mir mit einem schiefen Grinsen die Tür vor der Nase zu. Wenn ich seinen Satz von vorhin zur Gänze verstehen will? Der kryptische Mist mit der ›augenscheinlich fordernden Begegnung‹? Was hat das denn mit dem Spiegel am Ende des Flurs zu tun?

Obwohl ich etwas verwirrt bin, laufe ich grinsend los und danke dem Universum für so viel unverschämtes Glück. Anders kann ich mir nicht erklären, wieso er mir den Job gegeben hat.

Ich fühle mich plötzlich etwas aufgekratzt, was wahrscheinlich an dem Schluck Red Bull und der Tablette liegt. Was hat Jula mir da gegeben? Pures Koffein? Egal, es wirkt und ich fühle mich nicht nur besser, sondern großartig. Eigentlich will ich die Treppen nach unten hüpfen, aber da ist tatsächlich ein großer Spiegel und ich wage einen Blick.

Als ich den auffälligen Knutschfleck an meinem Dekolletee entdecke, wird mein Kopf knallrot. Er stammt bestimmt von gestern Nacht. Alex! Wie konnte er nur?! Wie konnte ich das Ding nur heute unter der Dusche übersehen?! Ach genau … der Absinth.

Ich habe plötzlich Doktor Arrogants Stimme im Kopf.

»Wenn Sie mir erlauben, Ihnen als Assistentin so viel abzuverlangen, wie die fordernden Begegnungen, die Sie gestern augenscheinlich hatten …«

Oh mein Gott, er meinte doch nicht ….! Oder doch?! Hat er mit mir richtig arschlochhaft geflirtet oder spinne ich mir das gerade zusammen? Er will mir das auch ›abverlangen‹? Was heißt das bitte?! Ich schlafe nicht mit meinem Vorgesetzten! Nicht hier an der Uni! Vielleicht auch noch auf seinem chaotischen Schreibtisch oder in einem Hörsaal, wo wir erwischt werden könnten, wenn ich zu laut bin und …. wieso genau werde ich gerade scharf?

Ich laufe weiter und versuche das Lustempfinden gegen Wut auszutauschen und die lauten Jubelschreie meiner Libido zu ignorieren.

Er ist ein Arschloch! Ich schlafe nicht mit Arschlöchern!

Ich hole mir einen Schwarztee aus dem Automaten und kaufe mir eine Agenda im Schreibwarenladen.

Vollgepumpt mit Koffein fährt sich Simons Hyper-Bike noch schneller. Wahrscheinlich ist es ein Transformer und Shia LaBouf kommt gleich um die Ecke und schauspielert schlecht.

Ich habe gerade mit ihm telefoniert – mit Simon, nicht mit Shia. Nachdem er mich gestern davor bewahrt hat, mich alleine in meiner Wohnung zu übergeben und vorhin auch noch anstandslos auf seinen Orgasmus verzichtet hat, weil ich zu dumm bin, um mir Termine zu merken, will ich ihm zumindest sein Fahrrad zurückbringen.

Ich muss nicht weit fahren, nur über eine Kreuzung und ein Stück den Stadtpark entlang. Die Sporthallen der Uni sind ein Ort, den ich eigentlich nur einmal im Jahr betrete, wenn dort Alkohol ausgeschenkt wird. Das Fest zum Ende des Sommersemesters findet immer dort statt. Normalerweise werden in der Halle aber Bälle durch die Luft geworfen und Purzelbäume geschlagen – nichts für mich, aus zu vielen Gründen, um sie aufzuzählen.

Ich laufe durch den breiten Gang mit den vielen Spinten und folge dem Gestöhne und Gequietsche. Mir fällt auf, dass ich gar nicht weiß, was Simon hier trainiert, weil er am Telefon nur gesagt hat, dass er beim Training ist und ich sein Fahrrad und seinen Schlüssel dort vorbeibringen kann.

Kurz bevor ich die Hallentür erreiche, rollt dort etwas auf den Gang. Weiß, rund, so groß wie ein Volleyball – ein Volleyball.

Echt jetzt? Mila Superstar? Ich hätte gedacht, Simon ist einer von den Kickers.

Ich bleibe stehen und starre den Ball an, weil ich nicht weiß, ob es gut ist, ihn aufzuheben und damit in der Hand vor allen aufzutauchen. Am Ende werde ich noch übermütig und glaube, ich muss ihnen den Ball zubaggern und breche mir dabei beide Handgelenke. Simon zu blamieren, indem er für mich einen Krankenwagen rufen muss, steht heute nicht mehr in meiner Agenda.

Ich höre Turnschuhe auf Gummiboden. Ein furchtbares Geräusch. Vor mir taucht ein Mädchen in den kürzesten und engsten Sportshorts auf, die ich jemals gesehen habe. Eigentlich könnte das als Unterwäsche durchgehen.

Sie sieht mich zuerst nicht, weil sie sich auf den Ball konzentriert. Als sie sich danach gebückt hat, dreht sie sich aber doch zu mir.

»Hi.«

Nur zwei Buchstaben, aber sie klingt irgendwie genervt und fragend, so, als wäre ich mitten in ihre mündliche Prüfung geplatzt. Wahrscheinlich möchte sie hören, was ich hier suche, weil ich nicht so aussehe, als hätte ich mir das Kleid angezogen um Sport zu machen.

Ich will etwas sagen, bleibe aber stumm, weil mir folgende Sache bewusst wird: Ich trage vermutlich ihre Schuhe.

Sie mustert mich und ich bin mir plötzlich sicher, dass ich ihr Gesicht heute schon mal in klein auf Fotopapier gesehen habe. Sie trägt die Haare zwar zu einem Zopf gebunden, aber sie hat blonde Locken und ich erkenne sogar das Trikot wieder.

»Nicki? Kommst du?«

Diese Stimme kennen wir beide und wir drehen uns in seine Richtung. Simon taucht aus der Halle auf und mustert zuerst nur das Mädchen mit dem Ball fragend, bevor er mich entdeckt.

»Lena.«

Wieso klingst du so überrascht? Du wusstest, dass ich komme, wir haben vor nicht mal zwanzig Minuten telefoniert!

»Hier deine Schlüssel. Dein Rad steht draußen. Danke nochmal.«

Er macht ein paar Schritte auf mich zu, vorbei an dem Covermodel der Sports-Illustradet, die ihn ansieht, als würde er nur zu mir kommen, um mir irgendeine Gemeinheit über sie zu erzählen. Für jemanden mit einem so puppenhaften Gesicht kann sie ziemlich finster aussehen!

»Wie lief dein Vorstellungsgespräch?«

»Besser als gedacht. Ich fange nächste Woche an. Aber der Typ, für den ich arbeite, ist wohl ein Arschloch.«

»Wieso? Hat er dich angegraben?«

Ich frage mich, wie Simon zuerst auf diesen Gedanken kommt, aber bevor ich ihm erklären kann, dass Doktor Arrogant mir nicht auf den Hintern getatscht hat, sondern nur ein Idiot war, meldet sich das Sportmodel zu Wort.

»Könnt ihr das nach dem Training besprechen? Ich habe keine Lust, das nächste Match schon wieder zu verlieren, weil unser Trainer sich nicht auf das Spiel, sondern nur noch auf sein Privatleben konzertiert.«

Was für eine Zicke! Aber Moment. Hat sie gerade gesagt, dass Simon ihr Trainer ist? Deshalb trägt er kein Trikot, sondern normale Sportklamotten, die ihm im Übrigen hervorragend stehen. Die Pfeife um seinen Hals hätte mir auch ein Hinweis sein können. Er dreht sich nach ihr um.

»Ich bin nicht daran schuld, dass du jeden zweiten Aufschlag ins Out beförderst. Geh wieder rein und schlag ein paar Bälle, ich komme in einer Minute nach und lasse dich für jeden Fehlversuch drei Runden ums Feld laufen.«

Hallo, da kann jemand aber streng klingen! Es gibt also Engel-Simon, Dämonen-Simon und Sport-Simon. Ich denke eigentlich, dass sie ihn anfunkeln wird, aber sie grinst nur.

»Sadist …«, murmelt sie und beißt sich auf die Unterlippe.

»Sadisten-Fan«, entgegnet Simon und klingt dabei amüsiert. Sie verschwindet wieder in der Halle, nicht ohne ihm einen Blick zuzuwerfen der ›Wir kennen uns so gut, wir reißen Insider-Witzchen‹ schreit. Darf man jemanden hassen, den man eigentlich gar nicht kennt? Wenn ja, würde ich das jetzt gerne tun.

Als Simon sich wieder zu mir dreht, sieht er mich plötzlich an, als hätte er vergessen, dass ich ihn gerade hören konnte. Große, unschuldige braune Augen – wie ein Reh im Scheinwerferlicht.

»Danke nochmal. Bis dann.«

Was soll ich denn sonst sagen? ›Wer ist diese Bitch und warum tust du so, als wäre sie und nicht ich das Mädchen von Nebenan, das du unbedingt vögeln willst?‹, klingt irgendwie zu aggressiv.

»Warte, Lena!«

Ich will nicht warten. Und ich bleibe garantiert nicht stehen, selbst wenn er in seine dumme Pfeife pusten würde. Leider ist Simon schnell und holt mich ein. Er packt mich an der Schulter und dreht mich zu sich, obwohl er gar nicht weiß, was er mir eigentlich sagen will, das sehe ich ihm an.

»Wie kommst du denn nach Hause?«

Was für eine dumme Frage! Eigentlich wollte er etwas Anderes sagen, aber wahrscheinlich hätte das auch seltsam geklungen.

»Mit dem Bus. So wie immer. Die Haltestelle ist gleich um die Ecke.«

Er nickt und ich schenke ihm Blicke, die ihm verraten, dass ich weiß, dass er diese dämliche Frage nur gestellt hat, um sicherzugehen, dass ich überhaupt noch mit ihm rede und nicht einfach so verschwinde.

»Bis dann, Simon.«

»Gehen wir morgen auf einen Kaffee?«

Anscheinend will er das Prinzip von Abschiedsfloskeln nicht verstehen. Man spricht sie aus, weil man geht und nicht mehr reden möchte oder kann.

»Ja, ja«, antworte ich. Sich monoton wiederholen: so sagt man ›Leck mich am Arsch‹ ohne Fäkalausdrücke.

Du möchtest doch nicht, dass ich fluche, oder?!

Als ich die große Ausgangstür aufdrücke, höre ich einen Knall. Ist Simon gerade gegen die Spinte gelaufen oder hat er auf sie eingeschlagen? Es kann mir egal sein …

Rot oder Schwarz

Der Unterschied zwischen lernen und nur unproduktiv auf der Couch herumzuliegen ist ein Buch in der Hand zu haben. Der dicke Wälzer über Unternehmensrecht macht den Bequemlichkeitsfaktor zunichte, ich habe es ihm aber zu verdanken, dass ich mir die fünfte Staffel von ›Supernatural‹ ganz ohne schlechtes Gewissen ansehen kann.

Ich stehe auf Jared Padalecki. Er sieht aus, als könnte er ein Babykätzchen aus einem brennenden Gebäude retten und würde es danach auch gleich adoptieren. Definitiv kein Bad Boy, aber er könnte es mit den bösen Jungs aufnehmen, wenn sie seinem Kätzchen ans Fell wollen.

Noch in Gedanken greife ich nach meinem Handy. Warum ich gerade jetzt Simons WhatsApp-Nachrichten erneut lese, liegt irgendwie auf der Hand. Die erste kam am Tag nach unserem emotionalen Auf und Ab.

> Hey Lena. Ich weiß, dass du
> irgendwie sauer auf mich bist.
> Gibst du mir eine Gelegen-
> heit, diese Sache aus der Welt
> zu schaffen? Ich will mich
> nicht streiten, ich hasse das.

Er hasst Streit. Armer Simon! Ich finde meine Antwort war ziemlich nett.

Vergiss es einfach. Live and let die … ;)

Vielleicht war das Paul McCartney Zitat am Ende etwas zu dick aufgetragen, aber das Zwinkersmiley hat das wieder relativiert. Der psychologische Einfluss von Emoticons auf Textnachrichten ist faszinierend. Du kannst den schnulzigsten Spruch aus einem Nikolas Sparks Film zitieren, wenn du dahinter das richtige Emoticon platzierst, heißt es ›Leck mich am Arsch‹.

Na gut. Entschuldige …

Das ist jetzt sechs Tage her. Natürlich fühlt es sich beschissen an, dass die Sache mit uns so in der Luft hängt, aber da ich nicht mal weiß, ob wir Freunde, Lover oder nur zwei Leute sind, die irgendwie auf Sex stehen, spielt es nicht wirklich eine Rolle. Was er mit mir besprechen wollen würde, wären nur fadenscheinige Erklärungen über die Rolle der Volleyballspielerin in seinem Leben, deren Schuhe in meinem Vorzimmer stehen. Ihren Namen habe ich schon längst vergessen.

Nicki klingt übrigens nach Zicke! Mit diesem Namen hatte sie gar keine andere Wahl, als eine blöde Kuh zu werden. Das ist das König-der-Löwen-Prinzip. Wenn man zwei Kinder zur Welt bringt und einen Mufasa und den anderen Scar nennt, braucht man sich über den Brudermord am Ende nicht zu wundern.

Ich seufze über meine eigenen Gedanken, während Dean einen Dämon tötet.

Die Türglocke lässt mich hochschrecken, weil sie wie das elektrische Surren eines Knopfes, der Stromschläge auslöst, klingt.

Ich bin wohl auf dem Sofa eingeschlafen, anders kann ich mir nicht erklären, dass ich mich vollgesabbert habe – so lecker ist Jared Padalecki auch nicht.

Während ich die zehn Schritte zur Tür laufe – meine Wohnung ist verteufelt klein – wische ich mir das Gesicht sauber und beginne mich zu fragen, ob nach zwanzig Uhr noch Post ausgetragen wird. Niemand außer dem Postboten klingelt bei mir, weil ich nie jemanden zu mir einlade – hier ist einfach kein Platz für Besuch.

Ich habe zwar einen Türspion, aber das kleine Stück Glas darin ist vergilbt und hat einen Sprung und so sieht jeder aus wie ein Kaleidoskop-Zombie.

Als ich öffne, bekomme ich anscheinend einen kleinen Schlaganfall. Ich starre ihn schief grinsend und mit aufgerissenen Augen an und stottere ein paar Silben.

»Ha…Wa…Hi.«

»Hallo. Entschuldige, dass ich hier einfach auftauche.«

Theo kann ganze Sätze bilden – er hat auch kein Blackout. Ich muss mich schnellstens zusammenreißen, damit mir bewusst werden kann, dass ich mir dringend durch die zerzausten Haare fahren muss und an mir hinuntersehen sollte, um zu checken, ob ich überhaupt Hosen trage.

»Ich hoffe, ich habe dich nicht geweckt?«, fragt er vorsichtig, wahrscheinlich, weil ihm auffällt, dass ich nicht nur verwirrt, sondern auch verschlafen aussehe.

Endlich! Ich fahre mir durch die Haare und stelle dann fest, dass ich Hotpants trage.

»Ich bin wohl beim Lernen eingeschlafen.«

Mann, kann ich bereits schnell nach dem Aufwachen lügen … ›Ich bin eingeschlafen, während ich Jared Padalecki angeschmachtet habe‹, klingt aber auch faul und verzweifelt.

Theo neigt den Kopf etwas und schmunzelt kurz entschuldigend. Er hat die Hände in den Hosentaschen vergraben. Die Lederarmbänder, die er trägt, gefallen mir. Doktor Arrogant hat ähnliche, aber wenn der hier auftauchen würde, würde ich wohl wirklich einen Schlaganfall bekommen.

Alles an Theo gefällt mir, daran hat sich seit dem letzten Mal absolut nichts geändert.

»Ich weiß, ich tauche hier unangemeldet auf. Aber ich dachte, ich hole dich ab und wir könnten gemeinsam zu Alex gehen. Ich wohne nur zwei Häuser weiter. Das Gebäude mit den orangen Sonnendächern.«

Ich nicke mechanisch und weiß sofort, welches Haus er meint. Das liegt wirklich um die Ecke, aber woher weiß er, wo ich wohne? Nicht mal Simon weiß das.

»Ich habe dich in den letzten Tagen zweimal in diesem Haus verschwinden sehen. Anscheinend enden unsere Vorlesungen ziemlich zeitgleich. Als ich dir hinterher gerufen habe, hast du aber nicht reagiert. Soll ich wieder verschwinden?«

»Nein! Ich höre Musik auf dem Nachhauseweg! Ziemlich laut, ich wurde schon zweimal von Radfahrern gerammt. Einmal von einem Theologiestudenten – die Bibel zu lesen macht einen ziemlich kreativ beim Fluchen …«

Wieso erzähle ich ihm das? Weil ich nicht will, dass er wieder geht. Aber hereinbitten kann ich ihn auch nicht, sonst frisst ihn die zwei Tage alte Lasagne, die in der Spüle vor sich hin mutiert.

»Ähm … was hast du vorhin wegen Alex gesagt?«, frage ich nach, weil ich mir nicht mehr sicher bin, ob ich ihn richtig verstanden habe. Ich war damit beschäftigt, ihn anzuschmachten.

»Heute ist Donnerstag. Wir treffen uns wieder in seiner Wohnung.«

Ich nicke nachdenklich und schüttle den Kopf, als ich mit dem Gedanken fertig bin.

»Er hat mich nicht eingeladen. Du musst wohl alleine gehen.«

Es ist gerade schwer, die Enttäuschung nicht mein Gesicht zeichnen zu lassen. Ich habe wirklich nichts von Alex gehört. Wahrscheinlich hat Simon ihm gesagt, dass er mich nicht mehr einladen soll, weil wir Streit hatten. Hatten wir Streit? Kann man das so nennen?

»Ach, dann hat er wohl vergessen, dir zu schreiben. Er ist da manchmal ziemlich unzuverlässig. Frag Jula, sie war mal das einzige Mädchen mit vier Jungs – das schafft selbst sie nicht.«

Theo schmunzelt verrucht und ich habe plötzlich ein ganz anderes Bild von der schönen Arzt-Barbie. Das schafft ›selbst Jula nicht‹. Sie kann wohl so einiges ›wegstecken‹.

»Vielleicht hat er es vergessen, aber ich kann dort nicht einfach ohne Einladung auftauchen, ich …«

Theo unterbricht mich, indem er einen Schritt in den Türrahmen macht und sich dagegen lehnt. Er sieht dabei so gut aus, dass es mir einfach die Sprache verschlägt.

»Alex hat so vom Sex mit dir geschwärmt …«, sagt er, ohne rot zu werden oder den Blick abzuwenden. Er sieht mir dabei so fest in die Augen, dass ich beginne, mir verlegen auf der Unterlippe herumzubeißen. »Ich weiß mit Sicherheit, dass er dich wieder dabeihaben möchte.«

»Aber …«

»Zieh dich um und komm.«

Das klang so gar nicht nach einer Bitte oder einem Vorschlag. Theo hat den strengsten Blick der Welt und der Tonfall dazu ist regelrecht einschüchternd – aber auf keine unangenehme Weise. Seine Augen glänzen irgendwie besonders, wenn er so spricht. Ist das Verlangen? Bitte lass es Verlangen sein!

»Ähm … willst du reinkommen? Ich springe nur schnell unter die Dusche.«

Er lässt den Kopf ein Stück in den Nacken fallen und lacht leise, ehe er seufzt. Als er mich wieder ansieht, höre ich plötzlich selbst heraus, wie mein Angebot geklungen hat.

»Ich meinte nicht … also …«

Okay, mein Verstand schläft anscheinend noch. Theo stößt sich vom Türrahmen ab. »Ich will dich wirklich nur abholen. Bring mich nicht auf verdorbene Gedanken, die will ich mir für Alex' Wohnung aufsparen.«

Ich mache ihm Platz, damit er reinkommen kann. Mein Chaos wird ihn erschlagen, aber im Moment denke ich nur über seinen Satz nach. Er will sich das ›verdorbene‹ für Alex' Wohnung aufheben. Wahrscheinlich für Bianca oder Jula oder welche Mädchen heute auch immer dort sind – ich kenne sie noch nicht alle.

»Setz dich ruhig aufs Sofa. Im Kühlschrank müsste noch Wein und Mineralwasser stehen – bedien dich.«

Er nickt und ich verschwinde im Badezimmer.

Ich stelle einen neuen Rekord im Duschen Schrägstrich Rasieren Schrägstrich parfümieren auf, weil ich Theo nicht zu lange warten lassen möchte.

Als ich aus dem Bad komme, ist der kleine Raum, der mein Wohnzimmer und meine Küche ist, leer. Er kann nur in meinem Schlafzimmer sein. Ich stehe zappelnd vor der Tür und versuche mir selbst zu erklären, wieso ich so nervös bin. Natürlich stehe ich auf ihn, aber ich bin gerade dabei, mich für eine

Sex-Party zurechtzumachen, ich müsste definitiv abgebrühter sein!

Theo steht wirklich in meinem Schlafzimmer, aber meine Wunschvorstellung von ihm auf meinem Bett bewahrheitet sich nicht. Er steht vor meinem Kleiderschrank, ein Glas Wein in der Hand, das er mir entgegenstreckt, als ich mich zu ihm stelle. Ich nehme einen großen Schluck und sehe fragend zu ihm auf. Das schiefe Lächeln steht ihm unverschämt gut.

»Du wohnst alleine hier«, stellt er fest und ich nicke, bevor ich auf die kleine, weiße Kommode zusteure, in der meine Unterwäsche liegt. Ich trage nur ein Handtuch und mein Körper durchlebt gerade einen Flashback. Das letzte Mal, als ich so vor einem Mann gestanden habe, wurde ich kurz darauf an einen Schreibtisch gefesselt. Dass ich bei Simon wegen des Vorstellungsgesprächs nicht auf meine Kosten gekommen bin, hängt mir irgendwie noch nach. Oder ich bin einfach so euphorisiert, weil Theo hier in meinem Schlafzimmer steht und ich total in ihn verknallt bin.

»Zeigst du mir die rote und die schwarze?«, höre ich ihn plötzlich sagen und registriere im nächsten Moment, dass er mir über die Schulter schaut.

Will er meine Unterwäsche aussuchen?

Ich fühle meinen pochenden Herzschlag auch an Stellen, die ich vorhin mit einem Grinsen im Gesicht parfümiert habe.

Meine Finger greifen nach der schwarzen und der roten Spitze, die er sehen wollte. Genau diese beiden Tangas sind so unbequem, dass ich sie eigentlich nie trage, aber wenn einer davon Theo gefällt, dann mache ich eine Ausnahme.

Es ist spannend, dass er meine Unterwäsche aussuchen will – das hat noch nie ein Mann bei mir gemacht. Als er plötzlich zwei Schritte zurückgeht und sich gegen die Schranktür lehnt, glaube ich, er entscheidet sich gleich, aber er macht eine auffordernde Geste mit der Hand.

»Zieh sie an, ich will sie an dir sehen.«

Ich starre ihn an, als wäre ich ein Reh auf einer Lichtung.

Soll ich mein Handtuch jetzt einfach fallen lassen und mich vor ihm anziehen?

Entweder kneife ich und sage auch gleich Alex' Party ab oder ich tue, was er verlangt und habe vielleicht gleich Sex mit dem für mich schönsten Mann der Welt.

Wieso wäge ich überhaupt ab?

Mein Handtuch fällt auf den Boden und seine Augen beginnen zu glänzen. Er bleibt an der Schranktür lehnen, während ich in den schwarzen Tanga steige. Meine Bewegungen fühlen sich unnatürlich an, weil ich noch nie so bewusst aufreizend Unterwäsche angezogen habe. Keine Frau drückt den Rücken dabei so durch und streckt den Busen dabei so raus, wenn sie alleine im Zimmer ist.

Ich greife mir auch den passenden BH und schaue verstohlen zu Theo, während ich ihn schließe. Er führt das Weinglas zum Mund und nimmt einen Schluck, den Blick auf meinen Körper gerichtet. Er sieht keineswegs gelangweilt aus, aber er zeigt nicht wirklich viel Emotionen, während er mich so eindringlich mustert.

»Gefällt sie dir?«, will ich wissen und ärgere mich darüber, dass meine Stimme nicht halb so verführerisch klingt, wie ich beabsichtigt hatte. Ich habe eher wie das Reh auf der Lichtung geklungen, das plötzlich sprechen gelernt hat. Theo scheint der verschüchterte Tonfall aber zu gefallen. Anscheinend steht er auf Bambi. Er sieht mir in die Augen und schmunzelt.

»Dreh dich für mich«, sagt er und ich zeige ihm kurz meine Rückseite. Als ich mich einmal um 360 Grad gedreht habe, klebt sein Blick noch immer an dem Tanga. Ich beiße mir auf der Unterlippe herum, weil ich jeden Moment damit rechne, dass er zu mir kommt und mich auf mein Bett wirft, aber er rührt sich nicht.

»Zeig mir die andere«, verlangt er und ich beginne mich langsam auszuziehen.

Wie kann er nur so ruhig dort lehnen, obwohl ihn das hier ganz offensichtlich auch scharf macht? Wieso nimmt er mich nicht? Diese Selbstbeherrschung ist beeindruckend, aber er spannt mich damit ziemlich auf die Folter.

Als ich in den roten Tanga steige, glaube ich zu verstehen, auf was es ihm ankommt. Er muss nicht über mich herfallen, um das hier prickelnd zu gestalten. Alleine, wie er mich ansieht und mit mir spricht, macht mich an. Theo ist in seinen Vorlieben ziemlich speziell … wieso kommt mir dieser Satz so bekannt vor?

Ich will mich wieder für ihn drehen, um ihm die rote Wäsche vorzuführen aber er stößt sich plötzlich ab und ich glaube, er will mich endlich von der Vorfreude erlösen.

»Du hast einen wirklich schönen Körper«, sagt er und bleibt einen halben Meter vor mir stehen. Ich will den Kopf verlegen nach unten neigen, aber seine Hand legt sich unter mein Kinn und drückt es nach oben. Eigentlich möchte ich ihm gerade nicht in die Augen sehen, aber er bringt mich dazu.

»Dreh dich um und bück dich über die Kommode.«

In meinen Gedanken spielen sich prickelnde Szenen ab. Theo, wie er mich von hinten nimmt, während ich mich an die Kommode klammere. Um meine Fantasien möglichst schnell wahr werden zu lassen, drehe ich mich um und tue, was er von mir verlangt hat.

Das Holz der Kommode ist überraschend kalt. Mein Körper reagiert auf die Kälte mit Anspannung – möglicherweise ist es aber auch die Nervosität, die in mir hochsteigt. Ich glaube, ich wollte noch nie so sehr von jemandem genommen werden.

Dank meines knarrenden Dielenbodens höre ich ihn näherkommen. Meine Vorstellungskraft ist gerade so stark, dass ich beinahe schon fühle, wie er sein Becken gegen meinen Hintern drückt, obwohl er mich noch nicht berührt.

»Ich würde dich hier nehmen, aber dann höre nur ich dich kommen und das wäre schade. Du hast eine schöne Stimme, Lena. Ich bin gespannt, wie du atemlos klingst …«

Zu viele Worte, zu wenige Berührungen! Habe ich ihn richtig verstanden und er will mich jetzt gar nicht …?

Ich stöhne erschrocken auf, weil sich die Erregung so plötzlich in mir breitmacht. Theos Finger streifen meinen String zur Seite und ich fühle, wie er über diese warme, intime Stelle gleitet, die Impulse durch meinen ganzen Körper jagen kann. Zwei seiner Fingerspitzen drücken sich sanft dorthin, wo es unheimlich gut tut. Die kreisenden Bewegungen, die er macht, veranlassen mich dazu, mir auf die Unterlippe zu beißen. Kaum spüre ich den sanften Schmerz meiner Zähne, verpufft das angenehme Pulsieren plötzlich. Ich drehe den Kopf zur Seite, um zu sehen, wieso Theo aufgehört hat, aber ich starre nur die offene Schranktür an.

Hat er gerade wirklich das Zimmer verlassen?!

»Das rote Kleid gefällt mir.« Seine Stimme kommt aus dem Wohnzimmer. Ich richte mich auf und stammle leise ein paar unverständliche Silben, weil ich mich stehengelassen, kalt abgeduscht und etwas verwirrt fühle.

»Beeil dich. Ich komme nicht gerne zu spät.«

Theo kommt nicht gerne zu spät?!

»Ich auch nicht!«, rufe ich ins Wohnzimmer und kann mir den dezent genervten Unterton einfach nicht verkneifen.

Nachdem ich einmal tief durchgeatmet habe, schlüpfe ich schnell in das rote Kleid und mustere mich im Spiegel. Auch wenn ich gerade irgendwie sauer auf meinen Traummann bin, er hat einen guten Geschmack. Ich habe dem kurzen Leinenkleid mit dem Neckholderdekolleté seit einem Jahr keine Aufmerksamkeit mehr geschenkt, obwohl es mir steht.

Theo lehnt an der Wand neben der Eingangstür und hat die Arme vor der Brust verschränkt.

Wie kann man nur so verdammt gut aussehen? Wieso war ich gleich nochmal sauer auf ihn?

Auf seiner doch sehr emotionslos wirkenden Miene zeichnet sich ein schwaches Grinsen ab.

»Du siehst toll aus, wenn du verstecken willst, wie scharf du noch bist« sagt er und ich ziehe eine Augenbraue nach oben.

»Kann es sein, dass es dir Spaß macht, mich zu quälen?«, entgegne ich scherzhaft ernst. Er zuckt mit den Schultern, während er mir die Haustür aufhält.

»Kann sein …«

Damals, im Internat …

Wir gehen die Straße neben dem Park entlang und ich versuche, mit den Bleistiftabsätzen nicht in den Rillen der Pflastersteine steckenzubleiben. Pflastersteine sind als Bodenbelag übrigens die Erfindung eines Mannes, der gerne lacht, wenn andere hinfallen. Ich schicke ein rasches Stoßgebet gen Himmel, in dem ich darum bitte, dass ich mich heute nicht unfreiwillig auf die Nase lege, aber ich habe die Befürchtung, dass Gott auch nur ein Mann ist.

»Warst du eigentlich mal mit Simon zusammen?«

Ich werde von Theos Frage aus meinem ›nicht fallen, nicht fallen, nicht fallen‹-Mantra gerissen. Mir fällt wieder ein, dass Simon bei der letzten Party behauptet hat, wir hätten uns schon mal miteinander vergnügt.

»Nein. Wir hatten nur …«

Ich bin eine ziemlich schlechte Lügnerin, also biege ich mir die Wahrheit ein wenig zurecht.

»Ein kleines orales Experiment, das leider gescheitert ist.«

Dass das erst vor sechs Tagen war, verschweige ich. Theo mustert mich von der Seite und sieht dabei irgendwie zufrieden aus.

»Außerdem würde er wohl kaum wollen, dass seine Ex-Freundin mit ihm auf Alex' Party geht. Wir sind nur Freunde.«

Der letzte Satz rutscht mir einfach so raus, aber er fühlt sich nicht falsch an. Ich muss innerlich seufzen, weil ich gerade feststelle, dass ich mich freue, Simon wiederzusehen. Ich habe ihn lange genug schmoren lassen und irgendwie vermisse ich meinen Unschuldsengel.

»Ihr hattet in den letzten Jahren nicht wirklich viel Kontakt, kann das sein?«, mutmaßt Theo plötzlich und ich frage mich, wie er darauf kommt und warum er so amüsiert wissend grinst.

»Nein, hatten wir nicht.«

»Gut so. Er ist ein ziemlicher Vollpfosten.«

Dass er das so offen sagt, wundert mich nur im ersten Moment. Simon hat auch erwähnt, dass Theo und er schon aneinandergeraten sind. Sie gehen aber trotzdem beide auf Alex' Partys und spielen dort Mario Kart. So schlimm kann diese Antipathie nicht sein. Vielleicht ist es so eine Art Hass-Liebe? In Wirklichkeit sind sie wahrscheinlich sowas wie beste Freunde, die sich einfach nur aufziehen, aber nicht ohne einander können.

»Wie hast du Alex eigentlich kennengelernt?«

Mich interessiert, wie unser hübscher Gastgeber zu seinen Gästen kommt. Ich nehme mir fest vor, diese Frage noch öfter zu stellen.

»Alex und ich waren im selben Internat.«

Oha! Theo war auch auf dem Porno-Internat! Wieso wundert mich das jetzt so gar nicht? Anscheinend kommt er ebenfalls aus einer ziemlich reichen Familie.

Mir fällt Alex' Geschichte über seinen ersten Dreier in der Mädchenumkleide ein. Eigentlich waren es in meiner Vorstellung immer zwei Mädchen und er, aber, wenn ich es mir jetzt überlege, könnten es auch er, Theo und ein wahnsinnig glückliches Mädchen gewesen sein.

Ich mustere ihn aus dem Augenwinkel, weil ich ihn mir in einer Schuluniform vorstellen will. Das verträumte Grinsen kann ich mir nicht verkneifen, weil ich mir ausmale, wie cool es gewesen wäre, wenn wir uns schon früher kennengelernt hätten.

Eine gemeinsame Klassenfahrt zwischen unseren Schulen, auf der ich viel zu schüchtern gewesen wäre, um Theo und Alex anzusprechen. Ich wäre das Mädchen gewesen, dass sie angestarrt hätte, während sie mit Atombusen-Chantal aus meiner Klasse hinter einem Autobahnrasthof zum Rauchen verschwunden wären. Der einzige Körperkontakt zu ihnen hätte stattgefunden, wenn ich Theo gerammt hätte, weil ich auch ohne Stöckelschuhe über Pflastersteine stolpern kann. Wahrscheinlich hätte er mich aufgefangen und am Oberarm hochgezogen, nur um dann von mir mit nervöser Stimme zu hören, dass ich gestolpert bin, weil ich eigentlich eine Brille brauche, aber keine tragen möchte, weil mein Gesicht sonst zu rund wirkt.

Heute trage ich Kontaktlinsen und ich schlendere mit dem schönen Internatsjungen in die Wohnung des anderen schönen Internatsjungen, weil ich zu ihrem elitären Sex-Geheimclub gehöre. Gott, ich würde meinem dreizehnjährigen Ich so gerne sagen, dass irgendwann alles anders wird!

Ich stolpere und Theo packt mich im letzten Moment und verhindert, dass ich mir die Knie blutig schlage.

»Willst du die Straßenseite wechseln?«, fragt er grinsend, während er mich kurz an sich drückt und mir ein Lächeln schenkt.

»Nein, schon gut! Ich glaube, ich habe meine Linsen nur falschrum drin und sehe deshalb heute schlecht. Ich passe besser auf.«

Klasse! Ich kann es ja doch noch!

Entschuldige, dreizehnjähriges Ich: Alles ändert sich wohl nicht. Wir labern in Schrecksituationen noch immer denselben Blödsinn.

Wir kommen vor Alex' Wohnhaus an und Theo drückt die Klingel.

»Weißt du, wie viele Leute heute da sind?«, will ich wissen, weil ich plötzlich und seltsamerweise wieder genauso nervös werde, wie bei meinem ersten Besuch hier.

Während er mir die Tür aufhält, ziert ein schiefes Grinsen seine Lippen. Ich liebe sein Gesicht. Es ist so schön markant und perfekt symmetrisch.

»Du gehörst erstmal mir. Die anderen kannst du ignorieren«, sagt er und lässt seine Stimme wieder dunkel klingen. Mein Körper reagiert auf diesen Tonfall, wie ein Golden Retriever auf einen Tennisball.

Ich will ihn haben! Her damit! Meins! Meins! Meins!

Als wir vor der weißen Haustür stehen, höre ich schon die Musik. Natürlich rechne ich damit, dass Alex uns öffnet, aber ich werde überrascht. Nicht nur ein bisschen überrascht, so nach dem Motto: Wow, du bist nicht Alex, sondern ein Mädchen, das mir noch nicht vorgestellt wurde. Die Überraschung springt mir ins Gesicht und brüllt mich an wie ein wahnsinnig gewordener Minion auf Ecstasy.

»Hi.« Sie brüllt nicht, sondern klingt genauso unterkühlt wie bei unserem letzten Zusammentreffen. Heute trage ich aber nicht ihre Schuhe, sondern meine eigenen.

Kurz schweifen missmutige Blicke über mich, dann stellt sie sich auf die Zehenspitzen, um Theo einen Begrüßungskuss zu geben. Am liebsten würde ich sie von meinem Tennisball wegreißen und sie anknurren, aber ich kann im Moment überhaupt nicht reagieren, weil ich versuche, mir irgendwie zu erklären, was Simons Volleyball-Nicki in Alex' Wohnung zu suchen hat.

»Du kommst gerade rechtzeitig, um Alex davon abzuhalten, uns zu zwingen, Singstar zu spielen. Wenn ich ihn noch einmal ›SM‹ von Rihanna singen höre, kneble ich ihn mit seinem eigenen Bondage-Spielzeug«, sagt sie und Theo lacht.

Ich komme mir unsichtbar vor. Unsichtbar und verdammt wütend. Würde es mir jemand als Szene auslegen, wenn ich jetzt mit der Begründung abhaue, dass ich keine Lust mehr habe? Simon bestimmt, aber er hat mich noch nicht gesehen, also könnte ich verschwinden.

Ich bleibe im Stiegenhaus stehen, während Theo Nicki in die Wohnung folgt. Sie sagt noch etwas über Alex' Gesangskünste, das ich nur dann witzig finden würde, wenn sie mir nicht so grenzenlos unsympathisch wäre. Dass Theo diesmal nicht lacht, sondern sich nach mir umdreht, besänftigt mich nur mäßig. Er kommt auf mich zu und sieht mich fragend an.

»Alles in Ordnung?«, will er wissen und ich erwidere Nickis genervten Blick, bevor sie weitergeht und ins Wohnzimmer verschwindet.

»Ich bin nur etwas verwirrt«, relativiere ich meinen angepissten Gemütszustand. Mein Traummann sieht mich forschend an und schmunzelt dann wissend.

»Wegen Nicki?«, mutmaßt er und trifft zu meiner Überraschung ins Schwarze. Ich muss nichts weiter sagen, er erzählt mir, was ich wissen möchte.

»Ich dachte mir schon, dass du nicht weißt, dass sie auch gelegentlich hier ist, als du vorhin gemeint hast, dass Simon niemals eine Ex-Freundin hierher bringen würde.«

Jetzt verstehe ich sein wissendes Grinsen von vorhin und seinen logischen Schluss, dass Simon und ich in den letzten Jahren wohl nicht viel miteinander zu tun gehabt haben.

»Ich dachte, hier hat keiner etwas Emotionales laufen«, sage ich vorwurfsvoll, obwohl Theo natürlich nichts dafür kann. »Nicki und Simon haben doch ganz offensichtlich noch immer etwas miteinander – auch privat, abseits dieser Wohnung«, stelle ich meinen Eindruck klar. Er hat ein verdammtes Foto von ihr auf seinem Schreibtisch stehen und spielt beinahe täglich mit ihr Volleyball, während sie Insiderwitzchen reißen und sich zweideutige, laszive Blicke zuwerfen. Jetzt erinnere ich mich auch wieder daran, wie sauer ich auf Simon bin!

»Ich habe jetzt keinen Bock über die beiden zu reden. Ignorier Nicki – tu ich die meiste Zeit auch.«

Theos Wortwahl kommt mir seltsam vor. Die meiste Zeit ignoriert er sie? Wenn er sie nicht gerade vögelt? Er mustert mich wieder forschend und ich beginne langsam zu glauben, dass er Gedankenlesen kann.

Als er plötzlich näher kommt und sich an mich drückt, wird mir bewusst, wie sehr ich ihn will.

Können wir nicht zurück in meine Wohnung gehen und einen Dreier mit meiner Unterwäschekommode machen?

Sein Körper fühlt sich gut an, hart und warm. Er flüstert mir ins Ohr, weil wir noch immer im Flur stehen.

»Meine eigene Hand ist für mich spannender als Nicki. Bevor ich mit ihr vögle, mache ich es mir selbst.«

Ich muss schmunzeln, weil er diesen Vergleich gewählt hat und auch, weil es mir gefällt, dass er so nahe steht und mich gegen die Wand drückt. Dass Theo Nicki nicht will, mich aber schon, verleiht meinem Selbstbewusstsein einen so gewaltigen Schub, dass ich plötzlich wieder große Lust habe, in diese Wohnung zu gehen.

Wieso habe ich mich eigentlich so angestellt? Es geht hier nur darum, Spaß zu haben und eigentlich ist niemand irgendjemandem Rechenschaft schuldig. Theo versichert mir trotzdem, dass er die Sport-Tussi nicht haben will, was mir natürlich gefällt. Ich muss wirklich höllisch aufpassen, dass ich mich nicht in ihn verliebe!

»Das Treppenhaus ist poppfreie Zone. Ich habe uralte Nachbarn, die einen Herzinfarkt bekommen würden, wenn sie euch hier vögeln sehen.«

Alex kommt den Flur entlang und Theo macht einen Schritt zurück. Unser Gastgeber trägt helle Jeans und ein dunkelgraues, hautenges Shirt, durch das sich jeder seiner Muskeln abzeichnet. Wenn ich jetzt zwölf Fotos von ihm schieße, könnte ich mit einem Kalender für Frauen reich werden.

»Lena …«, sagt Alex und ich muss mich schon wieder wundern. Theo hat mir versichert, dass er nur vergessen hat, mich einzuladen. Er sieht aber gerade ziemlich überrascht aus.

»Schön, dass du da bist«, sagt er, trotz seiner Verwunderung und kling sogar ehrlich. Als er mich packt und mir einen ziemlich intensiven Kuss auf die Lippen drückt, bin ich mir sicher, dass er nicht bereut, dass ich hier bin, damit gerechnet hat er aber nicht.

Er lässt wieder von mir ab und mustert mich grinsend.

»Simon wird mich killen …«, sagt er gespielt ernst und wirft Theo einen strengen, vorwurfsvollen Blick zu. Mein Traummann – also der, der mich gerade nicht geküsst hat – zuckt mit den Schultern und zieht eine Augenbraue nach oben. So hat er bestimmt auch als Internatsschüler ausgesehen, wenn er beim Sex in irgendeinem leeren Klassenzimmer erwischt wurde und trotzdem stolz darauf war.

»Simon ist weder Lenas Freund noch ihr Vater«, brummt Theo genervt. »Und hör endlich auf, auf seiner fadenscheinigen, pseudogutmenschmäßigen Moralwelle mitzusurfen. Das steht dir so gar nicht.«

Alex seufzt die Vorwürfe von Theo weg und winkt ab.

»Nicht schon wieder diese Diskussion. Langsam glaube ich, du, Simon und ich führen eine wirklich ätzende Dreiecksbeziehung und ich muss ständig aufpassen, dass ihr euch nicht an die Gurgel springt, weil ihr mich beide vögeln wollt.«

Theo verzieht den Mund, kann aber nicht verhindern, ein wenig zu grinsen. »Beschreib das doch nicht so, das ist ja abturnend hoch zehn!«

»Dann hör auf, eifersüchtig auf den anderen Mann in meinem Leben zu sein, Baby«, entgegnet Alex und legt überzogen theatralisch den Handrücken auf die Stirn. Sie lachen beide und ich glaube, hier ein wirklich, wirklich interessantes Gespräch mitbekommen zu haben, weil ich trotz ihrer Scherze endlich verstehe, warum Theo und Simon öfter aneinandergeraten. Es geht hier gar nicht um Frauen, sondern um Alex!

»Lässt du Lena und mich jetzt rein oder müssen wir uns ein Hotelzimmer nehmen?«, will Theo wissen und ich finde es irgendwie süß, dass er damit ›droht‹ auch zu gehen, wenn ich gehen muss. Alex schmeißt mich aber bestimmt nicht raus, er lächelt mich schon wieder so kokett an.

»Komm rein, Süße. Schön, dass du hier bist.«

Ich habe vergessen, wie riesig diese Wohnung ist und auch wie unheimlich cool. Letzte Woche war es im Wohn-Esszimmer taghell, heute sind die Deckenspots aus. Die indirekte Beleuchtung kommt von den Rändern der abgehängten Decke. Oranges Licht, das eine stimmungsvolle, schummrige Atmosphäre erzeugt, fast wie Kerzenschein. Sie sitzen alle auf dem großen Sofa.

Trotz des schummrigen Lichts erkenne ich Jula sofort, weil sie wie eine schlanke, blonde Elfe, die Werbung für Shampoo macht, aussieht. Neben ihr sitzt ein Gesicht, das ich noch nicht kenne. Er sieht irgendwie jung aus, aber das liegt vielleicht auch daran, dass er perfekt rasiert ist und diese hübschen braunen Locken hat. Er hat etwas von diesem süßen Typen aus ›Game of Thrones‹ … Kit Harington. Den Schwarzhaarigen mit den unwirklich blauen Augen neben ihm, kenne ich – Benji. Als er mich sieht, grinst er mich an und lässt die Narbe auf seiner Wange wieder zu einem Grübchen werden.

»Lena! Ich wusste gar nicht, dass du auch kommst. Klasse.«

Ja, mein Auftauchen überrascht hier anscheinend alle außer Theo. Nachdem ich Benji angelächelt und in die Runde gegrüßt habe, schaue ich zu meinem Traummann auf, der neben mir steht. Er zieht eine Augenbraue nach oben und zwinkert, ehe er sich auch auf das Sofa setzt. Auf dem Tisch steht wirklich lecker aussehendes Fingerfood – kleine Wraps und Brötchen.

»Wein oder Cocktail?«, fragt Alex und mir ist danach, mich bei ihm zu bedanken, weil er so ein grenzenlos guter, großzügiger Gastgeber ist. Ich erinnere mich aber daran, dass er das Wort ›Danke‹ nicht gerne hört.

»Wein bitte«, sage ich und bekomme auch gleich ein Glas.

Alex setzt sich, obwohl auf dem Sofa eigentlich kein Platz mehr ist. Er zieht einfach Jula auf seinen Schoß.

Jetzt habe ich ein Problem. Ich stehe als einzige und überlege kurz, ob ich mich auf den weichen Langhaarteppich setzen soll. Er ist wahrscheinlich bequemer als mein Bett und war auch bestimmt teurer.

Während ich noch prüfend auf den Boden starre, höre ich eine bekannte Stimme, die plötzlich wieder dunkel klingt.

»Komm her.«

Theo deutet auf seinen Schoß und obwohl ich mich gedanklich schon mit Alex' Teppich angefreundet habe, bin ich dankbar für sein Angebot. Er legt sofort den Arm um meine Hüfte und ich drücke mich mit dem Rücken an seine Brust.

Aus der Stereoanlage schallt ›Every you every me‹ von *Placebo* und ich will mich eigentlich über die ausgelassene, schöne Atmosphäre hier freuen, aber mir fällt etwas auf. Eigentlich zwei Dinge: der Wein ist wirklich lecker und Simon ist nicht hier.

Vielleicht ist er im Badezimmer. Ich weiß noch nicht, wie ich reagieren will, wenn wir uns sehen. Anlächeln? Anfunkeln? Auf den Teppich starren?

»Wenn ich schon nicht singen darf, habt ihr Bock auf ›Kings‹?« Alex' Vorschlag lässt mich aufhorchen. Ich habe schon mal ›Kings‹ gespielt, aber ich habe selten Glück mit Karten. Zum Glück muss ich morgen zu keinem Vorstellungsgespräch oder habe sonst irgendeinen Termin. Ich mache mich jetzt schon mit dem Gedanken vertraut, dass ich in der Nacht vielleicht meine Kloschüssel umarmen werde.

Die anderen scheinen einverstanden, also muss Jula kurz aufstehen, weil Alex in der Küche verschwindet.

»Ich bin für neue Regeln. Letztes Mal ist das Ganze etwas ausgeartet«, sagt die Arzt-Elfe und rollt mit den Augen.

»War doch gar nicht so schlimm …«, entgegnet Benji, grinst aber wissend. Jula straft ihn mit strengen Blicken.

»Ja, weil dein Hintern am Ende nicht wie Feuer gebrannt hat.«

Mich beschleicht das Gefühl, dass sie nach anderen Regeln spielen, als ich sonst immer. Alex kommt wieder mit einer Flasche Wodka, einem Deck Karten und … ist das eine Reitgerte?!

Ich würde nervös nach vorne rutschen, wenn Theo mich nicht so festhalten würde. Als sich seine Lippen an mein Ohr drücken, spüre ich, wie fest mein Herz gegen meine Brust hämmert.

»Keine Angst, du gewöhnst dich schnell an den Schmerz, danach ist es geil …«, flüstert er und ich fühle die Stelle zwischen meinen Beinen, auf die er vorhin seine Finger gedrückt hat, wieder Impulse an den Rest meines Körpers schicken. Nervosität und Erregtheit gehen in letzter Zeit bei mir oft Hand in Hand. Mir war nicht klar, dass beide so gut zueinander passen.

Alex verstreut die Karten verdeckt auf dem Tisch und stellt die Wodka-Flasche ab. Die schwarze Gerte behält er in der Hand.

»Beim letzten Mal waren ja nicht alle von euch anwesend. Gut zuhören, ich erkläre die Regeln nur einmal«, sagt er und ich wundere mich darüber, wie streng der blonde, hübsche Architekt klingen kann. Das liegt vielleicht auch an der Gerte, deren Spitze gerade in seine Handfläche schlägt.

»37 Karten. Viermal von der fünf bis zum König und ein Ass. Wir heben reihum. Die Karten werden so abgehoben, dass jeder sie sofort sehen kann. Wer eine 5 zieht, ein Shot mit Wodka für eine Person nach freier Wahl. Gleiches gilt für die 6 und die 7 – eben nur mit 2 oder 3 Personen.«

Soweit gleichen die Spielregeln denen, die ich von ›gewöhnlichen‹ Partys kenne. Alex beginnt wieder mit der Gerte auf seine Handfläche zu schlagen.

»Wer die 8 zieht hat Pech … oder Glück … je nachdem ob ihr darauf steht.«

Er holt aus und das pfeifende Geräusch, das die durch die Luft schnellende Gerte macht, lässt mich zusammenzucken. Ich spüre, wie sich Theos Bauchmuskeln kurz anspannen, weil er lautlos lacht.

Ich möchte definitiv keine 8 heben!

Alex fährt mit den Regeln fort.

»Eine 9: ein Kleidungsstück ausziehen. Eine 10: jemanden bestimmen, der etwas auszieht. Ein Bube …«

Wieso grinst er denn so schmutzig? Alleine, wenn wir das Spiel nur bis zur 10 spielen, sind wir bald alle betrunken, nackt und peitschen uns gegenseitig aus.

»Jeder muss jemanden küssen … wer übrig bleibt, trinkt oder kassiert wahlweise einen Schlag. Beim zweiten Buben darf man nicht wieder dieselbe Person küssen, ebenso beim dritten und vierten.«

Ich zähle einmal schnell durch. Wir sind sieben, drei Mädchen, vier Jungs. Einer von den Jungs bleibt also zwangsläufig übrig und ich bin aus dem Schneider.

Das schmutzige Grinsen verschwindet irgendwie nicht von Alex' Lippen.

»Bei einer Dame spielen wir Wahrheit oder Pflicht.«

Jula hat wieder Einwände. »Ich spiele mit dir nie wieder Wahrheit oder Pflicht! Du bist da viel zu kreativ!«, wirft sie Alex vor und er zuckt mit den Schultern.

»Dann zieh keine Dame«, entgegnet er und fährt einfach fort.

»Die Könige werden gesammelt und auf den Tisch gelegt. Derjenige, der den vierten König zieht, darf in eines der Schlafzimmer gehen und mitnehmen, wen er möchte. Ich würde sagen, das Spiel ist dann vorbei.«

Es endet mit Sex, das war irgendwie klar. Ich will unbedingt den letzten König ziehen und mir dann Theo wünschen. Wenn das jemand anderes tut, muss ich wohl mit unserem schönen Gastgeber Vorlieb nehmen, oder mit Benji und seinen stechend blauen Augen oder mit dem süßen ›Game of Thrones‹-Gott und seinen hübschen Locken. Ich seufze leise in mich hinein, weil das Leben so hart sein kann ...

Eine Karte fehlt noch und ich weiß nicht wirklich, was nach der Gerte, ausziehen, küssen und sich einen Sexpartner wünschen noch kommen kann. Alex kann mich einfach mit nichts mehr schockieren.

»Die Ass macht glücklich ...«, sagt er und zieht eine Augenbraue nach oben, während sein Grinsen noch breiter wird. »Sucht euch jemanden aus, der es euch mit der Hand oder dem Mund macht.«

Ein Hand- oder Blowjob vor allen – okay, ich bin ein ganz klein wenig schockiert, aber da man sich den Partner selbst aussuchen kann, ist es in Ordnung. Ich habe die ganze letzte Woche versucht, mich gedanklich darauf vorzubereiten, meine Scheu vor Zuschauern abzulegen. In meiner Fantasie hat es geklappt.

Alex legt die Gerte auf den Tisch und füllt ein paar Schnapsgläser mit Wodka.

»Dann lasst uns loslegen!«

Fortunas Lover

Theo lässt mich endlich ein Stück nach vorne rutschen, weil Alex darauf besteht, dass ich beginne.

Ich will alles, nur keine 8! Und eigentlich auch keine 9, weil ich mir komisch vorkommen würde, wenn ich als Erste in Unterwäsche hier sitze. Meine Hand greift so langsam nach einer der durcheinander herumliegenden Karten, als müsste ich eine Bombe entschärfen. Ich drehe sie um und mir lächelt die Herz Dame entgegen. Das bedeutet Wahrheit oder …

»Bitte nimm Pflicht!«, sagt Alex wie aus der Pistole geschossen und grinst, als könnte er kein Wässerchen trüben.

»Nimm bloß nicht Pflicht!«, ruft Jula und klimpert eindringlich mit den Wimpern, während sie den Kopf schüttelt.

Ich höre auf sie, weil Alex gerade zu unschuldig aussieht. So sieht dich der Teufel an, während er dir den Stift in die Hand drückt, mit dem du die Unterschrift auf den ›Ich verkaufe meine Seele‹-Vertrag setzt.

»Wahrheit«, sage ich und überlege, ob es etwas geben würde, was ich hier nicht aussprechen will.

»Wann und von wem wurdest du entjungfert?«, will Benji wissen und Alex funkelt ihn streng an, weil er anscheinend eine bessere Frage auf Lager gehabt hätte.

Eigentlich bin ich dankbar für diese ›einfache‹ erste Runde, das wenig eloquente, langgezogene Füllwort muss trotzdem sein.

»Äääähm … mit fünfzehn.«

In mir flackern Erinnerungen auf, in denen ich mich blöd anstelle, aber wir hatten als Referenz damals beide nur den Doktor-Sommer-Teil der Bravo.

»Mit meinem Freund, der kurz darauf nach Kanada ausgewandert ist. Ich glaube, dass meine Mutter ihn vertrieben hat, weil sie ihm Angst gemacht hat.«

Sie lachen und ich bin froh, dass ich erstmal aus dem Schneider bin.

Theo zieht nach mir und ich wünsche mir irgendwie einen Peitschenhieb für ihn, weil ich mir nicht vorstellen kann, wie er lustvoll leidend aussieht. Er deckt eine 6 auf und ich und Alex müssen Wodka trinken. Während ich mir die klare Flüssigkeit die Kehle hinunterlaufen lasse, sieht er mich an, als könnte er sowieso nur ziehen, was er will, weil er Fortuna auch schon mal flachgelegt hat.

Nachdem ich das Glas wieder auf dem Tisch abstelle, drehe ich den Kopf zum dunklen Flur. Es sieht nicht mehr so aus, als würde Simon auftauchen. Wenn er so lange auf dem Klo sitzt, gehört er auf keine Sexparty sondern nach Hause ins Bett mit einer Tasse Magen-Freund-Tee.

Dieses Kartendeck hat verdammt viele 5er, 6er und 7er. Wir trinken alle ein paar Shots Wodka bevor der Game-of-Thrones-Jüngling eine 8 aufdeckt. Er sieht unheimlich süß aus, wenn er so erschrocken die Augenbrauen zusammenzieht und auf die Karte starrt, als könnte er sie mit seinen großen, dunklen Augen dazu bringen, die Wertigkeit zu ändern.

»Ja, ja. Die Peitsche hat eine Vorliebe für devote Engelsgesichter« sagt Alex lachend, so, als hätte die Gerte in seiner Hand eine Persönlichkeit. Mit dem Engelsgesicht hat er allerdings recht. Ich frage mich, ob er überhaupt alt genug ist, um gleich den Hintern versohlt zu bekommen und merke früh genug, dass sich ein schmutziges Grinsen auf meine Lippen legen will. Seit wann bin ich denn ein Sadist? Eigentlich tut mir der Game-of-Thrones-Engel leid. Ich möchte nicht mit ihm tauschen.

»Her damit! Ich mach es!«, ruft Jula und streckt Alex auffordernd die Hand entgegen, weil sie die Gerte haben möchte. Das Leuchten in ihren Augen macht sogar mir Angst, obwohl ich nicht gleich von ihr versohlt werde.

»Nein! Du hast viel zu viel Spaß daran!«, entgegnet … ich habe keine Ahnung, wie er heißt, aber er klingt nervös noch süßer.

Er lässt seinen Blick zu Nicki schweifen, die absolut idiotisch aussieht. Zumindest dichte ich ihr das gerade an. In Wirklichkeit grinst sie und zwinkert ihm zu.

»Und du hast eindeutig zu viel Kraft in den Armen vom Volleyballspielen!«, meint er und seufzt, weil er genauso verzweifelt ist, wie ich es wäre, hätte ich die Qual der Wahl.

Er sieht zu mir rüber und wir versuchen uns gerade irgendwie einzuschätzen.

Du bist ein unheimlich hübscher, braunäugiger, lockenköpfiger Typ, der nicht älter aussieht als achtzehn, aber wahrscheinlich Mitte zwanzig ist. Ich glaube, dass deine Lippen nach Zucker schmecken und deine Haare nach Erdbeershampoo riechen.

Meine Einschätzung lässt mich schmunzeln, er lächelt zurück, aber das ändert nichts daran, dass wir uns nicht kennen, noch nie ein Wort miteinander gesprochen haben und er mir deshalb keine Gerte in die Hand drücken und ›schlag mich‹, sagen möchte. Absolut verständlich.

»Wenn du dir nicht gleich jemanden aussuchst, mach ich es!«, droht Theo genervt. Der Wodka, der vorhin so warm meine

Kehle hinuntergelaufen ist, zeigt langsam seine Wirkung. »Ich wusste nicht, dass du bi bist«, meine ich und drücke mich an ihn, während er leise knurrt.

»Theo ist nicht bi«, sagt Alex lachend. »Er hat nur ein ziemlich inniges Verhältnis zu Peitschen und Gerten.«

Dieser Satz lässt mich schlucken. Der Arm, der um meine Hüfte liegt, drückt plötzlich fester zu und Theo raunt mir ins Ohr.

»Keine Angst, ich tu dir nicht weh …«

Er flüstert das ganz sanft und irgendwie böse. Ich will wieder unruhig auf seinem Schoß herumrutschen, aber er hält mich fest. »Nervös?«, fragt er amüsiert und ich möchte ein paar Silben stammeln, aber aus dem Augenwinkel sehe ich plötzlich zwei Hände, die sich auf den Sofarücken legen.

Lange, schmale Finger, die weich und sanft aussehen. Während Theo mein Kopfkino ankurbeln wollte, hat sich der Junge mit dem Engelsgesicht anscheinend seinem Schicksal ›gebeugt‹. Er hält sich am Sofa fest und Nicki drückt sich von hinten an ihn, als wäre sie ein Typ, der gleich über ihn herfällt. Sie lacht leise und ich höre das metallische Geräusch einer sich öffnenden Gürtelschnalle. Ihn auszuziehen macht ihr sichtlich Spaß, sie beißt sich auf die Unterlippe.

Ich blicke zur Seite und sehe in sein Gesicht, das deutlich angespannte Züge angenommen hat. Irgendwie ist es schade, dass ich nicht dieselbe Aussicht genieße, die Nicki gerade genießt. Sie hat ihm die Hose ein Stück runtergezogen und zwei Schritte zurück gemacht. Ich bin mir sicher, sein Hintern ist verdammt süß.

»Bereit, Hübscher? Beiß die Zähne zusammen«, raunt sie und holt mit der schwarzen Gerte aus.

Ich glaube, ich kneife im selben Moment die Augen zusammen, wie er. Das klatschende Geräusch geht mit einem dumpfen Schrei einher – oder einem Stöhnen? Ich bin mir nicht ganz sicher, auch nicht, als ich die Augen wieder aufmache und in sein Gesicht sehe. Erregung? Schmerz? Ist er froh, dass es vorbei ist oder enttäuscht?

Er richtet sich auf und schließt den Gürtel wieder. Dabei entblößt er die Andeutungen eines Sixpacks auf seinem Bauch. Er ist ziemlich schmal gebaut, aber bestimmt sportlich.

»Egal ob Kings oder nicht, ich will mit dir heute in eines dieser Schlafzimmer!«, äußert Jula einen Wunsch, der an den niedlichen Lockenkopf gerichtet ist, der sich gerade wieder setzt und dabei scharf die Luft einsaugt. Alex klopft ihm auf die Schulter. »Schön, dass wir jemanden gefunden haben, an dem sich die Mädchen austoben dürfen, nachdem wir uns an ihnen ausgetobt haben«, sagt unser Gastgeber grinsend.

»Schön, der einzige normale Mann unter SM-Fetischisten zu sein!«, entgegnet er sarkastisch und zieht eine Augenbraue in die Höhe.

Theo meldet sich zu Wort. »Keine Angst, Simon ist der gleiche Weichspüler wie du.«

Ich hole schon Luft für meinen Satz, aber jemand anderes ist schneller.

»Da täuscht du dich aber gewaltig«, sagt Nicki und grinst Theo wissend an.

Hat sie tatsächlich gerade meinen Satz gestohlen?! Ich wollte Simon verteidigen! Zumal ich bestimmt die letzte Frau war, die er irgendwo angekettet hat! Oder? Ich hasse sie!

»Du musst es ja wissen …«, entgegnet Theo und legt sein Kinn an meiner Schulter ab. Ich denke darüber nach, wie lange

Nicki und Simon wohl zusammen waren und wie gut sie sich wirklich kennen. Mit Sicherheit habe ich die älteren, aber deutlich schwächeren Vorrechte auf ihn. Vorrechte klingt sowieso dämlich. So, als wäre er eine Sache.

»Trink.«

Alex hält mir eines der kleinen Gläser hin. Anscheinend hat er eine Karte aufgedeckt und mitbekommen, dass mein Blick etwas zu finster und seriös geworden ist. Ich muss wirklich auf andere Gedanken kommen. Weg mit dem ganzen Simon-Nicki-Mist.

Ich exe die klare Flüssigkeit und spüre Theos Hand auf meinem Oberschenkel. Er streift mit den Fingerspitzen über meine Haut. Die beste Ablenkung, die man sich wünschen kann.

»Du bist wieder dran«, flüstert er in mein Ohr und ich bin viel mutiger als das letzte Mal, weil ich plötzlich glaube, dass ich heute mehr Glück habe als sonst. Das ist eindeutig dem Wodka zuzuschreiben.

Ich drehe eine Karte um und sehe den Herz Buben.

Mein Herz hämmert kurz gegen meine Brust, weil ich vergessen habe, was das bedeutet. Irgendetwas Spezielles, nichts mit Trinken oder …

Theo packt mich an der Schulter, dreht mich zu sich und küsst mich. Stimmt! Küssen. Ich wusste, dass ich heute Glück habe.

Seine Lippen sind weich und seine Zunge schmeckt nach fruchtigem Weißwein. Dass seine Hand unter mein Kleid rutscht, entlockt mir ein leises Seufzen, das so etwas wie ein Protest sein soll, weil ich nicht vergessen habe, dass wir hier nicht alleine sind. Ich spüre, wie sich einer seiner Finger an meiner Hüfte unter den Stoff meines Tangas schiebt.

»Ihr müsst schon ein Ass aufdecken, wenn ihr es euch hier besorgen wollt«, höre ich Alex sagen. Theos Mund schließt sich wieder. Alle anderen sind wohl auch schon mit dem Küssen fertig. Ich habe gar nicht mitbekommen, wer übriggeblieben ist, aber die Gerte kam auf alle Fälle nicht zum Einsatz.

Der erste und der zweite König werden aufgedeckt. Außerdem finden wir heraus, dass Jula schwarze Unterwäsche trägt, weil sie ihr Kleid ausziehen muss. Alex gefällt das am meisten. Sie sitzt noch immer auf seinem Schoß und er kann seine Hände auf ihre nackte Haut legen.

Bei Wahrheit oder Pflicht muss Nicki von ihrem besten Sexerlebnis erzählen. Ich ahne Böses und will mir die Ohren zuhalten, weil ich keinen Bock habe, irgendetwas über sie und Simon zu hören. Sie erzählt ihre ›Sex im Flugzeug‹-Geschichte aber ohne Namen zu nennen. Als wäre es so toll, in einem winzigen Toilettenraum möglichst leise und schnell zum Höhepunkt zu kommen, nur, weil man dabei ein paar tausend Meter hoch in einer Blechbüchse fliegt.

Der Alkohol zeigt nicht nur bei mir Wirkung. Benji und Alex fummeln beide an Jula herum, die sich schmunzelnd auf dem Schoß unseres Gastgebers windet. Eine Hand auf ihrem Oberschenkel, eine auf ihrem Bauch und Fingerspitzen, die von ihrem Schlüsselbein aus immer tiefer rutschen. Ob sich das gut anfühlt? Mehr als zwei Hände auf sich zu spüren, die einem ein Stöhnen entlocken wollen? Für Jula ist das bestimmt nichts Neues, zumal sie es sogar trotz der neugieren Blicke genießt. Vielleicht findet sie es auch gut, dass sie nicht nur Alex und Benji mit ihren Reaktionen anturnt. Ich beneide sie um dieses Selbstbewusstsein. Wenn ich mal wiedergeboren werde, dann bitte als sie.

»Deck das Ass auf«, sagt Theo zu Jula, die mit glänzenden Augen in unsere Richtung sieht. »Sonst rutscht du noch so lange auf Alex' Schoß herum, bist du es dir selbst besorgt hast.«

Sie honoriert Theos Worte mit einem abfälligen Schmunzeln und greift nach einer der Karten am Tisch – nicht ohne dabei ein Seufzen hören zu lassen, das man locker mit einem Stöhnen verwechseln könnte.

Ich werde so plötzlich zum Aufstehen gezwungen, dass ich beinahe auf dem weichen Teppich lande. Warum Theo mich von seinem Schoß geworfen hat und alle auf einmal aufspringen, schnalle ich erst, als sich Benji und Jula küssen. Sie hat den Karo Buben aufgedeckt. Ich darf nicht nochmal Theo küssen, was wahrscheinlich der Grund ist, warum er aufgesprungen ist und versucht, Alex festzuhalten, der auf mich zukommen wollte. Die beiden packen sich ziemlich grob an, was mir Sorgen bereiten würde, würden sie nicht so laut dabei lachen.

Ich drehe mich zur Seite, weil mir jemand ganz sanft auf die Schulter tippt. In der plötzlichen Hektik habe ich nicht bemerkt, dass er sich neben mich gestellt hat. Während Alex und Theo raufen, als wären sie wieder zwei blutjunge, mit Geld und Schönheit gesegnete Internatsschüler, starre ich in dunkelbraune Augen.

»Hi«, sagt der namenlose Game-of-Thrones-Engel und grinst mich freundlich an. Ich will zurückgrüßen, weil meine Mutter ein höfliches Mädchen erzogen hat, aber ich komme nicht dazu. Er küsst mich und seine Lippen schmecken nach Wodka und Pfefferminze. Ein unschuldiger Kuss, ganz ohne Zunge – das Prickeln setzt trotzdem ein.

Seine Lippen lösen sich von meinen, aber nur kurz, weil sich unsere Blicke seltsam intensiv ineinander verfangen und ich nochmal die Augen schließe, um ihn erneut zu küssen. Meine Mutter hat mir auch beigebracht, auf eine liebe Geste immer eine liebe Geste zu erwidern – ob sie das genau so gemeint hat, weiß ich nicht, aber das Prinzip lässt sich übertragen.

Diesmal bleibt unser Kuss nicht ganz so unschuldig. Meine Zunge spielt mit seiner, was sich berauschend gut anfühlt, nicht zuletzt, weil wir eigentlich Fremde füreinander sind. Da leuchtet ein imaginäres Schild über unseren Köpfen, auf dem ›Wollüstig und Ahnungslos‹ steht.

»Ich bin übrigens Tobias«, sagt er leise, weil uns beim Küssen vor lauter Euphorie die Luft ausgegangen ist. Er grinst etwas verlegen, genau wie ich.

»Lena«, verrate ich ihm meinen Namen und er nickt, während er die Hände von meinen Hüften löst und einen Schritt zurück macht. Wir würden uns weiter wie zwei verschossene Dreizehnjährige angrinsen, aber mein Blick schweift an Tobias vorbei und ich sehe, wie Theo gerade Nicki loslässt.

Echt jetzt? Du hast sie geküsst?

Meine Stimmung schlägt so schnell um, als hätte jemand mitten in der ersten Kuss-Szene von *Twilight* den Sender gewechselt und ich muss mir jetzt ansehen, wie die Titanic untergeht.

»Sieht so aus, als wäre der großartige Alexander zum ersten Mal in seinem Leben übriggeblieben!«, scherzt Benji und schenkt unserem Gastgeber, der schmollend neben dem Sofa steht, gespielt mitleidige Blicke.

Alex murrt und will nach einem der Gläser greifen, aber Theo packt ihn lachend am Arm und zieht ihn einen Schritt zurück. Als ich sehe, was er in der Hand hat, halte ich die Luft an.

»Nichts da mit Trinken!«, sagt Theo noch, dann holt er mit der Gerte aus. Das Geräusch, das folgt, klingt, als hätte jemand ein nasses Handtuch mit voller Wucht gegen eine Wand geschlagen. Das muss verdammt wehgetan haben, obwohl Alex eine Hose trägt. Sein Aufschrei wird zu einem Lachen, während er sich nach Theo umdreht und ihm mit der Faust in den Oberarm boxt.

»Du sadistischer Mistkerl!«, ruft er und feixt mit seinem ehemaligen Schulfreund um die Wette. Die beiden springen alles andere als zimperlich miteinander um, aber sie scheinen sich trotzdem zu amüsieren und ich merke zum ersten Mal, wie nahe sie sich stehen, weil sich nur wirklich gute Freunde beim Lachen so anstecken können.

Ich setze mich zurück aufs Sofa und greife mir mein Weinglas, das ich eher langsam leertrinken sollte, weil sonst alles so endet wie letzten Donnerstag. Noch bevor ich ansetze, kommt Theo auf mich zu, bleibt vor mir stehen und sieht mich erwartungsvoll schmunzelnd an. Ich verstehe seine nonverbale Bitte – er will, dass ich mich wieder auf seinen Schoß setze. Aber er hat gerade Nickis Zunge mit seiner massiert, obwohl er vorhin behauptet hat, dass er Selbstbefriedigung ihrer Gesellschaft vorzieht, also rutsche ich nur ein Stück nach links und sehe auf den frei gewordenen Platz neben mir.

Er neigt den Kopf, zieht eine Augenbraue hoch und schürzt die Lippen. Gott, er kann einen manchmal ansehen, als könne er Gedankenlesen!

Als er sich zu mir beugt und mich plötzlich hochhebt, will ich eigentlich protestieren, aber er flüstert mir etwas ins Ohr. »Das ist nur ein Spiel, Lena. Du hast Tobi zwei Mal geküsst«, meint er und verrät mir damit auch gleich, dass er mich beobachtet hat.

Ich lasse mir seine Worte durch den Kopf gehen. Eigentlich hat er recht. Eifersucht passt so gar nicht in diese Wohnung. Ich muss mich zusammenreißen. Aber es ist schwierig, weil ich Theo noch immer so sehr will wie in meinem Schlafzimmer. Wenn er mit einer anderen schlafen würde, wäre meine Libido so enttäuscht, dass sie vielleicht auch nach Kanada auswandert.

Es ist aber nicht nur der eingebildete Futterneid, der mich stutenbissig gemacht hat, sondern auch die Tatsache, dass Nicki abgesehen von Theo schon an jemandem genascht hat, der mir viel bedeutet.

Habe ich das gerade wirklich gedacht? Bin ich schon so betrunken? Ich verbanne Simon aus meinen Gedanken, weil ich auf dem Schoß meines Traummannes sitze und viel lockerer werden muss.

Benji deckt den dritten König auf und die Stimmung wird auf positive Weise angespannt. Der Kreuz König fehlt noch, dann ist das Spiel vorbei … oder es fängt erst richtig an, je nachdem, wie man es betrachtet.

Wenn sich Nicki Theo wünscht, und er mir wieder ins Ohr flüstert, dass das hier alles nur ein ›Spiel‹ ist, verschwinde ich glaube ich nach Hause. Ungezwungener Sex ohne Verpflichtungen hin oder her, irgendwo haben meine Gefühle Grenzen, und wenn die erreicht sind, stapfe ich wütend durch die Nacht und heule drei Tage lang in mein Kopfkissen.

Das würde er mir aber nicht antun. Oder würde er? Ich bin schon wieder dabei, alles zu zerdenken und richte meine Aufmerksamkeit lieber auf Tobias, der gerade sein T-Shirt auszieht. Ein schöner Körper, aber er macht ganz offensichtlich kein Krafttraining, nur Ausdauersport.

Alex ist an der Reihe und Fortuna entschädigt ihn dafür, dass er in der letzten ›Kuss-Runde‹ leer ausgegangen ist. Natürlich hat er die Glücksgöttin auch schon mal beglückt, denn sie spendiert dem hübschen Typen mit dem göttlichen Körper das Ass.

Er grinst und ich gönne ihm diese Karte, auch, weil ich irgendwie heiß darauf bin, ihn erregt zu sehen. Alex' Gesicht ist toll, wenn er scharf ist, diese Erinnerung hat mir der Absinth nicht aus dem Gedächtnis gefegt.

»Mir ist irgendwie nach roten Lippen …«, meint unser Gastgeber und sieht Jula eindringlich an, die tiefroten Lippenstift trägt. Eigentlich sitzt sie jetzt auf Benjis Schoß, aber er gibt sie ohne Widerworte frei, weil ich glaube, dass er sich das erotische Schauspiel auch nicht entgehen lassen möchte. Nicki nutzt die Gelegenheit und legt ihre Beine auf Benjis Schoß. Ihr Oberkörper liegt auf Tobias.

Darf's denn noch ein Mann mehr sein? Soll ich dir Theo rüberschicken, damit er dir Luft zufächelt, während die beiden anderen dich befummeln?

Jula reagiert auf Alex' auffordernden Blick übrigens mit einem Grinsen.

»Wenn du willst …«, haucht sie verführerisch, aber selbstbewusst und lässt sich auf dem weichen Teppich vor unserem Gastgeber nieder. »Aber du weißt, ich steh nicht darauf, wenn du mir dein Ding in den Hals steckst, also Finger weg von meinem Hinterkopf!« Jetzt klingt sie streng. Ich beneide sie um dieses Selbstbewusstsein und darum, dass sie das hier vor allen machen kann, ohne vor Scham zu verglühen. Keine Ahnung, was ich gemacht hätte, wenn Alex *mich* gebeten hätte, ihm einen zu blasen.

Verlegen kichern, unter den erwartungsvollen Blicken der anderen hyperventilieren und nach Hause laufen erscheint mir ein wahrscheinliches Szenario.

»Solange du mich dabei ansiehst, muss ich nicht nachhelfen«, entgegnet er gelassen und lässt ein verruchtes Schmunzeln über seine Lippen huschen. Ich erinnere mich an seinen Spleen mit dem Augenkontakt.

Julas Hände wandern zu der silbernen Gürtelschnalle, die sie leicht erreichen kann, weil Alex den Oberkörper entspannt zurückgelehnt hat. Seine Hände liegen auf der Sofalehne. Ich drehe den Kopf nach hinten, weil ich plötzlich spüre, wie er eine meiner Haarsträhnen mit dem Finger umwickelt. Er sitzt direkt neben Theo und mir. Sein Blick hält aber Jula gefangen, die sich gerade über die Lippen leckt und den Knopf an seiner Hose öffnet.

»Warte.«

Dass er sie unterbricht, überrascht nicht nur mich. Wir starren Alex alle ungläubig an, insbesondere Jula, die die Augenbrauen nach oben zieht. »Hast du jetzt schon Beschwerden? Lass mich doch erst mal machen.«

Er beugt sich nach vorne und greift sich ihre Oberarme. Alex zieht sie zu sich hoch, zurück auf seinen Schoß. Er schlingt einen Arm um ihren schlanken Körper und lässt eine seiner Hände zwischen ihre Beine gleiten.

»Ich glaube, ich bin heute mal großzügig. Ich schenke dir meinen Orgasmus«, erklärt er raunend.

»Ach, ist das denn erlaubt?«, will Jula wissen, die etwas atemlos klingt, weil Alex schon dabei ist, seine Ankündigung in die Tat umzusetzen.

»Mein Spiel, meine Regeln«, entgegnet er und beißt ihr ins Ohrläppchen. »Außerdem solltest du dich freuen. Ist doch ein schönes Geschenk, oder?«

Theo lacht. »Das uneigennützige Getue nimmt dir niemand ab, der schon mal mit dir gevögelt hat. Oder Jula?«

Sie sieht kurz zu uns rüber und schüttelt den Kopf. Lange kann sie sich aber nicht auf mich und Theo konzentrieren, denn ihr Körper will auf die Impulse, die Alex' Finger bei ihr auslösen, reagieren. Er hält sie noch mit einer Hand an sich gedrückt.

»Ich finde Alex ziemlich uneigennützig«, sage ich zu Theo und ernte ein freundlich verruchtes Grinsen von unserem Gastgeber. »Danke, Süße.«

Dass er mir zuzwinkert, während er Jula mit der Hand befriedigt, fühlt sich seltsam an – seltsam, aber nicht schlecht. Ich erinnere mich gut an den Sex mit Alex. Er hat mir zwei Wahnsinnsorgasmen geschenkt – er selbst hatte nur einen. Wenn das nicht uneigennützig ist.

»Er hat einen ›andere kommen sehen‹-Fetisch«, verrät mir Theo und ich muss grinsen. »Das hört sich doch klasse an.«

Mein Traummann schnaubt und streift mit den Fingerspitzen über meinen Hals. »Wenn ein Einbrecher bei dir einsteigt und anstatt dir den Fernseher zu klauen einen dalässt, ist das auch klasse – aber irgendwie seltsam, oder?«

Ich lache leise und bemerke, dass Alex Theo gehört hat. Sie sitzen aber auch nach wie vor direkt nebeneinander.

»*Du* regst dich über Fetische auf?«, sagt er in einem seltsamen Ton. Theo zuckt daraufhin nur unschuldig mit den Schultern.

Julas Kehle entweicht ein Stöhnen, das sie anscheinend nicht mehr zurückhalten kann. Sie wirkt nicht wie eine Show-Stöhnerin. Niemand, der einfach nur das Zimmer zusammenbrüllt, weil das Männern gefällt. Dem Mann, der sie gerade glücklich macht, reicht es offensichtlich, wenn er sie ansehen kann. Jula hat den Hinterkopf gegen seine Brust gedrückt und die Augen geschlossen. Sie hebt das Kinn an, weil sie weiß, dass Alex ihr ins Gesicht sehen will. Natürlich hat sie auch schon mit ihm geschlafen, bestimmt oft.

Aus der Stereoanlage schallen *Kings of Leon*. Ich spüre Theos Lippen an meiner Schulter. Er küsst sich bis zu meinem Hals voran und beißt dann zu. Das sanfte Ziehen tut unheimlich gut, aber ich unterdrücke das wohlige Seufzen, weil Jula sich auch zusammenreißen kann, obwohl Alex Hand noch immer zwischen ihren Beinen verschwunden ist. Man sieht übrigens nichts, weil sie die Schenkel kaum gespreizt hat und seine Finger in ihrem String verschwinden. Die Gewissheit, dass sie gleich zum Höhepunkt kommt, elektrisiert die Luft trotzdem.

Nicki lässt sich von Benji und Tobias streicheln. Ob sie sich heute von beiden nehmen lässt? Was Simon wohl tun würde, wenn er hier wäre …

»So, genug gespielt«, sagt Theo plötzlich und beugt sich ein Stück nach vorne, um eine Karte zu ziehen. »Der letzte König gehört mir und du auch gleich«, prophezeit er, als hätte er den Röntgenblick und wäre sich sicher, welche Karte er offenlegt. Dass Alex und Jula noch gar nicht miteinander fertig sind, stört ihn nicht. Er sieht sich die verdeckten Karten an, die natürlich alle gleich aussehen und greift dann zu.

Ich sehe den Kreuz König nur kurz, weil Theo mich im nächsten Moment hochhebt und mit mir aufsteht.

»Wie …?«, meine Frage bleibt unvollständig. Ich schlinge meine Hände um seinen Hals, als er mich nur mehr mit einem Arm festhält. Er beugt sich nochmal in Richtung Tisch.

Hat Theo gerade tatsächlich nach der Gerte gegriffen?!

»Lass uns etwas Spaß haben«, sagt er und sieht mich schief schmunzelnd an. Eigentlich sollte ich nervös werden, aber ich verzichte schlichtweg darauf, weil mir einmal mehr bewusst wird, dass er der schönste Mann der Welt für mich ist und ich mir genügend Mut angetrunken habe, um ihm jeden Wunsch zu erfüllen. Ich glaube, diese Nacht hat das Potenzial, großartig zu werden.

»Theo!« Nicht ich habe seinen Namen so mahnend ausgesprochen, sondern Alex, der zu uns aufschaut, obwohl er noch immer mit Jula beschäftigt ist.

»Ja, ja«, antwortet mein personifizierter Traum und überdreht die Augen, bevor er mit mir aus dem Wohnzimmer verschwindet.

Sex auf dem Saturn

Theo sucht sich nicht das Schlafzimmer mit den blassorangen Wänden aus, das ich von der letzten Party kenne, er will eine Tür weiter gehen. Bevor wir den Raum betreten und mein Herz endgültig zu rasen beginnt, muss ich etwas erledigen.

»Lässt du mich runter? Ich muss noch ins Badezimmer.«

Er bleibt stehen und sieht mich kurz an, als ob er gleich ›Nein‹ sagen würde, dann lässt er mich los und nickt. Mein Blick schweift zu seiner linken Hand, die um den Griff der Gerte liegt. Als ich ihn leise und dunkel lachen höre, reiße ich mich am Riemen und höre auf, wie ein kleines verängstigtes Schulmädchen auf das schwarze Sexspielzeug zu starren.

Ich verschwinde im Badezimmer und atme erstmal durch. Jetzt bloß keine Panik bekommen – ruhig bleiben, sammeln und gedanklich auf den besten Sex meines Lebens vorbereiten.

Ich komme mir vor, als würde ich gleich eine schwierige mündliche Prüfung ablegen. Die schmutzige Zweideutigkeit meines Gedankens entgeht mir nicht und ich grinse, während ich die Toilettenspülung betätige. Dass mein Humor gerade zwei Etagen tiefer gezogen ist, ist eindeutig dem warmen, dumpfen Gefühl zuzuschreiben, das die vier Wodka-Shots in mir losgetreten haben.

Als ich mir die Hände wasche, werfe ich einen prüfenden Blick in den Spiegel. Meine Wangen sind etwas gerötet, aber in Anbetracht meiner Nervosität ist der Rotton in Ordnung. Noch nicht Ampelrot, eher, ›ich bin mit dem Rouge Pinsel ausgerutscht‹-Rot. Ja, ich bin nervös, aber welche Frau wäre das nicht, wenn grade der Mann aus all ihren Tagträumen im Schlafzimmer nebenan auf sie warten würde?

Ich will unbedingt Eindruck bei Theo hinterlassen, aber er ist mir in puncto sexuelle Erfahrungen mit Sicherheit um Welten voraus. Ich vögle hier auf der Erde und er schon längst auf dem Saturn. Dort ist bestimmt alles voller Peitschen und Gerten.

Alex' Statement hängt noch immer in meinen Gedanken fest. Theo hat einen Fetisch, mit dem ich keine Erfahrungen habe. Das einzige Mal, das Max mich geschlagen hat, war aus Versehen mit dem Wii-Controller als er *Zelda* gespielt hat.

Ich glaube trotzdem, dass ich gut mit dominanten Männern kann. Alex hat gerne die Kontrolle und Simon ist in Wahrheit auch ein Dämon und kein Unschuldsengel. Da mir der Gedanke an die beiden ein breites Grinsen auf die Lippen treibt, gehe ich davon aus, dass ich auf dominante Liebhaber stehe. Wie es mit SM-Praktiken aussieht, weiß ich allerdings nicht. Ist es jetzt zu spät, doch noch *50 Shades of Grey* zu lesen?

Bevor ich das Badezimmer ohne neue Lektüre verlasse, öffne ich noch den Spiegelschrank und trage zwei Spritzer von meinem Lieblingsparfum auf. Einer landet zwischen meinen Brüsten, der andere auf den Innenseiten meiner Oberschenkel.

Ich atme nochmal durch, als ich im Flur vor der Schlafzimmertür stehe. Aus dem Wohnzimmer höre ich Gelächter und Musik. Passenderweise singt Lady Gaga gerade auch über dominante Liebe.

Baby when it's love if it's not rough it isn't fun ...

Das Zimmer ist wunderschön. Alle Möbel sind weiß, nur die Holzdielen am Boden haben eine dunkelbraune Färbung. Die Deckenspots sind auf ein Minimum gedimmt. Der ganze Raum schwimmt in schummrig warmen Licht. An der Kopfseite hat das Gestell des Bettes geschwungene Metallverstrebungen. Der schneeweiße Bezug sieht einladend aus – hier schläft es sich bestimmt himmlisch. Aber Sex darauf zu haben reizt mich im Moment überraschenderweise mehr. Apropos, Theo ist verschwunden.

Ich stehe in der offenen Tür und lasse meinen Blick durch den doch eher kleinen Raum schweifen. Das tolle Bett, eine Kommode, ein Schrank und eine Stehlampe – kein Traummann.

»Hallo?«

Er wird sich kaum unter dem Bett versteckt haben. Das wäre ein ziemlich seltsamer Fetisch. Bevor ich über die Vorstellung lachen kann, zucke ich zusammen, weil ich von hinten gepackt werde. Mein Herz fängt sofort an zu hämmern. Ich weiß, dass es Theo ist, aber erschreckt hat er mich trotzdem.

Er hat beide Arme um mich geschlungen und küsst meinen Hals, während er mit dem Fuß die Tür zustößt.

»Das hat lange gedauert. Ich warte nicht gerne«, knurrt er mir ins Ohr und ich bekomme sofort Gänsehaut, weil mein Körper in einer aufregenden Alarmbereitschaft ist.

»Das waren nicht mal drei Minuten«, entgegne ich schmunzelnd, weil mir seine Ungeduld gefällt.

»Nicht diese drei Minuten ...« Er lässt mich los und stellt sich vor mich. »Ich rede von letzter Woche. Du hast mich stehenlassen.«

Wow, war Theo schon immer so groß? Er sieht mich an, als wäre er ernsthaft sauer. Ist es psychologisch bedenklich, dass mich das anmacht?

»Entschuldige, aber Simon wollte …«

Theo schmunzelt, lacht aber nicht, sondern schüttelt den Kopf, während er mich unterbricht. »Es ist mir scheißegal, was Simon will.«

Okay, im Gegensatz zu meinem Unschuldsengel flucht er. Und er hat den Dämon noch besser drauf.

»Du hast mich vorhin in meinem Schlafzimmer stehenlassen. Anscheinend macht dir das Warten doch irgendwie Spaß«, entgegne ich und ziehe vorwurfsvoll eine Augenbraue nach oben.

Vielleicht hätte ich das lieber nicht gesagt? Er verschränkt gerade die Arme vor dem Oberkörper und wird noch einen Zentimeter größer. Ist das physikalisch überhaupt möglich?!

»Es hat andere Gründe, warum ich dich in deiner Wohnung nicht ficken will.«

Dass er das so offen und schmutzig sagt, macht mich kribbelig.

»Und welche?«

Theo zuckt mit den Schultern, seine Miene bleibt streng. Als er sich umdreht und ein paar Schritte macht, verfängt sich mein Blick an der Gerte, deren Griff in seiner Jeans steckt. Sie verläuft an seinem Rücken und die Libido bedingte innere Unruhe in mir vermischt sich mit Kleinmädchen-Nervosität. Mir ist danach, an meinen Fingernägeln herumzukauen, aber ich verbiete mir die lächerliche Pose.

Theo dreht sich wieder zu mir und lehnt sich an die Kommode neben dem Bett.

»Ich will dich, Lena«, sagt er und dieser Satz lässt mein Selbstbewusstsein die Nervosität tanzend zur Seite kicken. Ich gehe auf ihn zu, weil es jetzt wirklich höchste Zeit wird, dass wir uns die Klamotten runterreißen und das Bett ausprobieren, aber er streckt plötzlich die Hand aus und macht eine stoppende Geste. Mein Blick wird fragend.

»Ich will dich unter meinen Bedingungen. Und meine Bedingungen tun etwas weh.«

Hat er das gerade wirklich gesagt? Was erwartet er jetzt von mir zu hören? Schlag mich ruhig? Ich habe keine Ahnung, ob mir das gefällt, aber viele stehen auf dieses SM-Zeug, nicht erst seit *50 Shades of Grey*. Die Sex-Shops sind schon immer voller Gerten und Peitschen – die ganze Welt tut es, so schlimm kann es also nicht sein.

»Wir können es versuchen, wenn es mir zu viel wird ...«

»Es wird dir nicht zu viel. Du bist der Typ dafür«, unterbricht er mich mit einer Unterstellung, die ich so nicht unterschreiben würde. »So gut kennst du mich doch gar nicht.« So gut kenne ich mich nicht mal selbst.

Er schmunzelt, diesmal sieht er freundlich dabei aus.

»Ich sehe Frauen sowas an. Schon letzte Woche, als du bei Alex aufgetaucht bist. Hast du dich schon mal auf den ersten Blick in jemanden verschossen?«

Ja, in dich. Ich sage das nicht, weil ich gerade rot werde und mein Sprachzentrum nicht funktioniert. Gesteht er mir, dass er sich auch auf den ersten Blick in mich verknallt hat? Höre ich da plötzlich Engel singen oder ist das nur Alex' lautes Lachen aus dem Wohnzimmer?

»Wir passen gut zusammen, Lena. Du wirst sehen.«

Wie meint er das denn? Wir passen zusammen? Als Paar? Wieso sind wir dann hier in dieser Wohnung? Wer sich verliebt, fliegt – hat Simon zu mir gesagt. Ich fliege gerade ziemlich hoch.

»Zieh dich für mich aus.«

Die freundlichen Züge werden wieder streng und er wirkt so emotionslos wie in meinem Schlafzimmer, als er sich die Unterwäsche ausgesucht hat, die ich ihm gleich nochmal zeigen werde.

Meine Hand greift nach dem Reißverschluss des Kleids. Als es mir vom Körper rutscht, fühle ich seine Blicke auf mir. Es gefällt mir, von ihm gemustert zu werden und ich mag auch diesen strengen Tonfall, weil er mir das Gefühl gibt, mich fallenlassen zu können. Das ist bestimmt nichts für jede Frau, aber mir macht es Spaß, die Kontrolle für diese prickelnde Zeit abzugeben.

»Ganz ausziehen. Ich will dich nackt sehen. Die Schuhe darfst du anlassen.«

Jedes seiner Worte jagt einen wohligen Schauer durch meinen Körper. Auch wenn ich die High Heels gerne losgeworden wäre, tue ich ihm den Gefallen. Männer stehen auf hohe Schuhe, in dieser Hinsicht ist sein Geschmack nicht sonderlich speziell.

Ich öffne den BH und steige wiedermal extrem unnatürlich erotisch aus meinem String. Dass ich dabei nicht auf die Nase knalle, weil ich zehn Zentimeter hohe Absätze trage, wundert mich selbst am meisten.

Als ich nackt vor ihm stehe, schaue ich zu ihm auf. Ob er die Lust in meinen Augen glitzern sieht? Hoffentlich spannt er mich nicht allzu lange auf die Folter. Ich will ihn unbedingt.

»Komm her.«

Ich setze mich langsam in Bewegung, obwohl mir danach ist, ihn zu bespringen. Als ich vor ihm stehenbleibe, lege ich die Hände auf seine Schultern und ziehe mich ein Stück hoch, um ihn zu küssen. Theo öffnet den Mund nicht, erst als er wieder etwas sagt.

»Deine Lippen sind toll, Lena. Lass sie mich spüren.«

Ich will ihn nochmal küssen, aber er hält mich ab.

»Knie dich hin.«

Wie soll ich ihn denn küssen, wenn ich … oh! Ich bin manchmal ein Idiot.

Die Nervosität kämpft sich an der mit dem Wodka tanzenden schamlosen Vorfreude vorbei, als ich auf die Knie sinke. Der letzte Mann, dem ich einen geblasen habe, war Max. Der hat sich zwar nie beschwert, aber ich bin mir nicht sicher, ob er überhaupt noch die Muße gehabt hätte, so ein Gespräch mit mir zu führen. Wir haben in den letzten Monaten nicht mehr viel geredet, abgesehen von so Sätzen wie ›Sitzt du zufällig auf der Fernbedienung?‹

Theos Hände greifen seinen Gürtel. Er öffnet ihn selbst und ich fixiere die Wölbung an seiner Jeans, weil ich beginne mich zu fragen, wie gut er bestückt ist. Ein höchst überflüssiger, fünf Sekunden langer Gedankengang, zumal er mir seine Männlichkeit schnell in all ihrer Pracht präsentiert. Ich stelle fest, dass er gerade und normal groß ist. Ob er weiß, dass Simons Penis größer ist? Natürlich, er hat ihn hier zwangsläufig schon mal gesehen. Diesen überflüssigen Gedanken darf ich niemals aussprechen!

Ich will ihn anfassen und mit dem Kopf näher kommen, aber Theos Finger fahren durch meine Haare und halten mich zurück. Seine andere Hand streift über seine Männlichkeit, mehr als einmal. Ich sehe dabei zu, wie er sich scharf macht und werde dabei selbst heiß. Mir war nicht bewusst, wie anturnend es ist, wenn es sich ein so schöner Mann selbst besorgt. Seine schlanken Finger reiben über seine Härte, die sichtlich größer wird. Ich habe ihm vorhin gedanklich Unrecht getan. Er kann locker mit Simon mithalten!

»Mach den Mund auf«, raunt er dunkel und wollüstig. Ich tue, was er sagt, drücke die Lippen aber wieder aufeinander, weil er sich plötzlich schmerzhaft in meinen Haaren festkrallt. Seine Männlichkeit drückt gegen meinen geschlossenen Mund, als er die Hüfte in meine Richtung bewegt.

»Aufmachen, sei ein braves Mädchen …«, brummt er eindringlich, ohne dabei den Griff in meinen Haaren zu lockern. Ich versuche den Schmerz zu ignorieren und öffne den Mund, der sofort von seiner Härte ausgefüllt wird. Ich kann den Kopf nicht bewegen, weil es sonst noch mehr weh tun würde, aber das muss ich gar nicht – er bewegt sich.

Das Ziehen an meiner Kopfhaut wird erträglicher, obwohl er nicht lockerlässt. Ich sehe zu Theo hoch, der das Kinn leicht angehoben hat und mit halb geschlossenen Augen knurrend stöhnt. Es kommt mir so vor, als würde er es sich noch immer selbst machen. Sein Tempo, er bestimmt, wie tief und schnell er in meinen Mund stößt. Dass er sich so hemmungslos nimmt, was er will, macht mich an. Ich will ihn gerade unbedingt kommen sehen, ihn aufstöhnen hören und ihn schmecken, aber er drückt sein Becken von mir weg und lässt mich plötzlich los.

»Gut. Steh auf.«

Ich sehe fragend zu ihm hoch und lecke mir über die Lippen. Am liebsten würde ich ihn darum bitten, mich wieder an den

Haaren zu ziehen und weiterzumachen, aber das würde seltsam klingen – weil es wahrscheinlich auch seltsam ist, dass mich das so anmacht.

»Na los. Ich will dich meinen Namen rufen hören«, sagt er, etwas atemloser als sonst, wenn er düster klingt. Ich stehe auf, weil mein Körper danach verlangt, so lange gereizt zu werden, bis ich rufe, was immer er will. Egal, wie er mich nehmen möchte, ich bin mir sicher, dass es sich großartig anfühlen wird.

Theo ist grenzenlos spannend für mich. Ich will ihn Dinge mit mir machen lassen, die noch nie jemand mit mir gemacht hat. Am besten die ganze Nacht. Ob mich seine Gesellschaft oder die vielen Wodka Shots so experimentierfreudig machen, weiß ich nicht.

»Bück dich. Hände aufs Bett.«

Als ich mich umdrehe und die Hände auf die weiche, kühle Bettwäsche drücke, packt er sofort meine Hüften. Mir entkommt ein Stöhnen, weil ich damit rechne, dass er schnell und hart in mich eindringt, doch er hebt mich nur ein Stück zurück, sodass ich den Rücken ein wenig durchdrücken muss. Dass ich ihm meinen Hintern so direkt präsentiere, wird mir irgendwie unangenehm. Ich will den Kopf drehen, um nachzusehen, ob seine Augen noch immer lustvoll glänzen, aber der Schmerz durchzuckt meinen Körper.

»AHH!« Wahrscheinlich haben mich alle bis ins Wohnzimmer schreien gehört. Mein Hintern brennt wie Feuer! Mit dem Schlag habe ich nicht gerechnet und damit, dass die Gerte so weh tun kann auch nicht. Eigentlich will ich mich umdrehen und protestieren, aber Theo packt mich an den Armen und beugt sich über mich.

»Bleib so! Ich bin noch nicht fertig!«, sagt er streng und ich weiß nicht, ob ich ihm diesmal gehorchen möchte.

»Nicht so fest«, stöhne ich und merke, wie das Brennen langsam nachlässt. Er lässt mich los und ich bleibe in meiner ausgelieferten Position. Im Grunde habe ich mich nur erschrocken, jetzt weiß ich, was mich erwartet.

Ich kneife die Augen zusammen, weil ich damit rechne, dass er mich den beißenden Schmerz wieder spüren lässt, aber ich fühle mit einem Mal seine Finger zwischen meinen Beinen. Es tut plötzlich so gut, dass ich laut aufstöhnen muss, obwohl er nur kurz über diesen empfindlichen Punkt an meinem Körper reibt.

Die Gerte klatscht auf meiner Haut auf und ich schreie zwar auf, es klingt aber nach einem weiteren Stöhnen, weil sich das Pochen zwischen meinen Beinen mit dem Brennen verbündet.

Theos Finger streifen wieder über mich und ich weiß nicht, ob ich ›aufhören‹ oder ›mach weiter‹ rufen soll, also beiße ich mir einfach auf die Lippen. Mein Herz rast und mein Verstand suggeriert mir, dass ich noch nie ähnlich elektrisiert war. Vielleicht verarbeitet er so aber auch nur das Brennen.

Als seine Finger verschwinden, schlägt er zu. Er hat nie zweimal die gleiche Stelle getroffen. Mein ganzer Hintern fühlt sich heiß an.

Ich rechne damit, dass er erneut anfängt, mich zu stimulieren, aber ich kassiere nur einen weiteren Schlag, der mich laut aufschreien lässt, weil ich nicht damit gerechnet habe.

»Theo!«, Ich klinge atemlos und meine Stimme ist viel zu hoch.

»Gut so, Baby …«, höre ich ihn zufrieden raunen. Wenn ich gewusst hätte, dass er nur seinen Namen hören will, hätte ich ihn schon beim ersten Schlag gerufen.

»Knie dich wieder hin.«

»Was?«, japse ich verwirrt.

Er zieht mich hoch, und ich mache einen Zischlaut, weil er dabei meinen Hintern an sein Becken drückt. Sein Zeige- und sein Mittelfinger massieren mich zwischen meinen Beinen. Die wohltuenden Schauer erklären sich erneut solidarisch mit dem Brennen an meinem Hintern. Ich bekomme Gänsehaut und bald einen Orgasmus, weil mein Körper so unter Strom steht.

Mir fällt erst auf, wie laut ich stöhne, als ich aufhöre, weil Theo auch plötzlich gestoppt hat. Er drückt mich auf die Knie und bevor ich enttäuscht aufseufzen kann, weil ich nicht kommen durfte, schiebt er mir schon seine Männlichkeit in den Mund und krallt sich in meinen Haaren fest. Sein knurrendes Stöhnen ist viel lauter als beim ersten Mal, als er sich so an mir befriedigt hat.

Ich will, dass er kommt und drücke die Lippen fester aufeinander.

»Braves Mädchen …«, raunt er und ich bin dabei zu vergessen, dass mein Hintern in Flammen steht.

Ich wollte noch nie so sehr einen Mann befriedigen wie Theo. Im Moment gibt es nur ihn, mich, Lust und Brennen.

Die Gewissheit, wie scharf es ihn werden lässt, das mit mir zu machen, lässt meine Hemmschwelle schwinden. So etwas wie Scham kommt nicht mehr in mir auf, nur Verlangen nach ihm und allem, was er mit mir machen will.

»Genug …« Er zieht sein Becken zurück, wie beim ersten Mal, obwohl ich ihn schon in meinem Mund pulsieren gespürt habe. Theo war kurz davor zu kommen und ich verstehe mal wieder nicht, wieso er aufgehört hat. Hätte ich ihn so in der Hand, hätte er nicht aufhören dürfen, bevor er mich befriedigt hat.

»Ich will dich noch ficken«, stellt er unverblümt klar. Er zieht mich auf die Beine und wirft mich mit dem Rücken voraus aufs

Bett. Ich japse auf, weil die plötzliche Berührung mit der Bettwäsche die Schmerzen an meinem Hintern wieder ankurbeln. Es wird aber schnell besser. Der weiße Stoff ist angenehm kühl.

Als ich aufschaue, sehe ich, wie sich Theo das T-Shirt über den Kopf zieht. Er hat diese markanten Hüftknochen, die meinen Blick gleich wieder auf intime Regionen lenken.

Ich bin ihm wirklich dankbar, dass er viel beherrschter war, als ich es gewesen wäre. So kann ich ihn noch spüren und wir können gemeinsam kommen.

Er kniet sich über mich und ich bewundere einmal mehr, was er zu bieten hat. Ein heller, dünner Streifen aus feinen Härchen markiert den Weg von seinem Bauchnabel abwärts. Ich hebe die Hände, weil ich ihn anfassen möchte, aber er greift sie sich und hält sie über meinem Kopf zusammen.

»Unter meinen Bedingungen«, flüstert er mir mit heiserer Stimme ins Ohr und macht mir bewusst, dass gleich wieder etwas passieren wird, mit dem ich nicht rechne. »Aber es wird dir gefallen, weil du dich mir gerne auslieferst, oder?«

Ich komme mir gerade wirklich schmutzig vor, irgendwie pervers, aber ich muss ihm dieses ›Ja‹ einfach ins Ohr hauchen, weil er recht hat. Es zuzugeben lässt meinen Körper noch unruhiger werden.

Theo greift unter eines der Kissen und ich sehe ein hellgraues Seil. Jetzt weiß ich, was er gemacht hat, während ich im Badezimmer war.

Er fesselt mich an das Bettgestell. Als er fertig ist, legt er seine Hand unter mein Kinn und mustert mich so eindringlich, als wolle er wiedermal meine Gedanken lesen.

Ja, es turnt mich an, dass du mich festgebunden hast und gleich so hart nehmen kannst, wie du möchtest. Und ja, wir passen wirklich zueinander, auch wenn du mir noch viel beibringen musst. Ich will dich, Theo!

Er schmunzelt und drängt sich zwischen meine Beine. Sein erster Stoß ist schon fest und tief. Ich stöhne auf, aber nicht so laut, wie ich möchte, weil mir plötzlich die Luft wegbleibt. Seine Hand liegt noch immer unter meinem Kinn, auf meinem Hals und macht mir das Atmen schwerer als gedacht.

Theo nimmt mich rhythmisch und hart und sieht mir dabei ins Gesicht. Ich würde die Lust und das Verlangen gerne meinen Blick zeichnen lassen, weil es gut tut, wie er mich vögelt, aber ich kann mich plötzlich nur noch darauf konzentrieren, dass ich mehr Luft bekommen möchte.

»Hör auf …«, stöhne ich heiser, aber er nimmt die Hand nicht weg, erhöht nur das Tempo seiner Stöße.

»Theo …«, flüstere ich seinen Namen so eindringlich ich kann. Ich zerre heftiger an den Fesseln, aber ich bekomme die Hände nicht los. Sein Knurren wird immer lauter und er beginnt sich auf die Unterlippe zu beißen. Ich fühle seine Männlichkeit in mir größer werden und mich noch mehr reizen. Ich bin kurz davor zu kommen.

Obwohl ich eigentlich über die Atemnot nachdenken sollte, kann ich plötzlich nur noch daran denken, wie sehr ich diesen Orgasmus möchte. Als sein Griff noch fester wird, muss ich beinahe würgen. In meinen Gedanken wiederholt sich das Wort ›Lapislazuli‹ immer lauter und eindringlicher. Ich will es krächzen, aber der Orgasmus überrollt mich so heftig, dass sich mein ganzer Körper anspannt. Theo stöhnt laut auf, weil der Muskelreflex in meinem Unterleib ihn stimuliert. In dem Moment, als er sich ergießt, lässt er auch meinen Hals los.

Süsse, naive Idiotinnen

Ich atme, so tief ich kann, ein und behalte die Augen geschlossen. Die wohltuenden Wellen wirken so lange nach wie noch nie. Meine Muskeln zucken noch immer, als Theo sich aus mir zurückzieht.

»Du fühlst dich unglaublich an«, höre ich ihn sagen. Seine Stimme klingt wieder normal, nicht düster oder streng, nur schön. »War auszuhalten, oder?«

Seine seltsame Frage lässt mich die Augen aufschlagen und ihn anstarren. Er steigt gerade in seine Boxershorts und schmunzelt.

Dieser bombastische Orgasmus setzt mir noch immer zu, also nicke ich nur. Das war der Höhepunkt meines Lebens und das intensivste Vorspiel, das ich je hatte.

Über die Sache mit dem Würgen müssen wir aber unbedingt nochmal reden!

Theo kniet sich auf das Bett und legt mir seine Hand auf die Wange.

»Darf ich dich bald wieder haben oder hast du genug von mir?«, will er wissen und sieht mich an, als könne er kein Wässerchen trüben. Dieser Engelsblick ist absolut einstudiert und er überzeichnet ihn auch mit Absicht, weil er natürlich weiß, dass er der Teufel ist. Ich muss lachen und husten, was mir wieder bewusst macht, dass der Mann, in den ich mich in der ersten Minute hier verschossen habe, definitiv nicht einfach zu handhaben ist. ›Theo ist speziell‹ – Ich verstehe diesen Satz endlich.

»Ich habe noch nicht genug von dir«, entgegne ich, weil mein Verstand gerade etwas sehr Interessantes macht. Er überschreibt die Tatsache, dass ich beinahe mein Safeword rufen musste, mit dem Bild von dem Grinsen, das Theo mir gerade schenkt.

»Gut. Danke Lena.«

Er küsst mich unschuldig und ich bin der perverseste Freak der Welt, weil ich mir seine Zunge wünsche. Mein Körper steht noch immer unter Strom, was mir eigentlich bestätigen sollte, dass meine Entscheidung, wieder mit ihm zu schlafen, richtig ist.

Er richtet sich auf und fährt sich durch die Haare. Weiß er, dass er vergessen hat, mich loszumachen? Ich rüttle nochmal demonstrativ an meinen Fesseln und sehe fragend zu ihm auf.

»Kannst du …?«

Theo zieht sich sein T-Shirt über den Kopf und lässt seinen Blick über meinen Körper schweifen.

»Ich soll dich losmachen?«, fragt er gespielt überrascht und findet sein verdorbenes Grinsen wieder. »Aber du siehst gefesselt wahnsinnig heiß aus. Steht ihr, was meinst du?«

Ihr? Mit wem zum Teufel redet er denn?

»Ja, steht ihr.« Mein Blick schnellt rüber zur Tür. Alex lehnt mit den Händen in den Hosentaschen dort und mustert mich schmunzelnd. Seit wann ist er denn bitte hier?!

»Er kommt nachsehen, ob es dir gut geht«, erklärt mir Theo kopfschüttelnd und in einem halb amüsierten, halb genervten

Ton. »Außerdem vögelt er mir gerne hinterher …«, murmelt er leise, während er zu Alex geht.

»Verschwinde, du Idiot«, gibt unser Gastgeber zur Antwort und sie lachen beide, als sich ihr Weg kreuzt. Theo macht die Tür hinter sich zu und ich starre Alex an, der auf mich zukommt und mich so freundlich ansieht, als würde er mir gleich über den Kopf streicheln.

»Alles in Ordnung? War er zu grob?«

Was wird das hier?! Eine Nachbesprechung? Nur um es nochmal erwähnt zu haben: ich liege nackt und gefesselt auf dem Bett. Eine ziemlich unnatürliche Position um intime, freundschaftliche Gespräche zu führen.

»Ähm … nein. Es geht mir gut?« Dass ich das als Frage formuliere, liegt daran, dass ich mich seltsam fühle. Ich weiß, dass ich rot werden möchte, weil Alex mich gerade in diesem Zustand sieht, aber meine Sinne hängen noch im Lust-Modus fest. Die Rationalität in mir buffert …

»Er lässt sich beim Sex manchmal etwas zu sehr gehen«, erklärt er ruhig und wirkt dabei fast gedankenverloren. Alex setzt sich zu mir aufs Bett und streift mir mit der Hand die Haare aus dem Gesicht. Seine Berührung ist sanft, genau wie sein Lächeln.

»Wir haben alle unsere Fetische. Er ist kein schlechter Mensch«, meint er schulterzuckend und ich schüttle den Kopf. »Das habe ich auch nicht von Theo gedacht«, stelle ich klar, weil das eben so geklungen hat, als würde sich Alex für ihn bei mir rechtfertigen. Ich halte ihn keineswegs für einen schlechten Menschen, aber ich vermute, ich weiß, wer das tut und warum Alex glaubt, er muss mit mir darüber sprechen. Diese seltsame Dreiecksbeziehung zwischen ihm, Theo und Simon geht mich aber nichts an.

»Ich mache meine Erfahrungen gerne selbst. Und diese war …«, ich grinse den hübschen blonden Architekturstudenten an. »Speziell, aber schön.«

Er schmunzelt. Die schwermütige Atmosphäre, die eigentlich so gar nicht in diesen Raum passt, verschwindet trotzdem nicht sofort. Dass Alex ein paar Sekunden auf meinen Hals starrt, macht es auch nicht besser.

»Kannst du mich losmachen?«, lenke ich seine Aufmerksamkeit hoch auf meine Fesseln. Seine Miene verliert die Ernsthaftigkeit und er sieht amüsiert aus.

»Klar … hätte ich beinahe vergessen.«

Er kniet sich über mich, so wie Theo vorhin. Alex trägt aber noch seine Klamotten. Ob er in der Zwischenzeit auch Sex hatte? Seine Haare sind irgendwie zerwuschelt.

Mir steigt sein Parfum in die Nase – er riecht berauschend gut.

»Seit Theo diesen dämlichen Segelkurs gemacht hat, sind seine Knoten abartig kompliziert geworden …«, erklärt er und müht sich sichtlich ab. Das ist also nicht das erste Mal, dass er eine Frau losmacht, die Theo gefesselt hat. Vielleicht hätten sie sich an der Tür abklatschen sollen.

»Ich denke, wir brauchen eine Schere.«

Alex gibt auf und sieht mich entschuldigend an, ungefähr zwei Sekunden lang, dann verändert sich sein Blick. Er mustert meinen nackten Körper unter sich und beißt sich auf die Lippen.

»Weißt du …«, sagt er leise und zieht eine Augenbraue nach oben. »Du siehst gefesselt wirklich hammerscharf aus.«

Sein seltsames Kompliment und das Glänzen in seinen Augen sind wie ein Pusten in die Glut in mir.

»Hast du vielleicht Lust …« Er hält sich mit einer Hand an den Streben des Bettes fest, die andere wandert zwischen meine

Beine. Kaum berührt er diesen warmen Punkt, steht mein Körper wieder in Flammen. » … auf einen Quickie mit mir?«

Während er auf meine Antwort wartet, massieren seine Finger mich. Ich bin noch immer feucht vom Sex mit Theo und die Erinnerungen an den intensiven Höhepunkt lassen meinen Körper nach einer Wiederholung verlangen.

»Ich bin auch ganz lieb zu dir«, flüstert Alex schmunzelnd und beugt den Kopf nach unten, um mich zu küssen. Seine Lippen sind warm und weich.

Ob ich noch nach Theo schmecke oder rieche? Alex hat in der Zwischenzeit bestimmt auch etwas Schmutziges mit Jula oder sogar Nicki gemacht. Er schmeckt und riecht hervorragend.

»Darf ich dich haben?«, fragt er nochmal nach, weil ich ihm keine Antwort gegeben habe. Eigentlich müssten mein glänzender Blick und das wohlige, leise Seufzen vorhin, als er mich stimuliert hat, als Antwort genügen, aber er will ein definitives ›Ja‹ hören, weil ihm bewusst ist, dass ich noch immer ziemlich ausgeliefert bin.

Wahrscheinlich weiß er auch, dass es für mich das erste Mal ist, mit zwei Männern hintereinander zu schlafen.

»Ja, darfst du.« Meinen Worten folgt ein amüsiertes Raunen aus Alex' Kehle, der mir noch einen Kuss auf den Mund haucht, bevor sein Gesicht verschwindet.

Er zieht meine Knie hoch, drückt meine Beine sanft auseinander und rutscht ans untere Bettende. Ich ahne, was er vorhat und die Vorfreude auf seine Zunge entlockt mir ein erwartungsvolles Stöhnen.

Ich fühle einen kalten Lufthauch an meinen Beinen. Als ich an mir hinunterschaue, sehe und spüre ich ihn seine Wange gegen die Innenseite meines Oberschenkels drücken.

»Tommy Girl«, spricht er den Namen seines Lieblingsfrauenparfums aus und schmunzelt.

»Das riecht wirklich gut an dir.«

Zum Glück konzentriert er sich nicht auf den Latexgeruch, der ganz unweigerlich auch noch in der Luft schweben muss. Ich bin mir sicher, es ist nichts Neues für Alex, mit einer Frau zu schlafen, die gerade von einem anderen genommen wurde.

Als er mich zu küssen beginnt, wird mir bewusst, wie großartig ich es finde, nochmal gewollt zu werden. Nach Theos knurrendem Stöhnen kann ich jetzt auch Alex kommen hören.

Mein Herz hämmert wieder und ich schließe die Augen, um das Pochen, das seine kühle Zunge auslöst, zu genießen.

»Schau mich an, Lena.«

Stimmt, sein Spleen. Ich will schmunzeln, während ich den Kopf ein Stück hebe, um ihm in die Augen zu schauen, aber ich beiße auf meinen Lippen herum, weil er mir gerade so guttut.

In diesem schummrigen Licht sind seine Iriden überirdisch grün. Alex ist klasse im Oralsex, das war auch bei unserem letzten Mal so. Von mir aus könnte er das die ganze Nacht mit mir machen, weil dieser lustvolle Zustand Suchtpotenzial hat.

»Nicht aufhören …«, stöhne ich protestierend, weil er plötzlich aus dem Bett steigt.

»Ich glaube, ich habe einen Krampf in der Zunge. Du bist schon bei Theo gekommen, oder?«

Ich sehe ihn für diese freche Ausrede finster an und er erwidert kokette Blicke.

»Ein Quickie«, erinnert er mich und zuckt mit den Schultern. »Aber du darfst gerne kommen, während ich dich vögle. Du hast ungefähr …« Er überlegt gespielt angestrengt, während er sich auszieht. »… fünfzig Stöße Zeit.«

»Wie großzügig!«, meine ich sarkastisch und lasse den Kopf wieder in das Kissen fallen. Ich würde lügen, wenn ich behaupten würde, dass ich mich nicht trotzdem darauf freue, ihn in mir zu spüren. In Wahrheit brauche ich keinen Orgasmus, damit sich Sex gut anfühlt. Und ich bin mir sicher, dass es das tut.

»Hab ich schon erwähnt, wie scharf du aussiehst?«, raunt Alex, der am Bettende steht und sich gerade das Kondom überrollt. Er streift dabei ein paar Mal über seine Männlichkeit – aber nicht so oft wie Theo vorhin.

Hätte ich Julas Selbstbewusstsein, könnte ich ihm jetzt sagen, dass er noch ein bisschen weitermachen soll, weil er für mich ebenso heiß aussieht, wenn er mit diesem gottgleichen Körper vor dem Bett steht und mit der Hand über seine Härte fährt. Ich schäme mich aber schon alleine für den Gedanken. Sogar der Wodka in mir schüttelt den Kopf und wird rot.

Alex kommt zurück ins Bett, greift sich eines der weißen Kissen und hebt mein Becken an, um es darunter zu platzieren. Sein Blick legt sich zwischen meine Beine und ich will die Knie zusammendrücken, damit er aufhört, mich so genau zu mustern. Ich wurde gerade gevögelt und geleckt, ich habe keine Ahnung, wie es da unten aussieht, aber in meiner Vorstellung ploppt ein Bild von meinem unaufgeräumten Schreibtisch auf, nachdem ich die Nacht darauf durchgelernt habe.

Ich komme nicht dazu, mich zu zieren, weil er sein Becken zwischen meine Beine drückt und in mich eindringt.

»Gott …«, rutscht mir heraus, weil ich nicht damit gerechnet habe, ihn so intensiv zu spüren.

»Schon gut, Lena. Sag Alex zu mir.«

Ich muss tatsächlich über diesen bescheuerten Spruch lachen – er auch, aber es tut unserer Lust keinen Abbruch.

Seine Stöße werden abwechselnd schneller und langsamer. Ich halte Augenkontakt mit ihm und mir fällt auf, dass er etwas weggetreten aussieht, wenn er so angeturnt ist. Er hat den Kopf leicht schief gelegt und mustert mich, als ob es nichts Schöneres auf der Welt geben würde als mich, wenn ich die Augenbrauen zusammenziehe und durch den offenen Mund stöhne.

Ich habe vergessen mitzuzählen, aber es sind weniger als fünfzig Stöße, die er braucht, um zu kommen. Er wirft den Kopf in den Nacken und raunt die Decke an, bevor er auf mir zusammensackt und neben meinem Kopf in das Kissen schnauft. Alex hat es darauf angelegt, schnell zum Höhepunkt zu kommen – ein ›Quickie‹ eben, aber ich bin froh darüber, weil ich mich etwas wundgevögelt fühle. Schön war es trotzdem, vor allem, weil ich mich ab jetzt immer daran erinnern werde, wie süß Alex aussieht, wenn er beim Sex weggetreten ist.

»Danke, Lena …«

Er zieht sich aus mir zurück und richtet sich auf. »Ich schulde dir was«, stellt er klar, während er zur Kommode geht und eine Schere herausholt. Als er sich wieder über mich beugt, zwinkert er mir zu.

»Wäre cool, wenn du mich nicht an Simon verpfeifst. Dass ich dich in diesem Zustand so egoistisch genommen habe, würde nur zu einer Grundsatzdiskussion führen, auf die ich keinen Bock habe.«

Die Fesseln lösen sich und ich kann die Arme endlich wieder bewegen. Meine Muskeln tun weh, aber ich verkneife mir zu jammern, weil es so aussieht, als hätte Alex sowieso schon ein schlechtes Gewissen.

»Simon hat kein Mitspracherecht mehr in meinem Liebesleben, seit er mir damals meine Schwärmerei für Eminem ausreden wollte. Außerdem war das hier mit dir schön. Du siehst richtig süß aus, wenn du egoistisch bist.«

Ich richte mich auf und bekomme im selben Moment so starke Kopfschmerzen, dass ich glaube, in meinem Schädel findet gerade die Schlacht um Mittelerde statt.

»Alles in Ordnung, Lena?«

Alex legt mir eine Hand um die Schulter.

»Nur Kopfschmerzen«, sage ich, klinge aber nicht so, als wären es ›nur‹ Kopfschmerzen, sondern ›verdammt zermürbende‹ Kopfschmerzen.

»Sagt man das als Frau nicht besser vor dem Sex?«, scherzt er und ich will eigentlich schmunzeln, aber das Hämmern hört nicht auf. Ich drücke mir die Finger an die Schläfen und massiere sie.

»Warte. Ich hole dir ein Glas Wasser.«

Während Alex so schnell in seine Klamotten steigt, als wäre er ein Superheld auf einer Mission, frage ich mich, wie wahrscheinlich es ist, dass einem der Schädel explodiert. Hatten die Ärzte nicht mal so einen Song geschrieben? ›Gestern Nacht ist meine Freundin explodiert‹? Vielleicht rebelliert meine Juristen-Spießigkeit gerade gegen die Tatsache, dass ich zwei Männer nacheinander an mich rangelassen habe.

Nach einer Minute versuche ich aufzustehen, weil ich mich anziehen will. Ich stelle aber fest, dass ich unfähig bin, mich nach meinen Sachen zu bücken.

»Scheiße …«

Ich halte mir die Augen zu, weil es mir so vorkommt, als würde selbst das schummrige Licht hier drin den Schmerz schlimmer machen.

»Setz dich hin.«

Ich nehme die Hand wieder weg. Die strenge, helle Stimme hat mich überrascht. Jula steht vor mir und deutet mir an, mich zu setzen. Sie trägt nur Unterwäsche, was aber zumindest mehr ist, als mich bedeckt.

Ich setze mich an den Bettrand und frage mich, ob das mit meinem Kopf so schlimm ist, dass Alex mir gleich eine Ärztin rufen musste.

»Habe ich gerade einen Schlaganfall?«

Jula hat ein schönes Lachen, etwas tief für eine Frau, aber melodisch. »Ein Schlaganfall fühlt sich anders an. Das ist nur Sexualkopfschmerz.«

»So etwas gibt es?« will ich wissen und starre sie fragend an. Sie hält mir ein Glas hin, in dem sich gerade eine Tablette auflöst.

»Nein, so etwas gibt es nicht. Habe ich gerade erfunden«, entgegnet sie mit hochgezogenen Brauen. Ich schätze, das war Ärzte-Sarkasmus.

»Trink.«

Ich tue, was sie sagt und nehme ein paar Schlucke.

»Alles austrinken.«

Ich schüttle den Kopf, weil ich eigentlich gar nicht durstig bin. Jula sieht mich schief grinsend an. »Mir war nicht klar, dass ich das jemals zu einer Frau sagen würde, aber: schön brav schlucken, Baby. Alles.«

Ich lache, obwohl das die Kopfschmerzen nur noch schlimmer macht. Dann trinke ich das Glas leer, weil Jula aufgehört hat, amüsiert auszusehen und mich streng anfunkelt. *Zu Befehl, Frau Doktor-Barbie!*

»Es wird gleich besser. Du warst nur etwas überreizt. Wenn die Erregung sich zu schnell steigert und dann abrupt nachlässt, bekommen manche Leute Kopfschmerzen.«

Sie setzt sich neben mich aufs Bett und sieht mich prüfend an. Ich tue so, als würde ich mich am Oberarm kratzen, aber ich will mir nur den Arm vor den Busen legen.

»Das hatte ich noch nie«, erkläre ich ihr und merke, wie das Hämmern abnimmt.

»Du hast mit Theo und Alex geschlafen, oder?«

Wieso ist mir ihre Frage so unangenehm? Ich bin mir sicher, sie hat das auch schon gemacht – mit mehr als einem Mann an einem Abend geschlafen.

»Theo ist ein Garant für Spannungskopfschmerz. Vor allem, wenn man nicht an ihn gewöhnt ist«, sagt die Blondine mit den überirdisch schönen Haaren. »Überleg dir gut, bevor du mit ihm in eines der Schlafzimmer gehst. Man muss schon eine ziemlich starke Persönlichkeit sein, um mit ihm klarzukommen. Sich ausliefern und trotzdem die Kontrolle behalten – nicht viele Frauen können oder wollen das. Theo ist anstrengend, fordernd.«

Es kommt mir gerade so vor, als würde Jula versuchen, ihn mir auszureden.

»Ich bin nicht dumm. Ich weiß, was ich tue und er auch. Ich denke, ich komme gut mit ihm klar, wir passen irgendwie zueinander.«

Jula schüttelt den Kopf. »Das finde ich nicht, aber das musst du selbst wissen.«

Ich stehe auf und greife nach meiner Unterwäsche, weil ich keine Lust mehr habe, dieses Gespräch zu führen – schon gar nicht nackt.

»Danke für die Brausetablette«, sage ich und bin selbst überrascht, wie bissig ich klinge.

»Du musst nicht eingeschnappt sein«, meint Jula im ernsten Tonfall. »Das hier sollte kein ›nimm mir bloß nicht meinen Mann weg‹- Vortrag werden. Ich schlafe gerne mit ihm, weil ich ganz gut einschätzen kann, wann er zu weit geht und dagegenlenken kann, aber das heißt nicht, dass du das nicht auch darfst. Ich bin nicht in ihn verliebt oder ähnliches. Nachdem du dich aber gerade fast so schnell anziehst, wie Alex es immer macht, obwohl dein Kopf noch hämmert, gehe ich davon aus, dass du nicht mehr mit mir darüber reden willst.«

Wie schlau Jula doch ist! Ich habe keinen Bock, mich wie ein Dummerchen behandeln zu lassen, das alles mit sich machen lässt, weil ein hübsches Männergesicht das sagt. Das könnte nicht weiter weg von der Wahrheit sein.

»Ich bin nicht halb so naiv, wie du glaubst. Und nur, weil du Theo länger kennst, muss das nicht heißen, dass du ihn besser kennst«, verteidige ich mich, während ich meinen Reißverschluss zumache. Jula sitzt noch immer auf dem Bett und sieht mich mit emotionsloser Miene an.

»Hast du dich in ihn verliebt, Lena?«

Sie fragt das im selben fassungslosen Tonfall, mit dem ich jemanden fragen würde, ob er eine Flasche Bleiche getrunken hat.

»Nein! Und das geht dich auch nichts an.«

Ich will eigentlich nur noch raus hier, weil die Party für mich vorbei ist. Zuerst Simons Ex-Tussi und jetzt versucht Doktor Barbie auch noch, dieses seltsame Gespräch mit mir zu führen. Sie soll später mal Leute ausweiden, zusammenflicken und mit Medikamenten vollpumpen, keine Gesprächstherapien machen.

Ich will rausstürmen, aber Jula springt auf und stellt sich vor die Tür.

»Im Ernst, Lena. Theo ist nichts für dich. Schlaf hier mit ihm, wenn du willst, aber nicht irgendwo anders.«

»Lass mich raus«, knurre ich und werfe ihr Blicke zu, die ihr sagen sollen, dass ich ihr mit Leichtigkeit in den Elfenarsch treten kann, obwohl meiner noch immer glüht. Ich bin nicht schwach und ich bin nicht blöd. Und auf dieses ganze ›Theo ist gefährlich‹-Drama habe ich keine Lust. Er wäre nicht hier, wenn er einen Knall hätte. Alex würde keinen verdammten Psychopaten in seiner Wohnung Frauen vergewaltigen lassen! Außerdem bin ich weder die Erste noch die Letzte, mit der er hier schläft. Jula lässt sich wahrscheinlich selbst von ihm beim Sex die Hand auf den Hals legen und tut jetzt so, als wäre nur sie taff und klug genug, um damit klarzukommen.

Mit dieser scheiß Arroganz und dieser gespielten Besorgnisnummer komme ich absolut nicht klar!

Sie geht von der Tür weg und ich funkel sie an, bevor ich in den Flur verschwinde.

»Komm runter, Lena. Ich will nicht streiten«, höre ich sie noch sagen, aber das hätte sie sich mal lieber früher bewusst machen sollen.

Ich überlege kurz, ob ich einfach verschwinden soll, aber ich bin kein bockiger Teenager, sondern eine Erwachsene, also greife ich mir meine Tasche und gehe ins Wohnzimmer.

Auf dem Sofa sehe ich einen nackten Männerrücken mit einem Tattoo, das über die Wirbelsäule verläuft. Chinesische Schriftzeichen. Als ich etwas näher komme, registriere ich, dass Benji gerade Nicki vögelt. Er hat mit ziemlicher Sicherheit im Moment wenig Interesse an meiner Verabschiedung und ihr würde ich nur sagen, dass sie eine blöde Kuh ist und hoffentlich bald einen Volleyball an den Kopf bekommt, also gehe ich raus auf den Balkon, weil ich von dort Männerlachen höre.

Theo, Alex und Tobias stehen draußen und rauchen.

»Hey, wieder alles in Ordnung? Kopfschmerzen weg?«, will Alex wissen und ich nicke, während ich mir ein falsches Grinsen abringe. »Ja, geht schon wieder. Ich gehe trotzdem nach Hause. Ich habe morgen eine Vorlesung.«

Wenn ich lüge, muss ich immer viel zu oft blinzeln. Das weiß hier aber niemand, also denken sie wahrscheinlich, dass mich der Rauch dazu bringt.

»Soll ich dir ein Taxi rufen?«, will Alex wissen und kommt einen Schritt näher. Er streckt die Hand nach mir aus und legt sie auf meinen Oberarm. »Nein, danke, ich hab mir schon eines gerufen.« Er lässt mich wieder los, weil er glaubt, dass der Rauch seiner Zigarette mir in die Augen zieht. Ich blinzle aber ständig, weil ich absolut blank bin und es mir zu peinlich ist zuzugeben, dass ich mir kein Taxi leisten kann.

»Soll ich dich nach Hause bringen? Wir haben denselben Weg«, meint Theo und dämpft seine Zigarette aus.

»Nein. Bleib nur hier.«

Ich will nicht, dass er meinetwegen geht. Ich sehe, dass die Jungs sich gerade erst ein Bier aufgemacht haben. Außerdem will ich alleine nach Hause spazieren. Mir schwirrt der Kopf.

»Sehen wir uns nächste Woche?«, will Alex wissen und grinst mich an.

»Wenn du Bock hast, mich einzuladen«, entgegne ich und zwinkere ihm zu – nicht weil ich lüge, sondern weil ich kokett sein will, aber nach den ganzen Spasmen von vorhin erkennt er mein Zwinkern wahrscheinlich nicht als solches.

»Ich werde sowas von Bock haben«, meint er und drückt mir einen Kuss auf die Lippen. Als er einen Schritt zurück macht, steht Theo schon vor mir und küsst mich auch.

»Machs gut und danke für alles.«

Ja, genau so klingt ein verrückter Soziopath. Er versteckt seine kranke Persönlichkeit wahrscheinlich nur hinter Höflichkeit, Liebenswürdigkeit, Schönheit und geistiger Gesundheit.

Bevor ich gehe, tausche ich noch ein lieb gemeintes Grinsen mit Tobias aus. Er ist unheimlich süß, fast wie ein kleiner Bruder, mit dem man Sex haben möchte. Gott, das klang sogar in meinen Gedanken falsch!

Nickis Gestöhne begleitet mich noch bis in den Flur. Dass Jula gerade aus dem Badezimmer kommt, passt mir gar nicht, aber ich bin in den letzten Minuten etwas runtergekommen, also kann ich mir verkneifen, sie finster anzufunkeln. Im Grunde will ich mich auch nicht streiten. Schon gar nicht, wenn ich betrunken bin. Ich bin niemand, den Alkohol sonderlich emotional macht, nur dämlich und etwas zu experimentierfreudig.

»Nichts für ungut«, sagt Jula und lehnt sich gegen die Wand neben der Haustür. »Du hast recht, es geht mich nichts an. Entschuldige. Ich neige dazu, Leuten meine Ratschläge aufzudrängen – Großes-Schwester-Syndrom, ich habe zwei ziemlich begriffsstutzige kleine Schwestern. Sie sind süß, aber nicht die hellsten Leuchter im Luster. Ich bin daran gewöhnt, ihnen sagen zu müssen, dass sie nicht an der Steckdose lecken sollen.«

Na toll, jetzt muss ich schmunzeln. Ich kann niemandem böse sein, der mich zum Lachen bringt, das konnte ich noch nie.

»Mir musst du nicht sagen, dass an der Steckdose Lecken dämlich ist. Ich bin kein Kind mehr«, sage ich und sehe sie eindringlich an. Sie nickt und zuckt mit den Schultern.

»Das klang jetzt nur so, als wären meine Schwestern Kinder – sie sind schon Volljährig. Süße, naive Idiotinnen.«

Ich will Luft für meinen nächsten Satz holen, aber Jula kommt mir zuvor. »Dich halte ich nicht für eine naive Idiotin, Lena«, stellt sie ernst klar. »Lass uns die Sache vergessen. Überlassen wir Theo und Simon das Zicken. Männer sind die besseren Diven.«

Ich muss ihr recht geben. Und ihr beinahe gestehen, dass ich mir eigentlich noch viel von ihr abschauen will. Auch, so cool in Unterwäsche an einer Wand zu lehnen und wegzureden, dass man vorhin mit ziemlich arrogant klingenden Ratschlägen um sich geworfen hat. Ich bringe mein betrunkenes Ich aber dazu, einfach nur »Ciao« zu sagen und Jula kein Bewunderungsgeständnis zu machen.

Als ich durch die Tür verschwinden will, beginnt Nicki so laut zu stöhnen, dass ich das Geräusch kurz für die Feuersirene halte.

»Klingt wie ein Hamster auf Aufputschmittel, oder?«, fragt Jula, und ich muss herzhaft lachen, was unheimlich gut tut.

Ich verlasse Alex' Wohnung ohne zu grollen, mich zu ärgern oder wütend zu sein – nur betrunken und etwas zu berauscht von dem Brennen an meinem Hintern und an meiner …

Jula ist eine Besserwisserin mit einem ziemlich großen Ego, aber mir wird einmal mehr bewusst, dass ich gut mit schwierigen Charakteren kann.

Wenn wir das Thema Theo zwischen uns ausklammern, könnten wir sogar Freundinnen werden. Ich mag Doktor Barbie, obwohl sie mir sagt, dass an der Steckdose Lecken blöd ist. Ich lecke eben gerne daran und ich denke, sie kommt damit klar. Zumindest weiß sie jetzt, dass ich kein devotes Mäuschen bin und meine Meinung sagen kann. Vielleicht habe ich ihre Sorgen, Theo könnte eine Nummer zu dominant für mich sein, damit zerstreut.

Ich laufe durch den Stadtpark und ziehe mein Handy aus der Tasche, weil mir danach ist, jemandem zu schreiben, den ich heute vermisst habe, obwohl mich diese Nacht irgendwie reizüberflutet hat. Auf ihn sauer zu sein, fühlt sich falsch an, vor allem jetzt, da ich quasi hinter seinem Rücken auf die Party seines besten Freundes gegangen bin und mit seinem ›Erzfeind‹ geschlafen habe. Ich denke, wir sind jetzt mehr als quitt. Wahrscheinlich darf er sogar sauer auf mich sein. Der Gedanke bringt mich zum Schmunzeln und mein betrunkenes Hirn schickt Signale an meine Finger, die Simon ein paar dämliche Zeilen tippen.

Hey. Ich denke ich habe etwas getan, für das du mich vielleicht übers Knie legen möchtest. Und deine Ex-Freundin stöhnt wie ein Hamster auf Aufputschmittel. Du fehlst mir. Ich will endlich mit dir schlafen. Ich hab dich lieb …

Ich grinse mein Handy an und drücke auf senden.

Mein Hintern brennt, ich fühle mich wundgevögelt und der Wodka tanzt schon die längste Zeit Lambada in meinem Kopf.

Viel mehr Nächte sollten so enden.

Selbstreflektion und Karamell-Latte

Ich wache auf und habe Kopfschmerzen. Nicht so schlimm wie gestern Nacht, aber ich tue mir leid genug, um mir vorzunehmen, den ganzen Tag auf dem Sofa zu verbringen. Filmriss habe ich keinen, mir fällt nur auf, dass ich betrunkener war, als ich mich gefühlt habe.

Nach einer so ereignisreichen, verrückten Nacht, kommt einem am nächsten Tag vieles anders vor. Vielleicht liegt es am Sonnenlicht, dass Sätze wie ›Ich hab dich so lieb, wir sollten im Sommer gemeinsam nach Amsterdam zum Kiffen fahren‹, am nächsten Morgen weitaus dämlicher klingen, als noch in der Nacht davor. Diesmal habe ich aber keinen Kiff-Urlaub mit einer Freundin geplant, sondern mich von zwei Männern vögeln lassen. Ich bin froh darüber, dass auf Alex' Partys das ungeschriebene Gesetz herrscht, mit niemand Außenstehendem über unsere Abenteuer zu sprechen.

Auf dem Sofa zu liegen und abzuwägen, wie pervers oder normal man ist, fühlt sich komisch an. Das letzte Mal, als ich mich so partout nicht entscheiden konnte, wie ich ticke, war, als ich ›The Notebook‹ gesehen habe und nicht zu heulen aufhören konnte, obwohl ich den Film zum Kotzen kitschig fand. So ähnlich verhält es sich mit meinem Zwiespalt heute.

Ich liege auf dem Sofa, die Sonne scheint zum Fenster rein und beleuchtet nicht nur das Chaos in meiner Wohnung, sondern in erster Linie das in meinen Gefühlen. Mir ist irgendwie danach, eine Pro- und Kontra-Liste zu machen, vielleicht auch, weil gerade *Gilmore Girls* läuft, und ich mich schon immer mit Rory identifizieren konnte. Jeder will eine Lorelai sein, aber ich zerdenke Dinge manchmal gerne.

Pro: Gestern Nacht war elektrisierend aufregend.

Kontra: Das empfinde ich vielleicht nur so, weil ich neuerdings sexsüchtig bin.

Pro: Ich wollte schon immer mal eines von den ›bösen Mädchen‹ sein.

Kontra: Ich bin in Wirklichkeit kein böses Mädchen.

Diese Selbstreflektion war einfach, die nächste wird schwerer.

Pro: Theo ist hübsch, klug, hat Humor, einen Wahnsinnskörper und er hat gesagt, wir passen zusammen.

Kontra: Die Sache mit dem Würgen.

Kontra: Julas seltsamer Einwand.

Kontra: Alex' seltsame Rechtfertigungsversuche.

Kontra: Wenn ich mich wirklich ernsthaft verliebe, und das jemand mitbekommt, fliege ich raus.

Ich beiße in mein Kissen, weil mir klar wird, dass ich bei Alex noch nicht rausfliegen will. Wenn ich mit sechzig zurück auf mein Leben blicke, an meine Studienzeit denke und nur Erinnerungen daran habe, wie mich der Staub in der Bibliothek niesen lässt, muss ich wahrscheinlich loslaufen und mir als alte Oma ein Tattoo stechen lassen, damit ich vergessen kann, dass ich mein Leben verschlafen habe.

Ich will kein Tattoo. Ich will zufrieden schmunzeln und meiner Enkeltochter erzählen, dass ich auf die exklusiven Sex-Partys des Mannes gegangen bin, der heute Selina Gomez' dritter Ehemann ist. Ich werde eine grenzenlos coole, abartig merkwürde Großmutter sein – genau das will ich.

So motivierend und bestätigend mein Gedankengang für meine Gefühle auch ist, ich setze gerade auf gewisse Weise voraus, dass Theo auch auf mich steht. Irgendwie tue ich so, als würde ich mich gedanklich darauf vorbereiten, ihm zu sagen, dass ich mich noch ausleben möchte, bevor wir uns unsterblich ineinander verlieben und eine monogame Beziehung führen. Hatte ich erwähnt, dass ich nicht naiv bin? Aber man wird sich die Realität doch noch grinsfreundlich zurechtbiegen dürfen.

Ich erinnere mich, dass er gesagt hat ›Wir passen zusammen‹. Das reicht mir vorerst für meine Tagträume. Mehr Platz will ich dem Verliebt-Sein im Moment gar nicht einräumen. Was ich sehr wohl will, ist noch öfter morgens aufwachen und mich vor der Sonne dafür schämen, was ich im Schutz der Nacht getrieben habe.

Ich grinse und bringe mein Smartphone zum Leuchten, weil ich wissen möchte, wie spät es ist. Das lässt merkwürdige Bilder vor meinem geistigen Auge aufblitzen.

Von mir, wie ich tippe …

Es ist mir plötzlich egal, was die Uhr anzeigt. Anscheinend habe ich bis gerade eben etwas verdrängt, was noch peinlicher ist, als die Tatsache, dass ich gestern bei Theos Haus vorbeigelaufen bin, um seinen Nachnamen herauszufinden. Extrem dämlicher Einfall, zumal niemand natürlich Vor- und Nachnamen an die Klingel schreibt, und ich hinterher genauso schlau war wie vorher. Noch dämlicher war allerdings, jemandem angetrunken eine WhatsApp-Nachricht zu schreiben, dem man eine Woche lang die kalte Schulter gezeigt hat.

Ich versuche mir einzureden, dass ich mich bestimmt falsch erinnere und mein Text nicht annähernd so idiotisch war, wie ich vermute. Als ich den Chat mit Simon öffne und die Worte überfliege, beiße ich wieder in mein Kissen. *Scheiße.*

Doch so schlimm.

Da steht ›Du fehlst mir‹. Als wäre das nicht schon der Gipfel der Peinlichkeit, habe ich auch noch geschrieben, dass ich mit ihm schlafen möchte. Für den Fall, dass Simon mich dann noch immer nicht für eine gestörte Klette hält, die sich in sein Leben drängt, steht dann auch noch ›Deine Ex-Freundin stöhnt wie ein Hamster auf Aufputschmittel‹ da.

Unglaublich sympathisch, geistreich und überhaupt nicht verzweifelt, Lena!

Ich hätte mich nur noch mehr blamieren können, wenn ich geschrieben hätte, dass ich ihn lieb habe ... okay, nein, steht auch dort, ganz am Ende, mit drei Pünktchen, die Raum für Interpretation lassen.

Ich möchte sterben! Vielleicht esse ich die drei Tage alte Lasagne am Küchentresen und verende einfach!

Wieso schreibe ich sowas?! Ich erinnere mich daran, dass ich sogar noch auf mein Handy gegrinst und mich über meinen Mut gefreut habe. Das war der Wodka. Und der Rausch der ganzen Nacht.

Vor meinem geistigen Auge braut sich ein Szenario zusammen, das die Situation noch unangenehmer macht. Simon sitzt nachts an seinem Schreibtisch und zeichnet irgendwelche Skizzen für die Uni. Er hat Zahlen und Berechnungen im Kopf und sieht sich vielleicht nebenher *Breaking Bad* an. Dann vibriert sein Handy und diese vollkommen verrückte Kuh schreibt ihm Dinge, die ihm nur dann keine Angst machen würden, wenn wir seit Jahren die dicksten und engsten Freunde wären. Das stimmt nicht. Ja, wir kennen uns und ja, ich bin das Mädchen von nebenan, aber ich habe in Wirklichkeit keine Ahnung von seinem Leben, seinen Gefühlen oder seiner Beziehung zu dem stöhnenden Hamster.

Ich springe von der Couch auf und gebe dem schambedingten Bewegungsdrang nach. Was soll ich machen? Er hat die Nachricht gelesen, aber nicht geantwortet. Natürlich nicht! Was sollte er denn auch schreiben?

›Ich hab dich auch lieb, Schnapsdrossel. Vögel dich später.‹

Es hat keinen Sinn. Ich habe das Bedürfnis, mich sofort zu erklären und das Ganze aus der Welt zu schaffen, weil die Sache von Minute zu Minute peinlicher wird, wenn ich nichts tue.

Ich rufe Simon an. Es klingelt und ich laufe ziellos in meinem Chaos herum. Irgendwie komme ich viel zu schnell in die Mailbox, also rufe ich nochmal an, für den Fall, dass er einfach nur mehr Zeit braucht, um sein Handy zu finden. Als ich wieder in die Mailbox komme, drücke ich den Anruf schnell weg und schlage meinen Kopf gegen die Wand.

Was zur Hölle mache ich denn hier?! Jetzt rufe ich ihn auch noch zwanzig Mal an, damit er sich möglichst verfolgt fühlt?! Herrgott, jede Stalkerin ist unaufdringlicher als ich!

Ich will meine Mama anrufen und fragen, ob ich schon als Kind so sozial inkompetenten Schwachsinn abgezogen habe, aber die Antwort lautet wohl nein, weil ich damals noch nicht getrunken habe.

Meine Hand zuckt aufgeregt, als das Handy plötzlich vibriert.

Sorry, ich kann nicht telefonieren, sitze gerade in einer Vorlesung.

Klasse. Simon sitzt in einer Vorlesung und schüttelt den Kopf, weil die Verrückte ihn mit Anrufen bombardiert.

Ich beginne zurückzutippen, muss mir aber wirklich gut überlegen, was ich schreibe.

Entschuldige wegen gestern, ich war …

Ich lösche die Zeilen und beginne neu.

Wie geht's dir?

Wie bescheuert ist diese Frage? Löschen!

Wegen der Nachricht von gestern Nacht … ich war betrunken und …

Nochmal.

Wegen der Nachricht von gestern Nacht … ich hatte einen Schlaganfall

Das glaubt er mir nie.

Wegen der Nachricht von gestern Nacht … jemand hat mir eine Waffe an den Kopf gehalten und gedroht, mich zu erschießen, wenn ich nicht sofort die peinlichsten Zeilen verfasse, die die Welt je gesehen hat!

Während ich den Schwachsinn wieder lösche, schreibt Simon noch eine Nachricht.

Bist du auch an der Uni? Treffen wir uns auf einen Kaffee?

Damit kann ich arbeiten.

Ja. Wann?

Ich lüge, aber die Gelegenheit, mich auch noch persönlich vor ihm zum Deppen zu machen, kann ich mir absolut nicht entgehen lassen. Dann fahre ich eben zur Uni und versuche Simon irgendwie klarzumachen, dass ich demnächst nicht aus Verzweiflung versuchen werde, sein Bein zu rammeln.

Meine Vorlesung dauert noch
eine halbe Stunde.

Okay. Dann sehen wir uns.

Ich springe rasch unter die Dusche und ziehe mich an. Wahrscheinlich muss ich laufen, um nicht zu spät zu kommen, aber Verrückte rennen zum Glück schnell.

Die Mensa ist relativ voll. Ich stelle mich schon mal an, um uns einen Kaffee zu holen. Simon ist noch nicht da, also behalte ich die große Glastür im Auge. Ich bestelle zwei Karamell-Latte, weil er nach der Vorlesung bestimmt einen Zucker-Koffein-Schock gebrauchen kann.

Ihn auf einen Kaffee einzuladen, erscheint mir ein erster Schritt in Richtung Schadensbegrenzung.

»Das macht 9 Euro«, sagt die junge Frau hinter dem Tresen und schiebt mir die Becher hin.

Ich glaube, ich habe mich verhört, aber als ich hoch auf die Tafel mit den Preisen schaue, muss ich schwer schlucken. Ist das eine Mensa oder ein Starbucks?

Jetzt weiß ich wieder, warum ich hier nie Kaffee trinke. Das letzte Mal hat mich Simon eingeladen.

Ich krame in meiner Geldbörse. Ein Fünf-Euro-Schein und mit dem Kleingeld komme ich auf 8,73 Euro. Ob ich die 27 Cent anschreiben lassen kann? Das ist jetzt unheimlich peinlich, zumal sie den Kaffee ja schon gemacht hat.

Ich sehe mich hilfesuchend um. Jetzt wäre ein hervorragender Zeitpunkt für Simon, durch die Tür zu kommen, mich verloren vor dem Tresen stehen zu sehen und mich zu ›retten‹, indem er mir 27 Cent leiht. Märchen schreibt man anders, aber seien wir uns ehrlich, für eine Generation, in der die meisten ihren Partner beim Wischen über Tinder kennenlernen, fällt das 27-Cent-Szenario unter die Kategorie ›romantisch‹.

Simon ist noch nicht hier. Auch sonst niemand, den ich kenne. Alex wäre natürlich klasse, fast so klasse wie Theo. Wobei er sicher nicht glücklich darüber wäre, dass ich mich hier mit Simon treffe. Wie viel Schläge mit der Gerte mir das wohl beschert?

»Wird das heute noch etwas? Oder brauchen Sie Hilfe beim Kleingeld Zählen?«

Dass so ein genervter Idiot hinter mir steht, der ständig mit dem Fuß wippt, ist mir schon aus dem Augenwinkel aufgefallen. Als ich mich umdrehe, um ihn anzufunkeln, erschrecke ich sichtlich. Er beugt sich gerade nach vor und schaut über meine Schulter in meine offene Geldbörse. Eine dunkelrote Haarsträhne fällt Doktor Arrogant dabei ins markante Gesicht.

»Ich sehe Ihr Problem, Frau Relisch. 8,73 Euro und ein winziger Schlüssel, der vermutlich zu Ihrem Tagebuch gehört, bringen Sie hier nicht weiter.«

Mein Blick will böse werden – wirklich – aber ich starre ihn nur an, weil mir auffällt, dass er genau dasselbe Parfum wie Theo benutzt. Er kramt in seiner Hosentasche und ich schaue entschieden zu lange auf seinen Schritt. Er trägt aber auch enge Hosen. Senfgelb steht nicht jedem, ihm schon. Das liegt vielleicht auch an den teuer aussehenden Lederboots und der dazupassenden Umhängetasche, aus der ich eine Dose Red Bull herausleuchten sehe.

»Dankeschön. Stimmt so«, sagt er und legt einen 10 Euro Schein auf den Tresen.

Das Mädchen mit der Schürze nickt dankend, grinst verliebt und lässt das Geld in der Kasse verschwinden.

»Danke, Herr Doktor!«

Das klingt so überschwänglich, als hätte er ihr einen Fünfziger hingelegt. Oder als hätte er ihr einen Zettel mit den Worten ›Ich zahle in Naturalien und es wird Ihnen gefallen‹ rübergeschoben.

»Ihr Kaffee«, sagt Doktor DeLuca und macht unerwartet eine auffordernde Bewegung mit dem Kopf. Ich nehme die beiden Becher und folge ihm weg vom Tresen, weil hinter uns schon eine Schlange entstanden ist.

»Danke. Aber das war nicht notwendig.« Ich will diesen Satz nicht allzu demütig klingen lassen, weil er vor mir steht, als hätte er gerade die Welt gerettet, aber wahrscheinlich steht er immer so da.

»Wenn Sie irgendwann vorhatten, den Kaffee auch zu konsumieren, war es schon notwendig. Oder ging es Ihnen einfach darum, den Tresen zu blockieren? Habe ich sowas wie einen grotesken, stillen Streik sabotiert? Wenn ja, dann entschuldigen Sie bitte. Ich bin für jede Art von Freidenken und Meinungsäußerung offen. Wenn Sie sich demnächst an einen Baum ketten wollen, sagen Sie mir Bescheid. Ich fessle Sie mit dem größten Vergnügen.«

Ähm … ja. Mein Verstand steckt gerade im Buffering-Modus fest. Gott, würde ich jetzt gerne etwas Schlagfertiges erwidern! Da ist aber nur ein Bild in meinen Gedanken von DeLuca und einem Bondage-Seil.

»Entschuldige, ich bin zu spät!«

Simon taucht neben mir auf und lässt seinen Blick von mir auf den Akademiker schweifen. Er schaut Luca nicht länger als zwei Sekunden an, dann konzentriert er sich wieder auf mich und macht etwas, das den Buffering-Modus in einen ›Sie sind im Moment nicht mit dem Internet verbunden‹-Modus verwandelt – er drückt mir einen Kuss auf den Mund.

»Wir sehen uns am Dienstag in meinem Büro. Kommen Sie nicht zu spät«, höre ich meinen Boss sagen, der mich plötzlich nicht mehr kokett angrinst, sondern irgendwie gelangweilt aussieht. Er macht einen Schritt und nimmt mir im Vorbeigehen einen der Becher aus der Hand.

»Hey!«, rufe ich ihm unüberlegt schroff hinterher und beiße mir im nächsten Moment auf die Zunge, weil man seinen Boss nicht so anfauchen sollte. Meiner ist aber ein ziemliches Arschloch, das mich gerne aus der Fassung bringt. Er dreht sich nicht mal mehr um, hebt nur veranschaulichend die Hand mit dem Becher und klingt genauso arrogant wie immer.

»Ich hab ihn doch auch bezahlt.«

Während ich ihm hinterherstarre, fällt mir auf, dass sich ein ganzer Tisch voller Studentinnen kichernd nach ihm umdreht.

»Wer war das?«

Ich sehe zu Simon rüber und realisiere erst jetzt richtig, dass er mich geküsst hat. Machen wir das jetzt so? Uns zur Begrüßung auf den Mund küssen? Oder macht er das nur, wenn er als Balzgehabe gerade nicht tanzen oder sich prügeln möchte?

»Mein Boss«, sage ich schulterzuckend, so, als würde ich wissen, dass es seltsam klingt. »Er hat mit sechsundzwanzig seinen Doktor gemacht und arbeitet jetzt in der Wirtschaftsrecht-Fakultät.«

Gott, hat das gerade seltsam aus meinem Mund geklungen! So, als würde ich mit DeLuca angeben.

»Und er ist ein ziemlich karrieregeiles Arschloch«, füge ich hinzu. »Und er hält sich anscheinend für witzig und gutaussehend. Dabei ist er …« Scheiße! Mir fällt nicht ein, wie ich diesen Satz beenden will! Schnell! Wie relativiere ich witzig und gutaussehend?! »…total blöd und irgendwie blass.«

Echt jetzt, Lena? Er ist ›total blöd‹ und ›irgendwie blass‹?

Ich hätte Simon auch sagen können, dass DeLuca total bescheuert ist, weil er gut riecht und sich klasse anzieht.

»Wäre der Kaffee für mich gewesen?«, will er wissen und legt den Kopf fragend schief. Ich reiche ihm meinen und zucke entschuldigend mit den Schultern.

»Karamell-Latte«, sage ich, aber er nimmt den Becher nicht an.

»Schon gut. Ich habe eine Laktose-Intoleranz. Ich hätte ihn sowieso nicht trinken können.«

Er macht eine auffordernde Kopfbewegung, ähnlich wie DeLuca vorhin, nur sieht Simon dabei nicht arrogant, sondern freundlich aus. Wir gehen an einen freien Tisch und mir fällt auf, dass er es nicht nötig hat, sich wie ein Katalog-Model anzuziehen. Er sieht auch in Jeans und schwarzem Shirt gut aus. Seine Tasche ist nicht aus Leder, aber ich weiß, dass er darin mit ziemlicher Sicherheit Sportklamotten und seine Trainer-Pfeife verstaut – was seinen ganz eigenen Reiz hat.

»Ich wusste nicht, dass du heute an der Uni bist, sonst hätte ich mich schon früher bei dir gemeldet«, sagt er und holt eine Flasche Wasser aus der Tasche.

»Ähm … ja. Ich hatte relativ früh eine Vorlesung.«

Ihm zu gestehen, dass ich extra hierhergelaufen bin, um mit ihm zu reden, ist kontraproduktiv für meinen Plan.

Simon lehnt sich in den Sessel und schmunzelt kurz, was irgendwie aufgesetzt wirkt. Das ist nicht das Engelslächeln.

»Dann hattest du wohl wenig Schlaf«, reimt er sich zusammen und ich weiß natürlich, worauf er anspielt.

»Wenn jemand es mal schafft, die Tastatur auf dem Handy mit einem Alkohollimit zu koppeln, wird er reicher als Mark Zuckerberg«, scherze ich, weil ich Unsicherheit gerne mit unpassenden Witzen überspiele. Simon lacht tatsächlich, wofür ich ihm dankbar bin, weil er die Stimmung nicht seltsam werden lässt.

»Keine Angst. Es ist normal, betrunken Nachrichten zu verschicken, die man nüchtern nicht schreiben würde.«

»Ach, bekommst du öfter so peinliche Zeilen?«

Er zuckt mit den Schultern und schüttelt im nächsten Moment den Kopf, weil er niemand ist, der sich mit Frauengeschichten rühmt.

Ich hatte tatsächlich vergessen, wie besonders Simon ist und dass er trotz allen Dingen, die ich in letzter Zeit über ihn erfahren habe, der höfliche, nette Junge bleibt, dem egal ist, wie unglaublich gutaussehend er geworden ist.

»Hattest du gestern Spaß?«, will er wissen und ich seufze leise.

»Es war nicht geplant, dass ich zu Alex gehe. Eigentlich hat er mich gar nicht eingeladen.«

»Ich weiß.« Simon spielt mit dem Schraubverschluss seiner Wasserflasche, während er etwas zugibt, das er sichtlich gerne für sich behalten würde. »Ich hab ihn darum gebeten, dir diese Woche nicht zu schreiben.«

Er erzählt mir nichts Neues. Diese Info habe ich schon Alex' und Theos Gespräch an der Haustür entnommen.

»Alex hat Angst, dass du sauer auf ihn bist«, verrate ich und bin neugierig auf seine Reaktion. Er schmunzelt müde.

»Ich hab schon mit ihm gesprochen.«

Das klingt, als wüsste Simon bereits wieder mal viel mehr als ich.

»Und ich bin nicht sauer. Es geht mich ja eigentlich nichts an.«

»Das stimmt …« Wieso sage ich das? Er sieht mich mit gesenktem Kopf an. Eigentlich wollte ich ihm keine Vorwürfe machen, aber …

»Du bist in einen seltsamen, verruchten Teil meines Lebens geplatzt, Lena. Und das wollte ich eigentlich nicht.«

Ich starre ihn an und weiß nicht, ob ich sauer sein oder mich geschmeichelt fühlen soll. Sein Tonfall ist irgendwie kälter geworden. »Dieses Sex-ohne-Gefühle-Ding, ist nichts für jeden. Und das ist gut so.«

»Hältst du mich noch immer für zu unschuldig für Alex' Partys? Echt jetzt? Nach allem, was …«

»Du hast mit Theo geschlafen«, unterbricht er mich und klingt ungewohnt tonlos.

»Und mit Alex«, reibe ich ihm unter die Nase, aber Simon nickt nur, weil er das natürlich bereits von seinem besten Freund gehört hat.

»Was muss ich noch alles tun, damit du mich nicht mehr für ein Mauerblümchen hältst, das du von deinem Doppelleben fernhalten musst? Willst du einen Dreier machen, mit mir und deiner Volleyball-Barbie?«

Er sieht mich an, als hätte ich ihm irgendeine Gemeinheit an den Kopf geworfen. Ich bin zwar etwas lauter geworden, aber mein Angebot müsste ihm eigentlich gefallen. Tut es aber nicht.

»Nicki und ich haben keinen Sex mehr«, erklärt er und richtet den Blick wieder auf den Schraubverschluss seiner Wasserflasche. »Wenn sie bei Alex ist, bin ich nicht dort und umgekehrt.«

»Ihr versteht euch aber noch großartig dafür, dass da nichts mehr läuft. Schön.« Wow, kann ich vorwurfsvoll klingen. Die Erinnerung an die Szene in der Sporthalle ist mir aber noch immer zuwider.

»Wir sind noch befreundet – größtenteils wegen des Sports.«

Größtenteils. Was für ein schönes Wort! Als nächstes sagst du ›Ich liebe sie auch nur noch größtenteils‹.

»Wieso schmeißt Alex sie nicht raus? Du willst sie doch ganz offensichtlich nicht auf den Partys haben.«

Simon seufzt. Ich hätte wirklich gerne, dass Alex Nicki rauschmeißt. Was muss ich dafür tun?

»Das Ganze ist etwas kompliziert. Nicki, Alex und Theo kennen sich schon ziemlich lange. Sie waren im gleichen Internat.«

Jetzt bin ich platt! Das haben Theo und Alex aber ausgelassen, als sie von ihrem Porno-Internat erzählt haben! Plötzlich ändern sich zwei meiner Erinnerungen von schön und vergnüglich zu eifersuchterregend beschissen! Alex, der von seinem ersten Dreier in der Mädchenumkleide der Schule erzählt hat. Dass Theo seine Finger im Spiel hatte, habe ich ihm gedanklich schon lange unterstellt. Nur wird das Mädchen plötzlich zu Nicki.

Außerdem kommt mir Theos Satz von gestern ganz anders vor. Nicki ist mittlerweile unspannend für ihn. Kein Wunder, schließlich hat er sie schon damals zwischen Bio und Mathe gevögelt!

»Ich habe Alex eigentlich auch über Nicki kennengelernt. Damals fing die Sache mit den Partys gerade an und Nicki wollte mich unbedingt dabeihaben. Im Grunde war das Ganze ihre Idee.«

Das Leben sollte eine Stopp-Taste haben. Und noch viel wichtiger, eine Rückspul-Taste! Ich will das Gehörte unbedingt wieder ungehört machen.

»Das heißt, es sind eigentlich Nicki-Partys …«, spreche ich etwas aus, das mir Kopfschmerzen bereitet.

Simon schüttelt den Kopf. »Nein. Es ist Alex' Wohnung, seine Gäste und er bestimmt, wer eingeladen wird oder fliegt. Nicki ist genau wie Theo nur Gast. Aber das ändert nichts daran, dass sie sich schon lange kennen und befreundet sind. Alex würde sie nicht rauschmeißen, genauso wenig, wie er Theo rausschmeißen würde …«

Ich höre heraus, dass er sich für Theo entscheiden würde, wenn Simon sich jemanden aussuchen dürfte, der fliegt. Ich nicht.

»Ich war mit Nicki ungefähr ein Semester lang zusammen. Das Ganze war mehr oder weniger eine einzige Katastrophe.«

»Wegen der Partys?«

Er nickt.

»Ja. Sie hat von Anfang an klargestellt, dass sie eine offene Beziehung will. Sie wollte weiter zu Alex gehen und ich war einverstanden. Im ersten Moment hört es sich großartig an, eine Freundin zu haben, die einem gerne zusieht, wenn man andere Mädchen vögelt.«

Ich nicke, weil sich das wirklich nach einem wahr gewordenen Männertraum anhört. Simon schüttelt den Kopf.

»Wenn du dich in jemanden verliebst, willst du denjenigen irgendwann nicht mehr teilen, egal für wie abgebrüht du dich selbst hältst.«

Er seufzt und erzählt weiter, obwohl er sich sichtlich nicht erinnern will. »Ich bin mal ausgetickt …«

Ich hänge Simon an den Lippen, während er verstohlen von mir zu dem Schraubverschluss am Tisch schaut. »Ich hatte einfach zu viel getrunken und sie hat den ganzen Abend mit einem

Austauschstudenten rumgemacht, mit dem sie dann auch in eines der Schlafzimmer gegangen ist.«

Er klingt schuldbewusst. »Ich bin normalerweis niemand, der ausrastet, aber ich habe viel zu lange so getan, als ob mir das alles nichts ausmachen würde, und dann …«

Simon macht eine lange Pause.

»Dann?«, will ich wissen und er zuckt mit den Schultern.

»Dann mussten mich Alex und Theo von dem Idioten runterreißen, weil ich ihn sonst zurück nach Spanien geprügelt hätte.«

»Wow!«, sage ich überrascht. Simon zieht eine Augenbraue nach oben und sieht mich fragen an.

»Was?«

»Ich hätte nie gedacht, dass du dich schon mal geprügelt hast.«

»Du hättest auch nie gedacht, dass ich auf Sex-Partys gehe.«

»Das stimmt.«

Er grinst, nicht sein Engelsgrinsen, sondern das von der anderen Seite.

»Nach meinem Ausraster hat Alex mich rausgeschmissen«, erzählt er die Geschichte weiter.

»Wirklich? Aber du und Alex, ihr seid doch …«

»Sicher«, unterbricht er mich und seufzt. »Seit wir uns kennen, sind wir sowas wie beste Freunde, aber es ging damals nicht anders. Die Regel war notwendig.«

»Welche Regel?«

Er wiederholt etwas, das er mir gesagt hat, als ich zum ersten Mal mit ihm vor Alex' Wohnung gestanden habe.

»Wer sich verliebt, fliegt.«

Ich nicke mechanisch und sehe zu, wie er den Flaschenverschluss zwischen den Fingern dreht.

»Also seid du und Nicki quasi der Ursprung dieser Regel.«

Er beißt sich auf die Unterlippe. »Ja, aber es macht für alle Sinn. Niemand kann jemanden lieben und ihn teilen. Das führt nur zu Chaos und Stress und im Grunde ist das alles doch nur ein Spiel, das Spaß machen soll.«

Es folgt ein Blick von Simon, den ich das letzte Mal gesehen habe, als er mich an seinen Schreibtisch gefesselt hatte. Ja, wahrscheinlich ist das alles nur ein Spiel und es macht uns beiden Spaß.

»Ich gehe jetzt ungefähr seit einem Jahr wieder zu Alex, damals haben Nicki und ich Schluss gemacht. Der Deal war aber, dass wir nicht mehr zusammen hingehen. Das ist für alle am besten.«

»Klar.« Es ist mir wirklich klar, aber gut finde ich es nicht, dass ich manchmal auf Simon verzichten muss, nur weil Nicki ihn während ihrer Beziehung wie Dreck behandelt hat.

»Aber du kannst natürlich zu Alex gehen, wann immer du willst. Egal ob Nicki dort ist oder ich.«

»Also kapitulierst du?«, will ich wissen und zaubere damit einen fragenden Ausdruck auf Simons Gesicht. Ich schmunzle.

»Behandelst du mich ab jetzt wie jedes andere Mädchen bei Alex? Nimmst du keine Rücksicht mehr auf mich, weil du glaubst, dass ich vor deiner geheimen, verdorbenen Welt beschützt werden muss?«

Sein Blick bleibt ein paar Sekunden fragend, dann schließt er kurz die Augen und grinst. Als er sie wieder aufschlägt, sieht er mich eindringlich an.

»Willst du das denn, Lena?«

Ich nicke.

»Ja. Lass mich ein wenig Spaß mit euch haben.«

Simon kickt den Schraubverschluss mit den Fingern zu mir. Ich fange ihn auf und sehe meinen Unschuldsengel süffisant grinsen.

»Na gut. Dann gibt es ab jetzt kein Schonprogramm mehr für dich.«

Seine Stimme klingt rau und er sieht mich erwartungsvoll an.

»Und was heißt das?«, will ich wissen und bekomme eine Antwort, die meine Fantasie mit lustvollen Bildern spickt.

»Das heißt, dass Alex dich heute noch zu einem kleinen Spontanurlaub mit uns einladen wird. Ich hoffe, du kommst. Du schuldest mir noch einmal kommen …«

Ja, das schulde ich dir Simon. Und es wird großartig!

Vampir auf Koffein

Ich wippe auf dem Drehstuhl umher und überfliege die Kursliste für ›Arbeitsrecht 101‹, weil er will, dass ich sie nochmal kontrolliere. Sechzig Studenten in einem Hörsaal, der eigentlich nur für fünfzig ausgelegt ist. Das könnte kuschelig werden.

»A prey she was for the cruelty of love …«

Wenn ich die Studenten auf der Warteliste hinzuziehe, könnte man zwei Kurse vollbekommen, aber ich bin mir nicht sicher, ob er aus bloßer Gutherzigkeit zwei Kurse geben würde, solange er nur für einen bezahlt wird. Wohl eher nicht.

»I did it all just for her, I did it all just for her …«

Eigentlich ist er an dem Platz-Problem selbst schuld. Schließlich hat er die sechzig Kursplätze online freigeschalten. Ich weiß nicht, ob ihn die Bedienung des Uni-Online-Portals überfordert oder ob er einfach darauf steht, wenn ein paar Studenten auf den Schößen von anderen herumrutschen, während er seine Vorträge hält.

»And love's heart is death, for me and my poison girl …«

Ich sehe über die Liste hinweg auf die gegenüberliegende Seite des Schreibtisches, dort, wo Doktor DeLuca schon die ganze Zeit glaubt, er müsse HIM beim Singen von ›*Poison Girl*‹ begleiten. Muss er nicht. *Ville Vallo* schafft das ganz alleine, und würde er den jungen Akademiker gerade hören, würde ihm definitiv Blut aus den Gothic-Ohren laufen.

DeLuca singt, wie ich Finnisch spreche: falsch!

Er tippt mit den Fingern seiner linken Hand im Rhythmus auf die Tischplatte, während er mit der anderen die Maus bedient und auf den Monitor blickt. Viele Leute singen beim Arbeiten vor sich hin, aber die sitzen dabei alleine in ihrem Büro, zumindest, wenn sie das Gesangskelchen eines brunftigen Elchs besitzen.

Ich kann mir das Schmunzeln nicht verkneifen. Irgendwie ist er witzig. Die ernste Miene steht ihm – wobei ich ihn noch nicht wirklich anders kucken gesehen habe.

DeLuca hat dieses aristokratische Gesicht, so wie Brad Pitt, als er *›Interview mit einem Vampir‹* gespielt hat. Die dunkelroten Haare sind gerade so lange, dass er sie zusammenbinden kann. Er trägt immer dasselbe weiße, an den Ärmeln hochgekrempelte Hemd. Also nicht genau dasselbe. Ich gehe davon aus, dass sein Schrank voller weißer Hemden ist. Oder er wäscht es jeden Tag. Wobei ich nicht glaube, dass er die Waschmaschine selbst bedient, wenn er schon mit dem Uni-Online-Portal überfordert ist. Wahrscheinlich hat er eine Frau oder eine Freundin – ich kenne seinen Beziehungsstatus nicht.

Das ist mein vierter Arbeitstag als seine Assistentin. Gesprächig ist er nicht gerade. Dafür singt er ständig seine Playlist mit. Alles Rock-Metall-Romantik-Gothic-Zeug. Er könnte aber auch *Ville Vallos* Bruder sein. Allerdings ist er ein abartig unmusikalischer Vampir.

Der Job gefällt mir soweit. Ich kann dem jungen Doktor bei den organisatorischen Aufgaben helfen, mit denen er überfordert ist, weil das Eintragen in die Hörsaalliste schlichtweg zu einfach für ihn wäre. DeLuca kann über die Subsumtion als Instrument der juristischen Interpretation diskutieren, vergisst aber, dass er seinen Namen in ein Feld schreiben muss, um einen Raum für seinen Kurs freizuhalten. Typischer Fall von Fach-Idiot. Er kennt an die zweihundert Paragraphen auswendig, dass Dosen nicht in den Papiermüll gehören, kann er sich aber nicht merken.

Er ist übrigens definitiv süchtig nach Red Bull. In den drei Stunden, in denen ich heute schon hier bin, hat er drei Dosen in die Karaffe geleert. Er verdünnt das Zeug zwar mit Wasser, dass er aber noch nicht wie eine blutdurstige, aufgekratzte Mücke im Kreis fliegt, wundert mich trotzdem.

»Wollen Sie ein Foto von mir für ihr Poesie-Album machen oder warum starren Sie mich so an, Frau Relisch?«

Ach stimmt ja, ich vergesse ständig, dass du ein Kotzbrocken bist!

»Entschuldigen Sie. Ich habe Sie kurz für einen skandinavischen Rocker gehalten. Ihnen fehlt allerdings der Lidstrich. Und die Stimme.«

Er sieht mich hoheitsvoll an, aber obwohl wir erst so kurz zusammenarbeiten, weiß ich, dass er mit meinem Humor umgehen kann. DeLuca nimmt mich auch des Öfteren auf den Arm, er kann ein paar dumme Sprüche verkraften.

»Weckt mein Gesang bei Ihnen nicht das Bedürfnis, mir Ihre Unterwäsche über den Schreibtisch zuzuwerfen?«

Ja, ab und an kommt so ein Spruch von ihm. Er grinst dabei aber nicht kokett oder zwinkert mir zu, sondern starrt mit emotionsloser Miene weiter auf seinen Monitor. Ich fühle mich verarscht, weil es den Anschein erweckt, dass er gar kein wirkliches Interesse an meiner Unterwäsche hat, sondern nur sarkastisch sein will. Klingt das schräg? Ist es wahrscheinlich auch. Ich bin in letzter Zeit aber auch ziemlich verwöhnt worden, was schöne Männer und wollüstige Blicke angeht. Eigentlich müsste ich zufrieden vor mich hin grinsen, aber ich passe meine Miene meinem emotionslosen Vampir-Boss an, der selbstbewusst genug ist, um einfach weiter vor sich hin zu singen.

Imponiert mir diese Scheiß-Drauf-Einstellung? Ein klein wenig …

Ist er trotzdem ein Kotzbrocken? Sicher!

Mein Handy vibriert und ich sehe den WhatsApp-Chat aufleuchten. Eigentlich will ich es ignorieren, aber da steht Alex' Name, und ich warte schon seit Tagen auf eine Nachricht von ihm.

Hey Hübsche. Morgen geht es
los! 11:00 Uhr. Nimm nicht zu
viel zum Anziehen mit. ;)

Ich grinse in mein Handy. Auf dieses Wochenende freue ich mich schon gefühlte zwei Jahre. In Wirklichkeit ist es nicht mal eine Woche her, seit Alex mich eingeladen hat, mit ihm ein paar Tage, und ich zitiere: ›im alpinen Sex-Himmel‹ zu verbringen. Dass ich es kaum erwarten kann, liegt daran, dass ich das letzte Mal auf Alex' Party von Theo ›glücklich‹ gemacht wurde. Das ist jetzt geschätzte fünf Jahre her. Zumindest rechnet mir das meine Libido so vor.

Ich weiß, dass Simon auch kommt und dass es wohl auf irgendeine Hütte in die Berge geht. Ob wir nur zu dritt sind, haben mir die beiden nicht verraten.

Es macht ihnen Spaß, mich im Ungewissen zu lassen und ich bin auch irgendwie dankbar für die vielen Tagträume, die sie mir damit beschert haben.

Selbst wenn nur Alex, Simon und ich das Wochenende zusammen verbringen, wird es großartig, unvergesslich und atemberaubend werden.

In meinen Gedanken hatte ich schon mindestens zehn Dreier mit den beiden. In jedem war ich überfordert mit Stellungen, Positionswechsel und fairem Betatschen. Zum Glück arbeite ich in der Realität mit Profis zusammen. Die beiden hatten bestimmt schon Dreier, Vierer und alles, was sie zu organisatorischen Genies im Bett gemacht hat.

Ich will zurücktippen, dass ich mich freue, aber ich komme nicht dazu.

»Wenn es Sie nicht zu sehr von Ihren privaten Nachrichten ablenkt, die mit Sicherheit um so vieles spannender sind, als alles, was in unserem langweiligen, eintönigen Arbeitsumfeld passiert, hätten Sie dann die Güte, mir einen Kaffee zu holen?«

DeLuca holt Luft, weil der Sarkasmus seinen Satz doch sehr lang hat werden lassen. Er schiebt mir einen Zehn-Euro-Schein über den Tisch.

»Groß, schwarz, mit Zucker«, sagt er und schaut mich kurz mit gesenktem Kopf an, ohne dabei bittend auszusehen.

Ich schnappe mir das Geld und stehe auf. Es tut gut, sich zu bewegen, nachdem man stundenlang gesessen hat. Ich nutze den Weg in die Mensa, um Alex zurückzuschreiben.

Verrätst du mir, auf wen ich
mich freuen darf?

Vielleicht bekomme ich doch noch Informationen zur Gästeliste. Als ich mich in der Reihe zum Bestellen vor dem Tresen anstelle, schreibt Alex zurück.

Du und vier Männer. Ich hoffe, du schaffst das, Baby. ;)

Ich muss schlucken und beginne, mein Gewicht nervös von einem aufs andere Bein zu verlagern. Es sieht wahrscheinlich für alle um mich herum so aus, als müsste ich aufs Klo, aber meine Libido und ich diskutieren gerade etwas Wichtiges aus.

Ist das Alex' Ernst? Oder nimmt er mich auf den Arm? Ich sehe ihn förmlich vor meinem geistigen Auge mit diesem Grinsen auf den Lippen, das er immer zum Besten gibt, wenn er mit Behauptungen um sich wirft, deren Wahrheitsgehalt ich nicht einschätzen kann. Er hat mich auch so angesehen, als er mir gesagt hat, dass er Simon mal in einem leeren Hörsaal gevögelt hat. Ich weiß bis heute nicht, ob das stimmt.

Gedanklich war ich schon mit zwei Männern überfordert! Vier? Was macht man nur mit all den Händen und all den …

»Lena?«

Ich brauche mich eigentlich nicht umzudrehen, um zu wissen, wer sich da gerade hinter mich in die Schlange gestellt hat. Seine Stimme klingt noch immer vertraut in meinen Ohren, auch wenn der leicht euphorische Tonfall schon lange nicht mehr in Verbindung mit meinem Namen gefallen ist. Max hat am Ende nur so freudig geklungen, wenn er zugesehen hat, wie sich Koreaner gegenseitig mit Monstern am PC abgeschlachtet und das dann Sport genannt haben.

»Hi.«

Ich drehe mich um und weiß absolut nicht, wie ich reagieren soll, zumal ich noch das Bild von vier Penissen und einer Vagina im Kopf habe. Max grinst und umarmt mich – unbeholfen, auch weil er auffällig lange für diese Entscheidung gebraucht hat. Wir lassen uns wieder los und watscheln dezent desorientiert auf der Stelle wie zwei unsichere Pinguine.

»Wie geht's dir? Schon lange nicht gesehen!«, meint er mit etwas zu hoher, angestrengter Stimme.

Echt jetzt? Smalltalk? Na gut, eigentlich keine schlechte Idee.

»Gut! Wie geht's dir?«

Wirklich seltsam, wie sich Menschen manchmal verhalten. Mein letzter Satz vor etwa vier Monaten hat: ›Erstick doch an deinem scheiß Controller oder steck ihn dir in den Arsch‹, gelautet. Jetzt stehe ich hier und werfe mit höflichen Floskeln um mich.

Max sieht wie immer aus. Obwohl, nein, das tut er nicht. Er sieht aus, wie ich ihn vor zwei Jahren kennengelernt habe: Gel in den brünetten Haaren, frisch rasiert und in einem durchgestylten Jeans-Sommerhemd-Look. Gegen Ende unserer Beziehung hat er nur noch Jogginghose getragen und ständig meine Zahnbürste benutzt. Was ich ihm kaum vorwerfen kann, weil die Jogginghose quasi unsere Beziehungs-Uniform war.

Jetzt ist er wieder dieser Mädchen-Schwarm. Ich habe regelrecht vergessen, wie hübsch er ist. Was ich aber nicht vergessen habe, ist, dass es keineswegs der Beziehungsalltags-Trott war, der unserer Liebe den Todesstoß versetzt hat. Das hatte etwas mit einer Vögelei im Computerraum der Uni zu tun. Und ich war nicht die weibliche Hauptrolle!

Als er auf meine höfliche Floskel antwortet, klingt seine Stimme wieder normal tief und melodisch. Anscheinend reißen wir uns jetzt zusammen.

»Danke, mir geht's gut. Viel zu tun, aber wem erzähle ich das. Hast du die Strafrecht-Klausur geschafft?«

Max studiert auch Jura. Er ist ein Semester weiter als ich und ein ziemlicher Streber. Wenn er nicht an der Konsole gesessen oder Dozentinnen gebumst hat, hat er gelernt.

»Ja. Im zweiten Anlauf.«

»Klasse, Lena. Ich wusste, dass du das schaffst.«

Können die Kaffeemaschinen bitte schneller brühen? Ich habe keinen Bock auf Kopfstreicheleinheiten von meinem blöden Ex-Freund.

»Wohnst du noch in deiner Wohnung?«, will er – warum auch immer – wissen.

Was für eine eloquente Frage! Ich nicke und mache einen Schritt nach vorne, weil ich endlich bestellen kann. Leider muss ich auf den Kaffee warten. Das heißt, es folgen noch mindestens zwei Minuten, die wir irgendwie über uns ergehen lassen müssen.

Können wir einfach schweigen und das Unbehagen genießerisch inhalieren?

»Es tut mir leid, Lena. Ich weiß nicht, ob ich das jemals gesagt habe«, meint Max und kratzt sich verlegen am Hinterkopf, weil ihm unangenehm ist, was er ausspricht.

Mir auch!

Halt doch bitte einfach die Klappe!

»Schon gut. Kein Ding mehr.« Ich zwinkere und grinse schief. Innerlich tobt ein Feuer in mir, weil ich ihm einfach nur sagen will, dass er ein Idiot ist, und der Sex mit ihm scheiße war. Das würde natürlich viel zu emotional klingen. Ich will abgebrüht rüberkommen, so, als wäre er mir immer egal gewesen. Das gelingt mir anscheinend auch, weil er mich forschend ansieht und wieder mit dem Pinguin-Gezappel anfängt.

»Du hast wieder jemanden«, schlussfolgert er plötzlich.

Echt jetzt? Darüber willst du hier reden?!

»Niemand Festen, aber ja.« Ich will mich eigentlich von ihm weg zum Tresen drehen, aber ich werde gerade kampflustig.

»Bist du noch mit der Rentnerin ... ich meine, der Dozentin zusammen?«

Er seufzt und legt den Kopf schief. So hat er mich immer angesehen, wenn wir gelernt haben und er mir die, für ihn, einfachsten Dinge dreimal erklären musste.

»Ich darf nicht darüber reden. Uni-Statuten«, entgegnet er und zuckt mit den Schultern.

DU darfst nicht darüber reden? Jeder weiß, dass du sie vögelst! ICH darf nicht über die Sex-Partys und die gottgleichen Männer, die mich um den Verstand bringen, reden!

Ich wünsche mir in diesem Moment nichts sehnlicher als Simon, Alex oder Theo, die in die Mensa kommen, mich entdecken und provokativ auf den Mund küssen. Am besten alle drei auf einmal!

Plötzlich weiß ich, was ich mit drei Männern anfangen würde. Fotos machen und sie Max schicken!

Der Kaffee kommt und ich gebe viel zu viel Trinkgeld, weil ich nicht warten will, bis mir die Bedienung rausgibt.

»Mach´s gut, Max.«

Das klingt etwas zu wütend, also drehe ich mich nochmal um und grinse pseudo-freundlich. Er sagt nichts, hebt nur die Hand und starrt mir nach.

Ich fühle mich beschissen. Nicht, weil ich Max zurück will, sondern weil ich ihm nicht unter die Nase reiben konnte, wie großartig mein Leben im Moment ist.

Er soll am Glitzer meiner Fröhlichkeit ersticken!

Mir fällt erst auf, dass ich etwas zu schwungvoll und geladen ins Büro stürme, als DeLuca skeptisch von seinem Bildschirm zu mir aufschaut. Ich stelle ihm den Kaffee auf den Tisch und lege den Fünf-Euro-Schein daneben.

»Der Rest war Trinkgeld«, sage ich schroff und setze mich auf meinen Stuhl.

»Mussten Sie den Kaffee aus einem Kriegsgebiet holen oder warum plötzlich die schlechte Laune?«

»Bekommen Sie eigentlich für den ganzen Sarkasmus und die schlechten Witze einen Bonus?«

Ja, ich habe das gerade zu meinem Boss gesagt, aber DeLuca kann das überraschend gut ab und zuckt nur mit den Schultern. Er verarscht mich aber auch ständig und mein Nervenkostüm ist gerade dünn, weil mir wieder einfällt, wie es sich anfühlt, betrogen und stehengelassen zu werden.

»Ich dachte, meine unterhaltsame Art wäre Ihr Bonus«, entgegnet er und greift nach dem Kaffee. Als er einen Schluck trinkt, verzieht er das Gesicht.

Das nächste Wort aus seinem Mund klingt regelrecht entsetzt.

»Koffeinfrei?!«

Ich wundere mich, dass er das so schnell herausschmeckt, nicke aber energisch.

»Ja! In Ihrem Körper ist schon so viel Koffein, dass alle Chippendales davon drei Nächte lang durchtanzen könnten! Wie können Sie überhaupt noch ruhig sitzen, ohne zu zittern?«

Der rothaarige Akademiker verzieht die Lippen. Und ja, sie sind verdammt schön.

»Sie reißen aber auch großartig schlechte Witze, Frau Relisch«, sagt er und versucht nochmal einen Schluck, ohne entgleitende Gesichtsmuskulatur, zu nehmen – erfolglos.

Zumindest er hätte vorhin in der Mensa neben mir stehen können! Er hätte sogar die Erlaubnis gehabt, mir auf den Hintern zu tatschen. Aber das will er wahrscheinlich gar nicht.

Der Gedanke frustriert mich gerade. Ich will gewollt werden. Jetzt. Dann höre ich endlich auf, mich über Max zu ärgern.

Ob ich einem der Jungs schreiben und fragen kann, ob mich jemand schnell trostvögeln könnte? Vielleicht muss ich auch gar niemanden herbestellen …

»Gott, scheußliches Zeug!«, reißt mich DeLuca mit seinen erneuten Beschwerden über den Kaffee aus meinen – zugegeben – dämlichen Gedanken.

»Sie hätten mir auch gleich das Brüh-Abwasser aus der Maschine in einen Becher füllen lassen können. Das hätte zumindest keine fünf Euro gekostet.«

»Kann es sein, dass Sie koffeinsüchtig sind, Herr Doktor?«

»Kann es sein, dass ich Sie nicht eingestellt habe, um mir Fragen zu meiner Gesundheit zu stellen? Wollen Sie meine Mutter anrufen, um mit ihr darüber zu diskutieren? Ich hoffe, Sie sprechen Italienisch.«

»Ich kann auch Ihre Freundin anrufen, oder ist sie auch Italienerin?«

Er sieht mich fünf Sekunden lang stumm an, dann grinst er verschmitzt.

»War das gerade ein richtig plumper Versuch, herauszufinden, ob ich eine Beziehung führe?«

Oh mein Gott. Mir wird jetzt erst bewusst, was ich gesagt und wie ich geklungen habe! Ja, das war ein peinlicher Versuch, seinen Beziehungsstatus herauszufinden, weil ich gerade noch im ›Sitzengelassen‹-Modus stecke und für den Bruchteil einer Sekunde eine ganz furchtbare Idee hatte!

Sie hätte DeLuca, mich, seinen Chaos-Schreibtisch und mindestens einen Orgasmus eingeschlossen.

»Entschuldigen Sie. Das geht mich nichts an. Ich will es auch nicht wissen«, lüge ich und lasse meinen Blick peinlich berührt auf die Unterlagen vor mir schweifen. Wie ich es hasse, wenn mein Mund und meine Libido mein Hirn überholen!

Er wird mich bestimmt ewig damit aufziehen, dass ich wissen wollte, ob er Single ist. Wahrscheinlich lacht er sich innerlich gerade schlapp. Ich kann nicht mehr zu ihm aufschauen. Nie wieder. Ob es ihm auffällt, wenn ich ab jetzt für immer den Augenkontakt meide?

Verdammter Max und seine blöde Rentnerin!

»Haben Sie in der Mensa gerade einen Rosenkrieg mit dem Kommilitonen geführt, dem ich letzte Woche den Kaffee weggetrunken habe? Rührt daher der Stimmungswechsel und das plötzliche Interesse an mir?«

»Ich habe kein Interesse!«, würge ich ihn ab, ohne ihn anzusehen.

»Und nein, es war nicht derselbe Kommilitone.«

»Ein anderer? Für jede Woche ein neuer Mann? Ich hatte Sie für monogam gehalten. Hatte ich Unrecht?«

Ich muss schmunzeln.

Wenn du wüsstest, DeLuca!

Ich werde wieder selbstbewusst genug, um ihn anzusehen. Mir ist noch nie aufgefallen, wie überirdisch grün seine Iriden sind. Wahrscheinlich hat ihn das ganze Koffein radioaktiv gemacht. Er lehnt in seinem Stuhl, klopft noch immer mit den Fingern auf die Tischplatte, obwohl keine Musik mehr läuft.

»Jetzt stellen aber Sie ziemlich plumpe Fragen«, werfe ich ihm vor.

DeLuca schließt kurz die Augen und zuckt mit den Schultern. Er will wieder nach dem Kaffee greifen, dann fällt ihm ein, dass ich seine Sucht nicht unterstützt habe und die grünen Iriden funkeln mich streng an.

»Es gibt jetzt zwei Möglichkeiten, Frau Relisch«, beginnt er mich vor eine Wahl zu stellen.

»Wir arbeiten weiter, reden nie wieder über Privates und Sie holen mir ab nächster Woche den koffeinhaltigen Kaffee, um den ich Sie bitte. Oder ...«

Ich setze mich aufrechter hin und hänge an seinen Lippen.

»Oder Sie erzählen mir, was Sie gerade so aufgeregt hat und ich trinke das lauwarme Fünf-Euro-Abwasser und verrate Ihnen vielleicht sogar, ob ich liiert bin oder nicht.«

Ich ziehe eine Augenbraue in die Höhe.

»Das heißt, ich kann mir jetzt aussuchen, ob ich Ihnen Privates erzählen will oder demnächst zusehe, wie Sie mit siebenundzwanzig einen Herzinfarkt bekommen?«

Er nickt. Das plötzliche Interesse an mir verwundert mich. Bis jetzt ist es mir so vorgekommen, als wäre ich ihm ziemlich gleichgültig. Wenn er zweideutige Witzchen gerissen hat, waren sie meistens so triefend sarkastisch, dass ich mich nicht wirklich angesprochen gefühlt habe.

Ich will definitiv nicht daran schuld sein, dass er irgendwann explodiert, weil er sich mit Koffein vollgepumpt hat. Von mir bekommt er keinen normalen Kaffee oder Red Bull.

»Mein Ex-Freund hat mich vorhin angesprochen. Wir haben vor ein paar Monaten Schluss gemacht, weil er eine Affäre mit einer Dozentin hier an der Uni gehabt hat – noch hat – was weiß ich. Es ist mir im Grunde egal, ich will ihn nicht zurück, mein Ego ist nur angekratzt und deshalb führe ich jetzt dieses höchst seltsame Gespräch mit meinem viel zu neugierigen Vorgesetzten.«

DeLuca schmunzelt, neigt den Kopf leicht nach links und sieht mich eindringlich an.

»Sinnt Ihnen nach so etwas wie Rache?«

Ich verstehe seine übertrieben hochtrabend formulierte Frage nicht sofort.

»Meinen Sie, ob ich Max gerne kastrieren lassen möchte? Gedanklich schon, aber Sie können mir das Strafmaß dafür doch sicher aus dem Gedächtnis aufsagen.«

Er antwortet nicht gleich, schiebt sich mit dem Stuhl zurück und steht auf.

»Nein, das meinte ich nicht mit Rache. Aber hätte ich von ihrem gedanklichen, kriminellen Potenzial gewusst, hätte ich Sie wohl nicht eingestellt.«

Er klingt ernst, nicht amüsiert. Echt jetzt? Wegen so etwas Dahergesagtem? Ich habe Max auch damit gedroht, ihm seinen Controller in den Arsch zu stecken. Davon erzähle ich aber mal lieber nichts.

DeLuca geht zu dem kleinen roten Kühlschrank. Ich brauche eigentlich nicht hinzusehen, weil ich weiß, was er rausholen will. Natürlich beobachte ich ihn trotzdem – er ist mir noch eine Erklärung schuldig.

Das zischende Geräusch der sich öffnenden Dose leitet seinen Satz ein. Er lehnt sich an die Wand neben dem Kühlschrank, lässt eine Hand in der Hosentasche verschwinden.

»Ich wollte wissen, ob Sie Feuer gerne mit Feuer bekämpfen. Sonst hätten Sie mich wohl kaum nach meiner Freundin gefragt.«

Shit, jetzt weiß ich, worauf du hinauswillst!

Er kombiniert aber auch wirklich gut! Es kommt mir so vor, als könnte er meinen kurzen, dämlichen Gedankengang von vorhin lesen. Ganz offensichtlich, denn diesen Schalk in seinem Blick, kenne ich sonst nur von meinen Jungs.

»Muss ich meine Frage wirklich so offensichtlich stellen, Frau Relisch? Sie sehen mich schon wieder an, als ob es besser wäre, ich würde Ihnen das Ganze in kinderfreundliche Zeichensprache übersetzen.«

Ich male mir aus, wie diese Zeichensprache aussehen würde. Eine eindeutige Handbewegung fällt mir sofort ein.

»Würden Sie auch gerne mit einem Dozenten schlafen?«

Spätestens jetzt muss ich etwas sagen. Ich starre ihn schon viel zu lange stumm an.

»Soll das so etwas wie ein Angebot sein?«, stelle ich eine Gegenfrage, genauso augenscheinlich unberührt, wie er sich immer gibt. In meinem Inneren sieht es allerdings anders aus. Was wird das hier?! Ein seltsames verbales Vorspiel zu Sex am Arbeitsplatz mit meinem Boss?

Nein! Böse Libido! Kusch! Sieh dir diesen arroganten Vollpfosten doch an! Wie er da lehnt und uns mustert! Mit seinen grünen Augen und seinem schönen Gesicht! Wir hassen ihn! Wir wollen von niemandem genommen werden, den wir für einen sarkastischen Teufel halten!

DeLuca antwortet und überdreht die Augen. »Das war eine Frage, kein Angebot. Sonst hätte ich wohl so etwas gesagt wie: Bücken Sie sich über den Schreibtisch, aber verschütten Sie nicht den Becher mit dem teuren Abwasser.«

Wie ich ihn hasse! Noch mehr hasse ich nur mich selbst, weil er mich so aus der Fassung bringen kann. Ich würde ihm so gerne irgendetwas abgrundtief Bissiges, Gemeines an den Kopf werfen!

»Nachdem sich das hier jetzt sehr nach sexueller Belästigung anfühlt, und ich nur darüber hinwegsehen könnte, wenn Sie etwas zu bieten hätten, das mich reizen würde, trinken Sie weiter ihr sprudelndes Herzinfarkt-Wasser und ich sehe mir an, was sie alles im Uni-Online-Portal verbockt haben.«

Oha! Ja, das war bissig und hat voll ins Schwarze getroffen! Jetzt liebe ich mich wieder. Er sieht aus, als hätte ich ihn angeschossen. Sein Ego blutet, aber ich kann mir verkneifen, meinen Triumpf zu lange zu genießen und wende den Blick gespielt gelangweilt von ihm auf die Kurslisten am Schreibtisch.

Ich höre ihn näherkommen, verkneife mir aber, zu ihm rüber zu sehen, zumindest so lange, bis er direkt neben meinem Stuhl stehen bleibt und eine Hand auf der Rückenlehne und die andere auf dem Schreibtisch platziert.

Er beugt sich zu mir runter und sein Gesicht ist plötzlich so nahe, dass mir automatisch wärmer wird, und mein Herz zu hämmern beginnt.

»Lassen wir den verbalen Schlagabtausch doch mal für eine Minute ruhen ...«, sagt er, allerdings nicht mit normaler Stimme, er haucht es irgendwie, wie eine Drohung. Ich funkle ihn streng an, weil ich dieses Starrduell nicht verlieren will.

Glaubst du, du kannst mich einschüchtern, DeLuca? Du arroganter, selbstgefälliger, schöner ... Schluss jetzt mit den Adjektiven, das führt ins emotionale Chaos!

»Sagen Sie mir, dass Sie sich noch kein einziges Mal vorgestellt haben, wie ich Sie vögle. Nicht, als Sie verkatert und mit Knutschflecken am Dekolletee hier aufgetaucht sind. Nicht in der Mensa, als Sie mir auf den Schritt gestarrt haben, nicht vor zwei Tagen, als Sie dieses unverschämt kurze Kleid anhatten und ständig die Beine überschlagen haben, und nicht heute, als Sie mich gefragt haben, ob Sie meine Freundin anrufen sollen.«

Mein Blick schweift ständig von seinen Augen zu seinen Lippen. Dass er all das so offen und unverblümt anspricht, macht mich scharf, aber das zuzugeben, könnte gleichbedeutend damit sein, dass ich meine Seele an den Teufel verkaufe. Wer sagt mir, dass ich nicht irgendeine dämliche Antwort kassiere, wenn ich zugebe, dass ich ihn körperlich anziehend finde?

»Wenn ich Ihre Fantasien jetzt bestätigen würde, würde ich so etwas hören, wie, dass ich *Sie* sexuell belästige und Sie auf Annäherungsversuche von Studentinnen verzichten können.«

Er schüttelt den Kopf. Sein Gesicht kommt noch näher und mir steigt sein Parfum in die Nase. Eau de Vampir riecht leider verdammt gut.

»Nein, das hören Sie nicht. Obwohl es stimmt. Ich kann darauf verzichten, Studentinnen zu beglücken. Dieser Job ist alles, was ich je wollte und ich setze ihn nicht aufs Spiel, um irgendein junges Mädchen stöhnen zu hören. Aber …«

Dieses ›aber‹ kommt so laut und schnell, wie mein immer festerer Herzschlag.

»Aber Sie sind nicht meine Studentin, sondern so etwas wie eine Kollegin, und egal wie akademisch die Luft hier ist, Kollegen bringen sich manchmal zum Stöhnen.«

»Sie könnten trotzdem Ihren Job verlieren, wenn das hier rauskommt«, wende ich ein und starre dabei nur noch auf seine Lippen. Er schmunzelt.

»Solange Sie so diskret sind, wie ich Sie einschätze, nicht. Aber das liegt an Ihnen, Frau Relisch. Wie interessant bin ich für Sie?«

Ich muss meine Gedanken laut aussprechen, weil Sie die einzigen Argumente sind, die noch dagegensprechen, dass ich ihn einfach küsse und meinen Verstand abschalte.

»Ich mag Sie nicht besonders. Sie sind ein überheblicher, selbstverliebter, karrieregeiler Sarkast.«

Sein Blick schweift von meinem Gesicht zu meinen Beinen. Ich freue mich gerade, dass ich heute kein Kleid, sondern Hosen trage. Oder ärgere ich mich darüber? Ich kann nicht denken, wenn er so nahe steht!

»Haben Sie noch nie mit jemandem geschlafen, den Sie nicht leiden können?«

»Ähm … nein!«

Er hebt den Blick wieder, sieht mir in die Augen und mir wird vollends bewusst, dass mein Körper ihn will, obwohl ich ihn unsympathisch finde. Verrückt!

»Dann haben Sie aber definitiv sexuellen Nachholbedarf …«

Schon bei ›-bedarf‹ sind seine Lippen so nahe an meinen, dass ich die letzten Bewegungen seines Mundes fühlen kann, bevor er endgültig verstummt und mich küsst. Das Ganze passiert nicht langsam oder vorsichtig, sondern ist von jetzt auf gleich so intensiv und fordernd, als hätte sich unser verbaler Schlagabtausch in einen oralen verwandelt.

Er legt mir die Hand auf die Wange, an deren Gelenk immer die Lederbänder baumeln. Sein Knie drückt sich plötzlich auf die Sitzfläche meines Stuhls. DeLuca vor mir, DeLuca über mir und mein Herz hämmert dabei, als würde ich einen Berg hinauflaufen. Seine Zunge schmeckt nach – Überraschung! – Red Bull, das ändert aber nichts daran, dass er ein verdammt guter Küsser ist - wenn auch stürmisch.

Das hier ist definitiv keine ›Ich hab dich lieb‹-Schmuserei. War aber so zu erwarten …

Ich kann nicht anders, ich muss meine Hände unter sein Hemd schieben, weil ich wissen will, ob er nur ein Schreibtisch-Athlet mit guten Genen und breiten Schultern ist oder ob … jap, Six-Pack!

Er drückt gegen meine Schulter und die Lehne des Stuhls kippt nach hinten. Ich piepse erschrocken auf, weil ich mir sicher bin, dass wir gleich beide rücklings auf den Boden landen, aber wir fallen nicht – DeLuca stützt uns noch mit einem Bein ab.

»So schreckhaft, Frau Relisch?«, haucht er gegen meinen Mund, bevor er ihn wieder mit seinem verschließt. Eine Antwort will er gar nicht hören, ich könnte gerade aber auch keine vernünftige geben. Seine Hand gleitet von meiner Wange zu meinen Hals. In mir kommt eine Erinnerung hoch, die mich erregt und trotzdem schwer schlucken lässt. Ich öffne die Augen im selben Moment wie er. Seine Hand liegt noch immer auf meinem Hals.

»Wieso sehen Sie mich an, als wäre ich der Teufel?«, will er grinsend wissen und beißt sich mit einem schneeweißen Vampireckzahn auf die vollen Lippen.

»Weil Sie mich gerade an ihn erinnern«, entgegne ich und schmunzle im nächsten Moment. »Aber keine Angst, ich bin irgendwie in ihn verschossen.«

Er zieht eine der schön geschwungenen Augenbrauen nach oben und lässt die Hand weiter nach unten zu meinem Busen gleiten, ohne den Blickkontakt mit mir zu verlieren.

»Könnten Sie aufhören, von anderen Männern zu sprechen, während ich Sie unsittlich berühre? Danke.«

Ich seufze in mich hinein, weil es wirklich unpassend war, das laut auszusprechen. Ich würde jetzt auch nichts von DeLucas Schwärmereien für irgendeine andere Studienassistentin hören wollen. Das hier ist nur Vergnügen – zwischen zwei Menschen, die sich eigentlich nicht leiden können, aber scharf finden. Dummes Vergnügen, das ich bereuen werde, aber das ändert jetzt auch nichts mehr daran, dass ich ihn spüren will.

Meine Gedanken zerstreuen sich weiter, als mein Boss seine Hand unter meine Bluse schiebt. Eine seiner Fingerspitzen berührt meine Brustwarze und die Erregung zieht sich wie eine brennende Zündschnur bis in meinen Unterleib.

Wie ich das vermisst habe! Es kommt mir vor, als hätten mich Simon, Alex und Theo irgendwie sexsüchtig gemacht. Ich wusste aber auch wirklich nicht, wie großartig das alles sein kann!

Wir küssen uns wieder. Während seine Fingerspitzen Stromstöße durch meinen Körper schicken, beschließe ich herauszufinden, wie er klingt, wenn er aufstöhnt. Meine Handfläche drückt sich gegen seinen Schritt. Ich fühle seine Erregung ganz deutlich durch den Stoff der Jeans und gleite darüber, bis er mir in den Mund raunt.

»Gut so … Sie dürfen fortfahren.«

Plötzlich finde ich ihn witzig. Das muss daran liegen, dass ich so scharf auf ihn bin. Ich verstehe endlich, warum Männer lachen, wenn strohdumme Frauen mit schönen Körpern schlechte Witze reißen.

Ich greife nach seinem Gürtel und öffne die Schnalle. Dass er die Hand aus meiner Bluse zieht, finde ich schade, aber er neigt den Blick nach unten, will mir dabei zusehen, wie ich ihn ausziehe. Als ich den Knopf seiner Jeans öffne und den Reißverschluss nach unten ziehe, sehe ich schwarze Pants, unter denen sich seine Männlichkeit abzeichnet. Ich gleite mit den Fingern von seinem Bauch unter den Stoff und fühle, dass er rasiert ist. Ein Blick in die glänzenden, grünen Augen verrät mir, wie scharf er darauf ist, dass ich weitermache und ihn endlich berühre.

Das hier fühlt sich verboten an, verboten, verrucht und berauschend gut!

Meine Hand legt sich um seine Härte, fest und ich beginne …

Es klopft.

Wir fallen beide beinahe mit dem Drehstuhl um. DeLuca springt auf, läuft zur Tür und ich sehe hektisch an mir hinunter, um sicherzugehen, dass nichts an meinen Klamotten verrät, was hier gerade passiert ist. Als er nach der Klinke greift, glaube ich, dass er vergessen hat, seine Hose und seinen Gürtel zuzumachen, aber so dämlich wird er kaum sein, schließlich steht hier sein Job auf dem Spiel.

»Entschuldigen Sie, Doktor DeLuca.«

Ich blicke verstohlen in den Gang und sehe die Sekretärin der Fakultätsleitung dort stehen. Eine ältere Dame, die wohl einen Schlaganfall bekommen hätte, wenn sie die Tür aufgemacht und gesehen hätte, wie ich Doktor DeLucas Doktor in der Hand halte.

»Wie kann ich Ihnen helfen?« Er versucht, nicht genervt zu klingen, was ihm schwerfällt, weil er natürlich noch immer genauso scharf ist wie ich, und auch noch zehn Liter Red Bull durch seine Blutbahn jagen.

»Der Dekan hätte jetzt Zeit für Sie bezüglich der Leistungsbeurteilung.«

»Jetzt? Hatten wir nicht einen Termin für Montag Nachmittag?«

Er dreht sich zu mir um und sieht mich fragend an. Ich brauche zwei Sekunden, um zu schnallen, dass er nichts über seinen Penis von mir hören will, sondern dass ich seine Termine checken soll. Ich springe auf, laufe um den Schreibtisch herum und öffne seinen Kalender am PC.

»Montag 15:30 Uhr«, lese ich laut vor. Um 20:30 Uhr steht ›Nora SM‹, das sage ich natürlich nicht, aber es irritiert mich. Während er mit der Sekretärin darüber diskutiert, ob der Dekan ihn wirklich jetzt sehen will, frage ich mich, ob er vielleicht doch eine Freundin hat. Antwort darauf hat er mir vorhin keine gegeben, dafür sind wir irgendwie zu schnell übereinander hergefallen.

Entweder ist er ein riesen Arschloch und ich die Schlampe, mit der er seine Sadomaso-liebende Freundin betrügt, oder er muss die neue Sailor Moon-DVD für seine kleine Schwester besorgen.

Als die Tür zufällt, schrecke ich aus meinen Gedanken hoch. Die Sekretärin ist weg und DeLuca kommt mit ernster Miene auf mich zu.

»Das war's dann wohl für heute. Machen Sie Feierabend.«

Er greift sich sein Notizbuch und sieht mich dabei nur kurz aus dem Augenwinkel an, bevor er anfängt, darin zu blättern. Anscheinend muss er gleich zum Dekan, aber er könnte sich vorher zumindest einen kurzen Satz zu der Begebenheit abringen, dass seine Hand vor zwei Minuten noch in meiner Bluse gesteckt hat. Nichts.

Danke, Arschloch.

Ich greife mir meine Tasche und funkle prüfend hinein, weil ich sauer bin und um sicherzugehen, dass ich nichts vergessen habe. Als ich die Tür zumachen will, läuft er mir hinterher, den

Blick noch immer in seinem Notizbuch. Er drängt sich regelrecht an mir vorbei und läuft den Gang entlang. Anscheinend macht ihn das plötzliche Meeting nervös. Seltsam, sonst kenne ich ihn nur singend, arrogant starrend und seit Kurzem auch erregt brummend.

Mir wird bewusst, dass ich dabei gewesen bin, etwas ziemlich Dummes zu machen. Bevor ich meine Libido-gesteuerte Entscheidungsfreudigkeit in einem inneren Monolog verteufeln kann, sehe ich DeLuca plötzlich auf dem Absatz kehrtmachen und wieder auf mich zulaufen. Wahrscheinlich hat er etwas im Büro vergessen.

Als er auf meiner Höhe ist, sieht er prüfend in den leeren Gang und drückt mich im nächsten Moment so überraschend an die Wand, dass ich meine schwere Tasche festhalten muss, damit sie ihm nicht auf die Füße fällt.

»Tut mir leid«, flüstert er auf meine Lippen und küsst mich.

Perplex bleibe ich stehen, während er das ganze Red Bull dazu nutzt, um in Lichtgeschwindigkeit weiter den Gang entlangzustapfen.

Was jetzt? Tut es dir leid, dass wir unterbrochen wurden? Dass du mich geküsst hast? Dass du koffeinsüchtig bist? Dass du scheiße singst? Dass du schon als Sarkast auf die Welt gekommen bist? Dass du SM-Termine mit Nora machst?

Ich seufze, weil DeLuca für mich wohl erstmal ein mürrisches Rätsel bleibt, das mich leider anturnt.

Stalken wie ein Doku-Star

Wie packt man für ein Sex-Wochenende mit Männern, die Tagträumen entsprungen sein könnten? In erster Linie beschwipst grinsend.

Ich lächle meine Unterwäsche an, meine Zahnbürste, meine Haarbürste, die Tabletten gegen Durchfall, die gegen Kopfschmerzen, die gegen Sodbrennen und die, die den Anfällen vorbeugen, die man bekommt, wenn man zu viele Pillen einwirft.

Vor dem Kleiderschrank wechselt meine Stimmung, weil sich meine Klamotten auch nicht durch Angrinsen dazu breitschlagen lassen, mir so gut zu stehen, wie ich es gerne hätte.

Ich habe extra mein Lieblingskleid gewaschen, aber es hat sich gegen mich verschworen.

Verständnislos kopfschüttelnd stehe ich in dem blassgelben, kurzen Leinenkleid vor dem Spiegel. Ich habe es im letzten Sommersemester bestimmt einmal die Woche getragen, weil ich mir darin schlank und hübsch vorgekommen bin. Jetzt fällt mir auf, dass ich wie eine Ananas aussehe.

Großartig! Ich bin ein Semester lang als dicke Ananas durch die Uni gelaufen und habe dabei wahrscheinlich auch noch stolz gegrinst. *Ich hasse mich …*

Mit meinem liebsten Top verhält es sich ähnlich. Zwei Jahre lang habe ich das dunkelblaue Stück Stoff mit der Naht am Dekolletee mindestens zweimal die Woche getragen. Jetzt fällt mir auf, dass mein Busen darin so spitz aussieht, als wäre mein BH aus Geburtstagshütchen.

Gut gemacht Lena. So hast du bei den anderen Studenten bestimmt bleibenden Eindruck hinterlassen!

»Wer hat denn da sein Buch vergessen?« »Ich glaube das gehört der spitzbusigen Ananas.«

Ich entscheide mich für ziemlich gewöhnliche Outfits, auch, weil ich mir nochmal bewusst mache, dass wir auf eine Hütte im Wald fahren, um zu trinken, zu feiern und zu … meine Unterwäsche sieht heiß aus, mehr braucht es wahrscheinlich nicht.

Weil ich nicht wie eine Tussi mit Riesenkoffer und tausend unverzichtbaren Kosmetikartikeln rüberkommen möchte, stopfe ich alles in meine kleine schwarze Reisetasche. Der Reißverschluss würde zugehen, allerdings würde ich damit wohl sowas ähnliches wie einen Springteufel erschaffen, und sobald ich leicht am Reißverschluss ziehe, fliegen mir die ganzen Pillen und meine Unterwäsche um die Ohren.

Seufzend und murrend über meine Liebe zum Chaos räume ich alles nochmal aus, falte es ordentlich, verstaue die Tabletten in den Seitenfächern und schließe die Reisetasche problemlos. So könnte auch jeder andere mein Gepäck aufmachen, ohne sofort zu denken: ›Lena ist ein Reise-Messie mit Sodbrennen.‹

Ich genehmige mir ein Glas Rotwein auf dem Sofa und stelle mir den Wecker für sieben Uhr morgens. Das ist zwar mitten in der Nacht, aber was tut man nicht alles, um den Anschein zu erwecken, Hals abwärts immer komplett haarlos und permanent im Schritt nach Tommy Hilfiger-Parfum duftend durchs Leben zu tanzen.

Ich streame einen seltsamen französischen Film der ›*Die Träumer*‹ heißt. Es geht um eine Studentin und ihre Liebesaffäre mit zwei Kommilitonen. Eigentlich müsste das ganz nach meinem Geschmack sein, aber mein Französisch ist leider noch gut genug, um herauszuhören, dass einer der Typen ihr Zwillingsbruder ist. Obwohl ich selbst keine leiblichen Geschwister habe, ist mir das ein wenig zu krass. Google findet für mich heraus, dass der Film auf dem Buch ›*The Holy Innocent*‹ basiert.

Cooler Titel, vielleicht sollte ich es lesen.

Irgendwie ist die Thematik ja doch spannend und der Zwillingsbruder heißt Theo, also …

Bevor ich das Handy weglege, weil ich müde werde, tippe ich ein paar Zeilen an jemanden, an den ich gerade zwangsläufig denken muss. Nicht Theo, sondern eine Person, die noch nie die männliche Hauptrolle in einer meiner Sexfantasien gespielt hat – weil es schlichtweg schräg wäre. Das Buch will ich trotzdem lesen und auch Dan schreiben, weil ich ihn vermisse.

Hallo nach London.
Hast du schon Harry Potter
getroffen? Melde dich mal
wieder!
Gruß, Lena.

Mit einem Grinsen auf den Lippen schließe ich die Augen und frage mich, ob er, 1500 Kilometer weit weg, gleich auf die Frage, wer ihm schreibt, mit ›Meine Stiefschwester‹, antwortet.

Ich schrecke hoch, weil *Miley Cyrus* mit einem Mal volles Kanonenrohr darüber singt, dass sie mit einer Abrissbirne reinschneit. Als ich auf die Beine springe, bin ich mir kurz unsicher, ob nicht wirklich jemand meine Wohnung niederreißt, weil ich keine Ahnung habe, warum ich aus meinen schönen, dezent verruchten Träumen gerissen wurde.

Nach ein wenig Taumeln und einmal Murren greife ich mein Handy und schalte den Wecker ab. Diesen Song in dieser Lautstärke einzustellen, war eine dumme Idee. Ich hätte mir beinahe vor lauter Schreck in die Hosen gemacht.

Es ist fünf nach sieben, als ich die Kaffeemaschine anstarre, als wäre sie die Liebe meines Lebens. Ist sie im Moment auch.

Komm. Nur du, ich und das heiße, leckere Zeug, das aus dir rauskommt.

Ich nehme die Tasse mit ins Badezimmer und starte Operation ›Blumen-Hygiene‹.

Es dauert circa eine Stunde, bis ich überall rieche wie ein Veilchen und mich anfühle wie ein Rosenblatt.

Diese neue Hautcreme ist fantastisch. Ich lecke prüfend an meinem Unterarm und komme mir nur halb so dämlich dabei vor wie eine Minute später, als ich mir den Schritt und den Hintern parfümiere. Wäre mein Leben eine Truman-Show, hätte ich gerade wahnsinns Einschaltquoten!

Ich entscheide mich für die rote Unterwäsche, die Theo letzte Woche so gefallen hat. Dann entscheide ich mich um, weil mir auffällt, dass es so aussehen könnte, als hätte ich nur mehr diese.

Ein Blick aus dem Fenster verrät mir, dass es heute wahrscheinlich heiß wird. Die Doppeldeutigkeit meines Gedankens lässt mich grinsen, während ich in die dunkelblauen Hot-Pants steige und mir das weiße Top überstreife.

Ich schnappe mir mein Handy und die Tasche, überlege kurz, ob ich den leeren Kaffeebecher im Bad doch lieber in die Spülmaschine stellen sollte und entscheide mich dann dagegen. In zwei Tagen wird er wohl kaum mutieren und wenn doch, auch schön, ich wollte schon immer ein Haustier haben.

Als ich mit meiner Tasche vor dem Haus stehe, fällt mir auf, dass es noch zu früh ist.

Großartig. Was mache ich jetzt in der nächsten halben Stunde, um nicht wie bestellt und nicht abgeholt auszusehen? Ich könnte wieder nach oben gehen und doch den Geschirrspüler einräumen, aber mir kommt eine bessere Idee.

Ich laufe ein Stück die Straße entlang, bis ich vor dem Gebäude mit den orangen Markisen zu stehen komme. Mein Blick schweift auf die Balkone. Im ersten Stock ist eine der Türen offen. Jemand hat Musik aufgedreht – *Muse*. Theo ist der Typ für *Muse*, oder?

Ja, ist er und er ist der Typ für ein Oben-ohne-Kalender-Shooting, denn er sieht gottgleich mit nacktem Oberkörper aus!

Ich werfe nur einen kurzen Blick auf ihn, als er an der offenen Tür vorbeigeht, dann setze ich mich wieder in Bewegung, weil mir auffällt, dass das hier nichts anderes als Stalking ist. Ich stehe unangemeldet vor seinem Haus und freue mich, dass er kein Shirt trägt. Irgendwann stellen sie diese Szene in einer Doku auf dem Discovery Channel nach. *›Wenn Frauen zu weit gehen – Männer und das Leben mit der Angst.‹*

Meine Schritte werden langsamer, weil ich aus dem Augenwinkel mitbekomme, dass er sich mit dem Rücken an das Geländer gelehnt hat und die Straße nicht beachtet. Ich drehe mich doch nochmal um und sehe, dass er telefoniert.

Dieser Körper ist zum Niederknien. Ich fasse es kaum, dass ich Sex mit ihm hatte. Er trägt Jeans, keinen Gürtel. Der Rand seiner weißen Pants schaut ein kleines Stück hervor.

An mir läuft ein Beagle vorbei, eine Frau in den Dreißigern im Schlepptau, die auch zu ihm hochstarrt. Als sie mich sieht, grinse ich sie an, als hätte ich eine Lösung für den Weltfrieden gefunden.

Ja, der Mann da am Balkon hat mich gevögelt! Da kucken Sie, was?

Ich sehe mir an, wie Theo telefoniert und ab und an eine Geste mit der Hand dazu macht. Verstehen kann ich ihn leider nicht, aber mir wird einmal mehr klar, dass ich total in ihn verschossen bin.

Dieses Wochenende wird himmlisch. Obwohl, eigentlich weiß ich nicht mal, ob er mitfährt. Simon und Alex sind dabei – Theo bestimmt auch, oder? Bitte! Er sieht frisch geduscht aus, weil er mit uns mitfährt. Oder weil er jeden Tag duscht, wie jeder andere Mensch auf dieser Welt.

Mein Blick schnellt zur Seite und ich setze mich wieder in Bewegung, weil er plötzlich den Kopf in meine Richtung gedreht hat. Ich versuche, abgelenkt auszusehen, so, als hätte ich irgendein Ziel, was nicht stimmt, aber ich kann nicht stehenbleiben und weiter doof verliebt vor mich hin grinsen, sonst wird die Discovery-Doku am Ende noch nach mir benannt.

›Lena – wenn Frauen starren.‹

»Lena?«, höre ich Theo rufen und beginne, mich gespielt prüfend umzusehen, so, als hätte ich keine Ahnung, woher die Stimme mit einem Mal kommt.

»Balkon«, ruft er mir zu und mein Blick hebt sich auf die oberen Stockwerke seines Wohnhauses.

Ich kann mich hervorragend dumm stellen! Deshalb falle ich wahrscheinlich auch ab und an durch mündliche Prüfungen …

Als ich ihn ›endlich‹ entdecke, bemerke ich, dass er das Telefongespräch beendet hat und sich mit den Armen am Geländer abstützt.

»Hey!«, sage ich überrascht und sehe ihn schief grinsen. Hört er die gespielte Überraschung heraus oder ist er glücklich über diesen ›Zufall‹?

»Wohin gehst du denn? Wir fahren bald los.«

Er fährt also auch mit – großartig! Aber wohin wollte ich? Ich sehe mich um und entdecke den Automaten. *Halleluja!*

»Ich wollte nur schnell Zigaretten kaufen.«

»Alex kommt bestimmt wieder zu spät. Willst du nicht raufkommen? Ich habe gerade Kaffee gemacht.«

»Ja, gerne!«

Er nickt schmunzelnd, während mein Herz vor Freude im Dreieck springt. Ich will unbedingt wissen, wie Theos Wohnung aussieht. Und wie sein Nachname lautet. Meine Stalker-Träume gehen in Erfüllung.

Eigentlich will ich auf sein Wohnhaus zugehen, aber er steht noch immer am Balkon und mustert mich schief grinsend, also gehe ich zuerst zum Automaten, damit mein Lügenkonstrukt nicht zusammenbricht.

Na toll. Jetzt stecke ich fünf Euro in dieses Ding und starre ahnungslos auf die Knöpfe. Welche Marke rauche ich denn? Schwarze Lunge oder Zungenkrebs? Ich entscheide mich für eine Pinke Schachtel, weil mir zumindest die Farbe gefällt.

Theo verschwindet in der Wohnung, als ich zurückkomme. Der Summer der Tür ertönt und ich trage meine Tasche zusammen mit meiner Verschossenheit hinauf in den ersten Stock – beides sehr schwer zu tragen, beides unverzichtbar.

Sein Haus ist schön, frisch renoviert, große Fenster und schwarze Treppen, die irgendwelche Glitzerpunkte eingearbeitet haben. Ziemlich modern und bestimmt auch ziemlich teuer. Nachdem ihn seine Familie aber auf ein Internat schicken konnte, finanzieren sie ihm bestimmt auch die Wohnung.

»Hier drüben.«

Ich sehe nach links und entdecke Theo im Türrahmen – genauso gottgleich wie auf dem Balkon, weil er sich noch immer kein T-Shirt angezogen hat. Muss er auch nicht. Wenn ich er wäre, würde ich nie wieder Stoff über diesen Körper ziehen.

»Komm rein.«

Als er mir Platz macht, schiele ich noch schnell auf die Türglocke.

›*Lorenz-Herbst*‹, steht dort. Ein wirklich schöner Doppelname. Lorenz-Herbst-Relisch wäre aber zu lang, oder?

Schiff Ahoi!

Schon der Flur ist richtig schick. Das stelle ich zwei Sekunden lang fest, dann steht Theo plötzlich so nahe, dass ich selbst dann grinsen würde, wenn neben uns ein Klärwerk am Laufen wäre. Er legt eine Hand auf meinen Rücken und zieht meinen Körper zu sich, bevor er mir einen Kuss auf die Lippen drückt.

»Klasse, dass du hier bist«, haucht er und beißt mir sanft in die Unterlippe. Er riecht unheimlich lecker. Anscheinend hat er sich auch mit irgendetwas eingecremt. Ob ich an ihm lecken darf?

Er macht einen Schritt zurück und ich sehe ihn überrascht an. Mir fällt auf, wie sehr ich schon unter Strom stehe – von einem einzigen Kuss.

»Entschuldige ...«, sage ich atemlos, weil mir die aufkommende Lust auf ihn irgendwie die Luft geraubt hat.

Theo lacht dunkel und schüttelt den Kopf.

»Für was entschuldigst du dich denn?«, will er wissen.

Dafür, dass ich dich schon morgens in deinem Flur bei noch offener Haustür bespringen wollte.

»Weil ich dich anscheinend beim Anziehen störe«, entgegne ich und klinge wie ein dummes, verschüchtertes Schuldmädchen. Er stört sich nicht daran und macht eine auffordernde Geste mit dem Kopf, nachdem er die Tür zugemacht hat.

»Komm. Ich zeig dir die Wohnung.«

Ich nehme meine Libido an die Leine und folge ihm durch den Flur mit dem dunklen Dielenboden.

An den Wänden hängen Bilder von Segelbooten und dem Meer. Als wir im Wohnzimmer ankommen, glaube ich, dass sich das maritime Thema durch die ganze Wohnung zieht.

Auf der dunkelblauen Wand, vor der das große beige Sofa steht, hängt ein unheimlich cooles, riesiges Steuerrad. Wo bekommt man so eine Deko? Bei Ikea sicher nicht.

»Wow. Du stehst auf Schiffe, kann das sein?«

Theo schmunzelt und zuckt mit den Schultern. »Ja. Ein klein wenig. Fällt das auf?«

»Kaum. Außer an deinem Bett hängt ein Segel.«

»Willst du mal nachsehen?«

Seinem raunend ausgesprochenen Angebot folgt Stille, die ich nutze, um mir auf den Lippen herumzubeißen und dem imaginären Knistern der Luft zu lauschen. Das zwischen uns ist krass – dass mir kein eloquenteres Wort einfällt, liegt daran, dass ich schlichtweg dämlicher werde, sobald ich erregt bin.

»Mein Schlafzimmer ist dort drüben. Geh voraus«, sagt er und macht eine richtungsweisende Geste mit dem Kopf. Ich drehe mich um und schaue auf die angelehnte, nussbraune Tür.

Soll ich gehen? Faxen wir hier nur herum oder wälzen wir uns gleich auf seiner Matratze?

Ich schaue nochmal zu Theo, der die Hände in den Hosentaschen verschwinden hat lassen und mich ansieht, als könnte er meine unsicheren Gedanken lesen. Sie zeichnen ein schwaches, schiefes Grinsen auf seine Lippen, dann neigt er erwartungsvoll den Kopf zur Seite.

Als ich die angelehnte Tür aufdrücke, steigt mir der Geruch von frisch gewaschener Wäsche in die Nase.

Was für ein Zimmer! Springt gleich ein Fotograf an mir vorbei und schießt Bilder für irgendeinen Wohnkatalog?

Theo hat kein Segel am Bett, dafür ein Tau, das an dem dunklen, hölzernen Bettgestell befestigt ist. Auch an dem großen Bücherregal verläuft ein dickes beiges Seil. Die Bücher darin sind nach Farben geordnet, was einfach nur genial aussieht, auch, weil es so viele sind. Der Schrank, die Kommode, alles ist dunkel, hat einen antiken Touch und wirkt trotzdem modern. Die Wände sind blau gestrichen, was das Zimmer etwas düster macht, aber es gehört ja auch keinem licht- und farbenverrückten Montessori-Schüler, der seinen Namen tanzen kann, sondern Theo, der sein Abschlusszeugnis vom Porno-Internat irgendwo hier versteckt.

»Weißt du, …«

Ich will mich umdrehen, aber seine Hand greift meinen Nacken und drückt dort sanft zu. Er beginnt, mich zu massieren und ich schließe genießerisch die Augen.

»… wie gerne ich dich jetzt nackt auf meinem Bett sehen würde?«

Seine Lippen an meinem Ohr fühlen sich warm an, genau wie sein Atem. Theos Körper drückt sich von hinten an meinen, während er Bilder in meinem Kopfkino flackern lässt.

»Dich stöhnen hören, deinen Mund spüren …«

Ich seufze leise, weil ich mir einfach zu gut vorstellen kann, was er mir ins Ohr haucht. Seine Hand massiert noch immer meinen Nacken, so fest, dass ich Gänsehaut bekomme, weil sich der leichte Schmerz mit der Wohltat und meiner aufkommenden Lust vermischt.

»Ich will auf dir kommen, Lena und dann in dir. Du fühlst dich so verdammt gut an, dass ich dich am liebsten eine ganze Nacht lang vögeln würde.«

In meinem Kopf läuft schon längst ein Film. Ich will unbedingt seine zweite Hand spüren, an der Stelle, die vorhin genug Parfum für das ganze heiße Wochenende abbekommen hat. Theo tut mir den Gefallen aber nicht. Er turnt mich nur an, wie damals in meiner Wohnung.

Wäre ich nur mutig genug für Dirty Talk! Ich würde ihm so gerne sagen, was mir durch den Kopf geht. Ihn auch scharfmachen und austesten, wo seine Beherrschungsgrenze liegt, aber ich kriege das Wort ›vögeln‹ nicht heraus, ohne wie Schlumpfine auf Helium zu klingen.

»Ich hätte nichts dagegen …« selbst diese normalen Worte hören sich an, als wäre Daisy Duck die Luft ausgegangen. » … wenn wir das Wochenende in deinem Bett verbringen würden.«

Das ist das Anzüglichste, das ich im Moment herausbekomme, obwohl mir viel wildere, explizitere Dinge einfallen. Ich muss unbedingt daran arbeiten, verführerische Schweinereien laut auszusprechen. Bei der Kaffeemaschine heute Morgen hat es schließlich auch funktioniert.

Theo lacht dunkel und kurz, dann verschwindet seine Hand aus meinem Nacken und er macht einen Schritt zurück. Als ich mich nach ihm umdrehe, leuchten seine Augen lustvoll, aber er schüttelt den Kopf.

»Ein Wochenende nur mit mir, würde dir nicht guttun. Das wäre dir zu viel, Lena.«

Ich lehne mich mit dem Rücken gegen den Türrahmen und seufze leise. Wahrscheinlich klinge ich, als hätte mich der Weltschmerz heimgesucht, aber es ist der Theo-Herz-Libido-Schmerz, der mich plötzlich melancholisch stimmt.

»Ich könnte es mit dir aushalten … sehr gut sogar«, sage ich und lächle vorsichtig. Ich glaube, Theo mittlerweile zu kennen.

Ich weiß, worauf er steht und dass er ziemlich fordernd im Bett ist, aber das ändert nichts daran, dass er ein wahrgewordener Tagtraum für mich ist. Möglicherweise ist er auch ein elektrisierender, verruchter Albtraum, aber irgendjemand muss sich auch in die bösen Jungs verlieben, oder? Ich opfere mich …

»Bring mich nicht auf dumme Gedanken, sonst sage ich Alex wirklich ab. Und das willst du nicht. Du findest das alles noch viel zu spannend und ich sehe dir gerne dabei zu, wenn du beim Experimentieren rot wirst.«

Theos Gesichtszüge werden weich und er zuckt mit den Schultern.

»Aber ich vergesse nicht, dass du gesagt hast, dass du es gut mit mir aushalten könntest«, meint er und sieht mich eindringlich an.

Meine Libido wird von meinem hämmernden Herz gerade bewusstlos geschlagen. Das klang wie ein Versprechen.

Hier die Zusammenfassung: *Ich soll mich also so lange mit deinen Six-Pack-Sex-Götter-Freunden vergnügen, wie ich möchte und dann Bescheid geben, ab wann ich mich nur noch in deinem nautischen Schlafzimmer rekeln möchte?*

Kann es sein, dass ich vor zwei Wochen tot umgefallen bin und seither in einer utopischen Welt umherstolpere? Echt jetzt, wann hat das Schicksal angefangen, mein Bein zu rammeln, weil es abartig verknallt in mich ist?

If you´re happy and you know it, clap your hands!

»Willst du eigentlich noch einen Kaffee?«, wechselt Theo das Thema und sieht mich übertrieben fröhlich nicken, weil ich mich berauscht von meinem Leben fühle.

Ich folge ihm zum Küchentresen, der in einer Ecke des offenen Wohnbereichs liegt. Mir fällt auf, wie sauber und aufgeräumt hier alles ist. Er muss einen Kulturschock bekommen haben, als er letzte Woche in meiner Wohnung war. Dass er trotzdem noch immer findet, dass wir zusammenpassen, muss an einer Art Liebeszauber liegen. Vielleicht ist mein Leben ein modernes, perverses Märchen. Schneewittchen und die sieben Sex-Götter.

»Stark oder schwach?«, fragt Theo, und obwohl er mir den Rücken zugewandt hat, weil er an der Kaffeemaschine hantiert, weiß ich, dass er grinst.

»Stark, mein Körper kann das ab«, entgegne ich und versuche, verführerisch zu klingen, er hört mich aber leise lachen.

Der amüsierte Ausdruck wird mir aus dem Gesicht gewischt – er verschwindet in der Sekunde, als mein Blick an dem dunkelvioletten Plastik hängenbleibt. Die beiden aufgerissenen Kondompäckchen liegen am Boden neben dem Küchentresen. Weil es hier ansonsten so makellos sauber und aufgeräumt ist, gehe ich davon aus, dass sie von gestern Nacht oder heute Morgen sind.

»Zucker?«

»Ähm … nein.«

Wie wahrscheinlich ist es, dass Theo die beiden Gummis gestern beim Masturbieren getragen hat, weil er panische Angst vor Spermaflecken auf dem teuren Echtholzboden hat?

»Milch?«

»Ja. Ja.«

Ich starre auf die Verpackungen und frage mich, ob er deshalb so ausgeglichen wirkt und beherrscht genug ist, um mich mit schmutzigen Fantasien anzuturnen, ohne mich für einen Quickie auf sein Bett zu werfen.

Das Geräusch des aufsetzenden Kaffeebechers auf der Arbeitsplatte vor mir reißt mich aus meinen Gedanken und lässt mich zu Theo schauen, der jetzt vor mir steht. Er ist meinem Blick gefolgt und entdeckt den Abfall, der meine Stimmung gekillt hat.

»Die Wohnung ist übrigens wahnsinnig schön. Hast du sie selbst eingerichtet oder hattest du Hilfe?«

Niemand auf der Welt war jemals krampfhafter bemüht um Ablenkung als ich gerade. Er soll nicht glauben, dass ich sauer bin, nur, weil er gestern eine andere Frau hier hatte. Ich bin cool, ich bin gelassen, ich will wissen, ob er einen Innenarchitekten hatte … ?

»Nein«, sagt er, während er sich nach den Verpackungen bückt, sie aufhebt und im Mülleimer unter der Spüle verschwinden lässt. Als er sich wieder zu mir dreht, sieht er mich an, als wolle er das Thema ausdiskutieren, bevor ich die nächste dumme Smalltalk-Frage stelle und wissen will, wo er seine Kaffeemaschine gekauft hat.

»Eine alte Freundin hat mich gestern besucht. Nichts Spannendes, nur Stressabbau – ich hatte tagsüber eine ziemlich schwierige Prüfung und musste mich irgendwie abreagieren.«

»Nicki?«, spreche ich die Vermutung aus, noch während sie meine Gedanken kreuzt. Ich weiß, dass Theo und sie schon seit der Schulzeit befreundet sind und er hat sie letzte Woche in Alex' Wohnung auch als ›langweilig‹ für ihn bezeichnet. So langweilig, dass er sie gestern zweimal nehmen musste?

»Sieh mich nicht so vorwurfsvoll an, Lena«, sagt er und klingt schuldbewusst und doch irgendwie streng.

Ich würde dich nicht anfunkeln, wenn wir über das Elektronikgeschäft, aus dem deine Kaffeemaschine kommt, reden würden!

Jetzt müssen wir über Nicki diskutieren und ich muss mir bewusst machen, dass sie mit jedem Mann vögelt oder gevögelt hat, den ich auch will. Wahrscheinlich bumst sie im Moment gerade DeLuca!

»Eigentlich schlafen wir nicht mehr miteinander, weil wir uns einfach zu gut und zu lange kennen, und es jeden Reiz verloren hat, aber das gestern war eher zweckmäßig. Ich war gestresst von meiner Prüfung und Nicki war sauer, weil Alex Simon am Wochenende mitnimmt und nicht sie. Mehr steckt nicht dahinter.«

Aha, also hast du hinter ihr ›gesteckt‹!

»Schon klar. Sie kennt dich gut und du sie«, sage ich und zucke mit den Schultern. Was soll ich sonst sagen? Der Gedanke, dass ihr euch so nahesteht, lässt meine Eingeweide krampfen? Klingt schräg!

»Du magst sie nicht«, zieht Theo einen Schluss, der mir unangenehm ist, weil er zwangsläufig etwas mit Eifersucht zu tun hat, die in unserem Leben eigentlich nichts verloren hat.

»Ich kenne sie nicht«, entgegne ich und trinke einen Schluck Kaffee, um gleichgültig zu wirken.

»Nicki wirkt auf die meisten Frauen erstmal unsympathisch. Das war schon immer so.«

Wirklich? Das kann ich mir kaum vorstellen! Liegt vielleicht daran, dass sie gerne rücksichtslos auf den Gefühlen von anderen herumtrampelt, während sie sich vögeln lässt. Simon kann darüber ein Buch schreiben. Ich auch – ich bin schon bei Band 2.

»Aber ich denke, ihr würdet euch gut verstehen. Wenn du Alex und mich magst, magst du auch Nicki. Wir sind uns ähnlich.«

Ich schüttle kaum merklich den Kopf, weil ich nicht darüber diskutieren möchte, dass ich seine Aussage für Schwachsinn halte. Sie sind sich überhaupt nicht ähnlich. Alex ist nicht wie Theo und keiner der beiden ist wie Nicki. Warum er diesen Eindruck hat, ist mir schleierhaft. Das muss an irgendeinem verstörenden ›reiches Kind-Ritual‹ liegen, das sie zusammen im Internat praktiziert haben. Nur, weil sie mal als Teenager zusammen Papierflieger aus Fünfhundert-Euro-Scheinen gebastelt haben und nebenbei einen Oral-Sex-Dreier hatten, sind sie sich heute noch lange nicht ähnlich.

»Du siehst gerade aus, als würdest du dir irgendwelche Absurditäten ausmalen«, sagt Theo grinsend.

Ach stimmt ja. Manchmal vergesse ich, dass er *Edward Cullen* ist und Gedanken lesen kann.

»So absurd ist es vielleicht gar nicht«, entgegne ich seufzend und fixiere ihn mit dem Blick, als er sich in Bewegung setzt. Er stellt sich hinter mich und schlingt die Arme um meine Mitte. Seine Lippen landen auf meiner Halsbeuge und küssen sich bis zu meinem Ohr hoch.

»Ich habe das Gefühl, das wird noch ein Thema zwischen uns …«, flüstert er und seufzt. »Aber lass uns das auf später verschieben. Dann, wenn du nicht mehr rot wirst, wenn du an einen von den anderen denkst. Dann, wenn du das erste Wochenende mit mir alleine erlebt hast und noch immer etwas aus meiner Vergangenheit hören willst. Ich stehe nicht auf Geheimnisse in Beziehungen. Ich erzähle dir, was du wissen möchtest, aber nicht vor einem Vögel-Wochenende.«

Ich habe nur ›uns‹, ›später‹ und ›Beziehung‹ herausgehört und grinse wieder über beide Ohren. Dass Theo so offen ist, macht ihn noch perfekter in meinen Augen. Ich will keinen verlogenen Typen, dem man alles aus der Nase ziehen muss, und der nur den Mund aufmacht, um einem irgendwann zu gestehen, dass er eine Affäre hatte. Sowas habe ich hinter mir und es hat sich beschissen angefühlt. Es fühlt sich zwar auch nicht gut an, zu wissen, dass Theo gestern Nicki auf dem Küchentresen hatte, aber wir sind uns eigentlich keine Rechenschaft schuldig und er ist trotzdem ehrlicher als ich, schließlich habe ich ihm nicht erzählt, dass ich gestern meine Hand in der Hose meines Vorgesetzten hatte.

»Teilst du dir mit mir heute eines der Schlafzimmer?«, fragt er und ich würde sofort ›Ja!‹ rufen, würde mir nicht auffallen, dass ich die Gelegenheit habe, herauszufinden, wer uns begleitet. Theo kennt die Gästeliste natürlich und ich bin so neugierig, dass ich diese Frage stelle, ohne darüber nachzudenken, wie sie klingt.

»Wer kommt denn noch mit?«

Er verfestigt plötzlich seinen Griff und knurrt mir ins Ohr. »Möchtest du erst die anderen Auswahlmöglichkeiten abwägen, oder wie?«

»Nein, ich …!« Mir bleibt die Luft weg, auch die, die ich zum Lachen bräuchte, weil mich seine Reaktion amüsiert. Theo macht seine ›Besitzansprüche‹ sehr klammernd geltend. Dass er mich so fest an sich drückt, gefällt mir, weil ich weiß, dass es ihm gefällt.

»Alex will sehen, wie du kommst. Simon will dir Gedichte ins Ohr flüstern, und Joe …«

Ich horche auf, während ich tief und schwer Luft hole. Der Name ist mir neu. Doch vier Männer und ich? Alex hat mich nicht verarscht? Hilfe!

»Tja, ich weiß noch nicht, ob du auf sowas stehst«, knurrt er geheimnisvoll.

Auf was denn? Was ist mit diesem Joe? Mir geht gleich die Luft aus, weil sich Theos Armmuskeln immer mehr anspannen.

»Wir beide hätten heute definitiv am meisten Spaß. Mit den anderen kannst du dich morgen vergnügen.«

Seine Zunge streift über mein Ohr und ich bekomme Gänsehaut. »Du, ich und die hübsche rote Gerte in meiner Tasche. Was sagst du dazu?«

Meine Antwort ist ein stöhnendes Seufzen, mehr bringe ich im Moment nicht heraus. Die Erinnerung an unser letztes Mal ruft wieder meine Erregung auf den Plan. Ich hatte mit Theo zweifelsohne den intensivsten Orgasmus meines Lebens. Das ›wie‹ verdränge ich teilweise.

Ich werfe den Kopf in den Nacken und fühle seine Lippen an meinem Hals. Der ziehende, sanfte Schmerz hinterlässt garantiert Spuren, aber das ist mir gerade egal.

»Du klingst atemlos so scharf, dass ich mich vergessen könnte«, raunt Theo und beißt viel vorsichtiger zu, als ich vermutet hätte. Jetzt habe ich genug davon, passiv zu sein, außerdem habe ich mal wieder die Befürchtung, dass er gleich aufhört, weil er sich das alles für heute Abend aufsparen möchte.

Als er den Griff um mich lockert, fasse ich mit der Hand hinter mich. Meine Fingerspitzen finden die Härte hinter dem Jeansstoff und ich gleite darüber. Theo rührt sich nicht, ich höre ihn nur kurz belustigt schnauben, wahrscheinlich, weil er nicht damit gerechnet hat, dass ich es auch aktiv darauf anlege, ihm die Wartezeit auf heute Abend möglichst unerträglich zu machen. Das selbstbewusste Lächeln auf meinen Lippen, ich wünschte, er könnte sehen, wie großen Spaß es mir macht, ihn anzufassen. Ich reibe etwas fester über seine Männlichkeit, schließe die Augen und beiße mir auf die Unterlippe, weil ich noch weiß, wie gut er bestückt ist und wie fantastisch er sich angefühlt hat.

Als es unter meinen Fingerspitzen zu vibrieren beginnt, reiße ich die Augen wieder auf. Ich wusste, dass sein Penis toll ist, aber *so* toll?!

Noch während ich mich verdutzt zu ihm umdrehe, fängt Theo an, das Lachen rauszulassen, das er bis jetzt unterdrückt hat. Ich starre wie gebannt auf seinen Schritt, während er eine Hand in der Hosentasche verschwinden lässt und das Handy herauszieht, das ich vor fünf Sekunden noch selbstbewusst und inbrünstig befingert habe.

»Schade, dass ihr unterbrochen werdet. Das iPhone fand es richtig geil«, sagt er, verständlicherweise noch immer lachend. Ich verglühe gerade vor Scham, das ändert aber nichts daran, dass ich die Komik meiner dämlichen Aktion erkenne und auch lachen muss, während man auf meinen Wangen Spiegeleier braten könnte.

Wie konnte ich sein Handy nur mit seiner Männlichkeit verwechseln?! Vielleicht hätte ich mir bewusst machen sollen, dass Theo wohl kaum durch eine feste Umarmung und ein paar Küsse so hart wie … naja … eben ein iPhone-Gehäuse wird.

Zum Glück hat er meinen angeturnten Gesichtsausdruck nicht gesehen, sonst würde er jetzt wohl vor Lachen auf dem Boden herumrollen und könnte das Telefonat nicht annehmen.

»Hey Alex. Du rufst zu einem schlechten Zeitpunkt an. Mein Handy wird ewig sauer auf dich sein.«

Gott, ich hasse meine Verpeiltheit. Aber ich sehe und höre Theo gerade zum ersten Mal richtig herzhaft lachen und er sieht toll dabei aus.

Er kommt auf mich zu und nimmt mich in den Arm, weil ich mein Gesicht in den Händen vergraben will. Diesmal ist seine Umarmung nicht fest, er drückt mich kurz und schenkt mir einen Blick, der mir ›Danke für das Lachen‹ sagen soll. Das ist süß von ihm, weil er mir klarmachen will, dass ich mich nicht schämen muss.

Ich wollte sein Handy befriedigen – peinlich ist es natürlich trotzdem.

»Du brauchst nicht bei Lena vorbeizufahren. Sie ist bei mir, wir kommen gleich runter«, sagt er und ich wundere mich darüber, dass sein Gesichtsausdruck im nächsten Moment von amüsiert zu finster wechselt. Seine Stimmung kippt aus irgendeinem Grund. Ich kann Alex leider nicht verstehen, höre nur Theos Antwort.

»Ja, sicher …«, er klingt ernst. »Sie war die ganze Nacht bei mir. Gib uns noch zehn Minuten, ich muss sie erst wach bekommen, sie liegt ohnmächtig an mein Bett gefesselt vor mir.«

Okay, ich glaube, ich verstehe, warum er plötzlich mit Sarkasmus um sich wirft.

»Das geht dich nichts an, Alex. Und den Musterknaben neben dir, der mich bestimmt hört, weil du den Freisprecher anhast, auch nicht.«

Er sieht mich an, überdreht die Augen und zuckt dann müde schmunzelnd mit den Schultern, ehe er etwas erwidert, das mich wieder zum Lachen bringt, weil er es sagt, als würde er es wirklich so meinen, obwohl das ganz offensichtlich nicht der Fall ist. Er legt extra viel Gefühl in diesen Satz.

»Ich hab dich sehr lieb, Simon.«

Theo beendet das Telefonat mit einem schmatzenden Kusslaut.

Ich stelle meine Tasse brav in den Geschirrspüler – so, als hätte ich noch nie Pilzkulturen gezüchtet und mein Traummann verschwindet kurz im Schlafzimmer. Er kommt mit einem T-Shirt bekleidet und einer dunkelblauen Reisetasche wieder.

»Bereit, Süße?«

Ich nicke und versuche, mir meine Nervosität nicht anmerken zu lassen.

»Sicher.«

»Dann lass uns etwas Spaß haben.«

Ay, ay, Captain!

Eiskalte Engel

Theo zieht sich eine Sonnenbrille ins Gesicht, bevor er mir die Eingangstür seines Wohnhauses aufhält. Auf der Straße parkt ein schwarzer, wirklich cooler Ami-Schlitten. Ich habe keine Ahnung von Autos, aber ich kann lesen. Auf dem Heck steht ›*Dodge Durango*‹.

Die verdunkelte Scheibe der Beifahrerseite wird hinuntergefahren und das Gesicht, das mich anlächelt, habe ich vermisst. Nicht so heftig wie Theo, der ihn ja ›sehr lieb‹ hat, aber mir liegt der Unschuldsengel mit dem Dämonen-Lächeln auch am Herzen.

»Morgen«, sagt Simon gut gelaunt und lässt seinen Blick über mich schweifen. Vielleicht will er wissen, ob Theo mir irgendwo eine Leine angelegt hat, oder aber ihm gefällt einfach mein Outfit.

»Na? Habt ihr fürs Wochenende geübt? Wenn Lena jetzt zu schlimmen Muskelkater hat, muss ich mir dich schön saufen«, tönt Alex vom Fahrersitz aus und zwinkert Theo mit ausgestreckter Zunge zu.

»Dafür müsstest du mir aber erst einen intravenösen Tequila-Zugang legen. Verschwinde vom Beifahrersitz!«

Sein erster Satz ging an Alex, der zweite an Simon. Theo geht an mir vorbei und öffnet die Beifahrertür. Mein Unschuldsengel schüttelt genervt den Kopf.

»Du willst vorne sitzen? Wie alt bist du? Zehn?«

»Ja. Und jetzt geh weg, sonst darfst du nie wieder mit meinem Spielzeug spielen.«

Simon funkelt Theo an. Die beiden erinnern mich dabei wirklich an Schulkinder – ältere, heißere, muskulösere Schulkinder, bei denen ich mir nie sicher bin, ob sie sich gleich prügeln oder in Gelächter ausbrechen und sich auf die Schulter klopfen.

Simon schaut von Theo zu mir. Seine Lippen verziehen sich zu einem Schmunzeln, bevor er sich abschnallt und aussteigt.

»Na gut. Du sitzt vorne und darfst an Alex herumfummeln. Viel Spaß.«

»Hey, niemand fummelt an mir herum, solange ich fahre. Mein Idioten-Bruder killt mich, wenn ich das Auto schrotte.« Während Alex protestiert und ich eigentlich darüber nachdenken will, wie unglaublich gutaussehend sein Idioten-Bruder sein muss, schlingt Simon seinen Arm um mich und drückt mir einen Kuss auf den Mund.

»Hi, übrigens.«

»Hi«, hauche ich zurück, weil sich seine Lippen auf meinen so vertraut anfühlen, als hätten wir uns schon tausend Mal geküsst. Er nimmt mir meine Tasche ab und verstaut sie im Kofferraum, bevor er mir die Tür öffnet.

Eigentlich hatte ich mit einem neuen Gesicht auf der Rückbank gerechnet, aber sie ist leer.

»Jeder, der sich nicht anschnallt und durch die Windschutzscheibe flattert, wenn ich für kleine Tiere auf der Straße bremse, muss meinem ehemaligen Großkotz-Sadisten-Arschloch-Mitbewohner, der leider annähernd denselben Genpool hat wie ich, erklären, wieso er nicht der Nabel der Welt ist und ebenjene nicht untergeht, wenn sein Zeug kaputtgeht. Viel Glück dabei – mir hat er mal die Augenbrauen rasiert, weil ich mich aus Versehen auf seine Sonnenbrille gesetzt habe – und ich wünschte, das wäre ein Scherz.«

Während ich auf den Ledersitz rutsche und mich anschnalle – mich hatte Alex schon mit der geflügelten Vorstellung ›durch die Windschutzscheibe zu flattern‹ überzeugt – fahren wir los.

»Ich wusste gar nicht, dass du einen Bruder hast«, stelle ich fest und beuge mich ein Stück nach vorne, um seine Reaktion mitzubekommen. Beim letzten Mal, als ich etwas Persönliches über ihn wissen wollte, hat er abgeblockt. Vielleicht auch, weil es damals meine erste Party war und Alex nicht der Typ dafür ist, Fremden seine Lebensgeschichte auf die Nase zu binden.

»Wenn es nach den Aussagen meiner Eltern geht, ja. Wobei ich mir nicht sicher bin, ob er nicht einer der Affären meiner Mutter entsprungen ist. Sie hat schon immer gerne mit allem und jedem geschlafen und ich vermute, dass sie vor achtundzwanzig Jahren eine Nummer mit dem Teufel geschoben hat.«

Ich muss lachen, weil ich diesem schwarzen Humor so viel abgewinnen kann. Mir fällt leider etwas zu spät auf, dass Alex vielleicht nur Witze macht, weil er eine wirklich beschissene Beziehung zu seinem Bruder hat und das so verarbeitet, aber Lachen ist wahrscheinlich die beste Medizin, die es gibt – gerade für solche Wehwehchen.

»Alex ist übrigens der ›brave‹ Bruder, kaum zu glauben, oder?«, scherzt Simon.

Theo gibt auch einen Kommentar ab. »Wir sind allgemein die ›gute‹ Version von David und seiner Clique. Wenn du mal einem davon begegnest, nimm die Beine in die Hand und lauf, Lena.«

David also. Achtundzwanzig. Böse. Wahrscheinlich genauso hübsch wie Alex. Ich mache mir in Gedanken Notizen.

Simon kann sich die Stichelei nicht verkneifen. »Wir sind die Guten, obwohl wir Theo dabeihaben – das sollte schon alles sagen.«

Ich denke kurz, Theo schnappt ein, aber er lacht mit Simon und ich bin wieder mal gänzlich überfragt, wie gut oder nicht gut sich die beiden leiden können.

Was ist denn nun mit euch, Jungs? Feinde? Freunde? Steht ihr insgeheim aufeinander, wollt aber Alex nicht eifersüchtig machen?

»Genug von meiner Familie, sonst denkt Lena noch, ich komme aus einer Nachmittags-Talkshow«, sagt unser Fahrer und funkelt seinen Beifahrer aus dem Augenwinkel an. »Außerdem ist es bei dir um kein Stück besser, also hör auf mich auszulachen, nur, weil dir aus einem glücklichen Zufall der gestörte Bruder und sein verteufelter Freundeskreis fehlt.«

»Jaja. Wir stammen alle aus einem verkorksten Elternhaus – ist ja heutzutage nichts Ungewöhnliches«, entgegnet Theo und klingt beinahe gelangweilt. Ich weiß nicht, ob sein Tonfall einstudiert ist.

»Das stimmt nicht«, wiederspricht Alex und grinst in den Rückspiegel zu uns nach hinten. »Simon ist in einer 90er-Jahre-Familiensitcom aufgewachsen.«

Ich muss lachen, weil es stimmt. Ich kenne die Kirschbaums. Supernette, gastfreundliche, herzliche Menschen. Seine Mutter ist Krankenschwester, sein Vater ist Zahnarzt. Geschwister hat er keine, aber er ist auch kein verzogenes Einzelkind. Seine Eltern haben einen offenen, netten, nie fluchenden Unschuldsengel mit leichten Bondage-Tendenzen erzogen.

»Gratuliere, du bist in *Full House* aufgewachsen«, mault Theo und sieht auch in den Rückspiegel. Simon zuckt grinsend mit den Schultern.

»Ich weiß. Und Lena kommt aus *Gilmore Girls*, also steckt uns hier hinten nicht mit eurer Dunkelheit an, wir wollen nichts mit den *Eiskalten Engeln* zu tun haben.«

Wir kucken alle eindeutig zu viel Fernsehen.

»Ich will *Sebastian* sein!« ruft Alex wie aus der Pistole geschossen und stößt Theo in die Seite. »Du bist seine koksende Stiefschwester. Wie hieß sie noch gleich?«

»*Kathryn*«, entgegnet Theo genervt. Obwohl er die Sonnenbrille trägt, weiß ich, dass er gerade die Brauen nach oben zieht. »Ich halte weder etwas von Drogen, noch von der Vorstellung, dass du mich von hinten vögeln möchtest. Ich bin also definitiv nicht deine sexsüchtige Stiefschwester.«

Alex' Antwort klingt wie die eines enttäuschten Kindes. »Nie willst du irgendwelche Rollenspiele mit mir machen«, sagt er, kann den beleidigten Tonfall aber nicht halten.

Simon brummt seufzend. »Ihr beide schrammt ständig durch Lachen an wahnsinniger Perversität vorbei, das ist euch schon bewusst, oder?«

»Klar!«, schallt es im Chor von den Vordersitzen und mir fällt auf, wie eingespielt sich Alex und Theo verhalten können. Nicht nur witzig, sondern unheimlich süß!

Wir fahren durch eine schöne Gegend am Stadtrand. Wahrscheinlich holen wir noch jemanden hier ab, oder?

»Du musst links abbiegen«, weist Simon unseren Fahrer an, der den Blinker trotzdem falsch setzt. Theo greift ein. »Links ist dort, wo der Daumen rechts ist, Alexander. Das hast du im Kindergarten wohl verschlafen«, tadelt er, während er das Lenkrad greifen will.

»Schon gut, ich weiß, wo wir hinmüssen! Joey steht da drüben«, blufft Alex und fährt den Wagen doch nach rechts.

Meine Neugier zwingt mich dazu, an der Scheibe zu kleben. Ich bin so gespannt auf ihn, als müsste ich eine arrangierte Ehe mit ihm eingehen.

Das sind die coolsten Haare, die ich jemals gesehen habe! Kastanienbraun, ausrasiert am Nacken, ich glaube einen Sidecut zu erkennen, aber er dreht uns den Rücken zu. Dieser Joe ist definitiv kein Muskelpaket, sondern sehr, sehr schlank. Als er sich umdreht, bin ich irritiert. Obwohl er einen Teil seines Gesichts hinter einer runden schwarzen Sonnenbrille versteckt, halte ich ihn für verboten jung und verboten niedlich im selben Moment. Das ist wahrscheinlich der hübscheste Junge der Welt, aber niemals älter als siebzehn, oder?!

Während er auf den Wagen zukommt, schwebt sowas wie eine Künstler-Aura um ihn herum. Schwarze Lederboots, dunkelgraue Jeans. Ist es nicht etwas zu heiß für eine Jacke? Aber ich verstehe, wieso er sie trägt, sie sieht schlichtweg fantastisch an dem schlanken Körper aus. Er hat eine dunkelgraue Reisetasche geschultert und verschwindet damit hinter dem Auto. Alex öffnet den Kofferraum von innen und ich drehe mich sofort um.

»Hi! Danke fürs Abholen.«

Wer hat das gerade gesagt?! Spinne ich oder klingt er, wie …

Gott im Himmel bin ich verwirrt. Ich starre mit großen Augen auf Joey, der/die/das gerade die Jacke auszieht. Unter dem etwas weiteren dunkelgrauen T-Shirt zeichnen sich Brüste ab, oder?!

Als sie die Tür auf meiner Seite öffnet und sich die Sonnenbrille vom Gesicht zieht, bekomme ich einen ausgewachsenen Schlaganfall.

Kein verboten junger, wunderschöner Typ, ein verboten schönes, jungenhaftes Mädchen.

»Hey! Rutschst du ein Stück für mich, Süße?«

Ähm … ähm … ähm … dein Wille geschehe!

Ich will in die Mitte rutschen, obwohl ich noch am Gurt hänge, was nicht nur dämlich, sondern auch schmerzhaft ist, weil ich mich fast selbst stranguliere.

»Soll ich dir helfen?«, fragt sie lachend mit einer klanghaft dunklen, melodischen Stimme, für die man dahinschmelzen könnte.

Ich brauche tatsächlich ihre *und* Simons Hilfe, um mich abzuschnallen. Ungeschickt war ich ja schon immer, aber die körperliche und geistige Behinderung ist mir neu!

Sie setzt sich neben mich, macht die Tür zu und schmunzelt mich an. Dieses Gesicht ist der Inbegriff von Ästhetik. Androgyn durch die gerade Nase, die natürlich breiten, schön geschwungenen Augenbrauen und diese ausdrucksstarken hellbraunen Iriden. Ihre Lippen sind eher weiblich, weil sie voll und unglaublich weich aussehen. Das wirkt umso irritierender, denn ihre Gesichtsform in Verbindung mit dem unheimlich coolen Kurzhaarschnitt und den Klamotten wirken … zur Hölle, sie ist einfach wunderschön! Und ich finde sie … heiß?

»Ich bin Johanna, aber du kannst gerne Joey sagen, das tun eigentlich alle«, stellt sie sich vor und mein Blick schnellt nach vorn zu Theo, der mich angrinst, weil er mich vorhin auf den Arm genommen hat. Von wegen Joe! Obwohl …

Mir fällt auf, dass sich nicht nur Theo zu uns zurückgedreht hat, sondern auch Alex. Selbst Simon starrt mich grinsend an. Ist mein Kopf wirklich so rot, wie er sich gerade anfühlt? Das kann nicht sein, sonst würden sie mich wohl ins Krankenhaus fahren.

»Du bist Lena, oder?«

Ich habe noch immer kein Wort zu ihr gesagt. Nicht mal ›Hallo‹. Zumindest das muss ich herausbekommen.

»Hailo«

Fast Lena, fast …

Ich könnte die Jungs gerade dafür ohrfeigen, dass sie lachen. Das macht meinen geistig gelähmten Zustand nicht besser. Ich muss mich dringend zusammenreißen, ich bin doch kein sprachbehindertes Dummerchen.

»Wohnst du hier? Die Gegend ist wirklich schön. Mein Ex-Freund hat auch hier gewohnt«, sage ich, wie ein annähernd normaler Mensch, der Smalltalk macht. Joey antwortet mit ihrer schönen, rauen Stimme. »Ja, es ist ganz nett hier. Ich bin selbst erst hergezogen.«

Die Jungs hören auf, mich anzustarren, weil ich meine Reaktionen nach außen hin endlich unter Kontrolle habe. Es gibt übrigens keinen Ex-Freund von mir in dieser Gegend. Ich wollte nur irgendeinen Satz sagen, der ihr versichert, dass ich keine Sprachstörungen habe.

»Wie geht´s dir, Joey? Lange nicht gesehen«, übernimmt Simon zum Glück den Smalltalk und ich kann mich wieder darauf konzentrieren, sie nicht total begeistert anzustarren. Ich habe noch nie einen Menschen gesehen, der so viel Ausstrahlung hat. Um sie herum schwebt eine Aura, die beinahe genauso berauschend ist, wie ihr Duft. Sie riecht unisexmäßig gut, was mich nicht überrascht, aber zu meiner Faszination beiträgt.

»Ja, seit du wieder dabei bist, bin ich immer nur auf den Partys mit Nicki gewesen. Was läuft bei dir?«, will sie von Simon wissen.

Alleine Nickis Name löst dieses Krampfen in der Magengegend bei mir aus, das ich nicht Eifersucht nennen werde. Wahrscheinlich hat Nicki auch schon mit Joey geschlafen. Schläft Joey mit Frauen? Ist sie lesbisch? Unterstelle ich ihr das, weil sie so burschikos aussieht? Ist das diskriminierend? Bin ich bi, weil ich sie so spannend finde?!

»Eigentlich gibt es nichts Neues«, antwortet Simon und lehnt sich entspannt zurück.

»Trainierst du noch das Mädchen-Volleyball-Team?«

»Ja.«

»Spielt Nicki noch?«

Er nickt.

»Kommt ihr klar?«

»Sicher. Wir sind noch Freunde.«

Aha. Man kann also ganz ungezwungen mit Simon darüber sprechen – wenn man nicht gerade ich ist. Dass er so locker daher sagt, dass Nicki und er noch befreundet sind, ist wie eine Ohrfeige für meine Gefühle.

»Das ist cool von euch. Das funktioniert aber auch nur, weil du so ein gutmütiger Mensch bist. Ich kenne keinen Mann, der das sonst so locker sehen würde«, sagt Joey und will Simon ganz offensichtlich ein Kompliment machen. Theo nutzt die Vorlage.

»Ja. Simon hat einen goldenen Charakter. Am Wochenende speist er die Armen und unter der Woche pustet er in eine Pfeife, um seine Ex-Freundin durch den Turnsaal zu jagen. Gandhimäßig großartig!«

Joey und Alex lachen über Theos Spruch. Simon und ich nicht. Bei mir liegt es daran, dass ich über nichts lachen kann, was Nicki und ihre Beziehung zu meinem Jungen von Nebenan zum Inhalt hat. Ich hasse die Vorstellung, dass sie zusammenwaren immer noch mit leidenschaftlicher Intensität.

Zum Glück lenkt mich Joey ab, indem sie ein Stück näher zu mir rutscht, um sich durch die Mitte nach vorne zu beugen. Ihre Hand stützt sich an meinem Knie ab, während sie mit Alex und Theo spricht.

»Ihr beide seid doch sicher der Inbegriff des nachtragenden Ex-Freundes. Seid ihr noch mit einer einzigen Frau befreundet, mit der ihr mal eine Beziehung geführt habt?«

Sie ist unheimlich gut darin, spannende Fragen zu stellen, weil sie dabei nicht wie ein neugieriges Mädchen, sondern wie einer von den Jungs klingt.

Während Theo noch überlegt, liefert Alex eine Antwort.

»Ja, bin ich«, sagt er weniger stolz, als ich vermutet hätte, er klingt eher … leise? Theo mustert ihn sofort eindringlich und durchbohrt ihn mit dem Blick. »Mit wem bist *du* denn noch befreundet, mit dem du mehr als zwanglosen Sex hattest?«

»Caro«, sagt er einen Namen, starrt aber stur auf die Straße, obwohl es nur geradeaus geht. Ich bin heilfroh, dass er nicht Nicki gesagt hat. Ich weiß nicht, ob sie mal mit Theo oder Alex zusammen war. Hätte gut sein können. Aber anscheinend war da nie mehr als Freundschaft mit gewissen Vorzügen.

»Du triffst dich noch mit Caro?«, fragt Theo überrascht und irgendwie vorwurfsvoll. Alex zuckt mit den Schultern.

»Manchmal. Eher zufällig. Aber ja.«

Theo dreht sich zu Simon um, der hinter ihm sitzt. »Hast du ihm das eingeredet?«, will er im bissigem Tonfall wissen.

»Ich hab absolut nichts damit zu tun. Davon wusste ich auch nichts«, verteidigt sich Simon und hebt unschuldig die Hände.

»Ob ihr es glaubt oder nicht …«, beginnt Alex einen Satz, der keinen Zweifel daran lässt, dass er von dieser Diskussion genervt ist. »‥ ab und an mache ich etwas, ohne es von einem von euch beiden absegnen zu lassen.«

»Das gefällt mir aber überhaupt nicht. Lass das, alleine machst du nur Scheiß«, tadelt Theo scherzhaft.

Alex seufzt. »Ich habe unsere Hochzeit verpasst. Wann habe ich dir noch gleich die Kontrolle über mein Leben überschrieben?«

»Vor elf Jahren. Aber seit du die Affäre mit ihm da hinten hast, verhältst du dich nicht immer so gehorsam, wie ich mir das wünsche.«

Simon überdreht die Augen. »Und schon wieder schrammt ihr mit Lachen an psychologisch bedenklichem Verhalten vorbei. Danke, dass ich ein Teil eurer gestörten Beziehung sein darf.«

»Bitte«, schallt es im Chor von vorne und ich würde ausgiebig mit den anderen mitlachen, wenn Joey nicht zurückrutschen würde und dabei meinen Oberschenkel streift.

»Entschuldige«, flüstert sie und zwinkert mir zu. Wenn ich weiter in dieses hübsche Gesicht starre, das mich so verwirrt, werde ich wieder knallrot, also schaue ich rüber zu Simon, der meine peinlich berührte Reaktion leider deuten kann und mich angrinst. Dieser Blick soll mir wohl sagen, dass ich darauf bestanden habe, keine ›Sonderbehandlung‹ mehr zu bekommen, und er mich nicht davor beschützen wird, vor Scham und Nervosität in seiner frivolen Welt zu ertrinken.

Keine Angst Simon, auch wenn es gerade nicht so aussieht, ich kann schwimmen.

Hungrige Diven

Wir fahren auf die Autobahn und von der Autobahn auf eine Landstraße. Ich habe vergessen, wie grün und idyllisch es abseits der Stadt ist. Weil ich selbst kein Auto habe, komme ich eigentlich nie raus. Das letzte Mal, als ich Kühe weiden gesehen habe, war ich acht. Ich bin ein Stadtmensch durch und durch, aber dieses Panorama ist der Wahnsinn. Die Sonne scheint auf grüne Hügel mit Weinreben, und die Luft ist so klar wie es einem Hustenbonbon-Werbespots glauben machen.

Nach einer knappen Stunde Fahrzeit halten wir in einem Dorf, das aussieht, als hätten es japanische Anime-Zeichner designt, die noch nie in den Bergen waren, aber auf die Alpen stehen.

»So Leute. Aussteigen, einkaufen, einsteigen, weiterfahren. Das muss schnell gehen! Ich hab Hunger und werde dann ziemlich zickig«, prophezeit Alex, während er die Autotür zuwirft. Wir haben vor einem Supermarkt geparkt, der wahrscheinlich das größte Gebäude in diesem Dorf ist.

»Ist es noch weit, bis …«, ich kann meine Frage nicht beenden, weil ich noch immer nicht weiß, wohin genau die Reise geht.

»Fünfzehn Minuten die Bergstraße hoch«, antwortet Simon.

»Zwanzig«, korrigiert Theo und hebt im selben Moment den Arm wie Simon, weil sie ihn mir auf die Schulter legen wollen. Das kann nur dann funktionieren, wenn ich spontan die Fähigkeit entwickle, eine Zwillingsschwester zu erzeugen. Könnte ich das, hätte ich als Kind nicht mit mir alleine Ball spielen müssen.

Ich beschleunige meine Schritte, um zu verhindern, dass sie sich am Ende aus Versehen gegenseitig die Arme auf die Schultern legen.

Alex lacht während er an den Einkaufswagen steht und sieht in unsere Richtung.

»Wie die Amateure!«, ärgert er Simon und Theo für die unbedachte, gleichzeitige Aktion, die sie zum Glück abgebrochen haben.

Mir wird gerade klar, wie unangenehm es werden kann, wenn einen zwei Männer an derselben Stelle zur gleichen Zeit berühren wollen, und hier ging es nur um einen Arm auf der Schulter!

Ich will eigentlich ablenken und etwas gekünstelt Banales machen, zum Beispiel Alex den Einkaufswagen aus der Hand reißen und damit losfahren, aber ich werde zum Glück von meiner passiv aggressiven Schamreaktion abgelenkt – ironischerweise von einem Arm auf der Schulter.

Joey ist einen halben Kopf größer als ich und ihr Parfum steigt mir sofort in die Nase, als sich ihr Körper seitlich an meinen drückt.

»Sag Bescheid, wenn die Jungs zu aufdringlich werden. Ich kann dir Rückendeckung geben«, meint sie schief grinsend und ich vergesse gerade, dass sie eine Frau ist und ich eigentlich nicht lesbisch bin.

»Wieso haben wir Joey noch gleich eingeladen?«, stichelt Theo hinter uns, und das schöne Wesen neben mir, das so beschützend und lässig den Arm um mich gelegt hat, lacht, bevor es eine Antwort gibt.

»Weil du darauf stehst, jemanden zu vögeln, der aussieht wie ein Junge, ohne dir nachsagen lassen zu müssen, dass du schwul wärst!«

»Das stimmt nicht, dafür habe ich Alex«, entgegnet Theo trocken und fügt noch etwas hinzu »Oder Simon, wenn mir danach ist, auf einen goldenen Charakter zu ejakulieren.«

Simon seufzt. »Können wir Essen einkaufen, ohne darüber zu scherzen, dass wir es miteinander treiben? Geht das? Bitte?«

Ich kann nicht aufhören zu lachen, auch nicht, als ich den Blick der Frau sehe, die gerade ihren Einkaufswagen zurück in die Reihe schieben will und uns zwangsläufig zugehört hat. Die verdorbene Stadt-Jugend, die aufs Land fährt, um Schweinereien in einer Hütte im Wald zu machen – so klischeehaft sich das anhört, ich glaube, wir sind weder die Ersten noch die Letzten.

Vor den Nudeln lässt Joey mich los, weil sie nach einer Packung greift. Ich mische mich beim Einkaufen nicht ein, weil die anderen zu wissen scheinen, was sie kochen wollen und welche Getränke mit müssen. Wenn es nach mir ginge, wäre ich für das Wochenende mit einer Packung Gummibärchen und zwei Flaschen Rotwein gut bedient.

»Verschwinde mit dem Vollkornzeug, sonst versohl ich dir damit den Hintern«, droht Alex Joey, die daraufhin provokant die braunen Nudeln in den Einkaufskorb wirft.

»Überleg dir, ob du dir leere Kohlenhydrate reinziehen willst. Dicke Jungs tun sich schwerer, Hintern zum Versohlen zu finden.«

Sixpack-Photoshop-Körper-Alex müsste dieser Witz eigentlich nur ein schiefes Grinsen kosten, aber ich sehe gerade zu, wie seine Augen groß werden und er aussieht wie ein dickliches Kind, dem am Schulhof die Schokolade aus der Hand geschlagen wurde.

Theo schlendert an mir vorbei, zwei Flaschen Wodka in der Hand. »Na toll, jetzt bekommt er eine Essstörung«, murrt er sarkastisch und seufzt theatralisch.

»Das war doch nur ein Scherz!«, verteidigt sich Joey, die auch überrascht über Alex' Reaktion ist. Sie geht zu ihm und schlingt die Arme um seine Schultern. »Komm schon, du weißt, dass du einen heißen Körper hast, tu nicht so beleidigt«, verlangt sie und drückt ihm einen Kuss auf die Wange.

Hinter mir bleibt Simon stehen, der sich zu mir beugt und mir einen Ratschlag ins Ohr flüstert, der Joey den bockigen, murrenden Alex erspart hätte.

»Niemals einen Scherz über seinen Körper machen – absolut humorfreie Zone.«

Ich nicke verinnerlichend und höre Alex resignierend knurren. »Das kostet dich aber eine gewaltig schmutzige Entschuldigung«, stellt er klar und lässt sich nochmal von Joey küssen, diesmal auf den Mund. Die beiden sehen so gut zusammen aus, dass ich ins Schwärmen geraten könnte, aber Theo taucht wieder auf und stellt mich vor eine Wahl.

»Tequila oder Likör?«

»Wenn du mich bewusstlos machen willst, Tequila«, antworte ich scherzhaft und trete dabei in ein ähnlich dummes Fettnäpfchen wie Joey vorhin. Alex' humorfreie Zone ist sein Körper, Simons humorfreie Zone sind solche Dialoge zwischen mir und Theo.

Es wundert mich, dass an der Kasse noch jeder mit jedem spricht. Anscheinend tut uns Einkaufen nicht gut – zu viele Streitpunkte rund um Nudeln und den richtigen Alkohol für hemmungslosen Sex. Wahrscheinlich liegt es aber eher daran, dass wir ziemlichen Hunger haben und nicht nur Alex davon dünnhäutig wird.

Er zückt übrigens eine schwarze Kreditkarte, als es ums Bezahlen geht. Die Rechnung haut mich um. Das muss an den teuer aussehenden Weinflaschen liegen, die Theo in den Wagen geladen hat, als wäre es Sprudelwasser.

Wieder im Auto bewundere ich Joeys Tattoos. Sie hat welche an den Ober- und Unterarmen. Nichts Großes, nur kleine Symbole und Schriften. Ich will mir selbst nichts stechen lassen, aber ich freue mich für jeden, der etwas gefunden hat, mit dem er sich sein Leben lang identifizieren kann. Wenn jemand mal ein Symbol erfindet, das ›normales Mädchen mit etwas zu großem Hintern‹ bedeutet, bin ich dabei.

Ich weiß jetzt übrigens, dass Joey Sport und Ernährungswissenschaften studiert und früher mit Simon und Nicki Volleyball gespielt hat. Daher kennt sie auch Alex. Die Frage, ob sie auf Frauen steht oder einfach nur gerne welche aus der Fassung bringt, weil sie ein wunderschöner Junge wäre, habe ich nicht gestellt. Hätte auch dämlich geklungen.

Wir fahren durch den Wald. Nicht nur über eine Straße am Wald vorbei, nein, ich könnte die Bäume anfassen, wenn ich aus dem Fenster greifen würde. Der Untergrund ist so voller ausgeschwemmter Stellen und Steinen, dass wir im Auto richtig durchgeschüttelt werden. Weil die Ledersitze so rutschig sind, schiebt sich mein Körper von links nach rechts wie ein unbefestigtes Gepäckstück. Wieso Simon und Joey nicht herumrutschen, liegt wohl an den Muskeln, die sie besitzen und auch anspannen können, um ihren Körper dort zu halten, wo er hin gehört.

»Hält mal einer Lena fest? Sonst landet sie gleich auf dem Navi«, warnt Alex, weil er sieht, dass ich mich an den Vordersitzen festhalten muss, um nicht durch die Mitte zu ihm und Theo zu holpern.

Simon schnallt sich ab und löst auch meinen Gurt. Wir fahren kaum schneller als Schrittgeschwindigkeit, weil die Straße es gar nicht anders zulässt. Würde ich nicht gerade gepackt und auf seinen Schoß gezogen werden, wäre ich wohl beim nächsten Schlagloch mit dem Gesicht in Simons oder Joeys Schoß gelandet – Lachflash und dumme Sprüche inklusive.

Die Arme, die um mich geschlungen werden, halten mich problemlos fest. Simons Körper ist wie ein harter, warmer, bequemer Stuhl – mit dem man gerne Sex hätte.

Ich lehne mich mit dem Rücken gegen seinen Oberkörper und genieße mit einem Mal das Ruckeln, weil er mich bei jedem Holpern etwas fester hält.

»In meiner Tasche ist Bondage-Zeug. Du könntest sie auch festbinden«, schlägt Theo vor und ich sehe ihn durch den Rückspiegel verwegen nach hinten grinsen.

Simon drückt seine Wange liebevoll an meine und legt sein Kinn dann auf meiner Schulter ab. Sicher bekommt Theo gleich eine zurechtweisende Antwort von meinem Unschuldsengel zu hören.

»Eigentlich kein schlechter Gedanke. Du hast ja doch manchmal gute Ideen.«

Oder der Dämon und der Engel verbünden sich …

Hilfe …?

»Da bin ich dabei!«, tönt Alex begeistert. Er grinst auch durch den Spiegel.

Ja, klar – je mehr, desto lustiger. Oder?!

»Ich bin auch noch hier«, sagt Joey und zieht die schön geschwungenen Augenbrauen nach oben.

Theo dreht sich nach ihr um. »Keine Angst, Süße. Wir vergessen dich nicht. Ich fessle dich gerne.«

Ich warte auf das Einsetzen des Stechens, aber die Eifersucht bleibt gänzlich aus. Es macht mir nichts aus, dass Theo Joey so lasziv mustert. Ich würde es ihm gleichtun, wäre ich mutiger. Deshalb sind wir hier und nicht in seiner Wohnung geblieben.

»Das meinte ich nicht«, entgegnet die für mich schönste Frau der Welt. »Ich will Lena das gefesselt Sein nur etwas angenehmer machen, bevor ihr über sie herfallt.«

Sie sieht von Theo zu mir, und ich verbrenne förmlich unter ihrem Blick. Das herumgerüttelt Werden auf Simons Schoß macht die aufsteigenden Gefühle nur schlimmer.

Das Lachen, das sich im Auto breitmacht, klingt viel dunkler als bei all den anderen Malen.

»Okay. Dann übernimmt Joey das Vorspiel und mir reicht es, wenn ich zuschauen darf. Bleiben Simon und Theo. Das schaffst du Lena, oder?« Alex' Frage klingt viel zu ernst, auch wenn dieser amüsierte Unterton in seiner Stimme mitschwingt.

Ich weiß nicht, was ich antworten soll. Würde ich jetzt ein abgebrühtes ›Sicher‹ raunen, würde zumindest Simon mich auslachen, weil er mich kennt. Oder nicht? Hilft es, wenn ich in Gedanken einfach so lange das Intro von *Full House* summe, bis alle vergessen haben, dass ich ihnen eine Antwort schulde?

Everywhere you look, everywhere you look …

»Habt ihr die Fassade streichen lassen?«

Theos neue, unerotische Frage rettet mich davor, für prüde und stumm gehalten zu werden. Ich schaue neugierig durch die Scheibe und sehe das senfgelbe Holzhaus. ›Senfgelbes Holzhaus‹ klingt nach einer ramponierten Hütte in einer scheußlichen Farbe. Diese Beschreibung wird diesem imposanten Haus mitten im Grün absolut nicht gerecht. Es ist schlichtweg beeindruckend – wie aus einem ›Ich liebe die Natur und möchte sie trotzdem nicht in meiner Villa‹-Katalog. Die hölzerne Fassade und die Balken an den Fenstern lassen alles rustikal wirken, aber das ist nur Show. Das Ding ist riesig, keineswegs alt und sieht richtig cool aus – abgesehen von der scheußlichen Farbe.

»Anscheinend hat meine Mutter wieder einen ›Streichanfall‹ gehabt. Einmal im Jahr schickt sie ein Arsenal an verängstigten Malern los und lässt alle unsere Häuser neu streichen. Das ist ihr Ersatz dafür, dass sie sich nicht die Haare färbt, sobald sie einen neuen Lover hat. Ich warte auf den Tag, an dem ich nach Hause komme und das verdammte Haus pink ist.«

»Keine Angst. Mein Vater würde sie erschießen, wenn er von der Terrasse aus ein pinkes Haus sieht. Das passiert nicht«, versichert Theo lachend.

Aha. Ihre Elternhäuser stehen nebeneinander? Schon immer?

Wir halten unter einem großen Carport, unter dem locker drei dieser Ami-Schlitten Platz hätten.

Als ich von Simons Schoß rutsche, spüre ich kurz etwas Hartes. Diesmal grinse ich aber nicht stolz, weil ich sein Handy entdeckt habe.

Die Luft hier draußen ist herrlich kühl und frisch. Die Bäume schaukeln im sanften Wind und ich glaube, dass gleich Vögelchen zu uns flattern, die unser Gepäck ins Haus fliegen.

»Wow. Es ist wunderschön hier! Und so abgeschieden. Bist du oft hier?«, will ich von Alex wissen, den ich am Kofferraum treffe und der eine Augenbraue in die Höhe zieht, als hätte ich eine abwegige Frage gestellt. Er beginnt das Gepäck auszuladen und schüttelt dabei den Kopf.

»Nein, vielleicht einmal im Jahr, wenn ihr auch dabei seid. Was soll ich denn alleine in einer Hütte im Wald?«

»Und mit deiner Familie?«

Ich sehe Theo aus dem Augenwinkel grinsend den Kopf schütteln und Alex' Tonfall verrät mir auch gleich, warum er diese Geste macht.

»Falls du es aus den ganzen Witzen im Auto nicht herausgehört hast: Ich stehe meiner Familie nicht allzu nahe. Wir machen keine Wander-Brettspiel-Urlaube«, antwortet er und ich bin wirklich überrascht, dass Alex so kalt klingen kann. Der witzige, großzügige, perverse Spiele erfindende, liebenswerte Alex.

Simon klopft ihm auf die Schulter und zwinkert mir freundlich zu, weil ich wahrscheinlich gerade wie ein zurechtgewiesener Welpe aussehe.

»Wir kochen dir jetzt was Alex. Du wirst gerade richtig ätzend!«, wirft er ihm vor, klingt dabei aber ansteckend fröhlich. Alex sieht zu seinem etwas größeren, braunhaarigen Freund auf und starrt ihn zwei Sekunden mit fragenden Augen an, ehe er sich nach mir umdreht.

»Entschuldige Lena!«, sagt er und klingt richtig überrascht, weil ihm anscheinend jetzt erst bewusst wird, wie er vorhin geklungen hat.

»Schon gut, kein Grund für eine Entschuldigung.«

Ich sage das nicht so daher. Es gibt wirklich nichts zu verzeihen.

Du musst nicht immer gut drauf und perfekt sein, Alex. Kann ihm das mal jemand sagen? Ich traue mich nicht.

Ich will meine Tasche nehmen, aber Theo greift danach und streift dabei meine Hand. Das verliebte Grinsen, das sich auf meine Lippen legt, kann ich nicht schnell genug wegscheuchen, und er sieht es. Leider kann nur er meine und ich nicht seine Gedanken lesen, aber seine Miene sieht irgendwie amüsiert aus.

Ich folge den anderen und stehe dann in dem coolsten offenen Wohn-/Essbereich, den eine in einen Jäger verschossene, Holz liebende Innenarchitektin jemals eingerichtet hat. Ein monströses, dunkelbraunes Ledersofa mit beigen Kissen bildet den Mittelpunkt, über dem eine kupferfarbene kugelförmige Lampe hängt. Ein runder Esstisch mit antik aussehenden Stühlen und eine u-förmige Küche, die aussieht, als hätte jemand die Landhausküche von Ikea genommen und alles Preiswerte durch Echtholz und Marmor ersetzt.

Die Wände sind dunkelgrün und es riecht nach Tannenduft-Lufterfrischer.

Ich verkneife mir ein erneutes ›Wow‹, weil ich mittlerweile weiß, dass Alex nicht auf Bewunderungsbekundungen steht. Den staunenden Gesichtsausdruck kann ich mir trotzdem nicht verkneifen.

Ich bin gespannt auf die Schlafzimmer!

Die Jungs stellen unsere Taschen neben der Haustür ab und ich sehe Theo fragend an. Er war bestimmt schon öfter hier.

»Das Haus hat doch Schlafzimmer, oder?«

Er grinst nickend. »Ja. Aber wir machen immer erst später ab, wer bei wem schläft, also bleiben die Taschen erstmal stehen.«

Ich nicke vorsichtig, obwohl es mir logisch erscheint. Ich habe vergessen, dass das hier kein ›gewöhnliches‹ Party-Wochenende in den Wäldern wird.

Theo drückt sich an mich, bevor er mir ins Ohr raunt.

»Aber keine Angst. Du gehörst heute Nacht mir …«

Ich hab noch nie …

Spagetti mit Tomatenpesto können wie Glückspillen wirken – selbst, wenn sie aus Vollkorn sind. Beim Essen hebt sich unsere Stimmung so sehr, dass wir sogar über Alex' Körperbesessenheit scherzen können, und er diesmal nur über beide Ohren und mit vollem Mund grinst. Der Wein verstärkt die Endorphin-Wirkung zusätzlich.

Die Jungs können übrigens alle kochen, was mich nicht wundert, schließlich leben sie alleine und halten nicht viel von Fastfood.

Zwischen so vielen schönen, gesunden Körpern bekomme ich beinahe ein schlechtes Gewissen, was meine eigenen Essgewohnheiten angeht. Ich dachte immer, ich hätte Pech mit meiner Veranlagung gehabt, in Wirklichkeit muss ich aber froh sein. Für die ganzen Fruchtgummis, Softdrinks und Fertiglasagnen, die ich in mich reinstopfe, kann ich mich sehen lassen – noch. Ich arbeite in Gedanken gerade an einem Ernährungsplan, weil ich zur dauerheulenden Selbstmitleidskugel mutiere, wenn mir Alex irgendwann eine Nachricht schreibt, in der ›Du fliegst raus – zu speckig‹ steht. Das würde er natürlich nicht schreiben. Er würde sich eine freundlich klingende Ausrede einfallen lassen, aber ich würde trotzdem wissen, dass er nicht nach Kanada ausgewandert ist, sondern ich nicht mehr in meine Jeans passe.

Ein grauenhafter Gedanke. Ich muss bewusster auf meinen Körper achten. Meine Gesundheit wird es mir auch danken, obwohl meine Verdauung vielleicht in Schockstarre verfällt, wenn sie plötzlich mit zu viel Obst und Gemüse in Kontakt kommt.

Weil ich mich dankbar für all das hier zeigen will, und meine Mutter mich dazu erzogen hat, nur in den eigenen vier Wänden den Haushalt zu ignorieren, stehe ich auf und beginne, den Geschirrspüler einzuräumen.

Simon will mir helfen, aber ich versichere ihm, dass ich es ganz alleine schaffe, fünf Teller plus Besteck und zwei Töpfe in die Maschine zu stellen.

»Danke, Lena! Du bist eine Heilige!«, ruft Alex und fügt noch etwas hinzu »Eine verdammt scharfe Heilige!«

Ich grinse und versuche, mir nicht anmerken zu lassen, dass ich keine Ahnung habe, welches Programm ich gerade beim Geschirrspüler eingestellt habe. Ich denke, es ist nicht normal, dass dort etwas mit sieben Stunden steht, aber das Geschirr ist dann sicher sauber.

Als ich zurück an den Tisch komme, sehe ich eine Flasche Wodka und Schnapsgläser. Ich ahne, was jetzt passiert. Alex möchte etwas spielen …

»Weil du so fleißig warst, darfst du dir aussuchen, nach welchen Regeln wir das Zeug in uns reinschütten«, erklärt mir unser Gastgeber gut gelaunt, und ich sehe ihn verdutzt an.

»Du willst, dass ich mir ein Spiel aussuche?«

Er nickt und ich stehe unter Zugzwang. Kenne ich ein Trinkspiel? Natürlich. Aber es hat nichts mit Ausziehen, Versohlen, Küssen oder Blowjobs zu tun. Enttäuscht das Alex?

»Wir können ›Ich hab noch nie …‹ spielen«, schlage ich vor und sehe überraschte, aber nicht abgeneigte Reaktionen.

Ein einfaches, aber ziemlich ›wirkungsvolles‹ Trink-Spiel. Derjenige, der an der Reihe ist, nennt etwas, das er noch nie gemacht hat, wer es schon mal gemacht hat, muss trinken.

Theo lacht. »Willst du uns umbringen?«, fragt er und sieht mich mit einem Blick an, der mir bewusst macht, wie grandios mein Vorschlag war. Die Jungs werden sowas von verlieren! Die haben doch bestimmt schon alles gemacht.

»In einer Stunde liegt ihr unter dem Tisch«, spricht Joey meine Gedanken aus und lässt ein triumphierendes Grinsen über ihre schönen Lippen huschen. »Ich beginne …«

Sie füllt die Gläser am Tisch mit Wodka, während Alex die Stereoanlage anmacht. Aus diesem Haus könnte man problemlos die coolste, exklusivste Wald-Disco der Welt machen, der Sound ist der Wahnsinn, obwohl die Musik nicht mal laut ist. Während *Avicii* aus den Lautsprechern schallt, beginnt Joey, die Jungs fertig zu machen.

»Ich habs mir noch nie selbst zu einem Porno gemacht«, sagt sie grinsend und erntet natürlich genervtes Stöhnen und Augenüberdrehen. Grandioser Start! Jeder Mann hat schon mal zu einem Porno …

Ich bin dran und setze gleich noch einen drauf.

»Ich hab noch nie ein benutztes Kondom entsorgt.«

Mein Blick schweift zu Theo, der ihn erwidert, weil er weiß, woran ich gerade denke.

Du vergisst gerne mal die Verpackung wegzuwerfen, ich weiß.

Alex ist an der Reihe und will sich natürlich revanchieren.

»Na wartet …«, droht er mit verengten Augen und mustert mich und Joey – lange, weil ihm nichts einfällt.

»Ich hab noch nie meine Tage bekommen!«, tönt er nach einer gefühlten Minute stolz. Theo zieht die Brauen hoch. »Und dafür musstest du jetzt so angestrengt überlegen? Warst du dir nicht sicher, ob du schon mal menstruiert hast?«

Ich muss lachen, bevor ich Einwände äußern kann.

»Keine geschlechterspezifischen Dinge, die für das andere Geschlecht unmöglich sind«, präzisiere ich die Regeln und sehe Alex kopfschüttelnd an, der seinerseits einen Einwand hat.

»Aber Pornos sind kein typisches Männer-Ding, oder wie?«

Simon hilft mir, den Unterschied klarzumachen. »Lena kann es sich zu einem Porno machen, wenn sie will. Egal, wie sehr du es versuchst, du wirst nie ein Kind in dir tragen – tut mir leid, dass du das auf diesem Weg erfährst.«

Alex schnaubt auf die Verarsche hin. Der entnervte Gesichtsausdruck wechselt aber schnell in einen lasziven, als sein Blick zu mir schweift.

»Das würde ich echt gerne mal sehen …«, sagt er und ich weiß natürlich, was er meint. Er will sehen, wie ich es mir selbst mache – da kommt sein ›Andere kommen sehen‹-Tick durch. Joey zerschlägt seine Fantasien, weil sein Wunsch natürlich zweideutig geklungen hat.

»Du würdest gerne mal sehen, wie Lena ein Kind bekommt?«, unterstellt sie ihm lachend und seine Miene wird wieder genervt, auch als Theo einen draufsetzt und mich warnt. »Pass auf, Lena. Kontrollier lieber das Kondom, Alex will dir was andrehen.«

»So. Der Nächste, der mich verarscht, macht entweder Bekanntschaft mit meiner Sadisten-Seite oder schläft heute Nacht draußen bei den Eichhörnchen. Ersteres gilt für Frauen, zweiteres für Männer.«

»Spiel einfach weiter und nimm eine andere Behauptung«, rät Joey, und Alex fängt wieder an zu überlegen.

»Ich hab noch nie … einen Blowjob gemacht«, sagt er und zieht die Brauen hoch, bevor er ergänzt »Hätte ich aber machen können, also gilt das, ja?«

Ich nicke, während ich das Shotglas an die Lippen setze und mir die klare Flüssigkeit die Kehle hinunterlaufen lasse. Joey tut es mir gleich.

Theo ist an der Reihe und er hat sicher schon etwas auf Lager, weil er mich so verwegen angrinst.

»Ich hatte noch nie Sexfantasien mit mehr als zwei Personen in diesem Raum.«

»Echt? Du hattest noch nie Sexfantasien mit Alex?«, fragt Simon gespielt ernst. Theo legt den Kopf schief und sieht ihn eindringlich an.

»Nein. Aber fast mal mit dir«, entgegnet er trocken. »Ich könnte mir vielleicht vorstellen, wie du mir zusiehst, wenn ich Lena vögle.«

»Du bist ein perverser Vollidot«, entgegnet Simon tonlos. »Und ich hasse dich«, fügt er mechanisch klingend hinzu. Theo haucht ihm darauf einen Luftkuss zu, dann lachen sie. Bevor ich aus den beiden schlau werde, verstehe ich Stonehenge.

Simon ist dran, und ich bin gespannt, was er auf Lager hat.

»Ich hab mich noch nie an einen Schreibtisch fesseln lassen.«

Dass ich ihn anstarre wie ein Autobus, verrät mich, schon lange bevor ich mir das Glas zum Mund führe. Mein böser Unschuldsengel grinst schief und macht dann eine auffordernde Geste, während die anderen natürlich sofort Bilder im Kopf haben und schmutzig lachen.

»Du siehst gefesselt aber auch verdammt heiß aus, Lena«, meint Alex und Theo lässt es sich nicht nehmen, ihm beizupflichten – wahrscheinlich, weil er es Simon unter die Nase reiben will. »Ja, das haben wir anscheinend alle schon festgestellt.«

Bevor ich vor Scham im Erdboden versinke, trinke ich das Glas leer und hoffe, dass die Wirkung möglichst schnell einsetzt.

»So hätte ich dich gar nicht eingeschätzt«, sagt Joey amüsiert, und ich beginne den Kopf zu schütteln.

»War nie meine Idee!«, verteidige ich mich und klinge dabei kleinlaut. Ich weiß, was ich jetzt zu hören bekomme, nur wer es ausspricht, weiß ich noch nicht.

»Du stehst drauf, Lena. Wenn du das abstreitest, trinkst du noch drei Shots.«

Theo treibt also wieder die Röte auf meine Wangen und auch einen Hauch von Erregtheit in meinen Unterleib, weil ich diesen dunklen, strengen Tonfall von ihm eigentlich nur aus dem Schlafzimmer kenne. Ich schaue verstohlen zu ihm rüber, kann dem intensiven Blick aber nicht lange standhalten und schaue auf die andere Seite des Tisches. Dort leuchten mich braune Iriden an, aus denen mindestens genauso viele Funken sprühen. Simon hat ein magisches Gesicht. Die meiste Zeit ist er dieser wunderschöne, freundliche Junge mit dem netten Lächeln und den weißen Zähnen. Dann legt er einen Schalter um, und ich muss die Beine überschlagen, weil mich der Dämon, der mich so durchdringend mustert, ziemlich scharf macht.

Wie lebt sich so ein Doppelleben, Simon?

Ich weiß nicht, den wievielten Shot ich mir gerade die Kehle runterlaufen lasse, aber ich ärgere mich dabei darüber, dass ich schon mal einen Orgasmus vorgespielt habe. Welche Frau, die schon mit Max zusammen war, hat das aber nicht?

Ich verdiene sowieso einen Orden dafür, dass ich bei all dem langweiligen Sex nie eingeschlafen bin.

»Mein Ex-Freund war ein verdammter Juristen-Teletubbie«, rechtfertige ich meine Auftritte in der bekanntesten Frauenrolle der Welt, die wohl ›Ich komme, ist es endlich vorbei?‹ genannt werden sollte.

Joey behauptet, sie hätte noch nie einen Orgasmus vorgespielt, weil es dasselbe wäre, wie einen Hund zu loben, bevor er das Pfötchen gegeben hat und sich im Nachhinein darüber zu beschweren, dass er sich nicht abrichten lässt. Das ist ein durchaus witziger und absolut wahrer Vergleich, der mich zuerst kichern lässt und mein Geständnis dann umso unangenehmer macht.

»Das habe ich nur bei Max gemacht«, versichere ich und wundere mich nur drei Sekunden über meinen beschwipsten Unterton.

»Keine Angst, Süße …«, raunt Alex, der auch schon das eine oder andere Mal ins Glas geschaut hat. »Uns etwas vorzuspielen, könnte schwierig werden, versuchs erst gar nicht.«

»Ihr apportiert ja auch so brav, da haben wir das nicht nötig«, antwortet Joey für mich und ich grinse so stolz, als wäre ihre schlagfertige Antwort meine gewesen.

Ich stehe auf, weil ich dringend ins Badezimmer muss, schon seit Theo mit seinem Stuhl näher gerutscht ist und seine Hand auf meinen Oberschenkel gelegt hat. Dass ich es mir so lange verkniffen habe, liegt daran, dass er mit jeder Minute immer höher gerutscht ist und ich eigentlich herausfinden wollte, wie weit er hier am Tisch geht, und wann ich anfange, trotz Wodka-Schamschwelle kichernd die Beine zu überschlagen. Wenn ich nicht gleich im Bad verschwinde, müsste ich aber aus einem anderen Grund die Beine überschlagen, also verabschiede ich mich kurz, während die anderen darüber diskutieren, ob wir uns ab jetzt lieber ausziehen, wenn wir etwas schon mal gemacht haben.

Dass ich im Flur in Richtung Badezimmer den ausgestopften Hirschkopf an der Wand angrinse, ist ein sicheres Zeichen dafür, dass es besser für mich wäre, meine Klamotten loszuwerden, als noch mehr Shots zu kippen. Ich bin ziemlich angeheitert, aber noch nüchtern genug, um diese Nacht ohne Filmriss zu genießen.

Das Bad ist der Hit. Man pinkelt in eine hellblaue Toilette, während einen zwei ausgestopfte Eichhörnchen von dem kunstvoll nachgeschnitzten kleinen Baum neben der großen Badewanne beobachten. Chip und Chap sind vermutlich an einem Herzinfarkt dahingeschieden, sie sehen zumindest aus, als hätten sie sich höllisch erschrocken, bevor sie von der jägerliebenden Innenarchitektin von Alex' Mutter von ihrem echten Baum gekickt wurden.

Der Wasserhahn ist ein goldener Schwanenkopf. Ich mache mich frisch, wische mir die Wimperntusche von den Augenlidern und trage einen Spritzer von dem teuer aussehenden Frauenparfum auf, das ich im Spiegelschrank finde. Es riecht unheimlich gut und ich grinse vor mich hin, weil ich mich betrunken meistens halbwegs großartig finde.

»Na, Jungs? Was sagt ihr?«

Chip findet mich sexy, Chap nicht, aber ich vermute, dass er früher gerne am anderen Ufer gefischt hat.

Ja, ich rede mit den Eichhörnchen …

Wieder im Gang wundere ich mich erst darüber, wo ich bin, als die Musik immer leiser wird. Ganz augenscheinlich bin ich falsch abgebogen, was schon irgendwie eine Glanzleistung ist, zumal ich nur die Wahl zwischen links und rechts hatte und vor drei Minuten aus einer der Richtungen gekommen bin.

Wo ich schon mal am falschen Ende des Ganges bin, gebe ich meiner Neugier nach und öffne eine der Türen.

Es ist stockdunkel in dem Zimmer, aber es riecht nach frischer Bettwäsche und Sandeln. Definitiv ein Schlafzimmer und ich will es unbedingt sehen. Ich stolpere wenig grazil durch den Raum und betatsche die Wand, bis ich den Schalter gefunden habe. Die große Deckenleuchte geht an, und ich atme erleichtert durch, weil einen hier keine ausgestopften Tiere anstarren. Ein wirklich schönes Zimmer mit rostroten Wänden und weichem, beigen Teppichboden. Ich steuere auf das große Bett zu, weil die grau karierte Bettwäsche unwirklich weich aussieht. Sie glänzt nicht wie Satin und ist auch alles andere als kühl. Ich gleite mit der Hand über den warmen Stoff, der sich nach Flanell anfühlt. Die vielen Kissen sehen einladend aus. Am liebsten würde ich mich jetzt hinlegen – nicht, weil ich müde bin, sondern …

Das Licht geht aus und ich stehe plötzlich im Dunkeln. Eine Sekunde lang denke ich, dass der Strom ausgefallen ist, dann höre ich hinter mir die Tür zufallen. Ich will mich erschrocken umdrehen, aber ich kann nicht, weil jemand die Arme um mich legt und mich festhält.

Mein Körper spannt sich automatisch an, was der Dunkelheit und der unerwarteten Berührung zuzuschreiben ist.

»Wer …?« Ich stelle meine Frage nicht zu Ende. Da sind mit einem Mal weiche Lippen auf meinem Hals und ein warmer, harter Körper, der sich an meinen Rücken drückt. Eine Hand schiebt sich unter mein Top, legt sich auf meinen Bauch, während irgendjemand in der Dunkelheit weiter meinen Hals küsst. Als ich umgedreht werde und die Lippen auf meinen spüre, bin ich mir sicher, dass ich gleich sagen kann, wer mich überrascht hat.

Ich fahre prüfend mit meinen Händen über seinen Körper: Six Pack, breite Schultern, Muskeln an den Oberarmen, Wahnsinnshintern!

Dass mich das kein Stück weiterbringt, lässt mich in den Kuss grinsen. Er spürt das natürlich und drückt sich so fest an mich, dass ich nach hinten kippe. Ich gebe ein erschrockenes Piepsen von mir, weil ich glaube, dass ich auf den Boden falle, aber ich lande auf der weichen Bettwäsche.

Sein Körper beugt sich über meinen und unsere Lippen finden sich wieder.

Wie kann es sein, dass ich keine Ahnung habe, wer mir hinterher gekommen ist? Ich setze zu dem forschendsten Kuss meines Lebens an. Wem gehören diese Lippen? Er sagt kein Wort. Ich höre ihn nur atmen, leicht angeturnt, so wie ich.

Als sich seine Hand auf meinen Busen legt und auch sofort unter meinen BH schiebt, versuche ich ihn wegzudrücken. Am Ende werde ich hier von einem erstklassig gebauten, gut duftenden Einbrecher vergewaltigt und merke es nicht mal.

»Kannst du …?« Ich verstumme. Hält er mir tatsächlich gerade den Mund zu?!

Ich will mich hochraffen, aber der schwere Männerkörper auf meinem hindert mich daran. Seine Lippen kommen an mein Ohr und er brummt beruhigend.

Obwohl es nur ein kurzes Geräusch ist, kommt mir die Stimme bekannt vor. Natürlich. Ich weiß auch, dass das kein Einbrecher ist, sondern einer von den Jungs, aber wer?! Simon?

Seine Fingerspitzen streichen über meinen Busen. Kaum nimmt er die andere Hand wieder von meinem Mund, entweicht mir ein leises Stöhnen. Sex im Dunkeln mit einem quasi Fremden hätte zweifelsohne seinen Reiz – wobei fremd ist er mir definitiv nicht. Trotzdem will ich ihn.

Der Knopf an meinen Hotpants wird geöffnet und ich halte die Luft an, weil ich die aufkommende Erregung vollends genießen will. Meine Hose wird hinuntergezogen und er rutscht ein Stück nach unten.

Oh ja, das hier wird definitiv schön!

Meine Libido hüpft freudestrahlend und leicht beschwipst im Kreis.

Ich fühle die warme Zungenspitze über die Innenseite meines Oberschenkels gleiten und drücke meinen Körper erwartungsvoll durch. Sie verschwindet kurz, nur um dann an einer Stelle wieder aufzusetzen, deren Pulsieren mich leise aufstöhnen lässt.

Doch Alex und seine geschickte Zunge?! Mit Sicherheit!

Ich schließe die Augen, obwohl es sowieso stockdunkel ist. Sein Finger gleitet mühelos in mich, weil mein Körper schon bereit für mehr wäre.

Das Kreisen mit der Zunge und das rhythmische Eintauchen in mich treiben die Hitze in mir hoch. Die Ahnungslosigkeit, wer mich da gerade zum Orgasmus treibt, heizt mir zusätzlich ein.

»Nicht aufhören!«

Mein Protest kommt etwas ruppig, weil er wirklich im undenkbarsten Moment aufgehört hat, mich glücklich zu machen. Ich höre ein dunkles, leises Lachen und werde dann schwungvoll umgedreht, sodass ich auf dem Bauch liege. Ich will mich eigentlich selbst hochrappeln, aber er greift unter mein Becken und zieht es zu sich. Jeansstoff reibt gegen meinen Hintern, unter dem sich spürbar etwas Hartes abzeichnet – nein, kein Handy!

Weil ich in der Erwartung bin, ihn gleich zu spüren, seufze ich wohlig, aber das leise Geräusch wird zu einem mehr oder wenig lauten, erschrockenen Stöhnen. Ich habe nicht mit dem Klaps gerechnet und noch weniger damit, dass er die Hitze in mir noch weiter ankurbelt. Das Brennen vermischt sich mit dem Pochen zwischen meinen Beinen.

Doch Theo! Ich wusste es irgendwie …

Als er erneut ausholt, bin ich vorbereitet und atme durch den kurzen Schmerzimpuls hindurch. Er taucht sofort darauf mit den Fingern in mich ein und beginnt mich mit der anderen Hand zu stimulieren. Noch während das Brennen abnimmt, durchzuckt mich die Lust in elektrisierenden Wellen. Ich stöhne mein Verlangen hinaus und hoffe, dass er nicht wieder aufhört. Wenn er mich jetzt stehenlässt und verschwindet, mache ich hier selbst weiter!

»Bitte …«

Das Wort klingt weniger flehend als euphorisiert, weil ich fühle, dass er diesen Punkt in mir trifft, der mich kommen lassen kann, wenn er weitermacht. Ich würde seinen Namen stöhnen, aber ich bin mir ehrlich gesagt noch immer nicht sicher, wer sich gerade so vergnüglich an mir vergreift.

Meine Finger krallten sich in die Bettdecke, als die wohltuenden Wellen beginnen, über mir zusammenzubrechen. Mit den ersten Wogen des erlösenden Orgasmus bahnt sich auch ein anderes Gefühl den Weg in meinen etwas vernebelten Verstand. Bis ich das plötzliche Piksen an meiner Pobacke zuordnen kann, bin ich schon auf dem Gipfel des Mount Everest und heiliger Sexgott, es ist verdammt schön hier oben!

Meine Hände geben nach, weil meine Muskeln zu zittern beginnen und ich mich nicht mal mehr auf allen vieren halten kann. Ich falle auf die weiche Decke und genieße das letzte Zucken in meinem Inneren. Kaum verschwindet das berauschende Hochgefühl, wird mir bewusst, dass meine linke Pobacke wie Feuer brennt. Meine Hand findet die Stelle sofort und sie ist so heiß, als hätte ich auf einem Ofen gesessen. Außerdem fühle ich kleine Einkerbungen.

»Hast du mich gebissen?!«, rufe ich, während ich begreife, dass das durchaus wohltuende, Orgasmus unterstreichende Piksen von Zähnen ausgelöst worden ist. Ich höre die Tür zufallen und murmle noch immer etwas atemlos gegen die Bettdecke. »Ähm … hallo?«

Lässt du mich gerade ahnungslos liegen? Nachdem du mich geleckt, gefingert und gebissen hast?! Wer bist du?! Ein Oral-Sex-Vampir?! DeLuca?!

Ich vergrabe den Kopf resignierend in das Kissen und seufze die Erregung, die meinen Körper eigentlich noch nicht ruhen lassen möchte, weg. Großartig – ich stehe wirklich auf die bösen Jungs. Schickt Luzifer rein …

Jagdfieber

Erst nachdem ich gegen irgendein Möbelstück geknallt bin, komme ich auf die Idee, das Licht wieder anzumachen, um meine Hose nicht im Stockdunkeln zu suchen. Ich bin gerade noch etwas plan- und kopflos unterwegs, weil ich irgendwo zwischen postkoitalem Grinsen und beschwipstem Hochgefühl feststecke.

Zwangloser Sex sollte auf Rezept verschrieben werden. Gemeinsam mit einer guten Pasta und Schokolade hätte man die beste und wahrscheinlich effektivste ›Glückspille‹ der Welt.

Nachdem ich nochmal kurz bei Chip und Chap vorbeigeschaut habe, um meine Frisur und mein Make-Up zu überprüfen, finde ich diesmal den richtigen Weg zurück in den offenen Wohn-/Essbereich.

So, Jungs! Hand hoch! Wer hat mich gebissen?

Ich lasse meinen Blick in die Runde schweifen und sehe ausschließlich gewohnte Mienen und Gesten. Joey hat auf Alex' Schoß Platz genommen. Unser Gastgeber grinst mich schief und leicht lasziv an, so wie er es immer tut. Ich habe keine Ahnung, wie lange er schon die Hand unter Joeys Shirt hat, aber ich streiche ihn mal vorerst von meiner Verdächtigenliste.

Theo ist sowieso mein Hauptverdächtiger. Ich mustere ihn eindringlich, ernte aber nur hochgezogene Brauen.

»Alles in Ordnung? Schlagen dir unsere Kochkünste auf den Magen?«, fragt er, als würde er wirklich glauben, dass ich die letzten 20 Minuten auf der Toilette verbracht habe.

Ich schaue zu Simon, der mich mit unschuldigen Engelsaugen mustert.

Muss ich jetzt tatsächlich erklären, dass ich keine Darmprobleme habe, sondern ›überfallen‹ wurde?

Okay, ihr steckt also unter einer Decke.

Als ich Joey fragende und bittende Blicke schenke, grinst sie mich an, und mir fällt einmal mehr auf, dass sie wie einer von den Jungs ist.

»Du bist dran, Lena«, sagt sie und zuckt mit den geraden Schultern, bevor sie sich mit dem Rücken an Alex' Brust drückt und seine Hand noch ein Stück weiter unter ihr T-Shirt rutscht.

Ich setze mich, nicht ohne noch einmal in die Runde zu funkeln, weil ich weiß, dass sie mich verarschen. Obwohl sie lachen, halten sie dicht, aber nicht mehr lange.

»Ich habs noch nie jemandem in einem stockdunklen Zimmer gemacht, ohne ein Wort zu sagen«, setze ich das Spiel fort und würde triumphierend die Lippen verziehen, würde mein Hintern sich nicht so beleidigt von dem Kontakt mit dem Stuhl zeigen.

Alex beugt sich gemeinsam mit Joey nach vorne und greift eines der Gläser.

Aha! Ich wusste, ich erkenne deine Zunge wieder!

Als ich auf sein Geständnis reagieren will, passiert etwas sehr Kontraproduktives für meinen ursprünglich so brillanten Aufdeckungsplan – Simon greift sich auch eines der Gläser, genau wie Theo. Sie exen den Wodka und lachen dann gemeinsam. Ich bin mir nicht mal sicher, ob sie lügen, um mich weiter im Ungewissen zu lassen, oder ob sie das wirklich alle schon mal getan haben – zuzutrauen wäre es ihnen.

»Na gut«, sage ich schulterzuckend und wippe mit dem Stuhl, um meine gespielte Gleichgültigkeit mit einer kindisch rebellischen Geste zu unterstreichen. Natürlich will ich wissen, wer mein Darkroom-Lover war, aber sie haben gerade viel zu viel Spaß daran, mich glauben zu lassen, dass ich von einem Geist beglückt wurde, also lasse ich es gut sein.

»Du bist dran«, sage ich zu Theo, der seinen Arm um meine Schulter legt und seinen Blick einmal auf- und abschweifen lässt. »Ein Shot noch, dann gehörst du mir. Was sagst du?«

Ich sage gar nichts, ich werde spontan wieder scharf, weil meine Libido mich daran erinnert, dass wir zwar einen Orgasmus hatten, aber doch sehr gerne auch gevögelt werden würden.

Theo wirkt etwas ungeduldig auf mich. Er beißt sich sogar auf die Unterlippe. Dass er mich so unbedingt will, schmeichelt mir, aber ich bin das von Mister Beherrscht nicht gewöhnt. Liegt das am Alkohol oder daran, dass er vorhin im Schlafzimmer nicht auf seine Kosten gekommen ist?

»Was nur mehr einen Shot betrifft, stimme ich dir zu«, lenkt Simon meine Aufmerksamkeit auf sich, obwohl er eigentlich mit Theo spricht. »Aber Lena überlasse ich dir sicher nicht kampflos.«

Seine Worte lösen den ›Ich sehe einen Welpen‹-Reflex bei mir aus: ich lege den Kopf schief, bekomme etwas glasige Augen, rosa Wangen und grinse verliebt.

Mal ehrlich, welche Frau würde diesen Satz nicht gerne hören? Vielleicht die, die jetzt zwangsläufig eine Entscheidung zwischen Peitschen-ich-mache-dich-schon-scharf-wenn-ich-mit-dieser-dunklen-Stimme-spreche-Sexy und Handschellen-ich-kann-versauter-sein-als-man-mir-zutraut-Hottie treffen muss.

Mir fällt gerade auf, dass mir selten etwas so schwer gefallen ist. Ich will niemanden bevorzugen oder abweisen. Natürlich bin ich in Theo verschossen, aber Simon ist Simon – mein Simon, und wir hatten noch nie Sex.

Während ich konzentriert auf die Tischplatte starre und versuche herauszufinden, was oder besser gesagt wen ich will, stellt Alex die letzte Behauptung auf. Zum Glück ist Joey hier! Ob sie mit Simon oder Theo schläft, wenn ich mit einem von den beiden in einem Schlafzimmer verschwinde? Machen sie dann einen Dreier? Oder bleibt jemand übrig? Bin nur ich organisatorisch so überfordert? Ja – definitiv.

Hilf mir, Tischplatte!

»Ich habe mich noch nie von hinten nehmen lassen. Prost Ladys!«

Klar will er uns noch ein Glas aufhalsen, aber da hat der gute Alex die Rechnung ohne die brave Lena gemacht. Joey hat schon geext und verwickelt unseren Gastgeber dann in einen leidenschaftlichen Kuss. Die beiden sehen wirklich klasse zusammen aus – wie zwei zum Leben erwachte Schaufensterpuppen, die knutschen.

Ich will eigentlich nervös werden, weil ich mich wahrscheinlich gleich entscheiden muss, aber Theo und Simon starren abwechselnd von mir zu einem der gefüllten Gläser am Tisch, so, als ob sie es mir mit ihren Jedi-Kräften zum Mund führen wollten.

Nein, Jungs. Ich trinke nicht. Da habt ihr Pech gehabt, mein Hintern ist jungfräulich wie der Papst! Religion kann so seltsam sein …

»Warte mal!«, ruft Alex plötzlich und erschreckt auch Joey, weil er ihr quasi in den Mund ruft. »Wieso trinkt Lena nicht?«, will er wissen und zeigt auf mich, während er mich übertrieben prüfend mustert. Auch Theo und Simon starren mich noch immer an wie Eulen.

Was ist denn jetzt los? Sie tun so, als müsste jeder Mensch, der auf Sex-Partys geht, zwangsläufig schon mal Analsex gehabt haben. Ich könnte die Jungs auch überrascht anstarren, weil Alex' Behauptung, er hätte Simon mal in einem leeren Hörsaal gehabt, sich spätestens jetzt als perverser Scherz entpuppt. Theo und Alex hätten am Internat auch mal eine Nummer schieben können. Haben sie aber anscheinend nicht – trotz Quasi-Ehe.

Simon macht mit einem Mal eine sehr seltsame stille Geste. Es sieht so aus, als hätte er als Erstes vollends verstanden, dass mein Hintern jungfräulich ist und würde mich auffordern, trotzdem zu trinken. Auf einmal soll ich lügen? Das sagt mir Simon?! Der ›Ich betrüge nie bei Prüfungen und wäre ich Pinocchio, würde meine Nase nach innen verlaufen‹-Simon?

»Dich hatte noch nie jemand von hinten?«, fragt Theo mit sagenhaft dunkler Stimme, die sich faszinierenderweise trotzdem bei den letzten beiden Worten überschlägt. Wieso macht ihn das denn jetzt so aufgeregt?

»Ähm … nein.«

Ich habe plötzlich das Gefühl, dass ich auf Simon hören hätte sollen, denn Alex und Theo sehen mich mit so glänzenden, überraschten Augen an, als wäre ich ein Tofuwürfel, der sich plötzlich in ein Steak verwandelt hat.

»Und das sagst du erst jetzt?!«, wirft mir Alex etwas ziemlich Irrationales vor, weil er anscheinend gerade wenig Blut im Gehirn hat.

»Hätte ich mich mit: ›Hallo, ich heiße Lena und das ist mein jungfräulicher Arsch‹, bei dir vorstellen sollen?«, frage ich lachend und Alex nickt energisch.

»Ja, klar! Sowas will ich wissen!«

Er sieht rüber zu Simon und beginnt, den Kopf zu schütteln. »Wieso hast du Lena denn nie von hinten genommen?«, fragt er verständnislos und mir fällt wieder ein, dass er glaubt, dass Simon und ich eine Vergangenheit haben, in der es Sex gegeben hat. Wir haben uns mal sechs Schwedenbomben geteilt, mehr lief früher nie zwischen uns. Das kleine erotische Vorspielerlebnis auf seinem Schreibtisch mal ausgenommen.

Simon beginnt, sich zu erklären – zum Glück, denn ich wüsste nicht, was ich erwidern sollte.

»Erstens bin ich nicht so ein analfixierter Spinner wie ihr. Und zweitens vergesst ihr, dass Lena und ich noch in der Unterstufe waren, als wir mehr Kontakt hatten.«

Ja, das ist ein großartiges Argument! Leider nicht für Porno-Internat-Absolventen.

»Wieso hat dich die Unterstufe denn bitte daran gehindert?«, fragt Alex, und Theo zuckt auch mit den Schultern. »Stand Analsex bei euch nicht auf dem Lehrplan?«

»Nein, das war nur an eurer Schule so«, entgegnet Simon kopfschüttelnd und fügt noch etwas Sarkastisches hinzu. »Sucht euch mal einen guten Therapeuten und sprecht über eure Pubertät – ihr armen, verdrehten Freaks.«

Ich lache solange, bis Joey mich anschmunzelt und etwas sagt, das mich rot werden lässt.

»Du weißt schon, dass du gerade die Jagdsaison eröffnet hast, oder Lena?«

»Habe ich sicher nicht!«, erwidere ich und klinge wie ein kleines Mädchen, das abstreitet, Angst davor zu haben, in den Pool geworfen zu werden. Ich will wirklich nicht baden gehen. Das Wasser fühlt sich bestimmt seltsam an!

»Lena muss nichts machen, was sie nicht machen will«, sagt Simon ernst und schenkt mir warme Blicke. Da ist er wieder! Der Unschuldsengel, den ich so lie… lieb habe! Er bekommt auch prompt eine Antwort von dem Dämon, der noch immer seinen Arm um mich gelegt hat.

»Danke, Mutter Theresa. Hätten wir dich nicht, wären Alex und ich wohl Sexualstraftäter.«

Ich will eigentlich nervös werden, weil ich denke, dass Simon und Theo gleich zu streiten beginnen, aber sie kriegen sich wie immer schnell wieder ein.

»Spinner«, murmelt Theo noch und ich höre Simon ein »Danke, du mich auch«, erwidern, dann lachen sie leise.

»Hast du Präferenzen?«, will Theo von mir wissen und ich zucke kurz mit den Schultern und wende dann den Blick ab.

Hallo Tischplatte. Du stellst mir keine Gretchen-Fragen …

»Brauchst du Entscheidungshilfe«, fragt Joey. Als ich zu ihr aufschaue, zwinkert sie mir zu. Alex küsst sich gerade ihren Hals entlang, aber sie hilft mir trotzdem mit einem ziemlich einfachen Trick.

»Kennst du Stadt, Land, Fluss?«

»Ja.«

»Sag ›Stopp‹«, fordert sie mich auf und ich brauche ein paar Sekunden, um zu verstehen, worauf sie hinauswill. Sie sieht mich eindringlich an, während sie in Gedanken nicht das Alphabet aufsagt, sondern zwei Namen wiederholt, die auch meine Gedanken viel zu oft kreuzen.

»Stopp.«

»Theo«, sagt sie und wendet sich Simon zu. »Dann gehörst du später mir, Baby.«

Er nickt und sieht mich dann mit einem Blick an, in dem: ›Heute ist wohl auch nicht unsere Nacht‹, geschrieben steht. Irgendwie seltsam, dass wir es noch immer nicht geschafft haben, miteinander zu schlafen. Das macht unsere Beziehung aber besonders, oder?

Ich würde länger darüber nachdenken, aber Theo steht auf und zieht mich gleich am Arm mit hoch. Weil er so viel Schwung in seine Bewegung gelegt hat, stoße ich gegen ihn und werde auch gleich festgehalten. Er küsst mich, seine Hand schiebt sich über meinen Rücken unter meine Hose zu meinem Hintern. Zum Glück erwischt er die Seite, auf der kein Biss prangt. Weil er weiß, wo er ist?

»Gute Nacht!«, tönt er in die Runde, nachdem er von mir abgelassen und meine Hand genommen hat. Er geht ziemlich rasch los, und ich folge ihm, nicht ohne beinahe über meine eigenen Füße zu stolpern.

»Gute Nacht!«, sage ich schnell, bevor wir im Flur verschwinden. Simon sieht mir noch kurz nach, aber seine Miene ist so emotionslos, dass ich nicht darin lesen kann.

»Die zweite Tür auf der linken Seite«, sagt mir eine tiefe, aphrodisierende Stimme, als wir in der Mitte des Flurs stehenbleiben. Theo dreht sich zu mir um und zeigt sicherheitshalber nochmal auf die richtige Tür.

»Ich komme gleich nach. Fang ja nicht ohne mich an.«

Unter diesem Blick könnte ich dahinschmelzen! Ich habe beinahe vergessen, wie unheimlich gut er aussieht, wenn er mich so selbstbewusst anfunkelt, und ich keine Ahnung habe, welche Fantasien ihn die Vorfreude gerade in Gedanken durchspielen lässt.

Würde er nicht diese auffordernde Geste machen, würde ich ihn wohl weiter fasziniert anstarren. Ich drehe mich aber um, schließlich weiß ich, welches Spiel wir ab jetzt spielen.

Ich bin ganz artig, Theo. Belohnst du mich dafür?

Oh mein Gott!

Das Zimmer, in das ich komme, ist kleiner als das, in dem ich im Dunkeln überrascht wurde. Das Mobiliar wirkt irgendwie moderner, passt aber trotzdem zum Stil des Hauses. Die Wände sind moosgrün und es gibt keine Deckenlampe, nur röhrenförmige Stehlampen, die den Raum in warmes oranges Licht tauchen.

Das Bett sieht einladend aus, irgendwie wie eine große, sündhaft teure Sonnenliege aus hölzernen Verstrebungen. Ich entdecke Fotos an den Wänden, aber es sind Kunstfotografien von Wäldern und Landschaften. Bis jetzt habe ich noch kein einziges Foto von Alex oder seiner Familie hier entdeckt. Meine Neugier freut das nicht. Ich würde gerne wissen, wie seine Eltern aussehen. Der böse große Bruder interessiert mich aber auch ungemein!

Vor dem Spiegel mit dem goldenen Rand bleibe ich stehen und mustere mich gründlich. Gar nicht schlecht, aber dieses leichte Hin-und-her-Schwanken ist ein sicheres Zeichen dafür, dass ich mich hauptsächlich sexy fühle, weil der Wodka mein Selbstwertgefühl streichelt. So oder so, ich fühle mich gerade großartig und das Wippen macht irgendwie Spaß.

Mir wird klar, dass es dämlich aussieht, wenn Theo gleich reinkommt und ich versuche, mein schwankendes Spiegelbild abzuknutschen. Vielleicht sollte ich mich lasziv aufs Bett legen? Wie liegt man denn lasziv? Ich würde Google fragen, aber mein Handy ist irgendwo in meiner Tasche.

Sollte ich mich ausziehen? Welche Unterwäsche trage ich noch gleich? Schöne, oder? Vielleicht sollte ich auch das Licht ausmachen, aber dann ist es schon wieder stockdunkel.

Ich freue mich wirklich auf den Sex! Von Theo genommen zu werden ist eine meiner heißesten Erinnerungen. Ein klein bisschen davon habe ich verdrängt – warum eigentlich? Mein Bewusstsein übertreibt bestimmt.

Ich steige aus meinen Hotpants und stolpere dabei durch den Raum, weil das Gleichgewicht und ich etwas auf Kriegsfuß stehen. Welcher Idiot hat denn dieses vernichtende Trinkspiel vorgeschlagen?

Mein Top verhakt sich in meinen Ohrringen, was nicht dem Alkohol zuzuschreiben ist, sondern der Tatsache, dass ich gewisse Episoden meines Lebens einfach nach Murphys Gesetz lebe:

Alles, was schiefgehen kann, wird auch schiefgehen.

»Scheiße.« Ich kann mir jetzt einen Teil von meinem Ohr abreißen oder Theo einreden, dass es mich scharfmacht, wenn mir beim Sex ein Stück Stoff am Ohrläppchen baumelt. Was ist weniger peinlich verrückt?

Ich drehe mich in Richtung Tür und sehe meinen Traummann im Rahmen lehnen. Er hat seine Tasche in der Hand und den strengen Blick noch nicht abgelegt. Er kann sich wirklich hervorragend anschleichen – trotz Dielenboden und Holztüren.

Weil es natürlich strunzdoof aussieht, nehme ich die Hände runter und versuche, mir das Top wieder anzuziehen, leider hänge ich noch immer fest.

»Brauchst du Hilfe?«

Ich nicke, während ich mit den Fingern an meinem Ohrring herumfummle. Theo stellt die Tasche ab und kommt auf mich zu. Er beugt sich ein Stück zu mir hinunter und mir steigt sofort sein Duft in die Nase. Dieser Geruch ist der berauschendste Männerduft, den ich jemals eingeatmet habe. Er kommt mit dem Mund an mein Ohr und ich bekomme sofort Gänsehaut, als ich seinen Atem an meinem Hals spüre. Ein leises, reißendes Geräusch später und der Faden, der sich verhakt hatte, ist durchgebissen.

»Danke.«

Theo stellt sich wieder gerade hin und wirkt viel größer als 1,85.

»Zwei gebrochene Versprechen. Was mache ich nur mit dir, Baby?«, raunt er.

Ich sehe zu ihm auf. Mein fragender Blick genügt, er erklärt mir, warum ich böse war, und legt dabei seine Hand unter mein Kinn.

»Du hast versprochen, auf mich zu warten und fängst trotzdem ohne mich an dich auszuziehen.«

Er macht eine kurze Pause und ich starre auf seine Lippen, weil ich einfach nur will, dass er mich küsst. Diese Lappalie wird er mir wohl kaum allzu übelnehmen.

»Und du hast mir die erste Nacht hier mit dir versprochen und hättest dich trotzdem beinahe von Simon vögeln lassen.«

Oh, oh. Ja, wenn er es so sagt, klingt das wirklich nach einem gebrochenen Versprechen. Ich hatte nicht darüber nachgedacht, was wir in seiner Wohnung besprochen hatten.

»Entsch…«

»Shh!« Er legt mir Zeige- und Mittelfinger auf die Lippen und schüttelt den Kopf.

»Ich will kein ›Entschuldige‹ hören. Ich will dich ficken, so, wie ich dich ficken wollte, als wir in deiner Wohnung waren.«

Seine Worte jagen Erregung durch meinen Körper, gemeinsam mit heißen Erinnerungen. Ich hatte mir damals so sehr gewünscht, dass er mich nimmt. Was soll das denn für eine Bestrafung sein? Wenn ich gewusst hätte, dass ich nur Simon schöne Augen machen muss, damit Theo seine Beherrschtheit über den Haufen wirft, hätte ich ein Foto von Simon in einem Herzchenrahmen auf meine Kommode gestellt.

»Lass uns sehen, ob du besser zu mir oder ihm passt. Und jetzt dreh dich um.«

Ich atme endlich aus, weil ich die Luft angehalten habe, seit er zum ersten Mal gesagt hat, dass er mich will. Bloße Worte haben mich noch nie so angeturnt wie gerade. Das hier fühlt sich wie das heißeste Experiment meines Lebens an. Theo enthemmt zu erleben, ist etwas, das ich unbedingt will. Ich weiß, dass ich mit ihm umgehen kann, dass ich mich wohl mit ihm fühle und dass mich heiß macht, was immer ihn heiß macht. Ich habe keine schwache Persönlichkeit, das hier ist ein Spiel, es sind Rollen, und Theo spielt seine hervorragend.

Ich höre ihn weggehen und den Reißverschluss seiner Tasche aufmachen. Das Licht wird gedimmt, aber ich drehe mich nicht nach ihm um, weil ich weiß, dass er mich lieber überrascht. Allzu sehr kann mich mein Traummann aber nicht mehr schockieren.

Da ist eine rote Peitsche in deiner Hand, oder? Das hast du mir doch schon in deiner Wohnung verraten.

Seine Hände schieben sich unter mein Top und ziehen es mir über den Kopf. Okay, vielleicht hat er die Peitsche doch nicht in der Hand – dann steckt sie in seiner Jeans.

Er greift mir auf den Hintern und drückt so fest zu, dass ich die Stelle, die vorhin schon beansprucht wurde, deutlich brennen spüre.

»Bück dich.«

Vor mir erstreckt sich das große Bett und ich lege meine Hände auf die kühle Satinbettwäsche.

Theos Finger fahren über die spürbaren Einkerbungen und ich höre ihn ein dunkles Lachen schnauben.

»Hat dich jemand markiert?«, fragt er und will natürlich keine Antwort hören, weil er die Überraschung mit Sicherheit nur spielt.

Ja, du! Oder nicht du? Aber du weißt, wer es war!

Etwas wirklich Weiches fährt über meinen Rücken und kitzelt mich beinahe. Mit einem Schmunzeln auf den Lippen strecke ich mich ein wenig. Ich muss nach hinten schauen, weil ich wissen will, was sich so gut und überraschend sanft anfühlt. Eigentlich hatte ich damit gerechnet, dass er mich versohlt, aber anscheinend hat er keine Peitsche geholt, sondern …

Die vielen roten Lederbänder gehören doch zu seiner Peitsche. Alex' schwarze Gerte, die mich Theo das letzte Mal spüren hat lassen, war viel furchteinflößender. Dieses Ding sieht nicht nur schick aus, sondern würde sich sogar hervorragend zum Kraulen eignen. Die Lederbänder sind so weich, dass man damit wohl kaum jemanden richtig versohlen kann.

Das wollte Theo in meinem Schlafzimmer mit mir machen? Mich kraulen und dann vögeln? Also ist er in Wahrheit ein Kuschelsex-Liebhaber, der seine Vorliebe hinter einer SM-Fassade verbirgt? Das wäre doch mal was!

»Grinst du gerade tatsächlich?«, höre ich eine tonlose Stimme hinter mir erklingen. Theo missfällt meine Reaktion ganz offensichtlich, also drehe ich den Kopf wieder und wende den Blick ab.

Gib es mir ruhig mit der Kuschelgerte, ich bleibe auch ernst dabei – versprochen.

»AH! SCH…EISSE!«

Meine Hände geben nach und ich lasse mich auf das Bett fallen, weil der Schlag ein so intensives Brennen nach sich zieht, als hätte er die Lederenden angezündet.

Theo lässt mich die Peitsche nochmal spüren, diesmal schlägt er bei Weitem nicht so fest zu, aber es brennt trotzdem, weil mein Hintern sowieso schon glüht. Ich will mich aufraffen, aber seine Hand legt sich auf meinen Rücken und drückt mich auf das Bett. Er kniet sich über mich, und ich fühle seinen Mund an meinem Ohr.

»Der erste war fürs Grinsen. Zu fest, ich weiß.«

Okay, nie wieder Theo auslachen! Außerdem mache ich gerade die wohl wichtigste SM-Lektion, die man machen kann: Wie weh eine Peitsche tut, liegt nicht an ihrer Größe oder Form, sondern an dem Mann, der sie in der Hand hat!

»Bleib kurz liegen«, raunt er und hört auf, mich auf das Bett zu drücken. Der Drang aufzuspringen ist sowieso verschwunden. Er weiß, dass er zu fest zugeschlagen hat. Auch wenn er unbeherrscht ist, hat Theo sich unter Kontrolle. Ich habe keine Ahnung, was Simon immer zu meckern hat.

Seine Zunge gleitet über die Stellen, die die Peitsche heiß werden hat lassen. Das tut unheimlich gut, auch wenn das Prickeln leicht sticht. Als er auf die feuchten Stellen pustet, ist das die reinste Wohltat.

»Oberkörper hoch, knie dich hin.«

Ich raffe mich auf, Theo schlingt die Arme um mich und drückt sich sofort fest an meinen Rücken. Er hat sein T-Shirt ausgezogen, aber seine Jeans noch an. Während er mich mit einer Hand festhält, legt sich die andere auf meinen Busen. Seine Finger fangen an, Stromstöße durch meinen Körper zu schicken, die meine Lust auf ihn noch steigern. Ich will ihn so unbedingt spüren, dass ich gar nicht darüber nachdenke, ob das, was ich gleich sage, peinlich ist.

»Vögel mich. Bitte …«

Theo knurrt mir ins Ohr und lässt seine Zunge dann darüber gleiten. Seine Finger spielen immer fester mit meinen Brüsten. »Das würde atemlos viel geiler klingen, Baby …«

Seine Hand gleitet von meinem Busen zu meinem Hals, aber er übt so vorsichtigen Druck aus, dass es mich ausschließlich anturnt, weil ich weiß, dass er darauf steht.

Seine feste Umarmung löst sich, und ich höre, wie er den Reißverschluss seiner Hose öffnet. Er greift nach meiner Hand, während seine andere noch immer auf meinem Hals liegt. Er zieht sie ein Stück nach hinten und ich fühle seine Härte. Ich verstehe die Aufforderung und lege meine Hand um seine Männlichkeit. Während ich beginne, auf und ab zu streichen, üben Theos Fingerspitzen etwas mehr Druck auf meinen Hals aus. Mein Kopf legt sich nach hinten an seine Brust und ich sehe seine grünen Augen, als ich aufschaue. Theo sieht so unglaublich gut aus, wenn er scharf ist und dieser leicht vernebelte Glanz in seinen Augen ist einzigartig.

Das vorherrschende Verlangen, von ihm genommen zu werden, wird durch diesen Anblick gestillt. Dass ich es ihm mit der Hand mache und ich diese Lust in ihm wachsen sehe, ist ein berauschendes Gefühl. Ich verstehe Alex mit einem Mal so gut wie noch nie. Es ist großartig, den Menschen, den man unbedingt will, unter den eigenen Berührungen scharf werden zu sehen.

Geben kann so viel seliger sein als Nehmen!

»Fester«, sagt er und raunt mir noch ein »Schneller« zu, bevor er sich auf die Lippen beißt. Ich erhöhe das Tempo und lege meine Hand dabei enger um seine Männlichkeit. Meine Finger streifen immer mal wieder über die weiche, empfindliche Haut, die sich über die Spitze seiner Lust zieht.

»Gut so.« Seine Stimme klingt dunkel, erregt, aber er stöhnt noch nicht. Ist er so beherrscht oder stelle ich mich ungeschickt an? Bevor ich weiter darüber nachdenken kann, wird sein Griff um meinen Hals plötzlich fester und mir bleibt die Luft weg.

»Nicht aufhören. Mach weiter.«

Mir fällt erst auf, dass meine Hand aufgehört hat, ihn zu stimulieren, als er mir ins Ohr knurrt. Ich reibe weiter über seine Männlichkeit, während ich schwer Luft hole, weil er den Griff nicht lockert.

Es pulsiert unter meiner Hand, er wird noch härter und beginnt im nächsten Moment zu stöhnen. Der Klang seiner heiseren Stimme regt mich an weiterzumachen, obwohl ich mich eigentlich auf das Engegefühl um meinen Hals konzentrieren will. Ich packe seine Hand mit meiner freien und versuche, sie ein wenig wegzudrücken.

»Lockerer …«

Er lässt locker, aber nicht gänzlich. Sein Blick ist von der Lust verschleiert und sein Stöhnen geht in ein Knurren über.

»Jetzt darfst du mir sagen, dass ich dich ficken soll«, flüstert er dunkel.

Ich will Luft holen, aber die brauche ich zum Stöhnen, weil er seine Hand zwischen meine Beine schiebt und über das Zentrum meiner Lust reibt. Ich weiß nicht warum, aber ich brauche spürbar nicht mehr lange, bis ich komme – vielleicht ist es die Atemnot oder meine aufgestaute Erregtheit, so oder so, ich will kommen, während ich ihn in mir spüre, also versuche ich, es herauszubekommen.

»Nimm … mich .. Theo«, stöhne ich atemlos und lege einen flehenden Glanz in meinen Blick. Er sieht mich an, als wäre er selbst kurz davor zu kommen. Das wird schnell, hart und intensiv, ich kann es kaum erwarten, auch weil mir das Würgen gleich zu viel wird.

Es kitzelt plötzlich an meinem Oberschenkel und ich glaube, dass die rote Peitsche mich irgendwie berührt hat. Mein Kopf senkt sich, weil Theo eigentlich keine Hand mehr frei hat, um sie zu halten. Sein Griff wird fester, weil er mich weiter sehen will und meinen Kopf zurückdrücken möchte. Mir stockt der Atem komplett – er drückt zu fest zu, aber er würde mir auch so stocken, weil ich einen schwarzen Fleck auf meinem Oberschenkel erspähe, der sich bewegt. Mein ganzer Körper spannt sich an und ich beginne, mich so heftig gegen Theos Griff zu wehren, als würde es um mein Leben gehen.

Es kitzelt wieder und meine schlimmsten Befürchtungen, die meinen furchtbarsten Albträumen entsprungen sind, bestätigen sich.

Da krabbelt eine schwarze Spinne auf mir!

Oh mein Gott, das ist der verdammte Supergau!

Ich bekomme so plötzlich so große Panik, dass ich schreie, obwohl ich eigentlich noch keine Luft bekomme. Theo lässt sofort meinen Hals los, weil er merkt, dass ich ausraste. Ich wische panisch über mein Bein und stelle dabei fest, dass dieses Ding so riesig ist, dass ich die feinen Härchen auf den vielen Beinen sehen kann. In mir schaltet sich der instinktgetriebene Fluchtmodus an. Ich will aufspringen, mich schütteln, weit weg von diesem Bett, aber Theo schlingt die Arme um meine Mitte und ich komme nicht vom Fleck.

»Beruhig dich! Ich tue dir nichts!« Er will mir gut zureden und mich beruhigen, aber mich festzuhalten ist gerade die denkbar schlechteste Idee der Welt! Ich beginne um mich zu schlagen, weil ich der psychotischen Vorstellung verfallen bin, dass noch mehr dieser Riesendinger auf mir sitzen könnten und ich das Exemplar, das wirklich auf mir gesessen hat, noch immer sehen kann. Sie krabbelt vor mir auf dem Bett.

Jetzt habe ich wieder Luft zu schreien und ich nutze sie auch.

»Lass mich los!!«, kreische ich und verpasse Theo mit dem Ellbogen aus Versehen einen so festen Schlag in den Bauch, dass ich ihn aufstöhnen höre. Er lässt mich los und krümmt sich etwas, aber das kann mir gerade nicht leidtun, weil ich nur an die Spinne denken kann und daran, möglichst viel Distanz zwischen uns zu bringen.

Ich springe auf die Beine und fange an, mir über den Körper zu wischen, noch immer in der Panik, dass dieses Vieh auch jemanden mit ins Bett gebracht hat.

»Bist du irre?! Was ist denn los?!«, höre ich Theo verständnislos knurren und mir kommt endlich der Gedanke, dass ich ihm erklären muss, dass ich nicht übergeschnappt bin.

»Spinne! Bett! Dort!« Zusammenhängender wird meine Erklärung nicht, weil ich das schwarze Ding wieder entdecke und bei jedem Mal hinsehen fassungsloser bin, wie groß das Vieh ist, das auf mir gesessen hat.

Theo folgt meinem zitternden Finger mit dem Blick und entdeckt natürlich auch den Protagonisten aus all meinen Albträumen. Da gibt es nichts zu übersehen, das ist der Blauwal unter den Spinnen!

Er springt auch aus dem Bett, weil kein vernünftiger Mensch seinem Fluchtinstinkt nicht nachgeben würde, selbst wenn er nicht so ein Arachnophobiker ist wie ich.

Während Theo sich schnell die Jeans zuknöpft, läuft die Spinne plötzlich los. Sie steuert nicht mal auf mich zu, aber das bloße Bild reicht aus, um mich wieder zum Kreischen zu bringen.

»Bitte hör auf zu schreien, Lena!«

Theo packt meine Oberarme und sieht mich so eindringlich an, als würde die Welt untergehen, sobald ich nochmal loskreische. Das Geräusch ist auch in meinen Ohren keine Wohltat, aber ich kann einfach nicht anders, weil in mir noch immer der Panikmodus läuft.

Als die Tür aufgerissen wird und gegen die Wand donnert, zucke ich zusammen.

»Lass sie los!«

Alles geht so schnell, dass mein Spinnen überlasteter Verstand gar nicht begreift, was auf einmal in diesem Zimmer los ist.

Simon reißt Theo von mir weg, und Alex versucht, irgendwie dazwischen zu gehen, als sie beginnen wollen, aufeinander einzuschlagen.

»Du verdammter Idiot!«, brüllt Theo wütend und schubst Simon gegen den Schrank. »Glaubst du wirklich, ich tue ihr etwas an, das sie so zum Schreien bringt?!«

Alex muss Theo festhalten, weil er mit einem Mal ebenso auf 180 ist wie Simon.

Ich begreife endlich, was hier passiert und dass ich daran schuld bin.

So schnell ich kann, hebe ich mein Top vom Boden auf und streife es mir über, bevor ich auf Simon zulaufe, der Theo gerade zurückschubst und dabei auch Alex beinahe zu Fall bringt. Er kann sie nicht beide zurückhalten und was er sagt, ignorieren sie. »Kommt runter! Was ist denn überhaupt passiert?!«

Ich dränge mich vor Simon und drückte mich so fest ich kann gegen ihn, um ihn davon abzuhalten, Theo zu nahe zu kommen.

»Es geht mir gut Simon!«, soll mein Satz lauten, aber meine Stimmbänder quittieren mir beinahe den Dienst, weil ich vorhin so gekreischt habe. Simon sieht mich zwar an, aber was er sieht, ist nur eine bleiche Version von mir, die fast nicht mehr sprechen kann und deren Hals wahrscheinlich knallrot ist. Ich weiß, was er jetzt denkt! Nicht gut!

»Wenn du sie noch einmal anfasst ...!«, droht er wutentbrannt in Theos Richtung und drängt sich an mir vorbei. Ich kann ihn nicht festhalten, nur wieder krächzen. »Theo hat mir gar nichts getan! Da war eine Spinne auf dem Bett!«

Er bleibt nicht stehen und Theo reißt sich von Alex weg. Entweder hat er mich nicht gehört oder er glaubt mir nicht. Natürlich gehen sie aufeinander los und stolpern beide hinaus in den Flur. Alex kassiert beinahe einen Schlag, weil er wieder dazwischen geht. Er tut mir so verdammt leid! Theo auch! Und Simon erst, der sich für mich prügeln will, weil er glaubt, jemand hätte mir weh getan.

Was für eine beschissene Situation!

»Hey! Was ist denn hier los!? Auseinander ihr Idioten!«

Joey ist wie ein rettender, strenger Engel, der auf einmal aus einem der Zimmer auftaucht und Alex hilft, die Jungs festzuhalten. Wie sie es schafft, Simon in Schach zu halten, ist mir ein Rätsel, aber ich bin unendlich dankbar, dass sie so stark ist.

»Geht es dir gut, Lena?«, will Alex von mir wissen und ich nicke energisch. »Ja! Da war eine Spinne im Bett! Nichts weiter!«

Gott, wie ich meine Stimme hasse. Dieses ›nichts weiter‹ klingt selbst für mich gelogen. Ist es aber nicht.

»Hier drin ist absolut nichts Schlimmes passiert, außer der verdammte Angriff dieser ekelhaften Riesenspinne! Und jetzt hört auf!«

Joey und Alex lassen Theo und Simon los, aber ich bin mir nicht sicher, ob sie sich schon beruhigt haben.

Theo ist noch genauso laut wie vorhin.

»Du bist ein scheiß Soziopath, der entweder grinst oder komplett ausrastet! Genau wie damals, als du dich wegen Nicki geprügelt hast! Alex sollte dich wieder rausschmeißen!«

Ich weiß, auf welche Geschichte Theo anspielt. Simon hat mir selbst davon erzählt, vor einer Woche, in der Mensa. Ich mache ihm keinen Vorwurf, dass er einmal die Nerven verloren hat, er selbst sich schon und dass Theo das jetzt nochmal aufrollt, macht die Situation nicht besser.

»*Du* nennst *mich* Soziopath?! Ich muss niemanden würgen, um zu kommen! Und ob ich mich wegen Nicki geprügelt habe oder nicht, geht dich nach wie vor einen Scheißdreck an!«

»Nicki geht mich mehr an als dich! Glaubst du, nur weil sie dich mal ein paar Monate rangelassen hat, kennst du sie besser als ich oder Alex?!«

Moment mal …

Wie ist das denn jetzt passiert? Streitet ihr euch auf einmal tatsächlich wegen Nicki?! Hallo? Es ging um mich, Theo und die Spinne – schon vergessen?

»Ich kann die Nicki-Platte nicht mehr hören. Euer Song hängt mir zum Hals raus«, sagt Alex und seufzt halb wütend und halb genervt. »Wenn ihr euch die Nasen brechen oder weitersingen wollt, dann viel Spaß. Ich gehe ins Bett«, sagt er und geht tatsächlich den Gang entlang und verschwindet hinter einer Tür. Simon und Theo funkeln sich zwar noch immer wütend an, aber sie wollen sich zumindest nicht mehr die Köpfe einschlagen, das weiß Alex auch, sonst hätte er gerade keinen Abgang gemacht.

»Verpiss dich einfach in dein Zimmer und schreib Nicki eine SMS, wie böse ich mal wieder war!«, faucht Theo noch, woraufhin auch Simon zu einer Tür stürmt, nicht ohne sich auch nochmal Luft zu machen. »Sie weiß, dass du eine Meise hast, das muss ich ihr nicht schreiben!«

Zwei Türen knallen zu und Joey und ich stehen plötzlich alleine im Flur.

»Tolle Showeinlage …«, murmelt sie sarkastisch und fährt sich seufzend durch die kurzen Haare. Ich kann nichts sagen, weil sich der Ekel vor der Spinne mit meinem Schock über die Beinahe-Schlägerei und meiner tiefschürfenden, wutentbrannten Eifersucht wegen dem Nicki-Thema vermischt.

»Keine Sorge, Süße, morgen verstehen sie sich wieder – sie sind nur betrunken und du hast wirklich geklungen, als würde Theo dich abmurksen.«

Ich sehe Joey schuldbewusst an, aber sie lächelt.

»Leg dich schlafen, du siehst ganz schön fertig aus.«

Mein Nicken ist kurz und knapp, weil sie sich zu mir runterbeugt und mir einen kleinen Kuss aufhaucht.

»Schlaf gut. Ich sehe mal nach Simon, meine Sachen sind auch dort. Kommst du klar?«

Ich nicke wieder und schaue ihr dann nach, bis sie hinter einer der Türen verschwindet. Im Gang ist es plötzlich totenstill und ich kann meine Gedanken einigermaßen ordnen.

Ladys and Gentlemen, das heutige Drama wurde Ihnen präsentiert von einer Albtraum-Giganten-Spinne und meiner kreischenden Wenigkeit …

Der schläft wie ein Toter

Alleine und halbnackt im düsteren Flur eines Hauses im Wald zu stehen, macht nicht mal dann Spaß, wenn es einem der schärfsten Typen an der ganzen Uni gehört. Wie lange brauche ich wohl, bis ich verdränge, dass ich beinahe eine üble Schlägerei ausgelöst hätte, weil ich geschrien habe, als wäre Michael Myers mit der Kettensäge unter dem Bett aufgetaucht? Mein Unterbewusstsein braucht wahrscheinlich Hilfe dabei, vor allem, weil mir der plötzliche Wandel vom Kernpunkt der lautstarken Argumentation zwischen Theo und Simon so missfallen hat. Vielleicht sollte ich noch ein paar Wodka Shots trinken und dabei brennende Dartpfeile auf ein Foto von Nicki werfen. Hilft das gegen dieses unangenehme Gefühl, für immer nur die zweite Geige im Leben all dieser Traummänner zu spielen?

Ich hasse sie. Sie sieht weder besonders herausragend gut aus, noch hat sie etwas annähernd Liebliches oder Symphytisches an sich. Warum sie trotzdem diese bescheuerte Aphrodite-Wirkung auf Simon und Theo hat, ist für mich das beschissenste Rätsel der Welt.

Ob Alex hier irgendwo Schokolade hat? Mir ist danach, etwas Süßes in mich reinzustopfen und mir vorzustellen, wie jemand beim nächsten Volleyballtraining einen Ball an den Kopf bekommt.

Ich gehe in Richtung Couch, weil ich nicht weiß, an welche Tür ich klopfen soll. Sie sind alle zugeknallt und wenn ich mit Türen knalle, heißt das so viel wie ›lasst mich bloß in Ruhe‹. Ich wüsste auch nicht, was ich sagen soll. Weder zu Theo noch zu Simon, und Alex hat wirklich müde und genervt ausgesehen.

Zum Glück ist die lederne Couch bequem. Es gibt auch einen Fernseher, der eine so geniale Auflösung hat, dass ich glaube, ich könnte die Küchenreibe anfassen, die gerade in der Dauerwerbesendung angepriesen wird. Ich mache mir nicht die Mühe umzuschalten, weil Verkaufsfernsehen einen Schalter in meinem Hirn umlegt, der mich müde machen kann und dafür irgendeinen seltsam dummen Teil in mir wachruft, der alle komplizierten Gedankengänge stoppt.

Ich höre auf, über Nicki und die Jungs nachzudenken und konzentriere mich stattdessen auf die Tatsache, dass man Karotten mit einem einzigen Handgriff würfeln kann. Selbiges gilt übrigens für Gurken, Paprika und Zwiebeln. Und das Ganze ist auch spülmaschinenfest. Wenn man jetzt gleich anruft, bekommt man nicht ein sondern zwei dieser tollen Dinger – falls man mal simultan würfeln möchte. Warum auch immer.

»Lena?«

Ich höre die Stimme, und es fühlt sich plötzlich so an, als würde ich irgendwo runterfallen. Meine Hand krallt sich in das Sofakissen, und mir wird bewusst, dass ich dabei gewesen bin einzuschlafen. Nach zwei Mal blinzeln sehe ich blonde Haare und ein Gesicht, das mit diesen verschlafenen Augen unheimlich süß aussieht. Alex wuschelt sich durch die Haare am Hinterkopf und mein Blick schweift über seinen nackten Oberkörper. Er wirkt in diesem schummrigen Licht gebräunter, als er ist.

»Entschuldige, ist der Fernseher zu laut?«, frage ich und unterdrücke ein Gähnen. Alex sieht mich an, als würde er meinen Satz nicht verstehen und lässt sich dann von mir anstecken. »Theo?«, gähnt er und ist so müde, dass er vergisst, sich die Hand vor den Mund zu halten. Das sind mal schöne, weiße Zähne! Und er will ganz offensichtlich wissen, wieso ich nicht bei Theo schlafe, ist aber zu müde für Fragewörter, Verben, Personalpronomen oder Adverbien.

»Ich glaube, er will seine Ruhe. Schon gut, wir sind alle müde. Wieso bist du aufgestanden?«

Er zuckt mit den breiten, geraden Schultern und hält die Flasche in seiner Hand hoch. »Wasser.«

Es kommt mir so vor, als wäre er gar nicht richtig wach. Ich muss grinsen, weil er der süßeste, schärfste Zombie der Welt ist.

»Geh wieder ins Bett«, fordere ich ihn auf. Für so einfache Befehle müsste er in seinem Zustand eigentlich empfänglich sein. Alex setzt sich in Bewegung, aber er geht nur um das Sofa herum und beugt sich dann zu mir hinunter.

»Hey? Was wird das?«

Seine Antwort ist ein Murren, während er mich hochhebt. Dass er trotz Halbschlaf genug Kraft hat, um mich und die Wasserflasche zu tragen, wundert mich.

Ich schlinge meine Arme um seinen Hals, weil ich durch den dunklen Flur getragen werde.

»Wohin gehen wir?«

»Schlafzimmer.«

Er will noch immer keine ganzen Sätze bilden. Zombie-Alex ist zwar stark, aber sprechfaul. Der Sex könnte interessant werden.

»Kannst du in diesem Zustand denn … Ich meine, du bist doch nicht mal richtig wach.«

Er schüttelt langsam den Kopf und schließt dabei die Augen. Wir würden gegen die Tür knallen, würde ich sie nicht mit meiner Hand aufstoßen. Während wir in das Schlafzimmer kommen, das mir bis jetzt unbekannt war, erklärt Alex, was er vorhat.

»Schlafen. Kein Sex. Zu müde.«

Als er mich in das große, bereits zerwühlte Doppelbett legt, und sich daneben fallen lässt, als wäre er ein nasser, hübscher Mehlsack mit Sixpack, muss ich lächeln.

Weiß er eigentlich, wie unheimlich süß das gerade von ihm ist? Ich nehme mal stark an, dass er nicht oft neben einer Frau einschläft, mit der er zuvor nicht mal Sex hatte. Sein Lebensstil spricht komplett dagegen. Ich dachte eigentlich, er wäre jemand, der niemanden neben sich schlafen lassen kann, weil er Probleme mit Nähe hat, sobald es nicht um etwas Sexuelles geht – das stimmt aber nicht. Alex zieht die Decke über uns und rollt sich dann auf die Seite. Seine Nasenspitze berührt meine Schulter und er zuckt kurz damit.

»Wieso zur Hölle riechst du denn wie meine Mutter?«, fragt er und verblüfft mich nicht nur mit dem Inhalt seiner Frage, sondern auch mit deren Vollständigkeit. Hat ihn mein Geruch wirklich gerade wacher gemacht, obwohl es das Wasserholen, das Gespräch mit mir und das Hierhertragen nicht geschafft haben?

»Ähm … ich weiß nicht. Ist das Parfum im Bad von ihr? Ich habe es aufgetragen.«

Alex knurrt. Dass er so ein empfindliches Näschen hat, wusste ich nicht, auch nicht, dass das Parfum seiner Mutter gehört.

»Mach das nie wieder«, verlangt er bockig und wird hörbar wieder schläfriger. »Sonst kann ich dich nie wieder …«

Er will ›vögeln‹ sagen, schafft es aber nicht mehr. Ich lache leise und drehe mich dann auch auf die Seite.

Dieses Bett ist unheimlich bequem und im Gegensatz zu Alex' Empfinden, was meinen Geruch betrifft, riecht er für mich hervorragend.

Dann endet dieser Freitag doch noch mit Zweisamkeit … unschuldiger Zweisamkeit.

Ich wache nochmal auf, diesmal nicht, weil jemand meinen Namen sagt, sondern weil ich scharf werde. Da hat sich eine Hand zwischen meine Beine geschoben und mich wachgekitzelt. Was für eine schöne Art, geweckt zu werden, obwohl ich eigentlich todmüde bin.

»Hast du es dir anders überlegt, Alex?«, flüstere ich genießerisch summend, weil die angenehme Berührung nicht endet. Ich fühle, dass er sich über mich gebeugt hat und vergrabe meine Hände in seinen Haaren, während ich mir den Schlaf aus den Augen blinzle.

»Ich bin nicht Alex«, sagt mir eine tiefe Stimme. Obwohl es ziemlich dunkel im Zimmer ist, erkenne ich die markanten Züge seines Kinns und diese wunderschöne, gerade Nase.

»Entschuldige wegen vorhin …«, flüstert mir Theo ins Ohr und bedeckt meinen Hals dann mit Küssen. »Ich wollte nicht die Nerven wegschmeißen, aber Simon kann so ein penetrantes Arschloch sein, wenn es um dich geht.«

Ich kann mir die Antwort nicht verkneifen, ich muss es sagen, weil ich anscheinend ein Masochist bin, was sich gut trifft, weil der Mann, der über mir liegt, zweifelsohne sadistische Züge hat.

»Es ging um Nicki, nicht um mich. Und ja, ihr könnt Arschlöcher sein.«

Theo küsst mich, dann spüre ich ihn schmunzeln.

»Das stimmt nicht«, sagt er, während sich seine Finger unter meinen String schieben.

»Was?«, will ich wissen und klinge dabei viel angeturnter, als ich eigentlich durchklingen lassen will.

»Es stimmt nicht, dass es wegen Nicki eskaliert ist. Aber Arschlöcher sind wir, ja.« Den letzten Satz sagt er amüsiert. Den ersten Satz glaube ich ihm nicht, aber seine Berührungen lassen meinen Verstand gerade angenehm leicht werden.

»Wir schulden uns noch etwas …«, flüstert er und verschließt meine Lippen wieder mit seinen. Ich will das hier genießen, aber ich kann nicht. Theo lässt sich ungeahnt leicht wegdrücken. Der Schreck von vorhin sitzt ihm bestimmt noch in den Knochen. Bevor er wusste, was los ist, hat er gedacht, dass ich wegen ihm so ausraste.

»Was ist? Hast du keine Lust?«

»Doch. Große sogar«, entgegne ich und werfe einen verstohlenen Blick nach links. Theo versteht, was ich sagen will und lacht – nicht mal sonderlich leise.

»Wegen Alex?«, fragt er und tut dann etwas, das mich nervös macht. Er packt unseren schlafenden Gastgeber am Arm und schüttelt ihn. Ich denke, er will ihn aufwecken und fragen, ob er mitmachen möchte – was mich die Luft vor Nervosität anhalten lässt.

»Der schläft wie ein Toter! Wir könnten neben ihm eine Orgie feiern. Wenn er getrunken hat, weckt ihn so gut wie nichts mehr, pass auf …«

Als wäre das Schütteln nicht schon Beweis genug, setzt Theo noch einen drauf, beugt sich zu Alex und spricht ihm direkt ins Ohr.

»Hey, wach auf! Lena will dir ihre Anal-Jungfräulichkeit opfern.«

Ich glaube, Theos scherzhafte Demonstration geht nach hinten los. Wir hören ein gar nicht so leises Murren, das regelrecht fragend klingt, aber die Augen schlägt Alex trotzdem nicht auf. Nach ein paar Sekunden atmet er wieder ruhiger und gleichmäßiger.

»Wenn ihn das nicht aufweckt, dann gar nichts«, versichert mir Theo und beugt sich wieder über mich. Seine Zunge streift mein Ohr und ich spanne mich an, weil es kitzelt und es sich noch immer seltsam anfühlt, zu dritt in diesem Bett zu liegen. Was, wenn Alex doch aufwacht? Macht mich der Gedanke nervös oder macht er mich scharf? Ich bin zu müde, um das noch zu unterscheiden.

»Entspann dich. Oder willst du zurück in das andere Zimmer? Ich bin übrigens geflüchtet, weil mir aufgefallen ist, dass die Spinne noch immer dort herumläuft. Dann lieber Alex' Schnarchen im Ohr, oder?«

Da muss ich Theo Recht geben. Ich würde den Dreier mit Alex einem Dreier mit der Spinne auf jeden Fall vorziehen – das andere Zimmer ist für mich absolut tabu.

Unsere Zungen finden sich und mein Körper signalisiert mir mit ansteigender Temperatur, wie sehr ich Theo will. Ich drücke mein Becken gegen seines und seufze in den Kuss hinein. Seine Hand legt sich auf meine Wange und sein Daumen schiebt sich langsam auf meine Lippen, während er mir wieder ins Ohr flüstert.

»Ich will dich endlich ficken. Wollen wir auf das Vorspiel verzichten?«

Mein Nicken kommt so schnell wie die Vorfreude auf das, was gleich passieren wird. Ich spreize meine Beine etwas und schlinge sie um Theos Hüften. Als er mich wieder auf das Bett zurückdrückt, stutze ich.

»Meine Kondome liegen im anderen Zimmer. Greif doch mal in die Nachttischschublade, Baby.«

Mein Blick schweift nach rechts, direkt neben uns steht kein Nachttisch. Auf der anderen Seite schon. *Echt jetzt?*

Theo schmunzelt. Meine Augen haben sich an die Dunkelheit gewöhnt und der Mond leuchtet seine hübschen, süffisanten Gesichtszüge gerade ziemlich gut aus. Weil ich so unbedingt mit ihm schlafen will, dass meine Libido meiner Schüchternheit einen Tritt verpasst, beuge ich mich über Alex, um zu der Schublade neben dem Bett zu gelangen. Natürlich hätte Theo auch selbst hineingreifen können, aber dann hätte er nicht mitansehen können, wie ich so vorsichtig ein Bein über seinen schlafenden Freund hebe, als wäre er eine hochexplosive Bombe, die hochgeht, sobald ich sie berühre.

Ich knie über Alex und stütze mich mit einer Hand am Bettgestell ab, während ich mit der anderen vorsichtig die Lade öffne. Er schläft unter mir, wahrscheinlich so fest, dass er selbst dann nicht aufwachen würde, wenn ich auf ihn falle, aber ich fühle mich trotzdem wie bei *Mission Impossible: Kondom Protokoll.*

Ich greife mir drei Päckchen, die noch zusammenhängen, und lasse die Schublade einfach offen. Kaum richte ich mich über Alex auf, spüre ich die Matratze mit einem Mal federn und höre Theo lachen. Er packt mich von hinten, nimmt mir die Kondome weg und schlingt einen Arm um meine Mitte. Ich greife mir die Pfosten des Bettgestells, um nicht auf Alex zu fallen, während mein Becken ein Stück zurückgeschoben wird. Eigentlich will ich protestieren, aber mein Gesicht ist kaum zwanzig Zentimeter über dem unseres schlafenden Gastgebers. Dass Theo wirklich vorhat, was ich glaube, bestätigt sich durch das Geräusch eines aufreißenden Kondompäckchens.

»Warte!« Mein geflüsterter Einwand wird ignoriert. Theo greift mein Becken und ich fühle seine Härte an meiner Hitze reiben. Er dringt so schnell und tief in mich ein, dass ich aufkeuche, direkt in Alex' Gesicht. Er wacht nicht auf, aber er bewegt die Lippen ein wenig.

Dass Theo mich über ihm nimmt, lässt meine Gefühle verrücktspielen. Ich bin nicht nur im Lustmodus gefangen, sondern auch zwischen diesen beiden traumhaften Körpern. Theo stößt mich so hart, dass ich mich anspannen muss, um nicht gegen Alex zu stoßen. Sein Gesicht sieht wunderschön aus. Ich würde seine leicht geöffneten Lippen so gerne mit meinen schließen.

Während ich mich selbst abhalten muss, nicht über ihn herzufallen, macht mir Theo die Selbstkontrolle noch schwerer. Er lässt meine Hüften los und fängt an, mit den Fingern über die feuchte, warme Stelle zu reiben, die mich seine Männlichkeit sofort viel intensiver spüren lässt. Der Drang, Alex zu küssen und über diese weichen, schönen Lippen zu lecken, wird so stark, dass ich mich gerade wie der perverseste Mensch der Welt fühle.

Wach doch bitte auf und fass mich an. Ich will dir in die Augen schauen und ich bin mir sicher, du würdest mich auch gerne sehen, ich komme nämlich bald.

Ich will Theo noch tiefer in mir spüren, weil ich nach diesem Lustempfinden lechze, das mir gerade die Sinne vernebelt. Dass ich das Bettgestell loslasse und ein Teil meines Oberkörpers auf Alex sinkt, merke ich erst, als ich Theo hinter mir amüsiert knurren hören.

»Den bekommst du nicht wach, Baby«, sagt er und stöhnt dann, weil ihn das tiefere Eindringen in mich genauso scharf macht.

Eine meiner Hände legt sich auf Alex' warme Wange. Mein Busen reibt gegen seinen Oberkörper.

Wie kannst du davon nicht wach werden?!

Als mein Unterleib zu beben beginnt, kann ich nicht mehr leise bleiben. Ich stöhne die Lust heraus und Theos Worte sind wie eine zusätzliche Stimulation, die in meinem Kopf stattfindet.

»Bist du so schnell auf den Geschmack gekommen? Zwei Männer, die dich nehmen … willst du das?«

»Ja …«

Wenn mich das hier schon so scharf macht, wäre es dumm zu leugnen, dass ich mir nicht vorstellen könnte, weiter zu gehen. Am liebsten sofort. Selbst als Theo mir plötzlich einen Klaps auf den Hintern gibt, durchzuckt mich nur Lust, kein Schmerz.

Das hier fühlt sich ein wenig nach einem Rauschzustand an, unwirklich gut und so nahe an der Hemmungslosigkeit, dass ich meine eigenen Gedanken kaum unter Kontrolle habe. Ich bin kurz davor, Theo anzuflehen, dass er nochmal fester ausholt, aber ich fühle plötzlich etwas, das mich aus dem Nebel der Lust reißt. Kaum wird mir klar, woher das Gefühl kommt, und wo Theos andere Hand gerade hingerutscht ist, verkrampfe ich mich.

»Nicht …!« Ich will mein Becken wegdrücken, aber ich habe zu wenig Spielraum und will auch nicht, dass Theo aufhört, mich zu nehmen.

»Entspann dich …«, raunt er, aber ich kann nicht, weil es sich so seltsam anfühlt.

»Noch nicht mal ein Finger? Noch nie?«, will er atemlos wissen und raunt sein Lachen.

Nein, noch nicht mal das – Theo ist der Erste und er lässt es sich auch nicht nehmen. Er ist nicht tief in mich eingedrungen, aber der seltsame Reiz überflutet mich. Er vermischt sich mit dem Pochen zwischen meinen Beinen und diesem wohltuenden Punkt, den seine Männlichkeit in mir reizt.

Der Orgasmus überrollt mich trotz der aufsteigenden Scham über die neue, ungewohnte Berührung und ist so intensiv, dass ich aufhöre mich anzuspannen. Während ich komme, dringt er viel tiefer mit dem Finger in mich ein und ein stechender Schmerz verbündet sich mit den wohltuenden Wellen und seinen immer festeren Stößen.

»Du fühlst dich so geil an, wenn du kommst, Lena …«

Er pulsiert in mir, aber er kommt noch nicht, weil er sich zurückhält, um das Gefühl länger zu genießen. Ich kann mich einfach nicht an das neuartige Empfinden gewöhnen, erst recht nicht, als mein Orgasmus abgeklungen ist und ich seinen Finger noch intensiver fühle. Als er ihn zu bewegen beginnt, stöhne ich auf und spanne mich wieder an.

»Nicht Theo …«

Er vögelt mich mit anhaltender Härte – das kann er gerne beibehalten, aber das Fingern an Stellen, an denen ich noch nie gefingert wurde, ist mir unangenehm. Wahrscheinlich ist es meine Scham, die mir sagt, dass ich mich nicht entspannen darf, obwohl ich mich stimuliert fühle. Theo hört aber sowieso nicht auf mich. Ich sehe ihn nicht, aber ich weiß, dass er gerade viel zu versunken in seine Lust auf mich ist und ihn mein leiser Protest nur schärfer macht.

Mit seinem letzten Stoß dringt er so fest in mich ein, dass ich mich wieder am Bettgestell festhalten muss, weil er mich sonst dagegendrücken würde. Nicht nur seine Härte, sondern auch sein Finger gleiten so tief in mich, dass mir der Atem stockt.

Ein lautes Stöhnen und ein paar letzte kreisende Bewegungen mit dem Becken, dann zieht sich Theo aus mir zurück und ich kann wieder Luft holen.

Selbst wenn du die Hände von meinem Hals weglässt, raubst du mir den Atem.

Der Gedanke lässt mich müde schmunzeln.

Auch wenn ich gerne einfach auf das Bett fallen würde, rolle ich mich zur Seite, um nicht auf Alex zusammenzubrechen. Ich schnaufe zu meinem schnellen Herzschlag, während ich versuche zu ignorieren, dass ich Theos Finger noch immer spüren kann, obwohl er nicht mehr in mir ist. Wie grenzenlos seltsam! Ich weiß nicht, ob mir das gefällt, was ich aber weiß, ist, dass der Sex selbst großartig war.

Mein Blick fällt auf Alex, der sich gerade bewegt, aber nur auf die Seite rollt und dann weiterschläft. Würde ich nicht sehen, wie er sich rührt, wäre ich mir sicher, dass er tot ist! Wer wacht denn nicht auf, wenn über ihm jemand so heftig gevögelt wird?!

Theo ist aus dem Bett gestiegen. Ich sehe nicht, wo er hingeht, dafür ist es zu dunkel im Zimmer. Er entsorgt bestimmt das Kondom und ich schließe die Augen, weil mich die Müdigkeit übermannt, als hätte sie nur auf ihren Auftritt gewartet, um mich genauso bewusstlos zu machen wie Alex. Ich blinzle schon schwer, als Theo sich neben mich legt und ich ein wenig weiter in die Mitte rutschen muss, damit wir alle Platz haben.

»Mir war nicht klar, wie scharf es dich macht, wenn noch jemand dabei ist. Ich dachte, das wäre dir noch zu viel«, unterstellt mir Theo mit entspannter, aber etwas rauer Stimme und legt den Arm um mich. Ich bette meinen Kopf auf seine Brust und höre seinen Herzschlag. Eigentlich bin ich zu müde für solche Gespräche, ich sollte die Klappe halten und einschlafen, aber mein Mund bewegt sich einfach.

»Ein Dreier wäre mir nicht zu viel … der Finger war mir zu viel«, sage ich, ohne darüber nachzudenken, ob mir das peinlich ist oder nicht. Theo lacht, während ich schon die Augen schließe.

»Das heißt, du willst Schwimmen lernen, ohne nass zu werden? Das wird kaum funktionieren. Aber keine Angst, ich bin ein guter Lehrer …«

Der Löwe

Diese himmlische Matratze bewegt sich unter mir und ich seufze den erholsamen, tiefen Schlaf kurz weg, weil ich etwas orientierungslos bin. Ich habe keine Ahnung, wie ich gestern das Zeitliche gesegnet habe, aber der scharfe blonde Engel, der seinen Arm um mich gelegt hat und dessen Nasenspitze beinahe meine berührt, gefällt mir. Ich lege meine Hand auf seine warme, harte Brust und sehe ihn kurz schmunzeln und dann ein paar leise, schmatzende Bewegungen mit dem Mund machen, als wäre er eine zufriedene Katze. Eine Engels-Katze mit Sixpack. Klingt verstörend, im Halbschlaf macht das aber angenehm viel Sinn.

»Shit!«

Ich schlage die Augen wieder auf, weil im Himmel bestimmt nicht geflucht wird. Es rumst, als wäre jemand gegen ein Möbelstück gerannt, dann trifft mich plötzlich ein göttlicher Lichtstrahl.

Heilige Scheiße ist das hell! Ich bin blind!

Ich drehe mich von der Seite auf den Rücken und löse dabei die Umarmung meines Engels, der seufzt. Langsam sehe ich wieder etwas – eine Silhouette, die vor dem Fenster steht und die dicken Vorhänge zur Seite geschoben hat. Das ist kein Engel, sondern ein verdammt scharfer Dämon, der mir seine nackte Rückenansicht präsentiert. Ich will ihm sagen, dass er wieder ins Bett kommen soll, um meinen nackten Rücken zu wärmen und ein wenig Unzucht mit uns zu treiben, aber ich grinse meine schmutzigen Gedanken nur ab.

»Scheiße …«

Schon wieder ein Fluch. Was für ein ungezogener Dämon, der Engel sollte ihn mal auspeitschen. Anscheinend bin ich abgekratzt, weil ich einen Schlaganfall vor lauter perverser Gedanken hatte.

»Steh auf, Alex!«

Theo sagt das so schroff und aufgebracht, dass ich unweigerlich wacher werde und sehe, wie er sich in Lichtgeschwindigkeit sein Shirt überzieht.

Nein! Zerstör mir doch nicht meine versaute, blasphemische Traumwelt!

»Wach auf!«, knurrt er aufgebracht und irgendwie nervös. Als er zurück auf das Bett springt und Alex an den Schultern packt, knurrt der wütend zurück. »Lass mich schlafen, Theo! Ich hab zu viel getrunken …«

Alex kneift die Augen zu, als könnte er durch bloße Bockigkeit wieder einschlafen, obwohl ihn Theo schüttelt, als wollte er ihm ein Schleudertrauma spendieren.

Wenn die sich im Internat jeden Tag so geweckt haben, wundert es mich absolut nicht, dass sie exzentrische Neigungen entwickelt haben.

»Alex steh auf oder ich knall dir eine! Da draußen steht ein CLK!«

Er legt die Stirn genauso ahnungslos in Falten wie ich, zumindest zwei Sekunden lang, dann reißt er die Augen auf und starrt Theo an, als hätte er begriffen, dass das Haus gleich in die Luft fliegt.

»Scheiße!«

Jetzt fängt er auch an zu fluchen. Was ist denn auf einmal hier los? Was steht denn da draußen?

Sie springen beide aus dem Bett und Alex donnert mit einer solchen Wucht gegen den hohen Schrank, dass er sich beinahe damit ausknockt. Sein Gleichgewichtssinn scheint noch nicht wach, was ihn aber nicht daran hindert, in die Klamotten zu steigen, als hinge sein Leben davon ab.

»Wie lange steht das Auto schon dort?!«, will er wissen, während er die Hose nicht zubekommt. Sie sitzt aber auch verteufelt eng.

Theo gestikuliert seinen lautstarken Satz aufgebracht mit.

»Sie sind gerade erst vorgefahren! Und jetzt reiß dich zusammen und zieh die richtige Hose an, du Vollpfosten! Die gehört Joey!«

Alex starrt an sich hinunter und begreift sein Missgeschick. Okay, anscheinend war Joey gestern vor mir in diesem Schlafzimmer. Das erklärt aber noch immer nicht die Panik der beiden.

Alex fängt auch an zu brüllen, während er in seine eigene Hose steigt. »Weck die anderen auf! Lasst alles verschwinden! Ich versuche, Zeit zu schinden!«

Kaum hat er seinen Satz beendet, ertönt eine Klingel. Theo reißt Alex sein Shirt aus der Hand, weil er es falschrum anziehen will und zieht es ihm über den Kopf. Als er ihn mit den flachen Händen auf die Wangen schlägt, zuckt Alex zusammen, aber Theo erklärt seine brachiale Geste.

»Du bist bleich wie ein Albino! Hör auf, wie ein betrunkener, durchgebumster Strichjunge auszusehen!«, brüllt er eine Anweisung, von der ich nicht weiß, wie Alex ihr nachkommen will. Er nickt trotzdem wie ein Wackeldackel, und Theo stürmt aus dem Zimmer.

So langsam dämmert es mir, dass ich vielleicht auch aufstehen und mich anziehen sollte – nur so ein Gefühl.

Ich will aus dem Bett steigen, werde aber mit Klamotten beschossen, die nicht mal mir gehören. »Zieh dich an, Lena!«

Alex ist so durch den Wind, dass ich gerade keine Einwände äußern will, dass das nicht meine, sondern Joeys Klamotten sind. Als ich aufstehe, merke ich, wie schwindelig mir ist und dass nicht nur Alex verkatert genug ist, um gegen Möbel zu knallen. Ich lege mich beinahe unfreiwillig auf die Kommode, werde aber gepackt und quasi zwangsangezogen. Alex geht so grob vor, dass es sich beinahe nach einer umgedrehten Vergewaltigung anfühlt. Eigentlich passen mir Joeys Jeans gar nicht, weil mein Hintern eine Größe mehr bräuchte, aber er quetscht mich so vehement hinein, dass ich mich wie ein Christbaum fühle, der von einem Bodybuilder eingenetzt wird.

Mir bleibt die Luft weg, was ziemlich unangenehm ist, weil mein verkaterter Körper Sauerstoff und eine Kochsalzlösung bräuchte, und mein schwer überforderter, todmüder Verstand einfach nicht begreift, was hier abgeht. Als Alex mich umdreht, weil er mir das T-Shirt überzieht, entdecke ich etwas, das mich erschreckt. Da hängt ein steinerner Löwenkopf über dem Bett und ich sehe ihn tatsächlich zum ersten Mal, obwohl er lebensgroß ist. Gestern war es so dunkel hier drin, dass ich mich nicht umsehen konnte. Zum Glück ist das Ding aus Stein und nicht so ausgestopft wie Chip und Chap.

»Kannst du dich zusammenreißen, Lena?! Du musst mir helfen!«

»Ähhhh …«

»Gut!«

Gut?! Hat er meinen verbalen Durchfall tatsächlich als ›Ja‹ verstanden? Alex packt meine Hand und kickt im Vorbeigehen noch die Kondompäckchen, die vor dem Bett liegen, darunter.

Er zieht mich durch den Flur, durch eine Tür und plötzlich stehen wir draußen unter dem Carport. Alex dreht sich zu mir und mustert mich mit hektischen Blicken.

»Deine Haare«, sagt er und fährt im nächsten Moment selbst mit den Fingern hinein. Er schüttelt meinen Kopf dabei so durch, dass mir übel wird.

»Muss reichen!«

Ja, sonst übergebe ich mich nämlich auf dir!

Er nimmt wieder meine Hand, und bevor wir um die Häuserecke biegen, bleibt er nochmal stehen und atmet so tief durch, als würde er gleich ins Wasser springen. Als er sich wieder in Bewegung setzt, wird sein Gang beschwingter, seine Haltung gerader und ein fröhliches Grinsen legt sich auf seine blassen Lippen.

Wow, Alex kann zaubern …

Er kann sich durch Atmen vom verkaterten Strichjungen in einen frommen Pfadfinder verwandeln.

Mein Blick trifft das ältere Pärchen, das einem Chanel-Parfum-Werbespot für Senioren entsprungen sein könnte. Channel Nr. 60 Eau de Aristokrat.

Sie stehen vor der Haustür und klingeln gerade erneut.

»Opa! Oma!«, tönt Alex und schafft es faszinierenderweise zu klingen, als hätte er die Stimmbänder mit Olivenöl geschmiert und nicht mit Wodka. »Das ist aber eine Überraschung.«

Ja! Das kann er laut sagen! Ich verstehe endlich, was hier abgeht und wieso im Haus gerade eine panische Vertuschungsaktion läuft. Ich würde auch nicht wollen, dass meine Großeltern wissen, dass ich mich mit Freunden am Wochenende abwechselnd zum Stöhnen bringe und ein paar Peitschen schwinge. Und meine Großeltern sind mit Sicherheit lockerer drauf als Mister und Misses Gilmore.

Diese stockgerade Haltung ist vielleicht ein Augenschmaus für jeden Orthopäden, schüchtert aber ganz schön ein, wenn man selbst gerade Probleme mit dem Geradestehen hat.

»Alexander«, tönt es von einer melodischen, beherrschten Frauenstimme. Die beiden drehen sich in unsere Richtung, und Alex bleibt vor ihnen stehen. Ich weiß nicht, ob ich mich hinter ihm verstecken oder einen Knicks machen soll.

»Wir wussten nicht, dass du hier bist. Dein Großvater und ich wollten dich nicht aus dem Bett klingeln«, sagt sie und streckt die Hand nach der Wange ihres Enkels aus, die dank Theos Ohrfeige rosa leuchtet. Die Berührung mutet trotzdem irgendwie seltsam an. Meine Oma küsst und umarmt mich, wenn sie mich sieht – dann rieche ich zwei Tage lang nach Hirschtalg Creme, aber ich fühle mich dabei zumindest lieb gehabt und nicht, als würde sie mir Absolution erteilen.

»Ich bin mit Freunden hier. Entschuldigt, dass ich nichts gesagt habe«, entgegnet Alex und klingt wie ich, wenn ich mit dem Uni-Dekan sprechen muss. Die sehr schlanke Dame mit den blonden Haaren, die sie zu einem sorgfältigen, duttartigen Haarkranz hochgesteckt hat, nickt annehmend. Sie sieht Alex übrigens sehr ähnlich, die Verwandtschaft lässt sich definitiv nicht abstreiten. Sie ist eine wirklich schöne, ältere Frau.

»Schon gut, mein Lieber. Es überrascht uns nur, dass überhaupt noch jemand hier rausfährt. Wir wollten das Haus eigentlich verkaufen. Deshalb sind wir auch hier. Dein Großvater schießt Fotos für den Makler, weil es heutzutage anscheinend üblich ist, vor Leuten zu katzbuckeln, die man anstellt, um Immobiliengeschäfte für einen zu erledigen, sonst nehmen sie dein Geld nicht an. Vielleicht sollten wir dem jungen Mann noch ein Präsent mitbringen, um sicherzugehen, dass er unser Haus auch wirklich verkauft und angemessen zufrieden mit der Provision ist. Was schenkt man jungen Leuten heutzutage, Alexander? Eine Digitalkamera? Er besitzt offensichtlich keine, sonst könnte er die Fotos selbst schießen.«

Alex lacht, aber ich traue mich nicht, obwohl ich bissigem Humor eigentlich viel abgewinnen kann. Die Dame hat definitiv Feuer, in dem ich aber niemals brennen möchte.

»Mach kein Drama daraus, Elisabeth«, meldet sich eine tiefe, starke Stimme zu Wort, die aus einem strengen, von der Zeit gezeichnetem Gesicht kommt. Alex' Großvater ist ein wirklich großer Mann mit grauen Haaren und stechend blauen Augen. »Wenn du David um eine Maklerempfehlung bittest, brauchst du dich nicht zu wundern, dass ein Dreißigjähriger bei uns vorstellig wird. Außerdem hat uns der junge Mann nur gebeten, ihm Fotos zu mailen und nicht das Haus zu versetzen.«

»Ihr wollt verkaufen?«, fasst Alex zusammen und erntet ein Nicken von seiner Großmutter.

»Ja. Wir hatten mit deinem Bruder schon darüber gesprochen. Ich dachte, er wäre hier. Ist das nicht Davids Auto unter dem Carport?«

»Ja, aber er ist nicht hier. Wir haben nur Autos getauscht, weil ich mehr Platz gebraucht habe. Ich wusste nicht, dass ihr vorhabt zu verkaufen.«

»Das Haus wird doch kaum genutzt«, sagt seine Großmutter und zuckt mit den geraden Schultern, ehe sie einen abfälligen

Blick auf die Fassade wirft. »Es sei denn, deine Mutter lässt es mal wieder in einer erschreckenden Farbe streichen.«

Sie wendet sich ihrem Mann zu. »Sag mal Erich, ist dir entgangen, dass unsere Tochter farbenblind ist? Solltest du so etwas nicht diagnostizieren können?«

Er antwortet ihr nicht auf diese rhetorische Frage, die ein reiner Seitenhieb auf Alex' Mutter, die ganz offensichtlich ihre Tochter ist, sein soll. Als mich sein Blick trifft, fällt mir ein, dass Alex mal erwähnt hat, dass seine Wohnung früher die Praxis seines Großvaters war. Der alte Herr Doktor mustert mich emotionslos und mir schwant, dass ich auch gleich etwas sagen muss. Alex reagiert auf die Blicke seines Großvaters und zieht mich ein Stück weiter nach vorne, weil ich still und heimlich dabei war, mich hinter ihm zu verstecken.

»Das ist Lena ...«

Er kennt meinen Nachnamen nicht. Ich glaube, ich weiß mittlerweile, warum er mich mitgenommen hat und dass er nicht mal meinen Nachnamen kennt, spricht absolut gegen dieses inszenierte Schauspiel. Ich ergreife die Initiative und strecke Alex' Großmutter zuerst meine Hand entgegen. »Lena Relisch, sehr erfreut«, sage ich und kann nicht verhindern, dass meine Stimme zwar freundlich aber angeschlagen klingt. Ich war schon gestern so heiser, heute ist es kaum besser.

»Löwenstein«, entgegnet Alex' Großmutter und ich glaube, dass ich mich verhört habe, weil ich sofort das Bild des steinernen Löwenkopfs aus dem Schlafzimmer im Kopf habe. Als sein Großvater den Namen nochmal wiederholt, ergibt es aber Sinn. Ich sehe kurz zu Alex rüber, der mich so unschuldig anlächelt, als würde er glauben, SM steht für San Marino.

Alexander Löwenstein? Echt jetzt? Das klingt zu blumig um wahr zu sein. Aber es passt irgendwie zu dir!

»Was studieren Sie, Lena?«, fragt mich die Löwin. Dass sie das so formuliert, verwundert mich. Sie geht automatisch davon aus, dass ich auf die Uni gehe. Würde ich keinen akademischen Grad anstreben, würde ich mich jetzt ziemlich angegriffen fühlen, obwohl ihre Frage eigentlich freundlich geklungen hat. Das ist die hohe Kunst des Stichelns, das kann nicht jeder.

»Jura«, entgegne ich und sehe, wie meine Antwort abgeknickt wird, so, als hätte ich auch etwas Falsches sagen können. Keine Ahnung, welche Studienrichtung mit eisigem Schweigen bestraft worden wäre.

»Welcher Schwerpunkt?«, will Alex' Großvater wissen.

»Arbeits- und Sozialrecht. Ich würde aber gerne in der Wissenschaft und Lehre bleiben.«

»Streben Sie eine Professur an?«

»Ja, das wäre großartig.«

Der graue Löwe nickt und seine Frau mustert mich mit geneigtem Kopf. »Die Juristerei verschlingt viel Zeit. Bleiben Sie in der Lehre, weil Sie eine Familie gründen wollen oder weil Sie eine Schwäche für Tweed Jacken haben?«

Öhm … fragt sie gerade das, was ich glaube, dass sie fragt? Mir ist schon klar, dass Alex mich mitgenommen hat, um so zu tun, als wären wir zusammen, weil das rechtfertigen würde, wieso wir gemeinsam hier sind. Ich gehe davon aus, dass Joey entweder Simons oder Theos Freundin ist, und wir hier das Wochenende als zwei Pärchen und ein Freund verbringen, aber die Frage nach meinem Kinderwunsch überfordert mich trotzdem. Kann ich ihr sagen, dass mir Babys Angst machen und

Kleinkinder auf die Nerven gehen? Oder ernte ich dann vernichtende Blicke und zerpuffe in der Luft?

»Tweed ist nicht wirklich mein Fall«, entgegne ich und lächle kurz, was natürlich so aussieht, als wäre ich zu schüchtern, um zuzugeben, dass ich gerne Kinder möchte. Diese Antwort klingt wage und so bürokratisch, dass ich damit davonkommen könnte.

Die Großmutter nickt. *Jawohl!*

»Alexander …« Das klingt wiederum streng. »Hattest du irgendwann vor, uns Lena vorzustellen oder ist das aus der Mode gekommen? Klär mich auf, manchmal geht es an mir vorbei, wenn Etikette zu Grabe getragen wird.«

Ob Alex genauso große Angst vor seiner Oma hat wie ich? Er scheint daran gewöhnt und zuckt lächelnd mit den Schultern. »Entschuldige, das ist noch ganz frisch.«

Gutes Argument! Nicht für die Löwin …

»Wenn ihr es für angebracht haltet, gemeinsam in unserem Haus zu übernachten, würde ich mich freuen, wenn es das nächste Mal nicht das Wochenendhaus wäre.«

Okay, jetzt macht dieser Alarmmodus für mich noch viel mehr Sinn. Gott im Himmel, lass Theo und die anderen alle Kondome, Peitschen, Dessous und jedes noch so kleine Sexspielzeug finden und gut verstecken!

»Elisabeth …« Er spricht den Namen seiner Frau so vorwurfsvoll aus, wie es wahrscheinlich sonst kein Mensch tut. »Lass doch den Jungen in Ruhe. Lass uns die Fotos machen und dann fahren. Ich wäre zum Mittagessen gerne wieder zu Hause, ich habe einen Termin.«

Sie nickt und seufzt leise, bevor sie wieder die Hand nach Alex' Wange ausstreckt und das Kinn ein Stück anhebt.

»Naja. Zumindest bist du ganz offensichtlich dieses zweifelhafte Mädchen losgeworden. Diese Nicki war kein guter Umgang für dich.«

Oh mein Gott, ich liebe Oma-Löwenstein! Was für eine kluge, weise, bissige Frau!

Alex sagt nichts, aber ich sehe, wie er nervös wird, als sein Großvater nach der Türklinke greift. Hatten sie da drin genug Zeit? Wir stehen gefühlt schon eine Eiszeit lang hier, das muss reichen, oder?!

Es ist nicht abgeschlossen, Alex' Großeltern waren nur höflich genug, an ihrer eigenen Haustür zu klingeln, weil sie gesehen haben, dass einer ihrer Enkel hier ist. Vielleicht wissen sie im Grunde auch, dass ihr blonder Engel kein Engel ist, aber das bezweifle ich, weil Alex so gut Alexander spielt, dass ich selbst davon ausgehen könnte, dass er ein versnobter Chorknabe ist und ich seine spießige Juristen-Freundin bin. Wo sind meine Perlen?

Wir betreten das Haus hinter den beiden und mir wird wieder klar, dass mir eigentlich speiübel ist, mein Arsch höllisch wehtut und ich mich durchgebumst fühle. Ich sehe Alex sich kurz die Schläfen reiben, dann stehen wir in dem großen Wohn-/Esszimmer. Die anderen sitzen am Tisch und trinken Kaffee, als würden wir hier einen familienfreundlichen Werbespot drehen. Ich entdecke weder Wodkaflaschen noch Shots noch sonst irgendetwas Verräterisches. Gut gemacht!

Theo steht als Erster auf und kommt auf Alex' Großeltern zu. Natürlich kennt er sie und lächelt dasselbe Chorknabenlächeln wie Alexander. Wenn sie ihn jetzt Theodor nennen, fällt meine Libido ins Koma.

»Elisabeth. Erich. Schön, euch zu sehen!«

»Theo, mein Junge«, sagt Alex' Großmutter und meine Libido bleibt am Leben. Sie legt ihre Hand auch auf seine Wange, was dasselbe bedeuten würde, wie wenn meine Oma ihn küssen und knuddeln würde. Anscheinend hat sie ihn so lieb wie Alex, sie bekommen zumindest beide Absolution erteilt. Sein Großvater reicht ihm die Hand.

»Wie läuft das Studium?«, will er wissen, und Theo beginnt zu nicken. »Gut soweit. Alex lenkt mich ein wenig ab, weil die Architekten viel mehr Freizeit haben als wir, aber ich komme zurecht.«

Sein Großvater lacht und bedenkt seinen Enkel mit einem wissenden, leicht vorwurfsvollen Blick. »In der Medizin wäre dir nicht so langweilig gewesen«, sagt er und Theo grinst, weil er diese Stichelei heraufbeschworen hat. Alex schenkt ihm finstere Blicke, die er sich eigentlich sparen könnte, weil Theo ihm quasi das Leben gerettet hat. Hätte er das Auto nicht kommen gehört, würden wir jetzt ganz andere Gespräche führen.

»Das sind Simon und seine Freundin Johanna«, stellt Alex den Rest seiner frommen Freunde vor. So schnell wird aus Joey Johanna, die plötzlich sogar viel mädchenhafter aussieht, was auch an dem weißen Leinenkleid liegen kann, das sie trägt. Es gehört mir, aber es sieht an ihr viel, viel besser aus. Ihr Arsch passt in meine Sachen. Meiner sprengt ihre Jeans, sobald ich zu tief Luft hole.

»Freut mich, Sie mal kennenzulernen«, sagt Simon, der es irgendwie schafft, viel frischer und wacher als wir alle auszusehen. Was schluckt er nur vor dem Schlafengehen?

»Simon«, wiederholt Alex' Oma interessiert und mustert meinen braunhaarigen Unschuldsengel mit einem Lächeln auf den

Lippen. Ihr Gesicht sieht plötzlich nicht mehr streng aus, was zweifelsohne an Simons Engel-Power liegen muss.

»Alexander erzählt viel von Ihnen. Aber er hält es auch nicht für notwendig, uns zu informieren, wenn er sich liiert.«

Wouh! Kommando zurück! Hat sie gerade ›liiert‹ gesagt?! Ich sehe Alex schockiert an, der eine unscheinbare, beschwichtigende Geste mit der Hand macht, die mir wohl versichern soll, dass sie das nur sagt, weil alte Leute manchmal geschwollen daherreden, und sie das nicht ernst meint.

»Du überrascht deine Großeltern anscheinend gerne«, wirft sie ihrem Enkel vor und zieht eine Augenbraue nach oben. »Aber mach dir keine Hoffnungen, mein Junge, so schnell bekommen wir keinen Herzinfarkt.«

Alex schüttelt lachend den Kopf. »Als würde ich es darauf anlegen, Oma«, meint er und erntet eine Antwort, die vor schwarzem Humor nur so trieft. »Ich weiß, mein Junge. Aber du siehst deiner Mutter so ähnlich, dass ich euch manchmal verwechsle.«

Alex zuckt schmunzelnd mit den Schultern und ich fröstle bei der Vorstellung, wie Familienessen bei den Löwensteins ablaufen. Zur Vorspeise gibt es subtile Sticheleien und zum Nachtisch wird sich distanziert auf die Wange getätschelt. Lecker!

»Wir machen ein paar Fotos und fahren dann«, kündigt der Großvater an, weil er es eilig zu haben scheint.

»Wollt ihr das Haus verkaufen?«, schlussfolgert Theo und erntet ein Nicken.

»Ja, es sei denn, Alexander möchte es haben«, schlägt Oma-Löwenstein vor, aber Alex schüttelt den Kopf. »Nein, danke.«

Meine Oma schenkt mir Schokolade und Socken – Alex bekommt eben schnell mal ein Haus angeboten, das er nicht möchte. Mir wird bewusst, dass wir auf zwei vollkommen verschiedenen Planeten aufgewachsen sind. Ich dachte immer, Simons Eltern wären reich, weil sie einen Pool und einen Rasenroboter haben.

Die Großeltern verschwinden in den Flur und Alexander verwandelt sich von einer Sekunde auf die andere wieder in den verkaterten Sexparty-Typen, der er ist. Er hält sich am Küchentresen fest und lässt den Kopf erschöpft in den Nacken fallen.

»Ich sterbe gleich …«, jammert er leise, und Theo klopft ihm auf die Schulter. »Reiß dich zusammen. Wenn du deiner Oma auf die Schuhe kotzt, wirst du enterbt.«

»Habt ihr alles verschwinden lassen?«, will er wissen und Simon nickt beruhigend. Er strahlt viel mehr Ruhe aus als Theo, der sich eher über Alex lustig macht, weil er diese Show natürlich nicht zum ersten Mal erlebt.

»Wir haben alles in die Taschen gepackt. Das Zeug ist etwas durcheinandergeraten, aber es liegt nichts mehr herum.«

»Seid ihr sicher?«

Theo schenkt Alex ein Glas Wasser ein und hält es ihm vor die Nase. »Alles weg, aber ich glaube, das Video von gestern Nacht, als ich Lena über dir gevögelt habe, läuft noch im Schlafzimmer.«

Meine Wangen glühen plötzlich wie Feuer und ich weiche Alex' Blick aus, weil er zu mir schaut. Dass Theo ihm das überhaupt sagen muss, ist mehr als peinlich. Ich habe keine Ahnung, was gestern mit mir los war. Anscheinend hat mich der Wodka in ein sexhungriges Monster verwandelt.

»Wieso habt ihr mich nicht geweckt?«, will Alex wissen, der offensichtlich nicht weiß, dass er ins Koma fällt, wenn er getrunken hat.

»Ich hätte *dich* vögeln können und du wärst nicht aufgewacht!«, wirft Theo ihm vor und zieht eine Augenbraue nach oben. Alex seufzt. »Wieso sind wir nur so ein perverser Haufen?«

»Fragt unser König«, ergänzt Simon amüsiert.

»Stimmt. Ich bin furchtbar«, gesteht Alex kopfschüttelnd und Theo macht ihm mit schwarzem Humor bewusst, dass er weit entfernt davon ist, ein schlechter Mensch zu sein.

»Ja. Wieso kannst du nicht einfach koksen wie jeder normale reiche Junge?«

Wir hören Schritte und Alex stellt sich wieder gerade hin und hört auf, blass und verkatert auszusehen. Ich bin noch immer fasziniert von dieser Fähigkeit!

»Na gut. Dann lassen wir euch wieder eure Ruhe«, kündigt Alex' Großmutter an und stellt eine Frage, die mich beinahe zum Schmunzeln bringt. »Habt ihr schon Pläne für heute?«

Ja, euer Enkel sieht Theo oder Simon vielleicht zu, wie sie Johanna oder mich vögeln und danach vermählen wir Alexander mit einer Frau, die kein Abitur hat und sozialdemokratisch wählt! Puff, Großeltern tot.

»Wir wollten vielleicht zum Gipfelkreuz wandern«, lügt Theo, ohne rot zu werden.

»Sehr schön. Haltet eure jungen Körper nur schlank und gesund, gut so.«

Bei Alex' Oma klingt das nicht wie eine lieb gemeinte Floskel, sondern wie eine Drohung. Ich glaube, wenn Alex fett wird, wird er aus dem Testament gestrichen. Kann es sein, dass er deshalb so empfindlich ist, wenn man Scherze übers Essen mit ihm macht? Der Arme! Ich muss ihn unbedingt meiner Oma vorstellen, die nimmt ihn mal in den Arm und füttert ihn mit Kuchen.

»Hat mich gefreut, Sie kennenzulernen«, sage ich, weil mir einfällt, dass ich noch immer Alex' Freundin bin.

»Kommen Sie uns mal besuchen.«

»Ja, gerne.«

Wir werden uns wohl nie wiedersehen, weil ihr Enkel mit mir Schluss machen wird. Oder ich mach mit ihm Schluss, wie er es auch drehen will.

»David fährt in den Sommerferien mit dem Boot raus, sprecht euch doch zusammen, Alexander.«

»Mache ich, Opa.«

Wir winken und nicken alle, als wären wir ein chinesisches Restaurant. Als die Tür in die Angeln fällt, ist es mucksmäuschenstill, solange, bis der Motor des Autos ertönt, und Alex die Nerven wegschmeißt.

»Als ob ich mit diesem soziopathischen Arschloch auf ein Boot steigen würde, ohne ihn ins Meer werfen zu wollen!«, ruft er mit angeschlagener Stimme. Wie er die Heiserkeit die ganze Zeit überspielt hat, ist mir ein Rätsel. Er läuft zur Couch, lässt sich bäuchlings darauf fallen, als wäre er angeschossen worden und vergräbt das Gesicht in den Kissen.

»Sperrt die verdammte Tür zu, bevor meine irre Mutter hier als nächstes auftaucht!«, nuschelt er kaum verständlich, ohne den Kopf zu heben. Theo dreht den Schlüssel um und kommt dann auf mich zu.

»Trägst du Reinweiß oder Creme?«, will er wissen und ich verstehe zuerst nicht, worauf er hinaus will, erst als Joey in den Scherz einsteigt. »Lena Löwenstein klingt verdammt gut!«

»Hört auf, sie zu verarschen!«, fordert Alex und hebt dafür sogar den Kopf ein Stück. Den nächsten Satz nuschelt er wieder in das Kissen. »Und natürlich muss sie Reinweiß tragen, sonst kommen wir vors Löwenstein´sche Erschießungskommando!«

»Musstest du Lena denn zu deiner Freundin machen? Hätte sie nicht Theos Freundin sein können?«, will Simon wissen, der die Frage eigentlich Alex stellt, aber eine Antwort von Theo bekommt, der ihn überrascht mustert.

»Dass ich sowas mal von dir höre. Hast du gekifft?«

»Ich meine nur, es war unnötig, sie da mitreinzuziehen.«

»War es nicht«, entgegnet Theo forsch, der noch immer Alex' Konversation führt. Ich weiß nicht, ob er wieder eingeschlafen ist oder einfach nur nichts sagen will.

»Alex' Großeltern gehen ihm, seit er volljährig ist, damit auf die Nerven, dass er eine angemessene Beziehung führen und heiraten soll. Das verschafft ihm zumindest ein paar Monate Ruhe und Lena wird es kaum wehtun.«

Er sieht mich erwartungsvoll an, und ich nicke.

»Schon gut. Das macht mir nichts.«

Simon mustert mich und ich weiß nicht, was er denkt. Seltsamerweise ist mir danach, alleine mit ihm zu reden, weil er so aussieht, als hätte er mir etwas Wichtiges zu sagen, aber das hier ist kein guter Zeitpunkt.

»Lasst uns Frühstück machen, ich verhungere!«, sagt Joey und spricht wohl allen aus der Seele. Ich würde auch gerne etwas essen, aber zuerst muss ich aus ihrer Jeans, sonst sprenge ich den Knopf weg. Und eine weitere Runde Schlaf wäre auch nicht verkehrt. Es ist erst sieben Uhr morgens.

Theo rüttelt nochmal an Alex, allerdings nicht so fest wie vorhin im Bett. Er fragt, ob er auch etwas essen möchte, aber er murrt nur etwas ins Kissen, das verdächtig nach: ›Ich hasse mein Leben‹ klingt. Theo lacht, also mache ich mir keine Sorgen, dass es Alex allzu ernst meint. Er braucht einfach Ruhe und muss seinen Kater ausschlafen. Ich übrigens auch. Ich verabschiede mich ins Badezimmer und falle dann nochmal in das große Bett, über dem der Löwenkopf thront.

Bitte nicht kotzen

Ich habe keine Ahnung, wie spät es ist, als ich aufwache. Kurz glaube ich, dass ich den Auftritt von Alex' Großeltern nur geträumt habe, dann fällt mir ein, dass ich wohl doch verlobt bin. Heiraten ist nicht wirklich mein Ding. Ich war nie eines dieser Mädchen, die von ihrem großen Tag in Weiß träumen und sich Pferde und verzauberte Kürbisse wünschen. Das habe ich wohl meiner Mutter zu verdanken, die Cinderella sich immer selbst durch ein Psychologie-Studium retten hat lassen. Das klingt genauso verstörend, wie es für eine Fünfjährige war. Ich habe mich zur Kostümfeier im Kindergarten mal als Diplomrolle verkleidet.

Alex' Frau zu werden, ist aber bestimmt schön. Wer auch immer wirklich mal mit ihm vor den Altar tritt, hat einen Jackpot abgeräumt. Vor den Familienessen müsste sie allerdings Antidepressiva einwerfen.

Als ich nach draußen ins Wohnzimmer trotte, läuft der Fernseher und die Bilder werden lautstark diskutiert, weil FIFA gezockt wird.

»Du bist das größte Arschloch der Welt!«, stellt Theo wütend fest.

»Kannst du einmal spielen, ohne zu fluchen?!«, entgegnet Simon, während er auf dem Controller herumdrückt.

»Was denn? Willst du mich übers Knie legen? Wer bist du? Mein Lover?«

»Du wärst nicht mal mein Typ, wenn ich schwul wäre!«

»Du würdest mich so unbedingt haben wollen, wenn du schwul wärst, dass du die Studienrichtung wechseln würdest, um in meiner Nähe zu sein!«

»Das Einzige, das mir noch egaler ist als dein Hintern, ist Chemie.«

»Kannst du nicht mal Arsch sagen?«

»Doch: Theo.«

»Geistreich Simon, geistreich.«

Wow, mir war nie klar, wie unterhaltsam dieses dumme FIFA-Spiel sein kann. Simon und Theo sind die reinste Comedy-Show. Ich bin heilfroh, dass sie wieder mit gewöhnlichen Gemeinheiten um sich werfen und sich nicht mehr an die Gurgel springen wollen. Zumindest den beiden scheint der spontane Ausnahmezustand heute Morgen gut getan zu haben. Das hat ihr Ausrasten von gestern Nacht zumindest überschattet.

Alex ist auch wieder besser drauf, was daran liegen mag, dass er nur eine Hand auf dem Controller hat und die andere in Joeys Dekolletee steckt.

»Lena. Ausgeschlafen?« Simon entdeckt mich als Erster aus dem Augenwinkel, weil er den Bildschirm im Blick behält, um Theo weiterhin zum Fluchen zu bringen. Irgendwie steht er wahrscheinlich darauf.

»Willst du mitspielen?« Joeys Angebot ist lieb gemeint, aber ich kann solche Spiele nicht zocken, ohne dass in mir das Bedürfnis wächst, Max anzurufen, um ihm zu sagen, warum er ein Vollidiot ist.

»Nein, danke. Nicht so mein Fall.«

»Hast du Bock, was anderes zu machen?«, will Joey wissen, die sich konzentrieren kann, obwohl sie mitspielt und Alex an ihr herumfummelt – Multitasking in Reinkultur.

»Hättest du vielleicht Lust, ein bisschen rauszugehen? Ich muss mich etwas bewegen.« Ihr Vorschlag überrascht mich, aber ich finde ihn nicht schlecht. Draußen ist es wirklich schön und ich laufe lieber ein wenig durch den Wald, als Playstation zu spielen.

»Hey, wenn ihr euch bewegen wollt, können wir das auch hier drin machen«, schlägt Alex vor, natürlich nicht ohne Hintergedanken. Joey steht auf und seine Hand rutscht aus ihrem Dekolletee.

»Etwas Bewegung abseits von eurer Beckenmuskulatur würde euch auch guttun«, tadelt sie. »Und Bauch und Armmuskeltraining tun rein gar nichts für eure Kondition, nur für euer Ego.«

So hört sich eine zukünftige Sport- und Ernährungswissenschaftlerin an. Ich bekomme gerade ein wenig Angst, dass Joey unter ›nach draußen gehen‹ etwas anderes versteht als ich. Ich dachte, wir würden durch den Wald spazieren und über ein oder zwei Wurzeln stolpern. Irgendwo hochlaufen klingt aber wahrscheinlicher.

»Ich komme mit«, sagt Simon und legt den Controller hin. Jetzt bekomme ich noch mehr Angst, weil er der Nächste ist, der gerne in Sportklamotten durch die Gegend hetzt.

»Na klar, du und die Mädels. Du weißt ja gar nicht, was du mit zwei Frauen anfangen sollst«, wirft Theo Simon vor und legt den Controller auch hin, weil er ebenfalls mitgehen möchte. Während sich die drei in Bewegung setzen, bleibe ich bei Alex am Sofa stehen, der genervt die Hände in die Luft reißt.

»Echt jetzt?! Soll ich mit mir alleine spielen oder was?«

»Ja! Wie damals mit vierzehn!«, ruft Theo lachend und Alex steht seufzend auf.

»Na gut ihr elenden Sportfreaks! Aber dann gehen wir bis zum Gipfelkreuz!«

Scheiße … wie ist das denn jetzt passiert?

Es gibt ganz offensichtlich mehrere Stadien von Anstrengung bei Gruppensportaktivitäten:

1) Du bekommst zu wenig Luft durch die Nase, atmest durch den Mund und bist total stolz auf dich, weil du dich mal schnell bewegst, obwohl du nicht dem Bus hinterherläufst oder dringend aufs Klo musst.

2) Du kannst keine Konversation mehr betreiben, weil alles, was du sagst, verraten würde, dass du aus dem letzten Loch pfeifst und du wahrscheinlich ohnmächtig werden würdest, wenn du einen ganzen Satz am Stück sagen müsstest.

3) Du versuchst erst gar nicht mehr zu verstecken, dass du gerade stirbst, weil du sowieso sicher bist, dass du das Zeitliche segnest und es scheißegal ist, ob du dich blamierst, weil du keine Kondition hast, weil du in drei Minuten tot bist.

4) Du stützt dich an einem Baum ab, keuchst deine Füße an und wiederholst das ›Bitte nicht kotzen‹-Mantra solange in Gedanken, bis sich dein Magen davon überzeugt zeigt – oder auch nicht.

»Geht es noch? Es ist nicht mehr weit, keine Angst.«

Simon legt mir die Hand auf den Rücken, während ich von Stadium 4 in Stadium 3 wechsle und auf das Licht warte.

»Trink noch was, dann geht es dir besser.«

Er hält mir die Wasserflasche vor die Nase, aber ich habe ihm schon beinahe alles weggetrunken, er muss selbst durstig sein. Es ist verdammt heiß draußen, obwohl wir gefühlt auf 4000 Metern sind. Der Wanderweg führt an Weiden und Wäldern vorbei auf den höchsten Berg des Universums. Dass dieser endlose Weg auch noch so steil sein muss, dass selbst die Bergziegen Klettergurte tragen, hat mir den Rest gegeben. Nach dreißig Minuten hätte ich gerne kapituliert – jetzt sind wir fast zwei Stunden unterwegs und Simon sagt mir schon seit vierzig Minuten, dass es nicht mehr weit ist. Ich glaube, er lügt.

»Du musst nicht auf mich warten … echt. Ich komme schon klar.«

Joey, Alex und Theo haben uns schon lange abgehängt. Simon geht nur mir zuliebe so langsam.

»Schon gut. Das ist ja kein Wettlauf.«

»Wenn es einer wäre, würdest du meinetwegen verlieren.«

Ich bekomme langsam wieder Luft und lehne mich mit dem Rücken an den Baum, weil ich am Ende bin. Simon schmunzelt.

»Gewinnen ist nicht alles.«

»Das ist aber für einen Trainer keine gute Einstellung, oder?«

Er lacht und schüttelt den Kopf. »Ich bin nicht dein Trainer, ich bin dein Freund. Sonst könntest du mich wohl nicht leiden.« Simon zwinkert und streckt mir die Hand entgegen. »Komm, es ist wirklich nicht mehr weit.«

»Das sagst du seit Stunden!«, werfe ich ihm vor und schüttle den Kopf. »Ich kann nicht mehr. Ich drehe um.«

»Nein. Sicher nicht. Komm.«

Er packt meine Hand und zieht mich weg von dem Baum. »Aufgeben ist keine Option. Es ist mir egal, wie langsam du da rauflaufen möchtest.«

»Ich will doch nicht mein Studium abbrechen! Ich will nur nicht auf diesen bescheuerten Gipfel!«, schnaufe ich, weil mir schon wieder die Luft ausgeht. Simon lässt meine Hand nicht los, was sich komisch anfühlt, weil er mich eigentlich nicht zieht, sondern neben mir hergeht und mich mein Tempo gehen lässt. Hat etwas von Händchenhalten. Nein, ist Händchenhalten. Mein Kopf kann sowieso nicht noch röter werden.

»Erinnerst du dich noch daran, als wir mal in den zehnten Stock laufen wollten, und ich mich im neunten fast übergeben hätte. Damals hast du mich auch raufgezogen.«

Ich bleibe stehen, weil die Erinnerung, die Simon gerade heraufbeschwört, in meinem Unterbewusstsein verschwunden gewesen war. Dass er es noch weiß, ist unheimlich süß. Leider hört sich diese Geschichte romantischer an, als sie in Wirklichkeit ist. Simon geht mit mir jetzt zum Gipfel, weil er nett ist und mich nicht hängenlassen will, ich habe ihn damals in den zehnten Stock gezogen, obwohl er eigentlich eine Darm-Grippe hatte und ich trotzdem unbedingt von der Dachterrasse schauen wollte, aber alleine nicht hoch durfte.

Es ist unglaublich, was seither aus ihm geworden ist. Oder es war schon damals offensichtlich, dass er mal ein wunderschönes Sport-Ass mit einer Liebe zur Architektur wird und ich war zu dumm, um es zu sehen. Irgendwann zwischen kindlichem Treppenlaufen und unserem ersten Treffen an der Uni ist ihm eine Volleyball-Barbie mit Porno-Internat-Hintergrund begegnet, die schneller gecheckt hat als ich, dass in dem nie fluchenden, strebsamen Unschuldsengel ein verruchter, sexbegeisterter Dämon steckt.

»Wieso starrst du mich denn so an? Ist dir wieder schlecht?«

Ja, weil ich die Vorstellung hasse, dass ich nichts mehr daran ändern kann, dass du mal mit Nicki zusammen warst, und sie immer ein Teil deiner Vergangenheit sein wird!

»Nein. Es ist nur süß, dass du dich daran erinnert hast.«

Wir gehen wieder los und Simon lächelt mich von der Seite an. »Denkst du, ich vergesse sowas?«, fragt er und ich kann schon wieder nicht antworten, was ich gerne antworten würde, weil ich wie ein eifersüchtiges, liebestolles Biest klingen würde.

Ja, ich dachte, Nicki hätte es dir aus dem Gedächtnis gevögelt. Aber du vergisst es trotzdem nicht …

»Der eine Anstieg noch. Dahinter ist das Gipfelkreuz«, sagt er und ich kann wirklich die Spitze des kupferfarbenen Kreuzes sehen.

Ich beschleunige meine Schritte, weil ich plötzlich unbedingt da rauf will. Ich darf mir nicht leidtun, weil andere schneller waren als ich und deshalb umdrehen. Ein fantastisches Gleichnis für jemanden, der gerade unter akutem Sauerstoffmangel leidet – nicht nur für den Gipfel.

Ich sehe die anderen winken. Sie sitzen im Gras und sonnen sich. Als ich neben ihnen stehen bleibe, fühle ich mich großartig.

»Spät aber doch«, tadelt Alex scherzhaft. Simon übernimmt das Antworten für mich, weil ich nach meinem Endspurt noch nach Luft ringe. »Ja, Lena wollte unbedingt, dass ich sie im Wald nehme – das hat uns etwas zurückgeworfen.«

Ich grinse, weil das eine großartige Antwort war. Sogar Theo grinst. Als ich wieder zu Atem komme, wird mir bewusst, wie unglaublich die Aussicht von hier oben ist. Ich glaube, ich habe noch nie eine schönere Landschaft gesehen.

»Beeindruckend, oder?« Simon stellt sich neben mich und sieht sich mit mir das Panorama an. Die anderen sind natürlich schon fertig, sie hatten auch eine halbe Stunde länger Zeit.

»Bist du jetzt froh, dass du nicht umgedreht hast?«, will er wissen und schmunzelt mich prüfend an.

»Danke Simon, wirklich. Fürs Warten und …«, mir gehen die Worte aus, diesmal aber nicht aus Luftmangel, sondern weil diese braunen Augen vor diesem Panorama noch viel schöner und wärmer aussehen als sonst.

»Wenn ihr euch jetzt küsst, bekommt ihr einen Preis für die kitschigste Szene, die ich jemals gesehen habe und ich kenne jeden verdammten Nicholas-Sparks-Film!«

Alex' Gemecker killt die Stimmung und mir wird bewusst, dass wir wirklich kurz davor waren, uns zu … Simon küsst mich trotzdem, und es ist großartig. Wo man zwischen kitschig und romantisch die Grenze zieht, liegt immer bei einem selbst, und für Simon und mich ist das hier das Feiern unseres Gipfelsturms.

Der Kuss wird weder sonderlich stürmisch noch verboten, er bleibt unschuldig und trotzdem innig. Als er mich wieder loslässt und mich angrinst, fühle ich mich, als hätte mich jemand in eine Zeitmaschine gesetzt, und ich wäre wieder zwölf.

»Großartige Show. Heiratet doch …«

Simon hat die Hände noch auf meinen glühenden Wangen, als ich mich zu Theo drehe, der aufspringt und mich anfunkelt, als hätte ich etwas Verbotenes gemacht.

»Sie heiratet Alex, schon vergessen?«, entgegnet Simon und klingt dabei so kokett wie selten. Im Gegensatz zu mir gefällt ihm Theos Eifersucht, mit der ich gerade so gar nicht umgehen kann. Was habe ich denn falsch gemacht? Von Simon an einen Baum gedrückt und gevögelt zu werden, wäre okay, ihn ohne Zunge zu küssen nicht? Das sind ziemlich konfuse Regeln!

Theo dreht sich um und geht bergab. Alex läuft ihm hinterher und ich überlege, ob ich das auch tun soll. Nein, weil ich mich für diesen Kuss sicher nicht entschuldigen werde. Theo interpretiert da gerade viel zu viel hinein, und ein seltsam sadistischer Teil in mir freut sich sogar darüber.

»Ihr Jungs seid unglaubliche Diven!«, ruft Joey lachend und macht sich auch wieder auf den Weg nach unten. Ich muss ihr zustimmen und werfe nochmal einen Blick auf das Postkartenpanorama. Simon hat die Hände in den Hosentaschen vergraben und steht neben dem Gipfelkreuz. Er sieht so gut aus, dass ich gerne ein Foto von ihm schießen würde, aber ich habe mein Handy nicht dabei.

»Gehen wir auch wieder zurück?«, will er wissen und ich seufze ihn an. »Ja. Aber das endet nicht wieder wie gestern Abend, oder? Ihr streitet euch nicht.«

Simon lacht. »Nein, ich bin superfreundlich zu Theo. Du schläfst doch bei mir, oder?«

Ich starre ihn an, während er auf mich zukommt.

Schlafe ich bei dir? Schlafe ich mit dir? Es wird verdammt nochmal Zeit, oder? Wieso bin ich plötzlich so aufgeregt?

»Willst du denn?«, antworte ich mit einer Frage, die Simon zum Grinsen bringt.

»Ja, schon eine ganze Weile.«

Jetzt nicht stören!

Auf dem Weg zurück zum Haus holen Simon und ich die anderen sogar wieder ein. Vielleicht laufe ich plötzlich so schnell und beschwingt, weil mich meine Libido antreibt, während sie ein Foto von Simon entstaubt und erwartungsvoll dazu mit den Hüften wackelt, oder weil es einfach bergab geht.

»Hast du die Spinne eigentlich nochmal gesehen?«

Ich habe zu Theo aufgeschlossen und hoffe, dass ich nicht krampfhaft bemüht um Smalltalk klinge – bin ich nämlich. Ich will wissen, ob er wirklich sauer ist oder nur ein angekratztes Ego hat. Außerdem interessiert es mich, ob dieses Monster noch frei herumläuft.

»Die Spinne ist heute Morgen in Simons Zimmer gelaufen«, entgegnet er tonlos und funkelt nach hinten. Okay, er ist noch in der Stimmung für Scherze. Hoffentlich ist das einer!

»Ich bin ein hervorragender Spinnenfänger. Lena und ich kommen schon klar.«

»Braucht ihr Hilfe?«, will Alex wissen und kommt zu mir, um den Arm um mich zu legen. Die Erinnerung an letzte Nacht macht mich gerade verlegen. Ich hätte ihn so gerne aufgeweckt, jetzt überfordert mich der Gedanke aber wieder, weil ich nicht im Sexrausch bin. Außerdem wäre es ziemlich seltsam, das erste Mal mit Simon und meinen ersten wirklichen Dreier gleichzeitig passieren zu lassen. Das weiß hier aber natürlich niemand.

»Du willst beim Spinnen Fangen helfen, Alex?«, spottet Theo. »Du würdest genauso laut schreien wie Lena gestern, sogar in derselben Frequenz.«

Alex grinst mich entschuldigend an, weil Theo anscheinend recht hat und er genauso ein Arachnophobiker ist wie ich. Seine Hand rutscht trotzdem von meiner Schulter zu meinem Hintern, während sein Grinsen süffisant wird.

»Dann muss Simon die Spinne fangen, aber ich kann dich währenddessen garantiert hervorragend ablenken. Ich habe irgendwie im Kopf, dass du mir gestern Nacht angeboten hast, etwas an dir zu entjungfern … hilf mir auf die Sprünge.«

Es ist unmöglich, dass Alex in seinem Delirium Theos nicht ernst gemeinte Frage wirklich verstanden hat. Er muss ihm davon erzählt haben. So oder so, meine Antwort wird ihm wenig Freude machen.

»Mein Hintern bleibt genauso jungfräulich wie deiner.«

»Vielleicht gefällt's dir ja. Das kannst du erst wissen, wenn du's probiert hast.«

»Probier du es zuerst und sag mir dann Bescheid. Kann mal bitte jemand Alex vögeln, damit er mir morgen davon erzählen kann?«

»Klar! Wir haben sicher etwas dabei, das dich ein Feeling dafür bekommen lässt, Süßer.« Joey schließt zu uns auf und legt Alex ihre Hand auf den Hintern, der aber wenig Begeisterung für ihren Plan zeigt.

»Nein. Aber du kannst mir helfen, Lena ein Feeling dafür zu geben. Das wäre doch was.«

Joey sieht zu mir rüber und ich kann nicht einschätzen, ob sie die Idee großartig oder abwegig findet. Mir fällt aber mal wieder auf, dass ich sie problemlos mit einem von den Jungs verwechseln könnte, sobald sie Shorts trägt.

Ich ducke mich, um mich aus Alex' Umarmung zu lösen, weil die Haustür bereits so nahe ist. Bevor die seltsame Diskussion über meinen Hintern hier in die nächste Runde geht, klinke ich mich erstmal aus.

»Ich verschwinde unter die Dusche. Vielleicht könnt ihr in der Zwischenzeit eure analen Bedürfnisse gegenseitig stillen, dann ist das kein Thema mehr.«

Natürlich wird es trotzdem ein Thema werden, aber sicher nicht mehr heute. Ich weiß meinen Hintern schon zu verteidigen, für wie lange, wird sich zeigen.

Ich habe herausgefunden, dass das Haus zwei Badezimmer hat. Eines schließt an das Löwen-Schlafzimmer an, aber ich stehe auf Chip und Chap und ziehe mich deshalb lieber vor den Eichhörnchen aus.

Das heiße Wasser aus der großzügigen Regendusche tut unheimlich gut. Die Anstrengung unserer Wanderung sitzt mir in den Knochen und ich habe irgendwie Bauchschmerzen. Wahrscheinlich rebelliert mein Körper etwas wegen des Sportprogramms.

Als ich es klopfen höre, bin ich mir nicht mehr sicher, ob ich abgeschlossen habe, also halte ich mir erstmal die Hand vor den Busen und spähe zur Tür. Okay, verriegelt, aber es klopft erneut – da bleibt jemand hartnäckig.

Ich habe noch Shampoo in den Haaren, aber ich steige aus der Dusche und wickle mir schnell eines der Handtücher um den Körper, um aufzumachen. Wenn das jetzt Alex ist, der nochmal wegen meines Hintern nachfragt, spritze ich ihn mit kaltem Wasser ab.

Ich öffne einen Spalt und mein Blick verfängt sich an vollen, schönen Lippen.

»Kann ich reinkommen, oder ist dir das unangenehm?«

Joey neigt den Kopf, während in meinem die Gedanken rattern. Will sie mit mir zusammen duschen? Weil Frauen, die Sport machen, daran gewöhnt sind, mit anderen Frauen zu duschen oder weil sie mich nackt sehen will? Wenn ich nein sage, klingt das, als hätte ich Angst vor ihr, oder? Die Entscheidung würde mir gerade viel leichter fallen, wenn sie nicht am Türstock lehnen würde, als wäre sie Justin Biebers heißerer Bruder.

»Ja … sicher.«

Ich gehe einen Schritt zurück und Joey kommt rein. Sie schließt die Tür hinter sich ab und ich gehe zu Chip und Chap, unter deren Baum meine Tasche steht. Was will ich denn rausholen? Ich habe keine Ahnung, eigentlich schinde ich nur Zeit, weil ich ignoriere, dass die Dusche noch läuft und ich eigentlich darunter stehen sollte.

»Schläfst du heute wieder bei Theo?«

»Ähm … eigentlich wollte ich bei Simon schlafen, aber wenn du …«

Joey lacht und ich drehe mich nach ihr um. Sie steht vor dem Spiegel und hantiert mit der Pinzette.

»Schon gut, such dir aus, wen du willst. Die Jungs sind ja verrückt nach dir.«

Das klingt aus ihrem Mund weder missgünstig noch zickig, ist mir aber trotzdem unangenehm.

»Theo und Alex kenne ich noch nicht lange – neu ist immer spannend. Ich glaube, es gefällt ihnen einfach, dass ich mich relativ leicht in Verlegenheit bringen lasse«, relativiere ich ihr

Kompliment und gehe endlich wieder in Richtung Dusche, bevor ich hier noch anfange, die Eichhörnchen zu streicheln.

Ich lasse das Handtuch fallen und stelle mich unter das heiße Wasser.

»Ja, das ist aber auch verdammt sexy an dir«, höre ich Joey antworten und schaue durch das beschlagene Glas zu ihr. Sie steht noch vor dem Spiegel, hat mir den Rücken zugedreht und zieht sich gerade das Shirt über den Kopf. Als sie sich den BH auszieht, drehe ich mich weg, bevor ich vergesse, dass ich dabei bin, eine Frau anzuschmachten.

»Da ist noch Platz für mich, oder?«

Oha, ja, das habe ich befürchtet!

»Sicher …«

Ich höre sie zu mir unter die Dusche kommen, aber ich starre gegen die Fliesen, weil ich knallrot im Gesicht sein muss. Meine Wangen verglühen gerade.

»Duscht du immer so heiß?«, will sie amüsiert wissen und ich sehe ihre Hand an mir vorbei zur Armatur greifen. Mein Blick verfängt sich an ihren Tattoos und ich mache etwas ziemlich Dummes – ihrem Arm mit dem Blick folgen und mich nach ihr umdrehen.

Heiliger Gott im Himmel, war Joey schon immer so groß? Auf alle Fälle war sie noch nie so nackt! Nicht vor mir …

Sie fährt sich mit der Hand durch die nassen kurzen Haare, streicht sie zurück, während die Wassertropfen ihren Körper entlangwandern. Sie ist locker 1,78 oder 1,80 – auf alle Fälle gut zehn Zentimeter größer als ich. Die Tattoos an ihren Armen lenken mich ungefähr drei Sekunden davon ab, auf den ganzen Rest zu starren.

Das ist ein wirklich schöner, mich sehr verwirrender Körper! Die breiten Schultern mit den markanten Schlüsselbeinen, der flache Bauch mit dem angedeuteten Sixpack, die schmalen Hüften … *sie ist eine Frau! Eine Frau, Lena! Busen! Kuck doch! Ein wirklich schöner Busen …*

Zum Glück hat sie das Wasser kälter gedreht. Das ist angenehm. Viel zu angenehm. Könnte es nicht einfach unangenehm sein? Bitte?

»Alles gut?«, fragt sie und verzieht die hübschen Lippen zu einem Lachen.

»Gut ..?«, wiederhole ich, und als mir auffällt, dass ich wie ein nasser, angeturnter Papagei geklungen habe, reiße ich mich zusammen. »Ja, sicher! Kein Problem.« Zusammenreißen heißt übrigens nicht zwangsläufig, schlaue, zusammenhängende Antworten geben. Das ist so typisch ich. Wenn ich jetzt auch noch ausrutsche und mir die Nase blutig schlage, ist die Lena-Show perfekt.

»Hast du noch nie mit einer Frau geduscht?«, will Joey wissen und greift sich das Shampoo.

»Ähm … nein.«

Als sie anfängt, sich einzuseifen, drehe ich ihr wieder den Rücken zu, weil ich sonst gar nichts mehr rausbringen würde.

»Aber du hast schon mal eine Frau geküsst, oder?«

Irgendwie war mir klar, dass diese Frage kommt.

»Ja.«

Das ist nicht mal gelogen. Ich bin eine Studentin, die Alkohol ab und an nicht allzu doof findet. Und ja, ich war auch auf Partys, bevor ich Alex kennengelernt habe. Da küsst man schon mal eine Freundin, wobei das nie irgendeinen sexuellen Hintergrund hatte, sondern einfach nur Spaß war. Meine Freundinnen sehen aber weder aus wie Joey, noch haben diese sexy tiefe Stimmen, die mich mit jedem Wort vergessen lassen, was noch gleich der Unterschied zwischen Männlein und Weiblein war.

»Du sagst mir, wenn ich was tue, das dir unangenehm ist, ja?«

Kaum stellt sie diese Frage, spüre ich ihre Hände auf meinem Rücken. Mir war nicht klar, dass man unter der warmen Dusche Gänsehaut bekommen kann, aber die sanfte Berührung elektrisiert meinen Körper. Ihre Hände gleiten über meine Haut und mir steigt der Duft des Shampoos in die Nase.

Mein Kopf ist wie leergefegt. Würde ich jetzt anfangen zu denken, wäre ich absolut überfordert, als schalte ich meinen Verstand vorerst auf Standby.

Eine von Joeys Händen geitet nach vorne auf meinen Bauch. Sie hat wirklich schöne Finger; lang, schmal, mit kurzen Nägeln. Ich sehe dem Schaum dabei zu, wie er sich auf meiner Haut verteilt und spüre dann, wie sich ihr nasser Körper an meinen Rücken drückt, weil sie einen Schritt näher kommt.

Sie schlingt den zweiten Arm um mich und drückt mit ihrer Hand mein Kinn hoch. Als ihre Lippen meinen Hals berühren, schließe ich die Augen. Das sanfte Ziehen tut unheimlich gut. Ihre Zunge streift mein Ohr und sie flüstert hinein. »Darf ich dich küssen, Lena?«

Scheiß drauf! Wieso eigentlich nicht?

Meine Antwort bleibt aus, zumindest verbal. Ich drehe mich zu ihr um und spüre im nächsten Moment die weichsten Lippen, die jemals auf meinen gelegen haben. Das ist ein unwirklich sanfter, intensiver, guter Kuss.

Als sich mein Körper an ihren drückt, versuche ich zu ignorieren, dass ich dabei ihre Brüste fühlen kann, sonst würde mir das hier gleich zu viel werden.

Ihre Hände gleiten von meinem Rücken zu meinem Hintern und drücken dort kurz zu.

»Drehst du dich nochmal für mich um?«, haucht sie gegen meinen Mund und ich starre einige Sekunden in ihre hellbraunen Augen. Sie sieht die Unsicherheit in meinem Blick wachsen und streicht mir über die Wange.

»Keine Angst …«, meint sie und schmunzelt. »Um deinen hübschen Arsch können sich die Jungs weiter streiten. Das wird nur ein kleiner Duschspaß.«

Ich finde heraus, was sie unter ›Duschspaß‹ versteht, als ich mich umdrehe. Sie drängt sich hinter mich und ihre Hand gleitet von meinem Bauch zwischen meine Beine.

Okay, ich bin mir nicht mehr sicher, ob ich das hier durchziehen kann. Egal, wie tief ihre Stimme ist und wie unglaublich gut sie küsst, ich kann nicht ignorieren, dass sie eine … *hallo! Da weiß aber wer, was er mit seinen Fingern macht!*

Ich drücke die Hände gegen die nassen Fliesen und versuche, das Stöhnen zu unterdrücken, weil es viel zu schnell kommen würde. Ich bin doch noch gar nicht so scharf, oder? Aber Joey weiß, wo sie mich anfassen muss, damit es gut tut.

Das Wasser auf unserer Haut lässt sie so leicht und schnell über meine empfindlichsten Stellen gleiten, dass sich die erregenden Impulse mit jeder ihrer Handbewegungen steigern.

»Oh Gott …«

Gott ist übrigens eine Frau, ich weiß das jetzt.

»Gut?«, will sie wissen und beißt mir amüsiert raunend ins Ohr. Sie weiß, dass sie gut ist, aber ich sage es ihr trotzdem gerne.

»Klasse!«

Ich will gerade die Augen schließen und das heiße Pochen zwischen meinen Beinen genießen, aber es klopft an der Tür. Durch das Prasseln des Wassers verstehe ich nicht, worüber Alex sich genau beschwert, aber ich kann es mir denken.

»Jetzt nicht! Hau ab!«

Das dezent entnervte, biestige Fauchen kam aus meiner Kehle. Es wäre mir auch irgendwie unangenehm, könnte ich im Moment noch an etwas anderes denken, als an Joeys Finger und meinen Orgasmus.

»Dauert nicht mehr lange!«, versichert sie Alex und sie hat absolut recht.

Ich werfe den Kopf in den Nacken, als ich komme und schlucke dabei Wasser, weil ich vergessen habe, dass wir hier unter der Dusche stehen. Die letzten angenehmen Zuckungen in meinen Unterleib huste ich ungewollt weg und Joey klopft mir auf den Rücken.

»Alles gut?«

Ich drehe mich nach ihr um und grinse sie an.

»Ja. Danke!«

Das ›Danke‹ ist nicht fürs Nachfragen, sondern für … sie weiß, was ich meine.

»Immer gerne. Hat Spaß gemacht.«

Sie dreht das Wasser ab. Mittlerweile müssten wir ziemlich sauber sein, egal, wie schmutzig das eben war.

Ich sehe ihr zu, wie sie aus der Dusche steigt und sich die Haare kurz trocken rubbelt.

»Ich gehe mal vor und halte dir Alex und Theo vom Hals. Du willst bei Simon schlafen, oder?«

Ich nicke ziemlich zaghaft, weil ich nicht weiß, ob es seltsam aussieht, wenn ich zu euphorisch wirke.

Bevor sie geht, sagt sie etwas, das mich daran erinnert, dass ich eigentlich noch beschämt von einem Bein aufs andere zappeln sollte.

»Wenn du mal Lust hast, etwas mehr herumzuexperimentieren, sag Bescheid.«

Ein Zwinkern und sie ist verschwunden – nackt übrigens. So kann sie Theo und Alex mit Sicherheit schnell überzeugen, die Nacht mit ihr zu verbringen.

Was ihr Angebot betrifft, weiß ich nicht, ob ich darauf zurückkommen werde. Wohl eher nicht, und das obwohl Joey für mich mit Abstand die schönste und schärfste Frau der Welt ist. Ich kann mir vorstellen, sie wieder zu küssen und ich kann mir vorstellen, wieder mit ihr zu duschen, woran sich meine Vorstellung aber noch stößt, ist alles, was meine Initiative betreffen würde. Ob ich sie genauso zum Stöhnen bringen könnte wie sie mich, bezweifle ich. Dafür liebe ich Männerkörper zu sehr.

Anscheinend bin ich nur eine Egoisten-Teilzeit-Lesbe. Keine unspannende Erkenntnis.

Diese längst überfällige Sache

Ich ziehe mir die weiße, durchsichtige Spitzenunterwäsche an und schlüpfe in ein frisches Top, weil das dem Negligee, das ich gerne dabeihätte, am nächsten kommt.

Während ich mir die Haare trocken föhne, versuche ich, nicht nervös zu werden. Es ist nur Sex mit jemanden, mit dem ich noch nie Sex hatte. Das sollte ich mittlerweile draufhaben, oder? Dass das zwischen Simon und mir aber irgendwie anders ist, versuche ich zu verdrängen. Wir kennen uns schon ewig. Wir hätten eigentlich schon längst miteinander schlafen sollen. Vielleicht haben wir das aber auch so lange vermieden, weil es danach zwischen uns anders wäre.

Meine Libido tippt gerade genervt mit dem Fuß auf den Boden und hält ein Foto von Simon mit nacktem Oberkörper hoch.

Okay, schon verstanden, nicht denken, einfach machen!

Als ich das Badezimmer verlasse, ist es seltsam still im Haus. Die sind doch nicht alle plötzlich eingeschlafen, oder?

Ich denke zuerst, das Wohnzimmer sei leer, aber ich sehe ein unnatürlich bläuliches Licht auf dem Sofa leuchten. Als ich näherkomme, entdecke ich Simon dort liegen, der gerade auf seinem Handy herumdrückt. Ich schleiche mich leise an, knie mich an das Sofaende und stütze das Kinn dann an dem Kissen ab, auf dem er mit dem Kopf liegt. Er riecht auch frisch geduscht – zum Anbeißen.

»Schreibst du schmutzige Nachrichten mit einer Kommilitonin?«

Er zuckt zusammen, weil er wirklich in seine Zeilen versunken war, dann zeigt er mir sein Display.

»Naja, fast. Es geht um die Statik-Klausur nächste Woche – wenn ich das anturnend finden würde, müsste ich auf der Uni weitere Hosen tragen.«

Das Lachen tut gut, weil es die Nervosität nimmt, von der ich anscheinend noch immer ein wenig Bauchschmerzen habe. Simon setzt sich auf und dreht sich nach mir um.

»Komm doch hoch, Lena. Wenn du vor mir kniest, komme ich mir wie Theo vor, und ich habe in diesem Semester echt keine Zeit, zum Psychologen zu gehen.«

Schmunzelnd und etwas vorwurfsvoll funkelnd wegen diesem Seitenhieb nehme ich die Hand, die er mir entgegenstreckt. Er zieht mich hoch und lässt seinen Blick über meinen Körper schweifen. »Hast du schon immer so unheimlich scharf ausgesehen? Wie konnte ich mich eigentlich bis jetzt beherrschen?«, will er wissen, während seine Augen zu glänzen beginnen.

»Komisch, ich wollte dich gerade dasselbe fragen«, entgegne ich und bin absolut fasziniert davon, wie sich seine Mimik verändern kann, sobald ihm jemand Glitter in die Augen gepustet hat. Ich habe vergessen, wie sexy der dämonische Teil in Simon ist, und wie sehr ich ihn will. Die meiste Zeit ist da der Unschuldsengel, der mich anlächelt und auf mich aufpasst, obwohl er behauptet hat, er würde es nicht mehr tun. Mit diesem wunderschönen Geschöpf würde ich es auch gerne treiben, aber es wird gerade komatös. Was stattdessen wach wird, legt die

Hände auf meine Schultern und drückt mich leise knurrend auf das Sofa.

»Du und ich die ganze Nacht?«, raunt er fragend, als er sich über mich beugt und seine Hand an meiner Seite unter mein Top gleitet.

Ich beiße mir erwartungsvoll ungeduldig auf die Unterlippe. So schön der Orgasmus im Badezimmer auch war, den mir Joey geschenkt hat, Simon hat etwas, das mein Körper unbedingt will und ich spreche hier nicht ausschließlich von diesem großartigen Penis, den ich zum letzten und ersten Mal gesehen habe, als Bianca ihn glücklich gemacht hat.

Ich will ihn küssen, aber er hebt seinen Kopf ein Stück und grinst mich an. »Hast du Lust auf ein kleines Rollenspiel?«

Er zieht die Hand unter meinem Top heraus und ich mustere ihn fragend, weil ich nicht weiß, was jetzt kommt.

Ich spiele alles, was du willst, Simon. Hauptsache, wir tun dabei das, was schon längst überfällig ist …

Als er mit den Lippen mein Ohr streift, vergrabe ich meine Finger in seinen frisch gewaschenen, dichten Haaren und lausche seinen Sexfantasien.

»Du bist das Mädchen von nebenan, und ich komme vorbei, weil du alleine zu Hause bist, und ich so scharf darauf bin, dich zu entjungfern, dass ich an nichts anderes mehr denken kann, immer wenn du mich ansiehst.«

Ich wusste nicht, dass ich lachen und feucht werden im selben Moment kann.

»Ich bin zwar eine schlechte Schauspielerin, aber das bekomme sogar ich hin …«, versichere ich, weil ich durchaus in der Lage bin, mich selbst zu spielen – auch eine etwas andere Vergangenheitsversion von mir.

Vielleicht wäre es wirklich so abgelaufen, wenn wir nicht weggezogen wären. Simon und ich, irgendwann alleine in unserer Wohnung. Ich hätte keine Ahnung gehabt, dass er mich will, solange bis wir auf dem Sofa gelegen hätte, und er mein Top vorsichtig am Dekolletee nach unten geschoben hätte – so wie gerade.

Okay, ich stehe auf Rollenspiele!

Seine Hand legt sich auf meinen BH und er drückt seine Lippen so vorsichtig auf meine, als wäre ich nicht nur jungfräulich, sondern auch noch ungeküsst.

Das hier ist regelrecht unschuldig, und trotzdem will ich ihn so sehr, als hätten wir das längste Vorspiel der Welt hinter uns – haben wir wahrscheinlich sogar.

Als seine Zunge in meinen Mund gleitet, seufze ich leise, so wie ich es auch mit fünfzehn getan hätte, wenn mir bewusst geworden wäre, dass der hübsche Nachbarsjunge tatsächlich gerade die Hand an meinem Busen hat und mit mir schlafen will.

»Was ist, wenn uns unsere Eltern erwischen?«, hauche ich Simon ins Ohr und klinge, als wäre ich wirklich sechs Jahre jünger. Er grinst schief und zuckt mit den Schultern, während er mit der Spitze seines Zeigefingers über meine Brustwarze fährt, die sich unter dem durchsichtigen Stoff abzeichnet.

»Wir müssen einfach leise bleiben. Kannst du das? Oder muss ich dich knebeln?«

Ich blinzle ihn gespielt unschuldig an. »Hättest du mich damals auch geknebelt? Wärst du so forsch gewesen?«

Er schmunzelt und seine Hand gleitet meinen Körper hinunter. »Nein. Ich wäre vorsichtig gewesen. Küssen, ein wenig streicheln, wir hätten Händchen gehalten, während ich dich langsam gevögelt hätte.«

Er sagt das so gedankenverloren, dass ich keinen Zweifel daran habe, dass Simon es sich auch gerade so bildhaft vorstellt wie ich.

»Beim nächsten Mal hätte ich dir gezeigt, wie sich meine Zunge an dir anfühlen kann und dann hätte uns der Oralsex so lange beschäftigt, bis du alt und verdorben genug gewesen wärst, damit ich dich an unseren Billardtisch fesseln kann.«

»Das klingt scharf …«, gebe ich zu, ohne rot zu werden, weil sich der Dirty Talk mit Simon ungezwungen und prickelnd anfühlt.

»Ja, das wäre es auch gewesen … scharf und schön und oft …«

Ich muss ihn küssen, weil ich ihn endlich haben will. So heiß all diese Bilder auch sind, sie sind nicht real und werden es auch nie mehr werden. Diese Nacht ist aber echt, und wir können es auch heute scharf, schön und oft machen …

Simon packt mich und hebt mich hoch. Ich schlinge die Beine um seine Mitte und die Arme um seinen Hals, während er mich durch den Flur trägt.

»Nicht auf dem Sofa?«, frage ich und klinge so ungeduldig, wie ich mich fühle. Ich beginne, seinen Hals zu küssen, weil ich meinem inneren Drang nach ihm irgendwie Luft machen muss.

»Nein. Ich will dich im Bett. Das ist unser erstes Mal, schon vergessen?«

Ich lasse kurz von ihm ab, weil ich das fragen muss.

»Das heißt küssen, streicheln und Händchen halten, während du mich vögelst?«

Simon lacht, ein Dämonenlachen, ich fühle dabei das Knurren in seinem Hals, weil ich mit der Zunge darüber gleite.

»Du gehst auf Sexpartys, hast dich gerade mit einer Frau in der Dusche vergnügt und außerdem siehst du mich ständig so an, also ob ich noch immer viel zu gut auf dich aufpassen würde.«

Im Grunde sagt mir mein Unschuldsengel gerade, wer Wind sät, wird Sturm ernten.

Her mit dem Unwetter! Ich bin scharf darauf!

Als Simon die Schlafzimmertür zuwirft, verschwindet auch die Geräuschkulisse, die uns durch den Flur begleitet hat. Im Raum nebenan geht es ganz schön zur Sache und Alex ist diesmal definitiv wach, weil man während man schläft nicht so laut stöhnen kann. Ich denke eine Sekunde darüber nach, ob Joey ihr Angebot mit dem ›Feeling dafür‹ wahrgemacht hat, weil er beim ›normalen‹ Sex definitiv nicht so laut ist, aber das ist mir jetzt eigentlich egal.

Simon wirft mich auf das Bett und zieht sich das Shirt über den Kopf. Leider ist es schon zu dunkel, um diesen himmlischen Körper genau zu bewundern, aber er beugt sich über mich und ich kann meine Hände über seine Muskeln gleiten lassen.

»Du fühlst dich so gut an ...«, spreche ich ein mehr als verdientes Kompliment aus.

»Sag mir das später nochmal«, entgegnet er und mir fällt auf, dass sich seine Stimme viel rauer anhört. Das letzte Mal habe ich ihn so mit mir reden hören, als ich an seinen Schreibtisch gekettet war.

Ich liebe es, wenn du so klingst!

Er greift nach meinem BH und ich denke, der Stoff reißt, weil er ihn so bestimmend nach unten zieht. Meine Brüste werden nach oben gedrückt, was mir gefällt, weil sie so viel größer und praller aussehen. Er legt seine Hand auf eine der beiden und seine Lippen auf die andere.

Ich fühle das sanfte Ziehen seiner Zähne, das abklingt, als er mit dem Kopf weiter nach unten rutscht.

Bevor mir Simon zeigt, was er unter ›Sturm ernten‹ versteht, gibt es wohl doch ein paar Streicheleinheiten.

Mein String wird zur Seite geschoben und seine überraschend kühle Zunge gleitet über mich.

Der Blick nach unten ist toll und absolut heiß. Ich sehe Simons Silhouette, die breiten Schultern, die Muskeln an den Armen und …

Er hört auf, mich zwischen den Beinen zu küssen und wischt sich mit der Hand über den Mund.

Das war ein verdammt kurzes Vergnügen, da hat er für den Weg nach unten ja länger gebraucht.

Ich strecke mich seufzend durch, weil ich befürchte, dass wir jetzt gleich dasselbe Spielchen spielen, wie damals in seinem Zimmer.

Muss ich dich wirklich erst bitten, mich zu …

»Lena?«

Wieso klingt Simon auf einmal wieder wie ein Engel? Was ist denn jetzt los? Torschlusspanik?

Er kommt zu mir hoch, greift an mir vorbei und schaltet die kleine Lampe am Nachttisch ein.

»Was ist denn … «, ich will eigentlich ›los‹ sagen, aber das Licht lässt mich etwas erkennen und eine dringendere Frage stellen. »Hast du dir auf die Lippen gebissen?!«

Er schüttelt den Kopf und sieht mich mit großen Augen an, die nicht mehr lustvoll leuchten, sondern freundlich aber fragend aussehen.

»Kann es sein, dass du deine Tage hast, Lena?«

Dieser Satz wiederholt sich gefühlt fünfzig Mal in nur drei Sekunden in meinen Gedanken und wird immer lauter und erschreckender.

Ich springe aus dem Bett und verpasse Simon dabei beinahe einen Schlag.

Bis zum Badezimmer dauert es nur fünf Sekunden, wenn einen das Schamgefühl sprinten lässt.

Ich knalle die Tür zu, lehne mich dagegen, schließe die Augen und versuche, aus diesem abgrundtief peinlichen Albtraum aufzuwachen.

Jetzt ergeben die Bauchschmerzen endlich Sinn!

Wie ich meinen Körper gerade hasse! Ich bin viel zu früh dran, aber mein Zyklus war schon immer unregelmäßig. So blamiert hat er mich allerdings noch nie. Nicht mal, als ich meine Periode auf den Blümchen-Balkonstuhl-Sitzbezügen von meiner Tante bekommen habe.

Jetzt schlage ich mich schon seit fast zehn Jahren mit diesem dämlichen Frauenkram herum und ich hasse es noch immer genauso so sehr wie an dem Tag, als ich zu meiner Mutter gerannt bin, weil ich dachte, irgendetwas an mir ist kaputt.

Die Krämpfe, die Launen und die Lust auf Schokolade jeden Monat habe ich gelernt, über mich ergehen zu lassen, aber dass der arme Simon gerade denken musste, dass aus unserem Erotikfilm ein schlechter Splatter-Movie wird, werde ich meiner Gebärmutter nie verzeihen!

Meine Libido heult gerade und drückt sich das knallrote Foto von Simon an die Brust.

Wir werden nie mit ihm schlafen! Nie!

Ich steige aus meinem String, der noch blütenweiß war, als ich ihn angezogen habe. Der rote Fleck prangt dort wie das Mahnmal der peinlichsten Nacht meines Lebens.

Nachdem ich mich gewaschen, mir frische Unterwäsche angezogen und weiterem Auslaufen vorgebeugt habe, verlasse ich das Badezimmer wie ein geschlagener Hund. Am liebsten hätte ich mich natürlich dort eingesperrt und die Nacht mit den Eichhörnchen verbracht, aber ich muss nachsehen, wie viele von Alex' Möbeln meinem Missgeschick zum Opfer gefallen sind.

Das lederne Sofa im Wohnzimmer ist unversehrt. Zum Glück! Um es zu ersetzen, hätte ich meine hinterhältige Gebärmutter wohl vermieten und Leihmutter werden müssen.

Ich stehe vor Scham glühend vor der Tür zu Simons Zimmer und höre mir das simultane Gestöhne aus dem anderen Schlafzimmer an. Joey hat ihre weiblichen Eigenheiten anscheinend unter Kontrolle. Deshalb ist sie jetzt auch gerade im Sexrausch-Himmel, und ich surfe auf der roten Peinlichkeits-Welle.

Als ich die Tür aufdrücke, ist das Zimmer hell. Simon steht vor dem Bett und drückt wieder auf seinem Smartphone herum. Er sieht mich und schenkt mir ein so nettes, freundliches Lächeln, als hätte er nicht gerade Vampir spielen müssen.

»Hey. Alles klar?«

Seine Lippen sind wieder sauber, der Arme muss sich in der Küche gewaschen haben, weil ich das eine Badezimmer blockiert habe, und die drei Sex-Sportler das andere.

Mein Blick schnellt auf den Boden und verweilt dort.

»Ich weiß nicht, was ich sagen soll …«, beginne ich eine Entschuldigung, die auszusprechen ich meiner schlimmsten Feindin nicht wünsche. Okay, Nicki vielleicht schon, aber sowas passiert wahrscheinlich sowieso nur mir.

»Es tut mir wirklich leid … ich bin viel zu früh dran und ich habe nicht gemerkt, dass …«

»Ist schon gut, Lena.« Simon lacht und ich traue mich, zu ihm aufzuschauen. Das ist kein ›Ich lache dich aus‹-Lachen, sondern ein ›Es ist witzig, dass du dich so übertrieben entschuldigst‹-Lachen.

»Du kannst das ja schlecht steuern und es ist wirklich halb so schlimm. Hör doch auf auszusehen, als würde die Welt wegen ein paar Tropfen Blut untergehen.«

Simon legt mir die Hand auf die Wange, beugt sich zu mir runter und drückt mir einen unschuldigen Kuss auf. Ich kann nicht anders, ich muss ihn anstarren, als wäre er der liebste, perfekteste Mann auf der Welt, weil es gerade verdammt danach aussieht.

Er hätte jedes Recht, zumindest ein wenig Unbehagen zu versprühen oder sich zu ekeln, aber er gähnt nur, hält sich dabei brav die Hand vor den Mund und zwinkert dann ein paar Mal müde.

»Ich lasse dich jetzt schlafen. Danke, dass du das so … locker siehst.«

Simon neigt den Kopf nach links und sieht mich fragend an.

»Wohin gehst du denn?«

Ich zucke mit den Schultern und starre wieder auf den Boden. »Naja … das mit dem Sex … wird heute wohl nichts mehr.«

»Ja, schon klar. Und deshalb schmeiße ich dich jetzt raus. Alles, was ich nicht vögeln kann, hat nämlich nichts in meinem Bett verloren – ich bin ein sexbesessener Sozialphobiker.«

Ich muss lachen und kann Simon wieder anschauen, der eine auffordernde Kopfbewegung in Richtung Bett macht.

»Das war ein ziemlich anstrengendes Wochenende inklusive Gipfelanstieg. Du musst todmüde sein, auch ohne, dass ich über dich herfalle, oder?«

Ja, ich bin müde. Aber ich hätte mir trotzdem keinen schöneren Abschluss vorstellen können, als mit dir zu schlafen …

Er lässt sich ins Bett fallen und ich folge ihm, nicht ohne einen prüfenden Blick auf die Decke zu werfen. Wie ich es geschafft habe, sie nicht einzufärben, ist mir ein Rätsel, aber ich bin froh darüber.

Ich lege mich auf die weiche Matratze und Simon streckt den Arm aus. Meine Wangen werden gerade wieder rot, weil das wie eine unglaublich süße Aufforderung aussieht, aber ich bin mir nicht sicher, vielleicht schläft er ja auch mit ausgestreckter Hand.

Er zieht die schön geschwungenen Augenbrauen fragend hoch und mustert mich mit müde blinzelnden Augen.

»Kuschelst du nur im Absinth-Delirium?«, fragt er grinsend und erinnert mich daran, dass wir schon mal eine sexlose Nacht im selben Bett verbracht haben. Damals habe ich in sein Zimmer gekotzt. Heute hat er sich mein Blut von den Lippen waschen müssen. Ich bin nur noch eine Darmgrippe davon entfernt, vor Simon meinen Tod vorzutäuschen.

Er nimmt mich trotzdem in den Arm, lässt mich meinen Kopf auf seine Brust legen und streicht mir über den Rücken.

»Hab ich dir schon mal gesagt, dass du ein Engel bist?«, frage ich leise, während ich den Duft seiner Haut einatme.

Er lässt ein amüsiertes Seufzen aus seiner Kehle dringen, das in einem leisen Knurren endet.

»Ja, das hast du mir schon mal unterstellt. Absoluter Blödsinn.«

Meine Hand legt sich auf seinen Bauch und hebt und senkt sich mit jedem seiner angenehm langsamen Atemzüge. Dass er nicht weiß, dass er ein scharfer Heiliger ist, amüsiert mich.

»Engel fliegen nicht von Sexpartys, weil sie sich prügeln«, erklärt er mir mit der typischen Simon-Selbstkritik, die die unnötigste Kritik der ganzen Welt ist.

Ja, ich weiß, dass du dich deshalb noch immer verrückt machst, aber das war Nickis Schuld, nicht deine.

»Wenn Engel Dämonen-Schlampen lieben, machen sie manchmal dumme Sachen.«

Habe ich das wirklich laut gesagt? Bin ich verrückt? Anscheinend. Simon lacht zum Glück leise.

»Ja, das klingt sogar irgendwie logisch … Danke.«

Hat er sich gerade bedankt, weil ich Nicki eine Schlampe genannt habe? Ich sehe zu ihm auf, aber er hat die Augen schon zu und atmet plötzlich noch langsamer. Anscheinend hat er nicht mal mehr richtig mitbekommen, was ich gesagt habe und hatte den Kirschbaum'schen Automatik-Höflichkeitsmodus an. Ich greife vorsichtig zum Lichtschalter und knipse die Lampe aus. Bevor ich mich wieder auf seine Brust lege, hauche ich ihm einen Kuss auf die Wange.

»Du warst viel zu gut für sie …«

Ruf bitte jemand anderen an!

Da klopft etwas auf Holz, nicht an eine Tür, sondern an einen Baum. Ich habe einen Specht in Verdacht, weil das Geräusch durch das offene Fenster an mein Ohr dringt.

Tock, Tock, Tock – Pause. Tock – Pause – Tock, Tock, Tock. Wenn er wenigstens einen gewissen Rhythmus einhalten würde, könnte ich weiterschlafen, aber das Tier hämmert absolut willkürlich auf den Baum vor sich ein.

Kaum glaube ich, dass der Vogel aufgehört hat, legt er wieder los. Kann bitte jemand auf ihn schießen?

Ich schlage die Augen auf, weil es keinen Sinn mehr macht, nochmal einschlafen zu wollen.

Nervenzermürbender Höllen-Vogel hin oder her, ich muss breit grinsen, weil ich noch immer in Simons Arm liege, der schlafend so schön aussieht, als hätten ihn homosexuelle Wissenschaftler im Reagenzglas gezüchtet.

Ich will eigentlich sichergehen, dass ich ihn beim Schlafen nicht vollgesabbert habe, aber mein Blick fällt auf das zerknüllte Stück Stoff, das neben dem Schrank liegt. Ich habe es gestern nicht mehr bemerkt, aber anscheinend ging während des peinlichsten Sexabbruchs der Geschichte doch etwas daneben. Simon muss die Decke neu überzogen haben, während ich mich im Bad verschanzt hatte.

Kann man noch großartiger sein? Ich weiß nicht, was ich ihm mittlerweile alles schulde, aber ganz oben auf der Liste steht definitiv Sex. Leider macht mir mein Körper im Moment einen Strich durch die Rechnung, und das obwohl Simon das schärfste schlafende Wesen auf dem ganzen Planeten ist.

Ich fahre mit meinen Fingern über seine Bauchmuskeln und höre ihn leise seufzen. Er wacht nicht auf, naja, eigentlich schon, aber nur ein Teil von ihm …

Während ich auf die verheißungsvolle Wölbung unter der Decke schaue, kommt mir eine großartige Idee. Ich beiße mir grinsend auf die Unterlippe, während ich die Hand vorsichtig zu seiner Körpermitte schiebe. Meine Finger finden die halb harte Stelle an ihm, leider trägt er noch seine Shorts. Ich versuche, sie ihm abzustreifen und ihn dabei nicht aufzuwecken. Er summt kurz und legt den Kopf zur Seite, während ich mich über ihn knie. So kann ich eindeutig besser über ihn herfallen …

Die Decke lässt er sich regungslos abstreifen, als ich meine Finger wieder in seine Shorts schiebe und sie nach unten ziehe, rührt er sich aber. Ich fahre mit der Zungenspitze die Linie zwischen seinem Bauchnabel entlang, bis zum Beginn seiner Männlichkeit, die schneller aufwacht als er.

Als ich meine Hand um seine Härte lege, schlägt er mit einem überraschten Stöhnen die Augen auf.

»Guten Morgen«, hauche ich schmunzelnd, weil er mich ansieht, als wäre ich die erste Frau, die das mit ihm macht.

»Morgen …«, entgegnet er und klingt unschuldig und angeturnt im selben Moment.

Die braunen Augen folgen meiner Handbewegung, während ich über ihn gleite.

Ich feuchte meine Lippen an, bevor ich sie vorsichtig auf die sanfte Haut an seiner Männlichkeit drücke.

Simon krallt die Finger in die Decke und drückt mir sein Becken ein wenig entgegen, nicht weit, weil er keiner ist, der an Haaren zieht und einem den Kopf nach unten drückt – zumindest nicht, wenn nur der Unschuldsengel in ihm wach und scharf ist.

Eigentlich wollte ich ihn genau so sehen. Schon damals, als ich mich in seiner Fakultät verlaufen habe, hatte ich ein ganz ähnliches Bild im Kopf. Dieses schöne Gesicht, in dem sich die Erregung abzeichnet. Was ich tue, ist nicht gänzlich uneigennützig, für mich ist das hier nämlich ähnlich anregend wie für ihn.

Ich lasse ihn ein Stück in meinen Mund gleiten und halte dabei den Augenkontakt, weil ich mir dieses Bild unbedingt für immer einprägen muss.

Er wird noch härter und ich lasse meine Zunge ein wenig gleiten, während meine Hand etwas fester zugreift.

Er wirft den Kopf zurück in das Kissen und beginnt zu stöhnen. Der Klang seiner Erregtheit spornt mich an, das Tempo zu erhöhen. Er drückt mir sein Becken wieder entgegen und ich lasse ihn so tief in meinen Mund gleiten, wie ich kann. Ganz kann ich seine Männlichkeit nicht in mich eintauchen lassen, dafür ist er schlichtweg zu gut bestückt und ich bin keine dieser Frauen, die sich den Würgereflex abtrainiert haben. Ich will nicht, dass irgendwann auf meinem Grabstein steht: ›Sie hat zwar gut geblasen, aber sie ist leider erstickt.‹

Simon gefällt es trotzdem hör- und spürbar. Alles eine Frage der Technik.

Seine Härte pulsiert in meinem Mund, und als ich zu ihm aufschaue, sieht er mich lustvoll und ein wenig flehend an.

»Ich komme gleich …«, stöhnt er warnend, damit ich selbst entscheiden kann, ob ich ihn in meinem Mund kommen lassen möchte oder nicht.

Ich hebe den Kopf ein wenig an und presse die Lippen dann fester zusammen, bevor ich ihn wieder in mich gleiten lasse. Simon sieht mir zu und versteht, dass ich ihn schmecken will. Er drückt sich ein Stück tiefer in mich und untermalt seinen Orgasmus mit einem lauten, melodischen Stöhnen.

Während ich schlucke und mir dann über die Lippen wische, sehe ich, wie sich seine Hände entspannen, und er die Bettdecke loslässt.

»Zu meiner Verteidigung …«, höre ich ihn noch immer ziemlich atemlos sagen und richte mich auf. »Ich hatte einen ziemlich heftigen Sextraum und morgens kann ich mich nie so lange zusammenreißen wie abends.«

Ich lache, weil ich verstehe, dass er sich für den schnellen Orgasmus rechtfertigen will. Simon grinst mich entschuldigend an und ich falle nochmal in seine Arme, weil er die Hände nach mir ausstreckt.

»Außerdem kannst du das verblüffend gut und siehst unglaublich scharf dabei aus …«, bekomme ich ein Kompliment zu hören, das diesen Morgen noch perfekter macht. Er drückt mir einen Kuss auf die Schläfe und seufzt entspannt.

»Ist das ein Specht?«, fragt er, weil er das nervige Geräusch erst jetzt hört.

»Ja, er hat mich aufgeweckt.«

»Braver Vogel.«

Ich lache und will Simon küssen, aber es klopft plötzlich lauter – nicht am Baum, dafür an der Tür.

»Aufwachen. Wir fahren. Ich muss zu Mittag zu Hause sein«, tönt eine tiefe, schöne Stimme, die gewohnt streng klingt.

»Das ist kein Specht …«, erklärt Simon und grinst spöttisch. »Das ist ein Rabengeier, der Heimweh hat.«

Wir steigen aus dem Bett und beginnen uns anzuziehen, weil es so klingt, als hätte es Theo wirklich eilig. Bevor wir das Schlafzimmer verlassen, schnappt sich Simon den zusammengeknüllten Deckenbezug. Ich sehe ihn peinlich berührt an, aber er zuckt nur mit den Schultern.

»Denkst du, das ist der einzige Bettbezug, der nach diesem Wochenende im Müll landet? Ich glaube, Alex verbrennt gerade das Bett, in dem er gestern um sein Leben geschrien hat.«

Sein humorvoller Beschwichtigungsversuch verfehlt seine Wirkung nicht. Ich verlasse das Schlafzimmer mit einem Grinsen auf den Lippen.

Alex verbrennt übrigens nicht das Bett, sondern steht vor dem Spiegel im Wohnzimmer und blinzelt angestrengt.

»Ich glaube, meine Kontaktlinsen sind an meinen Augen festgewachsen«, klagt er genervt und ich fühle mit ihm, weil ich weiß, wie furchtbar es sein kann, wenn sich die Kontaktlinsen gegen einen verschwören. Ich hole meine Linsenflüssigkeit aus der Tasche und will sie ihm ins Auge träufeln, aber das funktioniert nicht wirklich. Alex sieht zwar aus, spricht und vögelt wie ein Mann, aber in Wirklichkeit ist er ein Fünfjähriger, der um sich schlägt, sobald man ihm etwas ins Auge tropfen will.

Joey, Theo und Simon räumen das Haus zusammen, während ich versuche, unseren erwachsenen Gastgeber mit kindgerechten Versprechungen dazu zu bringen, kurz stillzuhalten, um zumindest ein wenig Flüssigkeit in seine trockenen, roten Augen zu bekommen. Er ist hungrig und gerade eine Kindergartendiva.

»Ich hab ein Snickers in der Tasche, das kannst du haben, wenn du endlich drei Sekunden lang nach oben zur Decke schaust!«

Ich sitze auf seinem Schoß auf dem Sofa, aber er hält meine Hände fest.

»Nein, du stichst mir nur wieder die Spitze der Flasche ins Auge!«

»Die Spitze war noch nicht mal in der Nähe deiner Augen, Alex! Du bewegst ja ständig den Kopf!«

»Ja, weil ich blind bin!«

Ich seufze genervt und weiß nicht mehr weiter. Aus diesem Grund will ich keine Kinder. Ich würde ihm jetzt gerne die Flasche über den Kopf ziehen.

Theo taucht neben uns auf, schnaubt und macht eine auffordernde Bewegung mit der Hand.

»Her mit den Autoschlüsseln«, verlangt er, aber Alex funkelt ihn hysterisch zwinkernd an.

»Nein, niemand fährt Davids Auto außer mir! Wenn das Ding kaputtgeht, bin ich tot!«

»Aber du kannst nichts sehen!«, erinnert ihn Theo wütend, der es noch immer eilig hat.

»Hast du keine Brille dabei? Nimm die Linsen doch raus«, schlage ich vor und werde im nächsten Moment von Theo von Alex runtergehoben.

»Er trägt keine Brille, weil er zu schön dafür ist«, motzt er und sieht mir dann mit diesem strengen Blick in die Augen, von dem ich beinahe vergessen habe, wie sexy er ist.

Theo nimmt mir die Flasche mit der Linsenflüssigkeit ab und sucht dann Blickkontakt mit Simon, der gerade hinter Alex und dem Sofa vorbeigeht.

»Festhalten«, sagt er tonlos, und Simon reagiert viel schneller, als ich gedacht hätte. Alex zwinkert noch verwirrt, als er von hinten gepackt wird. Während Simon seine Arme festhält, beugt sich Theo über ihn und drückt seinen Kopf nach oben.

»Augen auf!«, knurrt er Alex ins Gesicht, der sich anstellt, als wollten ihm die beiden etwas anderes als Linsenflüssigkeit ins Auge träufeln.

Joey stellt sich zu mir, um sich das durchaus amüsante, wenn auch ein wenig ruppige Schauspiel anzusehen. Sie geht übrigens ein wenig komisch. Nach den Geräuschen der letzten Nacht aber auch nicht verwunderlich.

»Hmm … irgendwie scharf oder?«, stellt sie mir eine Frage, die mich regelrecht erleichtert, weil ich schon dachte, ich wäre vollkommen pervers. Ich habe mir auch gerade gewünscht, dass mir die Kontaktlinsen an den Augen kleben würden. Zwischen Simon und Theo würde ich mich definitiv wohler fühlen als Alex gerade.

»Hatten die beiden schon mal einen Dreier mit einer Frau?«, frage ich leise, obwohl mich Alex' lautstarke Fluchtiraden sowieso übertönen. Joey ist schon länger dabei als ich, aber sie zuckt mit den Schultern.

»Nein, nicht, dass ich wüsste. Wäre aber geil, oder?«

Geil? Ich muss gerade aufpassen, dass ich nicht auf den Boden sabbere.

Joey legt den Arm um mich und zwinkert mich grinsend an.

»Wenn sie aber jemand dazu bringt, dann du. Halt dich ran, Lena.«

Ich habe nicht mal den Hauch einer Ahnung, was ich anstellen müsste, um Theo und Simon dazu zu bringen, mit mir das Bett zu teilen, ohne sich an die Gurgel zu springen. Obwohl Theo das eigentlich scharf finden müsste … Simon wahrscheinlich eher nicht. Darauf lassen sie sich nie ein.

Die Vorstellung ist aber trotzdem heiß.

»Wow, ja. Besser …«, höre ich Alex sagen, als ihn die beiden loslassen, weil Theo es geschafft hat, ihm die Augen einzutropfen.

Als er wieder aufstehen darf, sieht er zwar verheult aus, grinst aber zufrieden – jap, das entspricht in etwa meiner Vorstellung von dem Gesichtsausdruck, den man nach einem Dreier mit Simon und Theo hat.

Wir beladen den Ami-Schlitten und ich werfe einen letzten Blick auf das Haus, in dem ich ein ziemlich abgefahrenes Wochenende verbringen durfte.

Jetzt kann ich meinen Enkelkindern irgendwann davon erzählen, dass ich an einem verkaterten Samstag Morgen mal die Verlobte von Alexander Löwenstein spielen durfte und meine Sexualität dank der wunderschönen Joey kurz in Frage stellen musste. Für solch einprägsame, schöne Erinnerungen lebt man, oder?

Alex stellt das Radio laut und lenkt den Wagen aus dem Carport. Viel weiter nicht, denn der Motor säuft ab. Das Auto verhält sich ganz ähnlich wie ich, wenn es um Sex mit Simon geht: laut und brummend starten und dann plötzlich aus einem absolut unvorhersehbaren Grund alles abbrechen.

»Ist dir gerade der Wagen abgestorben?«, will Joey amüsiert wissen. »Das ist ein Automatik-Getriebe, wie hast du das geschafft?«

Alex murrt nur und dreht den Schlüssel wieder um. Ich bin kein Auto-Experte, aber ich weiß, dass dieses elektrisch klingende Summen kein Startgeräusch ist.

»Lass mich mal«, sagt Theo, steigt vom Beifahrersitz und geht um das Auto herum.

»Als ob du den Schlüssel anders umdrehen würdest, als ich«, mault Alex, macht dann aber doch Platz. Der Wagen surrt auch bei Theo.

»Okay, tot«, meint er und legt den Kopf seufzend auf die Nackenstütze.

»Nein, nein, nein!«, ruft Alex, so, als ob er das Auto durch Leugnen reparieren könnte.

»Wahrscheinlich ist nur die Batterie leer«, mutmaßt Simon und steigt aus, um Alex daran zu hindern, die Nerven wegzuschmeißen.

»Ruf mal David an, vielleicht kennt er das Problem«, schlägt Theo vor, aber sogar ich weiß mittlerweile, dass Alex gleich zu protestieren beginnt. Er weigert sich, und Theo zückt knurrend sein eigenes Handy. Anscheinend ruft er ihn selbst an. Er steigt aus und läuft ein paar Schritte. Joey und ich gehen auch nach draußen und starren zusammen mit Simon und Alex auf die Motorhaube, während Theo ins Telefon brummt.

»Das hättest du gerne schon am Freitag erwähnen können ... Nein ... Ja ... Warte.« Er hält Alex das Handy vor die Nase, der die Augen überdreht, bevor er es annimmt und sich mit einem tonlosen »Ja?« meldet. Er hört eine Weile zu und wirkt dabei ziemlich emotionslos.

»Na gut. Lass ihn abholen. Du kannst mich.«

Theo greift sofort nach seinem Handy, weil er anscheinend weiß, dass Alex es sonst gegen den nächsten Baum werfen würde.

»Was sagt er?«, will Simon wissen und ich ahne nichts Gutes.

»Dass er ein dummes Arschloch ist«, antwortet Alex bockig. Ich bin mir fast sicher, dass sein Bruder das nicht gesagt hat, weil es auch keinen Sinn ergeben würde. Theo klärt uns auf.

»Er weiß, dass der Wagen manchmal ein Batterieproblem hat, und er lässt ihn morgen in die Werkstatt bringen.«

»Und was heißt das für uns?«, fragt Joey, und Theo wiederholt Alex' Satz, der mit einem Mal doch Sinn ergibt.

»Dass David ein dummes Arschloch ist. Und dass ich das Mittagessen mit meiner Schwester absagen muss. Großartig ...«

Er ist wirklich ziemlich sauer, so kenne ich Theo gar nicht.

»Tut mir leid«, entschuldigt sich Alex, obwohl er nichts dafür kann. Es sieht kurz so aus, als würde Theo ihn ignorieren, weil er weiter stur eine Nachricht in sein Handy tippt, aber er schaut dann doch auf.

»Hör auf, dich für Sachen zu entschuldigen, für die du nichts kannst. Das nervt, Alexander.«

Das war eine ziemlich forsche Ansage, aber Alex nickt und grinst dann kurz, weil Theo auch schmunzelt. Das ist so ein ›Wir kennen uns seit fünfzehn Jahren‹-Insider-Ding zwischen den beiden, das nicht mal Simon gänzlich versteht, weil er genauso ahnungslos aussieht wie ich und Joey. Die Gemüter beruhigen sich dadurch aber.

»Und wie kommen wir jetzt nach Hause?«, frage ich vorsichtig und habe dabei im Hinterkopf, dass ich morgen um 09:00 Uhr bei DeLuca antanzen muss, um zu arbeiten und mich möglichst seltsam zu verhalten, weil ich beim letzten Mal seinen Penis in der Hand hatte.

»Kennt ihr irgendjemanden, der uns abholen könnte?«, will Joey wissen, was eine gute Idee ist, zumal ich glaube zu wissen, dass die Handys der Jungs randvoll mit Nummern sind. Als ich sie mal zufällig im Internet gestalkt habe, habe ich gesehen, dass sie alle um die 1000 Facebook-Freunde haben. Da findet sich doch bestimmt jemand.

Alex wischt auf seinem Smartphone herum und seufzt.

»Jemand, der am Sonntag an den Arsch der Welt fährt, um uns von einem Vögel-Wochenende abzuholen …«, fasst er zusammen und schmunzelt dann. Theo lacht plötzlich.

»Du wirst sowas von betteln müssen! Du weißt schon, dass sie sauer auf dich ist, oder?«

»Ich dachte, du rufst für mich an.«

»Nein. Ich rufe deinen finsteren, bösartigen, diabolischen Bruder für dich an, aber Nicki darfst du mal schön selbst anrufen.«

Hat er das gerade echt gesagt? Nein. Ganz tief aus meinem Herzen: einfach NEIN. Das tut Alex jetzt nicht wirklich, oder? Theo und er lachen noch und ich hoffe, sie tun das, weil das ein Scherz ist.

Wollt ihr mich umbringen? Ihr kennt fünfhundert Frauen! Muss es ausgerechnet SIE sein?

»Rufst du für mich an?«, fragt Alex Simon grinsend und mir gefriert die Miene, das Herz und die Libido im selben Moment.

»Dich holt sie sicher ab«, fügt er amüsiert hinzu und mein absolut perfekter, lieber, großartiger Unschuldsengel wird gerade zum Ex-Freund der Volleyball-Schlampe und lacht auch noch wie ein Vollidiot.

»Nein, mach selbst. Du hast das Auto schließlich kaputtgefahren«, unterstellt er Alex scherzhaft. Jetzt lachen sie alle drei wie vertrottelte Schulkinder.

Jungs, ich hasse euch gerade!

Ich mache ziellos ein paar Schritte und überlege, wie lange es wohl dauert, wenn ich von hier aus nach Hause laufe. Ist es irgendwie übertrieben, wenn ich mich jetzt an einen Baum lehne und zu heulen beginne wie ein bockiges Kind, das nicht von der bösen, hässlichen Tante nach Hause gefahren werden will?

»Hey Süße …«

Alex raunt richtig ins Telefon. »Du weißt, dass du die Liebe meines Lebens bist und wir nur nie zusammengekommen sind, weil ich Rücksicht auf Theo und dann auf Simon genommen habe, oder?«

Ich weiß sehr wohl, dass er nur blöde Scherze macht, weil er übertrieben säuselt und dabei lacht, das ändert aber auch nichts daran, dass ich Alex gerade gerne die Kontaktlinsen aus den Augen schnipsen würde. Gleich macht er ihr wahrscheinlich einen Heiratsantrag.

Das petze ich deiner furchteinflößenden Oma!

»Könntest du dir vielleicht vorstellen, deinen scharfen Arsch in dein Auto zu setzen und uns von meinem Wochenendhaus abzuholen?«

Ich hoffe sie sagt nein!

Bitte sei verkatert oder sauer auf Alex, weil du nicht mit durftest, oder beschäftigt, weil du gerade mit dem ganzen Männer-Volleyball-Team vögelst!

»Davids Auto hat den Geist aufgegeben«, erklärt er.

»Theo, Simon, Joey, Lena und ich.«

Aha, ich weiß bei welchem Namen sie gerade zusammengezuckt ist.

»Bitte, bitte, bitte …«, höre ich Alex noch säuseln, dann lacht er und legt auf.

»Kommt sie?«, will Joey wissen.

»Ja, aber ich weiß nicht, ob ich einsteigen darf«, entgegnet er und zuckt grinsend mit den Schultern.

Ich knurre in mich hinein, weil ich dieser ausgelassenen Stimmung einfach nichts abgewinnen kann. Mir ist schon klar, dass ihr alle alte, ehemalige Schuldfreunde seid, aber gut finden muss ich das trotzdem nicht, oder?

Die Steigerungsform von Beschissen

Ich sitze auf dem Sofa und versuche, mir nicht anmerken zu lassen, wie viel mir die Wahl unserer Taxifahrerin ausmacht. Wir spielen alle eine Runde Smartphone-Zombies, weil das der stumme Zeitvertreib unserer Generation ist, sobald man auf etwas warten muss.

Ich bin gespannt, ob Nicki mich überhaupt einsteigen lässt, aber ich gehe davon aus, dass sie auf subtilere Sticheleien setzen wird.

Wenn ich an die Szenen in der Turnhalle oder der letzten Party denke, waren da nie böse Worte, aber mal ehrlich, Frauen brauchen nicht ›Ich kann dich nicht leiden und alleine dich anzusehen, bringt mich zum Kotzen‹ zu sagen – wir wissen, wann das der Fall ist.

Ähnlich verhält es sich übrigens mit Jungs und der Nicht-Notwendigkeit, sich gegenseitig ›Ich hab dich lieb und du bist mir wichtig‹ zu sagen. Sie sehen sich an, nicken oder schmunzeln, so wie Theo und Alex vorhin, und wissen, was los ist. Das ist wohl sowas wie geschlechterinterne Gedankenübertragung.

»Gibt es das Snickers eigentlich noch, von dem du vorhin gesprochen hast?«, will Alex wissen und präsentiert mir seine grünen, bittenden Hundeaugen.

Nein, du warst ein böser Junge! Es gibt keine Schokolade für dich!

»Hab ich gegessen«, entgegne ich kurz und knapp und öffne den WhatsApp-Chat mit Dan, den ich am Donnerstag gestartet habe. Er hat am Freitag Morgen auf meine Nachricht geantwortet, das Wie ist allerdings etwas erbärmlich.

Hey!
Läuft soweit.
Bei dir?

Dan ist einer von diesen Typen, denen man nicht sofort antworten darf, weil man sonst mit kurzen Standardfloskeln abgespeist wird. Man muss schon mindestens einen Tag vergehen lassen, damit ihm auffällt, dass er sich das ›läuft‹, für irgendwelche One-Night-Stand-Nachbesprechungen aufheben kann, auf die er keinen Bock hat.

Die nächste Nachricht kam gestern. Dabei hat er sich schon mehr zusammengerissen.

London ist übrigens nur halb so klischeehaft, wie man glaubt. Es regnet nur an jedem dritten Tag und den Königshauswahnsinn kann man ignorieren. Harry Potter ist allerdings eine Religion, was gut ist, weil man so immer eine Ausrede hat, sobald man betrunken gegen eine Backsteinmauer läuft. Geht's dir gut? Deine Mutter hat meinem Vater erzählt, dass du mit diesem Juristen-Spießer Schluss gemacht hast. Die unangenehme Patchwork-Familien-Kommunikation läuft anscheinend auch noch nach Jahren. Hast du Lust, mal zu telefonieren? Dann kannst du mir erzählen, wieso ihr wirklich Schluss gemacht habt und ob ich ihn für dich verprügeln soll.

Ich grinse über die Zeilen und bekomme ein schlechtes Gewissen, weil er gestern Abend sogar versucht hat anzurufen. Dass wir uns kaum noch hören und ständig verpassen, ist ärgerlich. Das letzte Mal haben wir uns vor über einem Jahr gesehen, als wir am Tag nach Weihnachten beide bei meiner Mutter waren. Früher ist er öfter vorbeigekommen, aber so eine Patchwork-Familien-Beziehung verläuft sich, sobald sich die Eltern wieder trennen.

»Was grinst du denn so?«, will Joey wissen und schaut auf mein Display. Als sie den Finger ausstreckt, um das Profil-Foto größer zu machen, überkommt mich eine Schulmädchennervosität, und ich will mich kichernd auf mein Handy setzen. Joey hält aber meine Hand fest und sieht sich das Foto an.

»Hallo! Wer auch immer dieser Daniel ist, du darfst ihn mir gerne mal vorstellen.«

Ich bin mir sicher, Dan würde Joey gefallen.

»Er ist in London, aber wenn er mal wieder hier ist, sage ich dir Bescheid«, versichere ich und grinse noch immer wie eine Vierzehnjährige, was mir aber erst unangenehm auffällt, als Alex nachfragt. »Dein Ex-Freund?«, will er wissen und lugt auch neugierig auf mein Handy.

»Nein, mein Bruder.«

»Ich dachte, du wärst ein Einzelkind«, fragt Joey nach, der ich bei der Hinfahrt im Auto erzählt habe, dass ich keine Geschwister habe. Was natürlich auch stimmt, aber …

»Dan ist auch nicht ihr Bruder«, antwortet Simon für mich. Er weiß um meine Familienverhältnisse und hat damals schon immer protestiert, wenn ich erzählt habe, ich hätte einen Bruder.

»Er ist der Sohn des Ex-Mannes ihrer Mutter«, erklärt er und klingt, als würde das Dan zu einem vollkommen Fremden für mich machen.

Theo meldet sich zu Wort und schaut irgendwie vorwurfsvoll und doch amüsiert von seinem Smartphone zu mir.

»Das macht ihn maximal zu dem Typen, der seinen Bruderkomplex an dir ausleben möchte, nicht aber zu deinem Bruder.«

»Ist deine Schwester eigentlich älter oder jünger als du?«, frage ich, in erster Linie, weil ich von mir und Dan ablenken möchte, aber auch, weil mich Theos Familienverhältnisse interessieren und ich bis jetzt nur weiß, dass er ein gutes Verhältnis zu seiner Schwester haben muss, weil er sich vorhin ziemlich geärgert hat, dass er das Mittagessen mit ihr verpasst.

»Älter«, lautet die knappe, tonlose Antwort, dann tippt er auf dem Display herum.

»Was macht sie?«, will ich wissen, kassiere aber nur seltsam eisige Blicke von ihm.

»Schreiben wir nächste Woche eigentlich noch diese Statik-Klausur?«, fragt Alex Simon und klingt dabei so bemüht um einen Themenwechsel, dass es nicht nur mir auffällt. Simon starrt ihn mit hochgezogenen Brauen an.

»Du meinst die Klausur, wegen der du mich schon seit zwei Wochen nervst? Ja, die gibt es noch.«

Während Alex irgendetwas über Unterlagen wissen möchte und anscheinend nur redet, damit Theos eisiges Schweigen nicht auffällt, mustere ich seine strenge Miene verstohlen.

Du bist so schön, so faszinierend, aber mir war nicht klar, dass du so ein verschlossener Eisblock sein kannst.

Als mein Handy unter meinen Fingern vibriert, starre ich etwas verwirrt auf die Nachricht von Theo und schaue dann wieder zu ihm. Er zeigt keine Regung. Vielleicht hat er sich vertippt.

Frag mich nochmal wegen meiner Schwester, wenn wir alleine sind. Sorry, aber das ist kein Gruppengesprächsthema für mich.

Ich schreibe ihm zurück, und das so unauffällig wie möglich. Alex quatscht aber sowieso noch Simon zu und Joey ist in ihr eigenes Handy vertieft.

Entschuldige. Ich wollte nicht neugierig sein.

Du konntest ja nicht wissen, dass ich nicht gerne darüber rede. Entschuldig dich nicht für Dinge, für die du nichts kannst, sonst muss ich dich wirklich Alex heiraten lassen.

Ich schmunzle, will etwas zurückschreiben, aber Theo tippt schon wieder.

Ich habe dir in meiner Wohnung gesagt, dass ich nicht auf Geheimnisse in Beziehungen stehe. Ich will aus meinem Leben trotzdem keine Gesprächstherapiesitzung mit Leuten, mit denen ich nur vögle machen. Wenn du irgendwann der Meinung bist, dass du es mit mir aushalten könntest, lass uns reden.

Habe ich Theo vorhin unterstellt, er wäre ein Eisblock? Ist er definitiv nicht, er ist nur kein offenes Buch für jeden. Dass er mir noch immer anbietet, mehr mit ihm zu teilen als das Bett, macht mich nervös vor Freude. Das tut er doch definitiv, oder? Ich spinne hier nicht nur herum.

Ich kann es sehr gut mit dir aushalten. Oder hattest du ein anderes Gefühl? :) (Ignorier den Vorfall mit meinem Schreikrampf und der Spinne)

Theo liest und lächelt mich kurz an. Ich erwarte eine sarkastische oder anzügliche Antwort, bekomme aber etwas überraschendes zu lesen.

Solange du auf jemand anderen stehst, verschieben wir die Gespräche lieber.

Ich brauche seinen Blick in Richtung Simon nicht zu sehen, um zu wissen, was er meint. Dieser Kuss auf dem Berg hat ihn gestört, und dass ich die letzte Nacht mit ihm verbracht habe wahrscheinlich auch, aber dagegen habe ich ein sehr gutes Argument vorzubringen.

Du hast gestern mit Joey und Alex so laut um die Wette gestöhnt, dass ich dachte, ihr dreht einen Porno! Ich verstehe den Vorwurf also nicht …

Beim Lesen schmunzelt er, beim Schreiben sieht er streng aus.

Weil du den Unterschied zwischen ›mit jemandem schlafen‹ und ›mit jemandem ficken‹ nicht kennst. Was wir beide gestern in den Schlafzimmern gemacht haben, lässt sich nicht vergleichen.

Ja, es lässt sich nicht vergleichen, weil in eurem Schlafzimmer niemand menstruiert hat!

Ich habe nicht mit Simon geschlafen! Ich habe noch nie mit Simon geschlafen!

Ich lösche die Zeilen wieder und seufze in mein Display. Ich weiß sehr wohl, was er meint und wo er den Unterschied zu sehen glaubt, aber was soll ich ihm schreiben?

Es ist wirklich ziemlich beschissen, jemandem gegenüberzusitzen und solche Dinge schriftlich auszudiskutieren. Wäre ich zu Hause, könnte ich nachdenken und so tun, als wäre mir etwas dazwischengekommen, bevor ich die schlauste, rhetorisch wertvollste Antwort der Welt verfasse. Aber Theo sieht leider, dass ich nur auf mein Handy starre und um Worte ringe.

Als er wieder schreibt, fühlt es sich an, als hätte ich die Debatte verloren.

Schon gut. Lass uns vorerst auch beim Vögeln bleiben. Das tue ich nämlich richtig

gerne mit dir. Ich weiß nicht,
ob mich jemand schon mal so
scharf gemacht hat wie du.

Großartig. Ein Kompliment verpackt in einer Beziehungs-Plan-Aufkündigung. Und das alles wegen eines Kusses und Sex, der nie stattgefunden hat.

Kann dieser Tag noch beschissener werden?

»Unser Taxi ist da«, ruft Alex und erinnert mich daran, dass es sehr wohl eine Steigerung von ›beschissen‹ gibt. Die Steigerung heißt Nicki und lehnt an einem dunkelblauen Gelände-BMW. Wir gehen nach draußen und ich warte, bis Alex abgeschlossen hat, weil ich mich nicht nach ihr umdrehen möchte. Irgendwann muss ich es natürlich doch tun.

Ich würde gerne behauptet, dass sie keine Zeit mehr hatte, ihre Haare zu waschen oder sich etwas anderes als eine Jogginghose und ein Netflix-Chips-Abend-Shirt anzuziehen, aber diese blöde Kuh sieht leider fantastisch aus.

Sie trägt Röhrenjeans und eine viel zu kurze blaue Bluse. Sogar ich muss auf ihren Bauch starren, weil sie anscheinend denselben Photoshop-Realitäts-Filter wie Alex benutzt. Man sieht deutlich, dass sie Sport treibt, so definierte Linien bekommt man nicht vom Rumsitzen geschenkt – leider. Die Haare hat sie zu einem Zopf gebunden, eigentlich eine ziemlich unspektakuläre Frisur, hätte sie nicht diese leichten Naturlocken, die ich mir nur mit einem glühend heißen Glätteisen und drei Stunden Vor-dem-Spiegel-Stehen in die Haare brennen könnte.

»Sieh an, sieh an …«, sagt sie und tippt erwartungsvoll mit der Spitze ihrer schwarzen Converse auf den Boden.

»Wenn das nicht ein Haufen egoistischer, notgeiler Typen mit streikendem Motor ist. Sucht ihr nach einer Mitfahrgelegenheit?«

Sie verschränkt die Arme vor der Brust. Entweder trägt sie einen Push-Up oder ihr Anti-Schwerkraft-Busen ist ein weiterer Grund, um sie zu hassen.

»Ich kann mir vorstellen, Joey mitzunehmen, weil ich sie mag und sie nach wie vor so sexy ist, dass ich darüber nachdenke, das Ufer zu wechseln, um mir euch Idioten einfach nicht mehr anzutun …«, beginnt Nicki ihr Auswahlverfahren. Joey grinst und geht zu ihr, um ihr einen Kuss auf die Wange zu drücken.

»Danke, Süße …«, haucht sie und ich könnte jetzt schon kotzen, obwohl es hier noch nicht mal um einen der Jungs geht.

Nicki wackelt gespielt nachdenklich mit dem Kopf und zuckt dann mit den Schultern.

»Und ich könnte mir vorstellen, Simon mitzunehmen, weil er für einen Mann ein nettes Arschloch ist und …« Dieser Blick, den sie ihm gerade zuwirft … *Ramm mir doch gleich ein rostiges Messer ins Herz!* »… naja, es ist wohl kein Geheimnis, dass ich dich schon immer ziemlich heiß gefunden habe«, fügt sie noch hinzu und Simon grinst, während er zum Wagen geht. Nicki macht sich sogar die Mühe, den Kopf zu drehen, um ihm so auffällig auf den Hintern zu glotzen, als ob sie ihn zum ersten Mal von hinten sehen würde.

So verhalten sich Ex-Partner nicht! Macht es doch wie jedes normale Pärchen, das sich getrennt hat, und mimt distanzierte Pinguine nach – Max und ich zeigen euch, wie das geht!!

»Und der Rest …«, Nicki lässt ihren Blick zwischen Alex und Theo schweifen. Ich bin auch noch da, aber das ignoriert sie natürlich.

»Laufen ist gesund«, sagt sie und hat dabei ein diabolisches Grinsen auf den Lippen, das eigentlich nur Bösewichte in Filmen zum Besten geben. Sie könnte Superman gleich mit Kryptonit füttern oder Gotham City sprengen, aber sie entscheidet sich erstmal dafür, ihre beiden besten Freunde betteln zu lassen.

Ich verstehe, warum ihr sie so sympathisch findet, Jungs! Ihr habt auch ›Juhu‹ gerufen, als sich Cruella de Vil die Welpen geschnappt hat, oder?

»Ich habe dich schon mindestens fünf Mal mitten in der Nacht von irgendeinem Looser abgeholt und nach Hause gefahren«, bringt Theo ein Argument vor, das er zum Glück nicht säuselt. »Außerdem fandest du den Arsch des spanischen Austauschstudenten schärfer als Simons, also starr nicht darauf wie eine notgeile Klosterschwester.«

Er funkelt Nicki mit strenger Miene an und greift dann meine Hand, um mich mit zum Auto zu ziehen.

Erfrier an der Kälte meines Traummannes, du Flittchen!

Ich wäre wie ein Vollidiot neben Alex stehengeblieben, den sie am Ende natürlich auch einsteigen hätte lassen und dann hätte ich mitleidige Blicke von Simon geerntet, dem das ›Meine Ex will mich noch‹-Grinsen im Hals steckengeblieben wäre.

So sehr kann man sich irren, wenn man sich den richtigen Mann zum dran Festhalten aussuchen muss! Mit Simon wäre ich gerade richtig schön abgesoffen – Theo achtet darauf, dass es mir gut geht, obwohl er glaubt, dass ich auf einen anderen stehe. Tue ich definitiv nicht!

»Ich vergesse immer wieder, dass du ein furchtbar böser Mensch bist«, giftet Nicki meinem Traummann nach. Als wir an ihr vorbeigehen, tätschelt Theo ihr den Kopf.

Okay, die Geste hätte er sich sparen können, aber er hält noch immer meine Hand und steigt mit mir sogar hinten ein, obwohl er eigentlich gerne vorne sitzt. Joey hat es sich aber schon auf dem Beifahrersitz bequem gemacht, weil sie Nickis erste Wahl war.

»Was ist dein Argument, Löwenstein?«, fragt sie, weil sie Alex noch immer zappeln lässt.

Er geht auf Nicki zu, legt die Hand neben sie aufs Auto, und ich befürchte, dass er sie gleich küsst, weil Simon neben mir so unruhig auf dem Sitz herumrutscht, als würde sein zum Himmel gelobter Arsch in Flammen stehen.

»Die eine Nacht auf dem Schulausflug in London«, haucht er ihr ins Gesicht und grinst sie wissend an.

Nicki seufzt laut und genervt. »Bleibt das für immer dein Freifahrtschein für alles?«

Alex drückt ihr einen Kuss auf die Wange. »Ja! Definitiv!«

Als er zu uns auf den Rücksitz steigt, zieht mich Theo auf seinen Schoß, weil wir sonst keinen Platz hätten. Der Ami-Schlitten von David ist größer, aber das ist mir sogar ziemlich recht.

»Was war denn in London?«, flüstere ich Theo fragend ins Ohr, während ich meinen Kopf gegen seine Brust drücke und das Gefühl genieße.

Er schlingt die Arme um mich, schiebt eine Hand dabei unter mein Top und presst seine Lippen an mein Ohr.

»Eine ziemlich verbotene Nacht und ein Löwe, der sich schwul gestellt hat. Gute Geschichte. Ich erzähl sie dir, wenn du endlich aufhörst …«

»In meinem Auto wird nicht geflüstert«, meint Nicki, während sie auf den Fahrersitz steigt und die Tür zuwirft. Sie sieht mich durch den Rückspiegel an und sagt zum ersten Mal etwas zu mir.

»Wurdest du in den letzten zwei Tagen nicht genug gebumst? Wenn du auf dem Rücksitz gevögelt werden willst, dann leg bitte ein Handtuch darunter – das Rauleder ist empfindlich.«

Wieso sie das mir sagt und nicht Theo, der dieses leichte Fummeln eigentlich angezettelt hat, liegt auf der Hand.

Ich lege den Kopf gespielt entspannt an seine Brust und schmunzle sie durch den Spiegel an.

Du willst netten, lieben, superfreundlichen Krieg? Den kannst du haben!

Die Autofahrt ist wie ein SAW-Film. Ich finde die Dialoge zwar unheimlich spannend und möchte nichts von der Handlung verpassen, aber von den Szenen wird mir trotzdem schlecht und ich sehe sie heute Nacht bestimmt in meinen Albträumen.

Nicki sieht nach jedem Satz, den sie zu Simon sagt, in den Rückspiegel und beißt sich auf die Unterlippe. Mit Alex und Theo reißt sie so viele Insider-Witzchen, als würde sie für die ganzen Flashbacks bezahlt werden. Joey hat die Hand auf ihrem Oberschenkel, was ihr Ego zusätzlich streichelt.

»Ich kann morgen übrigens nicht zum Training kommen«, sagt unser aller Prinzessin und wirft wieder einen Blick in den Rückspiegel. Mir wäre es lieber, wenn sie auf die Straße schauen würde, nicht nur, weil sie sich das Simon Anschmachten sparen könnte, sondern weil sie fährt, als wären wir auf einer Rennstrecke.

»Dann brauchst du zu dem Spiel am Samstag auch nicht zu kommen«, entgegnet er kühl, und ich sehe ihn plötzlich in Sportklamotten und mit der Pfeife um den Hals vor mir. Er sieht darin verdammt gut aus, das weiß sie aber natürlich am besten. Nicki grinst wieder übertrieben lasziv in den Rückspiegel. *Schau auf die Straße, du blöde Kuh!*

»Hältst du kein Training ohne mich aus? Außerdem bin ich deine beste Spielerin, also verkneif dir einmal das Dominanzgehabe und lass gut sein.«

»Du wärst vielleicht meine beste Spielerin, wenn du dich nicht ständig von tausend anderen Dingen ablenken lassen würdest. So bleibst du mittelmäßig und absolut austauschbar.«

Ich grinse über diesen Satz, weil er sich im ersten Moment wie eine Beleidigung anhört. Sie wäre seine beste Spielerin, wenn sie sich nicht ständig ablenken lassen würde? Klingt beim zweiten Mal Hören irgendwie weniger angriffslustig, mehr wie …

»Ich arbeite an mir, das weißt du«, haucht sie als Antwort und ich muss die Augen überdrehen.

Ja, ich habe verstanden, dass da noch etwas ziemlich Seltsames zwischen euch läuft. Ihr könnt aufhören, mir eure emotional verkrüppelte Beziehung unter die Nase zu reiben. Ich will dir Simon ganz bestimmt nicht wegnehmen, er gehört ganz dir. Wir schaffen es sowieso nie mehr, miteinander zu schlafen.

Als wir bei Joey ankommen, drückt sie Nicki einen Abschiedskuss auf, der sich gewaschen hat. Den Jungs gefällt das, Alex fragt sogar, ob er ein Foto schießen darf – darf er nicht.

»Wann sehen wir uns?«, will sie wissen, bevor sie die Tür zuwirft. Alex steigt aus, um sich auf den Beifahrersitz zu setzen und nutzt die Gelegenheit, um auch nochmal Joeys Lippen zu genießen.

»Nächste Woche Donnerstag, wenn du Lust und Zeit hast. Danke für gestern und entschuldige die Sache mit der Taschenlampe.«

Bevor ich anfangen kann, mir die wildesten Dinge vorzustellen, winkt Joey ab und streckt nochmal den Kopf zu uns ins Auto.

»Wen von euch sehe ich nächste Woche?«, will sie wissen und lässt ihren Blick zwischen Simon und Nicki hin und her schweifen. Ich rutsche von Theos Schoß, weil wir jetzt Platz auf der Rückbank haben.

»Ich komme. Er hat Pause«, stellt sie klar und Joey sieht grinsend von Nicki zu mir. »Gut, dann kann ich mir die paar Tage mit Fantasien von uns Dreien vertreiben. Macht´s gut ihr Süßen.«

Sie wirft die Tür zu, und ich bin geistig für ein paar Sekunden gelähmt. Die Jungs lachen und Alex ist sofort Feuer und Flamme für den abartigsten Gedanken, der jemals durch meinen Kopf gewandert ist.

»Das Bild gefällt mir!«, sagt er, weil er auch zum ersten Mal über diese Konstellation nachzudenken scheint. »Ich will auch einen Dreier mit Lena und Nicki!«

Während ich noch geistig gelähmt bin, lacht Nicki, und Simon und Theo werfen sich seltsame Blicke zu.

»Träum weiter, Alex«, sagt sie amüsiert, aber in einem Tonfall, der keinen Zweifel daran lässt, dass sie die Vorstellung davon, dass ich und sie jemals eine Nacht mit einem Mann teilen können, abwegig findet. Alle verstehen das – alle, außer Alex.

»Und wenn ich es mir zum Geburtstag von euch wünsche?«, fragt er, aber der sexy Hundeblick funktioniert in diesem Fall nicht.

»Nicht mal, wenn du auf dem Sterbebett liegen würdest!«, versichert Nicki und klingt genervter als vorhin.

»Wieso denn nicht?«, stellt Alex die dümmste und überflüssigste Frage der Welt und legt sogar noch einen drauf. »Oder braucht ihr einen zweiten Mann dazu? Ein Vierer? Sucht euch einen von der Rückbank aus, mir ist das egal.«

Okay, jetzt geht die Fantasie mit ihm durch. Simon fängt an, den Kopf zu schütteln und Nicki versucht, Alex irgendwie aus der dümmsten Sex-Fantasie der Welt zu reißen.

»Schlägst du mir gerade tatsächlich Gruppensex mit meinem Ex-Freund und …«

Und? Wer bin ich denn für dich?

Sie beendet ihren Satz nicht, drückt nur wieder aufs Gas.

»Ach stimmt ja, du und Simon wäre scheiße …«, gesteht Alex ein.

»Dann Lena, du, Theo und ich? Fast wie in alten Zeiten!«

»Hört er sich eigentlich gerade selbst reden?«, knurrt Nicki in den Rückspiegel und erntet ein Schulterzucken von Theo.

»Gerade redet sein Penis mit dir und sein Penis ist leider ziemlich dumm, das müsstest du wissen.«

Ich muss grinsen, genau wie Nicki, was sich komisch anfühlt, weil ich nicht mal das zusammen mit ihr machen will. Der Mann, der uns beide ins selbe Bett bekommt, müsste schon ein hartnäckiger, verruchter Zauberer sein. Eine Mischung aus Harry Potter und Christian Grey. Da ist es wahrscheinlicher, dass ich Simon und Theo zu einem gemeinsamen Experiment überreden kann. Gerade fällt mir aber auch ein, dass ich dazu wohl auch ihre Hilfe bräuchte.

Sie hält wieder an und ich sehe Simons Wohnhaus.

»Danke, fürs Abholen. Wir sehen uns am Samstag«, sagt er zu Nicki, die anscheinend doch spielen darf. Zumindest küssen sie sich nicht zum Abschied, das ist doch schon mal was.

»Sehen wir uns morgen zum Lernen?«, will Alex wissen und lässt seine bittenden Hundeaugen in der Sonne glänzen. Sein Penis hält wieder den Mund.

»Wenn du bis jetzt noch nichts gelernt hast, dann …«, Simon schüttelt den Kopf und bricht seinen Satz ab, weil Alex' Blick einfach zu bestechend ist. »14:00 Uhr, bei dir.«

Bevor er aussteigt, dreht er sich zu mir und gibt mir einen Kuss, der mich so überrascht, dass ich fast zu stammeln beginne, als er sich wieder wegdreht. »Ich ruf dich an«, sagt Simon zu mir und ich nicke mechanisch. »Okay …«

Nicki steigt wieder ins Gas, obwohl Simon die Tür fast noch nicht richtig losgelassen hat.

»Du hättest ihn auch gleich überfahren können«, wirft Theo mit schwarzem Humor um sich und lässt den Kopf auf die Nackenstütze fallen.

»Zu viel Drama für ein einziges Wochenende …«, murmelt er leise und schließt seufzend die Augen.

Damit hat er wohl recht. Wir sollten uns alle wieder darauf konzentrieren, dass wir zusammen Zeit verbringen, weil wir Spaß haben wollen, gerne lachen und uns gerne zum Stöhnen bringen. Den ganzen Rest sollten wir den Verliebten dieser Welt überlassen.

Nicki hält vor Alex' Haus und Theo rutscht plötzlich von mir weg.

»Du kannst mich auch hier rausschmeißen. Danke«, sagt er und ich würde ihn am liebsten festhalten.

Steigen Alex und Theo jetzt wirklich beide aus?!

»Hast du was zu essen zu Hause? Wenn ich mich schon nicht mit Barbara treffen kann, esse ich deinen Kühlschrank leer«, sagt Theo zu Alex, der ihm auf die Schulter klopft und grinst.

»Sicher. Ich habe ein offenes Gurkenglas und schimmliges Brot. Wir können aber auch eine Pizza bestellen. Je nachdem, wie gerne du auf meinem Klo sitzt und wie wichtig dir dein Sixpack ist.«

Die Jungs lachen und sehen gerade ziemlich süß zusammen aus, aber ich kann trotzdem nicht ignorieren, dass sie mich mit Nicki alleine lassen.

»Überlegt euch das mit dem Dreier nochmal, ich verspreche euch, ich gebe mir die Mühe meines Lebens!«, versichert Alex, und Theo zieht ihn vom Auto weg, bevor sein Penis noch mehr sagen kann.

»Artig bleiben, Ladys!«, ruft er ermahnend und hebt die Hand.

Ich starre den beiden wortlos nach, solange, bis sie im Haus verschwinden. Dabei ist es absolut still im Auto. Nicki hat den Motor abgestellt und ich bin mir nicht sicher, was gleich passieren wird.

»Kannst du dich nach vorne setzen? Sonst komme ich mir wie deine Chauffeurin vor, und in dieser Sexfantasie spielt keine Frau mit«, durchbricht sie die Stille im genervten Tonfall und startet den Motor. Ich steige aus und überlege kurz, ob ich wirklich wieder einsteigen soll. Ich könnte von hier aus nach Hause laufen oder mit dem Bus fahren.

»Steig ein oder lass es«, stellt mich Nicki vor die Wahl und funkelt mich an.

Wenn ich jetzt kommentarlos verschwinde, könnte ich sie gleich mit einem weißen Handschuh ohrfeigen und sie zum Duell herausfordern. In meinem Kopf hängen noch Theos Worte fest: ›Zu viel Drama ...‹.

»Danke fürs Mitnehmen«, sage ich, während ich mich am Beifahrersitz anschnalle und die Tür zuwerfe. Nicki fährt los, und ich versuche, die Antipathie, die in der Luft liegt, irgendwie wegzuatmen.

»Ich wohne direkt neben Theo«, erkläre ich und erspare mir damit, wie ich denke, die Wegbeschreibung. Nicki sieht stur nach vorne auf die Straße.

»Ich weiß, hat er erwähnt.«

Ihr redet über mich? Ehrlich? Was hat er dir denn noch erzählt?

»Wie lange kennst du Theo und Alex schon?«

Ich weiß ungefähr, wie lange sie sich kennen, diese Frage ist mehr oder wenig überflüssig, aber ich habe keinen Bock zu schweigen, und etwas Besseres fällt mir nicht ein.

»Länger als du«, lautet ihre tonlose Antwort.

Na gut. Du willst keinen Smalltalk machen. Du willst eine blöde Kuh bleiben – bitte.

»Ich habe mit fünfzehn an ihre Schule gewechselt. Aber das erste Jahr haben sie mich ignoriert, so wie die meisten.«

Ich starre sie etwas zu überrascht von der Seite an, weil ich nicht mehr mit einer vernünftigen Antwort gerechnet habe und schon gar nicht mit einer so ehrlich klingenden. Nicki zuckt mit den Schultern.

»Ein Jahr später hat mich keiner mehr ignoriert – zumindest die Jungs nicht«, erzählt sie und schmunzelt schwach. Als sie merkt, dass ich sie fragend mustere, sieht sie kurz nach unten auf ihren Ausschnitt. Soll das heißen, dass ihr mit sechzehn dieser bombastische Vorbau gewachsen ist, oder dass sie …

»Nein, die sind nicht echt«, beantwortet sie meine unausgesprochene Frage.

»Ähm … du hast dir mit sechzehn die Brüste machen lassen? Darf man sowas denn überhaupt?«

Sie zieht die Mundwinkel wieder nach oben, sieht dabei aber stur auf die Straße.

»Mit genügend Geld und einer Schönheits-OP-süchtigen Mutter schon. Ich habe es aber nie bereut. Ich war flach wie ein Brett und ich wäre es auch geblieben.«

Ich nicke nachdenklich. Also haben sich Alex und Theo mit ihr angefreundet, weil sie ein emotional verstörtes, sechzehnjähriges Mädchen mit einem tollen Busen war? Das ist aber weit entfernt von einer schönen Geschichte oder einer gesunden Basis für eine Freundschaft.

»Wir hatten andere Gründe, warum wir uns all die Jahre so gut verstanden haben«, erklärt Nicki, ohne zu sehr ins Detail zu gehen. Okay, sie war in demselben Gedankenlesen-Kurs wie Theo.

»Aber der Busen hat geholfen, den Stein ins Rollen zu bringen«, gesteht sie und zieht selbstbewusst eine Braue nach oben. Dass sie das so offen zugibt, ist irgendwie … imponierend? Menschen, die nicht alles schönreden und eine gewisse Scheiß-Drauf-Einstellung an den Tag legen, kann ich für gewöhnlich gut leiden – Ausnahmen bestätigen aber manchmal nur die Regel.

»Mit sechzehn hatte ich zehn Kilo mehr, da ignorieren einen die Jungs auch ziemlich vehement.«

Wieso erzählst du genau das gerade, Lena? Ich muss sowas wie ein emotionales Black-Out haben, denn ich vergesse, dass ich diese Zeit in meinem Leben eigentlich verdränge oder mit Witzen überspiele.

»Wie lange kennst du Simon schon?«, fragt Nicki, weil sie wahrscheinlich wissen will, ob er mich mal fett gesehen hat.

»Länger als du«, antworte ich und imitiere dabei ihren Tonfall von vorhin, während ich auf die Straße starre.

Sie lacht anerkennend. »Verdiente Antwort«, kommentiert sie und ich muss schmunzeln.

Wir schweigen wieder. Zumindest ist aber die Temperatur im Auto über den Gefrierpunkt gerutscht.

Das Radio läuft im Hintergrund und ich will am Lautstärkenregler drehen, weil ich den Song, den sie gerade spielen, liebe, und wir wahrscheinlich sowieso die nächsten drei Minuten schweigen würden. Als ich Nickis Finger berühre, weil sie auch zum Radio fasst, ziehe ich meine zurück, als hätte ich einen elektrischen Schlag bekommen. Anfassen wollte ich sie wirklich nicht, aber anscheinend hatten wir gerade den gleichen Gedanken.

Sie stellt den Song lauter, und wir schauen beide wieder auf die Straße, weil Augenkontakt jetzt seltsam wäre. Dann haben wir eben denselben Lieblingssong – irgendwie nicht verwunderlich, dass sich unsere Geschmäcker überschneiden.

Don´t be so Shy von Inamy dröhnt aus den Boxen und ich kann nicht verhindern, eines dieser ›YOLO‹-Grinsen zu grinsen, weil der Text im Moment so gut zu dem Lebensgefühl passt, dem ich all die schönen, aufregenden Erinnerungen in letzter Zeit verdanke.

Ich erlebe einen dieser Endorphine freisetzenden ›Das Leben ist schön‹-Momente, obwohl ich eigentlich gerade ein Stimmungstief haben sollte. Die Scheiß-Drauf-Einstellung funktioniert in beinahe jeder Lebenslage und sie geht meistens mit der Erkenntnis einher, dass man auch Lachen darf, wenn man in Zitronen beißt.

Der Song ist vorbei, als Nicki vor Theos Wohnhaus anhält. Ich schnalle mich ab, steige aus und hole meine Tasche aus dem Kofferraum – alles wortlos.

Sie lässt die Scheiben runter und ich sage ihr »Danke«, für die Fahrt. Als ich mich umdrehen will, weil sie bereits kommentarlos genickt hat, höre ich sie doch noch etwas sagen.

»Lena.«

»Ja?«

Sie hebt die Brauen, bevor sie Folgendes klarstellt.

»Ein paar vertrauliche Sätze und ein guter Song ändern nichts daran, dass ich dich nicht leiden kann«, sagt sie offen und ehrlich und zuckt mit den Schultern.

»Ach, also soll ich dir keine Facebook-Freundschafts-Anfrage schicken?«, frage ich sarkastisch und ziehe auch die Brauen nach oben. Sie grinst kurz und funkelt mich dann wieder an.

»Nein, lass mal. Meine Schuhe, die Simon dir gegeben hat, hätte ich aber gerne wieder. Und wenn du schon dabei bist, mir meine Sachen zurückzugeben …« Sie muss den Satz nicht beenden, ich weiß, wie er lauten soll.

»Die Schuhe bekommst du«, entgegne ich und zucke mit den Schultern, bevor ich mich umdrehe. »Den Rest wirst du teilen müssen. Steht mir alles zu gut.«

Ich höre sie davonfahren und schmunzle, weil ich mich gerade seltsam befreit fühle.

Nicki wird mich wohl genauso wenig los wie ich sie. Aber wer sagt eigentlich, dass sich anzuzicken keinen Spaß machen darf? Was Theo und Simon können, bekommen wir auch hin, wenn nötig sogar in Stöckelschuhen.

Nackt im Wäschekorb

Das ist einer dieser Tage, an denen man irgendwo entlangläuft und sich dabei vorkommt, als würden einen Spots anstrahlen. Ich bin so verdammt gut drauf, dass ich jeden angrinse, der meinen Weg kreuzt – auch den alten Rechtsphilosophie-Professor, der schon seit Jahren unter Paranoia leidet und sich sofort umdreht, weil ich ja den Killer hinter ihm angelächelt haben könnte.

Weil Montagmorgen ist, fällt meine gute Stimmung wahrscheinlich auf. Die meisten Studenten schleichen mit gesenkten Köpfen oder starrem, verkatertem Blick durch die Gänge, aber ich habe hervorragend geschlafen und ein beflügelndes Wochenende hinter mir – deshalb laufe ich auch so komisch.

Ich hatte heute Morgen Zeit, mir die Haare zu waschen und mich schick zu machen, und das gelbe Sommerkleid und ich sind auch wieder Freunde geworden. Selbst, wenn ich darin wie eine Ananas aussehe, ich bin eine sexy Ananas, das bestätigt mir ein Kommilitone, indem er gegen die Glaswand knallt, weil er mein Lächeln etwas zu achtlos erwidert hat.

Ich bin so früh dran, dass ich noch Zeit habe, in der Mensa einen koffeinfreien Kaffee und einen grünen Tee zu bestellen. Mit den Bechern in der Hand schwebe ich bis vor die Bürotür und bleibe dann stehen.

Okay, lächeln und gut aussehen helfen mir jetzt nicht, die verschlossene Tür zu beeindrucken. Ich klemme mir den Kaffeebecher zwischen Unterarm und Dekolletee, um den Schlüssel mit der freien Hand aus meiner Tasche zu fischen.

Heiß, heiß, heiß! Und das ist jetzt kein Narzisstinnen-Gesang!

Ich stolpere in das noch leere Büro, stelle die beiden Becher ab und versuche, meinen Busen wieder auf normale Betriebstemperatur zu bringen. Während ich mir mit den Unterlagen von DeLucas Schreibtisch Luft zufächere, ziehe ich die Jalousien hoch und öffne die Fenster. Hier drin riecht es wie in einer alten Bibliothek, in der jemand den Boden mit Red Bull aufgewischt hat.

Anscheinend ist er am Freitag noch länger da gewesen. Ich entsorge drei leere Dosen und die Hälfte eines steinharten Brötchens. Außerdem hängt ein weißes Hemd über seinem Schreibtischstuhl. Wenn er nicht oben ohne hier rausspaziert ist, hat er sich wohl umgezogen – ich traue ihm aber auch ersteres zu.

Ich nehme das Hemd und hänge es auf den Kleiderständer, an dem auch seine Jacke baumelt, wahrscheinlich seit dem Winter, weil es seit Monaten zu heiß dafür ist.

Zu Hause hast du wohl eine Putzfrau, die sich um deine Klamotten kümmert, oder du wohnst noch bei Mama.

Der Duft, der mir in die Nase steigt, als ich das Hemd aufhänge, kommt mir vertraut vor. Irgendjemand von den Jungs benutzt das gleiche Parfum. Ein berauschend guter Männerduft, aber ich glaube, auch eine Note Koffein zu riechen, weil DeLuca das Zeug natürlich nicht nur absorbiert, sondern auch aussondert.

»Bitte riechen Sie nicht an meiner Dreckwäsche …«

Scheiße. Natürlich musst du jetzt auftauchen!

Ich drehe mich um und sehe ihn die braune Ledertasche auf den Schreibtischstuhl legen. Er seufzt mich an und spricht weiter, bevor ich mich – wie auch immer – rechtfertigen kann. »Wenn das in eine Szene mündet, in der ich irgendwann nach Hause komme und Sie nackt in meinem Wäschekorb sitzen, dann würde ich das Ganze gerne hier und heute beenden und Sie gleich rauswerfen.«

Nein, nein. Du verdirbst mir meine gute Laune nicht so schnell, du hochnäsiger, italienischer Vampir!

Mir war sowieso klar, dass es heute wieder Sarkasmus hageln würde, ich habe einen Schirm dabei.

»Sie tragen nur dasselbe Parfum wie mein Freund – kein Grund, mir gleich psychopathische Stalking-Tendenzen zu unterstellen. Ihnen auch einen guten Morgen, übrigens. Der Kaffee ist für Sie.«

Ich schmunzle ihn mit hochgezogenen Augenbrauen an und setze mich auf meinen Stuhl.

DeLuca steht noch vor dem Schreibtisch und mustert mich nachdenklich. Er weiß, dass er dabei streng aussieht, aber er weiß hoffentlich auch, dass mich das nicht mehr beeindruckt.

Ja, lass dir meine Sätze ruhig durch den Kopf gehen, das war alles so geplant! Naja, die Sache mit dem Beim-am-Hemd-Riechen-erwischt-Werden vielleicht nicht, aber es kam mir überaus gelegen, weil ich viel schneller als gedacht die magischen Worte ›mein Freund‹ sagen konnte.

Das ist übrigens der Masterplan, den ich schon gestern Abend vor dem Schlafengehen ausgeklügelt habe. Ich weiß, dass es zwischen uns sonst ziemlich seltsam bleiben würde, wenn er weiterhin denkt, dass ich zu haben bin. Dass er daran seinen bissigen Humor und seine Vorliebe, mich in Verlegenheit zu bringen, ausleben würde, hätte auf der Hand gelegen. So sollte dieses unangenehme Thema aber vom Tisch sein.

Ich fahre den Laptop hoch, während er irgendwann doch aufhört, mich zu mustern und sich mir gegenüber an den Schreibtisch setzt. Seine Hand greift den Becher und ich weiß, was gleich kommt.

»Koffeinfrei ...« knurrt er so verständnislos, als hätte er vergessen, dass ich seine Sucht nicht fördere. »Und kalt. Scheußlich.«

Der Kaffee ist nicht kalt, das können ihm meine glühenden Brüste bestätigen, aber, wenn ich ihm das sage, bricht hier wieder das verbale Chaos aus.

Ich strecke die Hand in seine Richtung, ohne ihn anzusehen.

»Sie schulden mir trotzdem fünf Euro.«

»Stimmt ja, das war der Preis, auf den Sie sich mit den Leuten aus der Mensa für das Brühwasser geeinigt hatten«, murrt er und zieht sein Portemonnaie aus der Tasche. Er drückt mir einen Zehn-Euro-Schein in die Hand.

»Ich kann nicht wechseln«, sage ich und bereue es schon.

»Scheitert es am Rechnen oder daran, dass Sie all Ihr Bargeld für lauwarmes Wasser ohne Geschmack ausgegeben haben?«

»Kann es sein, dass Sie ein wenig erholsames Wochenende hatten, Herr Doktor? Sie sind irgendwie noch unliebenswerter als sonst.«

Er seufzt und macht eine übertrieben theatralische Geste mit der Hand, bevor er seinen PC hochfährt.

»Haushalt, Katze, Netflix, Orgie. Der übliche Wahnsinn.«

Während ich seine Aufzählung in Gedanken wiederhole und trotzdem über das letzte Wort stolpere, knackt DeLuca mit der

Nackenmuskulatur. »Ich muss mich beim Bügeln verspannt haben«, seufzt er im Selbstgespräch.

Ja, sicher. Du hast aber sicher keine Wäsche gebügelt.

»Sie haben eine Katze? Niedlich«, kommentiere ich möglichst beiläufig und behalte meinen Blick auf die Excel-Tabelle gerichtet.

Du bringst mich nicht mehr aus der Fassung, zumindest nicht sichtlich. Ich kann auch darüber nachdenken, wie verrucht das Wort ›Orgie‹ aus deinem Mund klingt, ohne rot zu werden!

»Wenn wir den Smalltalk dann durchhaben …«, sagt er und klingt geschäftlich. »… dann hätte ich ein paar Aufgaben für Sie.«

Ich nicke und er stellt seine Playlist an, bevor er mir zeigt, was er mal wieder alles im Uni-Online-Portal verbockt hat. Dieser Mann ist zweifelsohne verdammt klug, auch wenn er ein Arschloch ist, aber sobald man ihm Zugriff auf einen Server gewährt, bricht Chaos über die ganze Universität herein. Nicht mal meine Mutter würde sich so bescheuert anstellen, wenn man ihr einen Benutzernamen und ein Passwort geben würde. DeLuca ist wie ein Virus, der die ahnungslosen Eingaben eines Fünfjährigen nachahmt und ich darf es ausbaden …

Nach fast vier Stunden in den Laptop starren, brennen meine Augen und mir knurrt der Magen. Etwas zu essen mitzubringen, war eine großartige Idee, zumal ich nicht gehen will, bevor ich Ordnung in die Kurslisten und Zeitpläne gebracht habe.

»The world was on fire and no one could save me but you …«

Dass ich mal wieder diesen furchteinflößenden Gesangskünsten lauschen darf, vergewaltigt zwar meine Gehörgänge, aber ich habe mich mittlerweile an das Störgeräusch gewöhnt. Irgendwie ist es auch süß, wenn er ernst auf den Monitor starrt und falsch singt.

Ich versuche das Glas mit dem Bananen-Apfelmus aufzubekommen und mühe mich so lange ab, dass ich beinahe schwitze, als es endlich ploppt.

Nein! Hilf mir bloß nicht, du Arsch!

Er produziert weiter klickend Katastrophen, die ich dann beim nächsten Mal ausbaden darf.

»No Iiiii don't want to fall in love …«

Herrgott, was war denn das für ein furchtbarer Ton? Hast du den von deiner Katze gelernt?

Während ich den Löffel aus der Küchenrolle wickle, trifft mich DeLucas eisiger Blick.

»Wenn Sie etwas dagegen haben, dass ich während der Arbeit esse, gehe ich nach Hause. Mein Dienstende war schon vor einer Stunde«, stelle ich im unterzuckerten, schroffen Tonfall klar und funkle ihn an, während ich mir den Löffel in den Mund schiebe. Er beginnt, den Kopf zu schütteln und zieht die Brauen überrascht nach oben.

»Es geht mir nicht darum, dass Sie essen, sondern was«, erklärt er und klingt, als ob ich mir hier Abfall reinschaufle.

»Haben Sie ein Problem mit der Verdauung oder Ihren Zähnen, Frau Relisch?«

»Nein.«

»Warum bringen Sie dann Baby-Nahrung mit zur Arbeit und essen sie?«

»Das ist Bananen-Apfelmus.«

»Ist das ein abgedrehter Fetisch, den ich nicht verstehe?«

»Das ist nur Essen!«

»Für Babys.«

»Ich fasse nicht, dass ich das zu Ihnen sage, aber singen Sie bitte weiter!«

Er zuckt kurz mit den Mundwinkeln und dreht dann seinen Stuhl in meine Richtung. Okay, das ist noch nicht vorbei, da kommt noch was …

»Erklären Sie mir, wieso Sie keinen nichtpürierten Apfel essen, so wie jeder Mensch mit Zähnen? Oder eine Banane. Zu phallusförmig? Bringt das die Erinnerungen an Freitag wieder hoch? Das hat Ihnen wohl mehr Angst gemacht, als ich vermutet hatte …«

Wie sind wir jetzt bitte von diesem bescheuerten Glas Mus auf seinen Penis gekommen? Ich starre in DeLucas Augen und versuche, nicht verlegen auszusehen. Genau das wollte ich vermeiden!

»Wie kommen Sie darauf, dass mir das Angst gemacht hat?«, entgegne ich möglichst emotionslos, aber empört über die Unterstellung. Er zuckt mit den Schultern und hebt das Kinn an.

»Ach, nur so eine Vermutung. Vielleicht wegen der Vermeidung, vor mir eine Banane zu essen oder der Tatsache, dass Sie einen Freund erfinden mussten.«

»Ich habe ihn nicht erfunden!«, verteidige ich mich mit etwas zu hoher Stimme. Er kann gar nicht wissen, dass ich lüge.

DeLuca zieht trotzdem ungläubig eine Augenbraue hoch.

»Ich würde es sogar noch panischer von Ihnen finden, wenn Sie am Wochenende wirklich den nächstbesten, ahnungslosen, armen Mann gepackt und ihn in ein Partnerlook-Shirt gesteckt hätten.«

»Also erstens, haben Sie eine bedenklich abartige Vorstellung von einer Beziehung …« *Was mich nicht wundert.* »… und zweitens, ist er weder arm, noch ahnungslos noch erfunden!«

»Wie heißt er denn?«

Verdammt ich zögere, weil mir drei Namen im Kopf herumschwirren!

»Alex.«

Das erscheint mir gerade als die einfachste Wahl, weil ich vor seinen Großeltern auch seine Freundin spielen musste. Es hat trotzdem verteufelt lange gedauert, bis ich etwas herausgebracht habe. Mein Kopf glüht schon. Ich bin so eine abartig schlechte Lügnerin. DeLuca fühlt sich in seinem Glauben, ich würde Männer erfinden, weil ich keine Banane vor ihm essen will, natürlich bestätigt.

»Und hat Ihr Auserwählter auch einen Nachnamen? Oder müssen Sie erst nach etwas Passendem googeln?«

»Löwenstein«, entgegne ich schnell und klinge dabei fast ein wenig zu stolz, nur weil ich weiß, wie sein Nachname lautet.

DeLuca entgleitet die Mimik und ich denke, ich verstehe warum. Der Name hört sich erfunden an, das dachte ich beim ersten Mal Hören auch, aber er kann ihn googeln, ihn auf Facebook finden und wenn er uns mal zusammen an der Uni sieht, greift Alex mir auch garantiert auf den Hintern.

»Wenn das Verhör jetzt beendet ist, gehe ich doch lieber nach Hause und esse meinen Babybrei ohne Sarkasmus-Tonspur«, sage ich und packe meine Sachen zusammen. Ich bekomme keine Antwort, er stützt nur sein Kinn mit der Hand ab und starrt auf den Kühlschrank – wahrscheinlich, weil er auf Koffein-Entzug ist und ihm gerade die Power fehlt, mir weiter auf die Nerven zu gehen.

»Versuchen Sie bis zum nächsten Mal, nicht die Uni-Homepage zu löschen«, seufze ich und will nach der Türklinke greifen, halte aber in der Bewegung inne, weil mein Boss doch noch etwas zu sagen hat.

»Versuchen Sie, bis zum nächsten Mal, nicht zu vergessen, dass ich Sie noch immer gerne auf meinem Schreibtisch nehmen würde.«

Ich starre ihn blinzelnd an und werde doch noch rot, weil die Bilder, die er mit seiner dunklen, klaren Stimme in meine Fantasie gemalt hat, meiner Libido leider nach wie vor viel zu gut gefallen.

»Diese Show ist noch nicht vorbei, Frau Relisch.«

Ich weiß, DeLuca – da kommt noch so einiges!

Brokkoli und Unbehagen

Die junge Professorin läuft vor der Leinwand auf und ab und gestikuliert die Vorlesung eifrig mit. Ihre Stimme ist alles andere als melodisch. Das hält aber einigermaßen wach, weil man schwer schläfrig werden kann, wenn jemand beim Sprechen keinen Ton trifft, der nicht schräg klingt. Zum Glück hat sie zu Beginn der Lehrveranstaltung das Mikrofon entdeckt. Jetzt beschallt uns diese liebliche Stimme auch in den letzten Reihen des großen Hörsaals.

Um nicht den Faden zu verlieren, kürze ich so gut wie jedes zweite Wort in meinen Notizen ab – ohne Rücksicht darauf, ob ich einen Germanistik-Studenten damit zum Klugscheißen bringen würde.

›Intensität: mächt. Erregungszust. d. d. Hemmung nimmt – Spontanreaktionen privilegiert zu behand.‹

Beim Lesen meiner Mitschrift würde sich meine ehemalige Grundschullehrerin wohl dem Alkoholismus zuwenden, zumal die gute Frau Jahre damit verbracht hat, uns beizubringen, wie Schönschrift funktioniert, und ich mir heute nicht mal mehr die Mühe mache, meine kleinen ›As‹ anders aussehen zu lassen als meine ›Os‹.

Es spielt aber auch keine Rolle, ob das, was da steht, schön aussieht, ich muss es nur selbst entziffern.

Der Satz, den ich gerade aufgeschrieben habe, ist doppeldeutig: ›*Mächtige Erregungszustände, die einem die Hemmung nehmen und zu privilegierten Spontanreaktionen führen*‹ – kenne ich aus der Praxis!

Während ich stolz und etwas dämlich verträumt mein frivoles Privatleben begrinse, verliere ich den Faden.

Hier geht es nicht ums Knattern, sondern um schuldmindernde Affekte beim Totschlag. Das ist auch ›Strafrecht 2.1‹ und nicht ›Sex mit Traummännern 3.0‹.

»Was hat sie gesagt?«, flüstere ich nach links, weil dort Tamara sitzt und ihren Notizblock füllt.

»Verwerfliche Beweggründe. Sittlichkeit«, murmelt sie und streift sich eine rote Haarsträhne zurück, die sie genauso offensichtlich beim Notizenmachen stört, wie ich.

Tamara ist ein lustiger Mensch mit Sinn für schwarzen, derben Humor, den man ihr eigentlich gar nicht zutraut. Wenn es aber das Studium betrifft, ist sie Ehrgeiz in Reinkultur. Um der Vorlesung weiter folgen zu können, würde sie wohl nicht davor zurückschrecken, sich die nervende Haarsträhne abzuschneiden oder der ebenso nervenden Kommilitonin neben sich einen Kinnhaken zu verpassen. Ich wende mich also lieber nach rechts.

»Geht es noch um den Fall mit dem Affekt-Totschlag?«, frage ich Paul, der auf seinem Kugelschreiber herumbeißt und nach vorne starrt. Er beugt sich ein Stück zu mir und zuckt mit den Schultern.

»Ich weiß nicht, aber das Tattoo von dem Mädchen dort macht mir Angst«, flüstert er und ich folge seinem Blick. Sie hat sich das Gesicht der Puppe aus *SAW* aufs Schulterblatt stechen lassen – warum auch immer.

Paul kann keine Horrorfilme sehen, ohne zu schreien, als wäre er das kleine Mädchen aus *Krieg der Welten*. Nachdem er bei *The Purge* beinahe am Popcorn erstickt wäre, nehmen wir ihn nicht mehr mit ins Kino.

»Ich habe den Faden verloren …«, murmle ich genervt und in der Gewissheit, dass es keinen Sinn mehr macht zuzuhören, weil Strafrecht-Fälle wie Krimi-Serien sind. Wenn du den Teil verpasst hast, in dem erklärt wird, ob der Mörder schizophren, verwirrt oder einfach nur mächtig angepisst war, bleibt der Aha-Moment am Ende aus.

Während Tamara mitschreibt, als hinge ihr Leben davon ab und Paul weiterhin Angst vor der Schulter vor uns hat, beginne ich gedanklich abzuschweifen und kindisches Zeug in meinen Notizblock zu kritzeln.

›Lena Relisch‹,

schreibe ich meinen Namen und versuche, mich an die Schönschreiblektionen meiner Grundschullehrerin zu erinnern. Es geht aber noch infantiler.

›Lena Löwenstein‹

Klingt irgendwie verdammt cool und hat zweifelsohne einen aristokratischen Touch.

›Lena Lorenz-Herbst‹

Schon viel realistischer! Sehr schön!

›Lena Kirschbaum‹

Sieht schick aus, liest sich aber falsch. Ich schreibe

›Nicki Kirschbaum‹

daneben.

Ob sie mich zur Hochzeit einladen? Sicherlich, schließlich gibt es keine bessere Gelegenheit, anderen Leuten die Siegeshymne seiner Beziehung ins Ohr zu brüllen.

Ich hasse Tagträume, in denen ich mich selbst geißle …

›Lena DeLuca‹

Okay, jetzt drehe ich hier vollkommen ab.

›Dr. Lena DeLuca‹,

ergänze ich und muss über das Aussetzen meines Verstandes lachen.

»Plant Lena eine Namensänderung?«, höre ich Paul fragen, und werde aus meinen kindischen Tagträumen gerissen.

»Ja, im Rahmen einer Hochzeit«, schlussfolgert Tamara, die die ganzen Herzchen, die ich gemalt habe, sieht und grinst, als sie ihre Sachen einpackt. Die Vorlesung ist anscheinend vorbei.

»Jetzt wissen wir endlich, was Lena in letzter Zeit macht«, sagt sie gespielt vorwurfsvoll. »Sie sucht sich einen Ehemann. Anscheinend mit Doktortitel, damit sie sich die Dissertation sparen kann. Die Idee gefällt mir. Wo hängt denn diese ›Suche Akademiker zum Heiraten‹-Liste aus? Ich will mich auch eintragen. Ich bin schon halb blind von dem ganzen kleingeschriebenen Scheiß aus den Gesetzestexten.«

Jetzt hat sie wieder Zeit und Kapazität in ihren Gedanken, um mit mir zu sprechen. Natürlich werde ich für meine kindischen Schmierereien auf den Arm genommen – verdienterweise. Ich muss mir abgewöhnen, mich in der Öffentlichkeit in meine Pubertät zurückzuversetzen.

»Heißt nicht der Professor, für den du arbeitest, DeLuca?«, will Paul wissen, da er leider nicht nur zu den Männern gehört, die bei Horrorfilmen wie Mädchen schreien, sondern auch zu denen, die einem zuhören.

Ich zische ihn erstmal an und lege mir den Zeigefinger auf die Lippen. Als ich mich paranoid umdrehe, weil ›DeLuca‹ ein

Name ist, der hier bestimmt einigen etwas sagt, schubst mich Tamara weiter. Ich blockiere die ganze Sitzreihe und ernte finstere Blicke von den anderen Studenten, die fluchtartig den Hörsaal verlassen wollen. Wer 100 Sekunden nach Ende der Vorlesung noch hier ist, wird anscheinend kahlrasiert – auf das lässt das Gedränge zumindest schließen.

»Geh weiter, Frau Doktor Knatter! Wir wollen hier raus«, brummt Tamara.

Ich klemme mir meinen Block unter den Arm und verlasse den Hörsaal mit der Menschentraube. Dass Paul nochmal nachfragt, ob ›DELUCA‹ nicht der scharfe Typ ist, für den ich arbeite, lässt mich innerlich krampfen. Er hätte sich gleich das Mikrofon schnappen können. Wieso nicht eine Diskussionsrunde daraus machen?

Hand hoch, wer weiß wie Andrea nackt aussieht?

Als sich jemand zu uns umdreht, und ich erkenne, dass es die Dozentin ist, starre ich auf den Boden und tue so, als wären mir der schwarzhaarige kleine Typ und die Rothaarige mit der strengen Miene fremd. Ich antworte nicht auf Pauls Frage, sondern warte, bis wir draußen im Gang stehen. Kaum sind die anderen an uns vorbeigelaufen, packe ich ihn am T-Shirt-Kragen.

»Willst du mich loswerden?!«, fauche ich übertrieben theatralisch. »Wenn DeLuca herausfindet, dass ich Herzchen neben seinen Namen male, wandere ich aus!«

Paul reißt die Hände in die Luft und macht eine unschuldige Geste. »Entschuldige! Ich wusste nicht, was für ernsthafte Konsequenzen Gespräche über deine Kindergarten-Malereien haben können«, gesteht er lachend und legt mir einen Arm auf die Schulter. »Ich will nicht, dass du wegen Doktor Sexy auswanderst. Aber es könnte schwer werden, seinen Nachnamen anzunehmen und ihn zu heiraten, wenn er nicht erfahren darf, dass du ihn liebst!«

»Ich will nichts von ihm! Das war nur …« Paul sieht mich eindringlich an, weil er neugierig ist, wie ich meinen Satz beende. Ich auch. Was war noch gleich mein Argument gegen DeLuca? *Ach ja: Arschloch!*

»Das war nur Langeweile und er sieht irgendwie ganz gut aus. Trotzdem ist er ein Kotzbrocken.«

Das klingt wie die Entschuldigung, die ich aussprechen würde, nachdem ich mich doch noch von ihm auf seinem Chaos-Schreibtisch habe nehmen lassen.

»Können wir das Thema vielleicht beim Essen vertiefen? Ich verhungere, würde aber gerne mehr über den scharfen Doktor hören«, erklärt Tamara zwinkernd, die DeLuca auch nicht kennt. Die Uni ist groß und hat viel Personal – da geht auch ein Red Bull süchtiger, sarkastischer Vampir mal unter.

Wir gehen in die Mensa und ich liebäugle mit einer Portion Pommes, bestelle aber brav den Gemüseauflauf, weil ich mir vorgenommen habe, mich gesünder zu ernähren. Tamara zieht sich natürlich Pommes rein, da sie eines dieser gertenschlanken Elfen-Mädchen ist, deren Körper Nahrung anders verarbeiten als meiner.

Paul isst die Pampe, die er sich zu Hause zusammengerührt hat. Er ist gegen die Welt, in der wir leben, allergisch und kann so gut wie nichts in den Mund stecken, ohne Ausschlag oder Atemnot zu bekommen. Deshalb ist er auch von der Gattung ›Elfen-Mädchen‹, wobei ich ihn mittlerweile gut genug kenne, um zu wissen, dass er mit dieser Bezeichnung kein Problem hat.

Tamara und ich sind uns in der Einführungsveranstaltung für Erstsemester begegnet. Wir waren danach zusammen feiern und ich konnte herausfinden, dass auch kluge, ehrgeizige Mädchen gerne mit dem Hintern wackeln und Idioten küssen, sobald sie ein paar Jägermeister intus haben. Sie hatte damals etwas mit dem Oberplayboy der BWL-Studenten, nichts, auf das sie im nüchternen Zustand jemals stolz gewesen wäre, aber sie ist gut darin, sich selbst nicht allzu ernst zu nehmen, zumindest abseits akademischer Leistungen.

Paul ist vor ungefähr einem Jahr in uns reingerannt – wortwörtlich. Er hat mich vor der Bibliothek gerammt und ich habe einen ganzen Becher Tee über Tamara geschüttet. Das hat ihm so leid getan, dass es ein paar Wochen gedauert hat, bis er aufgehört hat, sich dafür zu entschuldigen. Wir haben schnell herausgefunden, dass wir ein ziemlich unterhaltsames Dreier-Gespann abgeben. Und beim Lernen ist es manchmal auch von Vorteil, Leidensgenossen um sich zu scharen.

»Kannst du mir deine Notizen vom Rest der Vorlesung schicken?«, frage ich Tamara, die nickt, nicht ohne eine Bedingung zu nennen.

»Wenn du mir endlich ein Foto von deinem Professor zeigst, dann ja.«

Ich zücke mein Handy. Auf der Fakultäts-Seite findet man kein Bild von Dr. Andrea DeLuca, weil er schlichtweg zu verpeilt ist, um selbst eines im richtigen Format hochzuladen. Da ich ihm schon seit letzter Woche damit in den Ohren liege, dass das unprofessionell wirkt, hat er sich endlich einen Ruck gegeben und mir eines per Mail geschickt. Ich soll es auf die Uni-Seite laden, nicht die Neugierde meiner Freunde damit befriedigen, aber das hat er selbst heraufbeschworen, zumal er zu diesen seltsamen Leuten gehört, die alles in ihrem Facebook-Profil privat stellen. Eine Freundschaftsanfrage schicke ich ihm sicher nicht, auch wenn ich mich noch so gerne durch seine Chronik klicken würde.

»Oha! Ja, der ist heiß!«, kommentiert Tamara mit hochgezogenen Augenbrauen. Dass sie das sagt, war mir klar, auch, dass ich dann grinse, als wäre ich stolz auf ihn. Er ist aber weder mein Freund noch mein Hund, also reiße ich mich zusammen.

»Schön, aber ungenießbar – wie diese Zier-Tortenfiguren, die lecker aussehen, aber nach Pappe schmecken«, entgegne ich.

Tamara zuckt amüsiert mit den Schultern »Reinbeißen würde ich trotzdem. Ich steh auf seine Haarfarbe«, sagt sie schmunzelnd, weil sie selbst rothaarig ist. Natürlich nicht ganz so dunkelrot wie DeLuca, aber sie ist auch kein Manga-Vampir sondern ein echter Mensch.

»Er färbt sie. Warum auch immer …«

Ich bin weit davon entfernt, das Rätsel um meinen ehrgeizigen Boss und seine schräge Persönlichkeit gänzlich zu lösen. Ob ich das ohne psychologische Ausbildung überhaupt könnte, ist aber sowieso fraglich.

»Zeig mal her, ich will auch schmachten«, sagt Paul und nimmt Tamara mein Handy aus der Hand. Er sitzt neben mir und ich sehe mir an, wie er das Foto größer zoomt, weil er sich DeLucas Lippen genauer ansehen will.

Ja, ich weiß – Hammer! Fühlen sich auch verdammt gut an, kommt aber leider nur sarkastischer, arroganter Mist raus!

Die beiden wissen nicht, dass wir schon geknutscht haben. Ich erzähle das niemandem, genau wie die Sache mit Alex und was in seiner Wohnung passiert. Geheimnisse zu haben, ist zwar neu für mich, aber ich komme gut damit zurecht. Dichthalten ist kein Problem, sich das spontane, dämlich anmutende Grinsen zu verkneifen durchaus.

»Schöne Lippen, aber ziemlich blass. Nicht mein Typ – zu maskulin – der macht mir Angst.«

Ich muss lachen, als ich mir vorstelle, wie Paul schreit, sobald der Vampir ihm die Zähne zeigt. Dominante Männer sind genauso wenig sein Fall wie Horrorfilme.

»Nehmt das Handy runter und wechselt das Thema …«, sagt Tamara mit gedämpfter Stimme und starrt dann auffällig unauffällig auf ihre Pommes. Sie sitzt uns gegenüber und ich gehe davon aus, dass sie jemanden kommen gesehen hat, nach dem ich mich jetzt nicht umdrehen sollte, weil es zu auffällig wäre.

Mir schwant Böses. Wenn man das Bild des Teufels zu offensichtlich anschmachtet, taucht er vielleicht auf.

»Ich glaube, er will sich zu uns setzen«, murmelt Tamara, nachdem sie nochmal einen Blick hinter mich und Paul geworfen hat. Ich kann mir gerade keinen Reim daraus machen, dass DeLuca sich dazu herablässt, sich zu Studenten zu setzen. Es sei denn, es ist gar nicht …

»Hey. Habt ihr noch Platz für mich? Es ist kein Tisch mehr frei.«

Ich sehe zu Max auf, der ein Tablett in der Hand hat und mir einen seltsamen Blick schenkt. Er ist sich offensichtlich nicht sicher, ob ich gleich nicke oder ihn mit Gemüse bewerfe. Ich würde mich wirklich gerne dämlich verhalten, aber ihm Brokkoli ins Gesicht zu pfeffern, wäre kaum eine Genugtuung. *Wieso habe ich nicht die steinharten Fleischbällchen bestellt?*

»Klar. Setz dich.«

Ich mache eine auffordernde Kopfbewegung in Richtung Tamara, da neben ihr ein Platz frei ist. Zum Glück hat sie ihn früh genug gesehen. Mein Ex-Freund ist der vorletzte Mensch, von dem ich wollen würde, dass er mich dabei erwischt, wie ich einen Dozenten anschmachte – der letzte ist natürlich der Vampir selbst.

»Und? Wie läuft's bei euch?«, fragt Max und setzt sich. Er sieht mich beiläufig an, so, als hätten wir keine andere Vorgeschichte als eine Kommilitonen-Freundschaft. Er verdrängt gerade alle nervenzermürbenden, lauten Szenen, die so gar nicht in sein spießiges, durchstrukturiertes Leben passen.

Es ist aber trotzdem alles passiert, mein Lieber. Dieser bunte, verrückte Nachmittag, an dem ich herausgefunden habe, dass du eine alte Frau gevögelt hast.

Du erinnerst dich doch noch, oder?

Ich habe geschrien, deine Playstation hat fliegen gelernt, und wenn ich mich nicht irre, hast du sogar ein paar Tränchen verdrückt, weil du dir furchtbar leidgetan hast, als ich wenig Verständnis für deinen Fehltritt gezeigt habe.

Jetzt sitzt du hier, redest bescheiden klingend darüber, wie großartig du bei der letzten Prüfung abgeschnitten hast und kaust auf deinem Putenfleisch herum.

Verdrängen hast du scheinbar drauf – zum Glück, denn ich will dich genauso wenig zurück wie das leichte Stottern, das ich in der zweiten Klasse losgeworden bin.

Mir fällt auf, dass ich Max während meines inneren Monologes ziemlich finster angestarrt habe. Tamara beschwert sich gerade über das permanent verspätete Bekanntgeben der Prüfungsergebnisse und ich werde von meinem Ex-Freund gemustert. Er schmunzelt mich sogar an. Das soll wohl so etwas wie ein Friedensangebot sein. Ich beiße einem Brokkoli-Stück den Kopf ab. Das soll so etwas wie eine Ablehnung sein.

Ich will mich nicht wirklich mit ihm streiten – nicht mehr. Es macht keinen Sinn, hier noch Schlachten um verdorrten Boden zu führen, aber das ändert auch nichts daran, dass ich darauf verzichten könnte, mit ihm zu Mittag zu essen.

Max kennt Tamara und Paul auch schon länger. Früher haben wir oft zusammen gegessen oder gelernt, aber bei der Trennung habe ich die beiden bekommen und der dunkelblonde Spießer-Sunnyboy die Frau, an der er seinen verqueren Mutterkomplex ausleben kann. Wieso er nicht im Büro seiner Herzdame isst, weiß ich nicht. Vielleicht haben sie sich wieder getrennt oder sie hat schon gegessen und macht jetzt ein Schläfchen – wie meine Oma.

Sie ist alt. Max ist ein Idiot. Und ja, es wurmt mich noch immer ein wenig.

Mir ist klar, dass ich nicht verhindern kann, dass wir uns über den Weg laufen, aber ich würde unsere Treffen doch gerne auf unangenehme Minuten beschränken, in denen wir uns zwei Smalltalk-Fragen stellen und dann getrennte Wege gehen. Dieses ganze ›zusammen Essen‹ und ›uns anschmunzeln‹-Ding will ich nicht, weil ich dann zugeben muss, dass es sich seltsam anfühlt, ihn lange anzusehen. Mir fällt wieder auf, wie gewohnt seine Stimme in meinen Ohren klingt und warum ich mich damals in ihn verknallt habe.

Max ist hübsch – nach allen gängigen Regeln dieser Definition. Sein Gesicht ist symmetrisch, er hat schöne, blitzend blaue Augen und Grübchen auf den Wangen, sobald er grinst. Außerdem ist er meistens ziemlich höflich, klug und nett – wenn er nicht gerade fremdgeht. Eigentlich ist er kein Player, niemand, der sich von einer Affäre in die nächste stürzt. Eine Tatsache, die seinen Betrug an mir aber nur noch schlimmer macht. Er hat mir damals versichert, dass er sowas noch nie getan hat und auch nie wieder tun wird. Was sich ungefähr so angefühlt hat, als hätte er gesagt: ›Lena, ich weiß nicht warum, aber du bist die einzige Frau auf der Welt, die ich jemals betrogen habe und jemals betrügen werde.‹

Entschuldigen geht anders. So intelligent Max auch ist, ein großer Poet war er noch nie.

»Lena, kannst du nicht mal bei der Univerwaltung intervenieren, dass die Prüfungsergebnisse schneller rausgeschickt werden?«, stellt mir Tamara eine höchst seltsame Frage und sieht mich an, als hätte ich wirklich etwas zu melden.

»Ja!«, tönt Paul sofort und sagt auch etwas Diffuses. »Zumindest deinen scharfen Boss könntest du mal bitten, dass er die Noten schneller rausrückt.«

Okay, ich verstehe, was hier gerade passiert und es ist süß, aber schräg. Tamara und Paul nutzen das Standart-Studenten-Geplänkel dafür, Max unter die Nase zu reiben, dass ich einen Job und einen sexy Boss habe. Der Grundgedanke ist nett, und ich würde es wahrscheinlich ebenso machen, wenn hier Tamaras oder Pauls Ex auftauchen würde, aber dieses Thema ist verdammt heikel.

»Du arbeitest jetzt an der Uni? Cool.«

Ich erinnere mich wieder daran, dass Max immer eine Oktave höher spricht und etwas mechanisch klingt, sobald er unsicher wird.

»Für wen?«, will *WALL-E* wissen.

»Für einen Unternehmensrecht-Dozenten«, entgegne ich vage.

»Welchen?«

Das geht dich nichts an. Du sprichst doch sicher mit deiner Großmutter darüber!

Wenn ich seiner Frage ausweiche, würde aber noch deutlicher werden, dass mir das Ganze unangenehm ist. Außerdem könnte er sowieso problemlos herausfinden, für wen ich arbeite. Mein Name steht unter dem fotolosen Profil auf der Uni-Website.

»Dr. DeLuca«, flüstere ich dem Brokkoli tonlos zu, bevor ich ihn mir in den Mund stecke. Blickkontakt bekommt Max gerade keinen. Ich will nicht sehen, wie er reagiert, ich befürchte nämlich, er kennt ihn, weil ich seinen Namen schon mal auf einer der Vorlesungslisten gesehen habe.

»Wirklich? Der? Ich bin in seinem Kurs.«

Großartig …

»Er ist ziemlich …«

Ich sehe doch zu Max rüber, weil ich ihn anfunkeln würde, sobald er ein schlechtes Wort über den sarkastisch, arroganten Arsch verliert, für den ich arbeite. *Ich* darf DeLuca runtermachen – er nicht!

»… jung«, beendet er seinen Satz viel harmloser, als ich gedacht hätte.

Jung, ja. Das kennst du von Dozenten nicht!

Ich zucke mit den Schultern. »Er ist jung, aber wirklich genial. Mit Abstand der klügste, ambitionierteste Jurist, den ich kenne.«

Wenn DeLuca mich heute hören könnte, würde er sich endgültig für ein Gottesgeschenk halten.

»Wie ist es, für ihn zu arbeiten? Er ist zwar ein guter Dozent, aber er kommt mir etwas extrovertiert vor. Ist er nett zu dir?«

Echt jetzt? Du machst dir Sorgen?

›Extrovertiert‹ ist Max' politisch korrekter Ausdruck für ›durchgeknallt‹.

»Ich komme gut mit ihm klar. Wir sind uns gar nicht so unähnlich …«, entgegne ich und verziehe die Lippen zu einem schiefen Grinsen.

War das zu subtil? Nein, Max sieht mich an, als würde ihn das Böse-Mädchen-Lächeln schockieren. Ich würde gerne einen draufsetzen und so etwas sagen, wie: »Ich kann es kaum erwarten, von ihm über den Schreibtisch gebeugt zu werden, weil er ein richtiger Mann und kein Softy mit Mutterkomplex ist «, aber ich will nicht daran Schuld haben, dass Max an seinem Fleisch erstickt.

»Schön, wenn dir der Job Spaß macht«, entgegnet er gleichgültig und in mir wächst doch der Wunsch, ihn an der spannenden Frivolität meines Lebens ersticken zu sehen. Er soll nicht glauben, dass ich hier nur eine Show abziehe und das Böse-Mädchen-Grinsen einstudiert ist.

Ich bin jetzt wirklich auf der dunklen Seite der Macht – wir feiern dort Sex-Partys, mit Peitschen, Dreiern, Analsex und Gesprächen darüber, wieso ich Angst vor Dreiern und Analsex habe.

Das Universum ist absolut auf meiner Seite. Es eröffnet sich gerade eine Möglichkeit, Max mein Glück unter die Nase zu reiben, also fange ich an zu winken, damit er mich sieht. Er sucht ganz offensichtlich auch einen Platz in der überfüllten Mensa und fragt ein paar Mädchen, ob er sich zu ihnen setzen darf. Ich muss ihnen das großartige Ereignis, den scharfen Fremden kennenzulernen, leider kaputtmachen. Ich brauche ihn jetzt dringender, deshalb mime ich hier auch eine Fluglotsin.

»Simon!«

Er hört mich nicht, aber ich will seinen Namen nicht noch lauter durch die Mensa brüllen. Ich sehe ihn freundlich lächeln und die Mädchen schon nervös zur Seite rutschen. Am liebsten würde ich ihn mit einer von Tamaras Pommes bewerfen, damit er auf mich aufmerksam wird.

»Simon!!« Ja, jetzt brülle ich doch, aber im mädchenhaften Tonfall. Ich räuspere mich verlegen, weil ich geklungen habe, als würde ich ein Autogramm von Justin Bieber wollen.

Mein braunhaariger Unschuldsengel sieht mich endlich und entschuldigt sich bei den Mädchen, bevor er auf unseren Tisch zukommt. Als er neben mir stehenbleibt und in die Runde lächelt, ist er dieser Volleyball-König mit den breiten, geraden Schultern und dem Instagram-Gott-Gesicht.

»Hi Lena.«

Ich grinse. Max sieht ihn an, als hätte er wirklich Flügel am Rücken.

Jawohl! Bestaun die Attraktivität der Leute, mit denen ich jetzt abhänge!

Simon legt die Mappen, die er sich unter den Arm geklemmt hat, aus Platzmangel auf meine Unterlagen und setzt sich neben mich.

»Das sind Tamara, Paul und Max«, stelle ich ihm die anderen vor.

»Simon studiert Architektur, wir sind … befreundet.«

Das letzte Wort wird von einem breiten Grinsen untermalt, das mein Unschuldsengel erwidert. Eigentlich ist das ein ›Wir sind zusammen, machen aber ein Geheimnis daraus‹-Grinsen, zumindest interpretieren es die anderen so. In Wirklichkeit ist es ein ›Wir gehen auf dieselben Sex-Partys, haben es aber verblüffenderweise noch immer nicht geschafft, miteinander zu schlafen‹-Grinsen, aber das wissen nur Simon und ich.

Nach dieser interpretationsfreudigen Geste lässt er seinen Blick an mir vorbei zu Paul schweifen. »Ich habe dich schon mal gesehen. Du warst mal in meiner Wohnung, oder?«

Diese Frage irritiert mich, weil ich mir keinen Reim daraus machen kann. Paul wird plötzlich rot und zuckt verlegen mit den Schultern. Er starrt auf seine Pampe, als er Simon antwortet.

»Kann sein.«

»Kann sein?«, zitiert Tamara ihn mit hochgezogenen Brauen. »Heißt das, du weißt nicht mehr, ob du mal in seiner Wohnung warst? Bist du Dori aus *Findet Nemo*?«

Paul fühlt sich sichtlich unwohl, während wir ihn alle fragend anstarren. Er hat etwas von einem scheuen Reh, das mit großen Augen ins Leere starrt, bevor es Haken schlagend im Wald verschwindet.

»Entschuldige, ich verwechsle dich wahrscheinlich«, will Simon die Sache als Irrtum abtun und lächelt Paul freundlich an, weil er mitbekommen hat, wie unangenehm ihm das Ganze ist. Tamara ist nicht so sensibel – zum Glück, denn ich will auch wissen, was er in Simons Wohnung gemacht hat.

»Warst du jetzt bei ihm oder nicht? Raus mit der Sprache!«

Paul schnaubt und redet so schnell er kann, damit dieses unangenehme Geständnis nicht lange dauert.

»Ich war nicht bei ihm, ich war bei seinem Mitbewohner. Wenn ihr Details wollt, müsst ihr mich schon abfüllen!«

Ich erinnere mich wieder an Simons sprechbegeisterten WG-Kollegen. Und auch daran, dass er mir erzählt hat, dass er bi ist. Mir ist sein Name entfallen, aber ich weiß noch, dass er ziemlich niedlich ist und perfekt zu Paul passen würde. Nachhaken will ich aber nicht. Hier schwebt so eine ›Wir hatten Sex und er hat sich danach nicht mehr gemeldet‹-Aura in der Luft.

»Kennt ihr euch alle vom Studium?«, wechselt Simon das Thema und beginnt zu essen. Der Gemüseauflauf wird ihn enttäuschen – er schmeckt wie gepfeffertes Papier.

»Ja. Lena, Paul und ich sind Studienkollegen«, erklärt Tamara. »Max ist …«

Wieso hat sie denn zu diesem Satz angesetzt?! Sie weiß es anscheinend auch nicht, sieht mich nur mit großen, entschuldigenden Augen an.

»Max ist … «, wiederholt sie leise.

›Älter‹, ›In einem anderen Studienabschnitt‹, ›Sternzeichen Schütze‹, ›Blond‹ – es gibt so viele Möglichkeiten, wie sie diesen Satz beenden könnte, ohne das zu sagen, was sie eigentlich sagen wollte, aber sie bekommt gerade Panik und reagiert dann genauso dämlich, wie ich es tun würde: sie starrt auf ihre Pommes und hofft, dass es nicht auffällt, dass ihr Satz noch in der Luft hängt.

Verwirrte Blicke schweifen umher und das Unbehagen verbrennt mich gerade innerlich.

»Ich schätze mal, du wolltest ›Lenas Ex-Freund‹ sagen«, setzt Max dem auffälligen Schweigen ein Ende und zuckt mit den Schultern. »Das ist wohl kein Geheimnis, oder?«

Er sieht mich fragend an und ich schüttle den Kopf.

Nein, Geheimnis ist es keines, aber man kann auch Tatsachen zu einem unangenehmen Thema machen!

Simon nickt Max' Worte nicht mal ab, er redet einfach weiter und ich könnte ihn dafür küssen.

»Geht ihr nächste Woche auf das Uni-Sommerfest?«, will er wissen und schafft es sogar beim Gemüseessen sexy auszusehen.

Das Fest, von dem er redet, ist eine absolute Pflichtveranstaltung für jeden Studenten. Natürlich gehen wir alle dorthin.

Mein Selbstbewusstsein wird im Laufe des Essens so groß, dass es eigentlich einen eigenen Platz bräuchte. Simon verdient einen Orden für die freundliche Coolness, die er beim Smalltalk ausstrahlt. Ich muss aufpassen, ihn nicht allzu offensichtlich von der Seite anzuschmachten. Als er sich verabschiedet, schließe ich mich an, weil ich sowieso nach Hause will und ihn noch ein Stück zu seiner Fakultät begleiten kann.

Tamara und Paul grinsen uns hinterher und Max ist scheinbar in sein Smartphone vertieft. Dass Simon den Arm um mich legt, während wir die Mensa verlassen, entgeht ihm aber mit Sicherheit trotzdem nicht.

»Das war also dein Ex-Freund?«, höre ich eine amüsierte Stimme fragen, als wir im Gang ankommen.

»Ja. Du hast ein tolles Timing bewiesen. Danke fürs Auftauchen.«

Simon schmunzelt. »Wieso? Isst du nicht gerne mit ihm zu Mittag?«

»Nicht jeder umgibt sich so gerne mit seinem Ex-Partner wie du«, werfe ich ihm vor. Er seufzt und lässt mich los. Mir wird bewusst, dass ich gerade ein unangenehmes Thema losgetreten habe.

Lass uns doch lieber über Einwanderungspolitik oder Stammzellenforschung diskutieren. Alles, nur nicht …

»Du hast ein vollkommen falsches Bild von Nicki und mir.«

Großartig. Na gut – war aber auch meine Schuld.

»Ich weiß nur, was ich gehört und gesehen habe. Ihr könnt nach wie vor sehr gut miteinander, das ist doch offensichtlich.«

Simon bleibt stehen und sieht mich eindringlich an. Während er überlegt, was er erwidert, wird seine Miene ernst.

»Du kannst gut mit Theo, das ist für *mich* offensichtlich. Trefft ihr euch auch so?«

Okay, er dreht den Spieß um. Ich könnte jetzt abblocken, patzig reagieren oder schweigen, aber ich entscheide mich dafür, viel zu ehrlich zu sein.

»Nein. Er glaubt, ich bin in dich verliebt, solange läuft da gar nichts in Richtung Beziehung.«

Simon sieht nicht überrascht aus, wahrscheinlich, weil Theo ihm das auch schon mal an den Kopf geworfen hat.

»Kannst du ihn in dem Glauben lassen? Ich will nicht, dass du etwas mit ihm anfängst. Er tut dir definitiv nicht gut.«

Mich sucht die Überraschung sehr wohl heim. Es ist mir zwar alles andere als neu, dass Simon nicht will, dass ich mit Theo zusammenkomme, dass er das so offen anspricht, wundert mich aber.

Was war in diesem Gemüse? Wahrheitsserum? Der Brokkoli lässt uns viel zu ehrlich miteinander werden!

»Ich finde, Nicki tut dir auch nicht gut und ihr werdet trotzdem immer eure Insider-Witzchen reißen und euch mit den Augen ausziehen – wobei ich mir nicht mal sicher bin, ob ihr euch nicht nach wie vor auch wirklich an die Wäsche geht.«

Ich zucke gespielt gleichgültig mit den Schultern und will weitergehen, aber Simon holt Luft und schüttelt resignierend den Kopf.

»Geh einfach weiter zu Alex und hab Spaß. Mehr verlange ich gar nicht.«

Spaß – ja, um das geht es hier. Wir sollten aufhören, uns Vorwürfe zu machen und Brokkoli zu essen.

»Nichts anderes habe ich vor, Simon.«

Er nickt. Wir setzen uns wieder in Bewegung. Ein Stück kann ich ihn noch begleiten, dann trennen sich unsere Wege.

Wir laufen weiter durch den menschenleeren Gang. Mir steigt schon die ganze Zeit sein Parfum in die Nase. Er riecht unaufdringlich gut.

»Kommst du morgen zu Alex' Party?«, will ich wissen und sehe ihn den Kopf schütteln.

»Nein. Nicki kommt. Und entgegen deiner Annahme schlafen wir nicht mehr miteinander. Was ist mit dir?«

»Ich schlafe auch nicht mehr mit ihr«, entgegne ich lachend und ziehe eine Augenbraue nach oben. »Unser letzter Quickie im Auto war etwas schmerzhaft.«

Simon schnaubt, verzieht die Lippen aber amüsiert. Für dieses Schmunzeln muss ich ihn auf den Arm nehmen.

»Stellst du dir das gerade vor? Gefällt dir, oder?«, frage ich mit verruchter Stimme und zwinkere ihm zu.

»Ich will genauso wenig, dass du mit Nicki schläfst, wie mit Theo. Aber es würde dir wahrscheinlich Spaß machen. Du bist genauso dämlich wie ich damals. Mir hätte das mit Nicki auch niemand ausreden können – und glaub mir, nicht nur Alex hat das versucht.«

Das klingt weniger wie ein Vorwurf, mehr wie ein Eingeständnis. Ich glaube Simon, dass er Parallelen zwischen sich und Nicki und mir und Theo sieht, aber das Ganze muss nicht zwangsläufig in einer Katastrophe enden. Simon hat sich an Nicki die Finger verbrannt, aber ich will nicht mit dem Feuer spielen, ich will mich erstmal nur daran wärmen.

»Ich komme schon klar. Mach dir keine Sorgen«, versichere ich ihm und höre ihn brummen.

»Weißt du, dass das Leute nur sagen, bevor das Chaos über sie hereinbricht?«

»Was hast du denn zu Alex gesagt, als er dir Nicki ausreden wollte?«

»So etwas Ähnliches.«

»Und dann?«

»Dann bin ich Achterbahn gefahren. Das Ende meiner Fahrt kennst du.«

Ich stell eine tonlos klingende Frage, weil ich weiß, dass sie sehr persönlich ist. Er muss sie mir nicht beantworten, aber ich versuche mein Glück.

»Bereust du es?«

Simon sieht mich abwägend an, eine ganze Weile. Mir ist, als ob ich seinen inneren Zwiespalt durch die braunen Augen blitzen sehe.

»Es hat verdammt wehgetan«, antwortet er schließlich, ohne sich auf ein ›Ja‹ oder ›Nein‹ zu beschränken.

Ich nicke seine Worte ab. Es tut mir leid für ihn, was passiert ist, aber das beweist mir nur einmal mehr, dass Nicki eine Hexe ist und Unschuldsengel sich von Hexen fernhalten sollten.

WhatsApp-Flittchen

Ich versuche, mit dem Kopf auf meinem Schreibtisch einzuschlafen, weil ich dann eine Ausrede hätte, um nicht mehr zu lernen. Mir hängen die Paragraphen zum Hals raus und die Notizen, die Tamara mir geschickt hat, kann ich kaum lesen. Mein Collegeblock liegt wohl noch in der Mensa, da ich gerne mal Dinge liegen lasse, die mir das Leben zu leicht machen würden.

Die Tischplatte ist verdammt unbequem. Ich sollte mich aufs Sofa legen und den Fernseher einschalten, aber dann könnte ich nicht mehr behaupten, dass ich bis spät in die Nacht gelernt habe.

Mein Handy leuchtet auf und ich bin mir beinahe sicher, dass es meine Mutter ist. Sie hat gestern gelernt, wie WhatsApp funktioniert. Wahrscheinlich schickt sie wieder wahllos Emoticons. Ich warte auf den braunen Haufen, weil sie denkt, es wäre Schokoladeneis mit Augen.

Die Nachricht ist nicht von meiner Mutter, sondern von Alex. Er schickt mir einen Link und fragt, ob ich morgen zu seiner Party komme. Bevor ich antworte, sehe ich mir an, was er geschickt hat. Der Link führt zu einer App, die mich verwirrt.

Ist er betrunken?

Hey. Du weißt schon, dass du mir den Link zu einer Zyklus-App geschickt hast, oder?

Alex ist online und tippt zurück.

Löwe –
Haha :) Ja, das weiß ich. Lade sie runter und synchronisier das Ganze dann bitte mit alex.löwenstein@gmx.com
Dann weiß ich, wann ich dich nicht einladen kann – das erspart uns unangenehme Gespräche. ;)

Ist das sein Ernst? Ist das einer von seinen Witzen, die nur im ersten Moment ernst gemeint klingen? Er will wissen, wann ich meine Tage habe? Wahrscheinlich, weil er keine ähnlich böse Überraschung erleben will wie Simon am letzten Wochenende. Hat er ihm davon erzählt, obwohl er weiß, wie peinlich mir das Ganze ist?

Hast du Alex von Samstag Nacht erzählt?! Er hat mir den Link zu einer Zyklus-App geschickt!

Während ich Simon schreibe, hakt Alex nach.

Löwe –
Kommst du morgen?
Ich habe was Heißes
mit dir vor! ;)

Ich beiße mir auf der Unterlippe herum. Eigentlich wollte ich absagen, aber der Löwe macht mich doch neugierig.

Was hast du denn mit mir
vor? :)

Eigentlich bezweifle ich, dass er mir Genaueres verrät, aber das Schreiben macht mir gerade Spaß. Während ich darauf warte, dass Alex und Simon zurückschreiben, öffne ich einen weiteren WhatsApp-Chat, da der Dritte im Bunde fehlt. Wer A und S sagt, muss auch T sagen.

Hey. Wie war deine Prüfung?

Ich weiß, dass Theo gerade unitechnisch viel um die Ohren hat. Wir haben uns schon vorgestern geschrieben.

Simon –
Ich habe niemandem davon
erzählt, das würde ich nicht
machen. Alex hat manch-
mal null Taktgefühl!! Er
schickt das leider allen
Mädchen, die er einlädt.
Sorry …

Ich glaube Simon, auch, weil ich Alex mittlerweile gut genug kenne, um zu wissen, dass seine Taktlosigkeit nicht böse gemeint ist. Das richtige Maß an Schamgefühl geht manchmal an ihm vorbei. Er lebt in seiner eigenen, großzügigen, fröhlich verruchten Welt.

Löwe –
Verrate ich nicht. ;) Es würde dir aber definitiv gefallen! Und mir auch, weil ich schon beim Gedanken an dein hübsches Gesicht beim Stöhnen scharf werde … ☺ Komm morgen für mich, einmal durch die Tür und mindestens noch einmal, während ich etwas wirklich Heißes mit dir mache! ;)

Alex weiß, wie man jemanden neugierig macht – und scharf.

Ich schlage die Beine übereinander, um meine Libido daran zu hindern, aus ihrem Erholungstiefschlaf zu erwachen, den sie seit dem Wochenende hält.

Im Grunde will ich auf die Party gehen. Ich kann Nicki durchaus ignorieren, und was Alex mir hier verspricht, klingt einfach zu verlockend. Ich liebe ihn für seinen ›andere Kommen sehen‹-Tick.

Theo –
Prüfung war in Ordnung. Am Freitag habe

ich noch eine. Was
machst du?

Bevor ich ihm antworte, schreibe ich dem Löwen zurück.

Das klingt zu verlockend, um abzusagen. Ich komme. Ich hoffe, du hältst, was du versprichst! ;)

Ich höre mir Alex' Versprechungen für morgen an. ☺ Du kommst doch, oder?

Ich schreibe auch Simon, damit er nicht denkt, ich würde ihm Vorwürfe wegen der App machen.

Schon gut. So ein Zyklus-Kalender ist nicht schlecht, dann passieren mir keine Missgeschicke mehr und wir schaffen es beim nächsten Mal vielleicht endlich miteinander zu schlafen. ;)

Dass meine Antwort diesen verruchten Schlusssatz hat, liegt daran, dass meine Libido bereits ein Auge offen hat und mit mir gemeinsam auf das Handy schielt.

Theo –
Ich kann morgen nicht. Auch wenn ich dich unheimlich gerne vögeln würde. Dass Alex für mich einspringt, ist aber in Ordnung. Was will er denn mit dir machen?

Löwe –
Ich halte immer, was ich verspreche, Süße! ;)

Simon –
Lass uns nicht mehr über andere reden oder nachdenken, wenn wir zusammen sind. Ich hätte dich einfach mit nach Hause nehmen und vögeln sollen. Du hast keine Ahnung, wie sehr ich das will!

Ich will ihn auch. Und Alex. Und Theo. Meine Libido und ich sind WhatsApp-Flittchen …

Ich schreibe ihnen in der Reihenfolge zurück, in der sie mir geschrieben haben. Zuerst Theo:

Er verrät mir nicht, was er vorhat. Du kommst nicht?

Muss ich so lange auf dich verzichten?

Bis morgen, Alex! ;)

Lass uns nicht mehr über Beziehungskram diskutieren, der sowieso keiner ist, sondern Spaß haben. Ich will dich auch unbedingt! Wir betreiben hier das längste, komplizierteste Vorspiel der Welt! XD

Während ich auf die Antworten warte, hole ich mir eine Flasche Wein aus der Küche. So schnell wird aus einem Lernabend ein ›Ich schreibe heiße Nachrichten mit heißen Typen‹-Abend.

Als ich zurückkomme, habe ich vier Nachrichten.

Theo -
Sobald der Uni-Stress vorbei ist, gehört dein scharfer Körper mir. Das werden lange, heiße Sommerferien, sieh das also als eine vorgezogene Erholungspause von mir. Später bekommst du keine mehr. Was Alex vor-

hat, kann ich mir denken.
Wird dir gefallen!

Löwe –
21:00 Uhr. Spar dir die Unterwäsche. ;)

Simon-
Ja, ich bin das Vorspiel auch leid. Beim nächsten Mal nur du, ich und das nächstbeste Möbelstück, an das ich dich drücken oder über das ich dich beugen und vögeln kann.

Mama -
:) ;) :P <3 <3 <3 XD

Die letzte Nachricht ist wie eine kalte Dusche.

Danke Mama für die abturnenden Hieroglyphen!

Ich lege meinen Kopf wieder auf die Tischplatte.

Alex und seine Überraschung mit Stöhn-Garantie morgen Abend, Theo und seine scharfe Drohung für den ganzen, heißen Sommer und Simon und diese längst überfällige Sache zwischen uns in naher Zukunft. Mein Leben ist großartig – ich bin wohl das glücklichste Flittchen der Welt.

Dienst nach Vor-schrift

Meine Schuhe drücken. Um nochmal nach Hause zu laufen und mich umzuziehen, fehlt mir die Zeit, also beiße ich die Zähne zusammen, weil ich schon schlimmere Situationen in schmerzenderen Schuhen überstanden habe als einen Arbeitstag mit DeLuca in drückenden Ballerinas.

Jede Frau kann spontan mindestens eine ›Damals, als mich meine Schuhe umgebracht haben und ich barfuß über ekelhaften Untergrund gelaufen bin‹-Geschichte erzählen. In meinem Fall ging es um ein paar schwarze Pumps, eine durchgetanzte Nacht in Italien und den klebrigen Boden einer Diskothek. Heute trage ich sogar flache Schuhe, leider sind sie für Cinderellas böse Stiefschwestern geschneidert, nachdem sie sich die Zehen abgeschnitten haben.

Die Gebrüder Grimm würden heute wohl Drehbücher für Splatter-Filme schreiben …

Als ich das Büro betrete, ist es leer – was mich wundert, weil DeLuca eigentlich donnerstags bereits vor mir da ist, dezent verwirrt in den Monitor starrt und dabei seine Playlist mitsingt, als wäre er der talentloseste Casting-Show-Teilnehmer der Welt.

Doktor Ironie sitzt nicht auf seinem Thron, aber er war heute schon mal hier, da seine Tasche neben dem Schreibtisch steht und sein PC an ist. Außerdem hängt da ein schwarzes Jackett über der Stuhllehne.

Wahrscheinlich ist er auf der Toilette. Oder er färbt sich rasch die Haare nach. Oder er vögelt eine Kollegin. Oder er telefoniert mit seiner Mama und fragt, wann seine Wäsche fertig ist.

Ich würde diesem Mann so viel zutrauen!

Als mein Blick an der Banane auf dem Schreibtisch hängen bleibt, stutze ich. Sie liegt auf den Unterlagen, die ich zuletzt bearbeitet habe.

Echt jetzt? Du hast mir Essen mitgebracht?

Hätten wir vergangene Woche keine seltsame Diskussion über das Essen von phallusförmigen Lebensmitteln geführt, wäre das sogar richtig süß.

Ist das sowas wie ein Friedensangebot? Fürsorge? Oder doch nur ein eigenwilliger Fetisch? Ja, der Mann ist mir ein Rätsel.

Ich atme durch und rufe mir ins Gedächtnis, dass ich der Unberechenbarkeit mit stoischer Gelassenheit begegnen muss. Alles andere würde nur dazu führen, dass ich spätestens nach einem Jahr als DeLucas Assistentin apathisch wippend einen Kodex umarme und Dinge murmle wie: ›Liebe mich, du sarkastischer, singender Vampir!‹

Ich gehe die Ablage durch, in die er Dinge einsortiert, die ich bearbeiten soll. Während ich das tue, schlüpfe ich aus meinen Schuhen. Könnten meine Füße erleichtert aufseufzen, sie würden es jetzt tun. Der Industrieteppichboden fühlt sich ungeahnt gut an.

Er hat mir ein paar Dinge zum Kopieren abgelegt, unter anderem die nächste Klausur für seinen Unternehmensrecht-Kurs. Ich überfliege die Angaben und stelle fest, wie schwer die Fragen sind. Alleine DeLucas hochtrabende Formulierung ist kaum zu verstehen. Seinen Studenten werden die Köpfe rauchen.

Das hämische Grinsen legt sich wie von selbst auf meine Lippen. Ich kenne einen Streber, der seinen Kurs besucht und der sich an diesen Fragen die Zähne ausbeißen wird. Max kann sich aber mit Sicherheit bei seiner Oma ausheulen und ihr erzählen, was für eine gemeine Prüfung ihm der bösartige Mann mit den roten Haaren vorgelegt hat.

Bin ich ein Kameraden-Schwein, wenn ich mir wünsche, dass er durchfällt? Vielleicht sollte ich dabei bleiben, Max Genital-Chlamydien zu wünschen – als betrogene Ex-Freundin ist das wohl politisch korrekter.

Ich stehe an dem großen Kopierer neben dem Kühlschrank und schäle die Banane ab, da es sowieso mindestens eine viertel Stunde dauert, bis das surrende Ding alle Blätter ausgespuckt hat.

Als die Tür aufgeht, drehe ich mich um und sehe ein weißes Hemd und eine schwarze Anzughose. Da drin steckt natürlich DeLuca, der mich schon mal überrascht, weil ich mit einer senfgelben, roten oder grünen Slim-Cut-Jeans gerechnet hätte. Außerdem trägt er seine obligatorischen Lederarmbänder nicht.

Warst du auf irgendeiner offiziellen Veranstaltung? Hast du den Preis für den Sarkasten-Horst des Jahres verliehen bekommen?

»Guten Morgen«, sage ich geschäftlich freundlich und will meinen Blick wieder zum Kopierer schweifen lassen, aber er mustert mich mit hochgezogenen Brauen. So sieht er aus, wenn er beweisen muss, dass er den Preis zum Sarkasten-Horst auch wirklich verdient hat.

Ich warte auf einen dummen Spruch, aber da kommt nichts. DeLuca steht nur da und verzieht den Mund.

Gefällt dir mein Kleid nicht? Meine Haare? Soll ich die Banane irgendwie lasziver essen?

Als er sich in Bewegung setzt und auf mich zukommt, wird seine Miene streng und sein Blick funkelnd. Ich mache einen Schritt zurück, weil mein hämmerndes Herz mir dazu rät. Warum fällt mir mal wieder genau jetzt auf, dass sein Gesicht verdammt hübsch ist und sein ganzes Auftreten verflucht sexy ist? Ach richtig – meine Libido ist strohdumm!

Er bleibt so dicht vor mir stehen, dass mir sofort sein Parfum in die Nase steigt.

»Ich werde Sie gleich enttäuschen, Frau Relisch«, prophezeit er arrogant klingend. Meine Libido ist nicht nur strohdumm, sondern auch therapiebedürftig, da mir klar wird, wie heiß dieser selbstverherrlichende Ton bei ihm klingt.

»Wie bitte?« Ich versuche, mich möglichst kühl und unbeeindruckt anzuhören, ob mir das gelingt, weiß ich nicht.

DeLuca stützt sich mit einer Hand am Kopierer ab und beugt sich ein Stück zu mir runter. »Sie sehen mich an, als würden Sie glauben, dass ich Sie gleich küsse – verwerfen Sie den Gedanken«, brummt er, als ob das tatsächlich nie ein Thema zwischen uns gewesen wäre.

Mir entgleiten die Gesichtszüge, weil ich empört über diese Unterstellung bin. Empörung kann auch in einem wachsen, wenn der Gegenüber absolut ins Schwarze getroffen hat. Natürlich dachte ich, er will mich küssen! Wer steht denn auch so abnorm dicht neben jemanden, den er nicht küssen will?!

»Damit enttäuschen Sie mich definitiv nicht!«, entgegne ich etwas zu energisch und schüttle den Kopf.

DeLuca zieht ungläubig eine Augenbraue hoch und hebt die Hand. Ich denke, er will mich berühren, aber er greift sich nur die Banane, die ich zwischen uns halte, als wäre sie ein Schutzschild.

»Sie essen mein Essen weg. Wie unhöflich«, sagt er genervt und beißt zu. Ich starre ihn überrascht und etwas verwirrt an, während er auf dem Absatz kehrtmacht und in Richtung Schreibtisch geht. Auf halbem Weg dreht er sich wieder nach mir um und zuckt mit den Schultern, bevor er auf meine Füße zeigt. »Und Sie tragen keine Schuhe!«, stellt er kauenderweise fest. »Wenn ich hier reinkomme und schlagartig nicht mehr der exzentrischste Mensch in diesem Büro bin, läuft etwas schief«, wirft er mir vor und gestikuliert seine Worte theatralisch mit.

Ist er jetzt tatsächlich wegen der Banane so zickig?

»Kann es sein, dass sie nicht exzentrisch, sondern verrückt sind, Herr Doktor?«

Er spielt gerade Diva wegen eines Stücks Obsts – die Frage erscheint mir berechtigt.

»Will die Frau ohne Schuhe von mir wissen!«, giftet er und setzt sich an seinen Schreibtisch.

»Ich habe die Schuhe nur ausgezogen, weil meine Füße weh tun. Ich bin doch nicht barfuß von zu Hause gekommen«, versichere ich und zeige auf die schwarzen Ballerinas, die neben meinem Stuhl stehen. Dass ich im nächsten Moment schmunzeln muss, liegt daran, dass DeLuca sich so prüfend unter den Schreibtisch beugt, um sich meine Schuhe anzusehen. Ja, er ist in seiner Schrulligkeit irgendwie witzig.

»Das erklärt immer noch nicht, warum Sie mein Essen stehlen. Außerdem: Wenn Unbequemlichkeit eine Rechtfertigung dafür ist, sich in der Öffentlichkeit seiner Sachen zu entledigen, würde ich hier ohne diese Hose sitzen.«

Ich lehne mich mit verschränkten Armen gegen den Kopierer und unterdrücke das Lachen. Wenn ich anfange, über seine Sprüche zu lachen, würde ich unsere Wortgefechte nur mehr verlieren. Er ist heute aber auch seltsam drauf. Passiv-aggressiv-schrullig.

»Entschuldigen Sie. Ich ging davon aus, dass die Banane für mich ist. Ich hielt das für eine nette Geste von Ihnen. Außerdem war mir nicht klar, dass *Sie* auf Bananen stehen. Aber wenn ich mir das so ansehe und überlege …« Ich mustere ihn nickend. »… ergibt das Sinn.«

DeLuca stoppt mitten im Kauen und funkelt mich an. Natürlich versteht er die Anspielung, aber für den Fall, dass es doch zu subtil war, lege ich noch einen drauf.

»Das erklärt auch, warum Sie mich nicht küssen wollen – ich bin eindeutig nicht Ihr Typ«, sage ich schulterzuckend und drehe mich von ihm weg zum Kopierer.

»Wenn ich schwul wäre, würde ich mir Sie eindeutig zu oft nackt vorstellen!«, erwidert er im bissigen Tonfall.

Meine Libido horcht interessiert auf, aber ich knalle ihr eine der Klausuren auf den Kopf.

»Ich habe einen Freund. Falls Sie das vergessen haben …«, sage ich und vertiefe mich in die Blätter, die aus dem Kopierer kommen, obwohl das keinen Sinn ergibt, weil mir egal ist, was dort steht. Ich schreibe diese Prüfung schließlich nicht.

Ich höre DeLuca tonlos lachen. »Ja. Ihr Freund«, wiederholt er, als ob er vom Yeti sprechen würde.

Ich nehme mir fest vor, Alex zu bitten, mich mal von der Arbeit abzuholen. Ich bin mir sicher, dass er mir den Gefallen tut, da er mir mindestens einen Beziehungs-Auftritt schuldet.

»Ich weiß, Sie würden jetzt gerne Witze über meine Beziehung machen, aber könnten wir unsere Gespräche zur Abwechslung auf berufliche Dinge beschränken? Nur heute?«, fordere ich in der Gewissheit, dass er so etwas entgegnet wie: ›Nein.‹

So läuft das zwischen uns. Ich sage etwas, DeLuca macht einen Witz oder eine Satire daraus und ich versuche, nicht allzu oft auf seine Lippen zu starren, während er singt. Er müsste den Ablauf unserer Show eigentlich kennen. Trotzdem fällt er aus der Rolle.

Sein Blick vereist.

»Nichts lieber als das, Frau Relisch! Lassen sie uns über Ihre Arbeit hier reden!«

Überrascht von dem aggressiven Tonfall und der plötzlichen Leistungsbeurteilung drehe ich mich nach ihm um und sehe, wie er eine Dose Red Bull aus seiner Tasche zieht und sie öffnet, bevor er loslegt.

»Ihre Aktenordnung ist ein organisatorischer Witz. Außerdem ist Ihnen der Unterschied zwischen ›Ablegen‹ und ›Verstecken‹ ganz offensichtlich ein Rätsel – ich finde hier nämlich nichts mehr. Und falls es Ihnen noch nicht aufgefallen ist: Der Kopierer kopiert auch ohne Ihren seelischen Beistand, Sie können ihn alleine lassen und Ihre Zeit produktiver nutzen. Müsste ich Ihre Arbeit hier mit einer Zensur bewerten, wäre sie definitiv im Ungenügend-Bereich.«

Was zur Hölle ist denn jetzt los?! Hat er das gerade wirklich alles in diesem gemeinen, ernsten Tonfall gesagt?! Das ist keine Kritik, das ist ein Shitstorm!

Ich schlucke hart, lasse meine Miene gefrieren und gehe in Richtung Schreibtisch. Dort schlüpfe ich in meine Schuhe und wende mich dann dem Aktenschrank zu.

»Wie hätten Sie die Ordner gerne abgelegt, Herr Doktor?« Während ich ihn das ohne jegliche Emotion in der Stimme frage, rattern in meinem Kopf die Schlüsse, die ich für mich aus dieser Leistungsbeurteilung ziehe.

Das war´s, DeLuca! Ich werde kein Wort mehr mit dir wechseln, es sei denn, es geht um die Arbeit! Ich bleibe keine Minute länger mehr hier als mein Dienstvertrag vorschreibt und alles, was du außerhalb davon von mir verlangst, kannst du über das Dekanat klären! Sauf dich an dem ganzen Koffein tot!

»Alphabetisch«, besiegelt er meine Gedanken mit einem tonlosen Wort und starrt auf seinen Monitor.

Wenn er mit diesem unvorhersehbaren Stimmungstief bezwecken will, dass ich den Job schmeiße, hat er sich geschnitten. Ich kann Berufliches sehr wohl von Privatem trennen, auch wenn wir hier bis heute diesen kleinen ›Was sich neckt das würde sich gerne vögeln‹-Tanz getanzt haben. Natürlich hat das Spaß gemacht und war prickelnd – sonst hätte ich mich nicht darauf eingelassen, aber ich kann auch anders. Dann lernt er eben meine ehrgeizige, sture Juristen-Seite kennen.

Ich ordne die Akten neu und hole danach die Klausuren aus dem Kopierer. Es herrscht eisiges Schweigen, während ich meinen Laptop hochfahre, um seine Stundenabrechnung zu aktualisieren. Er drückt auf seinem Handy herum und kippt das zweite Red Bull.

In den nächsten vierzig Minuten tippe ich Zahlen in eine Excel-Tabelle und stelle irgendwann fest, dass mein Boss die Augen zu hat.

Freak! Du kritisierst meine Arbeit und döst hier nach zwei Energydrinks vor dich hin?

»Die Abrechnung ist fertig. Wenn Sie nichts mehr für mich zu tun haben, gehe ich«, sage ich, auch auf die Gefahr hin, ihn aus dem ›Ein Arsch sein, ist anstrengend‹-Zucker-Tiefschlaf zu reißen.

Ich habe so viele Überstunden angesammelt, dass er mich vorschriftsmäßig gehen lassen muss, wenn keine wichtigen Arbeiten mehr anstehen. Und wir machen hier ab jetzt definitiv Dienst nach Vorschrift!

Er schlägt die Augen auf und ich hake nochmal nach, für den Fall, dass er mich nicht verstanden hat, da er gerade etwas geistesabwesend aussieht.

»Sie haben keine weiteren, dringlichen Aufgaben für mich?«

Ich greife schon nach meiner Tasche und stehe auf. Er schüttelt kaum merklich den Kopf. »Nein.«

»Gut, dann auf Wiedersehen, Herr Doktor.«

Auf dem Weg zur Tür versuche ich, nicht komisch zu laufen, weil meine Füße noch immer weh tun.

»Warten Sie!«, höre ich ihn rufen und drehe mich um.

»Kann ich noch etwas für Sie tun, Herr Doktor?«

Er seufzt und überdreht die Augen. »Erstmal: Hören Sie damit auf, mir mit jedem Satz zu versichern, dass Sie wissen, dass ich promoviert habe. Das haben Sie doch sonst auch nie getan.«

Ich zucke mit den Schultern. »Kommt das auch auf Ihre Liste zu meiner Leistungsbeurteilung? Wie würden Sie denn gerne angesprochen werden?«

Mein Satz klingt nicht bissig, nur fragend. Ich lasse keine Emotionen mehr durchklingen und ich versuche, sie auch nicht zu fühlen. Wenn er jetzt von mir verlangt, dass ich ihn ›Meister‹ nenne, nicke ich das auch ab und verabschiede mich.

Er seufzt wieder und schüttelt den Kopf. »Das war ja klar …«, murmelt er sich selbst zu. Ich will nicht nachfragen. Das hier fühlt sich nicht mehr nach einem dienstlichen Gespräch an.

»Schönen Tag noch, Herr Doktor«, sage ich und verschwinde durch die Tür.

Ich arbeite für einen absoluten Vollidioten. Jetzt bin ich wohl endgültig im Angestellten-Alltag angekommen.

Um den Kopf möglichst schnell freizubekommen, will ich an heute Abend denken und daran, dass Alex' Überraschung mich diesen beschissenen Vormittag mit Sicherheit vergessen lässt. Seltsamerweise hoffe ich, dass das Ganze irgendetwas damit zu tun hat, dass ich diesmal ihn ans Bett fesseln darf. Mir wäre gerade danach, meine dominante Seite zu entdecken.

Als ich um die Ecke im Gang biegen will, höre ich eine Tür aufgehen, die mich aus meinen Tagträumen reißt.

»Frau Relisch!«, brummt DeLuca mir hinterher.

Meine Schritte beschleunigen sich. »Ich bin nicht mehr im Dienst! Schreiben Sie mir eine Mail!«, rufe ich stur geradeaus. Meine Füße bringen mich um, aber ich will nicht stehenbleiben. Ich höre ihn hinter mir schneller werden und erhöhe auch das Tempo.

»Laufen Sie jetzt vor mir weg?! Das ist ja lächerlich!«

Ja, das ist es wahrscheinlich, aber er läuft doch auch! Zum Glück ist der Gang leer.

»Schneller! Sonst hole ich Sie ein und raube Sie aus!«

Na klar! Jetzt ist er wieder in der Stimmung für Sarkasmus. Ich nicht. Als ich mich hektisch umdrehe, sehe ich ihn schon die Hand nach mir ausstrecken. Ich reiße meinen Arm weg, weil er danach greifen und mich ausbremsen will. Er erwischt mich an der anderen Hand und zieht mich zu sich, bevor ich anfangen kann herumzuzappeln.

»Lassen Sie mich bitte los?!«, sage ich energisch und sehe mich genauso prüfend nervös um wie er. Eine der Bürotüren öffnet sich und meine Strafrecht-Professorin taucht auf. DeLuca und ich lassen uns panisch los und stehen dann so gespielt ruhig nebeneinander, als hätten wir uns gerade keine Verfolgungsjagd geliefert.

Sie nickt uns zu und wir nicken freundlich zurück. Als sie um die Ecke biegt, schnellen unsere Blicke zurück aufeinander.

»Ich will nur mit Ihnen reden!«

»Ich bin nicht mehr im Dienst!«, wiederhole ich mein Argument von vorhin wütend.

Er schüttelt den Kopf. »Das ist auch nichts Dienstliches!«

»Dann interessiert es mich nicht!«

»Sie sollen nur zuhören! Fünf Minuten!«

Er greift sich wieder meine Hand. Ich versuche sie wegzuziehen, als hätte er eine ansteckende Krankheit, aber er ist schneller.

»Schon gut! Ich komme ja mit, aber ich will nicht mit Ihnen Händchenhalten!«, sage ich so angeekelt, dass DeLuca mit hochgezogenen Brauen auf seine eigene Hand starrt, um sicherzugehen, dass sie sauber ist.

Er macht eine auffordernde Kopfbewegung und ich folge ihm zurück ins Büro, nicht ohne seinen Rücken mit böse funkelnden Blicken zu erstechen.

Du kannst mich vielleicht mit deiner Penetranz dazu bringen, dass ich mitkomme und dir zuhöre, aber du hörst kein einziges Wort von mir – so viel ist sicher!

Ich sitze wieder auf meinem Stuhl und DeLuca lehnt an der Wand hinter dem Schreibtisch. Er hat die Hände in den Hosentaschen vergraben und sieht mich mit gesenktem Kopf und finsterem Gesicht an.

»Es tut mir leid«, sagt er überbetont deutlich, klingt aber nicht sarkastisch, nur, als hätte er gelernt, diesen Satz zwar mit Unbehagen, aber laut und eindringlich auszusprechen.

Ich sehe ihn nicht mal an, ich schaue an ihm vorbei auf die Wand und wippe ungeduldig mit einem meiner schmerzenden Füße. Das soll verdeutlichen, dass mir egal ist, was er von sich gibt. Als ob er mich mit einem ›Es tut mir leid‹ vergessen lassen könnte, was er gesagt hat.

Du bist tot für mich, DeLuca!

»Ich war vorhin wohl annähernd unausstehlich und jetzt strafen Sie mich mit zermürbender, distanzierter Höflichkeit und Schweigen«, stellt er fest und seufzt.

Als er beginnt, mit dem Kopf auffällig hin und her zu wackeln, sehe ich ihn eine halbe Sekunde lang an, dann starre ich wieder stur gegen die Wand.

»Okay, auch kein Augenkontakt. Ich bin wohl in sehr tiefe Ungnade gefallen …«

Ich würde wirklich gerne der Generation angehören, die viel öfter Armbanduhren getragen hat, dann könnte ich jetzt einen auffälligen Blick auf mein Handgelenk werfen, der ihm versichert, dass ich jede Sekunde dieses für mich überflüssigen Gesprächs zähle.

»Was ich über Ihre Arbeit hier gesagt habe, war irrationale Kritik – für das Chaos in den Akten trage *ich* die Verantwortung und seit Sie meinen Schreibtisch entmüllt haben, vermisse ich den Müll. An dieser bedenklichen Sehnsucht tragen Sie aber auch keine Schuld.«

Er schweigt, starrt mich an und erwartet eine Reaktion.

»Nicht mal ein funkelnder Blick? Gar nichts, Frau Relisch?«

Nein, du bekommst gar keine Gefühlsregung, weil du mir nichts Neues erzählst. Mir ist sehr wohl bewusst, dass ich hier gute Arbeit leiste und du mich nur fertigmachen wolltest.

»Ich war unterzuckert«, beginnt er seinen Arschloch-Auftritt zu rechtfertigen. »Und ich habe letzte Nacht nicht geschlafen«, erklärt er weiter.

Buhu! Der arme Doktor hat nichts gegessen und er hat keine erholsame Nachtruhe genossen! Das ändert die Situation! Hätte ich gewusst, dass er hungrig und müde ist, hätte er natürlich alles mit mir machen dürfen!

»Als Sie darauf bestanden haben, heute über nichts Privates zu reden, ist mir wohl eine Sicherung durchgebrannt«, gesteht er.

Klar macht mich das neugierig. Es klingt so, als hätte er gerne über etwas mit mir gesprochen und wäre deshalb ausgerastet. Egal, was es war, dass er so gemein wird und die Nerven wegschmeißt, nur weil er mir keine Einzelheiten aus seinem frivolen Leben verraten konnte, ist nicht zu entschuldigen. Am liebsten würde ich ihm sagen, dass er wohl ein kleines Problem mit Überreaktionen hat, aber ich schweige lieber, das stört ihn mehr.

»Bleiben Sie jetzt für immer so? Eine Entschuldigung reicht Ihnen nicht? Soll ich auf die Knie fallen? Ginge es Ihnen besser, wenn ich Ihnen erlaube, mich zu ohrfeigen?«

Diese halb sarkastische Scherz-Nummer hätte früher gezogen – jetzt nicht mehr. Er hat mir im Endeffekt gesagt, dass ich faul und unfähig bin und dass meine Leistungen ungenügend sind und das rechtfertigt er aus einem ›Ich war müde, hungrig und schlecht gelaunt‹-Affekt. Wenn du jemanden einen Hammer auf den Kopf donnerst, mit der Begründung ›Ich war eine unterzuckerte Diva‹, kannst du dir den schuldmindernden Aspekt in den Arsch schieben!

»Noch immer nichts? War ich so unausstehlich?«, will er wissen.

Ja, das warst du! Und dass du jetzt auf einmal einen Tonfall anschlägst, den ich noch nie bei dir gehört habe, ändert auch nichts mehr daran. Gar nichts ändert, dass du für mich tot bist.

»Mein Vater ist vor drei Tagen gestorben.«

Das ändert alles …

»Was …?« Ich hebe den Blick und sehe ihn mit großen Augen an. Dass ich ihm gedanklich so oft unterstellt habe, dass er für mich ›tot‹ ist, bereitet mir sofort ein so schlechtes Gewissen, dass mir zum Heulen zumute ist. Ich bin ein furchtbarer Mensch und anscheinend viel zu unsensibel, um in Erwägung zu ziehen, dass er sich nicht seltsam verhalten hat, weil er einen Knall hat, sondern weil es ihm nicht gut geht.

DeLuca lehnt an der Wand und sieht mich mit neutraler Miene an.

»Ich gehe nach der Arbeit zur Beerdigung«, erklärt er und ich starre auf seine Hose und die schicken schwarzen Schuhe. Deshalb trägt er nichts Buntes …

»Mein Beileid. Das ist …« Furchtbar? Schockierend? Bestimmt schwer für Sie? Ich könnte so viel sagen, aber ich bringe nichts über die Lippen. Die dummen Sprüche von vorhin waren mehr als unangebracht. Habe ich ihm echt unterstellt, dass er schwul wäre, weil er keine Lust hat, mich zu küssen? Banaler, bissiger Schwachsinn, den ich mir sparen hätte können! Auch die Tatsache, dass ich ihm wegen dieser blöden Banane sauer war, schürt mein schlechtes Gewissen. Er war unterzuckert, da er wahrscheinlich seit Tagen nichts runterbringt und sich schlaflos im Bett wälzt.

Wahrscheinlich hätte er einfach gerne ein paar dumme Scherze mit mir gemacht, um sich von dem schweren Gang, der ihm bevorsteht, abzulenken. Dann habe ich darauf bestanden, dass wir uns heute nur auf Geschäftliches beschränken und ihn eineinhalb Stunden lang angeschwiegen, damit er schön viel Zeit hatte, zu leiden und seine Gedanken kreisen zu lassen. *Er* sollte *mich* ohrfeigen!

»Weinen Sie jetzt gleich?«, will er wissen und zieht eine Augenbraue nach oben.

»Nicht auszuschließen«, piepse ich zurück und versuche, meine feuchten Augen möglichst unauffällig trockenzupusten.

DeLuca schüttelt den Kopf. »Mein Vater war drei Jahre lang krank. In den letzten Wochen war er kaum bei sich. Sein Tod kam nicht unerwartet und war eine Erlösung für ihn.«

Ich nicke. Seine Worte beruhigen mich tatsächlich ein wenig. Was furchtbar falsch ist, weil eigentlich ich ihm gut zureden sollte!

»Wieso arbeiten Sie denn heute? Sie sollten zu Hause bei Ihrer Familie sein.«

Dass er von der Uni zur Beerdigung hetzt, verstehe ich nicht.

»Mein Vater hätte es so gewollt. Er war ein pflichtbewusster Mensch, nie sonderlich emotional. Die Gefühlsausraster habe ich von meiner Mutter – ich kann dann gemein werden, wie Sie heute festgestellt haben.«

Ich schüttle den Kopf und stehe auf. »Das ist doch verständlich. Ich würde vollkommen neben mir stehen, wenn …« Ich kann gar nicht daran denken, wie es wäre, wenn jemand aus meiner Familie stirbt, ohne schon wieder feuchte Augen zu bekommen.

»Kann ich irgendetwas für Sie tun? Ihnen einen Kaffee holen? Etwas Richtiges zu essen? Brauchen Sie jemanden, der irgendwelche Besorgungen für Sie macht oder …«

Er grinst. »Sie könnten ihren BH ausziehen und mich einen kurzen Blick auf Ihre Brüste werfen lassen – das würde mich definitiv ablenken.«

Nachdem ich fünf Sekunden lang nichts erwidert habe und ihn nur abwägend anstarre, stößt er sich von der Wand ab und schüttelt den Kopf. »So ein manipulatives Arschloch bin ich nun auch wieder nicht. Aber ich weiß zu schätzen, dass Sie gerade darüber nachgedacht haben.«

Ich werde rot, weil ich wirklich darüber nachgedacht habe, Trost-Flittchen zu spielen. Das hätte ich aber lange nicht für jeden gemacht. Nur für verrückte Menschen mit Tiefgang, die so schön und kokett lächeln können, obwohl sie gerade eine schwere Zeit durchmachen.

»Wenn Sie mir wirklich einen Gefallen tun wollen, Frau Relisch, dann verkneifen Sie sich das Mitleid und schenken Sie mir doch wieder den ein oder anderen bissigen Kommentar und erröten zuverlässig, wenn ich mit anzüglichen Zweideutigkeiten um mich werfe – alles, nur nicht dieses emotionslos, geschäftliche Auftreten.«

Ich nicke schmunzelnd und DeLuca kommt einen Schritt näher. Er hebt das Kinn an – so wirkt er noch größer, als er ohnehin ist.

»Aber, wenn Sie darauf bestehen und es Ihnen Spaß machen würde …«, setzt er an und beißt sich auf die Unterlippe. »…

dann dürfen Sie mir heute gerne etwas Gutes tun – ich revanchiere mich auch, wenn Sie mal Trost brauchen.«

Sein Blick schweift kurz an sich selbst hinunter, dann sieht er mich erwartungsvoll und schief grinsend an.

Ich seufze und zucke mit den Schultern. »Wenn ich heute etwas gelernt habe, dann, dass Sie sauer werden, sobald man Ihre Banane anfasst. Lassen Sie sie also lieber eingepackt.«

DeLucas Gesicht nimmt entspannte, fast schon genießerische Züge an. »Ja, das fühlt sich gut an«, stöhnt er gespielt angeturnt, meint aber natürlich nur den bissigen Spruch, um den er mich vorhin gebeten hat. Und er hat recht. Das fühlt sich wirklich tausend Mal besser an als das beleidigte Schweigen. Ich liebe übrigens, wie er angeturnt klingt, auch, wenn das gerade gespielt war. Ich muss mir zwangsläufig vorstellen, um was er mich gerade scherzhaft gebeten hat.

»Und jetzt werden Sie auch noch rot«, raunt er begeistert und beugt sich zu mir. Seine Hand landet auf meiner Wange und seine Lippen streifen mein Ohr. Ich mache keinen Schritt zurück, weil in mir das Bedürfnis schlummert, ihn in den Arm zu nehmen – meine Libido hat dieses Bedürfnis auch, aber anders.

»So gefallen Sie mir«, flüstert er und beißt mir ins Ohrläppchen. Meine Haut beginnt zu prickeln. »Danke«, knurrt er leise, bevor er mich wieder loslässt und einen Schritt zurück macht.

Ich nicke und versuche, meine Augen nicht zu angeheizt glänzen zu lassen. »Wenn ich etwas für Sie tun kann, sagen Sie Bescheid. Und damit meine ich nicht, mich für Sie über den Tisch zu beugen, mich vor Sie zu knien oder mich meiner Unterwäsche zu entledigen«, stelle ich klar und höre ihn dunkel lachen.

»Könnten Sie mir vielleicht beim nächsten Mal noch etwas genauer beschreiben, was ich alles nicht mit Ihnen tun darf?«, fragt er und greift im nächsten Moment in seine Hosentasche, weil es dort vibriert. DeLuca zieht sein Handy hervor, sieht mich entschuldigend an und nimmt den Anruf entgegen.

Ich höre eine männliche Stimme am anderen Ende, die ihm sagt, dass er hier ist und fragt, ob er rauf in sein Büro kommen soll.

»Nein. Ich komme runter«, entgegnet er schnell und beendet das Telefonat. Er muss gehen und als mir wieder bewusst wird, wo er hin muss, verpufft der Schalk und die Erregung in mir. Zumindest fährt er nicht alleine, das freut mich.

Ich weiß nicht, was ich sagen soll. Wie verabschiedet man sich von jemandem, der gleich seinen Vater beerdigt? Auch wenn DeLuca das alles sehr gut wegzustecken scheint und sich scheinbar schon lange mit diesem Schicksalsschlag auseinandergesetzt hat, wird das bestimmt ein verdammt schwerer Gang für ihn.

»Nächste Woche haben Sie übrigens frei«, verrät er, während er sich das schwarze Sakko greift. »Ich bin auch nicht hier.«

»Fahren Sie in Urlaub?«, will ich wissen. Ich kann mir vorstellen, dass ihm das guttun würde.

Er schüttelt den Kopf. »Nein. Ich fahre nirgends hin, aber ich lenke mich ab, keine Angst.«

Dieser Blick erinnert mich wieder daran, dass er der Teufel ist und ich muss zwangsläufig schmunzeln. Dass er so eine starke, schräge Persönlichkeit hat, hat mich noch nie so glücklich gestimmt – scharf vielleicht, aber das ist ein anderes Thema. Er kommt definitiv klar. Aber seien wir uns ehrlich, DeLuca würde mit allem klarkommen. Wenn die Welt irgendwann von größenwahnsinnigen Aliens angegriffen wird, will ich, dass er einen der Kampfjets fliegt.

Er hält mir die Tür auf und in mir wächst ein seltsam einnehmendes, angenehmes Gefühl.

Wir gehen zusammen den Gang entlang.

»Das mit dem ›Ungenügend‹ war übrigens auch reine Provokation«, gesteht er und sieht mich halb amüsiert, halb entschuldigend an. »Ihre Arbeit ist durchaus eine solide 3 wert.«

Ich verziehe den Mund. »Nur eine 3?«

Er zuckt mit den Schultern. »Ich vergebe kaum bessere Noten – das ist Ihnen doch sicher schon aufgefallen. Außerdem: das ›Befriedigend‹ schmeichelt unserer Zusammenarbeit doch am besten. Oder?«

Er bleibt stehen, weil er gleich die Treppe zur Parkgarage runterläuft und ich durch die Tür verschwinde. Ich würde ihn noch immer gerne in den Arm nehmen, aber dafür würde ich tausend dumme Sprüche und eine Hand auf dem Hintern kassieren.

»Viel Kraft für heute. Und eine ablenkungsreiche Zeit danach«, sage ich und sehe ihn nicken.

»Ja. Das lässt sich umsetzen.«

»Auf Wiedersehen, Herr Doktor.«

»Auf Wiedersehen, Frau Kollegin.«

Indiskret seit 1994

Ich stehe vor der hohen Altbautür und zögere mit dem Klingeln, weil ich zu früh dran bin. In meiner Wohnung war es viel zu still, und ich hätte mich zwischen Lernen und DeLuca Idealisieren entscheiden müssen. Eines dieser Dinge hätte mich klüger gemacht, das andere dümmer. Ich habe mich also lieber unter die Dusche gestellt, meinen Körper makellos sauber und blumig duftend geschrubbt und mich mit der Frage auseinandergesetzt, ob es sowas wie eine persönliche Grenzüberschreitung wäre, wenn ich Alex' Bitte nachkommen und keine Unterwäsche unter dem schwarzen Kleid tragen würde. Wäre es. Ich suhle mich nämlich ganz augenscheinlich nur in dem Ruhm meiner sexuellen Freizügigkeit, wenn ich gerade scharf bin. Ohne Lust, die mir die Sinne vernebelt, halte ich es für äußerst flittchenhaft, das Haus ohne Höschen zu verlassen.

Libido'sche Doppelmoral …

Es dauert lange, bis Alex aufmacht. Als er öffnet, sieht er mich genauso überrascht an, wie ich ihn. Sein Blick ist fragend, da ich eine halbe Stunde zu früh dran bin. Meine Augen glänzen, weil er nur Boxershorts trägt.

»Lena«, spricht er meinen Namen fragend aus, während ich grinse wie ein Honigkuchenpferd. Ich bin jedes Mals aufs Neue überrascht, wie gut Alex in Schuss ist. Ich komme mir wie ein Golden Retriever vor, der hechelnd mit dem Schwanz wedelt, wenn sein Herrchen den Tennisball wieder hinter dem Rücken hervorzaubert.

Wow, juhu, ja, den will ich!

»Entschuldige. Ich weiß, ich bin früh dran …«, sage ich und schmunzle entschuldigend. »Aber ich bin auf der Flucht vor meinen Büchern und der Wahnvorstellung, mich mit dem Teufel einzulassen.«

Alex zieht die Brauen hoch. »Ich petze Theo, dass du ihn ›Teufel‹ nennst«, entgegnet er gespielt ernst und steckt mich dann mit seinem Lachen an, als er mich reinwinkt. Ich überlege, ob ich erklären soll, wen ich mit ›Teufel‹ wirklich gemeint habe, aber es war nur ein Witz und die brauchen in den meisten Fällen keine Nachbesprechung oder Analyse.

»Ich wollte gerade unter die Dusche.«

Er kratzt sich verlegen am Hinterkopf, weil ich im Flur beinahe über seine Klamotten stolpere. »Ich bin vorhin selbst erst zur Tür rein«, gesteht er, während er die schwarzen Schuhe von seinem Hemd kickt.

Anscheinend hat er sich gleich im Flur die Klamotten vom Leib gerissen. Das hätte ich gerne gesehen.

»Schon gut. Ich wollte dich nicht stören. Geh duschen, ich kann das wegräumen. Gibt es sonst noch irgendetwas vorzubereiten? Verteilst du Kondome in den Schlafzimmern? Reicherst du die Luft mit irgendetwas an, das scharf macht?«

Alex grinst und schüttelt den Kopf. »Nein, die Viagra werfe ich später schon selbst ein.«

Ich schenke ihm einen Blick, der ihm versichert, dass ich weiß, dass er sowas bei Gott nicht nötig hat. Wer die Potenz eines jungen Löwen hat, muss nicht nachhelfen.

»Aber du könntest den Typen mit dem Essen reinlassen. Dann muss ich nicht schon wieder nackt aus der Dusche springen und den asiatischen Lieferjungen sexuell verwirren.«

Ich nicke und folge Alex' Zeigefinger mit dem Blick. »Mein Portemonnaie liegt dort.«

Kaum hat er das gesagt, scheint ihm etwas aufzufallen. Er kommt zwei Schritte näher, schlingt die Arme um mich und zieht mich an seinen Körper.

»Ich habe noch gar nicht richtig ›Hallo‹ gesagt«, raunt er, bevor er den Kopf schief legt und sein Gesicht näher kommt. Seine Zunge fährt über meine Unterlippe, schiebt sich kurz in meinen Mund und verschwindet dann wieder.

»Hallo«, hauche ich gegen seine Lippen, etwas berauscht von diesem kurzen intensiven Kuss. Er grinst.

»Freust du dich auf meine Überraschung?«

Ich lasse meine Hand über seinen Nacken gleiten, bis die kurzen, blonden Haare etwas länger werden und ich mit den Fingern Halt darin finde.

»Ich kann es kaum erwarten«, versichere ich ihm und will seinen Kopf ein Stück nach unten drücken, um mir einen Kuss zu stehlen, aber er spannt die Muskeln an. »Wenn wir jetzt zu knutschen beginnen, hebe ich dich hoch, trage dich ins Schlafzimmer und lege sofort los.«

Das ist wie das schwerste verbale Fehlersuchrätsel der Welt – ich finde einfach keinen.

»Dann stehen die anderen vor verschlossener Tür, weil ich viel zu abgelenkt bin, um ihnen aufzumachen«, erklärt Alex weiter und lässt mich los. »Außerdem muss ich dringend unter die Dusche – ich habe heute bei 32 Grad stundenlang in einem Anzug gesteckt und bin verschwitzt.«

Daran kann ich auch nichts Falsches entdecken. Er riecht nämlich regelrecht berauschend. Nicht nach Parfum oder Duschgel, sondern nach Alex – absolut lecker.

»Wo warst du denn?«, will ich wissen und bücke mich nach seinen Schuhen.

»In den letzten zwei Stunden habe ich zwischen meinem Bruder und meiner Mutter gesessen und mir ihren ›Alex, du bist ein Versager‹-Kanon-Song angehört. Aber das Essen war lecker.« Er grinst angestrengt und zuckt mit den Schultern. »Du musst das nicht wegräumen, ich …«

»Schon gut«, falle ich ihm ins Wort und würde ihn am liebsten in den Arm nehmen – auch, weil ich noch immer scharf auf ihn bin, aber größtenteils, um ihm zu versichern, dass er definitiv kein Versager ist. Dafür, dass seine Familie so fordernd und irrational vorwurfsvoll ist, kann er nichts. Alex' Leben ist sicher nicht immer so leicht, wie er es aussehen lässt.

»Geh duschen, ich räume das hier weg und nehme das Essen für dich entgegen – nackt, damit der Lieferjunge seine wöchentliche Show bekommt.«

Er lacht und bückt sich nach seinen schmutzigen Klamotten, um sie mit ins Bad zu nehmen. »Danke, Lena.«

»Schon gut, ich platze hier schließlich viel zu früh rein – entschuldige nochmal.«

Er schüttelt den Kopf. »Du kannst immer vorbeikommen, auch unangemeldet. Meine Tür steht dir offen«, versichert er und klingt dabei, als würde er mir sagen, dass wir jetzt Freunde sind und keine bloßen Bekannten mehr, die ab und an Sex haben.

Ich schiele ihm nach. Er geht in das größere der beiden Badezimmer und stopft seine Wäsche in die Maschine. Als er sich umdreht und die Tür zumachen will, entdeckt er mich und grinst. Er interpretiert meine hochgezogenen Brauen und den erwartungsvollen Blick richtig und streift sich die Shorts ab. *Zum Niederknien!*

Mit einem Augenzwinkern wirft er dann doch die Tür zu und lässt mich grinsend im Flur zurück. Ja, wir sind definitiv Freunde – Freunde mit gewissen Vorzügen.

Alex dreht das Wasser auf und ich verstaue seine Schuhe im Regal im Vorzimmer. Ich hatte noch nie die Gelegenheit, mir die Wohnung anzusehen, während es hier noch so ruhig und leer war.

Alles ist makellos sauber und wirkt frisch geputzt. Ich nehme stark an, dass Alex eine Putzfrau hat. Wer seine Klamotten wild im Vorzimmer herumwirft, hält seine Wohnung nicht alleine so ordentlich.

Ich will mir etwas zu trinken holen, aber mein Blick schweift zur angelehnten Tür, die ich eigentlich nur geschlossen kenne. Meine Neugier treibt mich dazu, ein paar vorsichtige Schritte zu Alex' Zimmer zu machen. Ich weiß, dass er normalerweise abschließt, weil er sich ein Stückchen Privatsphäre während der Partys bewahren will, aber genau genommen ist die Party noch gar nicht losgegangen.

Ich strecke den Kopf durch den offenen Spalt und lasse meinen Blick schweifen.

Heiliger Chaos-Gott, Alex, du bist schlimmer als ich!

Das Zimmer wäre eigentlich richtig geräumig, wäre da noch irgendwo Raum. Ich kann nicht mal sagen, welche Farbe der Fußboden hat, da hier überall Klamotten, Skripten, Bücher und … Kram herumliegt.

Er hat eines dieser Komfort-Einzelbetten, kein Doppelbett, was mir verrät, dass er wohl nie Frauen hier schlafen lässt. Ich würde beginnen mich zu fragen, wie lange Alex' letzte richtige

Beziehung wohl zurückliegt, aber ich kann nicht, das Chaos lenkt mich zu sehr ab.

Der große Schreibtisch mit dem Zeichenbrett darauf sieht fast so aus wie bei Simon, nur, dass er nicht hundert Magazine und zwanzig halbleere Wassergläser darauf abgestellt hatte. Während ich mich darüber wundere, dass Alex überhaupt noch Gläser im Küchenschrank hat, stehe ich auch schon vor dem Schreibtisch und lasse meinen Blick neugierig über die Cover der Magazine schweifen. Ich muss schmunzeln. Ich dachte, es wären Pornos, aber die braucht Alex nicht, schließlich lebt er in einem.

Ich sehe mir die Blätter mit den Skizzen an. Gebäude, Brücken – meine Finger schieben die übereinanderliegenden Zeichnungen etwas zur Seite, um festzustellen, dass er wirklich Talent hat. Von den Zahlen, die dort stehen, habe ich keine Ahnung, aber seine Entwürfe sehen unheimlich gut aus.

Das Klingeln erschreckt mich so sehr, dass ich beim Umdrehen beinahe eines der Wassergläser über die Skizzen kippe und damit das Planen meines Umzugs in eine andere Stadt begonnen hätte.

Ich laufe aus dem Zimmer, in dem ich nichts verloren habe, und greife mir im Vorbeigehen Alex' Geldbörse, die auf der Kommode im Vorzimmer liegt.

Als ich die Tür öffne, steht da ein junger Asiat mit einer Plastikbox in der Hand. Er schielt neugierig an mir vorbei. Diese Wohnung strahlt wahrscheinlich aus, dass in ihr ausschweifende Privatpartys gefeiert werden.

»120«, sagt er und ich starre ihn ungläubig an. 120 Euro für Essen? Was hat Alex bestellt? Goldene Maki?

Auf alle Fälle herrscht auch in seiner Geldbörse Chaos, und ich muss mich durch Rechnungszettel und Visitenkarten wühlen. Das Wechselgeld auf der Plastikbox und das Portemonnaie unter meinem Arm überfordern meine motorischen Fähigkeiten. Nachdem ich die Haustür mit dem Fuß zugestoßen habe, stolpere ich in den offenen Wohn-/Essbereich.

Das Sushi sieht unheimlich lecker aus. Ich stelle es auf dem Tisch ab und will das Wechselgeld verstauen, finde aber kein Fach dafür. Als ich ein Foto rausziehe, fällt mir auf, dass ich dabei bin, neugierig herumzuschnüffeln.

Erst schleiche ich in seinem Zimmer herum, jetzt durchforste ich seine Brieftasche. Als nächstes stecke ich wohl den Kopf in Alex' Unterwäscheschublade.

Lena Relisch – indiskret seit 1994.

Das Foto ist mir aber eigentlich zufällig in die Hände gefallen. Jetzt kann ich es mir auch ansehen, nachdem ich prüfend über meine Schulter geschaut habe. Alex duscht noch, ich höre das Wasser.

Das ist eindeutig eines dieser Schulfotos, das jeder von uns besitzt. Hässlicher, blauer Hintergrund, komische Beleuchtung. Ich habe mich ab der Pubertät immer geweigert zu lächeln, deshalb sehe ich auch auf allen Oberstufen-Fotos wie das zutiefst verstimmte Dämonen-Mädchen aus, das in einem amerikanischen Horrorfilm die Cheerleader killt.

Sie lächelt aber und wirkt dabei ungezwungen fröhlich. Ich schätze sie nicht älter als sechzehn, aber das Bild sieht auch schon ziemlich mitgenommen aus. Wahrscheinlich hat er es seit Jahren in seiner Geldbörse. Was wiederum die spannende Frage aufwirft, was das für ein Mädchen ist, das jemand mit Alex' Lebensstil und Frauenüberschuss mit sich herumträgt.

Bin ich gemein, wenn ich feststelle, dass sie nicht als Teenie-Model durchgehen könnte? Sie hat ein ziemlich rundliches Gesicht, dafür schöne Augen und ein warmes Lächeln. Vielleicht ist sie seine Cousine? Seine Nichte? Wann habe ich angefangen, daran zu glauben, dass schöne Menschen nur mit schönen Menschen zusammen sind? Würde jemand mein Foto in Theos Geldbörse finden, würde derjenige wohl auch spekulieren, dass ich ›Cousin‹ zu ihm sage.

Das Geräusch des prasselnden Wassers ist weg – schon eine ganze Weile! Nervös stecke ich das Foto wieder hinein und werfe die Geldbörse auf den Tisch, als wäre sie mit einem Mal heiß. Ich lehne mich unnatürlich natürlich an den Tisch und grinse Alex etwas zu überschwänglich an, als er vor mir auftaucht.

Er hat sich nur ein Handtuch um die Hüften geschlungen, aber das ist auch kein Grund, ein Gesicht zu machen, als wäre ich drei Jahre alt, und jemand hätte ein Kaninchen vor mir aus dem Hut gezaubert.

Nervositätsbedingte Gefühlsüberreaktion. Ich bin gut darin, meine Spionagetätigkeiten zu vertuschen!

Alex wundert sich eine Sekunde über meine gegenstandslose Fröhlichkeit und lacht dann. Zum Glück ist er kein misstrauischer Mensch.

»Solange es noch so ruhig ist …«, setzt er an und lässt seinen Blick auf die silberne Wanduhr über dem Fernseher schweifen. »Kann ich die Gelegenheit nutzen und dich etwas fragen.« Sein Satz wird am Ende lauter, weil er während des Sprechens zu seiner Zimmertür geht. Wahrscheinlich will er sich anziehen, da er gesehen hat, dass die anderen gleich kommen. Von mir aus könnte er nackt bleiben.

»Was denn?«, will ich wissen. Alex ist einfach im Zimmer verschwunden. Er kann mich nicht neugierig machen und dann gehen.

Das hast du dir von Theo abgeschaut, oder?

»Ich wollte dich um etwas bitten!«, ruft Alex aus dem Zimmer. Ich will den Kopf durch die Tür stecken, schließlich spricht er mit mir, aber er stellt sich in den Rahmen und versperrt mir den Blick.

»Nicht reinkommen, das ist mir peinlich«, meint er beschämt grinsend.

»Ich habe dich schon nackt gesehen und dein Körper ist das Gegenteil von peinlich«, entgegne ich, als ob ich keine Ahnung hätte, dass er sein Zimmer gemeint hat.

»Um meinen Körper kümmere ich mich auch – um mein Zimmer nicht. Es sieht katastrophal hier drin aus.«

»Ach, so schlimm ist es bestimmt nicht.«

Doch, ist es. Es sieht aus, als ob jemand fünf Zehnjährige alleine eine Pyjama-Party hätte feiern lassen – eine Woche lang. Aber lügen ist manchmal ein Freundschaftsdienst.

Alex kratzt sich mit gesenktem Kopf an der Nase. Er sieht unheimlich süß aus, wenn ihm etwas peinlich ist – einen beschämten Löwen bekommt man nicht alle Tage in freier Wildbahn zu sehen.

»Warte kurz. Ich komme gleich raus«, verspricht er und schließt die Tür hinter sich. Gott sei Dank hat er mich vorhin nicht vor seinem Schreibtisch erwischt. Mir wird klar, wie wichtig ihm sein kleines Stück Chaos-Privatsphäre ist.

Kaum sitze ich auf dem Sofa, springt die Tür auch schon wieder auf.

Stimmt ja. Alex ist ein Superheld, der sich blitzschnell anziehen kann, anscheinend nicht nur postkoital.

Ich mag dieses weiße Shirt an ihm. Man kann seine Bauchmuskeln hervorragend erahnen. Er setzt sich zu mir und schmunzelt mich milde an – fast schon vorsichtig.

»Also meine Bitte …«, beginnt er und ich nicke hellhörig.

»Du kannst ›nein‹ sagen, wenn du nicht möchtest! Ich weiß, es ist viel verlangt, aber …« Er macht eine dramatische Pause und ich ziehe die Brauen nach oben.

»Legen wir schon mit deiner Überraschung los? Ich dachte, du willst warten, bis die anderen da sind.«

Er lächelt zwei Sekunden, dann wird sein Blick wieder ernster. Er räuspert sich. »Nein. Leider hat das nichts mit Sex oder annähernd mit Spaß zu tun. Ich brauche eine Begleitung für Samstagabend. Wenn du schon etwas vorhast, verstehe ich das, es ist kurzfristig, aber ich ignoriere sowas immer, solange es geht.«

»Ich habe am Samstag nichts vor«, versichere ich und beginne mich zu wundern, ob es schlauer gewesen wäre, zuerst zu erfragen, wohin es gehen soll, zumal Alex gerade so wirkt, als suche er eine Leidensgenossin für einen Termin beim Zahnarzt mit anschließender Magenspiegelung.

»Das ist gut. Aber hör dir erst mal an, wohin ich dich schleppen will, bevor du ›ja‹ sagst.«

Wow, er lässt mir sogar einen Fluchtweg offen. Wohin geht es? In das Haus aus Conjuring?

»Meine Großeltern veranstalten jedes Jahr einen Benefiz-Abend und sammeln Spenden für die Krebshilfe. Guter Zweck, leckeres Essen, süffiger Wein, …«, beginnt er mit freundlicher Miene aufzuzählen.

»Seltsame Musik, ein Haufen Menschen, die sich für wichtig halten, stumpfsinnige Gespräche, verängstigte Kellner, …« Seine Gesichtszüge werden angespannter.

»Meine verrückte Mutter, mein abgedrehter Vater, mein irrer Bruder, zwei meiner nervenschwachen Tanten, ein Onkel, der Emanzipation für eine Krankheit hält … Gott, ich hätte dich erst fragen sollen, nachdem ich dir einen Orgasmus spendiert habe.«

Alex schüttelt resignierend den Kopf und seufzt. »Ich kann da nicht ohne Begleitung auftauchen, weil ich mir sonst für den Rest des Jahres von meiner Großmutter so etwas anhören muss wie: Alexander, Homosexualität ist kein Grund dafür, all unsere Gäste glauben zu lassen, dass unser Enkel sozial so unverträglich ist, dass er keine Begleitung für eine Veranstaltung findet.«

Ich muss lachen, denn er trifft den Tonfall seiner Großmutter perfekt.

»Du findest das vielleicht witzig, aber diese Befürchtung beruht auf einer wahren Geschichte. 2013 war für meine Großmutter mein ›schwules Jahr‹, weil ich keine Frau zu der Veranstaltung mitgebracht habe. Das tue ich mir nicht nochmal an.«

»Du könntest ja Simon mitnehmen. Ich glaube, deine Großmutter mag ihn«, schlage ich scherzhaft vor, löse damit aber eine Reaktion bei Alex aus, die ich nicht auslösen wollte.

»Ich verstehe, dass du dir das nicht antun willst. Ich würde da auch nicht hingehen, wenn ich den Hauch einer Wahl hätte. Aber es bringt nicht mal etwas, wenn ich an der Haltestange im öffentlichen Bus lecke, um Fieber zu bekommen. Als ich vierzehn war, hat mich meine Mutter in einen Anzug gesteckt und hingeschleift, obwohl ich eine Magen-Darm-Grippe hatte. Ich habe in zwei verschiedene Vasen und eine Sauciere gekotzt. Also …«

Ich lege Alex die Hände auf die Wangen, um ihn zu unterbrechen.

»Ich komme gerne mit. Danke für die Einladung«, sage ich überbetont, weil er mich so ungläubig ansieht. Für Alex mag das alles eine Zumutung sein, aber ich habe nur herausgehört: *›Lern meine spannende Familie kennen – meinen bösen, heißen Bruder – spiel einen Abend für mich Cinderella, ich bin dein Prinz.‹*

Diese Gelegenheit lasse ich mir sicher nicht entgehen! Ein paar langweilige, arrogante Menschen und schlechte Musik kann ich durchaus über mich ergehen lassen – ich war mit Max zusammen, und der fand Andrea Berg gut – *Bulletproofed*!

»Wirklich? Dir ist schon bewusst, dass ich dich jetzt einen Vertrag unterschreiben lasse, auf dem du mir versicherst, dass du dir bewusst bist, dass du innerlich tot sein könntest, nachdem du einen Abend bei den Löwensteins verbracht hast?«

»Kommst du dann für die Sitzungen beim Psychotherapeuten auf?«

»Klar. Wenn du einen findest, der gut genug ist, um dir das Leben wieder schön zu reden, sitzen wir da zusammen.«

Wir lachen, bis Alex die kurze Distanz zwischen uns überbrückt und mich küsst. »Danke«, haucht er gegen meine Lippen, beugt sich ein Stück weiter über mich und legt seine Hände an meine Seite.

»Dafür hast du dir meine Überraschung mehr als verdient«, raunt er verführerisch und drückt mich nach hinten. Ich lande auf dem Sofa und spüre, wie sich Alex' Hand über mein Bein unter mein Kleid schiebt.

»Du siehst so heiß aus, Lena.«

Das Streicheln meines Selbstbewusstseins tut mindestens genauso gut wie seine Fingerspitzen, die auf die Innenseite meines Oberschenkels gleiten. Seine andere Hand legt sich auf mein Schlüsselbein. Er fährt über meine Haut und erreicht gleichzeitig zwei Stellen, die ein Signal an das Lustzentrum in meinem Hirn schicken, das mir versichert, dass ein leises, wohliges Seufzen genauso nötig ist, wie sich erwartungsvoll auf die Unterlippe zu beißen.

Alex mustert mich und sein Blick wird glänzender. Niemand kann mich so heiß machen, indem er mich nur ansieht. Ich liebe die Art, wie seine Augen leuchten, wenn er meine Reaktionen beobachtet.

Die Hand auf meinem Busen drückt sanft zu, während die Finger zwischen meinen Beinen langsam zu kreisen beginnen. Dass da eindeutig noch zu viel Stoff zwischen seiner und meiner Haut ist, stört mich ungemein. Wieso trage ich noch gleich Unterwäsche? Absolut unnötig!

Libido'sche Doppelmoral …

»Schau mich an«, flüstert Alex und ich schlage die Augen wieder auf, die ich automatisch zugemacht habe, weil seine Finger anfangen, mir unheimlich gut zu tun.

»Du müsstest mich mittlerweile kennen«, meint er und lacht dunkel. »Ich will, dass du mich ansiehst, wenn du heute kommst. Du darfst aber die Augen überdrehen, wenn es zu heftig wird.«

Seine selbstbewusste Versprechung verstärkt das Verlangen in mir. Was auch immer er vorhat, ich will es.

Der Summer der Tür lässt mich erschrocken zusammenzucken. Alex' Hände verschwinden und er springt auf die Beine.

»Partytime!«, flötet er fröhlich und läuft in den Flur.

Wer steht denn heute noch auf der Gästeliste?

Verwechslungs-gefahr!

Ich raffe mich auf, rücke mein Kleid zurecht und folge Alex in den Flur, wo gerade Begrüßungsrituale durchgeführt werden. Benji war offensichtlich beim Friseur. Das ist ein verdammt cooler Sidecut! Ich habe vergessen, wie stahlblau seine Augen sind und dass ich wissen will, woher die Narbe an seiner Wange stammt. Alex und er strecken sich die Hände entgegen, ziehen sich daran näher zueinander, um sich mit den freien Händen auf die Schultern zu klopfen. Das ist ein typischer Männergruß, der ein gewisses Maß an Geschick bei der Durchführung erfordert. Tamara und ich haben es versucht. Sich im richtigen Moment und mit dem richtigen Schwung aneinander heranzuziehen ist alles andere als einfach. Zwischen dem gegeneinander Prallen und sich quasi zwangsküssen und zu wenig Initiative zu zeigen und einfach nur peinlich händchenhaltend dazustehen gibt es ein sehr kleines Interaktionsfenster.

Während Alex das Ganze gekonnt mit dem hübschen, braunhaarigen Lockenkopf wiederholt, dessen Namen ich blöderweise vergessen habe, kommt Benji auf mich zu.

»Lena! Du siehst ja lecker aus!«, tönt er schmunzelnd und beißt sich zwinkernd auf die Lippen. »Appetitlicher als jeder Soja-Burger!«

Ich ziehe die Augenbrauen zusammen und mustere ihn fragend. Er stoppt in der Bewegung, kurz bevor er mich umarmt und lacht entschuldigend.

»Ich bin Vegetarier! Mir schmeckt sowas!«, erklärt er und kratzt sich verlegen am Hinterkopf. »Das sollte ein Kompliment werden, aber ich bin wohl zu hungrig, um zu schmeicheln.«

»Schon gut. Solange du mich nicht ›Spinat-Bällchen‹ nennst, ist alles in Ordnung.«

Ich bekomme die Umarmung, zu der er angesetzt hat. Weil ich noch immer in einer angeheizten Stimmung bin, lasse ich meine Hand genießerisch seinen Rücken runtergleiten, während er mich drückt. Das ist sowas wie ein Flittchen-Gruß, der auch nicht einfach durchzuführen ist. Man braucht dazu ein gewisses Maß an fehlendem Schamgefühl und die richtige Dosis Libido gesteuertes Selbstbewusstsein.

Benji raunt mir ins Ohr und lässt seine Hände ebenfalls meinen Rücken hinunterwandern. »Auch hungrig?«, will er wissen und ich werde rot, da ich zu nüchtern bin, um mein offensichtliches Verlangen gespielt cool abzunicken.

»Hey, Finger weg! Fummel nicht an meinem Spinat-Bällchen herum, damit habe ich noch Pläne!«, ruft Alex, der uns anscheinend zugehört hat. Benji löst sich lachend von mir. »Sorry, ich dachte, du wärst einer dieser herzlosen Fleischfresser.«

Eigentlich will ich mich gegen den kuriosen Spitznamen wehren, bevor er sich am Ende noch durchsetzt, aber …. kommt auf mich zu. Verdammt, wie heißt er denn noch gleich?! Irgendetwas, das zu diesem niedlichen Gesicht und dem süßen Lächeln passt.

»Hi, Lena.«

Er weiß noch, wie ich heiße. Dafür kann ich mich gut an unseren Kuss erinnern. Gibt es dafür Punkte?

»Hi«, entgegne ich lächelnd und gehe in Gedanken Namen durch.

Timo? Andreas? Irgendetwas in der Art, oder?

Ich muss ihn aber nicht sofort ansprechen, sondern warte einfach ab, bis es jemand anders tut. Natürlich könnte ich ihm auch einen Spitznamen verpassen und so tun, als wäre es kokett und normal für mich, dass ich ihn ›Honey‹ oder ›Schätzchen‹ nenne, aber die abgebrühte Flirtnummer nimmt mir mit Sicherheit niemand ab, solange ich noch rot werde, wenn mich jemand umarmt, der gut riecht.

»Staatsversammlung im Flur? Steht ihr für mich Spalier, Jungs?«

Ich sehe an Schätzchen vorbei und entdecke Nicki, die im Türrahmen lehnt. Sogar ich muss sie anstarren. Bei mir ruft das Erstaunen zwar nicht dieselbe Körperreaktion wie bei den Jungs hervor, aber ich bin trotzdem verdammt beeindruckt.

Mal ehrlich, hat sie sich dieses Kleid aufgemalt? Es sitzt so hauteng an ihrem Körper, dass ich sogar ihre Hüftknochen sehen kann. Die auffallend schmale Taille setzt diesen übernatürlich schönen Busen in Szene, bei dem es egal ist, ob er gemacht ist oder nicht, weil sogar mir schmutzige Dinge einfallen würden, die man als Mann damit machen könnte.

Jap, machen wir es offiziell: Nicki ist eine Sexgöttin und ich bin ein Spinat-Bällchen.

»Hat Alex den Dresscode bei euch Mädchen heute auf Masturbations-Vorlage raufgestuft?«, will Benji wissen und ich weiß zu schätzen, dass er uns beide anspricht, obwohl er nur Nicki meint. Er will schließlich mal Lehrer werden, da muss er auch die legasthenischen Schüler anfeuern.

Die Masturbations-Vorlage grinst und setzt sich in Bewegung. Die Jungs bekommen einen Kuss von ihr, ich ein Nicken, das ich knapp erwidere.

Wir folgen Alex ins Wohnzimmer, der die Anlage einschaltet und mich dann zu sich zieht. »Hilfst du mir mit den Getränken?«

Während Nicki auf Benjis Schoß Platz nimmt und Schätzchens schmachtende Blicke genießt, folge ich unserem Gastgeber zur Küchenzeile.

»Was willst du trinken, Süße?«

»Wein?«, entgegne ich fragend. Er fährt mit den Fingern durch meine Haare und beißt sich erwartungsvoll auf die Lippen. »Mit Wodka oder Rum?«

»Das klingt gewöhnungsbedürftig und heftig.«

»Ja, wie alles hier, oder? Und hat es jemals keinen Spaß gemacht?«

»Wodka«, antworte ich und halte ihm mein Glas vor die Nase. Alex schenkt eindeutig zu viel ein, weil ihn die Türklingel ablenkt.

»Kannst du mal aufmachen, Nicki?«, ruft er und hält mir dann das randvolle Glas hin. Ich führe es gleich zu den Lippen, um einen Schluck zu nehmen, bevor ich ihn verschütte.

Uhh … nicht alles, was Alex vorschlägt, ist zwangsläufig brillant. Die Mischung schmeckt nach Desinfektionsmittel.

Ich höre einen Hamster piepsen oder Nicki lachen, das ist schwer zu unterscheiden. Als sie wieder auftaucht, wird sie getragen, von jemandem, der mich daran erinnert, dass sich sexuell verwirrt sein nicht schlecht anfühlen muss.

Joey setzt Nicki vor dem Tisch ab und begrüßt die Jungs. Ich schnappe mir die Weinflasche, die Alex mir hinhält, und gehe auch zurück zu den anderen.

»Der heißeste Architektur-Student der Welt!«, schmeichelt sie unserem Gastgeber und legt ihre Hand auf seinen Hintern. Alex erwidert die Geste gerne. Er und Joey haben eine unglaublich heiße Ausstrahlung, sobald sie sich berühren. Obwohl sie in den dunkelgrauen Röhrenhosen und dem ärmellosen ACDC-Shirt wie ein auffallend attraktiver Rockstar-Engel aussieht, dem man auf einem Festival fassungslos nachstarrt, hat sie eine spürbare Anziehungskraft auf die Jungs. Dazu muss sie sich ihre Klamotten nicht mal aufmalen, nur lächeln und Alex selbstbewusst in den Hintern kneifen.

»Na, Süße?« Joey geht auf mich zu und in mir kommen sofort Erinnerungen hoch – an Wasser und ziemlich geschickte Finger.

»Hi. Geht's dir gut?«, spreche ich eine automatisierte Begrüßungsfloskel aus, weil sie mir gerade einen Kuss auf die Lippen gedrückt hat, und ich noch im ›Teilzeit-Lesbe‹-Buffering-Modus feststecke.

Als wir alle am Tisch sitzen und ich wieder einigermaßen klar im Kopf bin, muss ich etwas loswerden. »Danke Alex für das Essen und die Getränke.«

Ich weiß, dass er es nicht gerne hört, aber ich kann nicht anders, weil ich mir gerade drei Euro in den Mund gesteckt habe – in Form von Sushi.

Er schüttelt den Kopf. »Schon gut«, lautet die rasche und knappe Antwort.

»Was bekommst du eigentlich für den Einkauf vom letzten Wochenende?«, will Joey wissen und ich schlucke schwer. Wenn Alex jetzt tatsächlich eine Rechnung legt, muss ich De-

Luca fragen, ob er mir eine Gehaltserhöhung gibt – die ich wahrscheinlich nur bekomme, wenn ich ab jetzt auch das Klo seiner Katze säubere.

»Lass gut sein. Ich weiß nicht mal mehr, wieviel ich bezahlt habe«, entgegnet er und nippt auffallend oft an seinem Getränk. Ich mache das auch, wenn ich den Mund zu voll haben möchte, um weiterzusprechen.

»Du kannst nicht ständig für alles bezahlen, Alex«, meint Joey seufzend. Die anderen geben ihr ganz offensichtlich recht, aber Blickkontakt will im Moment keiner mit dem hübschen Gesicht unseres Gastgebers aufnehmen, da es annähernd finster wird. Joey beeindruckt das nicht. Sie hat eigentlich vollkommen recht, aber ich glaube Alex mittlerweile gut genug zu kennen, um zu wissen, dass vieles in seiner besonderen Welt anders läuft und dass er das gerade eher als Angriff versteht.

Als er aufsteht und sich umdreht, denke ich, dass er die Nerven wegschmeißt.

»Wohin gehst du?«, fragt Nicki seufzend.

»Pinkeln! Willst du mitkommen?!«

Der schroffe Tonfall zieht ein paar Sekunden des Schweigens nach sich, bis die Tür leicht donnernd in die Angeln fällt.

»Lass einfach gut sein. Er ist empfindlich, wenn du ihn darauf aufmerksam machst, dass er dir etwas bezahlt hat«, erklärt Nicki und steht ebenfalls auf. Joey seufzt. »Ich habe noch nie einen Menschen getroffen, der wütend wird, wenn man ihm Geld geben möchte.«

Benji nickt. »Ich wollte die ersten paar Male, als ich hier war, etwas zu den Getränken beisteuern, und er hat mich jedes Mal angesehen, als hätte ich damit gedroht, ihm ins Gesicht zu spucken.«

Ich sehe Nicki dabei zu, wie sie den Kühlschrank öffnet und eine bunte Schachtel herausholt.

»Mich hat er mal gefragt, ob ich ihn für einen Zuhälter halte, weil ich mich an den Kosten beteiligen wollte«, erklärt Schätzchen verständnislos.

Nicki stellt die Schachtel auf dem Tisch ab und läuft dann schnurstracks und zielsicher auf die verbotene Tür zu.

Du weißt schon, dass du nichts in diesem Zimmer verloren hast, oder?

Ich freue mich, als Alex wieder auftaucht, während Nicki noch in seinem Zimmer ist. Am liebsten würde ich wie eine kleine Petze die Hand ausstrecken und mit den Fingern auf die offene Tür zeigen. *Kuck, was sie tut! Verboten!*

Als sie wieder ins Wohnzimmer kommt, funkelt Alex sie an. »Jetzt trittst du auch noch meine Privatsphäre mit Füßen?«

Sie hat ein schwarzes Stück Stoff in der Hand und überdreht die Augen. »Reg dich ab, ich weiß, dass du ein Messi bist«, entgegnet sie und schiebt Alex zurück auf den freien Stuhl neben mir.

»Setz dich. Wir spielen jetzt etwas, das dich auf andere Gedanken bringt.«

Alex murrt, lässt sich aber von Nicki platzieren. Sein Blick verfängt sich an ihrem Busen, während sie seine Schultern nach unten drückt. Er grinst wieder – was ich schön finden würde, wären der Grund dafür nicht Nickis Brüste.

»Schon tausendmal gesehen und trotzdem geil. Dein Körper ist wie eine *Two and a half Men*-Folge«, behauptet er halb amüsiert, halb angeturnt und will Nicki auf seinen Schoß ziehen. Sie wehrt sich, schlägt ihm auf die Finger, die sich an ihre Hüften gelegt haben.

»Nicht antatschen, Löwe! So funktioniert das Spiel nicht!«

Ich bin nicht die Einzige, die neugierig auf die beiden starrt. Das schwarze Stück Stoff, das Nicki in der Hand hält, entpuppt sich als Schal, der gerade zweckentfremdet wird. Sie verbindet Alex damit die Augen. Das Grinsen auf seinen Lippen wird schief. »Ahh … wir spielen Lippen-Raten! Ja, das könnte meine Laune tatsächlich wieder heben.«

Er lehnt sich blind aber entspannt in den Stuhl und Nicki zwinkert Joey zu. Sie steht auf und setzt sich leise in Bewegung.

»Kein Anfassen, nur Küssen«, lauten die einfachen Regeln. »Wer danebenliegt, muss trinken«, erklärt Nicki und Joey legt los. Sie stützt ihre Hände an der Stuhllehne ab und drückt ihre Lippen auf die unseres blinden Gastgebers.

Zwei unschuldige Bewegungen, dann kommen ihre Zungen ins Spiel. Als sie sich von ihm löst, knurrt er genießerisch. »Das ist einfach: entweder habt ihr endlich Angelina Jolie in meine Wohnung geschleust, oder es ist Joey.«

Sie lacht. »Ist die nicht etwas zu alt für dich?«

»Angelina Jolie wird niemals zu alt für mich sein!«, entgegnet Alex und macht eine auffordernde Handbewegung. »Next, please.«

Nicki sieht Schätzchen eindringlich an, der die Blicke erst nach ein paar Sekunden deuten kann und dann mit aufgerissenen Augen den Kopf schüttelt. Seine Wangen werden rot.

»Feigling«, kommentiert Nicki sein Verweigern.

»Was? Wer will mich nicht küssen?«, tönt Alex gespielt beleidigt und dreht den Kopf, obwohl er sowieso nichts sieht. »Man muss nicht schwul sein, um mich als Kerl gerne zu küssen! Meine Lippen sind übersexuell klasse, fragt Theo!«

»›Übersexuell‹ ist kein Wort«, klärt Benji den blinden Alex auf. »Und was Theo und du so im Internat getrieben habt, behalt mal schön für dich, dafür bin ich noch nicht betrunken genug.«

Da ist sie wieder: ungezwungene, ausgelassene Stimmung, die von Lachen und Musik untermalt wird. Diese Atmosphäre habe ich schon bei meinem ersten Besuch hier gefühlt und ich muss grinsen, weil mir einmal mehr bewusst wird, was für schöne Erinnerungen ich hier sammeln darf.

Während ich mein Desinfektionsmittel trinke, beugt sich Nicki zu Alex und küsst ihn.

Das Ganze sieht seltsam aus. Als würden sich abgedrehte, perverse Geschwister küssen, die irgendwie scharf aufeinander sind – die eiskalten Engel lassen mal wieder grüßen.

Sie kennen sich aber auch schon so lange, dass sie das hier bestimmt schon unzählige Male gemacht haben. Mir schießen sofort Theos Worte in den Kopf, dass Nicki für ihn jeden Reiz verloren hat. Alex empfindet das ganz offensichtlich nicht so, obwohl er sie bestimmt genauso oft um sich hatte. Ich bin mir aber nicht mehr sicher, ob Theo mich nicht angeflunkert hat. Von wegen reizlos – ich weiß, dass er sie anruft, wenn er von seinen Prüfungen gestresst ist und zwanglose ›Ablenkung‹ braucht. Im Moment jagt bei ihm eine Prüfung die nächste und ich muss mir die Vorstellung verbieten, dass Nicki bei ihm seit Tagen ein- und ausgeht.

»Lena?«

Alex' Stimme reißt mich aus diesem absolut überflüssigen Eifersuchts-Strudel und wirft mich in den Überraschungs-Pool.

»Du verarscht mich, oder?«, spricht Nicki die Frage aus, die mir auch durch den Kopf geht. Alex lacht und zieht sich die

Augenbinde vom Kopf. »Oh, sorry!«, tönt er und kassiert dafür von Nicki einen Schlag gegen die Schulter.

»Ihr küsst wirklich ähnlich! Was kann ich dafür?« Er klingt noch immer so amüsiert, dass ich nicht weiß, ob er uns nur auf den Arm nimmt. Nicki greift in die bunte Schachtel, die sie vorhin aus dem Kühlschrank geholt hat und zieht ein kleines Fläschchen heraus.

»Dafür solltest du eigentlich den ganzen Karton leer trinken!« Sie klingt wütend - zu Recht. Von mir erntet er auch funkelnde Blicke.

Nicki und mich zu verwechseln ist ein No-Go!

Böser Alexander! Wo versteckst du deine Peitschen?

Er trinkt das bunte Fläschchen leer, steht auf und zieht meinen Stuhl ein Stück zurück.

»Sieh mich nicht so vorwurfsvoll an. Du kannst Theo, Simon und mich nicht mal unterscheiden, wenn es dir einer von uns im Dunkeln macht!«

Ich blinzle Alex peinlich berührt an, bevor er mir den schwarzen Schal um die Augen bindet. Er hat recht, ich habe nach wie vor keine Ahnung, wer mein Dark-Room-Lover war. Möglicherweise bin ich nach diesem Spiel betrunken.

Ich höre ein paar Stühle rücken und werde nervös. Das nicht Wissen macht mich in letzter Zeit ziemlich scharf. Wenn ich das nächste Mal durch eine Prüfung falle, darf DeLuca auf keinen Fall in der Nähe sein.

Jemand beugt sich zu mir hinunter, und die Lippen, die sich auf meine drücken, fühlen sich unheimlich gut an. Der Kuss ist nicht stürmisch, eher langsam, genüsslich und macht mir so schnell Lust auf mehr, dass ich am liebsten nach ihm greifen würde, als er wieder verschwindet.

War das Alex? Es riecht nach Alex, aber das liegt wahrscheinlich an seinem Schal.

Shit, ich bin wirklich verdammt schlecht in dem Spiel.

Eigentlich hätte ich einen Tipp, aber den kann ich nicht aussprechen, weil ich nicht weiß, wie er heißt.

»Keine Ahnung …«, beginne ich in der Hoffnung, dass mir niemand böse ist, wenn ich ihn verwechsle.

»Benji?«

Ich habe ihn noch nie geküsst. Es könnte gut sein, dass die genüsslichen Bewegungen seinen Lippen entsprungen sind. Wohl eher nicht, die anderen lachen.

»Nein, das war ich nicht«, höre ich Benji sagen.

Kaum habe ich in mich hineingeseufzt, kommt mir wieder jemand nahe. Eigentlich bin ich mir verdammt sicher, wer so fordernd und gut küsst, aber Theo ist nicht mal hier!

»Alex?«, murmle ich fragend. Sie lachen wieder, diesmal so laut, dass ich keinen Zweifel daran habe, dass ich mich gerade blöd anstelle. Das ist aber auch schwierig!

»Kannst du Männer nicht mal von Frauen unterscheiden? Sei froh, dass wir keinen Hund hier haben«, verarscht mich Nicki.

Das vorhin waren also Joeys Lippen? Ich habe sie voller und sanfter in Erinnerung. Nicki würde mich aber nicht küssen. Oder würde sie? Nein, würde sie nicht. Oder würde sie?!

Ich muss plötzlich an DeLucas dämlichen Satz von wegen: ›Man muss jemanden nicht mögen, um ihn scharf zu finden.‹, denken. *Raus aus meinem Kopf, du Koffein-Vampir!*

Ich liege noch zweimal daneben, bevor mir die Augenbinde abgenommen wird und ich vier der kleinen Fläschchen leeren muss. Sie sind zwar bunt und schmecken süß, aber sie knallen, vor allem, wenn man sie mit Desinfektionsmittel hinunterspült.

Als Joey an der Reihe ist, habe ich einen so intensiven Aha-Moment, dass ich beinahe triumphierend die Hände in die Luft reiße.

»Tobi?«, mutmaßt sie richtig und in meinem Gehirn veranstalten die betrunkenen Synapsen eine Lightshow.

Tobias! Das vergesse ich nie wieder!

Das viele Küssen und die ausgelassene Stimmung sind berauschend. Vielleicht trägt auch der bunt gemixte Alkohol dazu bei, dass ich mich gerade so gerne auf Benjis Schoß ziehen lasse. Er verschränkt die Arme vor meiner Taille und beißt mir ins Ohrläppchen. »Das letzte Mal hatten wir gar nicht das Vergnügen …«, raunt er und in mir mischt sich das Verlangen mit Neugier.

Ich kann Benji nicht einschätzen. Er ist nett und witzig, aber ob das heißt, dass er es hart oder sanft mag oder lieber den Ton angibt, als ihn sich ansagen zu lassen, weiß ich nicht.

Im Einschätzen von sexuellen Vorlieben bin ich genauso schlecht wie im Lippen-Raten. Für mich sieht ein dominanter Fesselfetischist aus wie ein Unschuldsengel und dem Chemie-Studenten, den ich Traummann nenne, hätte ich die dunklen Vorlieben auch nie zugetraut. Einmal mehr gipfelt meine Unwissenheit in Erregung. Benji lässt eine seiner Hände nach oben gleiten und legt sie unter meinen Busen. Sein Daumen streift über intimere Stellen, während er seine Lippen an meinen Hals drückt. Ich schließe genießerisch die Augen und blende aus, dass wir hier noch mitten im Wohnzimmer sitzen, zumindest so lange, bis da auf einmal nicht nur ein Körper hinter mir, sondern auch einer vor mir ist.

»Du verzichtest auf meine Überraschung?«, haucht mir Alex ins Gesicht, der sich zu mir hinuntergebeugt hat, als ob wir noch immer Lippen-Raten spielen würden.

»Ich … ähm …« Umringt von schönen, gut duftenden Männern, die mich wollen, leidet mein Sprachzentrum merklich.

Nein, ich will nicht auf die … Dings … Löwe und sein Versprechen … darauf will ich nicht verzichten.

Benji lässt mich los, weil Alex natürlich sowas wie ein stillschweigendes Vorrecht hat.

»Wenn dich seine Überraschung nicht überbeansprucht, und du danach nicht nach Hause in dein Bett flüchtest, sehen wir uns hoffentlich noch«, sagt Benji.

Ich werde von Alex hochgezogen und lande in seinen Armen. »Keine Angst. Ich entlasse sie leicht desorientiert, aber überglücklich«, verspricht er und mein Herz und meine Libido tanzen einen hämmernden Freudentanz.

»Klingt nach ›Löwenstein Spezial‹. Hat sie Geburtstag?«, höre ich Nicki fragen, die auf Tobias' Schoß sitzt und mit seinen Haaren spielt. Ich mag diesen Ausdruck in ihren Augen, auch, weil sie mit einem Mal eine leicht gelbliche Aura umgibt. *Das ist Eifersucht, genieß es!*

Alex hebt mich schwungvoll hoch und zwinkert Nicki zu. »Kein Geburtstagsgeschenk, so etwas wie eine Nachhilfestunde vor einer wichtigen Prüfung.«

Sein leuchtender Blick trifft meinen fragenden. »Keine Angst, Süße. Das heute wird dir definitiv gefallen. Für alles andere brauche ich Hilfe – aber es wird dir dann auch Spaß machen.«

Ich habe keine Ahnung, was Alex meint, aber ich werde gerade nervös.

Löwenstein Spezial

Im Flur setzt mich Alex vor einer Schlafzimmertür ab, deren Anblick schöne Erinnerungen weckt. Ich habe schon mal mit ihm hier gestanden. Damals hat er mir meine Sex-Party-Jungfräulichkeit genommen. Heute hat er ein ebenso süffisantes Grinsen auf den Lippen, als er in den Raum tritt.

Das schummrige Licht lässt die orangen Wände warm glühen. Alex schließt die Tür hinter mir und lehnt sich dann dagegen.

»Aufgeregt?«, fragt er mit dunkler Stimme, in der deutlich ein amüsierter Tonfall mitschwingt.

Natürlich bin ich aufgeregt! Ich fühle mich wie vor meiner Führerscheinprüfung, nur, dass ich damals wusste, dass ich ein Auto fahren muss und jetzt keine Ahnung habe, was gleich passiert.

»Aufgeregt? Nein, ihr habt mich abgebrüht«, entgegne ich gespielt gelassen und lehne mich gegen die Kommode. Dieses Schauspiel kauft er mir nie ab! Er lacht mich doch jeden Moment aus, weil er weiß, dass meine Libido aufgeregt vor sich hin zittert.

»Gut.« Alex nickt mit vereister Miene, stößt sich ab und kommt auf mich zu. »Dann muss ich meine Ungeduld ja nicht verstecken.«

Eine seiner Hände landet auf meiner Hüfte, die andere auf meiner Schulter. Ich werde schwungvoll umgedreht und spüre im nächsten Moment schon, wie er den Reißverschluss meines Kleides öffnet. Kaum rutscht es mir von den Schultern, löst er die Haken von meinem BH und streift ihn mir ab. Als er mein Kleid ganz nach unten schiebt, schiebt er meinen String gleich mit.

Darin, Klamotten verdammt schnell loszuwerden, ist er begnadet.

»Dreh dich um«, flüstert er mir ins Ohr und macht einen Schritt zurück.

Sein Blick schweift über meinen Körper. Er beißt sich auf die Lippen.

»Absolut heiß …«, raunt Alex und mein Selbstbewusstsein erinnert mich daran, dass ich angeheitert und erregt bin, also schmunzle ich über das Kompliment.

»Komm her, Baby.«

Ich gehe auf ihn zu und ziehe mich an seinem Nacken hoch, um ihn zu küssen. Während sich unsere Zungen finden, legen sich seine Hände auf meinen Hintern. Er drückt mich an sich und ich kann die Härte hinter dem Jeansstoff an meiner eigenen Körpermitte fühlen.

Als er sich das T-Shirt über den Kopf streift, nutze ich die Gelegenheit, um mich an seinem Gürtel zu schaffen zu machen. Da ist eindeutig noch zu viel Stoff zwischen uns, also …

»Nicht!«

Er greift sich meine Handgelenke und sieht mich streng an. Von Theo bin ich diese Blicke gewöhnt, aber Alex scheint die Kontrolle heute auch kein Stück weit abgeben zu wollen.

Porno-Internat-Absolventen – dominante Sex-Götter mit Fetischen.

Er schiebt mich nach hinten in Richtung Bett und drückt mich auf die Matratze.

»Leg dich hin und entspann dich …«, flüstert er mir zu und lässt ein kurzes Lächeln über seine Lippen huschen. Ich tue, was er sagt, rutsche nach hinten und bette meinen Kopf auf das Kissen. Irgendetwas liegt darunter, aber als ich danach greifen will, werden meine Hände wieder festgehalten.

Alex kniet über mir und seine Miene wird strenger. »Nur liegenbleiben und entspannen«, verlangt er eindringlich. Dass ich darauf stehe, die Kontrolle abzugeben, kann ich mittlerweile problemlos eingestehen, also seufze ich erwartungsvoll und mustere ihn. Er greift selbst unter das Kissen und gleich danach nach meinen Handgelenken.

»Bondage? Ist das deine Überraschung?«, frage ich und wundere mich selbst darüber, wie lustvoll angespannt meine Stimme schon klingt. Er fesselt meine Hände ans Bettgestell und lacht leise über meine Frage. »Das hier ist weder meine Überraschung noch Bondage. Nur eine kleine Vorsichtsmaßnahme, für den Fall, dass du doch nicht ganz so abgebrüht bist, wie du vorhin behauptet hast und glaubst, du müsstest dich wehren.«

Meine überraschte Reaktion gefällt ihm sichtlich. Wäre das nicht Alex über mir, würde ich jetzt ein wenig Angst bekommen. So finde ich einfach nur heiß, was er in diesem dunklen Tonfall raunt.

Er setzt sich auf mich, stützt aber noch so viel von seinem Gewicht mit den Knien ab, dass er nicht zu schwer wird. Bewegen kann ich mich trotzdem nicht.

Alex sieht auf seine Hände, die sich langsam von meinem Bauch zu meinem Busen schieben. Als seine Finger sanft zudrücken, gleitet sein Blick in mein Gesicht.

»Weißt du, wie scharf du aussiehst, wenn du erregt bist?«, stellt er mir eine dieser rhetorischen Fragen, die sich hervorragend eignen, um einander noch heißer zu machen. Ich sehe ihm in die Augen, bis ich plötzlich diesen leicht ziehenden, aphrodisierenden Impuls spüre, und mein Blick zu seinen Fingern schweift. Sie reiben über die immer härter werdende Stelle an meinen Brüsten. Ich beuge den Oberkörper ein wenig durch, weil ich anfällig für solche Berührungen bin und ich das Prickeln bis in meinen Unterleib spüren kann.

Das leise Stöhnen aus meinem Mund wird von einem kurzen lustvollen Seufzen unterbrochen, als das Reiben seiner Finger fester wird.

»So empfindlich?«, fragt er mit rauer Stimme und greift noch fester zu. Meine Antwort ist ein lautes Aufstöhnen, das der leichte Schmerzimpuls etwas leidend klingen lässt.

Alex lässt sofort locker und beugt sich mit dem Kopf nach vorne. Seine Zunge gleitet über die Stelle, die seine Finger zuvor gereizt haben, zuerst an meinen linken Busen, dann an meinen rechten. Das tut so verdammt gut, dass ich ihn am liebsten bitten würde, nochmal etwas zu fest zuzupacken.

Als er nach unten rutscht und seine Zungenspitze dabei über meinen Körper gleitet, spreize ich automatisch ein wenig die Beine.

»Gut so«, flüstert er, als er meine Knie noch ein Stück weiter auseinanderdrückt. Das Lob ging übrigens nicht an mich, sondern an meine Libido, zumal sie jetzt meine Bewegungen steuert.

Ich ziehe an meinen Fesseln, während sich mein Körper erwartungsvoll durchbäumt. Mir ist nicht mal unangenehm, dass Alex' Blick so deutlich zwischen meinen Beinen ruht, ich will einfach nur seine Zunge spüren.

Er sieht zu mir hoch und schmunzelt schief, bevor er sich über die Lippen leckt. »Soll ich?«

Das ist die überflüssigste Frage, die mir jemals gestellt wurde, Alexander! Fragst du auch, ob du mich löschen sollst, wenn ich brenne?! Ja, du sollst!

»Bitte«, hauche ich und klinge flehend genug, um seine Augen zum Leuchten zu bringen.

»Aber nur ein bisschen, du bist schon viel zu angeheizt.« Sein Kopf sinkt nach unten. Es ist mir nicht peinlich, dass ich schon so in Fahrt bin, schließlich wollte er, dass ich das hier genieße, und das tue ich definitiv. Außerdem legt er es ganz offensichtlich darauf an, dass mein Körper unter Strom steht.

Seine Zungenspitze drückt sich gegen meine empfindlichste Stelle, die sofort den Temperaturregler in meinem Inneren auf Anschlag dreht. Mit jedem langsamen Gleiten werden die wohltuenden Wellen intensiver und drohen erlösend über mir zusammenzubrechen.

Er stoppt im wirklich ungünstigsten Moment, so, als ob er aufhören würde, Wasser über mich zu schütten, obwohl ich noch in Flammen stehe.

»Mach weiter …« *Ich brenne noch!*

Alex' Gesicht taucht über meinem auf und er schmunzelt mit glänzenden Lippen. »Lecken kann jeder …«, sagt er und zieht die Brauen nach oben.

Nicht so gut wie du!

»Ich preise dir doch keinen einfachen Orgasmus als Überraschung an«, versichert er kopfschüttelnd und fasst wieder unter das Kissen. Ich sehe nur kurz etwas aus dem Augenwinkel, aber ich kann den Kopf kaum heben, da mich meine Fesseln daran hindern. Da war etwas Pinkes und etwas Schwarzes.

Alex rutscht wieder ans Bettende und kniet sich zwischen meine Beine. »Heb das Becken, Süße.«

Ich komme seiner Bitte nach und hoffe, dass er nicht herausfindet, warum ich damals aus dem Ballettunterricht geflogen bin. Ich kann mich verbiegen, aber das sieht nur fünf Sekunden elegant aus, danach fange ich an zu zittern und zu schwitzen, weil meine Muskeln aus Fruchtgummi bestehen. Er rollt die Decke unter mir aber schnell zusammen und ich kann mich wieder entspannen. Ganz so komfortabel ist diese Position allerdings nicht, zumal ich mich ziemlich ausgeliefert fühle. Mein Becken reckt sich ihm so offenherzig entgegen, dass ich die Knie etwas beschämt zusammendrücke.

»Abgebrüht geht anders«, erinnert mich Alex an mein pseudocooles Statement von vorhin. Er legt die Hände auf meine Knie und übt sanften Druck aus. »Keine Angst, ich weiß, was ich tue. Profi bei der Arbeit – brav die Beine spreizen und genießen.«

Das Grinsen, das sich auf meine Lippen legt, fühlt sich so gut an, dass sich das schambedingte Unbehagen verflüchtigt. Er mag manchmal so streng wie Theo klingen oder mich so funkelnd mustern wie Simon, aber er bleibt Alex – der Alex, der mich mit einem Augenzwinkern und einem witzigen Spruch zu fast allem bringen könnte.

»Gut«, lobt er zufrieden und lässt seinen Blick von meinem Gesicht zu meiner Mitte schweifen. »Du hast übrigens eine sehr schöne …«

Ich ziehe die Augenbrauen zusammen, aber nur für eine Sekunde, weil mir auffällt, wie schockiert ich aussehe. Alex stoppt seinen Satz und grinst. »Du magst das Wort nicht?«

Ich schüttle den Kopf. Nein, ich mag das Wort nicht – keines davon. Nicht das M-Wort, nicht das P-Wort und die medizinische Bezeichnung dafür kann ich zwar verwenden ohne Zuckungen zu bekommen, aber Vagina klingt einfach verdammt unsinnlich. Müsste ich einen Erotikroman schreiben, würde ich wohl um diese Wörter herumschleichen, als wären sie illegal. Ich wäre eine verdammt seltsame Autorin …

»*Sie* ist sehr schön«, sagt Alex eindringlich und legt zwei seiner Finger auf die warme Stelle, die ich nicht benennen will.

Es ist unglaublich, wie er es schafft, diese ausgelassene Stimmung zu erzeugen, ohne auch nur einen Hauch der Erotik verfliegen zu lassen.

Seine Finger beginnen zu kreisen und die wohltuenden Wellen gleiten wieder durch meinen Körper. Das Stöhnen setzt ein, als er mit einem Finger in mich eintaucht. Oder sind es zwei? Ich hebe den Kopf, da das stetige Eintauchen zwar sehr gut tut, sich aber ungewohnt anfühlt.

»Was ist das?«

Weil er mein Becken etwas höher gelagert hat, und ich noch immer an das Kopfende des Bettes gefesselt bin, sehe ich kaum, was da unten vor sich geht.

»Tut es gut?«, stellt er eine Gegenfrage, die ich mit einem Nicken beantworten muss. *Ja, das tut es!*

»Und das?«

Ich gebe ein überraschtes Piepsen von mir, als das Vibrieren einsetzt. *Ja, das tut verdammt gut!* Und ich weiß endlich, womit er mich gerade reizt.

»Sowas habe ich auch zu Hause …«, verrate ich stöhnend und mit einem kleinen Grinsen im Gesicht.

»Das glaube ich nicht«, entgegnet Alex, stellt die Vibration ab und zieht das Spielzeug aus mir zurück.

»Du hast vielleicht das hier zu Hause …«, mutmaßt er und ich hebe neugierig den Kopf.

Das kleine flache, dreieckige Ding, das sich an die Wölbung meines Körpers schmiegt, leuchtet in einem kräftigen Pink. Als er mit dem Finger dagegen drückt, fängt es auch zu vibrieren an.

Nein, sowas habe ich nicht, aber wer immer sich das ausgedacht hat, ist ein Genie! Während dem Sex muss das großartig sein. Können wir loslegen?

Ich seufze wohlig und erwartungsvoll auf. Er beißt sich auf die Lippen. »Entspann dich …«

Ich drücke den Kopf zurück in das Kissen und genieße das sanfte Vibrieren. Mittlerweile glaube ich zu wissen, was er vorhat. Das hier läuft wohl nach dem Motto: ›Komm, ich zeige dir meine Spielzeugsammlung.‹

Jetzt wird mir auch klar, warum Nicki diese gelbe Eifersuchts-Aura um sich hatte. So ein Verwöhnprogramm wünscht sich jede Frau.

Was mir wohl die Ehre verschafft? Egal, es ist großartig, absolut scharf und …

»Hey, hey, hey!!«

Ich würde die Beine zusammendrücken, aber Alex' Körper ist im Weg. Er hat sich ein Stück über mich gebeugt, eine Hand aber noch immer an dem Spielzeug, von dem er behauptet hat, dass ich es sicher nicht zu Hause habe.

»Entspannen, nicht protestieren!«, herrscht er mich an, aber ich verfinstere nur die Miene und schüttle den Kopf.

Weiß er, dass er die richtige Abfahrt verpasst hat?! Mit Sicherheit, weil Alex wahrscheinlich der letzte Mann der Welt ist, der Navi-Anweisungen braucht, um sich zurechtzufinden. Trotzdem: *Wenn möglich, bitte wenden!*

Als er mehr Druck ausübt, und sich der stechende Schmerz mit meinem wachgerüttelten Schamgefühl mischt, werde ich konkreter. »Finger weg von meinem Hintern, Alex!«

»Das sind doch nicht mal meine Finger«, entgegnet er schief grinsend und schiebt das Spielzeug tiefer in mich. Ich atme zischend ein. »Das tut weh … und ist mir unangenehm! Ich …« Er beugt sich zu mir hinunter und verschließt meine Lippen mit seinen. Ich stöhne in den Kuss hinein, ziehe an meinen Fesseln und versuche, mich irgendwie mit diesem seltsamen Gefühl anzufreunden – ich kann nicht. Mein Kopf spielt einfach nicht mit.

»Hör auf!«

»Das ist nur ein Plug, Lena. Es tut weh, weil du dich so anspannst. So verkrampft wäre dir auch normaler Sex unangenehm.«

Er beginnt, das Spielzeug ein wenig zu bewegen und neigt den Kopf nach unten. Seine Zunge gleitet wieder über meinen Busen. Ich versuche, mich auf diesen angenehmen Reiz zu konzentrieren und auf das wohltuende Vibrieren zwischen meinen Beinen, aber alles, an was ich denken kann, ist, dass ich nicht will, dass er mich später von hinten nimmt. Ich kann nicht. Ich kriege diese Sperre nicht aus meinem Kopf. Er kann sonst alles mit mir machen, aber nicht das.

Eigentlich will ich nochmal energischer protestieren, aber ich bin mir sicher, dass er mir nur wieder sagen würde, ich soll mich entspannen. Jetzt ist mir auch klar, warum er meine Hände festgebunden hat. Wehren kann ich mich körperlich absolut nicht, aber ich kann ihn trotzdem dazu bringen, dieses Ding aus dem Spiel zu nehmen.

»Lapisla…« Ich verstumme und sehe Alex schockiert an, als er mir den Mund zuhält. *Was soll das?!*

Er schüttelt den Kopf, seine Stimme klingt fast schon fremd, weil ich ihn noch nie so ernst sprechen gehört habe.

»Ich würde nie ein Safeword ignorieren, Lena«, versichert er. »Wenn du es jetzt sagst, ist das hier sofort vorbei. Aber …« Das ist das eindringlichste ›Aber‹, das ich jemals gehört habe. »Aber ich verspreche dir, dass du es nicht bereust, wenn du mich weitermachen lässt. Hör auf, dir einzureden, dass das irgendwie pervers oder schmutzig ist. Das ist es nur, wenn du es so abstempelst und das wäre schade, denn ich weiß, dass es dir gefallen würde. Vertraust du mir?«

Er hebt die Hand langsam von meinem Mund und ich hole Luft.

»Willst du mich …?« Ich beiße mir auf die Unterlippe, weil das Schamgefühl noch immer in mir tobt und Alex mich verunsichert hat. Ich weiß nicht mehr, was ich will und was nicht. Er muss mir sagen, was er vorhat, zumindest ansatzweise, sonst brauche ich nicht mal zu versuchen, den Kopf freizubekommen.

»Kein Analsex – nicht heute. Ich will nur, dass du deine Einstellung dazu überdenkst. Nur Stimulation … « Er haucht das letzte Wort so verdammt verführerisch, dass die Lust auf ihn meine Zweifel niederringt.

Ich nicke vorsichtig und er schmunzelt mit angeturntem Blick. Seine Hand greift nach unten und ich setze zu einem ängstlichen Stöhnen an. Ich befürchte, dass er das Ding tiefer schiebt, aber das passiert nicht. Er drückt nur einen Knopf.

Mein Stöhnen wird nicht annähernd leidend, da der Impuls, der durch meinen Körper jagt, alles andere als unangenehm ist. Die starke Vibration an dieser Stelle fühlt sich unheimlich seltsam an, aber … gut.

Alex lässt seine Zunge über mein Ohr gleiten und ich bekomme Gänsehaut am ganzen Körper, weil mich die Reize gerade überfluten. Er stellt auch die Vibration des pinken Dreiecks, für das ich sowieso von Anfang an Feuer und Flamme war, intensiver.

Meine Atemzüge werden schneller, als die Erregung die Oberhand gewinnt.

Alex richtet sich auf und ich sehe seine Hände zu seinem Gürtel wandern. Er braucht sie gerade nicht, um mich zum Stöhnen zu bringen, das übernimmt sein Spielzeug für ihn. Eigentlich könnte er seelenruhig zusehen, wie ich hier unter dem seltsamsten Empfinden, das ich jemals hatte, verglühe. Seelenruhig ist er aber nicht, Alex steht auch unter Strom. Seine Augen glänzen, und er beißt sich auf die Lippen, während er sich die Jeans und die Shorts hinunterstreift.

Ich weiß, warum ihm das hier gefällt. Er frönt seinem Fetisch und führt mich dabei an eine persönliche Grenze heran. Die Überraschung ist ihm in jedem Fall geglückt.

Leider verschwindet er aus meinem Blickfeld, als er aufsteht. Ich nutze die Gelegenheit, um die Augen zuzumachen und in mich hineinzufühlen. Mein Körper prickelt und glüht. Dass ein Teil meiner Erregtheit von Stellen rührt, die ich eigentlich vorhin noch mit meinem Safeword verteidigen wollte, will ich im Moment nicht analysieren – der Wortwitz fällt mir trotzdem auf.

Ich hätte Alex von Anfang an vertrauen sollen. Abgesehen von dem Einführen des Plugs ist das Feeling großartig. Die doppelte Stimulation tut so verdammt gut, dass ich in diesen Lustrausch verfalle, in dem ich Hemmungen und Schamgefühle vergesse.

Ich höre Plastik reißen und öffne die Augen. Alex kniet sich wieder zwischen meine Beine und streift sich das Kondom über.

Du bist so verdammt heiß, Löwenstein, ich könnte verrückt werden!

»Bereit?« Diese dunkle Stimme turnt mich noch mehr an, obwohl ich nicht weiß, ob das überhaupt möglich ist. Seine Härte drückt gegen meine Hitze. Er gleitet mühelos in mich, weil ihn mein Körper unbedingt spüren will.

»So feucht und trotzdem so eng …«, stöhnt er bei seinem ersten Stoß, der meinen Verstand endgültig benebelt. »… dich zu vögeln ist der Wahnsinn!«

Ich höre ihn. Ich weiß, dass er etwas Scharfes sagt, aber ich kann mich nur noch darauf konzentrieren, dass ich gleich vor Erregung zerspringe.

Schon seit dem ersten Stoß ist da dieser Punkt in mir, der einen dritten Impuls lostritt und alle anderen Gefühle noch weiter verstärkt. Alex nimmt mich fest und rhythmisch, während ich meine Erregung hinausstöhne.

Mein Becken beginnt zu beben und das ist keine bloße Umschreibung dafür, dass ich gleich komme, ich zittere buchstäblich vor Reizüberflutung.

Ich kann nicht sagen, wo und was in mir in einem Feuerwerk aufgeht, nur, dass ich plötzlich blitzende Sternchen sehe und Alex wieder Gott nenne.

Die Muskeln in meinem Unterleib zucken und lassen mich die Härte, die immer wieder in mich eindringt, unheimlich intensiv spüren.

»Nicht …«, höre ich ihn leidend knurren und bekomme mit, dass er die Augen zu hat. Ich kann mit diesem ›Nicht‹ nichts anfangen.

Ich kann nicht nicht kommen, ich kann nicht nicht zittern.

Der intensive Höhepunkt fegt meine Gedanken leer, lässt mich nur mehr fühlen und genießen. Es ist unglaublich, wie lange das alles anhält. Die wohltuenden Reize wechseln sich ständig ab. Als ich begreife, dass das weitere großartige Gefühl daher kommt, dass Alex′ Männlichkeit in mir pulsiert und er sich ergießt, höre ich ihn auch schon wieder knurren. »Verdammte …«

Das Fluchen ergibt für mich keinen Sinn. Die Navi-Stimme in meinen Gedanken schon: *Sie haben Ihr Ziel erreicht!*

Während ich berauscht von all den Eindrücken nach Luft schnappe, verschwindet das Spielzeug und damit auch der Reiz. Alex blinzelt mich an und zuckt mit den Schultern.

»Genial, oder?«

»Genial?«, schnaufe ich und sehe noch immer ein paar Sternchen in seinem hübschen Gesicht, während ich ergänze: »Ja, sicher …«

Das ist kein Sarkasmus, das ist eine Sprachstörung. Er hat absolut recht – er ist ein Genie und das hier war schlichtweg großartig!

Er legt seine Hand auf meine Wange und drückt seine Stirn gegen meine. »Aber entschuldige das frühe Kommen. Das hier hätte eigentlich länger dauern sollen …«

»Kannst du mich …«, Luft holen. » … losmachen?«

Alex nickt und fängt sofort an, meine Fesseln zu lösen. Meine Hände landen auf seinem warmen Rücken und streicheln über seine Haut.

»Du warst der absolute Wahnsinn«, versichere ich ihm. Sein Körper legt sich auf meinen. Die Schwere ist angenehm, weil sie mit Nähe einhergeht.

Alex lacht atemlos. »Für einen Sechzehnjährigen wäre das eine gute Performance gewesen, ja.«

Sein ›Nicht …‹ und das ›Verdammt …‹ von vorhin ergeben plötzlich Sinn. Auch, dass er die Augen geschlossen hatte, obwohl es ihn anmacht, mir beim Kommen zuzusehen. Das Fluchen und nicht Hinsehen waren so etwas wie Selbstdisziplinierung.

»Ich habe aber auch unterschätzt, wie scharf du aussiehst und wie gut du dich anfühlst«, sagt er und ich höre, wie sich Entspannung in seinen Tonfall schleicht. Alex legt den Kopf auf meine Brust und ich die Hand auf seine Wange.

»Du hast mir absolut nicht zu viel versprochen. Das war …« Mir fällt kein Wort ein, aber mit Worten hadern ist auch ein Ausdruck von Beifall.

»Wie geht es deinem hübschen Hintern?«, murmelt er hörbar amüsiert und beginnt leise zu brummen, weil ich sanft mit den Nägeln über die Haut an seinem Hals fahre. Der Löwe schnurrt und ich werde rot, obwohl ich dabei bin, wieder zu Atem zu kommen.

»Fühlt sich noch immer seltsam an … aber …«

»Aber?«

Ich seufze ein Lachen. »Ich muss wohl nicht mehr mein Safeword schreien, wenn du das nochmal machen möchtest.«

»Nachhilfestunde geglückt?«

Mein Lachen macht mir bewusst, dass ich heiser bin.

»Du bist der unanständigste Nachhilfelehrer der Welt«, werfe ich Alex vor, der den Kopf hebt und eine Augenbraue nach oben zieht. »Ich glaube, du wolltest ›geilste‹ sagen.«

»Stimmt. Ich verwechsle wohl Wörter – sind das typische Nachwirkungen deines Löwenstein-Spezial?«

»Ja, das und furchtbar lautes Beten während der Durchführung. Deshalb hast du auch gerade keine Stimme.« Wie peinlich, ich war wirklich laut. Aber ich hatte über den Lautstärkeregler in meinem Inneren keine Kontrolle, da sich meine Libido daran festgeklammert hat.

Ich merke, dass sich Alex' Körper kurz anspannt, dann hält er eine Sekunde inne und sieht mich fragend an. »Willst du noch ein bisschen liegen bleiben?«

Er wollte eigentlich aufstehen und sich in Lichtgeschwindigkeit anziehen, dann ist ihm anscheinend aufgefallen, dass wir hier gerade kuscheln und es so aussehen würde, als wollte er flüchten.

Ich höre auf, ihn zu streicheln, als wäre er mein Stubentiger. Das war wohl irgendwie seltsam, schließlich sind wir nicht zusammen. Abklatschen wäre wohl angebrachter gewesen, zumal sich mit Alex zusammen zu sein so anfühlt, als würde ich geniale Erinnerungen mit meinem besten Kumpel sammeln – wobei mein bester Kumpel ein Sex-Gott ist.

»Spring in deine Klamotten, Superman.«

Er grinst mich an und rafft sich auf. Ich tue es ihm gleich, wenn auch nicht ganz so schnell.

Kaum stehe ich auf meinen Beinen, hämmert mein Kopf. Das mit dem Sexualkopfschmerz hat nicht nur Theo drauf. Alex kann mein Hirn auch dazu bringen, eine beat-lastige Techno-

Party zu feiern. Ich mache einen Ausfallschritt, halte mich an der Kommode fest und schließe kurz die Augen.

»Hey! Ist dir schwindlig?«

»Nein, ich bin hackevoll!«, entgegne ich sarkastisch, während ich mir die Schläfen reibe. Alex lacht leise und streicht mir über den Rücken.

»Willst du eine Kopfschmerztablette? Oder soll ich lieber einen Arzt anrufen?«

»Kein Grund, Jula herzubestellen. Außer du brauchst einen Vorwand«, entgegne ich und schmunzle ihn an, auch, um ihm zu zeigen, dass es mir schon besser geht.

»Ich meinte nicht Jula. Wir haben ein paar Ärzte in der Familie, aber ich würde ehrlich gesagt keinen davon gerne anrufen, und ihm erklären, dass ich dich schwindelig gebumst habe.«

Ich winke lachend ab, da ich mir vorstellen kann, dass Alex seinem Großvater sowas nicht erklären will. Die Kopfschmerzen klingen aber schon ab.

»Alles gut. Kannst du mir meine Klamotten geben?«

Er bückt sich nach meinen Sachen und reicht sie mir. Während ich mich anziehe, schüttelt Alex das zerwühlte Bett auf. Ich drehe mich neugierig zu ihm, weil ich wissen will, was er mit dem Spielzeug macht. Er sieht meine forschenden Blicke und grinst schief. »Keine Angst, alles Silikon. Lässt sich super reinigen. Außerdem war das Zeug nagelneu, ich habs extra für dich gekauft.«

Dass er so einen Aufwand betrieben hat, führt dazu, dass ich mich geschmeichelt fühle. Geschmeichelt und postkoital durstig. Ich brauche jetzt erstmal ein Glas Wasser und einen Schlaghammer für meine Libido, damit sie aufhört, den Lambada zu tanzen.

Orgasmen unter Freunden

Ich verschwinde im Badezimmer, um mich frisch zu machen. Dass Alex hier nach Veilchen duftende Feuchttücher neben ein paar Einweg-Zahnbürsten stehen hat, ist praktisch, bringt mich aber zum Schmunzeln. Fehlen nur noch kleine Post-Its: ›Untenrum frisch‹ - ›Obenrum frisch‹.

Während ich mich nachschminke, fällt mir auf, dass das Make-Up meine glühenden Wangen auch nicht vertuschen kann. Mein Körper reagiert so auf anstrengende oder aufregende Ereignisse. Mir steht ins Gesicht geschrieben, dass ich gerade einen Horizont erweiternden Orgasmus hatte oder einen Berg hinaufgelaufen bin – das erschließt sich aber aus dem Kontext.

Auf dem Weg ins Wohnzimmer komme ich an einer offenen Schlafzimmertür vorbei. Ich will wirklich nicht spannen, aber …

Doch, ich will spannen, bleiben wir bei der Wahrheit.

Eine sperrangelweit geöffnete Tür ist aber auch ein sicheres Zeichen dafür, dass die beiden kein Problem damit haben, wenn ihnen jemand zusieht.

Da ich nicht annähernd abgebrüht genug bin, um mich grinsend in den Türrahmen zu lehnen und anerkennend zu nicken, bücke ich mich nach meiner Tasche, die im Flur neben dem Schuhregal steht, und ziehe mein Handy heraus.

Joeys Rückenansicht ist unheimlich sexy. Ihre Tattoos sehen in dem schummrigen Licht noch cooler aus. Ich kann nicht erkennen, ob sie auf Benji oder Tobias sitzt, aber das rhythmische Auf und Ab ihres Körpers ist auf eine anregende Weise hypnotisierend.

Ich bin kein Fan von Pornos, aber das hier ist spannend. Wahrscheinlich, weil es echter Sex ist, bei dem die Frau nicht durch die Nase stöhnt, weil es ihr so gut tut, wenn sie den Mund voll hat. Porno-Darstellerinnen haben ausgefallene erogene Zonen. An dem Tag, an dem meine eigene Zunge bei Stimulation einen Orgasmus bei mir auslöst, lasse ich eine Kernspintomographie machen.

Als er den Oberkörper vom Bett hebt und die Hände um Joey schlingt, erkenne ich das unschuldige Gesicht, das umwerfend aussieht, wenn er so erregt ist. Trotz des schummrigen Lichts im Zimmer und der Distanz sehe ich Tobias' Augen glänzen, während er die Lippen auf Joeys Hals drückt.

Sie gibt nach wie vor das Tempo an, vergräbt eine Hand in den hellbraunen Locken. Anscheinend packt sie nicht allzu zaghaft zu, denn Tobias hört auf, ihre Haut zu küssen und hebt leise stöhnend den Kopf. Er entdeckt mich und mein Blick schnellt sofort auf das Smartphone.

Ähm, ich checke hier nur kurz meine SMS, WhatsApp, meine Mails, Facebook, Instagram …

Ich beginne, mich in Bewegung zu setzen, nicht ohne nochmal in das Zimmer zu schielen. Tobias' Blick ist eine Mischung aus lustvoll und schmerzhaft angespannt, zumal Joey sich noch immer in seinen Haaren festgekrallt hat. Vielleicht glänzt da auch ein zarter Hauch von Verlegenheit auf seinen Wangen, aber so genau kann ich das nicht sagen, denn ich höre auf zu spannen und gehe ins Wohnzimmer.

Die Musik läuft und trotzdem höre ich den aufgebrachten Tonfall in Nickis Stimme heraus.

»Dass du das machst, ist absolut widerlich, Alex!«, spricht sie einen Vorwurf aus, der meine Augen groß und fragend werden lässt.

»Und wenn jemand wie *ich* dir das sagt, sollte dir das zu denken geben«, fügt sie kopfschüttelnd hinzu.

Ich setze mich zu ihnen an den Tisch. Nicki hat sich das aufgemalte Kleid noch nicht vom Körper gewaschen, was mich wundert, weil ich mir beinahe sicher war, dass sie über Benji oder Tobi herfällt, während ich mit Alex verschwunden war. Ganz jugendfrei ist es hier aber sicher nicht geblieben, zumal Benjis schwarz-grau kariertes Hemd falsch zusammen geknöpft ist. Der erste Knopf steckt im dritten Loch – das war vorhin ganz sicher noch nicht der Fall, solche Dinge springen mir ins Auge. Ich hätte mich nach den ersten drei Monaten beinahe von Max getrennt, da er dazu geneigt hat, seine Socken verkehrt herum anzuziehen. Hätte ich damals nur verstanden, dass mir das Universum einen warnenden Wink in Form einer sichtbaren Naht gegeben hat.

»Als ob du weniger abgedreht wärst! Ich habe dich schon viel ekelhaftere Dinge machen sehen!«, entgegnet Alex Nickis Vorwurf und über mir ploppen Fragezeichen und das verwirrte Emoji auf.

Worum geht es hier denn?

Alex hatte höchstens fünf Minuten Vorsprung. Während ich mich im Badezimmer frisch gemacht und Joey und Tobias angeschmachtet habe, ist hier anscheinend eine Diskussion über irgendetwas ›widerlich Abgedrehtes‹ entstanden.

Klärt mich auf!

»Um was geht es?«, will ich wissen und ernte ein Kopfschütteln von Benji. Nicki macht Alex weiterhin Vorwürfe.

»Ist dir schon aufgefallen, dass das kein Mensch außer dir gut findet? Das ist doch ein sicheres Indiz dafür, dass es abartig ist!«

»Theo hat das auch schon mal gemacht!«, entgegnet Alex patzig.

»Wenn Theo das wirklich mal versucht hat, dann nur, weil du ihn wahrscheinlich totgequatscht und dazu gezwungen hast.«

»Ja, Theo lässt sich ja auch so einfach zu etwas zwingen!«, giftet Alex sarkastisch zurück und steht auf. »Ich brauche eine Zigarette.«

»Gute Idee, dann kannst du mir erklären, wann du das erste Mal den widerlichen Gedanken hattest, das zu versuchen«, entgegnet Nicki und folgt ihm auf den Balkon.

Okay, etwas, das nicht mal Theo tun würde und Nicki abartig findet – bevor in meinen Gedanken wirklich verstörende Bilder auftauchen, sehe ich Benji eindringlich an. Im Gegensatz zu mir hat er den Beginn dieses seltsamen Streitgesprächs sicher mitbekommen.

Er zuckt mit den Schultern und lässt seine Narbe zu einem Grübchen werden, bevor er Licht ins Dunkel bringt.

»Alex taucht sein Brötchen gerne in Cola.«

Ich lege den Kopf verwirrt schief. »Ist das eine Umschreibung für irgendeine ausgefallene Sexpraktik?«

Er schüttelt den Kopf. »Nein. Er taucht gerne Weißbrot in Cola und isst das dann. Aber ich verstehe, dass sich das für dich gerade seltsam angehört hat. Nachdem du aufgetaucht bist, fielen die Worte ›Brot‹ und ›Cola‹ nicht mehr.«

Ich überdrehe seufzend die Augen, weil ich dabei war, mir die wildesten Dinge auszumalen. So entstehen Gerüchte. Kurz habe ich geglaubt, Alex hätte einen weiteren Fetisch, abgesehen von dem ›Schau mich an‹-Spleen, den ich so heiß finde. Er isst aber nur gerne in Cola getränktes Gebäck. Was schon irgendwie widerlich ist. Ziemlich sogar.

»Die beiden streiten immer über irgendwelche Lappalien«, erklärt Benji. »Vor ein paar Wochen gab es eine hitzige Diskussion darüber, dass Nicki Alex' Glücksbleistift angeknabbert hat. Das ging von Vorwürfen oraler Fixation über ›Du bist bescheuert‹, ›Nein du bist bescheuert‹, ›Du bist immer einmal bescheuerter als ich‹.«

Ich muss lachen, da Benji das Ganze nach Kindergartentheater klingen lässt.

»Aber sie springen sich nie wirklich an die Gurgel. Ich bekomme Heimweh, wenn ich die beiden streiten höre. Das erinnert mich immer an mich und meine Schwester.«

»Ja, aber ihr feiert eure Versöhnung hoffentlich nicht im Bett«, entgegne ich scherzhaft und sehe Benji das Gesicht verziehen, zumal ihn die Vorstellung natürlich anwidert. Als Einzelkind macht man leicht solche Scherze.

»Du hättest mich gleich mit kaltem Wasser übergießen können«, meint er gespielt vorwurfsvoll. Seine Miene wird im nächsten Moment ungeahnt fragend. Er beugt sich ein Stück weiter zu mir. »Hast du Alex und Nicki schon mal vögeln gesehen?«

Die Frage überrascht mich. Weil sie seltsam ist. Will er wissen, ob ich ihnen mal zugesehen habe? Ich spanne nicht! Ich checke nur mein Handy vor offenen Schlafzimmertüren.

»Ähm … nein. Das ist auch nicht wirklich mein Ding.«

Mal ehrlich, ein paar kurze, verstohlene Blicke machen mich nicht zu einer Spannerin.

Benji schüttelt den Kopf und schnaubt amüsiert. »Das wollte ich dir auch nicht unterstellen. Die Frage war eher sowas wie eine persönliche Feststellung, die du entkräften hättest können. Aber du hast sie anscheinend auch nie miteinander schlafen sehen. Das bestätigt meine Theorie.«

»Deine Theorie?«

Ich kann ihm nicht wirklich folgen, aber er macht mich verdammt neugierig. Das ist wie eine Folge von *Desperate Housewives*. Was ist das Geheimnis dieser Staffel?!

»Die Geschwister-Theorie«, sagt er verschwörerisch klingend, und meine Augen werden Manga-Mädchen groß.

Ich habe auch noch nie mitbekommen, dass Alex und Nicki Sex gehabt hätten. Hatten sie aber bestimmt mal, oder? Sie werfen sich schon ab und an zweideutige Blicke zu, wobei das dann meistens in einem Scherz gipfelt. Außerdem hat er ihr letzten Sonntag versichert, dass sie die Liebe seines Lebens ist, damit sie uns abholt – wobei das auch nur ein Scherz war. Aber es ist doch absolut abwegig zu glauben, dass sie Geschwister sind. Sie küssen sich, sie machen zweideutige Anspielungen und außerdem haben sie zwei unterschiedliche Nachnamen. Halb-Geschwister könnten sie trotzdem sein. Macht das Sinn? Wenn Alex' Vater eine Affäre mit Nickis Mutter hatte und die Löwensteins das verheimlichen wollen, weil reiche Leute zwangläufig Leichen im Keller verstecken, Geburtsurkunden und Adoptionspapiere fälschen und zu den ungünstigsten Gelegenheiten ins Koma fallen oder erblinden.

»Glaubst du wirklich, sie sind irgendwie verwandt?«, stelle ich eine sensationslustig klingende Frage, die Benji zum Lachen bringt. Er winkt ab. »Nein, das wollte ich nicht sagen. Das war nur so eine Art Metapher. Ich wollte eigentlich nur darauf hinaus, dass sie mittlerweile wohl zu tief in der ›Friendzone‹ stecken, um miteinander zu schlafen.«

Ich seufze über meine blühende Fantasie. Was habe ich erwartet? Einen Inzest-Skandal? Dass gleich Theo hier reinstürmt und auch sowas sagt wie: ›Ich bin der verschollene Bruder der Cousine deiner Mutter, aber ich liebe dich trotzdem, also lass uns nach Australien durchbrennen, weil sich mein eineiiger Zwillingsbruder für mich ausgegeben hat und ich in Europa ein gesuchter Verbrecher bin.‹

Theo fehlt mir und ich kucke eindeutig zu viel Fernsehen!

»Ich glaube schon, dass sie miteinander schlafen«, greife ich das Thema endlich auf, ohne im Hintergrund das *OC California* Intro zu hören.

»Hier auf den Partys nicht – zumindest nie, wenn ich hier war«, meint Benji.

Ich nicke seine Worte ab. Auch wenn da kein Seifenopern-Drama dahintersteckt, finde ich die Tatsache interessant. Wobei ich noch immer der Meinung bin, dass Alex und Nicki ab und an miteinander schlafen. Theo hat auch behauptet, sie wäre reizlos für ihn – ziemlich eindringlich sogar. Dass das gelogen war, liegt aber auf der Hand. Dafür sollte ich ihn übrigens mal seine eigene Peitsche spüren lassen. Was es braucht, um Theo vor mir auf die Knie gehen zu lassen, weiß ich allerdings nicht. Kryptonit?

»Wie lange kommst du eigentlich schon auf Alex' Partys?«, stelle ich Benji eine Frage, die ich sowieso viel öfter stellen wollte. Ich kenne nur die Geschichte des Porno-Internat-Dreiecks und Simons, der daraus kurzzeitig ein Viereck gemacht hat.

»So ungefähr ein Jahr«, antwortet er und grinst mich an, weil er weiß, dass ich eigentlich wissen möchte, welche Eule ihm den Brief mit der Aufnahmebestätigung vorbeigeflogen hat.

»Ich war in Bianca verknallt. Wir saßen in derselben Vorlesung und waren zwei, drei Mal einen Kaffee trinken. Damals hat sie mir eigentlich ständig nur von einem Architekturstudenten vorgeschwärmt, den sie kennengelernt hatte. Außerdem hat sie mir versichert, dass sie keine Beziehung sucht. Was für mich damals keinen Sinn gemacht hat. Ich hielt das für eine fadenscheinige Ausrede, um mich loszuwerden und mit dem Architekten-Schnösel durchzubrennen.«

Ich stimme in sein Lachen ein, weil ich natürlich weiß, von wem er spricht.

»Sie hat mir gesagt, dass sie nur Spaß haben möchte und dass sie mir nicht das Herz brechen will. Ich dachte, sie hält mich für eine Klette, die ihr einen Heiratsantrag machen möchte, was meiner Männlichkeit einen ziemlichen Schlag versetzt hat. Irgendwann habe ich ihr eine SMS geschickt, in der ich ihr versichert habe, dass ich sie nur heiß finde und ihr keine Horde Kinder unterjubeln will.«

Benji grinst und zuckt mit den Schultern. »Naja, vielleicht war die SMS ein wenig eindeutiger formuliert – ich war betrunken. Am nächsten Tag war mir das ziemlich peinlich. Ich wollte ihr eigentlich aus dem Weg gehen, aber sie wollte unbedingt, dass ich mit ihr zum Mittagessen in die Mensa gehe, weil sie mir jemanden vorstellen wollte.«

»Alex?«, mutmaße ich und Benji nickt.

»Ja. Alex und Nicki. Dieses Gespräch werde ich nie vergessen. Ich hielt das zuerst alles für einen Scherz. Das klang zu gut, um wahr zu sein. Abhängen mit Freunden und Sex ohne Verpflichtungen. Genial – solange man die Gefühle wirklich stumm stellen kann.«

»Bist du noch in Bianca verknallt?«, stelle ich eine Frage, die auf der Hand liegt, da sein letzter Satz relativierend geklungen hat. Das hier ist großartig, macht Spaß, tut gut – solange man sich nicht verliebt.

Benji schüttelt den Kopf. »Nein, ich habe das abgestellt, sonst könnte ich nicht hier sein.«

»Das klingt irgendwie schmerzhaft.«

»Das ist es nicht. Ich genieße es, weil genau jetzt die Zeit für all das hier ist. Jetzt oder niemals wieder. Das Studium geht so schnell vorbei und wir werden wahrscheinlich alle noch gut und gerne fünfzig Jahre damit verbringen, der Liebe und den Beziehungen Platz in unserem Leben zu machen – was auch schön und richtig ist, aber nicht jetzt. Ein paar Jahre frei, ungebunden und etwas verrückt zu sein, ist der richtige Weg, einen Teil seiner Zwanziger zu verbringen – nicht für jeden, aber für uns.«

Er pustet sich eine schwarze Haarsträhne aus dem Gesicht und zwinkert mir zu. In Benji steckt ein großer Redner, man merkt, dass er viel liest und man merkt, dass er die ausgelassene Stimmung hier genauso gerne inhaliert wie ich.

Aus der Anlage schallt *It´s my life* von *Bon Jovi* und zwei hübsche Menschen mit zerwuschelten Haaren tauchen aus dem Flur auf. Es ist, als ob irgendjemand diese Szene inszeniert hätte, um Benjis Worte zu untermalen. Als die Balkontür aufgeht, und ich Alex' Lachen im Ohr habe, würde ich den Moment gerne für die Ewigkeit einfrieren. Ich will mich für immer an all das hier erinnern: die Unbeschwertheit, den Spaß, den Sex, an den Geruch von jedem Einzelnen. Als sich Alex auf den freien Stuhl neben mir setzt, grinse ich ihn an und atme tief ein.

Pfui Teufel, du riechst wie ein Aschenbecher – das streiche ich lieber aus meinem Gedächtnis!

»Ihr sitzt ja noch immer hier«, sagt der Aschenbecher vorwurfsvoll. Alex sieht an mir vorbei zu Benji. »Sind deine Anmachsprüche so schlecht? Studierst du nicht Reden?«

Ich weiß, worauf er anspielt. Ich habe auch nicht vergessen, dass Benji vorhin gemeint hat, er will heute ein wenig Zeit mit mir alleine verbringen. Dass Alex es so offen anspricht, weckt Unbehagen in mir, weil er Benji quasi unter Zugzwang stellt. Der Schwarzhaarige grinst aber nur.

»Ja klar, ich studiere ›Reden‹, genau das haben wir auch gemacht. Lena hat mir erzählt, was du vorhin alles verbockt hast, und was ich wieder gutmachen muss.«

Alex weiß natürlich, dass er vorhin im Schlafzimmer Wunder bewirkt hat und schnaubt ungläubig.

»Ich bezweifle, dass du das besser kannst als ich«, sagt er und reckt das Kinn hoheitsvoll nach oben.

»Na ich kann es zumindest länger. Ihr wart ja kaum zwanzig Minuten weg«, entgegnet Benji und bringt damit alle zum Lachen – außer Alex, der beleidigt den Mund verzieht. Ich habe kurz Angst, dass er sauer wird, da er das schnelle Kommen vorhin selbst kritisiert hat, aber er zuckt nur mit den Schultern. Wenn man ein Sex-Gott ist, steckt man Seitenhiebe gut weg.

»Ja, ja. Spotte nur über mich, aber mit Lena zu schlafen und nicht gleich zu kommen, ist verdammt hart, und wenn *ich* das sage …«

»Ja Alex, du bist der potenteste Hengst im Stall«, fällt ihm Nicki ins Wort und überdreht die Augen. »Und Lena hat eine magische Muschi«, fügt sie hinzu und macht eine theatralische Geste mit der Hand.

Ich funkle sie eine Sekunde lang an, dann muss ich aufstehen, weil ich nicht will, dass sie sieht, dass ich rot werde.

»Ich hole mir etwas zu trinken. Soll ich jemandem etwas mitbringen?«

Ablenken. Abhauen. Nicht mal meine Libido möchte hier in einer offenen Diskussionsrunde über die Form, das Aussehen oder das Feeling meiner Magie sprechen.

»Du kannst ein Glas Wodka-Orange mitbringen«, sagt Nicki im anweisenden Tonfall. Ich drehe mich nicht mehr nach ihr um, sondern gehe in Richtung Küchenzeile.

»Und es ist übrigens für Tobi, nicht für mich. Spuck also nicht rein!«, ruft sie mir hinterher. Sie will ihn ganz offensichtlich abfüllen, damit sie später noch über ihn herfallen kann.

Der arme Junge. Ich sollte *Amnesty International* einschalten. Oder die katholische Kirche. Nicki ist noch immer eine Hexe.

Ich mixe die Getränke zuerst schwach, weil ich nicht dabei helfen will, den Lockenkopf mit dem Engelsgesicht gefügig zu machen, dann leere ich doch Wodka nach, zumal es mir unmenschlich erscheint, ihn nüchtern mit Nicki schlafen zu lassen.

»Willst du, dass das noch jemand trinkt, oder möchtest du damit eine Wunde desinfizieren?«

Ich drehe mich nach Benji um, der hinter mir aufgetaucht ist und grinsend die beiden Gläser beäugt.

»Was denn? Der Orangensaft neutralisiert das doch.«

»Damit er das kann, sollte so viel drin sein, dass du zumindest nicht durch die Flüssigkeit durchsehen kannst.«

»Vertraust du meinen Fähigkeiten als Barkeeperin nicht?«, frage ich gespielt beleidigt. In Wirklichkeit habe ich keinerlei

Fähigkeiten auf diesem Gebiet. Das liegt schon alles zu Nahe am Bereich ›Kochen‹, und sobald ich Zutaten mischen muss, verfällt der rationale Teil meines Verstandes in Schockstarre.

Benji antwortet nicht, greift nur nach einem der Gläser und macht eine auffordernde Kopfbewegung.

»Prost.«

Du willst jetzt nicht, dass wir das exen, oder? Danach spucken wir garantiert Feuer!

Zum Glück habe ich die kleinen Gläser aus dem Schrank geholt.

Ich greife nach dem anderen Glas und sehe Benji noch zwinkern, bevor er sich die – zugegeben – viel zu klare Flüssigkeit die Kehle hinunterlaufen lässt. Nachdem ich es ihm gleichgetan habe, schüttelt es mich, während ich die Augen zusammenkneife, und meine Speiseröhre in Flammen aufgeht.

»Okay, zu stark«, kommentiere ich meine eigene Kreation, schlage die Augen wieder auf und sehe Lippen, die schon so nahe sind, dass ich die Augen wieder schließe.

Benji nimmt mir das Glas aus der Hand und stellt es hörbar klirrend auf die Arbeitsplatte, weil er auch nicht mehr hinsieht.

Das ist ein ungeduldiger, verheißungsvoller Kuss, in den ich hineinstöhne, als er sich so fest gegen mich drückt, dass mir im ersten Moment die Luft wegbleibt. Es liegt wahrscheinlich daran, dass mir der Wodka schwer zu Kopf steigt, aber ich könnte Benji gerade problemlos mit Theo verwechseln.

»Darf ich dich nehmen?« Kaum haucht er mir diese angeturnten Worte ins Ohr, schlage ich die Augen auf und sehe in ein paar leuchtend blaue Iriden. Auch wenn mir der Alkohol die Sinne benebelt, kann ich die Theo-Illusion nicht aufrechterhalten. Er würde diesen Satz nicht als Frage, sondern als Feststellung aussprechen.

Trotzdem bin ich in Stimmung. Sehr sogar. Die Erinnerungen an diesen phänomenalen Orgasmus vermischen sich mit dem Reiz des Neuen. Benji und ich waren uns noch nie so nahe, ich weiß nicht, wie er sich anfühlt oder wie sein Stöhnen klingt. Ich will es aber herausfinden.

Meine Antwort ist nonverbal. Ich küsse ihn, lege meine Hände auf seine Brust und will ihn nach hinten schieben. Sein Oberkörper fühlt sich verdammt gut an, hart, aber das stelle ich nur so intensiv fest, weil er keinen Schritt zurück macht. Ich sehe fragend zu ihm auf.

»Hier«, flüstert er ein einzelnes Wort, das meine Wangen wieder glühen lässt.

Hier in der Küche? Diese Wohnung hat vier Schlafzimmer!

»Aber …«, mein Blick schweift an Benji vorbei auf die Trennwand, die die kleine Küchenzeile zwar größtenteils vom Wohnzimmer abschirmt, aber ich kann die anderen noch immer lachen und reden hören.

»Turnt dich das nicht an?«, will er wissen.

Eigentlich will ich den Kopf schütteln, aber er legt die Hand auf meinen Oberschenkel und schiebt sie unter mein Kleid. Ich konzentriere mich auf seine Finger, die gegen meinen String drücken und etwas in mir aufwecken, das dem Schamgefühl sofort die Intensität nimmt.

»Hattest du noch nie Sex in einer Umkleidekabine oder an der Uni?«

»Nein.«

Hätte ich Max Sex in der Öffentlichkeit vorgeschlagen, hätte er einen ganzen Nachmittag lang peinlich berührt den Kopf geschüttelt. Ich will nicht so wie Max sein. Das ist zum Glück vorbei und mein Leben ist jetzt so prickelnd, dass mein Herz eben manchmal im Marathon-Modus hämmern muss, um die Spannung zu ertragen.

Benji schmunzelt schief, da er meinen kleinen Protest so schnell brechen konnte.

Als er mich wieder küsst, ruft das die Euphorie in mir wach, die ich dem spontanen Mut zu verdanken habe, mich auf das hier einzulassen. Einen kleinen Verdienst daran hat vielleicht auch der Wodka.

Benjis Finger schieben meinen String zur Seite. Er hat eine etwas andere Technik beim Stimulieren als Alex, aber es fühlt sich gut an. Er ist von Anfang an weder zu zaghaft noch zu langsam in seinen Bewegungen.

Mein Blick schweift auf sein Hemd und ich greife nach den sowieso falsch zugeknöpften Knöpfen. Weil er nicht protestiert, habe ich hier wohl mehr Spielraum als sonst. Ich darf ihn ausziehen, anfassen, befummeln, küssen, beißen … *ja, ich bin eindeutig betrunken.*

Benjis Oberkörper ist wirklich schön. Ich würde meine Fingerspitzen über diese tollen Konturen gleiten lassen, würden mich die Narben nicht so ablenken. Sie glänzen unter dem gelblichen Küchenlicht.

»Glasscheibe gegen Körper«, flüstert er mir zu und grinst, bevor er ergänzt. »Glasscheibe gewinnt.«

Ich beiße mir auf die Unterlippe. Seine Finger machen mich immer heißer. Mein Verstand hat gerade keine Kapazitäten, diese Geschichte zu überdenken, aber Benji sieht auch nicht so aus, als wollte er das jetzt vertiefen.

Während wir uns wieder küssen, lasse ich meine Hand über seinen Bauch gleiten. Ich will ihn auch unter meinen Fingern spüren, also gleiten sie in seine Jeans. Sein Körper strahlt immer mehr Wärme aus, umso tiefer ich mich vorantaste. Als ich die harte Stelle erreiche, streiche ich über die samtweiche Haut.

Benji knurrt in den Kuss. Das Geräusch gefällt mir und ich greife etwas fester zu. Er packt sich sofort mein Handgelenk, und ich stoppe die Bewegung, die ich gerade erst begonnen habe.

»Nicht. Ich bin scharf genug …«, raunt er. Er lässt einen seiner Finger prüfend in mich gleiten. »Du auch?«

Diese Frage ist reiner Dirty-Talk, er merkt, wie feucht ich bin. Dass er sich in mir etwas bewegt, fühlt sich gut an, aber ich hätte nichts gegen etwas Größeres einzuwenden, also greife ich nach seinem Gürtel, der schnell geöffnet ist. Bevor ich seine Hose aufmachen kann, bückt sich Benji ein Stück und hebt mich dann so mühelos auf die Küchenplatte, als würde ich nur 50 Kilo wiegen. *Ähm, ich meine, natürlich wiege ich nur 50 Kilo! 51,5 höchstens. Jeder, der etwas anderes behauptet lügt – einschließlich der diabolischen Waage in meinem Badezimmer.*

Ich sitze am Rand der grauen Arbeitsplatte und stütze mich mit den Händen hinter meinem Rücken ab. Benji greift in die Tasche seiner Jeans, bevor er sie öffnet. Er zieht ein Kondom heraus. Ich würde mich wirklich gerne ausschließlich auf seine Handbewegungen konzentrieren, den Anblick genießen, während er die grauen Shorts ein Stück nach unten schiebt, aber ich höre die Stimmen und das Lachen der anderen plötzlich so deutlich, als hätte jemand die Lautstärke hochgedreht.

Nervös rutsche ich ein Stück nach hinten und schaue zu der Trennwand, an deren Rand ich das Sofa auf der anderen Seite des großen Raumes sehen kann. Wenn sie sich umsetzen, sehen sie uns. Ich will Benji trotzdem. Unbedingt. Kneifen gilt nicht, zumal ich nicht mal sicher bin, ob die Nervosität mich nicht noch erregter stimmt.

Ich habe Angst, dass ich den Blick gar nicht mehr von der Wand losreißen kann, aber ich kann. Die beiden kleinen silbernen Kugeln, die seine Härte schmücken, verlangen meine ganze Aufmerksamkeit.

Benji streift über seine Männlichkeit und kommt einen Schritt näher.

»Du wirst das Piercing kaum spüren«, versichert er und ich hebe den Blick, um zu sehen, wie er die schönen Lippen zu einem schiefen Lächeln verzieht.

»Hat das nicht verdammt weh getan?«, frage ich und sehe wieder nach unten. Er reißt das Kondompäckchen auf.

»Hab ich dir vorhin nicht gesagt, dass ich mal durch eine Glasscheibe gedonnert bin? Seither bin ich relativ schmerzresistent. Das kannst du gerne austesten.«

Er klingt angeheizt amüsiert. Seine Stimme ist etwas rau – ich liebe das. Aber die Aufforderung macht mich unruhig. Er will mich hier auf dem Küchentresen nehmen, wie soll ich da irgendetwas austesten?

Dass jemand sowas möchte, ist mir neu. Blümchensex mit Langweilern, kann ich – Max. ›Tu was ich sage‹- und ›Schau mich an‹-Sex mit Porno-Internat-Göttern habe ich mittlerweile auch ganz gut drauf, aber dabei war ich meistens devot und habe es genossen. Benji scheint in seinen Vorlieben von meinem bisherigen Erfahrungsschatz abzuweichen. Ich will ihn unbedingt nochmal, obwohl ich ihn noch nicht mal gespürt habe. In einer anderen Nacht, im Bett, alleine, bei geschlossener Tür.

»Alles in Ordnung?«, höre ich ihn fragen und blinzle meine Gedanken weg.

Ich bin etwas abgeschweift, was gut war, da ich mich nicht mehr auf die Stimmen der anderen konzentriere, sondern über etwas absolut Heißes nachgedacht habe. Die Realität ist aber nicht minder erregend. Benji hat sich das Kondom übergestreift und kommt noch einen Schritt näher. Er drückt meine Knie auseinander und stellt sich zwischen meine Beine.

»Ich will dich«, hauche ich gegen seine Lippen, um ihm zu versichern, dass ich nicht so weggetreten ausgesehen habe, weil ich die Lust verloren habe.

Benji küsst mich, drückt sich an mich und ich fühle seine Härte gegen die Stelle drücken, die er zuvor stimuliert hat. Ich bin noch vollständig angezogen, mein Kleid ist aber nach oben gerutscht, als er mich auf den Tresen gesetzt hat.

Seine Finger schieben meinen String zur Seite und ich lasse den Kopf erwartungsvoll seufzend in den Nacken fallen. Alex würde wollen, dass ich ihn ansehe, Benji lässt mich aber die Augen schließen, und ich kann mich auf das Gefühl konzentrieren, das meinen Körper elektrisiert, als er fest und tief in mich eindringt.

Das erste Stöhnen, das mir entweicht, ist viel zu laut. Ich öffne die Augen wieder und mache mir bewusst, dass wir jeden Moment gestört werden könnten. Ich verbiete mir, einen Laut von mir zu geben – atmen muss reichen. Leise zu bleiben, ist eigentlich unnötig. Die anderen wissen, was wir hier tun, aber ich beiße mir trotzdem auf die Lippen.

Diese Küchenzeile hat die perfekte Höhe für Benjis Größe. Er kann mich hervorragend im Stehen nehmen, während er meine Beine festhält. Ich spüre das Piercing wirklich nicht, nur ihn und er fühlt sich verdammt gut an.

»Okay …«, raunt er und wirft den Kopf dabei selbst in den Nacken. »Jetzt weiß ich … was Alex … gemeint hat!«

Seine Worte beflügeln mich. Ich will in sein Stöhnen einstimmen, aber ich schlinge die Arme um ihn und kann es mir verkneifen.

Obwohl er sichtlich mit seiner Lust hadert, verringert er das Tempo nicht.

Diese stahlblauen Augen sind der Wahnsinn. Sein Rhythmus auch. Mein Körper erinnert sich wieder an die intensive Stimulation von vorhin und ich fühle meine Muskeln zucken. Wenn er jetzt mit den Fingern nachhelfen würde, würde ich kommen. Ich kann ihn aber nicht darum bitten, weil ich mich sonst nicht mehr unter Kontrolle hätte und die Küche beschallen würde.

Die aufgestaute Lust in mir lässt mich ungeduldig werden. Ich merke erst, was ich tue, als Benjis Stöhnen dunkel und lauter wird.

»Gerne fester, Baby«, raunt er mir ins Ohr.

Meine Nägel haben sich gegen seine Haut gedrückt, das war eigentlich keine Absicht, aber es turnt ihn an, also lockere ich den Druck nicht, sondern fahre seinen Rücken entlang, während ich seine Stöße genieße.

Er stöhnt auf und beugt sich etwas durch.

»Erst sechs Minuten, reiß dich zusammen, du Loser!«, tönt Alex' amüsierte Stimme aus dem Wohnzimmer. Das Lachen der anderen lenkt mich ab, ich lockere den Druck auf Benjis Haut. Er schüttelt den Kopf.

»Nicht. Mach weiter. Ich will kommen.« Er küsst mich kurz hungrig und ich drücke meine Finger wieder fester gegen seine Haut. »Das ist … nur die erste Runde. Die zweite … gehört dir.«

Sein atemlos ausgesprochenes Versprechen klingt so verheißungsvoll, dass ich wieder abschalte und mich der Lust hingebe. Ich will ihn kommen spüren und ich will ihn stöhnen hören. Meine Nägel kratzen über seinen Rücken und ich höre die aphrodisierenden Geräusche, die ich hören wollte.

Benji stößt keuchend immer schneller und fester zu. Ich rutsche ein Stück nach hinten, aber er zieht mich schwungvoll nach vorne und dringt dabei so tief in mich ein, dass es beinahe weh tut. Ich entlade mein eigenes Schmerzempfinden an seinem Rücken. Als ich mich in seine Haut kralle, beginnt seine Härte in mir zu pulsieren. Er ergießt sich mit einem letzten festen Stoß und beugt dann sofort den Rücken durch.

Ich lasse von ihm ab, weil ich nicht einschätzen kann, ob der Ausdruck in seinem Gesicht von seinem Orgasmus oder meinen Nägeln kommt.

Das war zu fest, oder? Ich wollte ihm nicht wirklich weh tun. Ich meine, natürlich, aber nur soweit, dass es ihn noch erregt.

»Entschuldige …«, hauche ich schuldbewusst und Benjis Blick schnellt in mein Gesicht. Seine Miene nimmt amüsierte Züge an, obwohl er immer noch schwer atmet. Er schüttelt den Kopf. »Für was entschuldigst du dich denn?«

»Nicht zu fest?«

Er grinst. »Nein. Du warst ein vorsichtiges Kätzchen. Ich halte mehr aus.«

Ich seufze innerlich erleichtert. Ich habe keine Ahnung, wie fest ich zupacken darf. Diese SM Nummer ist von der anderen Seite aus viel schwieriger. Jemanden einen Schmerzreiz spüren zu lassen, der nicht zu schwach, aber auch nicht zu intensiv ist, ist eine Wissenschaft.

Benji zieht das Kondom ab und verknotet es, bevor er es in den Mülleimer wirft. Ich rutsche von der Küchenzeile und will mein Kleid und meinen Slip an die richtigen Stellen schieben.

»Warte.« Er zieht den Reißverschluss seiner Hose zu und greift sich dann sofort meine Hände. »Hältst du mich für einen Egoisten?«

Ich blinzle ihn fragend an. Dann fällt mir wieder ein, dass er vorhin von einer zweiten Runde gesprochen hat.

»Du bist doch noch scharf, oder?«

»Ja, aber ich brauche keinen Orgasmus, es war auch so …«

Benji geht plötzlich vor mir auf die Knie und hebt den Kopf. Die stahlblauen Augen blitzen unter den nachtschwarzen Haaren.

»Sag jetzt nicht, dass du keinen Orgasmus brauchst, damit es schön ist. Wir sind nicht zusammen und du bist nicht mein Sexspielzeug. Geben und nehmen, Freunde machen das so.«

Oh ja, das Friends with Benefits Konzept. Ich liebe es! Nicht nur, weil er gerade mein Kleid hochschiebt und seine Zunge gegen meine empfindlichste Stelle drückt. Oder doch. Hauptsächlich deshalb.

Ich lehne mich gegen den Küchenschrank und drücke die Hände auf die Arbeitsplatte, auf der ich vorhin gesessen habe. Seine Zunge kreist über die feuchte, warme Stelle, die sofort zu pulsieren beginnt. Ich bin noch unglaublich angeheizt vom Sex mit ihm. Benji muss bestimmt nicht lange vor mir knien, was irgendwie schade ist, da er unglaublich heiß aussieht, während er mich leckt.

In dem Moment, als er nach meinem Bein greift, und ich es über seine Schulter lege, wird der Reiz eigentlich unheimlich intensiv. Mein Verstand gibt mir aber ein so starkes ›Achtung! Peinlich!‹-Signal, dass die pulsierenden Wellen doch nicht über mir zusammenbrechen.

Als Tobias in der Küche auftaucht, will ich die Beine eigentlich zusammendrücken, aber Benji hält mich fest und macht einfach weiter.

Ich folge dem Blick des hübschen Lockenkopfs, während er auf die Küchenzeile zugeht. Er sieht an uns vorbei zu der Wodka-Flasche neben mir. Mein Herzschlag ist so fest, dass ich ihn an der Stelle spüren kann, die Benji noch immer so unbeirrt reizt.

Tobias schenkt sich etwas zu trinken ein. Eigentlich wollte ich ihm etwas besorgen, aber mir besorgt es gerade jemand anders.

Mein Gesicht ist bestimmt feuerrot. Ich traue mich nicht, zu Benji runterzusehen, will aber auch nicht Tobias anstarren. Obwohl mir das Ganze wirklich peinlich ist, und mich mein Schamgefühl anschreit, die gleitende Zunge nicht zu genießen, tue ich es. Seine Stimulation tut so gut, dass den Orgasmus zu unterdrücken unheimlich anstrengend wird.

Tobias hat sich sein Getränk zum Glück schnell zusammengemixt. Sobald er verschwindet, muss ich kommen, ich kann gleich nicht mehr.

Als er plötzlich in seine Hosentasche greift und sein Handy hinauszieht, starre ich ihn leidend an. Er sieht nicht mal auf das Display, sondern nur zu mir.

Ich stöhne und balle die Hände, die auf der Arbeitsplatte liegen zu Fäusten, weil die Lust mich fast schon quält. Ich kann nicht kommen, solange Tobias mich ansieht. Er grinst.

Ja, ich weiß, was das ist! Die Retourkutsche von vorhin! Du checkst nur kurz deine SMS, WhatsApp, Twitter, Instagram … Bitte verschwinde! Oder knie dich auch hin … mein Kopfkino zeigt mir gerade nur mehr 18+ Vorstellungen.

Tobi setzt sich endlich in Bewegung. Kaum hat er mir den Rücken zugedreht, sehe ich wieder zu Benji hinunter, der seine Lippen auf mich drückt und sanften Unterdruck erzeugt. Ich stöhne auf, sonst ertrinke ich in meiner Lust.

Kaum fängt er wieder an, mich mit seiner Zunge zu kitzeln, komme ich. Der Orgasmus ist großartig, weil er erlösend und heftig ist. Mich hat noch nie jemand nach dem Sex geleckt – das war klasse.

Ich schnappe nach Luft, als mich ein seltsames Geräusch aus dem Sexrausch katapultiert. Es kommt aus dem Wohnzimmer.

Applaudiert ihr Idioten?! Jap, sie klatschen …

Mir wird bewusst, dass ich viel zu laut war. Benji steht auf und wischt sich über den Mund.

»Du schmeckst lecker«, meint er zwinkernd.

»11 Minuten 30! Damit gewinnst du aber auch keinen Preis!«, ruft Alex hörbar amüsiert, und ich bin heilfroh, dass mir gerade auffällt, wie betrunken ich bin. Der Wodka, den wir vorhin geext haben, hat seine volle Wirkung entfaltet, und ich muss tatsächlich lachen.

Meinem nüchternen Ich wäre das jetzt ziemlich peinlich. Ich würde wahrscheinlich in den Kühlschrank kriechen wollen, damit ich abkühle und Alex mich erst auftaut, wenn alle anderen verschwunden sind. Aber ich bin nicht nüchtern, absolut nicht, deshalb kann ich gerade neben Benji ins Wohnzimmer spazieren, als wäre ich die stolze Prinzessin von Wales, die unter einem leichten Linksdrall leidet. Das königliche Winken kann ich mir gerade noch verkneifen.

Tschü

Am Tisch wird Karten gespielt. Oder auf dem Tisch? Beim Tisch? Mit dem Tisch? Ich muss lachen, da meine Grammatikschwäche Unterhaltungswert hat. Man möchte meinen, dass einen inniger Kontakt mit Germanistik-Studenten klüger macht – durch Vögeln überträgt sich das aber nicht.

»Mach mal langsam mit dem Trinken, sonst eskaliert das wieder.«

Ich funkle Nicki an, weil sie mir gar nichts zu sagen hat. Hat sie auch nicht, denn sie spricht mit Alex, der das Glas vom Mund absetzt und den Kopf schüttelt.

»Ich kann sehr wohl trinken, ohne etwas anzustellen. Ich bin ein erwachsener Mann.«

Nach dem letzten Satz muss er selbst grinsen, bevor er noch einen Schluck nimmt.

»Ein erwachsener Mann, den ich vor zwei Wochen unter die Dusche stellen musste, weil er es alleine nicht mehr geschafft hat«, entgegnet Nicki und schiebt Tobias das Kartendeck hin.

»Vielleicht wollte ich ja, dass du mit mir unter die Dusche springst. So betrunken war ich gar nicht.«

»Alex! Du hast den Duschkopf umarmt und ihm gesagt, er soll aufhören zu weinen. Ohne jeden Sarkasmus – das hat dich traurig gemacht.«

Ich verschlucke mich vor Lachen beinahe an meinem Getränk. Wobei mir auffällt, dass ich eigentlich kein Getränk mehr habe.

Das Glas gehört Joey, die mich mit hochgezogenen Brauen, aber mit einem Lächeln auf den Lippen mustert.

»Trink nur, Süße. Aber langsam, das ist stark. Sonst springst *du* heute mit Alex unter die Dusche.«

Daran kann ich nichts Schlechtes entdecken. Alex auch nicht. Er grinst mich an und ich grinse zurück.

Vor mir liegen Karten, die ich aufsammle. Das tun alle - Gruppenzwang.

»Wie war euer Match?«, will Joey wissen, während ich wieder an ihrem Getränk nippe. Nicki seufzt und winkt ab.

»Katastrophal. Der ganze Verein ist der reinste Drama-Zirkus, weil keiner sein Privatleben vom Sport trennen kann. Idioten …«

»Vielleicht solltest du aufhören, jeden mit einem Six-Pack und einem weißen Ball dazu zu überreden, dich zum Stöhnen zu bringen«, stichelt Alex.

Er ist mein lallender Held.

»Sagt der Typ, der aus dem Handball-Schulteam geflogen ist, weil er die Sportlehrerin gevögelt hat!«, erwidert Nicki und schüttelt verständnislos den Kopf.

»Naja, ich war zumindest nicht mit ihr zusammen, habe ihr das Herz rausgerissen und dann noch immer verlangt, dass sie mich trainiert.«

Oha, ich sehe zwar alles durch einen Happy-Wodka-Filter, aber Nickis Miene wird so finster, dass ich glaube, dass der Löwe gleich einen Tritt in seine Männlichkeit kassiert.

»Ja …«, beginnt sie im gefährlich ruhigen, aber angriffslustigen Tonfall. »Ich weiß, dass du und Simon auf der Bromance-Skala *Scrubs* ähnliche Zustände erreicht habt. Aber blas ihm doch endlich einfach einen, wenn du dein Bedürfnis, ihn lieb zu haben, nicht mehr unter Kontrolle hast. Diese dämliche ›Ich beschütze ihn‹-Nummer geht mir auf die Nerven.«

Alex reagiert ziemlich cool. Er grinst.

»Ping«, tönt er und schnipst dabei einmal gegen sein leeres Glas. »Hörst du das?«, will er von Nicki wissen, deren finsterer Blick von einem fragenden abgelöst wird. »Das ist das Geräusch, das deine Eifersucht macht, wenn sie an Simons und meiner Liebe abprallt!«

Das Lachen lockert die Situation auf, selbst Nicki schmunzelt und schüttelt den Kopf.

»Vollidiot«, murmelt sie und macht eine obszöne Geste mit der Hand.

»Du bist dran, Süße«, sagt Benji zu mir und klopft mir mit der Hand auffordernd auf den Oberschenkel.

Ach richtig, wir spielen Karten!

Ich schiele prüfend auf den Tisch. Dort liegen Könige, Dreien, fünf fortlaufende Reihen. Das Einzige, das ich mit Sicherheit sagen kann, ist, dass wir kein Kartenhaus bauen.

Ich mache, was Tobias vor mir gemacht hat, und lege einfach eine Karte auf den Stapel.

Die vielen Herzfarben, die ich in der Hand halte, stimmen mich fröhlich. Das Deck ist aber seltsam. Doppelherzen habe ich noch nie gesehen.

Als ich aufschaue, stelle ich fest, dass der Verdoppelungs-Prozess an einem Knick in meiner Optik liegt. Zwei Benjis, zwei Alex', zwei Tobis, so großartig das auch ist, ich weiß, was auf gedämpftes Schamgefühl, grundlos amüsiertes Grinsen und Knick in der Optik folgt.

Das vierte Stadium von ›Ich höre einfach nicht auf zu trinken, weil ich mich spontan für immun gegen die Nebenwirkungen von Alkohol halte‹, rutscht in den Unschön-Bereich und sollte nach Möglichkeit in einer einsamen Umgebung durchlebt werden. Spontan fällt mir da meine Toilette ein.

Die intensive Sehnsucht nach der Kloschüssel geht mit einer bitteren Erkenntnis einher. Wenn man schon im Sitzen merkt, dass man strunzhagelvoll ist, könnte Laufen herausfordernd werden.

Wieso habe ich nur so viel getrunken?

Zumindest Joeys hellgrünes Feuerwasser hätte ich nicht in mich reinschütten sollen. Es würde mich nicht wundern, wenn das mal wieder Absinth war. Diesmal sitzt hier aber kein Unschuldsengel, der den Unterarm auf meinen Busen legt und mich dann in sein Bett trägt.

Gott, war das schön … teilweise … bis ich in sein Zimmer gekotzt habe.

Ich will nach Hause! Schnell, aber bloß nicht zu schnell, sonst kann ich oben nicht mehr von unten unterscheiden. Wenn ich einfach aufstehe und davonwanke, wäre das peinlich. Ich brauche einen Vorwand, unter dem ich verschwinden kann, und der vertuscht, dass ich mich weggeschossen habe.

»Der Drucker im Büro spinnt«, sage ich, während ich mich von der Tischplatte in eine aufrechte Position drücke.

Die vielen fragenden Blicke verraten mir, dass ich mal lieber mit einem das Thema einleitenden Satz á la: ›Ich muss jetzt nach Hause‹, beginnen hätte sollen.

Okay Lena, den Anfang hast du verkackt, aber der Mittelteil wird exzellent!

»Es war wirklich schön … alles, hier, zusammen – großartig.«

Ja genau, es folgt eine Abschiedsrede.

»Danke für den Donnerstag«, sage ich zu Alex, der mit den Augen und der Schulter zuckt. Der kleine spastische Anfall kommt entweder davon, dass er das ›Danke‹ mal wieder nicht hören will oder daher, dass ihm die Ehre für einen ganzen Wochentag einfach zu viel ist.

»Das mit den Dingern war merkwürdig toll«, versichere ich ihm, und er nickt grinsend, weil wir uns verstehen. Ich wende mich Benji zu. »Dein Rücken tut mir leid.«

»Okay …?«, erwidert er schmunzelnd, und ich fahre fort.

»Lass uns das unbedingt nochmal machen! Nicht die Küche, im Schlafzimmer.«

Ich halte mich für kokett. Benji lacht. »Gerne! Beim nächsten Mal machen wir auch keine Küche mehr, versprochen.«

Ich nicke glücklich und mein Blick schweift zu den beiden Tobias'.

»Spannen irritiert mich«, sage ich und wackle mahnend mit dem Finger. Er lacht auch. »Du hast angefangen!«

»Nein.«

Tja, diesem Argument hat er nichts entgegenzusetzen.

Als ich mich zu Joey drehe, dreht sich das ganze Zimmer mit. »Du bist super hübsch.«

Das musste auch mal gesagt werden.

»Danke Süße, du auch, aber ich hätte dich mein Getränk wohl nicht trinken lassen sollen. Entschuldige.«

Ich winke ab und verliere nur deshalb nicht das Gleichgewicht, weil meine Hand wieder auf die Tischplatte aufschlägt und ich mich festhalten kann. Das hat irgendwie weh getan.

»Alles gut!«, versichere ich überschwänglich.

Meisterhaft, wie ich überspiele, dass ich betrunken bin!

Mein Blick schweift zu Nicki, die ich noch unkommentiert gelassen habe. Natürlich muss ich jeden in meine kleine Rede einfließen lassen, sonst wirkt meine Ansprache am Ende noch unvollständig.

»Duuuu …« Ich improvisiere an dieser Stelle und hoffe, dass mir etwas einfällt, bevor ich das Wort am Ende noch zu auffällig in die Länge ziehe. Das darf nicht passieren, sonst denken noch alle, ich könnte mich nicht mehr akzentuieren.

Nicki sieht mich mit einer hochgezogenen Braue und geschürzten Lippen an.

»Duuuu … malst dir gut Kleider auf.«

Ja, kann man so stehen lassen. Sehr diplomatisch gelöst! »Tja«, tönt sie und klingt amüsiert. »Ich hatte mit etwas Gemeinem gerechnet, aber du wirst anscheinend genauso streichelweich dämlich wie Alex, wenn du betrunken bist. Ihr wärt ein tolles Paar und hättet bestimmt viel Spaß mit dem weinenden Duschkopf.«

Ich funkle sie wütend an – denke ich – zumal sie meine Rede nicht mit ihrer eigenen unterbrechen darf.

»Auf alle Fälle …«, setze ich an und löse die Hände erstmal vom Tisch, weil ich ihn leider nicht mit nach Hause nehmen kann. »… gehe ich jetzt! Es war …«, ich will noch einen schnellen Lobgesang auf diesen Abend trällern, aber mir wird ohne den Beistand des Tisches schwindlig und etwas übel. Okay, ich muss nach Hause! *Rede kürzen, Lena! Kürzen!*

»Tschü!«

Ich bin selbst überrascht, dass ich es ohne Zwischenfälle in den Flur schaffe.

»Lena, warte!«

»Lass sie! Sie muss zur Arbeit! Wer repariert denn sonst den Drucker?«

Noch während ich Nickis Stimme im Ohr habe, drehe ich mich um. Nicht sie kommt auf mich zu, sondern Alex. Kurz bevor er mich erreicht, macht er einen Ausfallschritt und muss sich am Schuhschrank festhalten.

Du hast Möbel ja genauso lieb wie ich!

»Ich rufe dir ein Taxi, ich habe da so ne App«, sagt er und wischt auf seinem Handy herum.

»Schon gut, ich laufe!«

Zur Demonstration steige ich in meine Stöckelschuhe und begrapsche im nächsten Moment auch den Schrank. Alex greift nach meinem Oberarm und zieht mich zu sich, damit ich mich an ihm festhalten kann. Er schwankt aber viel mehr als seine Möbel. Ich lege meine Hände auf seine Schultern und wir beginnen zu lachen, weil es sich anfühlt, als würden wir tanzen.

»Hör auf zu wanken, sonst rufe ich dir aus Versehen drei Taxis!«

»Ich kann mir nicht mal eines leisten, also lass es bitte.«

Er steckt das Handy weg und schlingt die Arme um mich. Wir knallen kichernd gegen die Wand.

»Schon gut, das wird über die App abgerechnet.«

Eigentlich will ich protestieren, aber es macht gerade viel zu großen Spaß, Alex zu küssen.

Wir knutschen etwas unbeholfen, während wir uns immer wieder gegenseitig zum Lachen anstacheln.

»Du bist betrunken!«, werfe ich ihm vor und drücke meine Stirn an seine. »Nicht annähernd so betrunken wie du!«

»Echt? Wieviel ist dreiundfünfzig minus siebenundvierzig?«

»Sechs«, entgegnet Alex wie aus der Pistole geschossen und ich klatsche ihm zweimal auf die Wange.

»Nee … heute nicht mehr! Ich bin fix und alle!«

»Wirklich? Schade! Alles okay mit deiner Mu…« Ich drücke seine Wangen mit den Fingern zusammen. Alex nuschelt »Mulschi« und wir brechen wieder in schallendes Gelächter aus.

»Danke, Lena!«, sagt er, nachdem wir uns wieder annähernd beruhigt haben.

»Fürs Zensieren?«, frage ich amüsiert und drücke meinen Kopf an seine Brust, da er gut riecht und ich todmüde werde.

»Nein, für Samstag. Du kommst doch noch mit, oder?«

Ich reiße die Augen wieder auf und hebe den Kopf. Nicht, weil mich seine Frage so schockiert, sondern weil mir übel wird, sobald ich die Augen schließe. Schlafen wird spannend!

»Klar komme ich!«

Eine Löwenstein-Party lässt man sich nicht entgehen. Es ist wie Benji gesagt hat: Ein paar Jahre angebunden verrückt zu sein, ist der richtige Weg, zwanzig Jahre zu verbringen – oder so ähnlich …

ÜBER DIE AUTORIN

Jasmin Romana Welsch wurde 1989 in Graz geboren und lebt auch heute noch mit ihrem Freund und ihrer Hündin Yuki in der Steiermark. Obwohl sie bereits im Teenageralter das Schreiben für sich entdeckte, begann sie ein Jurastudium. Erst nach der Veröffentlichung ihres ersten Romans widmete sich die junge Autorin gänzlich der Schriftstellerei. Aus ihrer Feder stammen mehrere Jugendbücher, in denen sich fast immer humoristische, aber auch dramatische Akzente wiederfinden.

Kontakt
Homepage: www.jasminromanawelsch.com
Facebook: www.facebook.com/ JRWelsch

Im selben New-Adult-Universum spielend

Jasmin Romana Welsch
Teach me Love: ONCE & TWICE
16. März 2018, Sternensand Verlag
616 Seiten, broschiert
€16,95 [D]

New Adult Liebesroman
Als Taschenbuch

Ein dekadentes Internat, zwei junge Lehrer und eine Studentin, die verspricht, diskret zu sein

Es gibt viele Gründe, um auszuziehen. Du hast einfach Lust auf einen Tapetenwechsel, dein Nachbar möchte plötzlich Death-Metal-Schlagzeuger werden oder dein Freund entdeckt seine Leidenschaft für gynäkologische Untersuchungen an anderen Frauen.
Ich würde wirklich gern den Death-Metal-Typen als Grund vorschieben, aber um bei der Wahrheit zu bleiben: Ich bin wegen der Sache mit dem Gynäkologie-Hobby ausgezogen.
Jetzt bin ich vorübergehend heimatlos. Wobei, ganz ohne einen Platz zum Schlafen muss ich nicht auskommen. Es gibt da diese Übergangslösung – eher unkonventionell, aber doch spannender als vermutet. Und heißer. Was hauptsächlich dem unwirklich attraktiven Französischlehrer zuzuschreiben ist, der verblüffend viel hinter dem höflichen Lächeln versteckt hält. Ein wenig trägt auch der knurrende Sportlehrer zu meinem reizvoll-frivolen Abenteuer bei, aber der Mann hat ein Dominanzproblem. Außerdem ist er ein Arschloch. Teilweise. Manchmal. Ich kann ihm trotzdem nicht aus dem Weg gehen, weil ich anscheinend einen Knall habe. Verknallt bin ich aber nicht! Das ist alles nur lockerer Spaß, den wir geheim halten müssen, da die beiden natürlich einen Ruf zu verlieren haben.

Jasmin Romana Welsch

Evig Roses (Reihe)

6. Juli 2018, Sternensand Verlag

328 Seiten, broschiert

€12,95 [D]

New Adult Liebesroman

Als Taschenbuch

Klappentext:
Ich heiße Emma und ich möchte eine Rose werden.
Klingt erst mal nach spirituellem Selbstfindungstrip, aber ich habe andere Beweggründe. Da ist diese dicke Rechnung, die ich in die Sofaritze gestopft habe und von der die Zukunft meines bescheuerten kleinen Bruders abhängt. Außerdem hatte ich Sex mit einem Typen im Bienenpullover. Das tut jetzt nicht zwangsläufig etwas zur Sache, aber ich erwähne es gern für den Fall, dass jemand glaubt, ich wäre eines dieser unschuldigen Mädchen, die in Erotikromanen einem dominanten Kerl vor die Füße stolpern und dann dahinterkommen, dass sie sich gern bumsen lassen. Nö. Ich meine: Ja! Aber ich hatte schon Flittchen-Tendenzen, bevor ich an die Tür des einschüchterndsten Mannes der Welt geklopft habe. Er heißt Vincent und leitet eine Escort-Agentur namens Evig Roses. Dass ich versuche, Teil seiner verruchten exklusiven Welt zu werden, darf niemand erfahren. Schon gar nicht mein Bruder.
Ich heiße Emma und ich möchte eine Rose werden. Na? Klingt jetzt anders.

Weitere Bücher der Autorin:

Küss mich (Sammelband)
13. Juli 2017, Sternensand Verlag
530 Seiten, broschiert
€ 14,95 [D]
Liebesroman
Als Taschenbuch

Absolution: Wie man eine Sünde überlebt
28. Februar 2016, Sternensand Verlag
224 Seiten, broschiert
€ 12,95 [D]
Urban Fantasy
Als Taschenbuch und E-Book

Krieger des Lichts Reihe
20. Oktober 2017, Sternensand Verlag
616 Seiten, broschiert
€ 16,95 [D]
Urban Fantasy
Als Taschenbuch

C. M. Spoerri & Jasmin Romana Welsch
Conversion (Band 1): Zwischen Tag und Nacht
28. August 2016, Sternensand Verlag
424 Seiten, broschiert
€ 12,95 [D]
Jugendroman-Dystopie
Als Taschenbuch und E-Book

Weitere New Adult Romane aus unserem Sortiment:

C. M. Spoerri

Unlike: Von Goldfischen und anderen Weihnachtskeksen

12. Dezember 2016, Sternensand Verlag

348 Seiten, broschiert

€12,95 [D]

New Adult Liebesroman

Als Taschenbuch und e-Book

Klappentext:
Evan hat in seinem Leben schon viel Mist gebaut, doch seit fünf Jahren ist es ihm gelungen, nicht mehr auf die schiefe Bahn zu geraten. Er wohnt in New York, hat einen Job, eine Wohnung, keine nervigen Freunde … alles wäre eigentlich so weit in Ordnung – abgesehen von der bescheuerten Weihnachtszeit, die gerade in vollem Gange ist. Und ausgerechnet jetzt mischt sich auch noch der schwule Nachbar in sein Leben ein. Dieser kann nicht mehr mit ansehen, wie Evan sich abkapselt, und plant deswegen über eine Single-Plattform ein Date für ihn. Sara, eine Londoner Studentin, wird für eine ganze Woche anreisen. Allerdings in der falschen Annahme, dass sie mit Evan gechattet hat und er sich auf ihren Besuch ebenso freut wie sie. Als wäre das nicht schon verheerend genug, ist Sara auch noch das komplette Gegenteil von ihm. Sie LIEBT Weihnachten und kommt einzig und allein nach New York, um hier den romantischsten Urlaub ihres Lebens zu verbringen – zusammen mit Evan.

C. M. Spoerri

Emlia: Dein Weg zu mir

1. Mai 2016, Sternensand Verlag

328 Seiten, broschiert

€12,95 [D]

New Adult Liebesroman

Als Taschenbuch und e-Book

Klappentext:

Partys. Reisen. Flirten. Das bestimmt den Alltag von Emilia dos Santos – bis sie vom plötzlichen Tod ihrer Eltern erfährt. Mit einem Mal ist ihr sorgloses Leben vorbei. Sie soll nach alter Familientradition das Weingut im Napa Valley weiterführen und sieht sich damit einer Verantwortung gegenüber, der sie sich nicht gewachsen fühlt. Ganz und gar nicht. Da hilft es auch wenig, dass ihr Jugendfreund Alejandro wieder auftaucht und sie unterstützen will. Denn seine Nähe verwirrt und verunsichert Emilia nicht nur, sondern stellt sie zusätzlich vor die unangenehme Aufgabe, ihren bisherigen Lebensstil zu hinterfragen ...

C. M. Spoerri

Melinda: Dein Weg zu mir

13. März 2017, Sternensand Verlag

360 Seiten, broschiert

€12,95 [D]

New Adult Liebesroman

Als Taschenbuch und e-Book

Klappentext:
Nur ein Kuss. Kein Licht. Keine Namen. Seit sechs Jahren hat Melinda keinen Mann mehr geküsst. Als die Studentin auf der Hochzeit einer Bekannten in einem dunklen Zimmer einem Fremden gegenübersteht, fasst sie den Entschluss, den Schritt aus ihrer Männer-Abstinenz zu wagen. Schließlich ist sie bereits einundzwanzig, die drei Regeln, auf die sie sich einigen, klingen harmlos und sie würde dem Unbekannten nie wieder begegnen. Leider scheint das Glück nicht auf Melindas Seite zu sein. Ein paar Tage später stellt sich der Mann, den sie im Dunkeln geküsst hat, als ihr neuer Chef heraus und obendrein als DER Playboy des Napa Valleys: Armando Pérez.

C. M. Spoerri

Selena: Dein Weg zu mir

14. September 2018, Sternensand Verlag

332 Seiten, broschiert

€12,95 [D]

New Adult Liebesroman

Als Taschenbuch und e-Book

Klappentext:
Ein One-Night-Stand mit einem gutaussehenden Arzt? Genau das Richtige für einen Freitagabend – zumindest, wenn es nach Selena geht. Unverbindlicher Spaß, eine heiße Nacht und Ablenkung von dem Grund, der sie überhaupt ins Napa Valley geführt hat.
Allerdings entpuppt sich der selbstbewusste Nick als Herausforderung, denn er kommt Selena emotional viel näher, als sie zulassen will. Also tut sie, was sie immer tut: Sie lässt ihn abblitzen.
Doch statt sich endlich den Geistern ihrer Vergangenheit zu stellen, begegnet sie jemandem, der sie in die Knie zwingt … und muss sich eingestehen, dass sie nicht alles alleine schaffen kann. Schon gar nicht, sich ihrem größten Feind zu stellen: ihren Gefühlen.

C. M. Spoerri

Kathleen: Dein Weg zu mir

21. Dezember 2018, Sternensand Verlag

350 Seiten, broschiert

€12,95 [D]

New Adult Liebesroman

Als Taschenbuch und e-Book

Klappentext:
Abschalten vom stressigen Alltag und eine unbeschwerte Zeit in paradiesischer Landschaft genießen. Das sind die Vorsätze von Kate, als sie für einige Wochen ins Napa Valley reist, um ihre Freundin Emilia zu besuchen. Da kommt ein Weinfest gerade gelegen – ebenso wie ein heißer Gutsherr namens Jordan in einem dunklen Weinkeller. Wäre dieser Kerl doch nur nicht so ein Griesgram ... aber hey, sie muss ihn ja nicht wiedersehen. Dass die Begegnung mit Jordan jedoch höhere Wellen schlägt als gedacht, erfährt sie kurze Zeit später. Denn das Leben des Weingutbesitzers ist nicht nur kompliziert, sondern auch düster.

Besucht uns im Netz:

www.sternensand-verlag.ch

www.facebook.com/sternensandverlag